Dom J.-M. BESSE

LES

Moines d'Orient

ANTÉRIEURS

AU CONCILE DE CHALCÉDOINE (451)

MAISON ALFRED MAME
ET FILS ❖ ❖ ❖ ❖ ❖ ❖

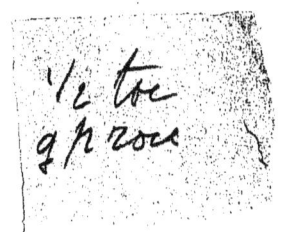

LES
MOINES D'ORIENT

ANTÉRIEURS

AU CONCILE DE CHALCÉDOINE

Dom J.-M. BESSE

LES

Moines d'Orient

ANTÉRIEURS

AU CONCILE DE CHALCÉDOINE (451)

PARIS, 10, rue de Mézières

LIBRAIRIE RELIGIEUSE H. OUDIN

POITIERS, 4, rue de l'Eperon

—

1900

AVANT-PROPOS

Tout homme qui présente un livre au public doit craindre de causer une déception à ses lecteurs. Ils sont, en effet, portés naturellement à chercher dans un ouvrage ce qu'ils désirent, et non ce que l'auteur s'est proposé d'y mettre. Celui-ci fait donc acte de prudence élémentaire, en leur déclarant tout d'abord le but qu'il s'est proposé. A eux de juger ensuite si le succès a couronné ses efforts.

Ce sont les sentiments qui portent l'auteur à s'expliquer ici sur la nature de son travail.

*Il n'a pas voulu écrire l'*Histoire des moines d'Orient. *Une telle entreprise serait au-dessus de ses forces ; et puis l'heure n'est pas encore venue de songer à un ouvrage de cette nature, car la critique est loin d'avoir terminé son œuvre de préparation. Elle a cependant produit, dans ces dernières années, deux travaux dignes de tout éloge, l'*Étude sur le cénobitisme pakhomien pendant le IVe siècle et la première moitié du Ve, *de l'abbé Ladeuze*[1], *et la dissertation sur* l'Histoire lausiaque de Pallade[2], *de Dom Butlet.*

Les principaux centres monastiques et les personnages qui ont exercé sur le développement de la vie religieuse une influence plus décisive demanderaient à être étudiés avec une méthode aussi sage et aussi rigoureuse[3]. *Quelques travailleurs, appartenant soit à l'Ordre de Saint-Dominique, soit aux Augustins de l'Assomption, commencent*

---

1. Paris, Fontemoing, 1898.
2. Cambridge, presse de l'Université, 1898.
3. La lecture de ces travaux et en particulier de celui de Dom Butlet fait grandement apprécier la sûreté de la critique de notre Tillemont et l'érudition de Bulteau. Peu de choses ont échappé à leur sagacité. Leurs écrits sont des guides précieux que pourront suivre longtemps encore ceux qui étudient cette époque primitive de l'histoire monastique. Le *De veteri monachatu* de Bivario peut encore rendre aux travailleurs des services appréciés.

à exercer leur activité intellectuelle sur le monachisme oriental. Ils auront des émules. Dieu veuille qu'ils soient, au moins quelques-uns, de première force. Les sources coptes et syriaques, explorées avec ordre, leur fourniront peut-être le moyen de combler des lacunes laissées ouvertes par les documents grecs et latins. Quand une génération d'érudits aura travaillé patiemment ces deux premiers siècles du monachisme oriental, on pourra songer à écrire son histoire.

Les Moines d'Orient n'ont pas, comme ces deux mots risqueraient de le faire croire, la prétention d'être une série de tableaux où se refléterait l'existence des principaux Pères du désert. Non, ils n'aspirent pas à donner aux Moines d'Occident un livre frère.

Le but de leur auteur est beaucoup plus simple.

Les circonstances lui ont fait de bonne heure un devoir d'étudier lui-même et d'enseigner aux autres la Règle de saint Benoît. Les nombreux commentaires de l'œuvre du Patriarche du Mont-Cassin lui ont semblé, malgré leur valeur respective, bien confus et peu propres à la mettre dans tout son jour. Comme la vie et les écrits des Pères du désert sont, après les divines Écritures, la source d'où dérive toute vie monastique, et que saint Benoît leur a manifestement emprunté sa doctrine et la plupart de ses institutions, il n'a pas cru mieux faire que de se placer lui-même à l'école de ces maîtres autorisés, dont son patriarche et législateur s'est constitué le disciple humble et intelligent. C'était le meilleur moyen d'étudier en sa compagnie la tradition monastique qui l'avait devancé et dont il fut l'héritier et le docteur très sûr.

Un travail sur la vie bénédictine paru antérieurement lui avait fourni l'occasion d'exposer son but et le plan qu'il espérait suivre[1]. Préparer un commentaire historique de la Règle bénédictine était l'unique fin de ses recherches. Il s'est trouvé bientôt en possession de renseignements nombreux et variés, empruntés à tous les monuments de l'antiquité ecclésiastique où l'on peut trouver quelques traces de la manière d'être, de vivre, d'agir et de penser des moines orientaux. Fallait-il reléguer ces notes dans le silence jusqu'au jour où des investigations semblables à travers la tradition monastique de l'Occident l'auraient mis à même de donner, soit le commentaire projeté, soit une histoire des institutions monastiques? Ne valait-il pas mieux utiliser ces matériaux pour exposer aussi fidèlement que possible le genre de vie que menaient les premiers moines d'Orient?

---

1. *Le Moine Bénédictin,* 2ᵉ éd., p. 78-79.

C'est à cette dernière pensée que l'auteur a cru devoir s'arrêter. Deux écueils se présentaient devant lui ; ceux qui ont précédemment abordé ce même sujet n'ont pas toujours su les éviter. Les uns, éblouis par l'existence merveilleuse de quelques personnages extraordinaires, ont trop semblé les prendre comme types et mesurer à leur taille l'immense majorité des moines. Les autres, obéissant à des idées préconçues, ont fait de la vie des Pères du désert et de leur doctrine monastique un exposé souvent bien fantaisiste.

L'historien digne de ce nom doit écarter de son esprit la tendance à envisager les faits et les institutions du passé à travers ses idées personnelles ou les sentiments du milieu dans lequel il vit, pour les voir et les présenter tels que les documents les lui révèlent. Il lui faut se tenir en garde contre un enthousiasme causé par l'idéal de la vie des Saints, qui facilement détournerait les yeux de l'état plus commun de la grande généralité des hommes.

Guidé par ces sentiments, l'auteur de ce travail a voulu faire du monachisme oriental un tableau aussi fidèle que possible.

Mais pourquoi, demandera-t-on, s'arrêter au concile de Chalcédoine ?

Cette date, en ouvrant la période des grandes divisions doctrinales qui semèrent la désolation parmi les moines d'Orient, inaugure pour eux une période de décadence. Ils cessèrent alors d'être, aux yeux de leurs frères occidentaux, des maîtres et des modèles. Leur histoire serait donc sans intérêt pour qui veut connaître les sources du monachisme occidental.

C'est dire assez clairement la pensée de l'auteur sur son travail. Les moines d'Orient sont les précurseurs des moines d'Occident. Le genre de vie des premiers, leurs règles, leur mode de recrutement et de formation, leur régime alimentaire, leur liturgie, leurs occupations, leur costume, en un mot leur genre de vie tout entier, ont servi de type aux seconds. Il est indispensable d'en avoir une idée exacte avant d'aborder l'étude des institutions auxquelles ces derniers étaient soumis.

Abbaye de Ligugé, le 13 mars 1900, en la fête de saint Grégoire le Grand, pape.

LES

MOINES D'ORIENT

CHAPITRE I

Topographie monastique de l'Orient

Immédiatement après la conversion de l'empereur Constantin et sa victoire sur Licinius, le monachisme prit en Orient une rapide et merveilleuse extension. Peu d'années lui suffirent pour s'implanter dans toutes les provinces, malgré les divisions profondes que l'arianisme semait entre les diverses Églises.

Saint Grégoire de Nazianze était fier de mettre sous les yeux de Julien l'Apostat, qui feignait de ne point apercevoir quelle force il donnait au christianisme, l'imposant spectacle offert au monde par ces multitudes de moines répandus dans les villes et au sein des campagnes (363) [1].

Saint Epiphane parlait, lui aussi, avec une certaine complaisance, de ces milliers et milliers de chrétiens, qui affrontaient les nobles combats de la chasteté dans les monastères d'hommes et de femmes (375-377) [2]. Plantés en tous lieux, ainsi que le déclarait

---

1. S. Grégoire de Nazianze, *Oratio IV contra Julianum*, I, 73, P. G., XXXV, 598.
2. S. Epiphane, *Adversus Hæreses*, l. II, hær 58. P. G., XLI, 1015.

saint Jean Chrysostome au peuple d'Antioche, quelques années
plus tard (390), ils proclamaient bien haut le triomphe de la foi
sur le démon. Leur présence purifiait les terres habitées comme
celles qui ne l'étaient point [1]. Le païen Zozime rendait à leur multitude un témoignage non moins explicite, en les accusant de
peupler de célibataires des communautés nombreuses tant au sein
des villes que dans les villages [2]. Vers le milieu du Vᵉ siècle,
Théodoret s'exprimait plus formellement encore : « Il y a, dit-il,
de nombreux camps spirituels où des hommes et des femmes
s'exercent à la piété. On les voit, non seulement auprès de nous,
dans le diocèse de Cyr, mais encore dans toute la Syrie, en
Palestine, en Cilicie, en Mésopotamie. On affirme que certains
monastères d'Egypte renferment jusqu'à cinq mille religieux [3]. »

*
* *

L'Egypte fut, en effet, la terre classique du monachisme. La
vallée du Nil, qui avait vu s'épanouir l'une des civilisations les
plus avancées de l'antiquité païenne, méritait d'être le berceau
d'une institution qui devait faire tant pour l'Église et pour le
monde. Ne semble-t-il pas que Dieu lui ait réservé cet honneur
en récompense de l'hospitalité qu'elle offrit à la sainte Famille ? Les
moines ne furent nulle part ailleurs ni plus nombreux ni plus
fervents. La pensée de leurs vertus excitait l'enthousiasme de
saint Jean Chrysostome : « Si vous allez en Egypte, disait-il, vous
trouverez une solitude qui surpasse n'importe quel paradis ; vous
rencontrerez six cents chœurs d'anges revêtus d'une forme
humaine, des peuples de martyrs, des assemblées de vierges. Dans
ces lieux, l'empire de Satan est détruit, le royaume du Christ est
resplendissant. Vos yeux contempleront l'armée du Christ, son
peuple royal, le tableau d'une vie céleste. Les femmes rivalisent
avec les hommes. Le ciel, avec les chœurs variés de ses étoiles,
n'égale pas en beauté l'Egypte parée des tentes de ses moines [4]. »
Saint Grégoire de Nazianze, qui devait chanter dans un discours
célèbre la richesse des campagnes de l'Egypte, la foi vive de ses

1. S. Jean Chrysostome, *In Matthæum*, hom. 33, P. G., LVII, 393.
2. Zozime, l. V, 23, éd. Bekker, p. 279.
3. Théodoret, *Religiosa historia*, 30. P. G., LXXXII, 1495.
4. S. Jean Chrys., *In Matth.*, h. 8, 87-88.

habitants, le courage et l'orthodoxie de son Athanase[1], a manifesté hautement l'admiration que lui inspiraient ses « sacrés et divins monastères », où les hommes, séparés du monde, vivaient uniquement pour Dieu au sein de la solitude[2].

Ces hommes, émules des anges, disait un demi-siècle plus tard l'historien Théodoret, fécondent les sables arides du désert, qui produisent une moisson de vertus très belle et très agréable à Dieu[3]. Saint Jérôme, que saisissait un pareil spectacle, en recherchait l'annonce prophétique sur les lèvres d'Isaïe[4]; c'était le fruit de cette bénédiction du Seigneur : *Benedictus populus meus Ægypti*[5]. Rufin n'hésitait pas davantage à appliquer à l'Egypte monastique ces paroles du même prophète : *Lætabitur deserta et invia*[6]. Les fils du désert, écrivait-il, sont, de fait, très nombreux. La population qui abandonne le monde égale celle qui reste au milieu des villes[7]. C'est une immense multitude que personne ne saurait compter. Il y en a de tout âge, dans le désert comme dans les pays habités. Jamais empereur n'a réuni armée pareille. On ne trouve, en Egypte et en Thébaïde, aucune ville qui n'ait autour d'elle une ceinture de monastères[8]. C'est Pallade, un témoin oculaire, qui tient ce langage.

D'autres contemporains, qui ont parcouru alors la vallée du Nil, s'expriment en termes analogues. On y rencontre les moines, dit Rufin, dans les faubourgs des villes et dans les campagnes. Toutefois, c'est le désert qui renferme les plus nombreux et les plus célèbres[9]. Leurs monastères s'échelonnent sur les deux rives du fleuve, au dire du Gaulois Postumianus, qui put les visiter tout à son aise. Il trouva des centaines de moines dans le même lieu et parfois deux ou trois mille[10]. L'étroite vallée du Nil ne leur suffisait pas. Ils s'enfonçaient dans le désert, dont certaines parties finirent, avec le temps, par être complètement envahies[11].

---

1. S. Grégoire Naz., *Oratio* 34, P. G., XXXVI, 241-247.
2. Id. *Oratio 21 in laudem Athanasii*, 1102-1103.
3. Théodoret, *Eccles. hist.*, IV, 18, P. G., LXXXII, 1166.
4. S. Jérôme, *Commentarius in Isaïam*, V, 20, P. L., LXXIV, 193.
5. Isaïe, XIX, 25.
6. Id., XXXV, 1.
7. Rufin, *Historia monachorum*, VII., P. L., XXI, 413.
8. Pallade, *Paradisus Patrum*, P. G., LXV, 446.
9. Rufin, *op. cit. prol.*, 389.
10. Sulpice Sév., *Dial.* 1, éd. Halm, 170.
11. Cassien, *Conlatio*, XIX, 5, éd. Petschnig, 538-39.

La multitude des moines égyptiens est donc un fait incontestable ; aussi Gibbon, ne pouvant fermer les yeux à l'évidence, se contente-t-il de la reconnaître avec une pointe d'ironie : « La postérité, dit-il, put répéter le proverbe qu'on avait appliqué jadis aux animaux sacrés du pays, qu'il était plus facile de trouver un Dieu qu'un homme en Egypte [1]. »

Il ne saurait entrer dans mon plan d'énumérer ici tous les monastères qui surgirent en Egypte pendant le IVe siècle et la première moitié du siècle suivant. Il suffira de rappeler quelques-uns des noms qui ont laissé dans l'histoire monastique une trace plus profonde, et de mettre sous les yeux du lecteur un exposé succinct du développement extraordinaire de la vie religieuse.

*
* *

Les eaux du Nil, en franchissant les frontières de l'Empire romain, rencontraient les premières colonies monastiques dans le voisinage de Syène (Assouan)[2]. Elles ne tardaient pas à pénétrer dans la région où se trouvait le célèbre groupe pakhomien. Saint Pakhôme, son fondateur (285-345), habita quelque temps le désert à une certaine distance de la ville d'Akmin (Panopolis)[3], sous la conduite d'un vieil anachorète nommé Palamon. Cette solitude était habitée par d'autres ermites. De nombreux disciples le rejoignirent [4] lorsqu'il se fut fixé à Tabenne (Tabennisi), nom qui signifie « Jardin des palmiers d'Isis » (322), non loin de Denderah, au nord de Thèbes[5]. Force lui fut d'établir de nouvelles maisons à Phbôou, Schenesit

---

1. Gibbon, *Chute et décadence de l'Empire romain*, XXXVII, t. I, 875, éd. Paris, 1837.

2. Rufin, *op. cit. epilogus*, ibid., 460.

3. La « Latopolis » des Grecs. Reclus, *Nouvelle Géographie universelle*, X, *L'Afrique septentrionale*, t. I, 544.

4. Zockler, *Askese und Mönchtum*, p. 196.

5. Sur S. Pakhôme et les textes de sa vie, que l'on possède encore, cf. *Acta sanctorum, Maii*, t. III, p. 25-50 (éd. 1680), 295-345 (éd. 1866). Amélineau, *Annales du Musée Guimet*, XVII, Paris 1889, *Monuments pour servir à l'histoire de l'Egypte chrétienne au IVe siècle ; Histoire de S. Pakhôme et de ses communautés*. — Id., *Etude historique sur S. Pakhôme et le cénobitisme primitif dans la Haute-Thébaïde*, Le Caire, 1887. Tillemont, *Mémoires pour servir à l'histoire ecclésiastique des six premiers siècles*, t. VII 167-236, 674-693 ; Grützmaker, *Pachomius und das älteste klosterleben*, 1896 ; Zockler, *op. cit.*, 192-200 ; Ladeuze, *Etude sur le cénobitisme pakhomien pendant le IVe siècle et la première moitié du Ve*, Louvain, 1898.

(Chenoboscion), Monchôsis, Thebiou, Schedsina, Tesminé et Phe-
noum. Théodore, son disciple et l'un de ses successeurs (313-368),
fonda les deux monastères d'Hermopolis et d'Armoutim. Les
moniales eurent une maison à Tabenne, sur la rive opposée du
fleuve, et une autre à Fakna, près de Phbôou [1].

C'était toute une population de religieux qui vivaient dans ces
monastères. Saint Jérôme parle de cinquante mille [2]. Ce chiffre est
évidemment exagéré. Il n'y en avait que sept mille, d'après Pallade.
Le grand monastère où habitait Pakhôme n'en renfermait pas
moins de quatorze cents, tandis que les autres n'en comptaient
guère que deux ou trois cents. Les religieuses de Tabenne étaient
au nombre de quatre cents. L'évêque Ammon, les récits hagiographiques et Pallade lui-même donnent d'autres chiffres qu'il est
difficile de concilier entre eux. Mais ils s'accordent tous, néanmoins,
pour dire que ces communautés étaient fort nombreuses [3].

Le mouvement provoqué par saint Pakôhme et ses disciples ne
put absorber toutes les vocations religieuses de la Haute-Thébaïde.
On apercevait autour de ses monastères des moines et des groupes
monastiques indépendants [4]. En descendant le cours du Nil, on trouvait Lycopolis, « la ville des loups » (aujourd'hui *Siout*); un certain
nombre de religieux habitaient dans le voisinage [5]. Patermutios
inaugura la vie monastique auprès d'Hermopolis. Ses disciples
furent très nombreux [6].

L'abbé Apollonios gouverna cinq cents moines dans la même
contrée [7], et Coprès, cinquante [8]. Antinoé se trouve sur la rive opposée du fleuve ; le désert et la chaîne Arabique, qui s'étendent à l'est
de la ville, servaient de refuges à deux mille religieux environ. Les
grottes funéraires des anciens Egyptiens, qui criblent les rochers de
la montagne, leur fournissaient des logements à peu de frais [9]. La

---

1. Grützmacker, *op. cit.*, 96-115.

2. S. Jérôme, *Translatio regulæ S. Pachomii, præf.* P. L., XXIII, 66.

3. Grützmacker (*op. cit.*, 109-112), a réuni ces diverses données. Zockler (*op. cit.*,
198) accepte comme probables les chiffres de 3000 du vivant de Pakhôme, et de
5000 dans la suite. Cf. Ladeuze, *op. cit.*, 100-205.

4. Amélineau, *op. cit.*, *Vie de Théodore*, 268-269, 271. *Vie arabe de S. Pakhome*,
591-611, etc.

5. Cassien, *Instit.*, l. IV, 23, p. 63. Rufin, I, 391. Pallade, XLIII, 1109 et *Paradisus Patrum*. P. Gr., LXV, 446.

6. Rufin, *op. cit.*, IX, 422.

7. Rufin, *op. cit.*, VII, 410. Pallade, LII, 1135.

8. Pallade, LIV, 1152.

9. Pallade, XCVI-XCIX, 1205-1406, LI, 1034. Rufin, XII, 432.

cité ne renfermait pas moins de douze monastères de femmes [1]. Ce n'était rien en comparaison de la multitude des moines d'Oxyrinque (*Behneseh*). Nulle part ils n'étaient aussi nombreux. Si l'on en croit Pallade et Rufin, leur nombre surpassait celui des laïcs. Il y en aurait eu cinq mille dans l'intérieur des murailles, et autant au dehors. Les moniales auraient atteint le chiffre vraiment extraordinaire de vingt mille [2].

Heraclée [3] et Arsinoé [4] avaient aussi leurs colonies monastiques. L'abbé Sérapion gouverna près de cette dernière ville un millier de religieux, au temps de l'empereur Valens. Il y aurait eu environ dix mille religieux dans tous les monastères de cette contrée, à la même époque, s'il faut s'en remettre au témoignage de Pallade et de Rufin [5]. La montagne de Calamon, qui se trouve dans ces parages, mais à une assez grande distance de la terre habitée, possédait un monastère florissant [6]. Les moines de Pispir et ceux de la montagne du Dehors vénéraient comme leur maître et leur fondateur le patriarche saint Antoine. Tous les habitants de cette solitude pouvaient, au reste, revendiquer cet honneur; car son influence s'exerça sur eux tous [7]. Pour fuir le concours des visiteurs, attirés par la renommée de ses miracles et de ses vertus, il s'enfonça beaucoup plus avant dans la solitude. Le mont Colzim, situé à trois journées de marche de la mer Rouge, lui offrit une retraite. Ses disciples y construisirent un monastère peu de temps après sa mort (356) [8].

---

1. Pallade, cxxxvii, 1238.

2. Rufin, v, 405-409. Pallade, *Paradisus Patrum*, 408-409. Ces chiffres, cela va sans dire, ne peuvent prétendre à une certitude absolue. Il n'existait pas alors de statistique des monastères. Mais ces exagérations sont une preuve évidente de la multitude extraordinaire des moines.

3. *Verba seniorum*. P. L., LXXIII, 917, 93, 777.

4. Sozomène, *Hist. eccles.*, vi, 28. P. G., LXVII, 1371.

5. Rufin, xviii, 440. Pallade, lxxvi, 1181.

6. Cassien, *Collat.*, xxiv, 677-79. S. Cyrille Alex., *Adversus anthropomorphitas.*, l. I. P. G., LXXVI, 1066-67. *Verba seniorum*, 759. On pourrait citer encore les monastères de l'abbé Isidore, qui gouvernait mille moines (Rufin, xvii, 439. Pallade, lxxi, 1175), d'Athribis, où le moine Elias réunit trois cents moniales (Pallade, xxxv, 1795-96), de Trohen, dans le voisinage de Memphis (*Verba seniorum*, 955), de Phénix où l'abbé Cronios vivait avec deux cents moines (Pallade, lxxxix, 1198), de Rinocorura (Sozomène, vi, 1390).

7. Sa vie a été composée par saint Athanase et traduite en latin par Evagre. P. G., XXVI, 833-976. *Acta SS. Jan.*, t. II, 471-506. Tillemont, vii, 101-144, 666-671.

8. Sulpice Sév., *Dial.* I, p. 169. Ce monastère existe encore de nos jours. Il y en a un second au lieu où vécut saint Paul, premier ermite, dans la même chaîne de

*
* *

A l'ouest du Caire, environ à quarante kilomètres du Nil et en avant des montagnes de la chaîne Libyque, s'ouvrent deux vallées, séparées l'une de l'autre par un plateau qui a quatorze lieues dans sa plus grande largeur. On y voit de nos jours encore quatre monastères. C'est tout ce qui reste des anciens groupes monastiques de Nitrie et de Scété[1]. Il en est peu qui aient joui d'autant de célébrité.

Le désert de Nitrie empruntait son nom au voisinage des lacs de Natron, où les Egyptiens faisaient leur provision de nitre. Amon (mort vers 345), y fixa le premier sa résidence[2]. Des disciples affluèrent bientôt autour de lui. Ils furent assez nombreux pour se répandre sur les montagnes et dans le désert voisin. On en compta cinq mille. Leurs cellules, distribuées en cinquante groupes, constituaient autant de monastères[3]. C'était vraiment la cité du Seigneur, *oppidum Domini*, dont saint Jérôme parle à la vierge Eustochium[4]. Ses habitants formaient un chœur angélique que les pèlerins du monachisme tenaient à visiter. Saint Jérôme, du fond de sa retraite de Chalcis, envoyait ses félicitations amicales à Rufin, qui avait le bonheur de contempler de ses yeux cette famille céleste[5]. Pallade, Cassien et beaucoup d'autres imitèrent son exemple.

Les religieux qui éprouvaient le besoin de mener une vie plus retirée encore avaient à leur disposition une solitude séparée de Nitrie par une distance de trois ou quatre lieues. Les nombreuses habitations monastiques qu'on y voyait la firent surnommer le désert des cellules. On y comptait jusqu'à six cents anachorètes, à l'époque où Pallade y fit un séjour d'environ neuf années (v. 391)[6].

montagnes. Julien, *Voyage dans le désert de la Basse-Egypte, aux couvents de Saint-Antoine et de Saint-Paul*. (Missions catholiques, XVI, 2884).

1. Le Père Siccard raconte la visite qu'il y fit, en l'année 1716. *Choix de lettres édifiantes*, t. V, 243-258, ed. 1835. Julien, *Voyage au désert de Scété et Nitrie*. (Missions catholiques, XIV (1882), 33, 54, 70, 76).

2. Rufin, XXX, 455-56. Pallade, VIII, 1023. *Acta Sanct.*, Oct. II, 360-366. Tillemont, VII, 153-163, 672-674.

3. S. Jérôme, *ep*. 22 *ad Eustochium* 33. P. L., XXII, 418. Rufin, XXI, 443. Pallade, VII, 1022. Sozomène, VI, 31, 1387. De Buck, *Commentarius historicus de S. Johanne Colobo*, Acta Sanct. Oct., t. VII, 39 et seq.

4. S. Jérôme, *ep*. 108 *ad Eustochium*, 890.

5. *Id.*, *ep*. 3, 332-335.

6. Sozomène, VI, 31, 1387. Rufin, XXII, col. 444. Pallade, VII, 1022, XIX-XX, 1048, LXXXVI, 1192. Cassien, *Conlat.*, VI, 154.

Le fondateur de Nitrie était engagé dans les liens du mariage lorsqu'il embrassa la vie religieuse. Son épouse se consacra elle-même à Dieu, et un grand nombre de vierges se placèrent sous sa direction[1]. Les sœurs des deux moines de Nitrie, Eusèbe et Euthyme, entrèrent dans un monastère de femmes, qui était assez éloigné[2]. Ces faits montrent qu'il y avait des moniales, sinon à Nitrie, au moins dans le rayon sur lequel s'exerçait son influence.

Il fallait une journée de marche pour franchir la distance qui séparait Nitrie de Scété. Ce dernier désert offrait un aspect plus sauvage et plus effrayant. Seuls les hommes arrivés à une grande perfection étaient capables d'y séjourner[3]. Macaire l'Ancien, qui le premier habita dans cette solitude, vit venir à lui un très grand nombre de disciples. Beaucoup, parmi eux, devinrent à leur tour fondateurs de monastères[4].

Comme Nitrie, Scété eut sa solitude pour les âmes qui désiraient embrasser la vie anachorétique. Elle était sur la montagne de Phermé. Il y eut cinq cents religieux au temps de l'abbé Paul[5]. Quelques moines de Scété y trouvèrent un refuge, lorsque leur monastère fut envahi par les Barbares[6].

L'immensité du désert, qui s'étendait par delà les monts de Nitrie, à perte de vue dans toutes les directions, tenta des religieux, qui s'y enfoncèrent aussi avant qu'ils purent[7]. Quelques-uns se fixèrent dans les oasis que l'on rencontre après plusieurs journées de marche[8]. Saint Hilarion y passa près d'une année vers 363[9]. Macaire le Jeune, pour jouir des charmes d'une solitude plus complète, allait occuper, de temps à autre, une cellule fort éloignée, en pleine Libye[10]. Le moine Etienne habitait la même région, mais à une telle distance que Pallade dut renoncer à lui faire visite[11]. Ils n'étaient pas les seuls. Toutefois la pauvreté du pays et l'aridité du sol ne leur

1. Rufin, xxx, 456.
2. Pallade, xii, 1032.
3. Rufin, xxxi, 453.
4. Sozomène, vi, 1392-1388. *Vie de Macaire de Scété,* publiée et traduit par Amélineau. *Monuments pour servir à l'histoire de l'Egypte chrétienne aux* IVᵉ, Vᵉ, VIᵉ *et* VIIᵉ *siècles.* Paris, 1895.
5. Pallade, xxiii, 1070. Sozomène, vi, 1579.
6. *Apophtegmata Patrum.* P. G., LXV, 194.
7. Pallade, xxxiii, 1091. *Verba seniorum,* 1010.
8. Jean Mosch, *Pratum spirituale,* cxii. P. G., LXXIV, 177.
9. *Acta Sanct.,* oct., t. IX, 26.
10. Pallade, xix-xx, 1061. *Vie copte de Macaire,* 239.
11. *Id.,* xxx, 1087.

permettaient pas d'être aussi nombreux qu'en d'autres contrées[1]. Les moines furent donc rares en Libye. Ils ne semblent guère s'être multipliés dans la Cyrénaïque. Ils n'y furent pas cependant tout à fait inconnus[2].

Alexandrie, qui était la capitale civile et religieuse de l'Egypte, avait dans son sein un certain nombre de religieux, sans parler des allants et venants que les intérêts spirituels ou temporels de leurs maisons y attiraient de toutes les provinces. Les uns habitaient les monastères de la ville; les autres étaient attachés par les patriarches au service de l'Église[3]. On y voyait aussi des communautés de vierges[4]. La banlieue était le séjour de prédilection des moines. Pallade et Sozomène disent que leur nombre atteignait deux mille[5]. L'archevêque Théophile bâtit à Canope, sur les ruines d'un temple païen, un monastère où il introduisit les observances de Tabenne[6]. Ceux de Fouah[7], de Diolcos, de Panéphyse, de Thmuis, se trouvaient dans le delta du Nil[8]. Péluse, qui était sur la dernière branche orientale du fleuve, en possédait plusieurs, soit dans ses murs, soit dans le désert qui l'avoisine[9], en particulier sur le mont Lychnos. Il y en avait à Rhinocolura et à Clysma.

*
* *

D'après une tradition accréditée au IVe siècle, cette dernière ville se serait trouvé sur l'itinéraire suivi par les Hébreux au sortir de l'Egypte[10]. Il semble que les religieux de cette époque aient éprouvé une certaine prédilection à se fixer dans les

---

1. Pallade, x, 1030. Cassien, *Instit.*, l. X, 193.

2. Synesius, *ep.* 66-146. P. G., LXVI, 1407-1412, 1542-1543. Sulpice Sév. *Dial.* I, 155-157.

3. Pierre Alexand., *Epist. encyclica*, 3, citée par Théodoret, l. IV, 1279. Sulpice Sév., *op. cit.*, 161. Pallade, I. xxvi, 1007-1078. Cotelier, *In apophtegmata Patrum*. P. G., LXV, 195.

4. Pallade, I, 1008, S. Isidore de Péluse, l. I, *ep.* 87. P. G., LXXVIII, 242.

5. Sozomène, vi, 1375. Pallade, I, II, vi, 1013-1021. Evagre, *Liber practicus*, 98. P. G., XL, 1251. *Apohtegmata*, 255.

6. S. Jérôme, *Translatio regulæ S. Pachomii, præf.* P. L., LXXIII, 65.

7. S. Cyrille Alex., *ep.* 81. P. G., LXXV, 371-374.

8. Cassien, *Instit.*, l. V, 108-110. *Conlat.*, XI, XIV, XVIII, XIX, 315-316, 400, 534, 506.

9. Rufin, xxii-xxiii, 459-460.

10. Julien, *Sinaï et Syrie, souvenirs bibliques et chrétiens*, p. 40.

lieux consacrés par leurs principales étapes. On les rencontre
dans la péninsule Sinaïtique, à Raithe, près d'Ayoum-Mouça,
que l'on confondait alors avec l'Elim de l'Exode, aux douze
fontaines et aux soixante-dix palmiers[1]. Quarante-trois moines
y furent massacrés par les Barbares, vers 373, sous le règne
de l'empereur Valens[2]. Ils étaient là depuis de longues années.
Vient ensuite la cité monastique de Pharan, dans l'oasis de Fei-
ran, que l'on identifie avec Raphidim[3], et où se voient encore
les ruines de nombreux monastères[4]. La solitude du Sinaï attira
de bonne heure les hommes épris par les grands souvenirs religieux et par les sites grandioses. Les massacres de l'année 373[5]
ne purent arrêter le mouvement des vocations. La pieuse pèlerine
Silvie, qui visita ces lieux, vers 385, y rencontra des cénobites et
des anachorètes[6]. L'arrivée de saint Nil et de son fils Théodule,
390, fixa plus encore, s'il était nécessaire, l'attention sur cette
célèbre retraite. Les cénobites étaient principalement groupés
autour d'une église bâtie sur la place qu'avait occupée le buisson
miraculeux, d'où le Seigneur fit entendre sa voix à Moïse[7]. C'est
là que se trouve actuellement le monastère schismatique de
Sainte-Catherine[8]. On en voyait d'autres au lieu de la promulgation de la Loi[9], et à l'endroit où furent martyrisés les quarante
premiers religieux[10]. Les anachorètes étaient disséminés sur les
flancs de ces saintes montagnes, le long de leurs profondes et
pittoresques vallées, et dans les plaines qui s'étendent à leurs
pieds. Plusieurs avaient leurs habitations fort distantes les unes
des autres[11].

*
* *

En suivant la route parcourue par les Israélites à travers l'Ara-

1. Ex., xv, 27, *Verba seniorum*. P. L., LXXIII, 1008.
2. Tillemont, vii, 573-580, 784.
3. Julien, *o. c.*, 86-93.
4. Id. 91-92, Guérin, *La Terre-Sainte, son histoire, ses souvenirs, ses sites, ses monuments*, t. III, 371.
5. Tillemont, ibid.
6. Silvie, *Peregrinatio ad loca sancta*, 37 et s.
7. Id., 41.
8. Julien, *o. c.*, 102-115.
9. Silvie, 38.
10. Guérin, t. II, 353.
11. S. Nil, *Narratio*, iii. P. G., LXXIX 619-622. *Nar.*, v, 651-654.

bie septentrionale, dans la direction de Jéricho, le pèlerin aurait
trouvé, dans le voisinage du mont Nebo, plusieurs solitaires. Ils
étaient assez nombreux lorsque Silvie les visita. Ils avaient une
église bâtie près de la source que Moïse fit jaillir du rocher[1]. La
sainte voyageuse eut la dévotion d'aller vénérer d'autres lieux
consacrés par des souvenirs bibliques, particulièrement la patrie du
saint homme Job, à Carnéas[2], et dans la vallée de Corra, près de
Thesbé, l'endroit où naquit le prophète Elie[3]. Partout elle rencontra des religieux. Il en fut de même sur les rives du Jourdain.
A peu de distance du fleuve, dans une vallée riante et fertile, des
moines habitaient ce qu'on nommait alors le « jardin de Saint-Jean »;
on y vénérait une fontaine où le Précurseur aurait donné le baptême de la pénitence[4]. L'espace qui sépare le Jourdain de Jérusalem
était occupé par les cellules d'un grand nombre d'anachorètes et
par plusieurs laures. Voici les noms de quelques-unes des plus
connues : celle de Saint-Gérasime, auprès de Jéricho[5], celles de
Pharan, de Tekou et de Jéricho, fondées par saint Chariton[6], celle
de Chuziba[7], et celle de Saint-Euthyme dans la vallée du Cédron[8].

Saint Théoctiste, son disciple, avait son monastère dans le voisinage, à dix milles de Jérusalem, près de la voie qui mène à
Jéricho[9]. On trouvait encore des moines dans un grand nombre de
lieux : sur la montagne de la Quarantaine[10], dans le voisinage de
Nicopolis[11], à Césarée[12] et ailleurs.

La ville de Jérusalem exerçait sur eux, on le conçoit, une sainte
attraction. Beaucoup y vivaient en dehors de toute communauté;
d'autres étaient inscrits parmi les clercs. Le monastère du Mont-des-
Oliviers, qui occupait l'endroit d'où Notre-Seigneur quitta la terre
pour monter au ciel, en réunissait un certain nombre[13]. Il y en

---

1. Silvie, 53.
2. Id., 56-61.
3. Id., 60-61.
4. Id., 59-60.
5. Les ruines existent encore. Guérin, t. I, 194-196.
6. Id., t. I, 176.
7. Evagre Scholast., *Hist. eccles.*, 1. IV. P. G., LXXXVI, 2715.
8. Cyrille, *Vita S. Euthymii*, VI, 24. *Acta Sanct. Jan.*, t. II, 671.
9. Id., c. III, 668.
10. Guérin, t. I, 202.
11. *Apophtegmata.* P. G., LXV, 147.
12. Pallade, *Lausiaca*, CXLI, 1240.
13. Id., CIII, CIV, 1207-1208. *Paradisus Patrum*, 443.

avait dans celui de l'abbé Theognios [1], de l'homme de Dieu Philippe [2], de saint Etienne et du saint martyr Mennas [3], de saint Passarion. Mélanie l'ancienne forma dans la ville sainte une communauté de cinquante vierges [4]. Sa petite fille, Mélanie la jeune, en réunit plus tard une seconde, composée de quatre-vingt-dix vierges ou pénitentes.

Une autre Romaine, sainte Paule, choisit Bethléem pour son séjour. Elle y bâtit trois monastères de femmes et un d'hommes (389) [5]. Saint Jérôme, son guide et son ami, eut une part importante à ces fondations [6]. Elles ne furent pas les seules. Cassien, qui, on le sait, fit sa profession monastique à Bethléem, appartenait à un autre monastère [7].

Les contrées qui avoisinent la mer furent les premières à connaître les moines. Saint Hilarion, originaire de Tabath, aux environs de Gaza, avait passé deux mois auprès de saint Antoine. Il revint avec plusieurs compagnons dans son pays (306). Ce fut le signal d'une merveilleuse efflorescence monastique. Non seulement sa cellule se transforma en monastère, mais son exemple provoqua une multitude de vocations. Ses disciples, répandus dans la vaste région qui va de la Méditerranée au désert de Cadès, atteignirent le chiffre de trois mille [8]. Leur nombre n'alla guère en diminuant. Lorsque l'évêque saint Porphyre consacra la basilique eudoxienne, qu'il avait fait construire à Gaza, il invita les moines de la contrée à prendre part à cette cérémonie (406). Mille répondirent à son appel [9]. Nous connaissons quelques-uns de leurs monastères seulement : celui de Bethel, lieu de naissance de l'historien Sozomène [10], celui que saint Epiphane établit auprès de son village natal, dans le diocèse d'Eleutheropolis. En remontant les côtes de la Phénicie, dont les populations furent évangélisées par des moines, au commencement du Ve siècle [11],

---

1. *Apophtegmata*, 431.
2. Rufin, *Hist. eccles.*, l. II, 27, 536.
3. Cyrille, *o. c.*, XIV, 680.
4. Pallade, *o. c.*, CXVIII, 1223.
5. S. Jérôme, *ep.* 108, *ad Eustochium*. P. L., XXII, 890.
6. Id., *ep.* 66, *ad Pammachium*, 647.
7. Bulteau, *Essai de l'histoire monastique en Orient*, 268-270.
8. S. Jérôme, *Vita S. Hilarionis*, c. III. *Acta Sanct. Oct.*, t. IX, 51-52.
9. Marc., *Vita S. Porphyrii*, XCII. P. G., LXV, 1249.
10. Tillemont, t. VII, 567-573.
11. S. Jérôme, *ep.* 82, *ad Theophilum*. P. L., XXII, 740. Tillemont, X, 489.

nous rencontrons un monastère auprès de Tyr [1]. Ce n'était pas le seul, évidemment. Mais ici comme ailleurs, il faut se contenter de quelques-uns des rares noms tombés de la plume des écrivains de cette époque. Certains pays sont moins bien partagés encore.

Saint Hilarion, qui fut le grand propagateur de la vie monastique en Palestine, l'introduisit dans l'île de Cypre. Saint Epiphane, après son élévation sur le siège épiscopal de Salamine, qui en était la métropole, semble avoir fait de sa demeure un véritable monastère [2]. L'attachement qu'il témoignait aux religieux les attirait de tous les côtés dans l'île, où ils établirent diverses maisons [3].

*
* *

Le monachisme fit de bonne heure son entrée en Syrie. La ville d'Antioche compta, pour sa part, un grand nombre de moines. Les uns menaient la vie des ascètes, sans quitter leur maison; d'autres habitaient les monastères qui s'élevaient dans l'intérieur de la cité. Mais la plupart se réfugiaient sur les montagnes voisines. C'est là que saint Jean Chrysostome passa quelques-unes des années les plus heureuses de son existence. Il parlait souvent, et avec un enthousiasme communicatif, de ces hommes qui, ayant abandonné la ville pour s'enfuir sur les montagnes [4], pratiquent une philosophie sublime. C'étaient, à ses yeux, des chœurs d'anges revêtus d'un corps humain [5]. Ces peuples de moines faisaient des lieux élevés, où ils fixaient leur séjour, les cités de la vertu et les tabernacles des saints [6]. Leurs cellules couvraient les hauteurs qui encadrent la belle et riche vallée de l'Oronte. Théodoret les compare à une prairie émaillée de fleurs célestes [7]. Pierre le Galate, Pierre l'Egyptien, Romain, Sévère, Eutychios, furent les plus célèbres de leurs habitants [8]. Siméon l'ancien établit un monastère sur les

1. B. Zosimus, *Alloquia*, x. P. G., LXXVIII, 1694.
2. S. Epiphane, *Ancoratus*. P. G., XLIII, 18.
3. Tillemont, X, 498.
4. S. Jean Chrys., *Adversus oppugnatores vitæ monasticæ*, II, P. G., XLVII, 333.
5. Id., *Hom.* 1, *in Matthæum*, LVII, 20.
6. Id., *Hom.* 20, 287, *hom.* 72, 671.
7. Théodoret, *Eccles. hist.*, IV, 25. P. G., LXXXII, 1190.
8. Id., *Hist. relig.*, XIV, 1411.

flancs du mont Aman (*Akma-Dagh*), l'autre au pied [1]. Astérios fonda celui de Gindar, non loin d'Antioche [2].

Dans le pays de Télédan, voisin du mont Coryphe, entre Antioche et Berhé (*Alep*), Ammien réunit des disciples dont le nombre s'accrut considérablement sous ses successeurs. Ils formèrent des essaims monastiques qui se répandirent sur les montagnes de la contrée [3]. Saint Siméon, le futur Stylite, qui avait déjà passé deux années dans le monastère de Sisan, son pays natal, vint se mettre sous la conduite d'Héliodore, abbé de l'une de ces maisons, où habitaient quatre-vingts moines [4]. Celle de l'abbé Bassos, à Télanisse, n'en comptait pas moins de deux cents [5].

Le désert de Chalcis, qui s'étendait à l'orient d'Antioche, entre Immam et Berhé, renfermait un grand nombre de solitaires. Malchos s'y retira vers 337. Trente-huit ans plus tard, saint Jérôme, son biographe, qui vint lui-même y chercher un asile, le rencontra près de Maronias [6]. Un autre solitaire de Chalcis, Marcien, forma plusieurs disciples, entre autres Eusèbe, Agapet et Basile. Ce dernier fonda un monastère à Séleucie. Agapet en créa deux à Nicertes, dans le diocèse d'Apamée (av. 390). Ils prospérèrent si bien que leurs moines durent en établir d'autres encore [7].

Théodoret, qui fut tiré de l'un des monastères du diocèse d'Apamée pour gouverner l'importante église de Cyr (423), y trouva le monachisme très florissant. Il ne pouvait manquer de consacrer à ses religieux des notices dans son « Histoire religieuse ». Maysymas, Acepsimas, Maron, Jacques, Abraham, devenu évêque de Charra (†422), Eusèbe, Salamanes, étaient encore vivants lorsqu'il entreprit la rédaction de cet ouvrage. Quelques-uns furent de simples anachorètes ; d'autres réunirent des disciples plus ou moins nombreux [8].

Apamée nous a introduit dans la Célésyrie ou seconde Syrie, qui eut, à cette époque, de nombreux solitaires et cénobites [9]. Ce

1. Théodoret, *Hist. relig.*, VI, 1363.

2. Id., II, 1314.

3. Id., IV, 1339-51.

4. Id., XXVI, 1467.

5. Id., 1479.

6. De Buck, *Commentarius historicus in vita S. Malchi*, 7, 8. *Acta S. Sanct. Oct.*, t. IX, 62.

7. Théodoret, III, 1323-29. Tillemont, VIII, 478-485.

8. Id., 14 et s. 1411 et s.

9. Sozomène, VI, 39. P. G., LXVII, 1395. Evagre, *Hist. eccles.*, III, 32. P. G., LXXXVI, 2666.

sont, entre autres, Valentin d'Emèse, son homonyme d'Aréthuse, Paul de Talmissa. Acace et Paul, qui écrivirent à saint Epiphane pour le déterminer à publier ses livres *Contre les hérésies*, gouvernaient des monastères dans cette même province [1].

Saint Julien Sabbas, que saint Jérôme et saint Jean Chrysostome rangent parmi les moines les plus illustres de cette période, fut le patriarche de la vie religieuse en Osrhoène [2]. Il se retira dans la solitude auprès d'Edesse, vers l'année 330. Des disciples, une centaine environ, ne tardèrent pas à le rejoindre. Jacques le Persan [3], Agrippa, Eusèbe de Téledan, Asterios, Acace de Berhé, sont les plus connus. Ils devinrent autant de propagateurs de l'institut monastique [4]. Edesse passait alors pour l'une des villes les plus pieuses de l'Orient [5]. L'éloquence et les vertus de saint Ephrem provoquèrent parmi ses habitants un généreux élan vers la pratique de la perfection religieuse. Aussi le nombre des moines s'accrut-il beaucoup dans la cité et dans les campagnes qui l'entourent. Silvie, dont les pèlerinages sont si utiles à qui tente de reconstituer la topographie monastique de la fin du IVe siècle, vint les visiter. Elle en rencontra dans l'intérieur de la cité et au loin, dans les solitudes qui en dépendent [6]. Il y eut d'assez bonne heure un monastère à Œmida, au pied du mont Gangalion [7]. Saint Publios en fonda un sur une colline, à quelque distance de Zeugma, ville située sur les rives de l'Euphrate [8].

Nulle province ne fournit, après l'Egypte, autant de moines que la Mésopotamie, s'il faut en croire saint Jérôme [9]. Nous sommes malheureusement peu renseignés sur leur compte. Une tradition dont Sozomène s'est fait l'écho considérait Aones ou Eugène comme le premier qui eût mené ce genre de vie en ces régions [10]. Cet honneur semble plutôt appartenir aux « fils de l'alliance »,

---

1. S. Epiphane. P. G., XLI, 151-158.
2. Sozomène, III, 14, 1078-79.
3. Théodoret, *o. c.*, VIII, 1367.
4. Id., II, 1306-23. Sozomène, III, 14, VI, 34. Bulteau, 371-373.
5. Jean Chrys., *Oratio de SS. Bernice et Prosdoce.* P. G., XLIX, 636.
6. Silvie, *Peregrinatio*, 64.
7. Sozomène, III, 14, 78-79.
8. Théodoret, XXXIII, 1351-54.
9. S. Jérôme, *Com. in Isaiam*, V, 20. P. L., XXIV, 193.
10. Sozomène, VI, 38, 1391. *La vie de Mar-Benjamin,* traduite du syriaque par V. Scheil, O. P. *Revue de l'Orient chrét.*, II, 247.

mentionnés par saint Aphraates[1]. Mais ce fut saint Jacques de Nisibe (350) qui exerça la plus grande influence sur le développement du monachisme mésopotamien. Saint Ephrem fut d'abord moine à Nisibe. Les montagnes de Sigoron, peu éloignées de cette ville, servirent de retraite à Batthœos, Eusèbe, Bargès, Halos et à plusieurs autres[2]. Charra, que le nom d'Abraham, père des croyants, rendait particulièrement chère aux chrétiens, ne tarda guère à posséder un groupe de religieux[3]. Ils furent visités par Rufin[4] et par Silvie[5]. Cette dernière eut la bonne fortune d'arriver à l'époque où devait se célébrer l'anniversaire du moine martyr Helpidios. Tous les religieux de la contrée assistèrent à la fête. Après avoir joui de leur conversation, elle se rendit ensuite au puits de Rachel, qui est à six milles de Charra. Il y avait une église, des clercs et des cellules monastiques[6].

*
* *

L'Arménie, qui occupe les régions montagneuses au nord de la Mésopotamie, connut les moines par les exagérations ascétiques d'Eusthate, évêque de Sébaste, et de ses disciples[7]. Tous ne tombèrent pas dans les mêmes excès. Aussi saint Grégoire de Nazianze pouvait-il féliciter cette province de l'honneur que lui procurait la foule de ses religieux et de ses religieuses (372)[8]. On remarqua leur participation aux obsèques de saint Jean Chrysostome, mort dans leur pays[9]. Le diocèse de Mélitène en comptait un grand nombre durant les premières années du Ve siècle[10]. Plusieurs abbés se trouvèrent mêlés aux querelles du nestorianisme[11].

1. Dom Parisot, *Aphraates sapientis Persæ demonstrationes, præfatio,* t. l, xiv, xv. Zockler, *Askese und monchlum,* 182.

2. Sozomène, ibid.

3. Id., 1391-1395.

4. Rufin, *Hist. eccles.,* ii, 8, P. L., XXI, 517.

5. Silvie, *Peregrinatio,* 69-70.

6. Id., 72.

7. Sozomène, iii, 14, 1079-82.

8. Grég. Naz., *Carmen ad Hellenium,* v. 277-280. P. G., XXXVII, 1471.

9. Pallade, *Dialog. de vita S. Joan. Chrys.,* 11. P. G., XLVII, 39.

10. Cyrille, *Vita S. Euthymii,* 11, *Acta Sanct. Jan.,* t. II, 667.

11. Proclos, *ep.* 2. P. G., LXV, 856. Tillemont, XIV, 629.

Saint Basile et son ami, saint Grégoire de Nazianze, furent les propagateurs infatigables du monachisme dans le Pont, la Cappadoce et les provinces voisines. Ils menèrent ensemble la vie religieuse dans le monastère d'Annesi, sur les bords de l'Iris, pendant que sainte Macrine, sœur de saint Basile, gouvernait une communauté de vierges sur la rive opposée du fleuve. C'était dans la province du Pont. Leur exemple et surtout le zèle entraînant de Basile, provoquèrent de nombreuses vocations, ce qui amena l'établissement de multiples monastères [1]. Il en fut de même en Cappadoce quand saint Basile, ordonné prêtre par l'évêque Eusèbe, vint de nouveau habiter la ville de Césarée (364). Six ans plus tard, à l'époque de son élection épiscopale, les moines étaient déjà nombreux et influents [2]. On les trouvait à Nazianze dès 360 [3], à Ozizala, sur les terres de saint Amphilochios, à Lamis, à Sannabadaa [4], à Amasée [5], métropole de l'Helénopont [6].

Saint Théodose fonda, vers 370, un monastère en Cilicie, à Rhosos, sur les bords de la mer [7]. Les moines de cette province jouissaient, au début du siècle suivant, d'une grande réputation de vertu; saint Nil, informé de la sainteté de leur vie, leur exprima, dans une lettre, toutes ses félicitations [8]. La vie monastique prospérait encore à Séleucie, en Isaurie, auprès du tombeau de la sainte martyre Thècle [9]. On rencontrait des religieux en Pamphylie [10], à Ephèse [11], à Ancyre, et en divers lieux de Galatie [12] (374), à Nicée [13], à Gomon, à Irénée [14], et ailleurs en Bithynie [15].

Constantinople offrit au monachisme une terre privilégiée

1. Rufin, *Hist. eccles.*, II, 9. P. G., XXI, 518. Sozomène, VI, 17, 1335.

2. Grég. Naz., *Orat.* 43, *in laudem Basilii M.* P. G., XXXVI, 335.

3. Id., *Carmen ad Hellenium.* P. G., XXXVII, 1461 et s.

4. Id., *ep.* 116 *ad Eulalium*, 211-214.

5. Id., *ep.* 238, 379.

6. Tillemont, X, 450.

7. Théodoret, *o. c.*, X, 1387-94.

8. S. Nil, l. I, *ep.* 232. P. G., LXXIX, 167.

9. S. Grég. Naz., *Poem.* XI *de seipso*, v. 545-560, P. G., XXXVII, 1067. Silvie, *Peregrinatio*, 73-74.

10. S. Epiphane, *Ancoratus.* P. G., XLIII, 14-18.

11. Bulteau, p. 526.

12. S. Nil, *in Albianum.* P. G. LXXIX, 703. Pallade, *Lausiaca*, CXIII-CXV, 1215-21.

13. S. Jean Chrys., *ep.* 221. P. G., LII, 733.

14. *Vita S. Alexandri, Acta Sanct. Jan*, t. I, 1027-28. Tillemont, XII, 733.

15. Socrate, I, 13. P. G., LXVII, 105-110.

durant la période suivante. Les premiers moines connus de la capitale furent des partisans de l'hérétique Macédonios. Les fondations de monastères ne remontent qu'au règne de l'empereur Théodose. Ceux de Dalmate, de Rufiniane et des Acémètes sont les plus anciens[1].

Tout incomplet qu'il est, cet essai de topographie permet d'apprécier l'extension du monachisme pendant cette première période de son histoire. Il était nécessaire de le mettre sous les yeux du lecteur pour éviter la confusion dans l'exposé de la vie et des pratiques diverses des moines orientaux avant le concile de Chalcédoine.

---

1. Marin, *Les Moines de Constantinople, depuis la fondation de la ville jusqu'à la mort de Photius,* p. 1-18, attribuait à Constantin, à sa mère et à ses successeurs, l'origine d'un grand nombre de monastères. Le R. Père Pargoire a soumis ces attributions à une critique rigoureuse. *Les débuts du monachisme à Constantinople. (Revue des questions historiques,* 1ᵉʳ janvier 1899, 67-143.)

CHAPITRE II

Les diverses sortes de moines

Les multitudes de moines disséminés sur toute la surface de l'empire oriental étaient loin d'envisager de la même manière la vie religieuse et ses obligations. Tous cherchaient, il est vrai, à reproduire l'idéal de la perfection qu'ils trouvaient exprimé dans l'Evangile et dans les Livres de l'Ancien et du Nouveau Testament. Mais le texte sacré, ses maximes, ses récits, étudiés avec la tournure d'esprit des chrétiens de cette époque, leur pouvaient fournir des types de la plus extrême variété. Chacun choisissait celui qui répondait le mieux aux aspirations de son cœur. Les uns étaient frappés par un exemple ou par une sentence auxquels d'autres ne donnaient aucune attention. Le même trait, le même précepte, recevaient parfois des interprétations contradictoires. Les traditions ascétiques, qui persistaient en beaucoup de lieux, n'étaient pas moins confuses. Elles avaient subi en effet l'influence des hommes, du temps, des milieux, de mille circonstances difficiles à saisir.

Le nombre extraordinaire des vocations qui surgissaient de toutes parts après le triomphe de l'Eglise, et l'enthousiasme religieux qui s'empara des esprits, amenèrent forcément, dans ces conditions, une merveilleuse surabondance de vie. Le spectacle que présentaient alors les solitudes monastiques fait songer à quelqu'une de ces riches vallées de l'Orient, qui se couvrent d'une végétation luxuriante dès que les rayons du soleil sont venus, au printemps, répandre à profusion la vie sur leur sol détrempé par l'inondation ou par les pluies de l'hiver. Tout pousse et grandit:

les céréales qui font la richesse des cultivateurs, les plantes d'agrément, les herbes inutiles et même les vénéneuses.

On vit des moines qui imposaient à tous le respect, souvent même l'admiration, par la sainteté de leurs œuvres ; il y en eut aussi qui menaient une existence bien vulgaire ; d'autres scandalisaient les fidèles par l'indignité de leur conduite et l'immoralité de leur doctrine. Les religieux fervents, médiocres ou mauvais, abandonnés souvent à leur initiative personnelle, choisissaient le genre de vie qui répondait le mieux à leurs goûts. L'influence des milieux, les divergences de caractère, d'origine, d'éducation, introduisirent ainsi, par la force des choses, dans les pratiques extérieures du monachisme et dans l'exercice des vertus qui tiennent de plus près à son essence, une variété qui ressemble singulièrement à de la confusion. La chose était d'autant plus facile que les moines et les monastères n'étaient point saisis par les liens d'une organisation puissante, et que l'Eglise n'exerçait pas sur eux la même vigilance que de nos jours.

Les contemporains, au lieu de s'en étonner, y voyaient une preuve éclatante de la vitalité des institutions monastiques. « L'ennemi commun des hommes, écrit à cette occasion l'historien Théodoret, a, dans sa malice, imaginé beaucoup de moyens pour les précipiter vers leur ruine ; de même, les disciples de la piété ont trouvé des moyens nombreux et variés pour s'élever jusqu'au ciel. Les uns se réunissent par groupes ; les autres embrassent une vie retirée. Il en est qui habitent sous des tentes ou dans des huttes ; d'autres préfèrent vivre dans des cavernes ou dans des grottes. Plusieurs ne veulent ni grotte, ni caverne, ni tente, ni hutte ; ils vivent en plein air. Parmi eux, on en voit qui se tiennent constamment debout, tandis que les autres passent leurs journées tantôt debout, tantôt assis. Quelques-uns entourent d'une barrière le lieu qu'ils occupent ; d'autres ne prennent point cette précaution, ils restent exposés à la vue de tout le monde[1]. »

Une classification ne serait pas inutile pour se reconnaître au milieu de cette confusion. Saint Jérôme, dans sa lettre à la vierge Eustochium, en avait déjà proposé une qui se rapportait plus particulièrement aux moines égyptiens. Il les ramenait à trois catégories principales : « Les premiers sont les « cénobites », que les gens du pays appellent dans leur langue *sauses*, et que nous pouvons nommer *vivants en commun*. Les deuxièmes sont les

---

1. Théodoret, *Religiosa historia*, c. xxvii, P. G., LXXXII, 1483-1486.

« anachorètes », qui habitent seuls dans les déserts ; leur nom vient de ce qu'ils se sont retirés loin des hommes. Les troisièmes sont ceux que les Egyptiens appellent « Remoboth ». C'est une classe très mauvaise, méprisée par tout le monde[1]. »

Cassien s'inspire de ce texte de saint Jérôme, quand il fait dire à l'abbé Piamun : « Il y a en Egypte trois sortes de moines ; les premiers et les deuxièmes sont bons ; les troisièmes se distinguent par la mollesse de leur conduite ; il faut tout faire pour les éviter. Les premiers sont les *cénobites ;* les deuxièmes, les *anachorètes ;* les troisièmes, les *sarabaïtes*[2]. »

Il signale plus loin une quatrième catégorie. Ceux qui la composent ne valent pas mieux que les *sarabaïtes ;* ce sont les *faux anachorètes,* qui cherchent dans la solitude un moyen commode de vivre tout à leur aise et de suivre les caprices de leur volonté propre[3].

Saint Benoît et saint Isidore ont adopté cette classification, le premier, dans sa Règle[4], et le second, dans le livre II de ses Offices ecclésiastiques[5].

C'est celle que nous adopterons nous-même, en lui faisant toutefois plusieurs additions nécessaires.

*
* *

Les *ascètes* méritent d'occuper le premier rang. Ils sont les vétérans du monachisme. Par eux, les Antoine, les Pakhôme, les Hilarion, les Basile, les propagateurs de la vie religieuse au IVe siècle, se rattachent à l'Eglise primitive de Jérusalem et aux Apôtres, qui inaugurèrent la pratique de la perfection chrétienne. Durant trois siècles, sous la forme que comportaient les circonstances, ils ont maintenu la tradition monastique. Ils consacraient

---

1. S. Jérôme, *Epist.* 22, c. xxxiv, P. L., XXII, 449.
2. Cassien, *Conlatio,* XVIII, c. iv, p. 509.
3. Ibid., p. 516-517.
4. S. Benoît, *Regula,* c. i. Il nomme les quatrièmes gyrovagues.
5. S. Isidore, *De ecclesiasticis officiis,* l. II, c. xvi, P. L., LXXXII, 794-801. Saint Isidore, qui avait en vue l'ensemble des moines orientaux et occidentaux, en compte six classes distinctes : les cénobites, les ermites, les anachorètes (nommés reclus par d'autres), les faux ermites dont parle Cassien, les circumcellions (le nom est emprunté à saint Augustin, ce sont les mêmes que les gyrovagues de saint Benoît), et enfin les sarabaïtes.

à Dieu leur corps par le vœu de virginité. Souvent ils s'abstenaient de viande et de vin. Quelques-uns distribuaient leurs biens, soit aux pauvres, soit aux églises, et pratiquaient une stricte pauvreté. Plusieurs vivaient au sein de leur famille, d'autres avaient une habitation particulière. Dans ce dernier cas, ils étaient tantôt seuls, tantôt par petits groupes. Un habit particulier les distinguait du reste des chrétiens. Ils formaient une classe intermédiaire entre les simples fidèles et les membres du clergé. Il y eut des martyrs parmi eux. L'Eglise aimait à choisir ses ministres dans leurs rangs. Plusieurs ont été de grands évêques et des docteurs fameux. Origène fut le plus célèbre de ces *ascètes* ou *exercitants*[1].

Ils ne disparurent pas complètement lorsque, dans la première moitié du IVe siècle, le monachisme proprement dit s'épanouit sur toute la surface du monde romain. On rencontra encore, au sein des villes, des hommes voués au célibat, qui menaient une vie plus parfaite que le commun et portaient un habit particulier, sans habiter dans une communauté monastique. Ainsi vivait Athanase, l'homme pieux et juste, le vrai chrétien, l'ascète, quand l'Eglise d'Alexandrie le choisit pour son évêque (388)[2]. Il ne fut pas le seul. Un jeune païen de sa ville épiscopale, converti au christianisme, éprouvait un vif désir d'embrasser la vie religieuse. Le patriarche, confident de ses aspirations, le reçut, après son baptême, parmi les lecteurs, et il lui fit bâtir, dans les dépendances de l'église, une cellule où il pût suivre en toute liberté les exercices de l'ascétisme. Cela dura pendant douze années. Alors la vanité et le relâchement du clergé lui inspirèrent un profond dégoût. Il obtint d'Athanase la permission d'aller à Tabenne se mettre sous la conduite de saint Pakhôme[3]. Pallade nous fait connaître

---

1. Fleury, *Les Mœurs des chrétiens*, t. XXVI, p. 241-242, éd. 1727. *Kirchenlexicon*, t. I, 1469-72, 2e édition ; Duchesne, *Origines du culte chrétien*, 405-406, 1re édition ; Tillemont, *Mémoires pour servir à l'histoire ecclésiastique*, t. VII, 101-105, 176-177. Les *ascètes* des trois premiers siècles de l'Église ont été depuis plusieurs années l'objet d'études intéressantes. Cf. Dom U. Berlière, *Les Origines du Monachisme et la critique moderne* (*Revue Bénédictine*, janvier 1891) ; Jules Mayer, *Die christliche Askese* ; Fribourg, 1894, in-8, 48 p. ; Étienne Schiwietz, *Les Origines du Monachisme ou l'Ascétisme des trois premiers siècles* (*Archiv. für katholische Kirchenrecht*, LXXVIII, 1898, 305-331).

2. Athanase, *Apologia contra Arianos*, 6, P. G., XXV, col. 259 ; Tillemont, t. VIII, 4.

3. Amélineau, *Monuments pour servir à l'histoire de l'Egypte chrétienne au*

un autre ascète alexandrin, nommé Euloge. Il distribua aux pauvres tous ses biens, ne se réservant qu'une somme très modique pour subvenir à son entretien, car il lui était impossible de gagner sa vie par son travail de chaque jour. Le désert n'avait pour lui aucun attrait. Il lui répugnait de s'incorporer à un monastère de la ville. Comme, d'autre part, l'isolement absolu lui paraissait insupportable, il choisit pour compagnon un malheureux estropié, qui n'avait ni pieds ni mains. Durant quinze années, Euloge prodigua, sans jamais se lasser, à ce pauvre infirme, tous les soins que réclamait son état[1].

Jérusalem eut aussi ses ascètes[2]. Ils n'étaient pas inconnus à Antioche. Saint Jean Chrysostome mena ce genre de vie après son baptême, en attendant qu'il lui fût possible de se retirer dans la solitude des montagnes. Il eut pour imitateurs quelques-uns de ses amis : Maxime, Basile et Théodore[3]. Ce dernier, âgé de vingt ans, avait abandonné la recherche de la perfection pour s'adonner aux jouissances d'une vie mondaine. Son saint ami lui adressa une chaleureuse *Exhortation*[4], qui le remit sur le chemin du devoir (v. 369). Ses trois livres sur la *Providence* furent écrits pour un autre ascète du nom de Stagyre[5]. Le premier livre de la *Componction* fut pour un certain Demetrios[6], qui avait embrassé la même profession. Ce fut ce genre de vie que mena saint Jean Chrysostome, lorsque son état de santé l'eut contraint de quitter le désert pour revenir dans sa ville natale.

*
* *

Les *ermites*, ou habitants du désert (ερεμος), appelés encore *anachorètes*, vénéraient comme leurs fondateurs et leurs maîtres Élie et saint Jean-Baptiste, qui, sous l'ancienne Loi, s'étaient séparés de la société des hommes pour vaquer uniquement à

IVᵉ siècle. *Histoire de saint Pakhôme et de ses communautés.* (*Annales du Musée Guimet*, t. XVII, 141-147.)

1. Pallade, *Historia lausiaca*, c. XXVI, P. G., XXXIV, 1071.

2. Silvie, *Peregrinatio*, p. 76 et 82.

3. S. Jean Chrysostome, *De sacerdotio*, l. I, 1-6, P. G., XLVII, 86-87 ; Tillemont, XI, 7-11.

4. Id., *Exhortatio ad Theodorum lapsum* (ibid., 309-316).

5. P. G., XLVII, col. 423.

6. Ibid., 393.

Dieu dans la paix et la solitude[1]. Saint Paul, le premier ermite connu, se retira dans le désert vers le milieu du IIIe siècle. On ne peut le considérer comme étant l'instituteur de ce genre de vie, puisqu'il n'eut aucun disciple[2]. Cet honneur revient à saint Antoine. Personne avant lui, au moins parmi les ascètes connus alors, ne s'était senti le courage de s'enfoncer dans les profondeurs du désert pour y pratiquer plus librement les saintes lois de l'ascèse religieuse. Ils ne s'éloignaient guère de leur village[3]. Lorsque Antoine voulut affronter une solitude complète, il ne put déterminer un vieil ascète à l'accompagner. Celui-ci prétexta son grand âge et surtout le caractère insolite d'une pareille retraite[4]. La sainteté et les miracles d'Antoine finirent par lui attirer de nombreux disciples. L'un d'entre eux, saint Hilarion, implanta la vie érémitique dans la Palestine, où elle fit de rapides progrès. Pour suivre son développement à travers tout l'Orient, il faudrait faire l'histoire de la propagation du monachisme lui-même, ce qui ne saurait entrer dans notre plan.

Ces hommes, qui fuyaient au désert, ne se laissaient pas dominer par la crainte des ennuis de la vie commune ou par un sentiment de pusillanimité. Le désir d'une perfection plus haute et d'une contemplation plus élevée les portait à quitter la société des hommes, pour appliquer, à la faveur du silence et du calme extérieur, toutes les forces de leur âme à l'étude des choses divines[5]. « Fais tout ce que tu peux, dit quelque part le solitaire Evagre, pour t'assurer la paix de l'âme et la liberté du cœur. Fuis ton pays natal, fuis les villes. Recherche les endroits solitaires et tranquilles. Ne crains ni leur pauvreté ni les apparitions des démons[6]. » Aucun bruit, aucune rencontre, aucune parole inutile, rien n'est capable de jeter le trouble dans l'âme du solitaire. Il peut se livrer tout entier à l'attente du Christ[7]. Le désert, avec son immensité, ouvre devant ses yeux des horizons séduisants. Saint Jérôme, qui en a plus que personne savouré les charmes,

1. S. Grégoire de Nysse, *De Virginitate*, 6, P. G., XLVI, 350 ; S. Jérôme, *Epist.* 22, c. xxxv, P. L., XXII, 421.

2. S. Jérôme, *Vita S. Pauli primi eremitæ*, P. L., XXIII, 17-28.

3. S. Athanase, *Vita S. Antonii*, 3, P. G., XXVI, 843.

4. Ibid., 11, 859.

5. Cassien, *Collat.*, XVIII, 6, p. 511.

6. Evagre, *Rerum monachalium rationes*, 5-7. P. G., XV, 1255-59.

7. Rufin, *Historia monachorum*, P. L., XXI, 389 ; Pallade, *Paradisus Patrum*, P. G., LXV, 443.

excelle à les peindre : « O désert, émaillé des fleurs du Christ !
solitude, où se forment les pierres avec lesquelles on bâtit la cité
du grand Roi ! O désert, où l'on jouit plus qu'ailleurs de la familiarité divine ! Que fais-tu dans le siècle, ô mon frère Héliodore,
toi qui es plus grand que le monde ? Combien de temps resteras-
tu plongé sous l'ombre des maisons ? Combien de temps seras-tu
captif dans la prison des villes enfumées ?... Crains-tu de meurtrir
tes membres exténués par les jeûnes en les étendant sur la terre
nue ? Mais le Christ s'étend à tes côtés... L'immensité du désert
t'épouvante-t-elle ? Mais que ton âme fasse une excursion dans le
paradis. Toutes les fois que tu t'y élèves en pensée, tu cesses
d'habiter le désert [1]. »

Certaines âmes, que consumait le besoin de s'entretenir cœur
à cœur avec Dieu, étaient absolument incapables de résister à
cette fascination de la solitude. L'abbé Marc demandait un jour à
l'abbé Arsène : « Pourquoi donc fuyez-vous ainsi notre société ?
— Dieu sait bien que je vous aime, répondit-il, mais il m'est
impossible de vivre en même temps avec le Seigneur et avec les
hommes [2]. »

Postumianus rencontra un jour dans la région du Sinaï un
anachorète qui depuis cinquante années n'avait pas eu la moindre
relation avec les hommes. Il prenait la fuite dès qu'il en apercevait un. « Pourquoi fuyez-vous vos semblables, lui demanda-t-il ?
— Celui qui reçoit les visites des hommes ne peut recevoir celle
des anges », telle fut sa réponse [3].

Chronios, qui s'était enfui dans le désert à quinze mille pas
seulement de Phœnix, sa ville natale, demandait à Dieu par d'ins-
tantes prières la grâce de ne plus revenir en pays habité. De fait,
il passa soixante années sans approcher de la demeure des
hommes [4]. Macaire l'Egyptien fit la rencontre, dans une oasis, de
deux solitaires qui vivaient là depuis quarante ans et n'avaient
aucun rapport avec le reste des mortels [5].

Les solitaires du Sinaï, qui avaient échappé au glaive des

---

1. S. Jérôme, *Epist.* 14, *ad Heliodorum*, 10. P. L., XXII, 353.
2. *Verba seniorum*, libel. XVII ; Rosweyde, *Vitæ Patrum*, l. V., P. L., LXVIII, 923.
3. Sulpice Sévère, *Dialogus*, 169-170, éd. Halm.
4. Pallade, *Historia lausiaca*, 89. P. G. XXXIV, 1198.
5. *Verba seniorum*, lib. III, 4 ; Rosweyde, *Vitæ Patrum*, l. VI, P. L., LXXIII, 1007.

Sarrasins, refusèrent de quitter leur retraite pour chercher un refuge auprès des villes ou dans des lieux habités. La peur de la mort ou de la captivité était moins puissante sur eux que la crainte de perdre l'intimité divine, qu'ils goûtaient dans le désert[1].

Les femmes n'échappaient pas à cette fascination de la solitude. Deux anciens parcouraient le désert qui avoisine Scété. Un son, qui ressemblait à une voix humaine, leur révéla tout d'un coup la présence de quelque être vivant. Ils cherchèrent d'où venait ce bruit et ils découvrirent bientôt l'entrée d'une caverne qui servait de refuge à une femme. Elle était là depuis trente-huit ans et n'avait jamais vu personne[2]. L'isolement dans lequel vivait saint Paul est trop connu pour qu'il y ait à en parler.

Mais ce ne sont là que des faits exceptionnels. Les ermites n'observaient pas d'ordinaire une séquestration aussi absolue. Souvent ils avaient autour d'eux soit un disciple, soit un compagnon de solitude. Saint Jean Chrysostome passa les quatre années de sa vie érémitique auprès d'un ancien, qui était son maître[3]. Le solitaire que saint Porphyre rencontra dans l'île de Rhodes avait un disciple à ses côtés[4]. Saint Antoine admit quelque temps Paul le Simple à vivre dans sa cellule; lorsqu'il crut sa formation suffisante, il lui en assigna une qui n'était pas trop éloignée[5].

Il serait facile de multiplier les exemples; car ils furent très nombreux, surtout en Égypte et en Thébaïde. Ces jeunes ermites, en échange des soins spirituels qu'ils recevaient, rendaient à leurs maîtres tous les services qu'ils pouvaient en attendre. Ils faisaient leur cuisine, allaient chercher de l'eau, et leur procuraient tout ce dont ils avaient besoin. Quand ils n'avaient pas de disciple, les anachorètes choisissaient parfois un compagnon qui habitait, soit dans la même cellule, soit dans le voisinage. Mais la cohabitation présentait de sérieux inconvénients: l'expérience était là pour le montrer. Deux hommes, toujours en face l'un de l'autre, au fond d'un désert, sans la moindre distraction, ont besoin, pour se supporter longtemps, d'être unis par les liens d'une affection vraiment surnaturelle. Comment avoir sans cela le courage de sacrifier

---

1. S. Nil, *Narratio*, IV, P. G., LXXXIX, 638.
2. *Verba seniorum*, ibid. 1008.
3. Pallade, *Dialogus de vita S. Joannis Chrys.*, c. v. P. G., XLVII, 18.
4. Marc, *Vita S. Porphyrii*, 24-25. P. G., LXV, 1227-28.
5. Pallade, *Historia laus.*, c. XXVIII. P. G., XXXIX, 1085.

constamment leurs volontés et leurs désirs? Impossible de conserver longtemps la paix sans cette disposition.

Un vieil anachorète désirait choisir pour compagnon un frère beaucoup plus jeune. Il s'en ouvrit un jour à lui. Ce frère était, malgré son âge, un homme d'expérience. Il ne voulut pas acquiescer immédiatement à cette proposition : « Je suis un pécheur, dit-il ; tu ne pourras jamais vivre avec moi. — Mais si ! » répondait l'ancien, en renouvelant ses instances. Celui-ci était un religieux très chaste ; il ne pouvait comprendre qu'un moine eût des pensées impures. Son interlocuteur le savait. « Donnez-moi une semaine pour réfléchir, lui dit-il ; et alors nous traiterons cette affaire. » Au bout de huit jours, l'ancien s'en alla chercher la réponse. Le jeune frère, pour se rendre compte de ses dispositions, lui confessa une faute, qu'il n'avait pas commise. « Abba, j'ai eu dans le cours de la semaine une violente tentation. Je suis allé au village voisin pour une affaire, et j'ai péché. » Au lieu de s'indigner, le vieillard lui demanda : « Veux-tu faire pénitence ? — Je suis disposé à la faire. — Je prendrai pour ma part la moitié de ta faute. » Cette parole charitable dissipa les incertitudes du frère, qui s'empressa de lui dire : « Maintenant, nous pouvons habiter sous le même toit. » Ce qu'ils firent tout le reste de leurs jours [1].

Deux frères, qui voulaient habiter ensemble, se promirent obéissance mutuelle. L'harmonie la plus étroite régna longtemps parmi eux. Mais il suffit un jour d'une bagatelle pour les jeter dans le trouble. Un oiseau vint se poser devant leur cellule. « C'est une colombe, dit l'un. — Non, c'est une corneille », répliqua l'autre. Chacun de soutenir son opinion avec une ardeur digne d'une meilleure cause. Les têtes s'échauffèrent dans cette discussion ridicule, si bien que les coups succédèrent aux paroles. La cohabitation était difficile après une scène pareille. Chacun se retira de son côté. Mais au bout de trois jours la colère fut calmée. Les deux ermites, tout confus de ce qui leur était arrivé, se demandèrent mutuellement pardon et promirent de ne plus recommencer. De fait, ils vécurent dans l'union la plus étroite jusqu'à la fin de leur vie [2].

Pour conserver la paix, même à deux, il fallait donc une vigi-

---

1. *Verba seniorum*, 154 ; Rosweyde, *Vitæ Patrum*, l. III, P. L., LXXXIII, c. 791.

2. *Apophtegmata Patrum*, publiés par Cotelier. P. G., LXV, 311.

lance continuelle sur soi et une inaltérable charité. L'abbé Isaïe,
qui avait une grande expérience de la vie érémitique, conseillait
en outre la discrétion et la délicatesse dans les procédés : « Si tu
habites avec un frère, dit-il, sois avec lui comme un étranger; ne
lui commande rien; ne pose jamais pour son supérieur; ne sois
pas trop libre avec lui. Mais s'il vient à te donner un ordre, malgré
tes répugnances, renonce à ta volonté propre; ne le contriste point,
de peur de bannir la paix qui règne parmi vous. Sache bien que
l'obéissance fait la vraie grandeur[1]. »

A défaut de disciple ou de compagnon, plusieurs ermites
avaient pour les servir des séculiers, qui venaient des villages les
plus rapprochés leur apporter ce qui leur était nécessaire[2].

Les maîtres de la vie monastique, toujours préoccupés des
graves inconvénients que présente la solitude absolue, conseillaient de ne point trop éloigner les cellules les unes des autres.
Parfois elle étaient assez rapprochées d'un groupe de cénobites.
De la sorte, les solitaires pouvaient se visiter assez souvent et
même prendre part à des assemblées qui réunissaient de temps à
autre, le dimanche et le samedi par exemple, tous les frères d'une
région. L'abbé Amoun de Nitrie questionna saint Antoine sur
l'intervalle qu'il convenait de laisser entre les cellules des
anachorètes. Le saint patriarche lui recommanda de les disposer
de telle manière que les religieux pussent s'y rendre après le repas
du soir[3].

Dans son monastère de Nitrie le nombre des religieux qui
voulaient embrasser la vie érémitique fut tel que l'on put créer,
pour la leur rendre plus facile, une organisation très pratique. Il
y avait, à une distance de soixante-dix stades, une solitude profonde. Ils y fixèrent le lieu de leur retraite. Le monastère leur
envoyait tout ce dont ils avaient besoin. Leurs cabanes étaient
assez distantes les unes des autres pour qu'il leur fût impossible
de se voir ou de s'entendre. Il y en eut bientôt six cents, occupées
par autant de religieux; c'est le désert des Cellules, dont il a été

1. Isaïe, *Oratio*, III, P. G., XL, 1110 ; *Regula*, 30, P. L., CIII, 430.
2. *Verba seniorum*, 90 ; Rosweyde, *Vitæ Patrum*, l. III, P. L., LXXII, c. 779 ;
ibid., 118, col. 782 ; 144, col. 788, etc. Naucratios, frère de saint Basile, qui embrassa
la vie solitaire sur les montagnes boisées des bords de l'Iris, avait en sa compagnie
son ancien serviteur, Chrysaphios. Saint Grégoire de Nysse, *De vita S. Macrinæ*.
P. G., XLVI, 966-67.
3. *Apophtegmata Patrum*, P. G., LXV, 86-87.

question[1]. Les moines de Scété se ménagèrent une retraite semblable sur la montagne de Pherme.

Postumianus, l'ami de Sulpice Sévère, visita dans la haute Thébaïde un monastère, qui était le centre autour duquel rayonnaient un certain nombre de cellules d'ermites. L'abbé les allait voir de temps à autre et il leur fournissait les choses nécessaires à la vie[2].

Les nombreux anachorètes de la Palestine n'étaient pas complètement livrés à eux-mêmes, au temps de saint Hilarion, leur père et leur maître. Ceux du Sinaï, séparés les uns des autres par une distance qui parfois dépassait vingt stades, se visitaient quand ils le jugeaient opportun[3]. Sans cela, la charité aurait fini par disparaître de leurs âmes. Une solitude trop prolongée rend l'homme sauvage, en lui faisant oublier les notions les plus élémentaires de la civilité. C'est saint Nil qui fait cette remarque[4].

Malgré les sages précautions dont on l'entourait, la vie érémétique restait en règle générale exposée à de graves inconvénients. Aussi ne convenait-elle qu'aux hommes fortement trempés. Une foule d'esprits légers se laissaient néanmoins séduire par les charmes de la solitude. Les misanthropes et les caractères difficiles croyaient par ce moyen trouver la paix, en échappant aux ennuis du commerce avec leurs semblables. Illusion dangereuse, que l'expérience venait dissiper un jour ou l'autre. Il ne suffisait pas, en effet, de fuir la société pour devenir un véritable anachorète. « Un homme peut rester un siècle dans une cellule, disait à cette occasion l'abbé Ammonas, et ignorer complètement dans quel esprit il faut s'y tenir[5]. » Non, ce n'était pas en se cachant que l'ermite parvenait à échapper au danger d'offenser Dieu, car la tentation est dans son cœur plus que dans les lieux où il habite ; elle le suit partout où il dirige ses pas[6]. Laissons saint Jérôme raconter lui-même les assauts que livraient

---

1. Sozomène, *Historia eccles.*, VI, 31, P. G., LXVII, 1387 ; Rufin, *Hist. monach.*, P. L., XXI, 444-445 ; Pallade, *Hist. laus.*, P. G., XXXIV, 1022, 1295.

2. Sulpice Sévère, *Dial.* I, p. 162-263. Schnoudi avait des anachorètes autour de son monastère. Ladeuze, *Étude sur le cénobitisme pakhomien*, 212-213.

3. S. Nil, *Narratio*, III ; P. G., LXXIX, 613, 619-622 ; *Nar.*, IV, col. 627 ; *Nar.*, 651-664.

4. Id., *Nar.*, III, col. 622.

5. *Apophtegmata Patrum*, P. G., LXV, 346.

6. Cassien, *Conlat.*, XVIII, 16, p. 526 et s.

à son cœur les passions au fond du désert de Chalcis : « Combien de fois, dans cette solitude, brûlée par les feux du soleil et qui fournit aux moines un asile affreux, ne me voyais-je pas au milieu des plaisirs que Rome offre à ses habitants !... Moi qui, par crainte de l'enfer, m'étais enfermé dans cette prison, sans autre compagnie que celle des scorpions et des fauves, j'assistais souvent en esprit aux danses lascives. Mon visage était décoloré par le jeûne, et dans mon corps je sentais bouillonner des désirs impurs ; les feux de la luxure brûlaient une chair à moitié morte. Alors, privé de tout secours, je me jetais aux pieds de Jésus, je les arrosais de mes larmes, que j'essuyais avec mes cheveux ; j'essayais de dominer les révoltes de ma chair, en la privant de nourriture pendant une semaine entière... Je me souviens de mes cris, des nuits passées sans sommeil, des coups dont je frappais ma poitrine jusqu'à ce que mon cœur eût retrouvé la paix[1]. »

On racontait l'aventure d'un pauvre moine qui s'était figuré pouvoir vaincre aisément les violences de son caractère dans une solitude où il n'aurait personne avec qui se disputer. Il occupait depuis quelque temps une grotte dans le désert, quand un jour sa cruche pleine d'eau tomba par hasard et répandit à terre son contenu. Il la remplit de nouveau ; mais ce fut pour la voir tomber. Elle se versa encore, lorsqu'il l'eut remplie pour la troisième fois. C'en fut assez pour le mettre hors de lui. Dans sa colère, il saisit sa cruche et la brisa. Le calme revint bientôt et, après quelques instants de réflexion sur ce qui lui était arrivé, il se dit à lui-même : « Me voilà seul ici, et pourtant je me suis laissé vaincre par la colère. Je retournerai donc à mon monastère ; car partout il faut lutter, partout on a besoin de la vertu de patience et du secours divin[2]. »

Aussi Cassien, saint Nil et la grande majorité des Pères conseillaient-ils de n'embrasser la vie érémétique qu'après avoir diminué l'empire de ses passions par de fréquentes victoires remportées sur soi-même[3]. Ce qui faisait dire à un ancien :

---

1. S. Jérôme, *Epist.* 22 ; P. L., XXII, 398-399.
2. *Verba seniorum*, 40 ; Rosweyde, l. III ; P. L., LXXIII, 778.
3. Cassien, *Conlat.*, XIX, p. 544-552 ; *Instit.*, l. VIII, p. 162 ; l. IX, p. 169 ; S. Nil, l. III, *epist.* 72 ; P. G., LXXIX, 422 ; Id., *Tractatus ad Eulogium*, 32 ; *Ibid.*, 1135.

« Qui veut habiter dans le désert, sans avoir à en pâtir, doit être un docteur et ne plus avoir besoin de maître[1]. »

Il était donc prudent de se former à la pratique de la vertu sous la conduite d'un supérieur et au milieu d'autres religieux avant d'affronter les combats de la solitude[2]. Cassien recommande fort cette manière de procéder[3]. Les choses se passaient ainsi à Diolcos, à Nitrie, à Scété[4]. Le célèbre Jean de Lycopolis[5] et une multitude d'autres en Egypte, en Syrie, dans tout l'Orient, agirent de cette façon.

Mais le séjour matériel dans un monastère n'était pas une préparation suffisante. Il fallait des aptitudes spéciales et une vertu éprouvée. Sinon, l'attrait du désert devenait pour les cénobites eux-mêmes un piège dangereux. Beaucoup s'y laissaient prendre. Saint Ephrem signala plus d'une fois ces illusions aux religieux qui le lisaient ou qui l'écoutaient. Elles sont, à ses yeux, une tentation du diable, qui cherche à détourner un jeune frère de sa vocation[6]. Les anciens n'échappaient pas toujours à cette séduction[7]. Jeunes et vieux étaient attirés par les louanges que l'on décernait aux saints anachorètes beaucoup plus que par les travaux qui les leur avaient méritées[8]. Le diacre d'Edesse insistait trop sur ce point pour ne pas avoir été le témoin attristé du mal que ce désir indiscret de la solitude causait aux moines. Il se rappelait évidemment un de ces exemples, quand il traçait le portrait suivant : Un religieux s'est placé sous la direction d'un père spirituel. L'ennemi du salut s'approche pour lui dire : Va-t'en d'ici, et habite tout seul ; tu jouiras d'une tranquillité plus grande. Si le frère prête l'oreille à ce discours, le démon encouragé vient lui tenir ce propos : Enfonce-toi plus avant dans le désert. S'il acquiesce à cette proposition, le tentateur revient au bout de quelque temps lui suggérer des pensées qui plongent son cœur dans la tristesse. Il fait passer sous les yeux de ce pauvre ermite la longueur du temps, la pénurie de

1. *Verba seniorum*, X, 90 ; Rosweyde, l. V, 928.
2. S. Nil, *Tractatus ad Eulogium*, P. G., LXXIX, 1135.
3. Cassien, *Conlat.*, XVIII, p. 509 ; *Præfatio*, p. 4.
4. Id., *Instit.*, l. V, n. 36, p. 108 ; *Conlat.*, III, p. 68.
5. Pallade, *Hist. laus.*, 43 ; P. G., XXIV, 1109.
6. S. Ephrem, *De humilitate*, oper. grec., t. I, 315-317 ; *Parœn.*, xxiii, t. II, 102-103.
7. Id., *Parœn.*, xxiv (*ibid.*, t. II, 107).
8. Id., *Parœn.*, xxxviii (*ibid.*, 136).

toutes choses, les besoins de la vieillesse et l'ennui de la solitude.
Le cœur s'amollit insensiblement et finit par perdre courage.
C'est alors que le diable de l'impureté fait son apparition. Le
moine l'écoute. A une chute lamentable succède la désolation,
puis le désespoir, et enfin l'abandon de toute vie religieuse[1].

La Mésopotamie n'avait pas le monopole de ces scandales. Il
faut entendre saint Jérôme parler de ces pauvres religieux que
l'abus de la vie érémitique avait précipités dans le découragement
et dans le désordre[2]. On racontait en Egypte l'histoire d'un moine
fervent qu'un zèle indiscret avait poussé vers la solitude malgré la
volonté de son supérieur. Il fut, au bout de six ans, victime d'une
illusion. Il rentra dans le monde, pour y traîner une existence honteuse et misérable[3]. La fin de Ptolémée fut plus triste encore. Après
quinze années passées sans la moindre relation avec les hommes,
il prit une allure étrangère. On le vit quitter le désert, parcourir
l'Egypte et donner aux fidèles le spectacle de ses lamentables
excès[4].

Il s'est rencontré plusieurs ermites qui revenaient volontiers au
monastère, après avoir goûté longtemps les charmes de la
solitude. Le cas n'était point rare en Syrie. Saint Ephrem leur
conseillait de ne pas se prévaloir des années passées au
désert, mais de garder humblement leur place, comme s'ils
embrassaient la vie religieuse pour la première fois. A cette
condition seulement, ils pouvaient avoir la paix[5]. Cassien rencontra, près de Diolcos, dans le monastère de l'abbé Paul, le
moine Jean, qui avait abandonné le désert pour se soumettre en
parfaite humilité aux exigences de la vie commune[6].

* * *

Il est temps de parler de cette vie commune, telle que la
menaient les *cénobites*. On donnait ce nom aux moines qui

1. S. Ephrem, *Parœn.*, XLII (*ibid.*, p. 154 et s.).
2. Jérôme, *Epist.* 125 *ad Rusticum*, P. L., t. XXII, 1081-82.
3. *Verba seniorum*, libel. VII, 21 ; Rosweyde, id., l. V ; P. L., LXXIII, 897-900.
4. Pallade, *Hist. laus.*, XXXIII, P. G., t. XXXIV, col. 1094.
5. S. Ephrem., *De humilitate*, c. xxvii (op. græc., t. III, p. 307).
6. Cassien, *Conlat.*, XIX, 534-536. L'abbé Jean expose à Cassien les motifs qui l'ont déterminé à agir de la sorte. On trouve des faits analogues dans les monastères de saint Pakhôme (*Vie arabe de S. Pakhôme*, publiée par Amélineau, *A. D. M. G.*, t. XIV, p. 427).

vivaient en commun sous l'autorité d'un supérieur[1]. « Ils ont la même table, dit saint Jean Chrysostome, les mêmes aliments, les mêmes habits, la même manière de vivre. Parmi eux, il n'y a ni grand ni petit... Tout y est dans un ordre parfait. Si quelqu'un est inférieur aux autres, ceux qui le dominent ne prêtent aucune attention à son infériorité. De la sorte, les petits se trouvent agrandis. Pourquoi s'étonnerait-on de cette communauté de vie, de table, de vêtement, puisqu'ils ne font tous qu'un cœur et qu'une âme ? Rien n'est plus favorable au développement de l'humilité. Chacun s'efforce d'honorer le prochain, sans exiger de lui le moindre honneur[2]. »

La charité seule était capable d'unir ainsi des hommes entre lesquels le caractère, l'origine, l'âge, établissaient des divergences profondes. C'est elle qui faisait la force de ces assemblées ou *congrégations*[3]. On pouvait les comparer à une phalange contre laquelle les efforts du démon étaient toujours impuissants[4].

Les moines orientaux se demandèrent souvent si la vie cénobitique devait être préférée à la vie érémitique. Les avis étaient partagés, cela va sans dire. La tradition cappadocienne s'est, en règle générale, montrée peu favorable à cette dernière. Saint Basile, son représentant le plus autorisé, se prononce très nettement pour la supériorité du cénobitisme. D'abord, ce genre de vie lui semble plus conforme aux dispositions de la Providence, qui impose à l'homme l'obligation de se servir de son prochain et de le servir à son tour ; il permet aux moines d'exercer la charité, tandis que dans le désert, où chacun doit se suffire à lui-même, cette vertu est difficile à pratiquer ; il leur procure, avec les avantages de la correction fraternelle et des bons exemples, l'occasion d'être humbles, obéissants et miséricordieux[5].

---

1. Cassien, *Conlat.*, XVIII, p. 509-511.
2. S. Jean Chrysost., *In Matthæum hom.* 72, P. G., LVIII, 671-672.
3. Cassien, *Conlat. secunda præfatio*, p. 503. Ce terme de *congregatio*, souvent employé par Cassien dans ce sens, revient plusieurs fois sous la plume du Législateur des moines d'Occident.
4. *Constitutiones monasticæ*, faussement attribuées à saint Basile, c. xviii, P. G., XXXI, 1382-87.
5. S. Basile, *Regulæ fusius tractatæ inter.*, 7, P. G., XXXI, col. 927-934 ; *Regulæ brevius tractatæ inter.*, 14 (*ibid.*, 1134) ; cf. S. Grégoire de Nazianze, *Poem.* V, P. G., XXXVIII, 641-645 ; *Constitutiones monasticæ*, c. xviii, P. G., XLVI, 410-411.

Saint Ephrem trouve des avantages de part et d'autre et conclut que chacun doit, dans la pratique, se contenter de ce qu'il a [1]. Néanmoins, il déclare les cénobites plus heureux [2]. Saint Jérôme, qui a maintes fois célébré la vie érémitique, se prononce nettement en faveur du cénobitisme dans sa lettre à Rusticus [3]. D'après Evagre, qui avait expérimenté, comme saint Jérôme et saint Ephrem, ces deux genres de vie, les luttes que le cénobite doit soutenir sont beaucoup moins périlleuses que celles de l'anachorète. Car celui-ci a les démons pour ennemis, tandis que celui-là est aux prises avec les négligences de ses frères [4]. L'école de Tabenne préférait la vie en commun [5]. Cassien, qui se fait l'écho de la tradition égyptienne, dit sagement que ces deux genres de vie sont dignes de louange. Chacun peut et doit embrasser celui qui convient à son âme. Il y a des deux côtés de très sérieux avantages. Le renoncement parfait à la volonté propre et le complet abandon à la divine Providence sans le moindre souci du lendemain sont la note caractéristique de la perfection des cénobites ; les anachorètes trouvent dans leur isolement le moyen d'acquérir une grande liberté de cœur et une étroite union avec la Divinité [6].

En somme, la vie commune offrait aux moines des avantages pratiques incontestables. Elle les dressait aux vertus d'obéissance et de renoncement dont l'exercice faisait la base de son organisation. Voici ce que nous lisons à ce sujet dans les *Verba seniorum*. Un ancien fut ravi en extase. Il aperçut, devant le Seigneur, des hommes, distribués sur quatre rangs. Le premier était occupé par les infirmes, qui savaient rendre grâces à Dieu au sein de l'épreuve ; le deuxième était réservé à tous ceux qui exercent l'hospitalité chrétienne ; on voyait au suivant les ermites qui se sont retirés dans la solitude, où ils vivent éloignés de tout commerce avec leurs semblables ; les frères, qui par amour de Dieu embrassent une vie d'obéissance, et sont en toutes choses sou-

---

1. S. Ephrem, *Consilium de vita spirituali* (op. græc., t. I, 260).
2. Id., *De humilitate, 38* (*ibid.*, p. 311).
3. S. Jérôme, *Epist.* 125, n. 9, P. L., XXII, 1077.
4. Evagre, *Capita practica*, c. v, P. G., XL 1223.
5. *Vie copte de saint Pakôme.* (*A. D. M. G.*, *ibid.*, p. 186-192.) Cf. Grützmacker, *Pachomius und das aelteste Klosterleben*, p. 49 ; Ladeuze, *op.*, *cit.*, p. 188.
6. Cassien, *Conlat.*, XIX, p. 542-543 ; XXIV, p. 682.

mis à leurs supérieurs, se trouvaient au quatrième rang, qui est le plus élevé. Ces derniers portaient un collier d'or, et ils jouissaient d'une gloire supérieure à celle de tous les autres. L'ancien demanda la raison de cette prérogative. Il lui fut répondu : « Les hommes qui sont aux trois premiers rangs trouvent toujours quelque consolation en faisant leur volonté propre, même 'dans les bonnes œuvres; l'homme obéissant, au contraire, renonce à sa volonté propre pour vivre dans un complète dépendance de la volonté de son père spirituel. Voilà pourquoi il surpasse tous les autres[1]. »

Cassien, qui partageait l'opinion de ses contemporains sur le caractère monastique des premières communautés chrétiennes de Jérusalem, et sur le christianisme des thérapeutes de Philon, croyait que les cénobites, leurs continuateurs, avaient précédé les anachorètes. Mais cette opinion est dénuée de fondement. Ce sont, au contraire, les ermites qui vinrent les premiers. Saint Pakhôme, qui, depuis longtemps déjà, avait embrassé la vie solitaire, fonda la première réunion de cénobites à Tabenne vers 325. Si saint Antoine est vénéré comme le patriarche de la vie érémitique, saint Pakhôme est le véritable patriarche des cénobites[2]. La cellule d'Amoun devint peu après le berceau du célèbre monastère de Nitrie; Scété se forma autour de celle de l'abbé Macaire. Dans la Thébaïde, Apollo, après quarante années passées dans le désert, choisit une caverne plus rapprochée du pays habité. Ses miracles et ses vertus, en fixant sur lui l'attention des hommes, lui attirèrent de nombreux disciples, qui formèrent sous sa direction une communauté fervente[3]. En Palestine, Gélase[4], Euthyme et Théoctiste[5]; en Mésopotamie, Publios de Zeugma[6], Julien Sabbas[7], et combien d'autres anachorètes, devinrent, eux aussi, chefs de cénobites. Ce fut la même chose un peu partout. Quelques-uns de ces solitaires, lancés par la Providence au sein de la vie commune, regrettaient vivement le calme de la solitude. A certaines heures, Julien Sabbas, n'y tenant plus, abandonnait ses moines pour aller

1. *Verba seniorum*, 144; Rosweyde, ibid., libel. 3; P. L. LXXIII, 787-788.
2. Cf. Ladeuze, *op. cit.*, p. 165 et s.
3. Rufin, *Hist. monach.*, VI, P. L., XXI, 44; Sozomène, *Hist. eccl.*, VI, 29, P.G., LXVII, 1374.
4. *Apophtegmata Patrum*, P. G., LXV, 150-154.
5. Cyrille, *Vita S. Euthymii*, 3 (Acta Sanct. Jan., t. II, p. 663).
6. Théodoret, *Religiosa historia*, P. G., LXXXII, 1351.
7. Id., II, ibid, 1309.

bien avant dans le désert, loin du regard des hommes, goûter les douceurs de la contemplation. Ses absences duraient jusqu'à sept ou dix jours[1]. Ce désir de la retraite était pour Gélase une tentation violente, il lui fallait toute son énergie pour la dominer[2].

A peine eut-il fait son apparition que le cénobitisme se montra plein de force. Il inspirait aux âmes une entière confiance. L'avenir était à lui. Les hommes qu'il forma rendirent à l'Eglise et à la société des services éminents. Il n'a cessé de se développer à travers les siècles et les pays, se prêtant avec une facilité remarquable aux divers besoins des temps et des lieux, pendant que la vie érémitique, même en Orient, a perdu peu à peu de son prestige, en attendant sa disparition presque complète.

*
* *

La ferveur des moines orientaux créa durant eette période des genres de vie assez extraordinaires. La *réclusion* est celui qui compta peut-être plus de partisans. L'Egypte païenne avait connu, un siècle et demi avant notre ère, des ascètes qui menaient dans le Serapeum de Memphis une existence assez semblable à celle de nos reclus[3]. Quelques critiques ont vainement tenté, après Weingarten, de rattacher à cette institution l'origine de ces derniers[4].

Les moines reclus furent assez nombreux dans la vallée du Nil. Jean de Lycopolis fut l'un des plus célèbres[5]. Citons encore Théonas, pour lequel les habitants d'Oxyrinque professaient une grande vénération[6], et Nilamnon, que les fidèles de Géras, dans la région de Péluse, élurent pour évêque[7]. Ils abondaient surtout en Syrie et en Mésopotamie, où Eusèbe paraît avoir inauguré ce genre de vie

---

1. Théodoret, *Religiosa historia*, II, ibid., 1310-1314.

2. *Apophtegmata Patrum*, P. G., LXV, col. 154.

3. Brunet de Presles, *Le Serapeum de Memphis* (*Mémoires présentés par des savants étrangers à l'Académie des Inscriptions et Belles-Lettres*, série 1, t. II, p. 567).

4. Weingarten, *Der Ursprung des Mönchthum*, p. 32 et s. ; cf. Grützmacher, *op. cit.*, 39 et s. ; Zœckler, *Askese und Mönchthum*, 2e éd., t. I ; Mayer, *Die christliche Askese*, p. 31 et s. ; Ladeuse, *op. cit.*, 160-161.

5. Pallade, *Hist. laus.*, 43 ; P. G. XXXIV, 1109-1110.

6. Id., IV, 1134 ; Rufin, *Hist. monach.*, VI, P. L., XXI, 409-410.

7. Sozomène, *Hist. eccl.*, VIII, 19, P. G., LXVII, 1566.

auprès de Carrhes[1]. On les trouve en Palestine[2]; en Cappadoce[3], à Nicée[4], dans le voisinage de Constantinople[5]. Quelques femmes ne craignirent pas de s'imposer la contrainte de la réclusion. On en voit à Alexandrie[6], à Jérusalem[7], en Syrie[8].

Les uns se renfermaient dans une cellule ordinaire, parfois même assez spacieuse. Celle de Jean de Lycopolis se composait de trois pièces[9]. D'autres se contentaient d'un appartement au fond de l'habitation d'un ermite. Un moine, honoré du diaconat, s'ouvrit à un ancien du désir qu'il avait de mener l'existence des reclus. Apercevant une chambrette dérobée dans l'intérieur de sa cellule : « Enferme-moi dans cet appartement, lui dit-il, comme dans un tombeau, et ne le dis à personne[10]. » Saint Antoine se retira dans un sépulcre abandonné. Pierre le Galate[11], Sisinnios[12], et plusieurs autres se contentèrent aussi d'un tombeau. Il y en eut qui s'enfermèrent dans des cavernes[13]. Siméon Stylite se cacha au fond d'une citerne desséchée[14]. Quelques-uns, pour rendre leur existence plus pénible encore, choisissaient des cellules étroites et basses qui ne leur permettaient ni de se tenir debout, ni de s'étendre à terre tout du long[15]. Ce fut le cas de Maris, dans le diocèse de Cyr[16], d'Eusèbe, auprès de Télédan[17], et de Marcien, dans le désert de Chalcis. La haute taille de ce dernier lui rendait ce séjour encore plus incommode[18].

Les reclus cherchaient par-dessus tout à éviter les relations avec les hommes. Pour cela, ils établissaient entre eux et le monde

1. Sozomène, vi, 33, P. G., LXVII, 1394; Théodoret, ouv. cit., passim.
2. Evagre Schol., Hist. eccles., l. i., 21, P. G., LXXXVI, 2479.
3. Grég. Naz., Poema ad Hellenium, v., 61-62; P. G., XXXVII, 1455.
4. S. J. Chrys. Epist. 221 ; P. G., LII, 733.
5. Verba seniorum; Rosweyde, Vitæ patrum, l. iii, P. L. LXXIII, 749.
6. Pallade, Hist. laus., c. 5; P. G., XXXIV, 1015-16.
7. Id., 34 (ibid., 1095).
8. Théodoret, Religiosa historia, 29, 30, ibid., LXXXII, 1490-1494.
9. Pallade, ouv. cit., 43; P. G., XXXIV, 1109-1110.
10. Verba seniorum, lib. v, 26; P. L., LXXII, 880.
11. Théodoret, Religiosa historia, 9; P. G., LXXXI, 1379.
12. Pallade, Hist. laus., 109; P. G., XXXIV, 1214.
13. Evagre, Hist. eccl., l. i, 21; P. G., LXXXVI, 2479.
14. Théodoret, ouv. cit., 26 (ibid., 1470).
15. Evagre, ouv. cit., l. i, 21; P. G., LXXXVI, 2479.
16. Théodoret, ouv. cit., 20; P. G., LXXXII, 1431.
17. Id., 4, ibid., 1342.
18. Id., 3, ibid., 1326.

une barrière matérielle difficile à franchir. Si quelques-uns se bornaient à tenir fermée la porte de leur cellule, la plupart la remplaçaient par un mur. Ils ne conservaient alors qu'une fenêtre, par
laquelle ils recevaient leurs aliments et pouvaient s'entretenir avec
les visiteurs. Encore 'y en eut-il qui réduisirent cette ouverture
aux plus petites proportions, Acepsimas, par exemple, se contentait d'un trou dans sa muraille ; il avait eu soin de lui donner la
forme d'une ligne brisée, afin de n'être vu par personne. Salamanes,
reclus dans un village sur les rives de l'Euphrate, poussa encore
plus loin l'amour de la retraite. Il recevait ses provisions de l'extérieur une fois l'an par un trou qu'il pratiquait sous les fondations
de la muraille. Son évêque, voulant lui conférer l'ordination sacerdotale, dut pour pénétrer jusqu'à lui démolir le mur[1]. C'est dans
le but 'd'échapper complètement aux regards des hommes que
Siméon Stylite descendit au fond de sa citerne. Le tombeau dans
lequel Pierre le Galate s'enferma avait la forme d'une tour, sans la
moindre ouverture. Pour communiquer avec lui, il fallait monter
sur le toit à l'aide d'une échelle[2].

Quelques reclus admettaient un compagnon dans leur cellule.
Pierre le Galate, dont nous venons de parler, habitait avec un
possédé, dommé Daniel, qu'il avait guéri par ses prières[3]. Eusèbe
de Télédan et son frère Agapit partageaient la réclusion de Marcien[4].

Les uns se renfermaient pour toujours ; d'autres, pour un temps
plus ou moins long. Jean de Lycopolis, qui avait quarante ans
lorsqu'il entra dans sa cellule, ne la quitta plus jusqu'à sa mort.
Les Syriens Salamanes, Marcien, Maris, Romain, Eusèbe, Limnæos,
attendirent également leur dernière heure au fond de leur retraite.
Acepsimas resta soixante années sans la moindre interruption dans
la même demeure. Le reclus Aphraates, après avoir occupé
quelque temps une cellule auprès d'Edesse, la quitta pour venir à
Antioche[5]. Syméon Stylite, Sisinnios, la pénitente Thaïs ne restèrent enfermés que l'espace de trois ans. Il fallut les instances
importunes d'Ammien pour déterminer Eusèbe de Télédan à
renoncer à sa réclusion perpétuelle, lorsqu'il vint le prier d'accepter le gouvernement d'un monastère[6].

---

1. Théodoret, ouv. cit., 19 (ibid., 1527-1430).
2. Id., 9 (ibid., 1379).
3. Ibid.
4. Id., 3 (ibid., 1326) ; 4 (1342).
5. Id., 5 (ibid., 1367).
6. Id., 4 (ibid., 1342).

On ne considérait pas toujours certaines sorties comme incompatibles avec la réclusion. Ainsi, Pierre le Galate sortit une fois pour aller faire un miracle en faveur de la mère de Théodoret[1]. Acepsimas, dont la clôture était si rigoureuse, sortait cependant une fois la semaine pour renouveler sa provision d'eau. Il ne le faisait que la nuit, et encore avait-il grand soin de se cacher dans la crainte d'être aperçu. Un pasteur, qui veillait non loin de sa cellule, le voyant se glisser vers la fontaine, le prit pour un loup. Il saisit aussitôt sa fronde et se disposa à lui lancer un pierre. Mais sa main fut retenue par une force invisible. Il reconnut son erreur, quand il aperçut le solitaire qui regagnait son gîte. Au point du jour, il vint lui confesser sa faute et lui demander humblement pardon. Un curieux, voulant se rendre compte de la vie qu'il menait au fond de sa cellule, monta sur un platane d'où ses regards pouvaient considérer le pieux reclus. Mais Dieu le punit de sa témérité; la moitié de son corps fut privée de mouvement. Reconnaissant sa faute, il supplia le saint d'intervenir pour lui auprès du Seigneur. Acepsimas commença par faire couper l'arbre qui lui avait fourni le moyen de satisfaire sa curiosité. Aussitôt après, le coupable recouvra l'usage de ses membres[2].

Le soin que prenaient les reclus d'échapper aux regards des profanes ne parvenait pas à éloigner de leurs cellules l'affluence des visiteurs que leur vie extraordinaire et le renom de leurs vertus attiraient parfois en très grand nombre.

Romanos, qui resta longtemps dans le voisinage d'Antioche, entretenait volontiers ceux qui venaient à lui. Il exerçait de la sorte un fructueux apostolat[3]. Eusèbe d'Asicha était fort gêné par la foule qui venait solliciter ses prières et ses conseils. Pour l'éviter il quitta sa cellule et se retira dans un monastère, où il put avec le consentement de l'abbé continuer sa réclusion[4]. Marcien, pour conserver la paix durant toute une partie de l'année, ne permettait l'accès de sa retraite qu'après la fête de Pâques[5]. Les femmes n'étaient jamais admises à jouir de ce privilège. Il refusa de faire une exception à cette règle, même pour sa

---

1. Théodoret, 19, *ouv. cit.*, (ibid., 1387).
2. Id., 15 (ibid., 1415). Théodoret parle des visites que le reclus Pallade faisait à Siméon l'Ancien (ibid., 7, col. 1366).
3. Id., 11, ibid., 1394.
4. Id., 18, ibid., 1426-27.
5. Id., 3, ibid., 1331.

sœur [1]. Jean de Lycopolis ne se montrait pas moins sévère [2].

Certains visiteurs purent franchir le seuil de quelques cellules de reclus. Marcien, quand il recevait la visite du solitaire Avit, lui ouvrait sa porte et le retenait trois jours auprès de lui [3]. Eusèbe recevait de temps en temps un petit nombre d'amis. [4] Un moine qu'un frère poursuivait d'une haine implacable avait mis tout en œuvre pour le calmer. N'ayant pu réussir, il s'enferma dans une cellule de reclus. Quelque temps après, les anciens de la région entreprirent de les réconcilier et ils amenèrent au reclus son ennemi. Avant d'arriver, ils le laissèrent en route et vinrent frapper à la porte du solitaire pour lui signaler leur présence. Le frère ouvrit sa fenêtre et engagea conversation avec eux. Mais, lorsqu'il sut que son ennemi était dans le voisinage, il s'arma d'une hache, fit sauter sa porte et courut se jeter dans ses bras. Il les conduisit tous à son habitation où ils passèrent trois jours ensemble [5].

Théodoret, évêque de Cyr, trouvait dans sa dignité et dans sa vive admiration pour ces serviteurs de Dieu une raison de se faire ouvrir leurs portes. Il fut le seul qui pût pénétrer auprès de Limnæos. Quand on apprenait dans la région l'époque des visites qu'il lui faisait, les curieux affluaient de toutes parts [6]. Il vint un jour voir le reclus Maris, qui lui inspirait une tendre affection. Le moine déboucha sa porte et reçut dans ses bras l'auguste visiteur. Il éprouvait depuis longtemps le désir d'assister au saint sacrifice. L'évêque s'empressa de lui donner satisfaction. Il se fit apporter les vases sacrés d'une église voisine. Les mains de ses diacres lui tinrent lieu d'autel. Il célébra les saints mystères et donna la communion au pieux reclus. Dans sa joie, Maris disait que jamais bonheur pareil n'avait rempli sa cellule; il lui semblait voir le ciel avec les yeux de son corps [7].

Quelques-uns de ces grands serviteurs de Dieu, non contents des austérités d'une réclusion perpétuelle, se condamnaient à un silence rigoureux. On leur a donné le nom d'*hésychastes*. Tels

1. Théodoret, 3, *ouv. cit.*, 1334-35.
2. Rufin, *Hist. monach.* 1, P. L., XXI, 392-394.
3. Théodoret, *ouvr. cit.*, 3, ibid., 1334.
4. Id., 18, ibid., 1426-27.
5. *Verba seniorum*, 94; Rosweyde, *Vitæ Patrum*, l. III, P. L., LXXIII, 777.
6. Théodoret, *ouvr. cit.*, 22, ibid., 1454.
7. Id., 20, ibid., 1430-31.

furent Acepsimas et Salamanes, dont il a été question déjà. Ce dernier avait fixé son gîte sur les bords de l'Euphrate, en face de Capersana, son village natal. Lorsque ses vertus lui eurent acquis une certaine célébrité, ses compatriotes voulurent le ramener chez eux. Ils l'enlevèrent une nuit et le placèrent dans une cellule semblable à la sienne. Mais les habitants du village auprès duquel il avait passé plusieurs années prétendirent avoir des droits sur lui ; ils l'enlevèrent à leur tour. Tout cela se fit sans que Salamanes prononçât une seule parole [1].

Les reclus donnaient la plus grande partie de leur temps à l'oraison. Ils étaient contemplatifs avant tout. On peut juger de l'emploi de leurs journées d'après l'exposé qu'Alexandra, recluse d'Alexandrie, fit de son existence à Mélanie l'Ancienne. « Depuis le matin jusqu'à la neuvième heure, je prie. Après quoi, je file du lin ; je repasse la vie des saints Pères, des patriarches, des apôtres et des martyrs. Lorsque le soir est arrivé, je glorifie le Seigneur mon Dieu, je prends un peu de pain et je consacre à l'oraison plusieurs heures de la nuit [2]. »

Le désir d'une union plus étroite avec Dieu fut en généra le motif qui détermina les reclus à embrasser une existence aussi pénible. On en trouve, néanmoins, qui virent dans la réclusion un moyen d'expier leurs fautes ou de réparer les négligences de leur vie antérieure. De ce nombre fut la célèbre pénitente Thaïs [3]. Un moine, dont le nom est inconnu, commit une faute grave. Il s'en ouvrit à un ancien, qui lui imposa pour pénitence une sévère réclusion jusqu'à ce que le Seigneur eût manifesté par un miracle sa réhabilitation [4]. Saint Jean Chrysostome racontait à son ami Théodore l'aventure de ce vieil ermite des environs d'Antioche, tombé, lui aussi, dans une faute grave. Saisi de repentir, il supplia son compagnon de l'enfermer au fond d'une cellule et de lui porter de temps à autre les aliments dont il ne pourrait se passer. Ses austérités, ses prières et ses larmes lui rendirent promptement l'innocence qu'il avait perdue. Les campagnes étaient alors désolées par la sécheresse. Les habitants demandaient à Dieu par de ferventes prières la cessation du fléau. L'un d'entre eux fut mystérieusement averti d'aller solliciter les suffrages du solitaire.

1. Théodoret, ouvr. cit., 19, ibid., 1427-30.
2. Pallade, Hist. laus., 5. P. G., XXXIV, 1015-1016.
3. Rosweyde, Vitæ Patrum, l. I, P. L., LXXIII, 661-662.
4. Verba seniorum, lib. V, 26 ; Rosweyde, l. V, ibid., 880.

Il vint le trouver avec ses amis. Mais le moine, confident de sa solitude, leur dit qu'il était mort. Il était convenu qu'il ferait cette réponse à tous ceux qui se présenteraient pour lui parler. Ces braves gens, de retour chez eux, continuèrent leurs oraisons. Ils reçurent le même avertissement et revinrent à l'habitation du reclus. Son compagnon, voyant là une manifestation de la volonté divine, leur indiqua le lieu de sa retraite. Ils démolirent la muraille qui en fermait l'entrée, se jetèrent à ses genoux, lui exposèrent ce qui se passait et le conjurèrent d'écarter de leur pays par son oraison la famine qui le menaçait. Le reclus se rendit à leur désir et sa prière fut entendue [1]. Ailleurs, un ermite qui négligeait depuis quelque temps les devoirs de son état comprit à quels dangers sa paresse l'exposait. Il se renferma dans une cellule, où il passa le reste de ses jours, réparant les années perdues par les larmes et la pénitence [2]. Philoremos de Galatie usa d'un moyen semblable pour vaincre les tentations impures qui l'obsédaient [3]. Elpidios, diacre de l'église de Césarée en Palestine, obéit à un mobile différent. Une accusation calomnieuse pesait sur lui et causait un grand scandale. Au lieu de se défendre, il prit le parti d'attendre de Dieu seul sa justification. Il s'enferma dans une cellule de reclus. Le ciel exauça sa prière et bénit sa confiance. Les circonstances lui donnèrent pleinement raison [4].

Comme la vie érémitique, la réclusion n'était pas sans graves inconvénients. Il fallait pour l'embrasser, et surtout pour en tirer profit, une énergie peu commune et une âme bien détachée de la terre. Aussi y avait-il à se défier des hommes qui s'y engageaient prématurément et sans préparation suffisante. Un jeune frère, dont le nom est resté inconnu, eut la témérité de s'enfermer dans une cellule aussitôt après avoir revêtu l'habit monastique. Les anciens du voisinage le prirent en compassion et l'obligèrent à en sortir. « Si tu vois un jeune homme, disait-il à cette occasion, monter au ciel par sa propre volonté, saisis-lui le pied et jette-le par terre [5]. »

---

1. S. Jean Chrys., *Exhortatio ad Theodorum lapsum*, 1, P. G., XLVII, 304-305.

2. *Verba seniorum*, ibid. ; Rosweyde, l. III, P. L., LXXIII, col. 808.

3. Pallade, *Historia laus.*, 113. P. G., XXXIV, 1215.

4. Ibid., 141, ibid., 1239-46.

5. *Verba seniorum*, lib. X, 110-111; Rosweyde, l. V, 932.

L'expérience montrait, en effet, qu'il ne suffisait pas de passer toute sa vie entre quatre murailles pour échapper aux faiblesses de la nature humaine. Nous en trouvons un exemple dans la correspondance de saint Nil. Il eut à réprimander sévèrement un reclus qui poussait la violence jusqu'à se mettre sur le seuil de sa cellule pour frapper les frères qui venaient lui rendre visite[1].

*
* *

Plusieurs des reclus mentionnés plus haut trouvaient qu'une cabane, si modeste fût-elle, était un luxe bien superflu pour un serviteur de Dieu. Ils fixaient pour toujours leur demeure dans une étroite enceinte, qu'ils entouraient de murs. Hiver comme été, ils n'avaient d'autre toit que la voûte des cieux. On les nomme parfois *subdivales*, ce qui signifie *vivant à la belle étoile*[2]. Marana et Cyra, nobles femmes de Berhée, dont Théodoret a écrit la vie, vécurent exposées de la sorte à toutes les intempéries[3]. Eusèbe d'Asicha se laissait brûler par les ardeurs du soleil en été et glacer par les froids de l'hiver entre ses quatre murailles de pierre sèche[4]. Il avait placé le lieu de sa retraite au sommet d'une montagne, comme pour s'exposer à des variations de température plus grandes encore. Les Syriens avaient une véritable prédilection pour les hauteurs. Citons Maron[5], Limnæos, Moyses, Antiochos, Antonin, Jean. Un ami, dans le but de procurer à ce dernier un peu d'ombrage, planta un noisetier près du lieu où il se tenait. L'arbuste grandit. Le soulagement que son ombre procurait au serviteur de Dieu lui parut incompatible avec l'existence qu'il avait embrassée. Il le fit abattre.

Jacques, disciple de saint Maron, et contemporain de Théodoret, avait d'abord passé plusieurs années reclus dans une cellule. Pour s'imposer des mortifications nouvelles, il s'en alla sur le sommet d'une haute montagne. Une tente, une simple hutte,

1. S. Nil, l. 11, *Epist.* 96. P. G., LXXIX, 243.
2. Cf. Zokler, *Askese und Monchtum*, 251-242.
3. Théodoret, *Hist. rel.*, 29. P. G., 1490-91.
4. Id., 18, ibid., 1426.
5. Id., 16, ibid., 1418.

même quatre murailles sans toiture lui semblèrent un abri fort inutile. Il resta donc exposé à toutes les imtempéries, sans cesse sous les yeux de la foule qui se pressait autour de sa personne. On devine toute la gêne qu'il devait en ressentir. Cela lui fut particulièrement pénible durant une maladie. Théodoret, témoin de ses souffrances, dut recourir à la ruse pour lui faire accepter un adoucissement momentané [1]. Le solitaire Gaddanas vécut de la même façon sur les rives du Jourdain [2].

Ces nouvelles rigueurs ne parvenaient pas toujours à satisfaire le besoin que ces hommes avaient de se tourmenter par des procédés insolites. Un moine de la Thébaïde, qui se nommait Jean, non content de vivre en plein air sous un rocher, se condamna à rester toujours debout. Jamais on ne le vit de nuit ou de jour s'asseoir ni se coucher. Il ne s'étendait point pour prendre le peu de sommeil qu'il donnait à son corps. Une pareille existence l'épuisa bientôt. Au bout de trois ans, ses pieds affaiblis refusèrent de le supporter. Cette infirmité l'aurait contraint de renoncer à ce genre de vie, si Dieu ne lui eût rendu la santé [3]. Saint Grégoire de Nazianze, dans son poème à Hellenios, parle d'un solitaire qui se tenait par tous les temps debout et immobile au sommet d'une montagne [4]. Il y eut en Syrie quelques-uns de ces moines *stationnaires*. Abraam, par sa station prolongée, épuisa tellement ses forces, qu'il en fut réduit à ne pouvoir faire aucun mouvement [5]. Baradatos, trouvant la station insuffisante, se tenait les bras constamment élevés vers le ciel. Il ne s'imposa pas tout d'un coup ce nouveau genre de pénitence. Il débuta par la réclusion dans une cellule. Il en sortit pour se faire au sommet d'un rocher voisin avec des planches mal jointes une sorte de coffre trop petit pour lui permettre de se tenir droit. Il s'y enferma durant plusieurs années dans la posture la plus incommode. L'évêque d'Antioche, Théodotos, lui ordonna de mettre un terme à cette mortification extraordinaire. Ce fut alors qu'il résolut de vivre debout et les bras levés au ciel [6].

1. Théodoret, *ouvr. cit.*, 21, ibid., 1434.

2. Pallade, *Hist. laus.*, 118. P. G., XXXIV, 1214.

3. Rufin, *Historia monachorum*, 15. P. L., XXI, 433.

4. S. Grég. Naz., *Poem. ad Hellenium*, v. 70-85. P. G., XXXVII, 1453. Il en signale un autre qui se tenait depuis plusieurs années debout et immobile comme une statue dans une église, sans s'accorder le moindre sommeil.

5. Théodoret, id., 17. P. G., LXXXII, 1419.

6. Id., 27. P. G., LXXXII, 1486.

Siméon débuta par la vie cénobitique. Après trois années de réclusion dans une pauvre hutte, il vécut en plein air, debout la plus grande partie du temps, au sommet de la montagne de Tela-nisse[1]. La rigueur de sa pénitence, la puissance de sa prière, le nombre et l'éclat de ses miracles, rendirent son nom célèbre dans le pays. Dans les provinces voisines, les visiteurs ne tardèrent pas à affluer autour de lui. Il y en eut de tout l'Orient. Les chrétiens d'Espagne, de Gaule, de Bretagne et d'Italie, qui visitaient les saints Lieux, se détournaient de leur route pour s'édifier au spectacle de ses vertus et se recommander à ses prières. Tous voulaient l'approcher. Ils croyaient s'enrichir d'une précieuse bénédiction s'ils parvenaient seulement à toucher la peau qui lui servait d'habit. Siméon, pour se soustraire à ces indiscrétions, imagina de s'élever au sommet d'une colonne (437). S'il ne pouvait de la sorte échapper aux regards des curieux, personne du moins ne mettrait la main sur lui. Sa première colonne eut une hauteur de six coudées. Il s'y tint debout le jour et la nuit, sans se donner le moindre soulagement. Cette élévation corporelle au-dessus des choses de la terre ne fit qu'exciter ses désirs. Il voulut monter plus haut encore. Cette colonne finit par lui paraître insuffisante. Il en prit une de douze coudées, puis une autre de vingt-quatre. Il en occupait une de trente-six, lorsque Théodoret écrivait sa vie (440)[2].

Siméon, à qui sa colonne a valu le nom de *Stylite*, fut le premier, au dire de Théodoret, qui mena ce genre de vie. On a parlé depuis de certains ascètes païens qui auraient vécu sur des colonnes assez extraordinaires, que l'on a découvertes dans les ruines du temple d'Hiérapolis. Mais rien ne prouve que ce fait, s'il a jamais existé, ait exercé la moindre influence sur sa détermination. Les solitaires de la contrée, très surpris de cette innovation, craignirent qu'elle ne lui fût suggérée par le mauvais esprit. Ils lui ordonnèrent d'y renoncer. Siméon se mettait en mesure de leur obéir, lorsque, pleinement rassurés par son humble soumission, ils lui permirent de continuer[1]. Son exemple a suscité un

---

1. Aujourd'hui Tell-Neschin.
2. Théodoret, id., 24, ibid., 1463-53 ; Antonius, *Vita S. Symeonis. Acta Sanctorum Jan.*, t. I, 269-74. Cf. Tillemont, XV, 347-391 ; Delahay, *Les Stylites. Compte rendu du troisième Congrès scientifique international des catholiques tenu à Bruxelles du 3 au 8 sept. 1894.* 5ᵉ section, *Sciences historiques*, 141-232.

grand nombre d'imitateurs, qui se sont succédé en Orient jusque vers le Moyen-Age [2].

*
* *

La Syrie et la Mésopotamie, berceau des stylites, patrie d'un grand nombre de reclus, de *subdivales* et de moines *stationnaires* virent pendant la période qui nous occupe plusieurs innovations monastiques. La plus importante est celle d'Alexandre († 430) fondateur des « acémètes ». Cénobite d'abord, puis anachorète, et enfin prédicateur de l'Évangile au milieu des païens, Alexandre groupa des convertis et des moines pour former une communauté religieuse. On la vit tantôt fixée sur un point, tantôt errante à travers l'Orient sous la conduite de son chef. Elle se transporta à Constantinople. Les uns l'accueillirent avec enthousiasme, les autres virent de fort mauvais œil cette institution, qu'ils confondaient avec la secte des massaliens. On trouve un écho de ces sentiments sous la plume de saint Nil : « Cette application continuelle aux choses divines imaginée par Adelphie de Mésopotamie et par Alexandre, qui souilla de ses enseignements la ville de Constantinople, ouvre la porte à une paresse coupable. Ils feignent de donner tout leur temps à la prière, et ils ne fournissent pas à des jeunes gens et à de nouveaux convertis, qui en ont un pressant besoin, le moyen de dompter leurs passions par le travail [3]. »

Chassé de Constantinople, mal reçu à Antioche, Alexandre continua toujours avec son monastère le même genre de vie. La règle qu'il lui avait donnée reçut sa forme définitive, sous son successeur l'abbé Jean, dans le monastère de Gomon, en Bithy-

---

1. Evagre, *Hist. eccl.*, l. I, 13. P. G., LXXXVI, 2454-60.

2. S. Nil, mort en 430, sept ans après que Siméon fut monté sur sa première colonne, écrivit à un stylite du nom de Nicander (l. II, ep. 114-115. P. G., LXXIX 250). Tillemont révoque en doute cette lettre pour ce seul motif : si elle était authentique, il y aurait eu un stylite avant Siméon. Mais n'a-t-elle pas été écrite entre 423 et 430 ? De plus, le seul témoignage de Théodoret suffit-il pour nier l'existence des stylites avant 423 ? Cet historien, évidemment bien renseigné sur ce qui se passait en Syrie, connaissait-il toutes les diverses manifestations de la vie monastique en Orient ? Il aurait bien pu exister dans quelque solitude de l'Égypte ou de la presqu'île du Sinaï un moine vivant sur une colonne, connu de saint Nil et ignoré par Théodoret.

3. S. Nil, *De voluntaria paupertate*. P. G., LXXIX, 998.

nie [1]. Ce fut alors que ces moines reçurent le nom d'*acémètes*, qui signifie *hommes vivant sans dormir*. Le chant ininterrompu de l'office divin était le point fondamental de leur observance. Pour cela ils étaient distribués en groupes qui se succédaient le jour et la nuit dans l'oratoire pour l'accomplissement de cette tâche.

L'œuvre d'Alexandre fut très prospère sous son deuxième successeur, l'abbé Marcel, qui vivait en communion étroite avec les plus saints personnages de l'empire. Les moines devinrent nombreux, de nouveaux monastères furent établis, particulièrement à Constantinople [2].

Les moines, surnommés *pasteurs,* sont originaires de Mésopotamie. Ils eurent pour modèle, sinon pour fondateur, saint Jacques, plus tard évêque de Nisibe, qui passait sa vie sur le sommet des montagnes. Pendant l'été et l'automne, les arbres des forêts lui fournissaient un abri. Une caverne lui servait de refuge durant l'hiver. Les herbes que la terre produit spontanément étaient sa seule nourriture [3]. Après lui, Batthæos, Eusèbe, Abdaleos, Zénon, Héliodore et plusieurs autres continuèrent cette même vie errante, allant d'une montagne à l'autre, occupés uniquement à chanter les louanges du Créateur ; ils s'arrêtaient au lieu où la nuit les venait surprendre. Sans se préoccuper de cuisine, ils coupaient avec leur faucille les herbes sauvages, qui leur servaient d'aliment [4].

Saint Ephrem célèbre avec enthousiasme la sainteté de ces hommes extraordinaires. « Si un bandit vient à les apercevoir, dit-il, il se prosterne aussitôt pour adorer la croix, qui est leur parure. Les fauves, qui les rencontrent, reculent comme devant un spectacle surhumain. Leur vue jette le diable dans l'épouvante ; il fuit en hurlant. Que de fois il les a poursuivis de ses attaques, sans pouvoir jamais leur nuire ! La faim ne les tourmente pas ; car ils sont rassasiés du Christ, pain de la vie céleste. La soif ne les consume pas de ses ardeurs ; car ils possèdent dans leur bouche et sur leur langue le Christ, source d'eau vive. Les montagnes et les collines leur servent de clôture ; ils

---

1. Tillemont, XII, 490-499. Marin. art. *Acémètes*. Dict. de théologie cath. de Vacant, t. I, 304-308.

2. Tillemont, XVI, 51-58. Le monastère le plus célèbre de l'institut des acémètes fut celui de *Stoudion*.

3. Théodoret, *Religiosa historia*, 1. P. G., LXXXII, 1294.

4. Sozomène, *Hist. eccles.*, 1. VI, 33. P. G., LXVII, 1394.

les chérissent au point de ne plus vouloir les quitter. Ils n'ont d'autre table que la terre et les rochers qu'ils foulent aux pieds. Les herbes sauvages suffisent à leur repas du matin et du soir. L'eau des rivières leur procure un breuvage délicieux ; leur vin coule des rochers. Ils n'ont d'autre église que leur bouche, dans laquelle leur langue célèbre la louange divine. Durant les douze heures de la journée, leur prière est ininterrompue. Leurs oraisons remédient à nos infirmités. Ils sont nos intercesseurs infatigables.

« Lorsque la fatigue les saisit dans leurs courses à travers les montagnes, ils croient se ménager une grande jouissance, en s'étendant sur la terre nue. Aussitôt après leur réveil, ils se lèvent et leur voix retentit comme une trompette pour chanter et célébrer Jésus-Christ. Les anges les accompagnent sans cesse pour les garder et les protéger. Ils passent la nuit au lieu d'où ils voient le soleil se coucher... L'endroit où ils terminent leurs jeûnes avec leur existence est celui de leur sépulture [1]. »

Les Mésopotamiens ne furent pas seuls à mener cette vie errante et mortifiée. Postumianus affirme qu'il y avait en Thébaïde des anachorètes qui vivaient sans résidence fixe, dans la crainte que les hommes ne vinssent les visiter. Ils prenaient gîte en plein air au lieu même où la nuit venait à les surprendre. Deux moines de Nitrie en rencontrèrent un dans le désert de Memphis. Il vivait de la sorte depuis une douzaine d'années [2].

Cette existence extraordinaire séduisait quelques esprits avides de tout ce qui sort de la voie commune. Plusieurs abandonnaient leurs cellules pour s'enfoncer dans le désert et mener la vie des moines « pasteurs ». Ils n'avaient pas les forces suffisantes pour supporter un régime aussi pénible. Quelques-uns moururent de faim, de soif ou de froid : d'autres furent contraints de revenir à leur monastère chercher un soulagement aux douloureuses infirmités qu'ils avaient contractées dans la solitude [3].

Il y eut en Orient un genre de vie monastique beaucoup plus extraordinaire encore. Il fit son apparition durant la période qui nous occupe. Ses adeptes, mus par un sentiment d'humilité pro-

1. Ephrem, *Sermo III in Patres defunctos*, op. gr., t. I, 175-180, *passim*.
2. *Sulpitii Severi Dial.*, I, p. 167.
3. S. Ephrem, *Epist. II ad Joannem*, op. gr., t. II, 187-188. Cf. Tillemont, VIII, 292-294.

fonde, contrefaisaient la folie [1]. L'abbé Or semble inviter l'un de
ses disciples à pousser jusque-là le mépris du monde. « Éloigne-
toi par la fuite de la société des hommes, disait-il ; moque-toi du
monde et de ceux qui suivent ses maximes, en te montrant fou
sur plusieurs points [2]. »

Il y eut à Tabenne une moniale que tout le monde prenait
pour une folle. Ses compagnes ne lui ménageaient guère les mauvais traitements. Jamais cependant elle ne laissa échapper une
parole d'impatience, donnant à tous les plus beaux exemples
d'humilité et de charité. Aussi arriva-t-elle à une éminente sainteté [3].

Ce n'est là qu'un fait isolé. Mais dans le siècle suivant on vit
en Palestine plusieurs moines qui contrefaisaient la folie. C'était
en règle générale des hommes avancés en âge et d'une vertu
consommée. Ils donnaient à l'oraison un temps considérable et
aimaient à soigner les infirmes et les pèlerins. L'austérité de leur
vie leur conciliait l'estime générale. L'historien Évagre, qui les
tenait en grande vénération, remarque qu'ils n'étaient pas nombreux [4].

*
* *

Les genres de vie monastique que nous venons d'exposer
étaient généralement professés par des hommes animés du désir
sincère d'être agréables à Dieu. Ils ont fait l'édification des chrétiens, et beaucoup parmi eux ont pratiqué des vertus héroïques.
Mais la fécondité religieuse de l'Orient ne put s'arrêter là. On vit,
en effet, surgir dans ces régions d'autres espèces de moines qui
menaient une existence beaucoup moins honorable. Les uns se
bornaient à déshonorer par leur vie scandaleuse l'habit dont ils
étaient revêtus. D'autres allaient plus loin ; leur vêtement et leurs
pratiques religieuses couvraient comme d'un voile des erreurs
grossières, contre lesquelles l'Église fut obligée de sévir.

---

1. Zockler, *Askese und Mönchtum*, 251-252 ; Kovalewsky, *La folie pour le
Christ*, Moscou, 1895.
2. *Apophtegmata Patrum*. P. G., LXV, 439.
3. Pallade, *Historia lausiaca*, 41-42. P. G., XXXIV, 1104.
4. Evagre, *Hist. eccles.*, l. I, 21. P. G., LXXXVI, 2478-83.

Les *gyrovagues,* ou moines vagabonds, étaient pour la plupart des ermites dégoûtés par les austérités de la solitude et de la vertu. Souvent ils avaient commencé par vivre dans un monastère. Cénobites sans énergie, ils s'étaient imaginé que le secret du désert rendrait plus facile le travail de leur sanctification. Ils n'avaient pas tardé à sentir peser lourdement sur leurs âmes le silence et l'isolement de la solitude. La paresse et l'ennui leur rendaient insupportable le séjour prolongé dans une cellule. Peu à peu ils se rapprochaient des pays habités et ils changeaient fréquemment de demeure. Leur temps se passait en visites inutiles. L'amour des voyages finissait par s'emparer d'eux, à tel point qu'ils ne pouvaient plus rester en place. Saint Isidore de Péluse les comparait au lièvre, qui n'a pas de gîte déterminé et qui s'en va où le porte le caprice du moment[1]. Du désert ils passaient à la ville, continuant toujours leur vie errante. Ils donnaient à leur vagabondage les prétextes les plus spécieux. Tout en eux pouvait tromper les fidèles. Leur tenue extérieure et leur langage semblaient déclarer une humilité profonde et une grande mortification.

L'abbé Sarapion reçut la visite de l'un de ces coureurs. Il l'invita, comme c'était l'usage, à commencer la récitation des prières. Ses instances furent vaines. Le gyrovague protestait toujours de son indignité. Impossible de lui faire accepter le siège que les solitaires réservaient pour leurs hôtes ; jamais il ne voulut consentir à se laisser laver les pieds. Sarapion reconnut à ces exagérations ridicules l'esprit qui animait son visiteur. Il lui conseilla charitablement avec toute la douceur possible de mettre un terme à ce vagabondage. Jeune et robuste comme il l'était, le séjour de la cellule et l'assiduité au travail lui seraient certainement beaucoup plus avantageux. Cette leçon si juste et si discrète suffit pour faire s'évanouir tous ces beaux dehors d'humilité[2].

Le désir d'augmenter leurs connaissances sur la vie spirituelle était le prétexte que les gyrovagues mettaient d'ordinaire en avant pour justifier leurs courses incessantes. Mais personne ne se faisait illusion. Cassien les traite de paresseux, qui se préoccupent avant tout de leur nourriture[3]. « C'est une table mieux servie

---

1. S. Isidore Pél., l. I, *Epist.* 41. P. G., LXXIII, 207 ; S. Nil, l. II, *Epist.* 56. P. G., LXXIX, 223 ; cf. Cassien, *Conlat.,* XVIII, 8, p. 516-517.

2. Cassien, *Conlat.,* XVIII, 517-519.

3. Cassien, *Institut.,* l. X, p. 177.

que tu cherches, écrivait saint Isidore da Péluse au moine vagabond Philippe, plutôt qu'un enseignement plus fort et plus élevé [1]. »
Ils ne reculaient devant aucune platitude pour satisfaire leur gourmandise. On les voyait, comme de vulgaires parasites [2], assiéger
les portes des riches. Le relâchement qui pénétra dans un trop
grand nombre de solitudes monastiques avant le milieu du
Ve siècle favorisa beaucoup le développement de ce vagabondage,
malgré les efforts de plusieurs saints moines. Saint Nil, en particulier, ne manqua jamais une occasion de réagir contre cet abus [3].
Ces faux moines, qui inondaient les villes, petites et grandes,
mendiant un bon repas, déshonoraient, pensait-il, aux yeux d'un
grand nombre, la profession monastique, si respectée jusque-là.
C'était déplorable [4].

Depuis longtemps déjà, les vrais religieux manifestaient bien
haut la répulsion que leur inspiraient tous ces hypocrites. L'abbé
Isaïe interdisait aux frères toute relation avec eux, pour les mettre
à l'abri de leur influence contagieuse [5]. Les *Constitutions monastiques* recommandaient expressément de les fuir. « Ces misérables, disent-elles, cherchent à perdre les autres. Il faut même
les traiter ignominieusement, dans l'espoir que, ne trouvant nulle
part ce qu'ils cherchent, ils finiront par revenir à une vie meilleure [6]. » On ne reculait pas toujours devant cette manière d'agir
au Ve siècle. Mais ces malheureux étaient inguérissables. On les
injuriait, on les chassait honteusement des villes. Rien n'y faisait [7].

Chose curieuse ! on trouve parmi ces gyrovagues un homme
digne d'une grande vénération, un vrai saint ; c'est le moine Sera-
pion, dont Pallade raconte la vie extraordinaire. Il ne voulut se
fixer dans aucune région. A l'exemple des Apôtres, qui parcoururent le monde, il se mit à voyager, en pratiquant une pauvreté

---

1. S. Isidore, l. I, *Epist.* 41. P. G. LXXVIII, 207 ; cf. l. I, *Epist.* 173, col. 295 ;
Epist. 314, col. 363.

2. S. Nil, *De monastica exercitatione*, c. VIII. P. G., LXXIX, col. 727.

3. S. Nil, l. I, *Epist.* 292, col. 190 ; *Epist.* 295, c. 190-191 ; l. II, *Epist.* 56, col.
223 ; *Epist.* 62, c. 227 ; 71, 72, 231 ; 116, 251 ; 136, 258 ; l. III, *Epist.* 152, 454.
S. Isidore, l. III, *Ep.* 173. P. G., LXXVIII, col. 295 ; *Epist.* 314, 363 ; *Ep.* 41,
207.

4. Id., l. III, *Epist.* 119, ibid., col. 438.

5. *Isaiæ oratio III.* P. G., XL, 1110.

6. *Constitutiones monasticæ*, c. VIII. P. G., XXI, 1367-70.

7. S. Nil, *De monastica exercitatione*, c. IX, ibid., col. 730.

rigoureuse. On le vit à Athènes, à Rome, à Alexandrie, édifiant ceux qui conversaient avec lui par l'éclat de ses vertus et par son détachement des biens de la terre [1].

Les *sarabaïtes* ne valaient guère mieux que les gyrovagues. Ils étaient tout aussi nombreux. On les rencontrait dans les villes et les villages, par groupe de deux ou de trois, habitant la même maison. Ils exploitaient la bonne foi des chrétiens, en vendant plus cher le fruit de leur travail. Ils ne suivaient aucune règle, et n'avaient pas de supérieur. Comment la paix aurait-elle régné dans ces communautés, où chacun faisait ce qui lui passait par la tête ? Aussi étaient-ils souvent en querelle les uns avec les autres. La pauvreté pour eux était chose inconnue. Ils faisaient bonne chère. Ils se permettaient des visites fréquentes aux vierges. Pour faire oublier leur désordre, ils affectaient parfois une tenue austère et tous les dehors de la vertu, et ils parlaient fort mal des clercs : c'étaient des hypocrites [2].

Quelques-uns pouvaient être des ascètes dégénérés. D'autres étaient des moines sortis d'une communauté régulière, afin de vivre plus à leur aise. Certains religieux, qui avaient quitté leur monastère, formaient à leur tour une petite réunion monastique, pour se donner la vaine satisfaction de la supériorité. Hommes sans vertu et sans expérience, ils réussissaient à constituer un groupe de mauvais moines. A cette époque, quiconque en avait envie pouvait fonder un monastère. On devine facilement quels abus en résultaient. Ces religieux n'avaient en rien l'esprit de leur état, se mêlaient de tout. S'il venait à surgir une discussion doctrinale ou une querelle politique, ils prenaient avec passion parti pour ou contre. Ils ne craignaient pas de soulever eux-mêmes des troubles. Afin de couper court à cet abus criant, les Pères du concile de Chalcédoine, qui les avaient vus à l'œuvre pendant les luttes provoquées par l'hérésie eutychienne, interdirent la formation de ces groupes soi-disant monastiques, en faisant dépendre l'établissement de tout monastère nouveau de l'autorisation épis-copale [3].

---

1. Pallade, *Historia lausiaca*, c. 83. P. G., XXXIV, 1182-90.

2. S. Jérôme, *Epist.* 22, n. 34. P. L., XXII, col. 419 ; Cassien, *Conlat.*, XVIII, p. 513-515.

3. *Conc. Calchedon. can.* 4 ; Labbe, *Collectio conciliorum*, t. IV, 1683 ; cf. Wald. Nissen, *Die Regelung des Klosterwesens im Romaerreiche bis zum Ende des Jahrh.*, x p. 11-12.

Les *eustathiens* doivent leur nom au célèbre Eustathe († 360), évêque de Sébaste, d'abord ami dévoué, puis adversaire de saint Basile. Ce personnage introduisit la vie monastique dans l'Arménie et les provinces voisines. Mais ses disciples ne surent garder aucune mesure[1]. Leur foi ne fut pas à l'abri de tout reproche. On reconnaît des traces des erreurs gnostiques et manichéennes dans les idées qu'ils professaient et dans quelques-unes de leurs pratiques religieuses. Leur estime pour la chasteté leur faisait mépriser l'état du mariage et ceux qui s'y étaient engagés. Ils autorisaient les femmes à quitter leurs époux et leurs enfants pour embrasser la vie ascétique, les esclaves à fuir pour le même motif la maison de leurs maîtres, les enfants à abandonner leur père et leur mère. Le manteau dont ils se revêtaient suffisait, prétendaient-ils, pour les rendre justes. Les femmes qui entraient dans leur secte rejetaient leur habit ordinaire pour se revêtir à la façon des hommes. La chair des animaux était à leurs yeux un aliment impur, interdit aux vrais chrétiens. Ils refusaient de se soumettre aux jeûnes prescrits par l'Église ; et ils se faisaient un devoir de jeûner le dimanche. Leur tendance schismatique les portait à fuir les assemblées des chrétiens dans l'église pour se constituer des réunions privées.

Ces exagérations auraient eu les plus fâcheuses conséquences, si les Pères du concile de Gangres, émus par la pensée du mal qui en pouvait résulter, n'eussent condamné solennellement quelques-unes des erreurs et des pratiques des eustathiens (entre 360 et 370). Pour éviter toute équivoque, le synode déclara que ses sentences ne visaient point ceux qui s'exerçaient aux pratiques de l'ascétisme d'une manière conforme aux enseignements des divines Ecritures[2].

Le prêtre Aerius, disciple d'Eustathe, fut l'auteur d'une secte monastique qui poussa plus loin encore ces exagérations. Il était moine. Une foule d'hommes et de femmes se laissèrent endoctriner par lui. Tous professaient le renoncement extérieur au monde, qui est le signe caractéristique de la vie religieuse. Toutefois c'était un petit nombre seulement qui en observaient toutes les pratiques. Comme Aerius, leur maître, ils condamnaient les jeûnes de l'Église. Ils pouvaient néanmoins jeûner

---

1. Sozomène, *Hist. eccles.*, l. III, 14. P. G., LXVII, 1079.
2. Héfélé, *Histoire des conciles*, traduction Delarc, t. II, 168-186.

en tout temps, sauf pendant le carême, et les mercredis et ven-·
dredis de chaque semaine, jours consacrés aux privations par la
coutume ecclésiastique [1].

Saint Épiphane, dans son ouvrage contre les hérésies, signale
plusieurs sectes qui affichaient les dehors de la vie religieuse ou
ascétique. Ce sont les *origéniens* [2], les *adamites* [3], et les *aposto-*
liques [4]. Beaucoup parmi eux cachaient sous des dehors hypocrites des pratiques honteuses. Il en était tout autrement des
audiens. Leur fondateur, Audios, de Mésopotamie, s'était donné
la mission de poursuivre les désordres du clergé. Son zèle intempestif déplut aux évêques, qui sévirent contre lui. Il se sépara de
la communion ecclésiastique vers 345, avec ses partisans. Au
schisme, les audiens ajoutèrent des erreurs sur la nature de
Dieu, la célébration de la Pâque et la pénitence. Ils vivaient principalement dans des monastères. Constantin exila leur fondateur
en Scythie, où il répandit la vie religieuse. Ses disciples, chassés
de cette région en 371, se réfugièrent sur les bords de l'Euphrate
et en Syrie. Ils eurent des monastères dans les montagnes du
Taurus, en Palestine et en Arabie. Leurs maisons, réduites au
nombre de deux à l'époque où écrivait saint Épiphane, disparurent
complètement au Vᵉ siècle [5].

Les *massaliens* ou *euchites* (ce qui signifie priants) furent plus

---

1. S. Épiphane, *Adversus hæreses*, l. III, c. I. P. G., XLII, 338, et *Hæres.*, 75,
col. 503-516. Silvie signale, dans son intéressante *Peregrinatio*, des moines et des
moniales qui pratiquaient une abstinence assez extraordinaire. Ils jeûnaient toute
l'année. Pendant le Carême, plusieurs ne mangeaient qu'une fois la semaine. Ils
s'abstenaient alors de pain, d'huile et de fruits. Il y en avait à Jérusalem et à Séleucie, où on leur donnait le nom d'*apactites* (*Silviæ peregrinatio*, 74, 88, 99, 100,
104). Théodose les condamna en 381 et en 383 comme manichéens (Godefroid,
Codex Theodosianum. l. XVI, t. V). Saint Grégoire de Nysse parle de quelques ascètes fanatiques, qui poussaient l'abstinence jusqu'à se laisser mourir de faim. (*De
Virginitate*, c. 23. P. G., XLVI, 410.) Il y avait de ces pauvres insensés dans le
diocèse de Nazianze. D'autres choisissaient n'importe quel genre de mort : un poi-
gnard, qu'ils se plongeaient dans la poitrine ; une corde, avec laquelle ils se pen-
daient ; un précipice, où ils se jetaient ; tout leur était bon pour en finir avec la
vie et pour mériter, ils le croyaient du moins, la palme du martyre. (Grég. Naz.,
Poema ad Hellenium, v. 85-107. P. G., XXXVII, 1457-60.

2. Id., *Hær.*, 68. P. G., XLI, 1063.

3. Id., *Hær.*, 52, col. 955 et *Synopsis*.

4. Id., *Hær.*, 61, col. 1039.

5. Id., *Adversus hæreses*, 70. P. G., XLII, 339-374 ; Tillemont, VI, 691-696.

répandus et plus nombreux. Comme les audiens, ils eurent la Mésopotamie pour berceau. Adelphe, Dadæos, un certain Sabas, Hermes et quelques autres propagèrent cette secte sous le règne de Constance. La plupart de ces hérétiques trouvaient moyen d'unir la vie religieuse à des erreurs condamnables et à des pratiques honteuses. Ils professaient un renoncement absolu aux choses de la terre, condamnaient toute propriété, menaient une vie vagabonde, errant à travers les campagnes par groupes où hommes et femmes étaient mélangés, vivaient de mendicité, exigeant au besoin l'aumône qu'on leur refusait et mangeaient de tout ce qui se présentait à l'heure qui convenait le mieux à chacun. Ils préconisaient la paresse et prétendaient que la prière devait occuper la journée entière. Plusieurs d'entre eux se livraient à des illusions mystiques, dont les signes extérieurs avaient tous les signes des crises de folie. Ils professaient sur le démon et sur la grâce des erreurs grossières. On les a pris parfois pour une branche des manichéens.

L'aversion des euchites pour le travail prédisposait en leur faveur les moines paresseux, qu'il n'était pas rare de rencontrer dans les monastères orientaux. Beaucoup se laissaient séduire par l'illuminisme qui caractérisait leur mystique. Quelques-uns d'entre eux pénétrèrent jusqu'en Égypte. Mais la sagesse des moines de cette région et la vigueur de leurs traditions monastiques ne leur permirent pas de faire de nombreux adeptes. Il en fut autrement dans les solitudes de Syrie et de Mésopotamie[1]. Les scandales causés par leur doctrine et par leurs pratiques attirèrent bientôt l'attention des évêques. Saint Flavien d'Antioche déploya un grand zèle pour extirper cette hérésie monacale.

Chassés de Syrie, les massaliens se réfugièrent en Pamphylie, où ils cherchèrent à répandre leurs erreurs. Mais saint Amphilochios sut leur tenir tête. Il les fit condamner au concile de Sida. Ils envahirent ensuite plusieurs monastères de la Petite Arménie. Un évêque de cette région, Letoïos, qui gouvernait l'église de Mélitène, parvint à les expulser de son diocèse[2].

Cette secte, qui inspirait à tous les moines dignes de ce nom une vive répulsion, avait jeté de profondes racines dans les soli-

---

1. S. Épiphane, *Adversus hæreses*, 80. P. G., XLII, 755-770.
2. Théodoret, *Hist. eccles.*, l. V. 10. P. G., LXXXII, 1242-45 ; Photius, *Bibliotheca*, cod. 52. P. G., CIII, 87-92.

tudes monastiques de Syrie. On en trouve des traces jusque vers
le VII⁰ siècle et même beaucoup plus tard encore, puisque les
bogomiles, célèbres à l'époque de la décadence byzantine, sont un
rameau sorti de cette mauvaise souche.

CHAPITRE III

Les Moniales

Si les moines furent les successeurs des ascètes, qui avaient maintenu pendant les trois premiers siècles la tradition de la vie religieuse au sein de l'Église, les moniales continuèrent, en la perfectionnant, la vie sainte des vierges consacrées à Dieu. Inutile d'insister sur leur diffusion et sur leur nombre. Leurs monastères se rencontraient partout dans le monde chrétien, vers le milieu du Ve siècle [1].

Un grand nombre de vierges vécurent encore comme par le passé au sein de leurs familles ou dans des maisons particulières, sans autre obligation que celle de la chasteté [2]. Aussi ne peut-on ranger parmi les moniales, durant cette période, toutes les femmes qui ont reçu le titre de vierges. La vie religieuse était, à la vérité, chez la plupart, le complément de la virginité, dont elle exaltait et ennoblissait le caractère. Celles qui unissaient à la noblesse virginale la force de la vie monastique devenaient en quelque sorte plus vierges que les autres. On n'éprouvait pas le besoin de leur donner un autre nom. Aussi les moniales sont-elles généralement appelées vierges.

Toutes, néanmoins, n'avaient pas conservé intacte leur virginité. Les veuves étaient souvent admises à la profession monastique. Théodoret, qui raconte avec tant de plaisir la vénération de sa pieuse mère pour les moines du voisinage d'Antioche et les services qu'elle se plaisait à leur rendre, déclare avec une légitime

---

1. Théodoret, *Religiosa historia*, c. 30. P. G., LXXXII, 1494.
2. Grég. Naz., *Carmen ad Hellenium*, v. 257-261. P. G., XXXVII, 1140.

satisfaction qu'elle-même embrassa la vie religieuse[1]. La sœur de saint Basile, Macrine, se donna la noble tâche de gagner sa mère à la perfection religieuse, lorsqu'elle eut rempli tous ses devoirs envers ses enfants. Ce ne fut pas la seule veuve du monastère[2]. Plus d'une riche matrone se fit couper la chevelure et consacra le reste de ses années au service du Seigneur[3]. Saint Jérôme en détermina plusieurs à quitter la ville de Rome et à venir cacher leur veuvage dans les monastères de Palestine.

Quelques vierges se firent accompagner par de jeunes femmes attachées à leur service. La vie religieuse unissait ainsi dans les liens de la fraternité la plus étroite la fille des patriciens illustres et sa pauvre esclave. Jérôme recommandait instamment à Eustochium de ne pas s'élever au-dessus de sa petite servante, si elle la suivait au monastère ; agir ainsi eût été un acte d'orgueil répréhensible. N'auront-elles pas, en effet, le même Époux ? Ne chanteront-elles pas ensemble les mêmes psaumes ? Ne recevront-elles pas en même temps le même corps de Jésus-Christ ? Pourquoi, dès lors, établir entre elles une distinction[4]. Une jeune et noble Cappadocienne, sainte Macrine, aimait à voir prendre place au milieu de ses filles spirituelles et de ses sœurs les femmes attachées au service de sa mère[5].

Sainte Paule suivait une ligne de conduite toute différente dans son monastère de Bethléem. Elle craignait que la présence d'une ancienne servante auprès d'une moniale de noble extraction ne fût pour celle-ci un sérieux obstacle. Ses assiduités ne la ramèneraient-elles pas, en effet, insensiblement aux faiblessse de sa vie mondaine ? Combien de bavardages inutiles ! Combien de choses incompatibles avec la gravité de la vie monastique[6] !

Comme on devait s'y attendre, le monachisme se développa simultanément chez les hommes et chez les femmes. Moines et moniales rivalisèrent de zèle dès les premières années de leur histoire. Il arriva même qu'un patriarche de la vie monastique eut, pour étendre son action sur les femmes, le concours de sa propre sœur. Cela commence avec saint Antoine. En embrassant

1. Théodoret, ibid., XIII. P. G., LXXXII, 1402.
2. S. Grég. de Nysse, *Vita S. Macrinæ*. P. G., XLVI, 966-971.
3. S. Jérôme, *Epist.* 147, n. 5. P. L., XXII, 1199-1200.
4. Id., *ep.* 22. P. L., XXII, 415.
5. S. Grég. de Nysse, *Vita S. Macrinæ*, P. G., XLVI, 966.
6. S. Jérôme, *Epist.* 108, *ad Eustochium*. P. L., XXII, 896.

la carrière ascétique, il confia l'éducation de sa jeune sœur à des vierges de sa connaissance, qui vivaient en communauté[1]. La jeune fille grandit. Ce commerce assidu avec les épouses du Seigneur détacha peu à peu son cœur des choses du monde. Elle finit par suivre l'exemple de son frère. Antoine eut dans la suite la consolation de la trouver à la tête d'un monastère de femmes[2]. Les sœurs du moine Isidore gouvernaient dans le voisinage d'Alexandrie une communauté de soixante-dix religieuses[3]. Ammon, qui embrassa la vie monastique à Nitrie avec ses deux frères, Eusèbe et Euthyme, vit ses deux sœurs se renfermer dans un monastère situé à quelque distance de là[4]. On trouve un homme et une femme au berceau du célèbre monastère de Nitrie. Unis par les liens du mariage depuis dix-huit ans, ils avaient conservé leur virginité intacte. Le mari se nommait Amoun. Son épouse lui dit un jour : « J'ai une proposition à te faire ; si tu l'agrées, ce me sera une preuve que l'affection que tu me portes vient de Dieu. — Dis-moi ce que tu désires. — Tu es un homme pieux et plein de religion, et tu pratiques la justice ; de mon côté, je m'efforce de suivre ton exemple. Il me semble convenable que nous nous séparions l'un de l'autre, ce sera pour l'avantage d'un grand nombre... — Ce que tu me dis est raisonnable, ma sœur ; si cela te plaît, tu habiteras ici ; pour moi, j'irai me construire une maison ailleurs. » Amoun se retira sur la montagne de Nitrie, où il fut rejoint par un grand nombre de moines. Deux fois l'an il rendait visite à son épouse, qui menait une vie semblable à la sienne[5].

Il y eut dans l'institut pakhomien trois monastères de femmes, établis, sauf le dernier, par saint Pakhôme lui-même. Voici comment se fit la première fondation. Sa sœur vint un jour à Tabenne pour le visiter. Mais le saint abbé, qui n'admettait point les femmes en sa présence, lui refusa cette consolation. Il lui fit annoncer par le portier qu'il était encore vivant et que, si elle désirait embrasser la vie monastique, les frères lui construiraient une cellule sur la rive opposée du fleuve. Marie, c'était son nom, répondit à

---

1. S. Athanase, *Vita S. Antonii*, 3. P. G., XXVI, 843.
2. Ibid., 54, col. 992.
3. Pallade, *Historia lausiaca*. P. G., XXXIV, 1008.
4. Ibid., XII, 1031-32.
5. Ibid., VIII, 1023-1024.

l'invitation de Pakhôme. De nombreuses vierges suivirent son
exemple [1].

Mais aucun de ces monastères de femmes n'égale en intérêt
celui que gouvernait sainte Macrine dans son domaine familial
d'Annesi, sur les bords de l'Iris. Sa pieuse mère, Emmélie, ses ser-
vantes, des femmes appartenant aux meilleures familles du Pont et
de la Cappadoce, se rangèrent bientôt sous ses ordres. Elle prit soin
de son plus jeune frère, Pierre, le futur évêque de Sébaste, qui
partagea sa solitude. Un autre de ses frères, évêque lui aussi, vint
souvent retremper son cœur auprès d'elle par des entretiens qui
faisaient toujours sur lui une impression profonde. Du fond de son
monastère, Macrine exhortait Basile, le plus illustre de ses frères, à
venir fixer sa tente sur les bords silencieux de l'Iris. Quelle ne
fut point sa joie de le voir répondre à son appel et se bâtir un
monastère en face du sien ? Annesi devint le véritable berceau du
monachisme dans le Pont et la Cappadoce. Dieu se servit d'une
moniale pour accomplir cette œuvre [2].

Les moniales cappadociennes eurent parfois leurs maisons assez
rapprochées des monastères d'hommes. Ce voisinage, qui pouvait
être fort utile aux uns et aux autres, eût entraîné des abus lamentables, si les législateurs monastiques n'eussent pris à ce sujet des
précautions minutieuses. Mais saint Basile, dans ses Règles, a tout
prévu. Il défend expressément aux moines de parler seul à seul
avec les religieuses [3]. Il n'autorise pas le premier venu à entretenir
de ces relations. Les moines sont, en effet, tenus de veiller sur leur
bonne renommée, et, par conséquent, d'éviter tout ce qui serait de
nature à éveiller le moindre soupçon. Les circonstances de temps,
de lieux, de personnes doivent être prises en considération. Les entretiens permis, qu'ils roulent sur des choses temporelles ou spirituelles, sont toujours tempérés par la gravité et le respect mutuel. Il faut que toujours deux frères et deux sœurs y prennent
part. Leur nombre ne peut jamais dépasser trois [4].

Quelques moines étaient chargés de veiller sur les intérêts temporels des monastères de femmes. On confiait cette tâche délicate à
des hommes que leur âge avancé, la maturité de leur caractère et

---

1. Tillemont, t. VII, 196-197 : Ladeuze, 176-177.
2. S. Grég. de Nysse, *Vita S. Macrinæ*. P. G., XLVI, 971 et s.
3. S. Basile, *Regulæ brevius tractatæ inter.*, 220. P. G., XXXI, 1227.
4. Id., *Regulæ fusius tractatæ int.*, 33, 998-999.

la gravité de leurs mœurs mettaient à l'abri de tout soupçon[1]. Le supérieur lui-même avait besoin d'une vigilance extrême. Il ne devait jamais avoir le moindre entretien spirituel avec une religieuse en l'absence de la supérieure. Des conversations trop fréquentes, même avec cette dernière, eussent été déplacées ; il fallait donc les réduire le plus possible, surtout du moment où quelques frères en prenaient ombrage[2]. Saint Basile recommande une grande prudence à l'ancien chargé de leur gouvernement spirituel. Il ne devait pas se laisser entraîner par un zèle indiscret, qui le pousserait trop loin et le porterait à prendre la place de la supérieure dans les relations immédiates avec les sœurs. Toute communication directe avec elles lui était interdite. S'il passait par-dessus la tête de la supérieure, celle-ci avait le droit de porter plainte contre lui. Saint Basile va même jusqu'à demander qu'elle soit présente lorsque l'une de ses filles avoue ses fautes aux prêtres[3].

Saint Pakhôme ne se montrait pas moins réservé. Les deux monastères de Tabenne étaient séparés par le fleuve. Un prêtre et un diacre allaient tous les dimanches célébrer les saints mystères dans l'église des moniales. Un ancien de grande vertu, au maintien grave et modeste, leur faisait de temps à autre des instructions. Pour aller voir une religieuse leur parente, les moines demandaient à l'abbé une permission spéciale. Un confrère âgé et versé dans la connaissance des choses spirituelles les accompagnait. Arrivés au monastère, ils voyaient d'abord la supérieure, qui faisait ensuite venir la moniale, avec les dignitaires de la maison. Les moines, dans ces visites, ne devaient accepter aucune nourriture. Tout échange de présents leur était interdit. Les frères faisaient les gros travaux dans le monastère des femmes. Un ancien conduisait les ouvriers, qui revenaient toujours à Tabenne prendre leur repas. Les sœurs, de leur côté, préparaient les vêtements des moines avec le lin et la laine que leur envoyait le grand économe[4].

Grâce à toutes ces précautions, moines et moniales s'édifiaient les uns les autres et se rendaient de continuels services, sans danger pour leurs âmes, et sans s'exposer aux railleries de la foule,

---

1. S. Basile, *Reg. fus. tract. inter.*, *33*, c. 999.
2. Id., *Regulæ brevius tractatæ, inter.* 108-109, 1153.
3. Ibid., *inter.* 110-111, 1158.
4. Tillemont, VIII, 197.

toujours portée à prendre en mauvaise part les relations, même les plus légitimes, entre personnes de sexe différent.

Les religieux qui vivaient en dehors d'une communauté avaient, plus encore que les cénobites, besoin de s'entourer de mille précautions. « Pour s'occuper des moniales, écrivait saint Nil au moine Héliodore, il faut avoir dompté, au préalable, toutes ses passions par de rudes travaux et par une longue patience [1]. » Mais cette sagesse ne plaisait pas à tous les esprits. Ceux qui la trouvaient gênante et refusaient de suivre ce conseil s'exposaient à d'humiliants déboires. Saint Basile en eut sous les yeux un exemple frappant.

Un moine, nommé Glycérios, qui remplissait les fonctions de diacre, se crut appelé à devenir le chef d'une communauté religieuse. Quelques vierges, cédant à un entraînement de jeunesse, vinrent spontanément se grouper autour de lui; d'autres cédèrent à la contrainte. Glycérios finit par se prendre au sérieux. Il se donnait les airs d'un fondateur et d'un patriarche. Ses prétentions ridicules devinrent bientôt une occasion de troubles. Le prêtre sous l'obéissance duquel il devait vivre lui fit d'inutiles observations. Le chorévêque de saint Basile ne fut pas plus heureux. Pour s'épargner un contrôle et des plaintes qui le gênaient, le prétendu patriarche prit la fuite durant la nuit avec ces filles. Cette histoire provoquait les rires des païens, qui ne manquaient pas d'en rejeter la honte sur l'institut monastique lui-même [2].

Ceux qui avaient l'âge, la vertu et l'expérience requis pour ces délicates fonctions, rendaient aux vierges d'inappréciables services, tout en édifiant les fidèles. Ils furent nombreux pendant cette période. Citons entre autres le moine Élias, dont Pallade loue la charité envers les moniales. Il se construisit à Athribis, en Égypte, un monastère où il put en réunir trois cents. Il leur fournissait jusqu'aux outils qui leur étaient nécessaires pour travailler leur jardin. Sa tâche n'était pas toujours facile. Il y avait souvent des querelles parmi les membres de la communauté. Le soin de rétablir la paix incombait à Élias. C'était encore lui qui corrigeait les coupables. Après deux années ainsi passées dans le monastère, il éprouva, malgré son âge et sa prudence, une violente tentation. Dieu lui fit la grâce de la surmonter. Le saint homme comprit la

---

1. S. Nil, l. I, *Epist.* 46. P. G.. LXXIIX, 218.
2. S. Basile, *ep.* 169. P. G., XXXII, 641-646.

leçon ; il quitta sans tarder le monastère pour habiter une cellule voisine, d'où il put aisément continuer de remplir ses fonctions. Dorothée, qui prit soin de ces religieuses après sa mort, habita un appartement de l'étage supérieur de la maison. Il supprima tout moyen de communication avec les moniales. Une fenêtre lui permettait de les surveiller et de les entretenir quand il était besoin. Il vivait donc au milieu d'elles comme un véritable reclus [1].

On connaît l'histoire du reclus Abraham et de sa nièce, rapportée par saint Ephrem. Celle-ci n'avait pas sept ans à la mort de son père. Son oncle l'adopta et la mit dans une cellule adossée à la sienne. Ils communiquaient ensemble moyennant une fenêtre percée dans la cloison. Ce n'est pas le lieu de rappeler le malheur de cette pauvre fille, la tristesse profonde du saint vieillard et la preuve admirable qu'il donna de son dévouement à une âme [2].

La sainteté d'Abraham et les liens étroits qui l'unissaient à cette enfant légitiment sa conduite, mais on ne saurait la donner pour exemple. Il faut en dire autant de celle du moine Élias, car, suivant la judicieuse remarque de saint Grégoire de Nysse, « les hommes et les femmes sont appelés à un genre de vie également saint et grave. Mais la vie monastique demande une honorabilité et une chasteté parfaite, ce qui ne peut exister sans la séparation. Les moniales se tiennent ainsi à l'écart des moines, et les moines vivent séparés des moniales, pour la sauvegarde de leur honneur et de leur virginité [3] ».

Tous ne comprenaient pas de cette manière l'honorabilité monastique et les délicatesses extérieures qu'impose la profession virginale. Pourquoi, se demandèrent plusieurs Orientaux, ne suivrions-nous pas les exercices de la vie monastique sous le même toit que les femmes ; ou tout au moins dans des maisons juxtaposées ? Et ils fondèrent ce qu'on a depuis appelé des « monastères doubles ». C'est donc une institution d'origine orientale. Leucadios gouvernait l'une de ces maisons à Sannabadaa. Saint Grégoire de Nazianze, qui l'avait connu, écrivit à ses religieux et à ses religieuses pour les consoler de sa mort [4]. Il y en avait une semblable à Séleucie [5]. Le moine Sisinnios, après un séjour en

1. Pallade, *Hist laus.*, xxv-xxvi. P. G., XXXIV, 1095-1096.
2. S. Ephrem, *In vitam B. Abraami.* P. G., t. II, 11 et s.
3. S. Grég. de Nysse, *Epist.*, 2. P. G., XLVI, 1011.
4. S. Grég. Naz., *Epist.*, 238. P. G., XXXVII, 379 ; Tillemont, IX, 548.
5. Silvie, *Peregrinatio*, 73-74; Bulteau, *Essai de l'histoire monastique de l'Orient*, 426-427.

Palestine, revint dans la Cappadoce, sa patrie, où il rassembla une communauté du même genre [1].

Ces monastères doubles tendirent à se multiplier dans l'Asie-Mineure et autour de Constantinople, malgré les mesures sévères prises par les conciles et par les empereurs en vue de leur suppression [2].

L'Orient connut une institution plus abusive encore, celle des *agapètes*. On donnait ce nom à une femme, vierge ou veuve, consacrée à Dieu, qui partageait sa demeure avec un moine ou un clerc (*introductitius*). C'était parfois la femme, quand elle était riche surtout, qui invitait l'homme à cette cohabitation. Il arrivait aussi que les moines prenaient les devants.

La société des personnes du sexe hantait l'imagination de pauvres moines accablés par l'ennui. Le désir de consoler charitablement une âme en peine leur servait de prétexte habituel. Ils commençaient par leur faire des visites fréquentes. Ils se chargeaient ensuite de les pourvoir du nécessaire [3]. Ces malheureux se jetaient ainsi les yeux fermés dans des embarras inextricables [4]. Le plus grave était celui de la cohabitation.

C'était un mal ancien déjà, puisqu'Aphraates eut occasion de le signaler et de le flétrir [5]. Les clercs n'échappaient pas plus à cette contagion que les moines. Elle sévit en Occident tout comme en Orient. Il est inutile d'insister sur les abus qui en résultaient. C'était un scandale pour les fidèles. Les moines dignes de ce nom rougissaient en apprenant les plaisanteries inconvenantes que les païens faisaient à cette occasion. Saint Grégoire de Nazianze [6], saint Grégoire de Nysse [7] et saint Jean Chrysostome [8], dès les premiers temps de son épiscopat, eurent beau protester et réagir contre cette

---

1. Pallade, *Hist. laus.*, cix, P. G., XXXIV, 1214.

2. Waldemar Nissen, *ouv. cit.*, 9-10. Marin, *Les Moines de Constantinople*, 41-43.

3. Cassien, *Instit.*, x, 175-177.

4. Id., *Conlat.* I, 31.

5. Aphraates, *Demonstratio VI. De monachis.* Pat. Syr, I, 271. *Demonstratio IV*, 259-262.

6. Greg. Naz., *Epigrammata*, 10, 14, 15, 16, 17, 20, 21, 22, 23. P. G., XXXVIII, 85 et s.

7. Greg. Nys., *De Virginitate*, 23. P. G., XLVI, 410.

8. Jean Chrysostome, *Contra eos qui apud se habent virgines subintroductas*, P. G., XLVII, 495-514. *Quod regulares feminæ viris cohabitare non debent.* Ibid., 513-532.

tendance; ils ne purent l'extirper complètement. Il fallut, pour en débarrasser l'Église, une loi de l'empereur Théodose le Jeune[1] (420).

A côté de ces moniales, qui ne voulaient pas se priver de la compagnie d'un homme, on en trouvait d'autres qui, rougissant pour ainsi dire de leur sexe, se coupaient les cheveux et revêtaient des habits qui ne sont pas faits pour elles. C'était une coutume assez générale parmi les eustathiens. Le concile de Gangres interdit de pareils travestissements[2]. Ces prétentions ridicules ne disparurent pas tout à fait, puisque saint Jérôme les signalait quelques années plus tard dans sa lettre à la vierge Eustochium[3].

Quelques-unes de ces femmes obéissaient à un mobile plus noble. Elles cherchaient, par ce déguisement, à dérober aux yeux des hommes leur faiblesse naturelle, afin de pratiquer plus librement des austérités toutes viriles. L'abbé Bessarion et son disciple rencontrèrent dans une grotte isolée un ermite tellement absorbé par l'oraison et par le travail qu'il ne leva même pas les yeux pour les voir ou pour leur adresser la parole. Ils passèrent outre sans troubler son silence; mais, en revenant par le même chemin, ils le trouvèrent mort. Ils se mirent en mesure de lui rendre les derniers devoirs. Leur surprise fut grande lorsqu'ils constatèrent que ce solitaire était une femme[4].

---

1. Godefroid, *Codex Theodos.*, l. XVI. tit. II, l. 44, VI, 91-95.
2. *Concil. Gangrens. can.*, 13, 17. Héfélé, *Histoire des conciles,* trad. Delarc, II, 177.
3. S. Jérôme, *Epist.* 22. P. L., XXII, 413.
4. *Verba seniorum*, 194, P. L., LXXIII, 801-802.

CHAPITRE IV

Les Règles monastiques

Au IVᵉ siècle, comme de nos jours, la vie monastique consistait dans la recherche de la perfection chrétienne. Les moines avaient à pratiquer les mêmes vertus que les fidèles restés au milieu du monde, mais avec une perfection beaucoup plus grande. L'observance des préceptes suffit à ces derniers, tandis que ceux-là doivent en outre suivre les conseils évangéliques [1]. La vie religieuse a eu beau prendre les développements les plus extraordinaires, les préceptes et les conseils en sont restés le fondement inébranlable. Il en sera toujours ainsi, malgré la variété des prescriptions et des règlements qui seront formulés dans la suite des âges pour répondre aux multiples exigences de la vie commune et des buts particuliers que poursuivront les divers groupes monastiques. Ces additions, qui pourront se multiplier à l'infini, ne sauraient constituer l'essence du monachisme.

Il en va tout autrement de la pratique des vertus chrétiennes. Sans elles, point de vie religieuse. On doit les trouver partout et toujours. Or ces vertus, qu'elles soient préceptes ou conseils, ont leur formule authentique dans l'Évangile. Voilà pourquoi ce livre sacré fut la règle des premiers moines. Lorsque les saints s'occupèrent plus tard d'organiser leur vie, ils s'attachèrent surtout à préciser davantage les obligations qui découlent du texte inspiré. De nos jours encore, il ne faut pas chercher ailleurs le fondement des

---

1. L. Allatius, *Præfatio ad Regularum codicem*, cité par Brockie, *Codex Regularum præfat.*, c. ii. P. L., CIII, 398. Fleury, *Les Mœurs des chrétiens*, éd. 1727, 318-320.

devoirs que le monachisme impose, quelles qu'en soient du reste
les formes accidentelles[1]. Comme les Évangiles font partie d'un
ensemble tendant au même but et inspiré par le même Dieu,
l'Écriture sainte tout entière devint pour les moines une règle
véritable.

Avec l'habitude de découvrir dans tous les passages de la Bible
un sens figuré, il leur était facile de trouver partout, jusque dans
les sentences et les épisodes en apparence les plus insignifiants,
ou un précepte ou un exemple capables de les éclairer sur la nature et l'étendue de leurs obligations. Cette manière de voir s'accordait fort bien avec leurs idées sur les origines de la vie religieuse. Elle avait pour fondateur et pour type achevé Notre-Seigneur
Jésus-Christ lui-même. L'Église primitive de Jérusalem leur apparaissait comme le premier monastère du monde. Les passages des
Actes des Apôtres où est exposé le genre de vie que menaient ses
enfants leur faisaient connaître dans ses lignes principales la règle
suivie alors. Quelques saints de l'Ancien Testament, éclairés par
l'Esprit de Dieu, avaient connu et pratiqué la vie religieuse. Élie,
Élisée, saint Jean-Baptiste, devenaient ainsi des moines et les modèles
des moines. Leur règle était contenue dans les textes scripturaires
qui racontent leur vie et leurs vertus[2].

Saint Jérôme se conformait aux sentiments de ses contemporains
quand il proposait à la vierge Démétriade les prescriptions des
divines Écritures comme le point fondamental des observances
monastiques[3], et lorsqu'il conseillait à son illustre ami, Paulin de
Nole, de choisir pour modèles non seulement les Paul, les Antoine,
les Julien, les Hilarion, les Macaire, mais encore Élie, le prince des
moines, Élisée, qui appartient également aux moines, et les fils des
prophètes, qui vivaient dans les champs et dans la solitude, et qui
bâtissaient leurs cellules sur les rives du Jourdain[4].

Telle était bien aussi la pensée de saint Antoine le Grand.
« Nous n'avons besoin pour notre formation que des divines
Écritures », disait-il à ses disciples[5]. Dès les premiers temps, il se
persuada que le prophète Élie était le type achevé de la vie ascé-

---

1. Dom Ambroise Kienle, *Kirchen-Lexikon*, art. *Askese*.

2. Fleury, 317-318. L'origine évangélique ou scripturaire du monachisme est
du domaine de la théologie plutôt que de l'histoire. Aussi n'en dirons-nous rien.

3. S. Jérôme, *epist.* 130, n. 17. P. L., XXII, 1121.

4. Id., *epist.* 58. Ibid., 583.

5. S. Athanase, *Vita S. Antonii*, 16. P. G., XXVI, 667.

tique. Aussi tenait-il sans cesse les yeux de son âme fixés sur cette admirable figure, afin d'y contempler, comme dans un miroir, ce que devait être sa propre existence[1]. Plus tard il recommandait aux moines, que sa sagesse et sa bonté attiraient en foule autour de sa cellule, de repasser continuellement dans leur esprit les préceptes de l'Écriture et de conserver la mémoire des actions accomplies par les saints[2].

D'après saint Basile, qui est le maître le plus autorisé de la vie monastique, le religieux doit prendre pour règle de toutes ses actions le témoignage des Saints Livres, et non le jugement de son esprit personnel. C'est l'unique moyen d'agir constamment sous l'influence de l'esprit de Dieu[3]. Il s'est lui-même conformé à ce principe toutes les fois qu'il a tracé aux moines une ligne de conduite. Ses Règles ne sont, suivant la remarque du judicieux Fleury, « qu'un abrégé de la morale évangélique, qu'il propose généralement à tous[4] ». On pourrait en dire autant de presque tous les législateurs monastiques de cette période.

Pallade écrit que le solitaire Bisarion avait toujours sur lui un exemplaire des Évangiles. Il portait ainsi constamment le texte de la loi qu'il devait exécuter[5]; il pouvait examiner plus à son aise les actions de sa vie et voir si elles étaient conformes à la parole du Seigneur. Le fondateur des acémètes, Alexandre, ne voulait pas non plus d'autre règle que l'Évangile. Son ambition était de le pratiquer au pied de la lettre. Quand il partait en voyage avec ses disciples, ce livre était la seule chose qu'il consentît à emporter[6].

Mais la Bible demandait à être lue avec beaucoup de circonspection, si l'on désirait en faire la règle unique du moine. Combien, en effet, il eût été facile de substituer sa propre pensée à celle du Sauveur, et de fausser, en les comprenant mal, en les exagérant ou en les restreignant, le sens de ses paroles! Et puis tout le monde pouvait-il imiter la vie austère d'un saint Jean-Baptiste? Peu d'hommes sauraient, se contenter d'un habit de poils de chameau pour tout vêtement, et, pour toute nourriture, de quelques herbes ou feuilles sauvages.

---

1. S. Athanase, *Vita S. Antonii*, 1, 634.
2. Ibid., 55, 992.
3. S. Basile, *Regulæ brevius tractatæ inter.*, 1. P. G., XXXI, 1079-82.
4. Fleury, 318.
5. Pallade, *Hist. laus.*, 116, P. G., XXXIV 1222.
6. *Act. SS., Januar.*, l, 1020-29.

En outre, l'expérience montre chaque jour une foule de points sur lesquels l'Écriture garde un silence profond. Le moine, dès lors, se voit dans l'impossibilité de connaître directement la volonté de Dieu, disait saint Basile[1]. Toutes les fois que les maximes et les exemples de la Bible sont insuffisants, remarquait Isidore de Péluse, il faut prendre pour règle de vie et type de sa perfection les ordres d'un supérieur[2]. Saint Jérôme s'exprimait plus nettement encore, lorsqu'il écrivit à la vierge Démétriade : « Après avoir demandé sa ligne de conduite aux Écritures, il est bon de la chercher auprès d'un homme et d'obéir à un chef, si l'on ne veut pas s'abandonner au pire des conducteurs, qui est le jugement propre[3]. »

Voilà pourquoi tout chrétien qui désirait embrasser la vie monastique commençait par se mettre sous la conduite d'un moine recommandable par son âge et rompu à tous les exercices de l'ascèse. Ses enseignements et ses exemples lui donnaient tout ce qu'il ne pouvait trouver dans les Livres saints. Il lui était possible alors d'organiser pratiquement sa vie. Il avait une règle.

Toutefois, parmi les anciens, à qui les jeunes recrues confiaient le soin de leur formation, plusieurs se laissaient conduire par leurs propres idées, sans se préoccuper de la tradition et des coutumes généralement admises. De là de nombreuses divergences, et avec elles tous les inconvénients de l'arbitraire.

Leurs disciples se conformaient en tout à leur manière d'agir et de penser : Cassien, qui avait observé de si près le monachisme oriental, fait à ce sujet des plaintes formelles. C'est un désordre qui régnait surtout hors de l'Égypte[4].

Fallait-il cependant chercher de l'uniformité dans ces multitudes de groupes monastiques? Évidemment non. Les hommes ont des besoins trop variés; les climats, les lieux et tant d'autres circonstances exercent sur la vie humaine une influence telle que cette unité était et reste absolument irréalisable. Personne à cette époque n'y songeait. Nous avons constaté ailleurs les divergences que présentait le monachisme dans son ensemble. Il en offre encore, et de très profondes, si on le considère dans chacune des catégories établies précédemment.

La suite de ce travail montrera combien ermites, cénobites,

---

1. S. Basile, *Regul. brev. tract. inter.*, I. P. G., XXXI, 1082.
2. S. Isid., l. III, *ep.* 175, P. G., LXXXVIII, 295.
3. S. Jérôme, *Epist.* 130, 17, P. L. XXII, 1121.
4. Cassien, *Inst.* I. II, 2, 3, p. 18-20.

reclus, différaient entre eux[1]. Mais ces particularités inévitables ne doivent pas être confondues avec l'arbitraire que blâmait Cassien. Elles se manifestaient principalement sur le domaine des austérités. L'observance était, en effet, loin d'avoir partout la même rigueur. Les supérieurs tenaient compte de ces différences pour l'admission des sujets. Lorsqu'un candidat ne leur semblait pas avoir l'énergie suffisante pour porter le poids de la règle, ils lui conseillaient de frapper à la porte d'un autre monastère. « La discipline de cette maison est très pénible, répondit un abbé égyptien à un jeune homme qui sollicitait son admission, vous êtes incapable de la supporter. Cherchez de préférence un monastère où la vie soit moins rigoureuse[2]. »

Le genre de vie que les anciens prescrivaient à leurs disciples, qu'ils fussent ermites ou cénobites, se transmettait par eux à tous les moines qui venaient augmenter leur groupe. Mais ces fondateurs, s'ils voulaient, au lieu de leurs conceptions personnelles, toujours discutables, donner uee règle sage et dégagée de tout arbitraire, n'avaient qu'à s'inspirer des enseignements de la tradition et de la coutume généralement admise. Aussi les voit-on se donner comme un écho fidèle de la doctrine et des exemples des hommes qui les avaient précédés. Un abbé ne pouvait fournir à sa parole une meilleure recommandation. Ce cortège de témoins antiques et vénérés qui venaient l'un après l'autre appuyer de tout le poids de leur expérience personnelle telle pratique, tel conseil, lui conciliait forcément l'esprit de ceux qui l'entendaient. « Nous devons, dit à ce sujet Cassien, donner une confiance absolue et une obéissance aveugle non aux règles venues de la volonté d'un petit nombre, mais à celles qui ont pour les appuyer l'antiquité et l'accord unanime des Pères nombreux qui les ont observées et propagées[3]. »

Les monastères de l'Égypte et de la Thébaïde, que l'auteur des Conférences visita, se faisaient plus que les autres remarquer par le caractère traditionnel de leurs institutions[4]. Les solitaires qu'il put entretenir invoquaient tous avec le même respect le témoignage des anciens. Lorsque l'abbé Théonas, par exemple, voulut

1. S. Grég. Naz., *Poema ad Hellenium*, v. 109-114. P. G., XXXVII, 1459. *Oratio contra Julianum*, P. G., XXXV, 598.

2. Sulp. Sév., *Dial.*, I, p. 120.

3. Cassien, *Inst.*, l. I, 2, p. 10.

4. Ibid., l. II, 3, p. 19.

motiver à Cassien certains usages chers aux moines de la région, il n'employa pas d'autre argument : « Il faut nous incliner devant l'autorité des Pères et devant la coutume de nos prédécesseurs, qui s'est continuée jusqu'à nos jours, quand même nous n'en comprendrions pas la raison; conservons avec respect et fidélité ce que nous a légué l'antique tradition[1]. »

C'etait chez eux un principe arrêté, légitimé par une longue expérience. Voici ce qu'en pensait l'abbé Piamoun : « Celui qui, cherchant à s'instruire, commence par discuter, n'arrivera jamais à connaître la vérité; car l'ennemi, voyant qu'il se fie plus à son propre jugement qu'à celui des Pères, le poussera sans peine à trouver superflues et préjudiciables les choses les plus utiles et les plus salutaires; il flattera son esprit propre de telle manière que, en s'obstinant dans ses pensées déraisonnables, il ne jugera saint que ce qui lui semblera personnellement juste et droit[2]. »

Cette fidélité à la tradition était l'un des plus beaux témoignages que les vétérans du monachisme pussent se rendre à eux-mêmes devant leurs frères ou leurs disciples.

Les anciens étaient un jour assemblés auprès de l'abbé Isaac mourant afin de l'assister à son heure suprême et de recueillir ses derniers avis. « Que devons-nous faire après vous? lui demandèrent-ils. — Voyez comment j'ai marché sous vos yeux. Si vous voulez me suivre et garder les commandements du Seigneur, il vous enverra sa grâce et vous maintiendra dans les lieux que vous habitez. Si, au contraire, vous n'êtes pas fidèles, vous ne demeurerez pas ici. Quand nos pères étaient sur le point de mourir, nous étions, nous aussi, plongés dans la tristesse; mais nous avons gardé les ordres de Dieu et les avis de nos Pères, et nous avons vécu comme s'ils eussent été avec nous[3]. »

Les anciens continuaient, de la sorte, à vivre dans l'esprit et dans le cœur de leurs disciples; la présence morale de ces saints personnages leur était d'un puissant secours. Rien ne pouvait mieux les encourager à conserver religieusement les traditions dont ils étaient la source ou tout au moins le canal. « Le Père qui a le premier institué nos monastères se réjouira, disait l'abbé Orsise aux moines de Tabenne, il priera Dieu pour nous, en lui

---

1. Cassien, *Conlat.* XXI, 12, p. 585.
2. Id., XVIII, 3, p. 508.
3. *Apophtegmata Patrum*. P. G., LXV, 226-227.

adressant ces paroles : Ils vivent, Seigneur, dans la tradition que je leur ai laissée[1]. »

Les maîtres de la solitude ajoutaient, en règle générale, plus d'importance aux actions qu'aux paroles; à cause de cela, l'exemple de la fidélité personnelle leur semblait la manière la plus sûre et la plus pratique de transmettre à leurs disciples la tradition qu'ils tenaient de leurs prédécesseurs. Écoutons un conseil de l'abbé Pœmen : Un moine vint lui dire : « Des frères habitent avec moi, persuade-moi donc de les commander. — Je n'en ferai rien, commence par agir toi-même, et, s'ils désirent la vie, ils verront ce qu'il leur faut faire. — Mais, Père, ils veulent que je leur donne des ordres. — Point du tout, sois-leur un modèle, non un législateur[2]. » Pœmen ne conseillait pas le mutisme absolu, car pour être véritablement un modèle, il est nécessaire de parler.

Les anciens des monastères ou des ermitages complétaient l'utile leçon de leurs exemples par un enseignement oral. Ils ajoutaient évidemment à la doctrine et aux actions de leurs devanciers tout ce qui était de nature à rendre leur parole plus claire et plus vivante. Leur expérience personnelle enrichissait encore le dépôt qu'ils avaient reçu. On finit par écrire cette tradition. C'était s'assurer le moyen de la transmettre à la postérité plus complète et plus pure, et de la communiquer plus aisément à ceux qui vivaient au loin. Les recueils où l'on trouvait la doctrine des Pères et le récit de leurs actions édifiantes ouvrirent la source autorisée où les fondateurs et les chefs des groupes monastiques puisaient les éléments de la règle qu'ils proposaient à leurs disciples. Ils recevaient de leurs moines une confiance d'autant plus grande que chacun pouvait se rendre compte de leur fidélité.

*
* *

Parmi ces monuments primitifs de la discipline monastique, il s'en trouve plusieurs qui donnent une idée assez juste de ce qu'était une règle à cette époque reculée. Il n'y a rien de compliqué, point d'organisation minutieuse. Les hommes habitués à

---

1. Orsise, *Doctrina de institutione monachorum*, xii. P. G., XL, 875.
2. *Apophtegmata Patrum*. P. G., LXV, 363.

la précision, à l'étendue, à l'ordre, qui caractérisent les législateurs modernes, auraient grand peine à y reconnaître une règle proprement dite. C'est justement cette simplicité qui en fait le charme et le mérite. Elle disparaîtra peu à peu avec les développements successifs de la discipline religieuse. Il est intéressant d'étudier les modifications et les additions que reçoit ainsi le monachisme et de voir à travers la diversité des formes accidentelles, maintenir intacts les principes qui lui servent de base.

La règle la plus ancienne que nous ayons est celle que l'abbé Palamon enseigna à son disciple Pakhôme (avant 320). La voici telle que la donne la vie copte publiée par Amélineau . « La règle de la vie monastique, telle que nous l'ont apprise ceux qui nous ont précédés, est celle-ci : en tout temps passer la moitié de la nuit en veille, méditant la parole du Seigneur sans compter une foule d'autres fois, du soir au matin ; faire une foule de travaux manuels, soit cordes, soit crins, soit fibres de palmier, afin que le besoin du sommeil ne nous fasse pas souffrir, et pour la nécessité de sustenter le corps. Ce qui reste de ce dont nous avons besoin, nous le donnerons aux pauvres, selon la parole de l'Apôtre qui dit : « Non seulement nous penserons aux pauvres » ; quant à manger de l'huile, boire du vin, manger quelque chose de cuit, nous ne connaissons rien de semblable ; nous jeûnons tous les jours jusqu'au soir pendant l'été ; mais dans les jours de l'hiver pendant deux ou trois jours de suite. Quant à la règle des synaxes, c'est de prier soixante fois pendant le jour sans compter les prières que nous faisons peu à peu afin de ne pas mener une vie mensongère, car on nous a ordonné de prier sans cesse. Maintenant, voici comment je t'ai appris la règle de la vie monacale[1]. »

Pallade publia une règle que saint Pakhôme aurait reçue du ciel par le ministère d'un ange. On ne trouve aucune mention de ce fait dans les vies antérieures. Ce document est trop souvent en contradiction avec ce que l'on sait par ailleurs de la vie des moines de Tabenne. Aussi, M. Ladeuze n'a-t-il pas eu de peine à prouver qu'elle n'était pas authentique. Les *Apophtegmata* en donnent une que l'abbé Pœmen traçait à un novice : « Pour ce qui regarde l'extérieur, lui répondit l'ancien, il te faut travailler des mains, manger une fois le jour, garder le silence, méditer partout où tu

---

1. *Annales du Musée Guimet*, t. XVII, 12-13.
2. *Apophtegmata Patrum*, 168. P. G. LXV, 362.

iras, te demander un compte rigoureux de tes actions. Ne néglige
point les heures de l'office, ni ce que tu dois accomplir dans le
secret. Recherche la bonne compagnie des frères, fuis toute mauvaise société. »

Isaïe tenait le langage suivant à ceux qui habitaient en sa compagnie : « Vous qui désirez habiter avec moi, écoutez, je vous
prie pour l'amour de Dieu. Que chacun reste dans sa cellule avec
la crainte du Seigneur, ne dédaignez pas le travail manuel à cause
du précepte divin. Ne négligez pas la vigilance sur vous-mêmes
ni la prière assidue. Eloignez de votre cœur les pensées étrangères, ne vous préoccupez ni des hommes ni des choses de la
terre. A table et dans l'assemblée des frères ne parlez point sans
une pressante nécessité. Ne corrigez pas celui qui récite les psaumes, à moins qu'il ne vous le demande. Que chacun prépare
durant une semaine les aliments nécessaires, sans néanmoins
cesser de veiller sur son âme. Que personne n'entre dans la
cellule d'un frère ; ne cherchez pas à vous voir avant l'heure ; ne
recherchez pas ce que font les autres, ni si vous travaillez plus
que votre frère. En allant au travail, évitez la paresse et l'orgueil[1]. »
La règle tout entière, on peut bien lui donner ce nom, se compose d'une série de préceptes ou de défenses analogues à celles
qui précèdent.

Cette simplicité et ce laconisme ne devaient avoir qu'un temps,
on le conçoit. La multiplicité des vocations, la présence d'un
grand nombre de religieux dans le même monastère, les exigences
des pays, des personnes, etc., firent de bonne heure naître des
besoins auxquels il fallut remédier par des règlements nouveaux.
Ceux qui s'abandonnaient trop à l'initiative personnelle tombèrent
dans l'arbitraire et dans les inconvénients déjà signalés. Les divergences profondes qui en résultaient déroutaient certains esprits,
sans altérer toutefois l'unité de la vie religieuse. Les adaptations
se faisaient d'ordinaire avec lenteur et sagesse. Il en fut toujours
ainsi dans les milieux où régnait le respect de la tradition[2]. Mais
là encore il fut impossible d'échapper à de nombreuses divergences.
Il y eut donc en Orient des observances très variées ; on dirait
aujourd'hui un grand nombre d'ordres distincts. Ces divers groupes monastiques ont des traits communs qui permettent d'établir

---

1. Isaïe, *Oratio*, P. G., XL, 1105-1107.
2. Cassien, *Instit.*, liv. III-IV, p. 39. *Conlat.*, II, p. 604.

entre eux une certaine classification. Toutefois, il ne faudrait point se faire d'illusion et croire que l'on peut faire entrer tous les monastères dans les cadres d'une distribution méthodique, comme cela est possible avec les Ordres religieux qui existent actuellement.

*
* *

Le groupe qui se présente le premier a son centre dans la basse Thébaïde. Il est le plus ancien et peut-être celui dont l'influence a été la plus considérable. Il doit sa célébrité au saint qui fut son fondateur et son législateur, Antoine le Grand, patriarche de la vie érémitique. Né en 251, vers le temps où saint Paul, le premier ermite, s'enfonçait dans le désert, il avait lui-même une vingtaine d'années quand il embrassa la vie ascétique auprès de son village natal. La prière, le travail, la lecture et la mortification rapprochèrent son âme de Dieu ; afin de s'unir à lui plus intimement encore, il s'éloigna dans la solitude et choisit un tombeau pour demeure. Puis il s'avança de nouveau dans le désert, où il rencontra un château ruiné qui lui servit d'habitation pendant vingt ans. Ce fut alors que les disciples vinrent en foule se placer sous ses ordres ; il les gagna à la pratique de la perfection chrétienne. Ses vertus, ses austérités, ses luttes contre l'esprit mauvais et son admirable sagesse lui assuraient sur tous ces hommes un empire incontesté. Il les a marqués de son empreinte. Et cette empreinte s'est en quelque sorte transmise par eux au monachisme tout entier. Aussi les religieux de tous les pays le peuvent-ils regarder comme leur ancêtre et leur patriarche. Cette influence extraordinaire, autant et plus peut-être que ses miracles, ont valu à saint Antoine le titre de Grand.

Antoine fut ermite ; ses disciples immédiats restèrent ermites. Il ne chercha jamais à établir parmi eux une hiérarchie quelconque, ni à laisser après lui la moindre organisation monastique. Former ses disciples à son image, leur tracer une ligne de conduite conforme à la sienne, telle fut son œuvre. Ses actions, sa vie tout entière, inculquaient à ceux qui le voyaient ou qui entendaient parler de lui les saines notions de la vie religieuse avec plus de force que tous les discours. L'homme qui, par son ardeur à défendre l'orthodoxie, par son courage en face de ses ennemis et par son inaltérable patience sous les coups de la persécution, attira le plus l'attention de ses contemporains, saint Athanase, ne crut pas faire œuvre inutile en rédigeant la vie du moine de la Thébaïde dont il avait été l'ami dévoué et le sincère admirateur. Son rôle ne fut pas seulement celui d'un biographe. Il visait plus haut. On ne se méprit pas alors sur ses intentions.

Athanase dédia la Vie de saint Antoine à des religieux italiens. « Je sais, leur écrivit-il, que, après avoir conçu pour cet homme une vive admiration, vous désirerez imiter son genre de vie. Sa vie est, en effet, un modèle que l'on peut proposer à l'imitation des moines [1]. » « Lisez-la donc à d'autres frères, leur disait-il en terminant, afin qu'ils apprennent ce que doit être la vie des moines [2]. » Ce sont les préceptes mêmes de la vie monastique que le patriarche d'Alexandrie a promulgués sous une forme narrative [3]; aussi est-il devenu avec son livre le législateur des moines [4]. Cette vie fut, au dire d'un écrivain moderne, comme l'évangile du monachisme. Ce fut un code en actions [5]. M. Thamin, à qui nous empruntons ce jugement, va même, dans l'enthousiasme que lui inspirent saint Antoine et son biographe, jusqu'à dire que l'influence de cette œuvre sur la morale chrétienne a été la plus grande après celle du Christ. La vie de saint Antoine fut donc, dans un sens large, accepté de tout le monde alors, une règle monastique. Saint Athanase la rédigea en 365. Cinq ans plus tard, le prêtre Evagre, qui avait accompagné saint Eusèbe de Verceil en Italie, en fit une traduction latine.

Nous avons en outre une règle qui porte le nom de saint Antoine. Elle nous est parvenue dans deux textes; le premier inséré par saint Benoît d'Aniane dans sa précieuse collection, et le second traduit de l'arabe par le maronite Echel [6]. Ils dérivent d'une même source. Les variantes qu'ils présentent n'en modifient guère le sens. Toutefois, la version d'Echel est plus claire. Les deux textes sont distribués d'une manière différente. Voilà pourquoi le premier compte quarante-huit articles, tandis que le second en a quatre-vingts. L'auteur entend bien rédiger une règle et intimer des ordres. Ses phrases courtes sont de véritables sentences. Mais il cherche

---

1. S. Athanase, *Vita S. Antonii, prol.* P. G., XXVI, 338.
2. Ibid., 94, 774.
3. S. Grég. Naz., *Oratio XXI, in laudem Athanasii.* P. G., XXXV, 1087.
4. Termant, *La vie de S. Athanase*, liv. XI, t. II, 553.
5. Thamin, *S. Ambroise et la morale chrétienne au IVe siècle*, p. 376-77.
6. P. G., XV, 1065-74.

moins à tracer un règlement pratique qu'à émettre des principes capables d'imprimer à l'esprit et au cœur une direction ferme. Le moine trouve dans ces formules concises la lumière dont il a besoin pour se conduire dans sa cellule, à table, en voyage, dans ses prières, dans ses relations avec les frères, avec les hôtes. Les conseils les plus sages lui sont donnés pour sa vie intérieure. L'humilité lui est présentée comme la base et le sommet de toute ascèse.

Cette règle s'adresse à des religieux vivant séparés dans leurs cellules, se réunissant à l'église et pouvant avoir des disciples. Il est impossible toutefois, avec son seul secours, de constituer un monastère. Mais quel peut bien en être l'auteur ? Quoi qu'en disent les deux recensions, on ne saurait l'attribuer à saint Antoine, car ni saint Athanase, ni saint Jérôme, ni les écrivains de cette époque, qui parlent si volontiers de ses actions et de sa personne, ne font la moindre allusion à une règle composée par lui. Elle est plutôt l'œuvre d'un moine qui vécut à une époque postérieure. L'auteur a fait de larges emprunts à la Vie de saint Antoine et aux écrits qu'on lui attribue. C'en était assez pour l'autoriser à la faire circuler sous un nom aussi vénéré [1].

Un peu sur tous les points de l'Egypte, des moines illustres par leurs vertus se réclamèrent alors du nom de saint Antoine. Ce leur était un grand honneur de pouvoir se présenter comme ses disciples [2]. Les deux Macaire, Isidore, Héraclide, Pambo, que les religieux de Nitrie vénéraient comme leurs chefs et leurs pères, disaient avoir reçu ses leçons [3]. Macaire d'Alexandrie eut recours à des faits merveilleux dans le but de prouver qu'il était vraiment l'héritier de ses vertus et de son esprit [4]. Parmi ces hommes qui prétendaient vivre de ses enseignements et suivre ses exemples, il n'y en eut aucun de plus célèbre que saint Hilarion, originaire des environs de Gaza. Il suivait des leçons à Alexandrie, lorsque la

---

1. Brockie, *Observatio critica in Regulam sancti Antonii*, Codex Regularum, P. L., t. III, 423. Dom Benedikt Contzen, *Die Regel des heiligen Antonius*. On reconnaît dans cette règle une double rédaction : la première s'arrête à l'article 35 (version du *Codex Regularum*), qui se termine ainsi : *Cui gloria cum Patre suo et Spiritu suo sancto in sæculum. Amen*. Les 13 derniers articles sont empruntés à la règle d'Isaïe.

Bollandus a tenté de reconstituer l'observance monastique de saint Antoine avec le secours de sa Vie. *Act. SS.*, Jan., p. 494-85. éd. Palmé, t. II.

2. Bollandus a dressé une liste des principaux, ibid., 475-478.

3. Rufin, *Hist eccl.*, l. II, 4. P. L., XXI, 511.

4. Pallade, *Hist. laus.*, 19-20. P. G., XXXIV, 1048.

renommée porta jusqu'à ses oreilles le nom et les œuvres de saint Antoine (306). Malgré son jeune âge, il n'avait que quinze ans, il s'en alla dans la Thébaïde écouter les enseignements de ce grand docteur de la solitude. Après avoir passé deux'mois sous la conduite d'un pareil maître, Hilarion reprit le chemin de son pays natal, où il devint avec le temps le père et le chef de tout un peuple de moines. Il leur prescrivit, en y ajoutant quelques observances un peu plus rigoureuses, les règles qu'il avait lui-même suivies auprès de saint Antoine[1].

Les moines de Nitrie, qui appartenaient également à la grande famille antonienne, ont vu se développer la tradition monastique qui leur venait de cette source vénérable. Pallade fait connaître l'organisation de ce groupe monastique, l'un des plus considérables qui aient existé. La règle avait un certain nombre de points nettement déterminés, qui obligeaient tous les membres de cette immense communauté (elle se composait de cinq mille moines). Mais une grande liberté était laissée à chacun pour les pratiques purement personnelles, jeûne, abstinence, prières privées, etc.[2]

Le désert voisin de Scété, dont les religieux comptaient parmi les plus fervents de l'Égypte, se rattachait également à saint Antoine par son fondateur Macaire l'Égyptien. Comme à Nitrie, on tenait grand compte de la ferveur et des aspirations de chaque solitaire. De là une étonnante variété dans l'observance[3]. On en trouve un reflet assez fidèle dans les *Verba seniorum* et les *Apophtegmata Patrum*, qui rapportent surtout les traits édifiants et les maximes pieuses des moines de cette solitude[4].

Il nous est parvenu un certain nombre de règles anciennes qui se rattachent aux déserts de Scété et de Nitrie par le nom des

---

1. Bivario a réuni tous les passages de sa Vie, écrite par saint Jérôme, qui se rapportent à la discipline monastique. *De veteri monachatu*, l. IV, 1, t. II, 1-5. Cf. De Buck, *Observationes in Vita S. Hilarionis*, *Act. SS. Oct.*, t. IX, 30-34, qui essaie à son tour de donner une idée des pratiques inculquées par saint Hilarion à ses nombreux disciples.

2. Pallade, *Hist. laus.*, P. G., XXXIV, 1022. Bivario a donné un exposé assez complet des observances de Nitrie, en puisant ses renseignements dans saint Jérôme, Pallade et Rufin, ibid. Cf. Tillemont, VII, 155-165.

3. Sozomène, *Hist. eccl.*, l. VI, 31, P. G., LXVII, 1587-90; Pallade, *Hist. laus.*, XIX, P. G., 1046.

4. Bivario a recueilli dans le premier de ces ouvrages, dans Cassien, qui a fait un long séjour à Scété, dans Rufin, dans Pallade, des renseignements nombreux sur la règle de ces moines, *De veteri monachatu*, l. III, c. v, 82, t. I, 245-56.

auteurs à qui elles sont attribuées. Saint Macaire d'Alexandrie en aurait écrit une[1], qui se compose de trente articles. Elle recommande la charité, l'humilité, la soumission intérieure, l'amour du travail, le silence, les veilles, la correction fraternelle. On y trouve indiquées plusieurs observances monastiques, telles que la distribution de la journée entre la prière et le travail, la discipline régulière, la défense de sortir seul, les jeûnes du mercredi et du vendredi, la lecture de la règle aux postulants.

Mais cette règle ne saurait être légitimement attribuée à saint Macaire. Pourquoi, en effet, s'il en était l'auteur, saint Jérôme, Rufin, Pallade, Cassien, qui transmettent avec tant de fidélité ce qu'ils savent de lui, n'y font-ils pas la moindre allusion? Comme la règle de saint Antoine, elle est l'œuvre d'un moine qui vécut plus tard. Il a dû mettre à contribution ce qu'il savait de Macaire; on y reconnaît plusieurs emprunts faits à la lettre de saint Jérôme à Rusticus[2]. Il faut voir des compilations du même genre dans les règles dites des Pères. Elles sont au nombre de trois. La première[3] aurait été composée dans une réunion de trente-huit abbés qui se seraient rassemblés afin de fixer le genre de vie que les moines devaient mener. Parmi eux se trouvaient des hommes d'une très grande autorité, les deux Macaire, Sérapion, Paphnuce. Ils prirent

---

1. Elle a été publiée par le Jésuite Roverius dans son *Historia monasterii S. Johannis Reomensis in tractatu Lingonensi*, Paris, 1637, in-4°, 693 p., p. 24, d'après un ms du Bec, et reproduite par Holstenius dans son *Codex Regularum*, P. G. XXXIV, 867-970. Bivario l'a donné d'après un ms de l'abbaye de Cardeña (*De veteri monachatu*, t. I, 218-220). Peut-être les connaissait-on à Lérins. S. Benoît lui a fait plusieurs emprunts fort courts.

2. Cf. Bulteau, l. 1-9, p. 139-140. Tillemont (t. VIII, 618 et 809) est porté à la croire authentique. Les deuxième et troisième règles des Pères, dont il va bientôt être question, lui ont fait de nombreux emprunts. La troisième surtout semble n'être qu'un extrait de celle de Macaire. Le tableau suivant permettra de mieux saisir les relations de ces règles entre elles :

1° Macaire	2° Patrum	3° Patrum
10-11	5	5
12-13	5	
15	6	
10-27	7	6
19	7	7
22		8
23-24		1
28		10-25

3. *Sanctorum Patrum Serapionis, Macarii, Paphnutii, Macarii alterius regula ad monachos*, P. L., CIII, 433-442; P. G., XXXIV, 971.

successivement la parole et formulèrent leur pensée. Les membres
de l'assemblée se rangèrent tous à leur avis. Sérapion parla le
premier de la vie cénobitique, de l'union fraternelle, de l'autorité de l'abbé, de l'obéissance religieuse. On trouve ce qu'il dit
dans les chapitres deuxième, troisième et quatrième. Les quatre
suivants sont du premier Macaire et se rapportent à la direction spirituelle que l'abbé doit à ses moines, à l'office divin,
aux novices, à la réception des hôtes. Paphnuce traita des
jeûnes, du travail, du soin des malades et des officiers. Le
second Macaire s'occupa de l'union qui doit exister entre les
monastères, de l'hospitalité due aux clercs et de la répression des
coupables. Il y a en tout seize chapitres.

Cette règle est faite pour des cénobites. Elle s'adresse aux abbés
plus encore qu'aux moines.L'auteur évite les détails minutieux. Il
pose en termes précis des principes clairs, basés sur l'Écriture et
dont l'application est très facile. Ces points malheureusement sont
peu nombreux. Impossible d'organiser avec leur seul secours un
monastère. Il fallait, à côté de ce texte écrit, une tradition orale
qui réglât l'ensemble des observances. Tout, d'après cette règle,
repose sur l'abbé[1] *(Pater qui præest).*

La seconde[2] est également faite pour des cénobites. Les sept
articles dont elle se compose semblent être le complément de
la précédente. Il y est question du silence, de la subordination
entre les frères, de la discipline régulière, du travail et de l'oraison.
Elle suppose une organisation de l'office divin. L'auteur s'est servi
de la règle de saint Macaire. Pour accréditer son œuvre, il la
présente comme le fruit des délibérations de plusieurs abbés,
réunis pour dissiper toute hésitation dans le gouvernement des
moines et pour faciliter la fusion des cœurs. Nous ne dirons rien
de la troisième[3], qui est d'une époque postérieure et pourrait bien
être l'œuvre de quelque moine latin.

Quant à celle de l'abbé Isaïe, elle est presque complètement
tirée de ses discours[4]. Les soixante-huit articles qui la composent

---

1. S. Benoît s'est inspiré de cette règle des Pères, spécialement des chapitres VII,
VIII, IX, X, XI, XII, XIII.

2. *Alia Patrum ad monachos*, P. L., CIII, 441-444 ; P. G. XXXIV, 977.

3. *Tertia Patrum Regula ad monachos*, P. L., CIII, 443-446 ; P. G., XXXIV,
979-982.

4. *Beati Isaiæ Abbatis præcepta seu consilia LXVIII posita tironibus in monachatu,* P. L., CIII, 427.

présentent aux ermites des maximes et des préceptes de morale
pour les aider dans le travail de leur sanctification.

*
* *

En somme, nous n'avons pas trouvé jusqu'ici de règle proprement dite dont l'authenticité soit indiscutable. La Vie de saint
Antoine et les documents hagiographiques ou autres de cette
époque reculée fournissaient aux moines des éléments précis pour
fortifier et assurer la tradition qui se transmettait de bouche en
bouche. Mais il en va tout autrement avec saint Pakhôme, le chef
et le législateur des groupes monastiques de la haute Thébaïde. Il
naquit en 292. Ses parents étaient païens. Vingt ans plus tard il
fut enrôlé dans l'armée de Licinius. La charité que les chrétiens de
Thèbes lui témoignèrent, ainsi qu'à ses compagnons d'armes, lui
inspira pour leur religion un profond respect et le désir de l'embrasser lui-même, dès que la chose lui serait possible. Ce qui
arriva peu de temps après. Il reçut le baptême dans l'église voisine du désert de Schénési (314) et se fit ensuite le disciple de
l'abbé Palamon. Quelques années plus tard, il s'éloigna de son
maître pour fixer son séjour sur les bords du Nil, en un lieu
nommé Tabenne. C'est là que se réunirent autour de lui les premiers cénobites connus. Leur nombre s'accrut considérablement, et
force lui fut d'établir ailleurs en Thébaïde d'autres monastères, où
l'on mena le même genre de vie.

Les besoins de régler et d'organiser les monastères, les occupations de leurs habitants et leurs relations mutuelles se firent bientôt
sentir. Le fondateur établit un corps de lois où tout était prévu
dans la mesure du possible, de manière à éviter toute confusion
et à consacrer par la force de l'obéissance la vie des individus et
le fonctionnement de la communauté. Cette législation ne jaillit
pas tout d'une pièce de l'esprit de saint Pakhôme. Elle fut l'œuvre
du temps et de l'expérience. Il rédigea chaque règlement lorsque
la nécessité se fit sentir. Les articles s'ajoutèrent ainsi les uns
aux autres sans enchaînement logique. Il n'y avait rien d'absolu
dans ses déterminations. Toutes les fois que l'expérience lui
montrait l'utilité de prendre une décision nouvelle, d'en modifier
ou compléter une prise antérieurement, il n'hésitait jamais. On
peut même retrouver les traces de ce travail de perfectionnement

dans les répétitions et contradictions que manifeste l'examen du texte de ses règles.

La Vie de Pakhôme nous le fait voir, à la suite d'une conférence motivée par une vision du démon de l'impureté préparant des embûches aux frères, promulguer des règles destinées à rendre plus facile la conservation de la chasteté [1]. Chose digne de remarque : les modifications apportées aux règlements primitifs tendent la plupart du temps à en atténuer la rigueur. En voici un exemple : au début, le fondateur de Tabenne, préoccupé par le désir d'arracher ses moines au souvenir du monde et aux liens de la famille, ne leur permettait même pas de recevoir la visite de leurs plus proches parents. Comme ces derniers ne cessaient point de venir au monastère, leurs instances et leurs plaintes finirent par importuner les frères. Pakhôme comprit que mieux valait se relâcher un peu de sa rigueur et permettre aux moines des visites et des conversations qui n'avaient rien de blâmable. « Toute chose est bonne en son temps, dit-il, car nous suivons un chemin sévère et difficile. Nous faisons plus qu'il n'est écrit dans les Écritures ; maintenant je vous apprendrai ce que nous devons faire : c'est d'aller et de marcher un peu avec les gens du dehors [2]. »

C'est ainsi que l'expérience lui montra les grands avantages de la discrétion. Il a su, du reste, tempérer tout l'ensemble de sa législation monastique de telle sorte qu'on peut, surtout si on la compare avec la vie des moines égyptiens de cette époque reculée, considérer sa règle comme la plus douce et la plus modérée. Il ne veut « aucun excès, soit dans le travail, soit dans la prière, soit dans les privations [3] ».

Pakhôme exerçait une vigilance continuelle pour obtenir une exacte observance de la règle. Aucune transgression ne lui échappait. Tous les jours, il entretenait ses religieux des prescriptions qu'il leur avait données ; il en expliquait le sens, il en montrait l'utilité. Ses exemples étaient la meilleure explication de ses paroles. Aussi l'un de ses successeurs, Théodore, pouvait-il dire : « Par lui nous connaissons la volonté de Dieu, jusqu'à la manière dont il faut que nous élevions les mains en haut en priant Dieu. Il nous a tout appris [4]. »

---

1. *Annales du musée Guimet*, XVII, 424-430.
2. Ibid., XVII, *Vie arabe de Pakhôme*, p. 406.
3. Ladeuze, *ouv. cit.*, 302.
4. *Annales du musée Guimet*, XVII, *Vie de Théodore*, p. 259.

Toutes les règles de Pakhôme n'étaient pas écrites. Un bon nombre, enseignées de vive voix, se conservaient par la coutume. On en retrouve la trace dans les biographies du saint abbé. Celles qui concernaient l'administration des monastères étaient contenues dans un livre spécial que les économes pouvaient seuls avoir entre les mains [1]. Les moniales étaient soumises aux mêmes lois que les hommes [2]. Quelques monastères ne craignaient pas d'abandonner celle qu'ils tenaient de leurs fondateurs pour embrasser une observance dont la supériorité s'imposait aux moins pré-venus [3]. Saint Athanase eut lui-même occasion d'admirer l'œuvre de saint Pakhôme quand il fit la visite de ses monastères. Il voulut tout voir, églises, boulangeries, réfectoires, maisons des hôtes, etc. Avant de partir il exprima à l'abbé son entière satisfaction [4]. Cela se passait en 363, sous le gouvernement de l'abbé Théodore, successeur d'Orsise et de Pakhôme.

Théodore et Orsise avaient complété la règle du saint législateur, en y faisant les additions et les modifications nécessitées par les circonstances. Nous avons cette œuvre commune des trois abbés dans la version latine due à la plume de saint Jérôme. Elle fut rédigée primitivement en copte. Le prêtre Sylvain envoya une traduction grecque au solitaire de Bethléem, le priant de la traduire en latin pour en faciliter l'intelligence aux moines de Canope et autres lieux, qui ne comprenaient pas d'autre langue [5].

La règle de saint Pakhôme dénote une maturité que l'on est surpris de rencontrer à cette époque. C'est vraiment un corps de lois nettes et pratiques. On peut avec elle constituer et gouverner un monastère. Elle a exercé sur l'avenir du monachisme une influence profonde. Cassien, en attirant sur Tabenne et ses observances l'attention des moines occidentaux, les mit à même d'ap-

---

1. *Acta Sanctorum maii*, t. III, *Vita S. Pachomii*, n. 38, p. 311.
2. Ibid., n. 22, p. 304.
3. Ladeuze, p. 173.
4. *Annales du musée Guimet*, t. XVII, *Vie arabe de saint Pakhôme*, 694-95.
5. Nous avons cette version dans deux textes. L'un, publié à Rome (1575) par Stratius et, en 1588, par Ciaconius, comprend 128 articles. Alard Gazeus l'a inséré à la suite des œuvres de Cassien, en le faisant suivre d'un commentaire. Bivario l'a donné avec des notes, d'après un manuscrit de Cardeña (*de Veteri monachatu*, t. I, p. 269-280). L'autre publié par Holstenius dans le *Codex Regularum* de saint Benoît d'Aniane, et reproduit dans la Patrologie de Migne (P. L., XXIII, 1-65 et s.), comprend 194 articles. C'est le texte qui mérite le plus de confiance. Cf. Ladeuze, 267-273. Bardenhever. — Cf. dans *Les Pères de l'Eglise*, trad. Godet., t. II, 54-55, une bonne bibliographie.

précier des institutions que la traduction de saint Jérôme leur avait déjà fait connaître. Saint Benoît lui fit de larges emprunts[1]. Il y eut dans un monastère de la haute Thébaïde une réforme de la législation pakhomienne. Schnoudi, archimandrite d'Atripé, ne voulut point s'accommoder 'de la discrétion et de la douceur qui caractérisaient les moines tabenniotes. Cet homme extraordinaire, dont la réputation ne franchit guère les limites de sa province, mourut à l'âge de cent dix-huit ans, vers 452. La rigueur de son ascèse et la sévérité de ses observances n'obtinrent pas les résultats qu'il attendait. Voici l'appréciation motivée d'un auteur qui connaît Schnoudi et son œuvre : « A Atripé, frères et sœurs se jalousaient, se déchiraient entre eux et s'accusaient près des supérieurs. On sortait malgré la règle. Quelques-uns trouvaient moyen de s'évader la nuit pour parler aux moines que l'on avait chassés. Il y en avait qui apportaient à leur toilette un soin excessif. D'autrefois on se glissait à l'infirmerie en cachette pour y dérober quelques douceurs, ou l'on feignait une maladie. Un bon nombre de religieux observaient mal les préceptes de la pauvreté monastique. Mais ce qui était autrement grave, c'était l'insubordination et l'esprit de révolte qui régnaient parmi les moines de Schnoudi[2]. »

Cette réforme, œuvre d'un esprit exalté, fut toute locale et n'exerça aucune influence sur le développement des observances monastiques.

*
* *

On ignore quel fut le législateur des moines de la péninsule sinaïtique. D'après saint Nil (430), l'habitant le plus célèbre de cette solitude, ces ermites vivaient, les uns dans des cabanes, les

---

1. Malgré sa précision et les nombreux détails dans lesquels la règle pakhomienne se plaît à descendre, on a besoin, pour se rendre un compte exact du genre de vie que menaient les religieux de Tabenne, de la compléter par les nombreuses indications que fournissent les biographes de Pakhôme et Cassien. Ce travail a été fait par Tillemont, t. VII, 179-195, Grutzmacher et surtout par l'abbé Ladeuze, p. 294-305.

2. Ladeuze, 215, a utilisé les fragments des règles attribuées à Schnoudi et les renseignements fournis par ses panégyriques pour reconstituer les observances de son monastère, 305-326.

autres dans des cavernes. Leur régime était des plus austères. Quelques-uns mangeaient du pain, mais la plupart se contentaient des herbes sauvages que produit le désert. Ils prenaient ce qui est indispensable pour conserver la vie. On en trouvait qui faisaient un repas la semaine, d'autres en faisaient deux; quelques-uns prenaient leur réfection tous les deux jours. Inutile de chercher une pièce de monnaie dans leurs cellules. Ils se communiquaient gratuitement ce dont ils pouvaient avoir besoin. La plus grande charité régnait parmi eux. Leurs habitations étaient assez éloignées les unes des autres. Tous les dimanches, ils se réunissaient à l'église. Les renseignements fournis par saint Nil sur la vie admirable de ces serviteurs de Dieu méritent une attention d'autant plus grande qu'il ne reste aucune règle se donnant comme l'expression de leurs observances[1].

Les groupes monastiques de Palestine, de Syrie et de Mésopotamie, dont l'histoire est assez bien connue, grâce à Théodoret, à saint Jean Chrysostome, à saint Ephrem et aux autres écrivains des IVe et Ve siècles, n'étaient pas soumis à une discipline uniforme. Leurs législateurs ne se sont point préoccupés de leur écrire une règle. Par le fait, on chercherait en vain, dans toute la littérature ecclésiastique si abondante de ces contrées, un document qui méritât ce nom.

Il y avait en Palestine, outre les nombreux disciples de saint Hilarion, des moines qui habitaient les Laures, fondées par saint Chariton, saint Euthyme, saint Gerasime et saint Sabbas. Leur genre de vie était particulier à ces régions. Cyrille, biographe d'Euthyme, expose celui que le célèbre Gérasime prescrivit à ses religieux sur les bords du Jourdain[2]. Il régnait ailleurs de grandes divergences, car chacun s'abandonnait aux inspirations de son zèle[3].

Saint Jérôme, qui fonda lui-même un monastère d'hommes à Bethléem, fut le guide de sainte Paule dans ses fondations, et dut fixer l'observance qu'on y suivait. Ses écrits, particulièrement sa correspondance épistolaire[4], fournissent les indications les plus utiles. Il ne se propose pas néanmoins de décrire les observances

---

1. S. Nil, *Narratio* III, P. G., LXXIX, 611-626.

2. *Acta Sanctorum*, Jan., t. II, 680-681.

3. Evagre, *Hist. eccl.*, l. 21. P. G., LXXXVI, 24-78.

4. Il faut mentionner la lettre 22 écrite à Eustochium en 384, et la 125, adressée au moine gaulois Rusticus. P. L., XXII, 394-425, 1071-1085.

monastiques de tel groupe déterminé. Ce qu'il a pu voir en Syrie et en Palestine, ce qu'il sait de l'Égypte et de la Thébaïde, vient sous sa plume suivant le besoin du moment; et il est rarement possible de discerner l'origine de chaque usage signalé par lui[1].

Les moines syriens et mésopotamiens, si nombreux et si fervents, n'ont laissé aucun monument disciplinaire qui puisse être qualifié du nom de règle. Un historien du XVIIᵉ siècle a conclu d'un passage de Léon Porphyrogénète que saint Jean Chrysostome en aurait composé une, qu'il a cru trouver dans les *Constitutions monastiques*, faussement attribuées à saint Basile. Mais c'est une méprise que rien ne saurait expliquer[2].

Théodoret dit qu'un grand nombre de solitaires de son diocèse de Cyr menaient le même genre de vie. « Ils ont, écrit-il, le même vêtement, le même régime alimentaire, les mêmes usages pour se tenir debout et pour prier, la même obligation de se livrer de jour et de nuit à un travail ininterrompu[3] ». Plusieurs centres monastiques de ces provinces offrent un aspect analogue. La chose était toute naturelle, puisqu'ils remontaient pour la plupart à des fondateurs appartenant à ce que l'on pourrait appeler une même famille religieuse. Quelques noms demandent à être signalés ici. On trouve, en Osroène, Julien Sabbas et Marcien, qui, par leurs disciples, fondèrent plusieurs monastères soumis à

---

1. Ses écrits ont eu néanmoins une grande influence sur le développement de la discipline monastique, surtout en Occident. Saint Augustin et saint Benoît les ont lus et relus. Ils étaient aux mains des moines du Moyen-Age. Au XVᵉ siècle, un Espagnol, Lupus de Olmedo, réunit tous ces textes épars pour en former un corps de règles, qui fut approuvé par Martin V. C'est d'abord la *Regula monachorum*, qui comprend 31 chapitres et servit à réformer les Hiéronymites du XVᵉ siècle (P. L., XXX, 329-398), et la *Regula monachorum* qui se compose de 41 chapitres (ibid., 407-438). « La pensée de saint Jérôme y est aussi fidèlement reproduite que possible. Ses phrases même sont découpées et replacées selon un plan qui seul est nouveau. Ce sont ses lettres mises en chapitres. » (Thamin, *Saint Ambroise et la morale chrétienne au IVᵉ siècle*, p. LII.) Bivario a, de son côté, réuni tous les passages de saint Jérôme relatifs à la vie monastique, pour exposer sa vie dans le désert de Chalcis et en Palestine, et celle de sainte Paule et des dames romaines gagnées par lui à la perfection religieuse. (*De veteri monachatu*, l. IV, 4, t. II, 16-76.)

2. Bivario, l. V, c. I., t. II, 139-188, publie et commente ces *Constitutions* prétendues de saint Jean Chrysostome. Puis, selon sa bonne coutume, il réunit et distribue méthodiquement tous les renseignements que peuvent fournir les écrits du saint docteur sur l'observance des moines ses contemporains

3. Théodoret, *Histor. relig.*, XXIII, P. G., XXXII, 1455-58.

la même observance [1], Publios [2], Siméon l'Ancien [3] et plusieurs autres. Théodose d'Antioche [4] et Zebina [5] virent leur propre genre de vie perpétué par une règle traditionnelle qu'observaient les monastères établis par eux ou sous leur influence. Mais il est impossible de dire quels furent le caractère et la portée de leur œuvre législative.

Nous sommes plus heureux dans l'Asie Mineure. C'est là, en effet, que vécut et agit le plus grand des législateurs monastiques de l'Orient, saint Basile. Avant de consacrer son intelligence et son activité au développement de la vie religieuse dans sa patrie, il voulut se rendre compte par lui-même de ce qu'était le monachisme. Dans ce but, il entreprit à travers l'Orient un pieux pèlerinage qui lui permit d'étudier sur place les meilleures traditions et de puiser aux sources les plus pures. « J'ai trouvé beaucoup de moines dans Alexandrie écrit-il à Eusthate de Sébaste, devenu son adversaire ; j'en ai rencontré dans le reste de l'Égypte, en Palestine, en Célésyrie et en Mésopotamie. J'ai admiré leur parcimonie dans la nourriture, leur patience au travail ; j'ai été saisi d'étonnement en les voyant persévérer dans la prière, sans se laisser vaincre par le sommeil ni fléchir par les nécessités de la nature. Je les ai vus, fidèles à une noble maxime, supporter avec un courage indomptable la faim et la soif, le froid et la nudité, ne faire aucune attention à leur corps et vivre comme dans une chair étrangère. Je voulais, dans la mesure de mes forces, imiter leur genre de vie [6]. »

A son retour en Cappadoce, il trouva plusieurs de ses compatriotes qui s'efforçaient de marcher sur leurs traces. Malheureusement, les erreurs doctrinales dans lesquelles ils étaient engagés rendaient vaines toutes leurs pratiques [7]. Ne voulant ni se mêler à leurs réunions ni se contenter de leurs observances, Basile se retira dans la solitude, sur les rives de l'Iris, non loin du monastère de femmes gouverné par sa pieuse sœur Macrine (v. 356). Il y rédigea tout un corps d'enseignements monastiques qui servirent de règle à ses disciples. Son compagnon d'études et son ami, Grégoire

---

1. Théodoret, ibid., xxiii, 1303-26.
2. Ibid., v, 1351-58.
3. Ibid., vii, 1366.
4. Ibid., x, 1390.
5. Ibid., xxiv-xxv, 1459-63.
6. S. Basile, l. II, 223, P. G., XXXII, 823.
7. Ibid., 826.

de Nazianze, qui partageait sa retraite, lui prêta le secours de ses propres lumières et de son expérience personnelle[1].

La règle de saint Basile se compose de deux parties que l'on peut nommer les grandes règles[2] et les règles courtes[3]. Les premières comprennent cinquante-cinq interrogations et autant de réponses. Il y en a trois cent treize dans les secondes. Celles-ci sont beaucoup plus courtes. C'est ce qui leur a valu le nom qu'elles portent. Saint Basile était évêque ou tout au moins prêtre lorsqu'il y mit la dernière main[4]. Elles sont manifestement l'œuvre du même auteur. C'est le même esprit qui les anime; elles se complètent les unes les autres. Leur forme catéchistique contribue beaucoup à leur clarté. Le disciple interroge le maître. Le texte de la question, en entrant dans le corps même de la règle, précise le sens de la réponse.

Saint Basile ne cherche pas à organiser le monastère et la vie monastique. Sa règle suppose cette œuvre accomplie. On trouve bien çà et là quelques textes indiquant avec assez de netteté certaines observances religieuses, par exemple la nature et le nombre des repas, la pauvreté, le vestiaire. Mais ils sont insuffisants pour reconstituer la vie monastique telle que la pratiquaient les moines de la Cappadoce. Si le nombre des heures canoniales est nettement indiqué, le saint législateur ne dit presque rien de leur composition. Ce n'est donc pas dans les règles longues ou brèves qu'il faut chercher des renseignements précis et complets sur les observances matérielles. Il était cependant indispensable de les établir et de les promulguer. Car, sans elles, le monachisme eût été impossible. Saint Basile ne jugea pas à propos de les écrire, il se contenta d'une promulgation verbale[5].

Ce complément indispensable de la loi écrite se transmettait de bouche en bouche. Il se composait de ces usages et de ces pratiques extérieures, qui sont sujets à varier si fréquemment sous l'influence des circonstances multiples de temps, de lieux et de personnes. Le législateur ne saurait les prévoir. Mieux vaut pour lui poser des principes sûrs et lumineux, qui guideront les supérieurs et les moines dans la conduite qu'ils auront à tenir. C'est le meilleur moyen de déposer sous l'inévitable variété des observances exté-

---

1. S. Basile, 6, e., 30.
2. Ibid., *Regulæ fusius tractatæ*, P. G., XXXI, 889-1052.
3. Ibid., *Regulæ brevius tractatæ*, ibid., 1051-1306.
4. Ibid., 1079.
5. S. Grég. Naz., *Oratio 43 in laudem Basilii*, P. G., XXXVI, 542.

rieures une force unifiante qui les rattachera toutes aux inébranlables fondements de la vie religieuse et les fera conduire le moine
au sommet de la vie spirituelle. Ce procédé, empreint d'une grande
discrétion, est pour beaucoup dans la sagesse qui caractérise la
règle basilienne.

Le saint docteur s'efface complètement pour mettre son disciple
à l'école des divines Ecritures. Il répond à la plupart des questions
par un texte sacré qu'il complète soit au moyen d'une glose personnelle, soit en le rapprochant de passages analogues. La Bible
reste toujours ainsi le fondement de la législation monastique, la
règle véritable. Quand saint Basile paraît émettre sa propre pensée, il a toujours soin de la confirmer par un trait ou par une
sentence empruntée aux Livres inspirés. Son esprit de foi le porte
à agir ainsi, même quand il lui faut régler des détails tout extérieurs et sans importance. Le chapitre relatif à la ceinture en
fournit un exemple frappant. La ceinture de saint Jean-Baptiste et
du prophète Elie, celle de saint Pierre et plusieurs autres passages
bibliques sont allégués pour justifier l'emploi de cette partie du
vestiaire monacal. Très souvent les questions roulent sur les
vertus que le moine doit pratiquer et sur les vices qu'il lui faut
combattre. Le disciple se borne parfois à demander au maître la
définition d'un terme qu'il a trouvé dans l'Ecriture, ou d'un passage tout entier? Les réponses de saint Basile sont remarquables
de sobriété et de clarté. Il commente de la sorte un bon nombre
de textes sacrés sur lesquels s'appuie la théologie ascétique et
mystique. Grâce à ce procédé, il met l'âme directement à l'école de
l'Esprit de Dieu.

La règle basilienne frappe surtout par sa discrétion et sa sagesse.
Elle laisse aux supérieurs, comme il vient d'être dit, le soin de déterminer les mille détails de la vie locale, individuelle et journalière,
négligés à dessein. Ce sont eux qui distribuent à chacun ce qui
lui est nécessaire. Pour le régime, comme en toutes choses, ils
ont à tenir compte des besoins qui résultent du tempérament, de
la santé, du travail des religieux, sans s'écarter toutefois des règles
de la pauvreté et de la tempérance. Ils déterminent la pénitence
que mérite chaque infraction. C'est à peu près la même chose
sur toute la ligne. Aussi la règle suppose-t-elle chez l'hégoumène
autant de fermeté que de prudence.

1. S. Basile, *Regulæ fusius tractatæ*, *int.* 23. Ibid., 962.

La largeur qui caractérise l'œuvre de saint Basile n'enlève au monachisme rien de sa vigueur. Tout au contraire, en évitant de condenser toute la pratique de la vie religieuse dans un certain nombre de formules inflexibles, qui ne peuvent prévoir tous les cas et qu'il est toujours facile d'éluder, le prudent législateur s'approche doucement du moine, s'empare de lui et l'enlace si bien à travers toutes les vicissitudes de son existence et les changements de son caractère, qu'il finit par le mettre et le maintenir tout entier sous le joug divin. De fait, il est impossible de pousser plus loin que ne le fait saint Basile la pratique de la pauvreté religieuse, de l'obéissance, du renoncement, de la mort à soi-même, de tout cet ensemble de vertus qui fixent le moine à une croix véritable pour le reste de ses jours[1].

A cause de cette discrétion, la règle basilienne s'applique aux femmes tout aussi bien qu'aux hommes. Les règles grandes et courtes s'occupent des relations qui peuvent exister entre les uns et les autres. Quelques-unes des petites sont faites uniquement pour les religieuses.

Tous les monastères de la région l'adoptèrent sans tarder. Rufin la donnait comme la règle de la Cappadoce. Cet auteur en fit une traduction latine à la demande d'Urseus, abbé d'un monastère italien. Il a procédé avec la liberté qui lui était coutumière. Sans se préoccuper de rendre fidèlement le texte primitif, il a réduit les deux règles en une seule qu'il désigne : *Regulæ sancti Basilii Episcopi Cappadociæ ad monachos*[2]. Elle ne comprend que deux cents trois interrogations. C'est sous cette forme que saint Benoît et les moines occidentaux l'ont connue et qu'elle figure dans la collection de saint Benoît d'Aniane.

On a longtemps attribué à l'évêque de Césarée un ouvrage sur la discipline monastique qui doit être rangé parmi les règles. Les *Constitutiones monasticæ*[3] ne seraient pas indignes de cet illustre docteur, à cause tant de l'élévation des pensées que des qualités littéraires qu'on y remarque. Mais elles diffèrent trop des règles courtes et grandes, soit dans la manière de procéder, soit dans la

---

1. Voici quelques exemples empruntés aux *Regulæ brevius tractatæ*. « *Quid est perperam agere ?* (int. 49) *Quid sonat Raca ?* (51) *Quid est altercatio ? Quid contentio ?* (66) *Qui sunt pauperes spiritu ?* (205) *Quid sibi vult illud : Psallite sapienter ?* (279) *Quid sit illud : Date locum iræ ?* (244). »

2. P. L., CIII, 483-554.

3. P. G., XXXI, 1315-1428.

réglementation, pour qu'on puisse y voir l'œuvre d'un même auteur. On ne peut pas davantage en faire honneur à Eustathe de Sébaste. Elles ont été rédigées à une époque et dans un pays où les anachorètes et les cénobites étaient fort nombreux.

Les dix-sept premiers chapitres, c'est-à-dire la moitié de l'ouvrage, s'adressent aux ermites ; le reste est pour les religieux qui mènent la vie commune. Le régime proposé aux uns et aux autres est moins austère que celui de saint Basile. L'auteur fait rarement usage des divines Écritures. Son but est de tracer une règle qui puisse conduire le moine à la perfection. L'imitation de Notre-Seigneur est la base de sa doctrine spirituelle et le fondement de la vie religieuse[1].

*
* *

Ces règles monastiques, fixées par l'écriture ou transmises par une tradition orale, avaient force de loi pour les moines soumis à leur autorité. Mais dans quelle mesure les monastères ou les individus se considéraient-ils comme obligés par leurs diverses prescriptions ? Il ne sera pas inutile de connaître sur ce point la pensée de quelques-uns des représentants les plus autorisés du monachisme à cette époque.

La règle, en fixant l'organisation du monastère et en déterminant les devoirs de chaque religieux, faisait régner partout l'ordre et la paix, ce qui devenait pour les cœurs une source intarissable de joie[2]. L'emploi du temps, la mesure du travail et de l'abstinence étaient de la sorte réglés avzc sagesse. Chaque chose se faisait à son heure. Car les vertus elles-mêmes ont besoin d'être soumises à la loi de discrétion si elles ne veulent pas dégénérer et devenir des vices[3]. Qu'il s'agisse des repas ou du sommeil, il ne fallait pas s'écarter de l'heure fixée par la règle, sinon le moine

---

1. Quelques manuscrits donnent sous le nom de saint Basile des *Epitimia* : c'est un pénitentiel assez détaillé. Soixante châtiments sont réservés aux moines, et dix-neuf aux moniales. Mais l'emploi fréquent de termes inusités dans les œuvres de saint Basile, et de certaines constructions barbares ne permettent pas d'attribuer ces *Epitimia* à l'évêque de Césarée. Il dit lui-même dans sa petite règle 106 qu'il laisse au supérieur le soin de déterminer les châtiments. Pourquoi, dès lors, en aurait-il dressé lui-même la liste ? Le recueil est l'œuvre de quelque archimandrite d'une époque postérieure.

2. S. Jean Chrys., *Adv. oppugnatores vitæ monasticæ*, l. III. P. G., XLVII, 366.

3. Evagre, *Capita practica*, VI. P. G., XL, 1223.

était exposé soit à faire des pénitences indiscrètes, soit à s'abandonner à une mollesse coupable. Ces deux excès sont aussi préjudiciables l'un que l'autre[1].

Du jour où un chrétien entrait dans un monastère ou se plaçait sous la conduite d'un ancien pour mener la vie religieuse, il contractait l'obligation de vivre sous le joug de la règle[2]. Ceux qui vivaient dans la solitude sans compagnon se croyaient astreints au genre de vie qu'ils avaient une fois adopté[3]. Lorsque Cassien et son ami Germanus visitèrent les moines d'Egypte, l'abbé Piamon leur recommanda instamment de suivre en toute simplicité les observances des solitaires au milieu desquels ils vivaient. Cela les instruisait plus que toutes les discussions et toutes les conférences[4].

C'est la règle tout entière qu'il fallait observer jusque dans ses moindres détails. Saint Pakhôme insiste fort sur cette obligation[5]. Pour enlever aux moines l'excuse de l'oubli, la règle des saints Sérapion, Macaire et Paphnuce demande qu'on la lise tous les jours devant eux[6].

Les scandales que donnaient alors les religieux affranchis de toute règle et livrés à tous les caprices de la volonté propre faisaient comprendre aux chefs des groupes monastiques la nécessité de revenir souvent sur une pareille obligation[7]. Mais les règles s'imposaient-elles au point que personne ne pût ni ajouter ni retrancher la moindre observance particulière? On n'aimait généralement pas les exceptions, quelle qu'en fût la nature. Saint Siméon Stylite l'apprit à ses dépens. Il habitait le monastère de l'abbé Héliodore. Ses jeûnes et ses austérités extraordinaires choquaient les religieux. L'un d'entre eux se plaignit à l'abbé : « Cet homme, lui dit-il, veut bouleverser notre monastère et détruire la règle que nous tenons de vous. » Héliodore finit par lui conseiller ou de suivre la vie commune ou de se retirer. Siméon préféra prendre ce dernier parti[8].

---

1. Cassien. *Conl.*, II, 59-60.
2. Id., *Conl.*, XX, 556.
3. S. Ephrem, *In vitam B. Abraami, op. gr.*, t. II, 3.
4. Cassien, *Conl.*, XVIII, p. 508.
5. S. *Pachom. Regula*, 23, 48-103, etc. P. L., XXII, 70.
6. P. L., CIII 439.
7. Cassien, *Conl.*, XVIII, p. 514.
8. Antonius, *Vita S. Simeonis, Acta Sanctorum.*, Jan., t. I, p. 265, édit. de Venise.

Cassien, visiblement préoccupé par les dangers que ferait courir la vaine gloire aux hommes trop désireux de pratiquer des observances personnelles, recommande instamment de se conformer à la règle commune[1]. Ce n'était point toutefois un usage absolu, même en Egypte, dans les monastères visités par Cassien. Le lecteur se rappelle la liberté dont jouissaient à cet égard les moines de Scété et de Nitrie. Il en était de même dans les monastères soumis à la règle de saint Pakhôme.

Les inégalités d'observance dans une même maison, que nous aurons plus d'une fois l'occasion de constater, entraînaient quelques inconvénients, il faut le reconnaître. Macaire l'Egyptien, qui savait combien il est difficile à un certain nombre d'hommes de faire matériellement toujours la même chose, indique la charité comme étant le meilleur moyen de maintenir l'harmonie au sein de cette variété. Prenez trente hommes, dit-il, ils ne peuvent passer le jour et la nuit à prier tous ensemble. Quelques-uns prient durant six heures, puis ils se mettent à lire; d'autres s'appliquent volontiers à un service extérieur, tandis qu'il en est qui font un travail manuel. Que celui qui étudie considère avec joie et charité celui qui prie en disant : Il prie pour moi. Que celui qui prie dise du travailleur : Ce qu'il fait est pour le bien commun. C'est ainsi que régnera la concorde, et tout le monde sera dans la paix[2].

1. Cassien, *Inst.* l. V, p. 101 ; l. XI, p. 204.
2. Macarii Æg. Hom. 3. P. G., XXXIV, 467-470.

CHAPITRE V

Le recrutement monastique

L'Eglise eut toujours dans son sein des âmes avides de pratiquer des vertus supérieures à celles du commun des fidèles. De ce nombre furent, pendant les trois premiers siècles de son histoire, les ascètes, les vierges consacrées et les veuves qui avaient reçu la bénédiction de l'évêque. L'héroïsme ne devait pas être rare parmi les chrétiens, à une époque où la persécution restait à l'état de menace permanente, si elle ne sévissait pas dans toute sa rigueur. Il leur fallait, en effet, un courage extraordinaire pour rester fidèles à une religion proscrite. Cette force d'âme influait évidemment sur toutes les manifestations publiques ou privées de leur soumission à Dieu.

La situation qui leur était généralement faite dans l'empire leur facilitait la recherche de la perfection évangélique. La vue d'hommes affrontant les tortures et la mort, la perspective du martyre qui pouvait un jour ou l'autre devenir leur partage, suffisaient pour les maintenir dans le détachement habituel des biens et des jouissances de la vie, et pour leur faire désirer par-dessus tout le bonheur à venir. Si le relâchement et la tiédeur envahissaient bien des âmes, lorsque la paix était rendue à l'Eglise, une nouvelle persécution ne tardait guère à venir ranimer la ferveur. C'était une tempête qui, en secouant l'arbre, faisait tomber à terre les branches mortes et procurait aux autres une poussée plus vigoureuse ; elle était, en d'autres termes, une provocation efficace à l'héroïsme de la vertu ; elle créait autour des chrétiens une atmosphère sainte, qui les isolait du monde, sans les en faire sortir ; ils continuaient à vivre au milieu des hommes, sans subir

leur influence mauvaise. Aussi, malgré de trop nombreuses exceptions, peut-on affirmer que, au sein d'un empire voué à toutes
les turpitudes, ils formaient un peuple à part, menant une existence élevée, pure et toute céleste.

Un changement radical s'accomplit au IVᵉ siècle. La conversion
de Constantin abaissa les barrières qui séparaient les chrétiens du
reste des hommes. Ses sujets pénétrèrent en masse après lui dans
l'Eglise. Sans élever de doute sur la sincérité de ces conversions
multiples, on doit reconnaître que les nouveaux venus étaient loin
des aspirations des néophytes de l'ancien temps. Le baptême et
l'acte de foi n'exposèrent plus désormais aux mêmes sacrifices.
Les chrétiens, qui furent bientôt la majorité, perdirent en valeur
ce qu'ils gagnaient en nombre. Le niveau moral du christianisme
dans le monde baissa forcément. La société chrétienne n'offrit plus
dès lors les mêmes secours aux esprits que sollicitait le désir de
la perfection évangélique.

Ils étaient cependant nombreux au IVᵉ siècle; on eût dit qu'ils
voulaient, par leur multitude, offrir à Dieu une compensation
pour la gloire que ne lui accordait plus l'héroïsme des martyrs.
Le témoignage que ces derniers avaient rendu au Seigneur par
l'effusion de leur sang, ils allaient le lui rendre par une vie toute
d'immolation menée hors du monde et loin de ses voluptés, dans
la pratique des plus belles vertus. Les moines devinrent ainsi
les martyrs de l'Eglise victorieuse.

La solitude apparut à ces cœurs généreux comme un sanctuaire
où le Seigneur les convoquait pour les arracher à l'influence
néfaste du siècle et de ses exemples. Saint Jean Chrysostome
rappelait à ce sujet la manière dont Dieu s'était comporté avec le
peuple juif. Avant de l'introduire dans la Terre promise, il voulut le dépouiller des mauvaises habitudes que lui avait fait contracter un long séjour en Egypte. Comment s'y prit-il? Il l'éloigna
du foyer de la corruption, en l'introduisant au sein d'une profonde solitude. Ce fut comme un immense monastère où le Seigneur usa de tous les moyens pour guérir les Hébreux, employant
tantôt la rigueur, tantôt les ménagements, ne négligeant rien de
ce qui était de nature à leur rendre la santé morale et à former
leurs esprits[1]. Nul n'a mieux que l'éloquent prêtre d'Antioche
fait ressortir l'influence que la corruption du monde et d'une par-

---

1. S. Jean Chrys., *Adv. oppugnatores vitæ monasticæ*, l. III, P. G. XLVII 358.

tie de la société chrétienne exerça sur le développement du monachisme. « Je voudrais, disait-il, supprimer la nécessité des monastères. Souvent il m'est arrivé de le désirer avec beaucoup plus
de force que tous les détracteurs de la vie religieuse. Mais, pour
cela, il faudrait voir régner au sein des villes une justice et une
moralité telles que personne désormais n'eût besoin de fuir dans
la solitude. Malheureusement, les choses ne vont pas ainsi. La
corruption du monde oblige ceux qui veulent sauver leur âme
à chercher les lieux solitaires [1]. »

L'éloquent apologiste de la vie religieuse tombe dans une exagération oratoire manifeste, lorsqu'il semble faire de la fuite du
monde une nécessité pour quiconque veut assurer son salut éternel. Car un grand nombre de chrétiens, engagés dans les obligations de la vie séculière, étaient alors, comme de nos jours, sur le
chemin du ciel. Beaucoup parmi eux se préoccupaient, non sans
succès, de suivre quelques-uns des conseils dont la pratique conduit à la perfection évangélique. Mais il ressort du langage de saint
Jean Chrysostome que le fidèle rencontrait au milieu du monde des
obstacles de toute nature souvent insurmontables, tandis que le
monachisme, avec la retraite et les vertus qu'il imposait, facilitait
singulièrement la recherche de la perfection et assurait en quelque
sorte la possession de la béatitude éternelle.

*
* *

La séparation du monde et le renoncement aux biens de la vie ne
constituent pas la perfection elle-même. Ce n'est qu'un moyen très
utile à tous, nécessaire pour plusieurs, mais un simple moyen de
l'atteindre. Cette perfection, que l'on nommait encore pureté de
cœur, le moine la voulait avec toutes les énergies de son âme. Pour
elle, il quittait parents, honneurs, fortune, patrie. Parce qu'il la
voulait complète, absolue, il consommait sa séparation du monde
par un renoncement complet et définitif, qui ne lui laissait aucune
possibilité de revenir en arrière. Une fois encore, l'importance qu'il
donnait à ce détachement venait uniquement de ce qu'il lui appa-

1. Ibid., l. I, col. 328.

raissait comme le moyen d'arriver à la perfection et par elle à l'éternité bienheureuse [1].

Le désir de quitter le monde pour se vouer, dans la vie monastique, à la recherche de la perfection évangélique, revêtait des formes multiples. Car les âmes ne se ressemblent guère. Chacune a ses aspirations et ses besoins propres. Une même pensée produit généralement sur elles des impressions bien différentes. Les circonstances extérieures, qui se diversifient à l'infini, ne sont pas étrangères à la naissance et aux développements de ce désir. Il faut encore tenir compte d'un élément divin. Dieu, en effet, ne laisse pas le chrétien à lui-même. Il l'assiste de mille manières dans la poursuite de sa vocation surnaturelle. La grâce par laquelle il agit en lui est d'une souplesse extrême, qui la fait se ployer aux exigences les plus variées. On ne saurait expliquer sans cette action divine la vocation religieuse et la persévérance que l'homme met à la suivre. La variété des tempéraments et de leurs besoins, l'influence des milieux et le souffle de la grâce, tels sont donc les trois éléments qui contribuent à faire naître et grandir dans un cœur le désir de la vie monastique.

Ce désir, dont nous venons de déterminer les sources, a des manifestations nombreuses. L'abbé Pafnuce les ramène à trois catégories principales. Dans la première, les agents extérieurs paraissent moins ; c'est Dieu qui agit directement sur le cœur de l'homme, parfois à son insu, même durant son sommeil. Sa manière de voir se modifie peu à peu. Les choses qui passent n'ont plus pour lui aucun attrait. Il regrette amèrement les fautes qu'il a commises, le temps qu'il a perdu. La vie éternelle, l'amour de Dieu, la soumission à sa volonté, l'attirent et l'absorbent. Pour d'autres, au contraire, on constate mieux l'action humaine. L'exemple des Saints, les conseils d'un serviteur de Dieu réveillent l'âme de sa torpeur et allument en elle le désir de la sainteté. C'est bien la grâce divine qui agit ; mais elle se sert d'instruments créés. Chez d'autres enfin, la vocation paraît s'imposer en vertu d'une nécessité qu'on pourrait croire inévitable. L'abus des richesses et des plaisirs ont précipité un homme dans un grand danger ou soulevé contre lui une affreuse tempête. La perte de ses biens ou la mort de ceux qui lui sont chers ont rempli son cœur d'une sombre tristesse. Alors Dieu se montre à lui comme le seul remède,

1. Cf. Cassien, *Combat*, I, n. 5, p. 11.

le consolateur suprême. Celui qui n'élevait jamais sa pensée vers le ciel aux heures de la prospérité est entraîné par le besoin impérieux d'une paix qu'il ne peut trouver qu'au service de son Créateur[1].

Pafnuce légitime cette classification par des faits qu'il tire des divines Ecritures ou qu'il emprunte à ses souvenirs personnels. Il serait facile d'en trouver d'autres, plus saillants peut-être, dans les récits hagiographiques de cette époque. La vocation de saint Antoine, dont l'origine est racontée par saint Athanase, appartient à la première catégorie. On rencontrerait difficilement ailleurs un exemple plus typique. Six mois après la mort de ses parents, Antoine allait à l'église pour entendre la messe. Plusieurs pensées le préoccupaient. Pourquoi, se demandait-il, les Apôtres ont-ils tout quitté pour suivre Notre-Seigneur? Cette première question en amena une autre. Les premiers fidèles de Jérusalem, qui vendirent tous leurs biens et en donnèrent le prix aux Apôtres, avaient fait un acte de détachement des plus méritoires; quelle récompense ont-ils eue dans le ciel? Tel était l'objet de ses réflexions, quand il franchit le seuil du temple. Or, il se trouva qu'on lisait en ce moment un passage de l'Evangile de saint Mathieu : « Si tu veux être parfait, y était-il dit, va vendre tout ce que tu possèdes, donne le prix aux pauvres, et viens te mettre à ma suite ; tu acquerras ainsi un trésor dans les cieux[2] ». Antoine considéra ces paroles comme un ordre que le Seigneur lui intimait. Il sortit donc de l'église et se mit en mesure de l'exécuter au pied de la lettre. La somme que lui procura la vente de son patrimoine fut distribuée aux indigents, sauf une certaine somme qu'il réserva pour l'entretien de sa sœur. Quelques jours après, il revint à l'église. Ces autres paroles de l'Evangile qu'on lisait frappèrent son attention : « Soyez sans sollicitude pour le lendemain[3]. » Ce fut le dernier coup de la grâce. Antoine se livra sans retard aux exercices de la vie ascétique[4].

Le même passage de saint Mathieu : « *Si tu veux être parfait* », détermina la vocation d'Alexandre, le fondateur des Acémètes. Il avait vingt-cinq ans et faisait partie de la garde impériale à Constantinople. Rien ne lui était plus agréable que la lecture des saints

---

1. Cassien, *Conl.*, III, p. 69-71.
2. Matth., XIX, 21.
3. Matth., VI, 34.
4. Saint Athanase, *Vita sancti Antonii*, 2-3, P. G., XXVI, 842-843.

Livres. Ces paroles du Sauveur l'impressionnèrent un jour plus que de coutume ; il y vit un appel de Dieu. Docile à cette inspiration, il se démit de son office, vendit tout ce qu'il possédait, donna tout aux pauvres et s'en alla en Syrie embrasser la vie religieuse [1].

La vocation de saint Siméon Stylite eut-elle aussi une origine toute scripturaire ? Jeune encore, il était à l'église, en compagnie de ses parents. On lisait le texte de l'Evangile où le Sauveur proclame bienheureux ceux qui pleurent et se lamentent, et déclare malheureux ceux qui rient. Ce langage le surprit beaucoup. La béatitude que Dieu promettait aux larmes excitait sa convoitise. Mais ne sachant par quels moyens l'acquérir, il demanda à l'un des assistants ce qu'il pourrait faire dans ce but. Celui-ci, un moine très probablement, saisit l'occasion et l'entretint de la vie monastique, qu'il lui présenta comme la plus parfaite des philosophies. Cette indication précieuse confirma l'impression que la parole de Dieu avait produite dans son âme. Il y avait non loin de là un sanctuaire dédié à quelque saint martyr. Siméon s'y rendit. Prosterné devant Celui qui veut le salut de tous les hommes, il le conjura instamment de lui montrer le chemin de la sainteté. Sa prière dura longtemps. Un sommeil mystérieux le saisit. Il lui sembla creuser les fondations d'un édifice. Un homme qui se tenait à ses côtés lui commanda de creuser plus profondément encore. Ce qu'il fit. Lorsqu'il crut avoir travaillé suffisamment, il chercha à prendre quelque repos. « Creuse encore », lui fut-il dit. C'est ordre lui fut intimé une troisième et une quatrième fois. Enfin, le surveillant, trouvant qu'il en avait fait assez, lui recommanda de se mettre à bâtir, sans s'imposer la moindre fatigue. Siméon comprit ce que Dieu lui demandait et il se fit moine. Théodoret, qui rapporte tous ces détails, affirme les lui avoir entendu raconter [2].

Saint Basile trouva sa vocation dans l'étude de Livres sacrés. Il le déclare lui-même dans la lettre qu'il écrivit pour se justifier des accusations portées contre lui par Eustache de Sébaste : « J'avais employé, dit-il, à des riens une grande partie de mon temps et gaspillé presque toutes mes jeunes années en les sacrifiant au vain labeur que me coûtait la folle sagesse du monde. Mes yeux s'ouvrirent enfin à la lecture de l'Evangile, comme au

---

1. *Vita sancti Alexandri, Acta Sanctorum*, Jan., I, 1, 1021.
2. Théodoret, *Religiosa historia*, XXVI, P. G., LXXXII, 1466.

sortir d'un profond sommeil. Je vis l'inutilité de la sagesse des princes de ce monde ; au milieu des larmes abondantes que je répandis sur ma vie misérable, mon cœur désirait recevoir la science qui me conduirait à la possession de la piété. Je me préoccupai avant tout de corriger ma conduite, pervertie par un long séjour au milieu des méchants. La lecture de l'Evangile me fit voir combien il est utile à qui veut acquérir la perfection de vendre tous ses biens, d'en distribuer le prix aux pauvres, d'embrasser une existence où les sollicitudes de la vie ne peuvent plus distraire l'âme et ramener le cœur aux choses de la terre ; je me pris alors à désirer la société d'un frère qui eût voué ce genre de vie, afin de pouvoir traverser avec lui le fleuve étroit de l'existence. » Saint Basile raconte ensuite ses voyages et ses travaux pour s'assurer le grand bienfait de la perfection monastique [1].

*
* *

Si la parole de Dieu poussait les âmes vers la solitude, les vertus extraordinaires que pratiquaient les saints moines exerçaient sur un grand nombre d'esprits une influence souvent irrésistible. Les cœurs généreux étaient séduits par leur détachement absolu, leur abstinence parfois surhumaine, leur inépuisable charité, leurs miracles et l'auréole au sein de laquelle les contemplait l'admiration populaire. C'est ainsi que les Antoine, les Pakhôme, les Macaire, les Isidore, les Hilarion, les Ephrem, les Basile, réunirent autour d'eux des multitudes de disciples qui peuplèrent les solitudes de l'Orient. Cette fécondité spirituelle de la sainteté apparaît au début du IVe siècle. Le jeune Hilarion était à Alexandrie pour suivre les leçons des maîtres de cette école. Le nom d'Antoine, déjà célèbre par toute l'Egypte, fut prononcé devant lui. Il conçut aussitôt le désir de l'aller voir. A peine l'eut-il vu, qu'il forma la résolution d'embrasser la vie religieuse. Après avoir passé deux mois à ses côtés et s'être inspiré de sa manière de vivre pour régler la sienne, il revint en Palestine, sa patrie, où son exemple servit puissamment à la propagation du monachisme [2] (306).

1. S. Basile, *Epist.* 223, P. G., XXXII, 823.
2. S. Jérôme, *Vita sancti Hilarionis*, 1. *Acta Sanctorum*, Oct., IX, 44.

Jamais saint Antoine ne manqua l'occasion de fortifier par l'éloquence de ses conseils l'attrait que sa vie extraordinaire avait pour les cœurs d'élite. Son exemple fut suivi par tous les grands solitaires de cette époque. Tous croyaient honorer Dieu et servir les âmes en se faisant les apôtres de la vie monastique. Saint Epiphane recommandait aux moines Matidios et Tarsinos, qui remplissaient à Suédres les fonctions sacerdotales, de faire tout ce qui dépendait d'eux pour communiquer aux autres leur amour de la vie religieuse et leur désir de posséder la perfection chrétienne[1]. « Les chasseurs, écrivait Théodoret au sujet des nombreuses vocations déterminées par Julien Sabbas, se servent du chant d'un oiseau pour en attirer des multitudes d'autres qu'ils prennent tout à leur aise. Les hommes s'attirent aussi les uns les autres ; il en est qui le font pour le mal, et il en est qui le font pour le bien[2]. »

Les correspondances monacales parvenues jusqu'à nous renferment des preuves multiples de ce zèle pour la vocation religieuse. On les trouve fréquemment sous la plume de saint Nil et de saint Isidore de Péluse. Mais personne ne montra plus d'ardeur que saint Jérôme. Il aurait voulu attirer à sa suite tous ceux qu'il honorait de son estime et de son affection. Les femmes n'étaient pas les seules qui répondissent à ses pressantes exhortations. Même après quinze siècles de distance, quelques-unes de ses lettres n'ont rien perdu de leur flamme communicative.

Les voyages que les moines entreprenaient leur fournissaient un excellent moyen de gagner des âmes. Les vertus de la solitude. les accompagnaient dans le monde et exerçaient leur empire. Les deux Macaire faisaient route ensemble. Il leur fallut traverser le Nil sur un bateau où avaient pris place plusieurs officiers. Les solitaires se tenaient modestement à l'écart. Un passager qui les aperçut s'approcha d'eux pour les féliciter du genre de vie qu'ils avaient embrassé. « Que vous êtes heureux, leur dit-il, de pouvoir vous moquer du siècle et de n'avoir rien à lui demander, si ce n'est un misérable vêtement et une nourriture des plus frugales ! — Tu dis vrai, répondit l'un des Macaire, ceux qui suivent Dieu se moquent du monde, tandis que c'est le monde qui se moque de vous. Vous nous faites pitié. » Ces paroles si pleines d'une sainte fierté émurent profondément le soldat. Dès qu'il fut rentré chez lui, il

---

1. S. Epiphane, *Ancoratus*, P. G., XLIII, 211.
2. Théodoret, *op. cit.*, P. G., LXXXII, 1307.

distribua aux pauvres tout ce qu'il possédait et embrassa la vie monastique[1].

Voici un autre exemple. L'abbé Serge voyageait en compagnie de plusieurs frères. Ils perdirent leur chemin et durent errer au hasard. Comme ils traversaient un champ ensemencé, le propriétaire, qui les aperçut, se mit à les apostropher : « Moines, si vous aviez la crainte du Seigneur et si vous viviez en sa présence, vous n'agiriez pas comme vous le faites. » Serge, se tournant vers ses compagnons, les pria au nom du Seigneur de garder le silence. Il répondit au cultivateur, avec toute la mansuétude dont il était capable : « Tu dis vrai, mon fils, car si la crainte de Dieu résidait dans nos cœurs, nous ne ferions pas une chose qui te déplaît avec raison. » Cette réponse ne parvint pas à le calmer ; et il continua ses cris et ses injures. « Tu dis vrai, reprit encore le saint homme, si nous étions des moines. nous nous abstiendrions de pareils actes. Mais je t'en supplie au nom du Seigneur, pardonne-nous la faute que nous avons eu l'imprudence de commettre. » Cette douceur finit par dominer la colère du paysan, si bien qu'il se jeta aux pieds de Serge, en disant : « Pardonne mon audace, abba, je t'en prie au nom du Seigneur, et inscris-moi au nombre de tes religieux. » Le saint fit droit à sa requête[2].

Les admirateurs des moines leur prêtaient un utile concours. Saint Athanase se montrait particulièrement empressé à faire cette pieuse propagande. Un jeune Alexandrin, âgé de dix-sept ans, l'entendit un jour parler de la vie des religieux et de la gloire qui les attend au ciel. Il n'en fallut pas davantage pour lui inspirer le désir de l'embrasser. Ammon, c'était le nom du jeune auditeur, reçut le baptême et se disposa à exécuter son dessein. Il fut sur le point d'accompagner un solitaire de la Thébaïde dont il avait fait la connaissance. Par malheur c'était un hérétique. Il dut renoncer à le suivre. Deux moines de Tabenne, Théophile et Copré, se trouvaient alors à Alexandrie avec la mission de saluer saint Athanase. Ammon les rejoignit et alla se mettre à Tabenne sous la direction de l'abbé Théodore. Il portait une lettre de recommandation que lui avait donnée un prêtre nommé Paul[3] (351).

---

1. Rufin, *Hist. monach.*, xxix, P. L., XXI, 455. Pallade, *Hist. laus.*, xix-xx, P. G., XXXIV, 1048.

2. Zozime, *Alloquia*, 11, P. G., LXXVIII, 1695.

3. *Episcopi Ammonis epistola ad Theophilum*, 1. *Acta Sanct.* Maii, t. III, p. 347-349.

Saint Jean Chrysostome, ami des moines et moine lui-même, qui, soit à Antioche, soit à Constantinople, publiait si fréquemment son enthousiasme pour la vocation religieuse, faisait ressortir les avantages du détachement du monde et des biens, parlait de la beauté de la vertu et de la laideur du vice en termes si éloquents, qu'il suffisait de l'entendre pour se décider à rompre les liens du siècle, et à fuir dans la solitude. Il n'hésita pas à couvrir de son autorité la propagande monastique des solitaires syriens. Les parents et les amis de ceux qui, sur leur invitation, abandonnaient le monde, païens pour la plupart, voyaient de fort mauvais œil le succès dont leurs efforts étaient couronnés. Le chagrin que leur causait le départ d'un fils ou d'un ami se transformait aisément en colère et en haine. Des hommes libres qui renonçaient à une existence honorable et facile pour se condamner aux labeurs et aux austérités de la vie solitaire devenaient à leurs yeux des insensés, et les propagateurs d'une pareille folie devaient être traités comme les plus dangereux séducteurs de la jeunesse. De tels sentiments, on le conçoit, auraient facilement déchaîné une violente persécution et fait de nombreuses victimes. Saint Jean Chrysostome essaya d'écarter ce malheur en éclairant l'opinion publique par la publication des trois livres contre les adversaires de la vie monastique[1].

*
* *

L'action directe de l'homme ne se manifeste pas également dans toutes les vocations. Des circonstances extérieures, indépendantes de toute volonté humaine, viennent maintes fois prendre un individu comme par la main et le conduisent hors du monde. C'est ce qui advint à saint Paul, premier ermite. En gagnant la solitude, il se préoccupait avant tout d'échapper aux périls qu'une dénonciation de son beau-frère aurait pu lui faire courir durant la persécution de Dèce. On ne voit pas qu'il ait obéi à une pensée surnaturelle. Son biographe, saint Jérôme, qui s'en est rendu compte, essaie de montrer comment Dieu se servit des événements extérieurs. Paul, faisant d'une nécessité vertu, accepta librement son

---

1. Saint Jean Chrys., *Adversus oppugnatores eorum qui ad monasticam vitam inducunt*, P. G., XLVII, 319-386.

séjour au désert; la solitude finit par lui devenir agréable, si bien qu'il s'y enfonça toujours plus avant jusqu'à ce qu'il eût enfin trouvé au pied d'une montagne rocailleuse une source, un palmier et une caverne, tout ce dont il avait besoin pour vivre et se loger [1].

Saint Grégoire de Nazianze n'oublia jamais la manière dont la Providence le conduisit à la vie religieuse. Sa mère n'avait pas attendu sa naissance pour le consacrer au service de Dieu [2]. Plus tard, quand il faisait la traversée d'Alexandrie à Athènes, une violente tempête assaillit le vaisseau qui le portait. Les matelots affirmaient n'en avoir jamais essuyé de pareille. Tout espoir semblait perdu. Grégoire de Nazianze, plongé dans une profonde tristesse, s'affligeait, non de perdre la vie, mais de mourir sans avoir reçu la grâce du baptême. Il fit au Seigneur le vœu de se consacrer à son service s'il échappait à ce péril imminent. Sa prière fut entendue. Le vent tomba, la mer retrouva son calme habituel, et la traversée se finit heureusement [3]. Grégoire, de retour en Cappadoce après avoir terminé ses études, tint sa promesse et embrassa la vie monastique [4].

De violentes tentations inspiraient parfois à un jeune homme la crainte de ne pouvoir sauver son âme au milieu du monde et le désir de se vouer loin de ses plaisirs à la recherche de la perfection évangélique. Ce fut le cas d'Evagre du Pont. Il remplissait à Constantinople les fonctions de diacre. Sa science et sa vertu lui conciliaient l'estime générale. Une femme du plus haut rang s'éprit pour lui d'un amour coupable. Afin d'échapper à ses poursuites, il quitta la cité impériale et chercha un refuge en Palestine. Sainte Mélanie, qu'il eut l'avantage de rencontrer à Jérusalem, lui promit la guérison d'une maladie dont il était affligé s'il consentait à embrasser la vie religieuse. Il suivit ce conseil en se rendant au monastère de Nitrie, où sa doctrine et sa sainteté lui donnèrent place parmi les solitaires les plus en renom [5].

On vit des hommes qui jusque-là buvaient abondamment à la coupe du plaisir changer de conduite après un grand malheur,

---

1. Saint Jérôme, *Vita sancti Pauli*, I. VI, P. L., XXIII, 20-21.

2. Saint Grégoire de Nazianze, *Poema XI de seipso*, v. 72, P. G., XXXVII, 1034.

3. Id., *Poema I de seipso*, v. 307-327, ibid., 993. *Poema XI*, v. 130-207, ibid., 1038-1044. *Oratio 18 funebris in Patrem*, P. G., XXXV, 1037-1026.

4. Id., *Poema XI*, v. 230-232, col. 1050-1052.

5. Pallade, *Hist. laus.* LXXIXVI, P. G., XXXIV, 1190-1191.

n'éprouver que du dégoût pour les jouissances de la vie, chercher une retraite profonde et, à la surprise de ceux qui les avaient connus, mener l'existence grave des philosophes chrétiens, c'est-à-dire des moines. La ville d'Antioche fut le théâtre de quelques-unes de ces transformations. La vie pénible de ces convertis et leurs veilles prolongées édifiaient tout le monde. Sur les montagnes où ils s'étaient retirés, ou dans les cellules qu'ils s'étaient bâties auprès des tombeaux abandonnés, la terre nue leur servait de couche; leur silence était rigoureux; ils jeûnaient, ils s'imposaient de rudes pénitences. L'humilité et la charité qu'ils montraient en toutes circonstances leur conciliaient la vénération générale[1].

La solitude offrait encore un asile au pécheur désireux de se réhabiliter dans les larmes et le repentir. Le diacre Sabinien avait commis des fautes très graves. Saint Jérôme, qui lui prêchait la pénitence, l'exhorta à revêtir un cilice, à se couvrir de cendre et à se renfermer dans un monastère pour pleurer ses péchés et calmer la colère divine[2]. Sa voix ne fut malheureusement pas écoutée. Rufin parle de la conversion d'un jeune homme qui se fit moine en Thébaïde après avoir scandalisé toute une ville par ses désordres[3].

La vocation d'un abbé Macaire, qu'il ne faut pas confondre avec ses deux célèbres homonymes, fut assez extraordinaire. Pendant qu'il conduisait les chameaux qui transportaient le nitre du lac de Natroun dans la vallée du Nil, il lui arriva plus d'une fois de dérober de cette matière, de la vendre et de garder l'argent pour lui. Lorsque les surveillants s'en apercevaient, ils lui infligeaient de vigoureuses bastonnades. Il eut un jour le malheur de tuer accidentellement l'un de ses compagnons. La peine qu'il en ressentit le détermina à embrasser la vie monastique. Les aventures qu'il avait courues dans le monde n'étaient pas ignorées des solitaires, qui les lui rappelaient quelquefois. Son humilité sut toujours tirer profit de ces souvenirs humiliants[4].

Les *Apophtegmata Patrum* citent l'exemple d'un abbé Àpollo, qui habitait le désert de Scété. Il avait été berger avant de se faire moine. La société des animaux ne pouvait guère adoucir sa nature violente et sauvage. C'était un vrai Bédouin. Sa fureur allait parfois

---

1. Saint Jean Chrysostome, *De compunctione*, l. 1, P. G., XLVII, 408-409.
2. Saint Jérôme, *ep.* 167, P. L., XXII, 1201.
3. Rufin, *Hist. mon.*, P. L., XXI, 400.
4. Sozomène, *Hist. eccles.*, l. vi, 29, P. G., LXVII, 1378. *Apophtegmata Patrum*, P. G., XLV, 274.

jusqu'à la folie. Il lui arriva, dans un de ces accès, d'éventrer une femme enceinte pour se procurer l'étrange satisfaction de voir l'enfant qu'elle portait dans ses entrailles. Quand il eut consommé son crime, la honte le saisit, et un sentiment de regret trouva le chemin de son cœur. C'en fut assez pour l'ébranler. Comme il n'était pas homme à faire les choses à demi, il s'en alla au monastère de Scété : « J'ai quarante ans, dit-il, et jamais une prière n'est sortie de mes lèvres; s'il me reste encore quarante années à vivre, je les emploierai à prier Dieu sans relâche. » On le reçut parmi les moines. Sa vie fut désormais une prière ininterrompue [1].

*
* *

Ces vocations extraordinaires et le changement de vie qu'elles inauguraient étaient une éloquente apologie du monachisme. Aussi aimait-on à les raconter. Rien n'était plus capable de porter les hommes à mettre toute leur confiance en la miséricorde infinie de Dieu. Les contemporains citaient de préférence les transformations que la grâce opérait dans le cœur des brigands qui infestaient alors comme de nos jours la vallée du Nil et les déserts voisins, et ne craignaient pas de s'attaquer aux pauvres solitaires, bien que le butin fût maigre chez eux.

Quelques-uns de ces bandits voulurent profiter du silence de la nuit pour faire au saint reclus Théonas une visite intéressée. Croyant mettre la main sur un trésor, ils s'étaient promis de tuer l'anachorète pour exécuter leur dessein plus à leur aise. Mais Dieu n'abandonna point son serviteur. Les brigands, retenus par je ne sais quelle force mystérieuse auprès de sa cellule, ne purent ni avancer ni reculer. Le soleil les surprit dans cette étrange situation. Les chrétiens qui venaient solliciter les prières du saint homme arrivèrent suivant leur coutume. Ils auraient voulu s'emparer des voleurs et en faire eux-mêmes justice, si Théonas le leur eût permis : « Laissez-les s'en aller sains et sauf, dit-il, sinon Dieu m'enlèvera le don de guérir les malades. » Les bandits recouvrèrent aussitôt leur liberté. La leçon leur fut bonne, et ils surent en profiter. On raconte qu'ils se présentèrent aux solitudes voi-

---

1. *Apophtegmata Patrum*, 135.

sines pour solliciter la faveur d'être admis au nombre des moines. Leur vie pénitente justifia la miséricorde dont on voulut user à leur endroit[1].

Apollonios, qui provoquait de nombreuses vocations par ses exemples et par ses conseils, convertit un brigand qui devint un fervent religieux[2]. L'anachorète Capito, qui vivait à quatre milles d'Arsinoë, était un ancien bandit[3]. Des voleurs dérobaient fréquemment le pain de l'abbé Ammon. Il les surprit un jour. Au lieu de les réprimander, il les fit asseoir et leur servit à manger, se contentant de les inviter à ne plus recommencer. Cette douceur les émut profondément. Ils changèrent de vie et se firent moines. Dans la suite, Dieu récompensa leurs vertus par le don des miracles[4].

Patermutios, qui devint l'abbé des nombreux moines réunis autour de son ermitage, avait commencé par être chef de brigands. Il était alors païen. Le nombre et l'énormité de ses attentats le faisaient redouter par tout le monde. Il chercha à pénétrer durant la nuit dans la cellule d'une vierge consacrée à Dieu, lorsque l'horreur de sa conduite le saisit brusquement d'épouvante. Il alla se prosterner devant un prêtre et lui demander humblement la grâce du baptême. On lui fit subir les épreuves ordinaires. Sa pénitence et sa ferveur lui concilièrent autant de vénération que ses crimes lui avaient, dans le passé, suscité de haine[5].

Parmi ces brigands devenus moines, il n'y en eut pas d'aussi célèbre que l'abbé Moyse. Il était Éthiopien d'origine et esclave par état. La passion du vol le dominait à tel point que son maître dut le chasser. Son audace et sa force herculéenne en firent un bandit redoutable; il fut bientôt le chef d'une troupe nombreuse. Mais la grâce divine toucha son cœur après quelques années de brigandage. Il abandonna son genre de vie et chercha un refuge au milieu des moines de Scété. Par son application à la pratique de la vertu et à l'étude des vérités éternelles, il devint un docteur de la vie ascétique dont la doctrine était particulièrement estimée. Ses conférences avec Cassien[6] permettent d'en juger. Les rigueurs de sa

---

1. Rufin, *Historia monachorum*, vi, P. L., XXI, 409-410.
2. Id., vii, ibid., 415.
3. Pallade, *Historia laus.*, xcix, P. G., XXXIV, 1206.
4. Rufin, viii, 421. Pallade, liii, 1152.
5. Rufin, ix, 422-423. Pallade, *Paradisus Patrum*, P. G., LXV, 447-450.
6. Cassien, *Conlat.*, I, II.

pénitence ne parvinrent pas à détruire sa force physique. Quatre voleurs l'apprirent à leurs dépens. Ils étaient entrés dans sa cellule et se mettaient en mesure de l'attaquer. Mais les choses n'allèrent pas au gré de leurs désirs, car l'abbé Moyse les empoigna l'un après l'autre, les lia ensemble, les chargea sur ses épaules comme une botte de paille et alla les déposer devant la porte de l'église. Quand on leur eut appris que le moine qui les avait ainsi traité était Moyse, le brigand converti, ils ouvrirent les yeux, comprirent la gravité de leurs fautes, en demandèrent pardon et enfin se firent moines. On affirme que leur vie fut très édifiante [1].

* *

Patermutios, dont il vient d'être question, embrassa la vie religieuse aussitôt après avoir ouvert son cœur au repentir. Mais il ne reçut pas immédiatement la grâce du baptême; on lui fit subir une épreuve de trois années [2]. Ce n'est pas le seul exemple de moine catéchumène. Saint Pakhôme, qui n'avait pas attendu d'être baptisé pour se faire religieux, fixa son séjour près de Schénésit, sur les bords du Nil, en attendant de recevoir le sacrement qui fait les chrétiens. Les ruines d'un temple de Sérapis lui servirent de cellule. Weingarten a grand tort de profiter de cette circonstance pour le transformer en moine sérapiste. Car son monacat ne saurait être comparé à la vie des reclus du Sérapéum de Memphis [3]. La profession monastique était une excellente préparation au baptême et un complément des exercices du catéchuménat. A cette époque, tant en Orient qu'en Occident, les fils de chrétiens différaient volontiers la réception du premier des sacrements. Les païens qui se convertissaient à un âge assez avancé ne se pressaient pas toujours de le recevoir. La vocation monastique pouvait dès lors naître dans une âme avant son inscription officielle sur les listes de la famille chrétienne. Et on ne voyait aucun motif d'en retarder l'exécution.

La présence des catéchumènes était chose ordinaire parmi les moines de la haute Thébaïde. Ils se réunissaient tous les ans à

---

1. Pallade, *Hist. laus.*, XXII, P. G., XXXIV, 1063-1064.
2. Id., *Paradisus Patrum*, P. G., LXV.
3. Ladeuze, p. 158-166.

Pâques pour être baptisés dans le monastère de Phbôou, qui était le centre de la congrégation pakhomienne [1]. Saint Jean Chrysostôme [2], saint Grégoire de Nazianze [3] et saint Cyrille d'Alexandrie [4] insinuent que les monastères d'Égypte, de Cappadoce et de Syrie renfermaient également des moines non encore baptisés [5].

*
* *

Le recrutement monastique se faisait dans tous les rangs de la société. Le fils du sénateur rencontrait dans la solitude l'esclave affranchi ; les hommes qui avaient occupé les premières charges de l'Empire fraternisaient avec les humbles cultivateurs syriens et les fellahs de l'Egypte. Ces derniers toutefois étaient de beaucoup les plus nombreux ; car, alors comme de nos jours, les petits, paysans pour la plupart, formaient la grande majorité du genre humain. On aurait tort cependant de conclure que les monastères étaient uniquement peuplés de gens grossiers et sans instruction.

Les vocations sorties des rangs de l'aristocratie jetaient sur le monachisme trop de lustre pour que ses apologistes aient négligé d'en parler. Saint Grégoire de Nazianze, dans l'un de ses discours contre Julien l'Apostat, où il aime à opposer aux sages de l'antiquité païenne les philosophes du christianisme, est fier de pouvoir dire à la louange de ces derniers : « Parmi eux, il n'y a pas que des hommes obscurs et de basse extraction, que les exigences de leur condition première habituaient à la peine ; on y trouve encore des personnages de très haut rang, que recommandaient la fortune, la noblesse et l'autorité [6]. » Ces moines,

---

1. *Vie copte de saint Pakhôme*, publiée par Amélineau. A. D. M. G., XVII, 110-121. *Vie de Théodore*, ibid., 248.

2. S. Jean Chrysostome, *In epist. ad Hebraeos hom.*, 25, P. G., LXIII, 177.

3. S. Grégoire de Nazianze, *Oratio* 40, n. 17.

4. S. Cyrille Alex., *Epist. ad episcopos Lybiae*. Cf. Dom Touttée, *Notes sur saint Cyrille de Jérusalem*, P. G., XXXIII, 486-487.

5. Au IVe siècle, en Occident, Rufin était déjà moine lorsqu'il reçut le baptême (P. L., XXI, 81-83. Tillemont, XII, 11-34). Saint Jérôme embrassa la vie ascétique pendant son séjour en Gaule, avant son baptême par conséquent. (Tillemont, XII, p. 9.) Sulpice donne au catéchumène ressuscité par saint Martin le nom de frère, ce qui signifie, sous sa plume, moine.

6. S. Grég. Naz., *Oratio* IV, *in Julianum*, 73, P. G., XXXV, 598.

qui pratiquaient avec amour des austérités pénibles, excitaient l'enthousiasme de saint Jean Chrysostome. Il faisait ressortir en
termes éloquents la grandeur d'âme des jeunes filles, nées dans
un palais, élevées au milieu des plaisirs d'une existence somp-
tueuse, qui ne tenaient aucun compte de leur passé, de leur éducation, de leur âge, et faisaient des pénitences incroyables [1].

Dans les solitudes de l'Orient, les distinctions que la naissance
ou la fortune établissent d'ordinaire entre les hommes n'étaient
jamais prises en considération. Tous oubliaient ce qu'ils avaient
été et ce qu'ils pouvaient être. Leur ambition se bornait à vivre
pour Dieu. L'humilité était chez eux l'objet d'une pieuse émula-
tion. Ils cherchaient à se surpasser les uns les autres par la pureté
du cœur et la sainteté de la vie [2]. Saint Nil, qui fait cette remarque
au sujet des moines du Sinaï, donnait lui-même un magnifique
exemple de cette abnégation ; les honneurs et les biens
auxquels il avait renoncé lui donnaient plus qu'à d'autres le
droit de parler.

Cassien rencontra pendant ses excursions monastiques un
religieux que la fortune et la situation de sa famille mettaient
au-dessus de la plupart des aspirants à la vie solitaire. On
voulut dès son arrivée soumettre sa vocation à une épreuve pour
voir dans quels sentiments il se consacrait au service de Dieu.
L'ancien qui veillait sur lui, sans faire la moindre attention à sa
qualité, lui donna dix corbeilles, avec l'ordre d'en charger ses
épaules et de les porter à la ville pour les vendre en bloc. Il lui
fallut les promener ainsi longtemps à travers les rues pour
trouver des acquéreurs ; cette besogne d'esclave ou de valet, dut
paraître bien humiliante à un homme de cette condition. Il eut
néanmoins le courage de s'en acquitter ponctuellement [3].

La sainte égalité que la profession religieuse établissait dans
les monastères et les solitudes n'était pas si absolue qu'on ne
tînt aucun compte des nécessités que l'éducation fait souvent
contracter aux hommes malgré eux. Celui qui a vécu dans l'ai-
sance et n'a jamais le moindre effort à produire ne saurait avoir
les forces physiques indispensables pour pratiquer certaines austérités qui n'offrent à d'autres aucune difficulté. Le sacrifice est

---

1. S. Jean Chrys., *In epist. ad Ephes.*, hom. xiii, P. G., LXII, 98.
2. S. Nil, *Narratio*, iii. P. G., LXXIX, 619.
3. Cassien, *Instit.*, l. iv, 28, p. 67-68.

en effet une chose très relative. Un patricien mollement élevé, qui porte l'ensemble des observances religieuses moyennant quelques ménagements dont il ne peut se passer, a souvent plus de mérites qu'un robuste fellah qui n'a besoin d'aucune exception. On ne refusait donc pas au premier les adoucissements légitimes. Cette discrétion n'était pas comprise de tout le monde. En voici une preuve qui n'est pas sans intérêt.

Il y avait à Scété un moine qui avait occupé dans la capitale de l'Empire une haute situation. La perfection à laquelle il s'était élevé par vingt-cinq ans de solitude lui attirait l'estime universelle. On ne parlait de lui qu'avec un profond respect. Un ancien, originaire de l'Egypte, eut la curiosité de lui rendre visite pour faire sa connaissance. Il s'attendait à trouver un homme d'une austérité sans pareille. Quelle ne fut point sa surprise en le voyant servi par un esclave qui l'avait accompagné au désert? Ses habits étaient d'une étoffe plus fine que celle dont on usait généralement. Il avait les pieds très propres, chaussés avec des sandales. Son serviteur lui faisait cuire des légumes pour ses repas; il buvait un peu de vin à cause de ses infirmités. C'en fut assez pour scandaliser le brave copte. Son hôte, devinant cette impression pénible, voulut la dissiper. Il le fit avec une délicatesse parfaite. « De quelle province es-tu? demanda-t-il à son visiteur. — D'Egypte. — De quelle ville? — Je n'ai jamais habité la ville. — Que faisais-tu avant d'être moine? — Je gardais les champs. — Où prenais-tu ton sommeil? — Aux champs. — Avais-tu un lit? — Moi? avoir un lit pour dormir! — Comment dormais-tu alors? — Sur la terre nue. — Quelle était ta nourriture? Quel vin buvais-tu? — Quels aliments et quel breuvage a-t-on aux champs? — Comment vivais-tu? — Je mangeais mon pain sec et des salaisons, quand j'en avais; je buvais de l'eau. — C'était une existence bien pénible. Prenais-tu des bains pour te laver? — Non, mais je me baignais dans le fleuve quand l'envie me prenait de le faire. » Le saint homme, renseigné sur la vie que son hôte avait menée dans le monde, crut utile de le mettre au courant de la sienne. « Le misérable que tu as sous les yeux, lui dit-il, est né dans la capitale de l'Empire; il occupait auprès de l'empereur un poste très important. » Cette première confidence donnait à réfléchir au pauvre moine copte. « J'ai abandonné la ville pour me retirer dans cette solitude. Tel que tu me vois, je possédais de vastes maisons et une fortune considérable; j'ai tout méprisé pour me renfermer dans cette petite cellule. J'avais des lits couverts de draperies chamarrées d'or, de beaux tapis ornaient mes appartements; à leur place, Dieu m'a donné cette natte de joncs et cette peau de bête. Mes habits étaient confectionnés avec des étoffes précieuses ; aujourd'hui je me contente de ces pauvres hardes; j'avais à mon service des esclaves nombreux; le Seigneur a inspiré à celui que tu aperçois la pensée de se consacrer à lui et de m'assister. Au lieu de bains, je verse un peu d'eau sur les pieds. Mes infirmités me contraignent de porter des sandales. Jadis des musiciens habiles charmaient mes oreilles par des airs variés durant mes repas; maintenant je récite douze psaumes le jour et autant la nuit, c'est toute ma musique. En expiation des péchés que j'ai commis, j'offre à Dieu dans la paix de mon cœur cet humble et inutile service. Prends donc cela en considération, abba, et ne te scandalise point de ma faiblesse. » Il n'en fallut pas davantage pour ouvrir les yeux de son visiteur, qui, tout ému, se mit à dire : « Malheur à moi, qui ai quitté le siècle où j'étais accablé de peines et de travaux pour venir me reposer au sein de la vie monastique. Je possède maintenant des choses qui jadis me faisaient défaut, tandis que tu as abandonné librement une vie de jouissances pour embrasser une existence laborieuse, tu es sorti de la gloire et de la richesse pour entrer dans l'humiliation et la pauvreté. » A partir de ce jour, le moine copte ne crut pouvoir suffisamment admirer l'anachorète romain, et il était fort honoré d'être traité par lui en ami et en frère[1]. Ce trait, en circulant de bouche en bouche, devenait une leçon utile qui enseignait à beaucoup la discrétion et une humble réserve dans les jugements.

*
* *

Les hommes de condition n'avaient pas toujours à cette époque la liberté de quitter le monde et de se faire moines. Des obligations multiples les retenaient et, jointes à l'amour de ses aises que tout cœur humain porte avec lui, diminuaient singulièrement le nombre de ceux qui couraient après la perfection évangélique.

Au-dessous de la classe sénatoriale, dont les membres, répandus

---

1. *Verba Seniorum*, P. L., LXXIII, 925-927.

dans l'Empire, descendaient de parents ayant exercé une haute magistrature, étaient eux-mêmes investis de fonctions importantes, possédaient de grands domaines, de nombreux esclaves, et jouissaient de l'exemption des charges onéreuses, on voyait la classe des *curiales,* qui remplaçaient les anciens sénats municipaux. Ils formaient le conseil de la cité ; l'administration leur était confiée. On ne pouvait se soustraire aux obligations et aux responsabilités, lourdes parfois, qui en résultaient. Quand le fisc écrasait la ville d'impôts, les curales répondaient du recouvrement. Toutes les fonctions locales qui exigent du dévouement, et sont en général fort ingrates, leur étaient imposées. On peut dire que l'Empire tout entier reposait sur eux. Mais les charges qu'il leur fallait supporter les écrasaient au point qu'ils cherchaient presque tous à rompre leurs liens. Efforts inutiles ; car la loi les contraignait à remplir bon gré mal gré leurs fonctions, on pourrait dire leurs devoirs publics. Quelques-uns crurent un instant trouver dans la vocation religieuse un moyen facile d'y échapper. Cela se présentait fréquemment en Egypte. Pour réprimer cet abus, l'empereur Valens ordonna au comte d'Orient d'arracher à la solitude les *curiales* déserteurs et de les contraindre à remplir les devoirs que leur imposait la loi [1] (372 ou 373).

Cette mesure visait aussi les hommes qui cherchaient dans la vie religieuse un moyen de s'exempter du service militaire. Car moines et clercs étaient alors dispensés de prendre les armes. Les agents du prince arien saisirent volontiers cette occasion de faire subir aux solitaires de l'Egypte toutes sortes de mauvais traitements [2].

*
* *

Il y avait une classe d'hommes beaucoup plus nombreuse, que sa condition mettait dans l'impossibilité d'embrasser la vie monastique. Nous voulons parler des esclaves. Ces êtres malheureux, qui étaient la propriété absolue de leurs maîtres, ne jouissaient

1. Godefroid, *Codex Theodosianum,* IV, 433-439.
2. Orose, *Historiarum liber* VI, 33, P. L., XXXI, 1145.

d'aucune liberté. La législation sanctionnait ce droit contre nature. Le christianisme eut beau proclamer l'égalité de tous les hommes devant Dieu et leur fraternité par le baptême, l'esclavage n'en resta pas moins une institution avec laquelle il fallait compter. Impossible donc à un esclave de se faire religieux sans l'agrément de son maître. Le concile de Chalcédoine consacra cette coutume générale, en interdisant au monastère de l'admettre, s'il n'avait obtenu la permission [1]. Cette défense était motivée. Car on avait cru pouvoir en certains lieux ouvrir les portes du monastère à des candidats privés de leur liberté. Les pauvres esclaves chrétiens prenaient volontiers ce moyen de briser leurs chaînes. Déjà, du temps de saint Basile, les esclaves fugitifs frappaient à la porte des maisons religieuses. Le législateur des moines de Cappadoce s'inspire des sentiments qui animaient saint Paul, quand il recommande de les traiter charitablement, de les exciter à la pratique de la vertu, de leur conseiller la soumission chrétienne et de les renvoyer à leurs maîtres [2]. Il dut s'en trouver néanmoins qui parvinrent à dissimuler leur condition. Mais une fois moines, ils avaient à prendre mille précautions pour ne pas être découverts. C'était le seul moyen d'échapper aux traitements mérités par les fugitifs. La prudence leur conseillait de ne point mettre le pied dans les lieux où ils pourraient être reconnus. Un religieux du Sinaï eut recours à ce stratagème pour éviter une obédience qui répugnait à son humilité. Il était question de l'envoyer à Constantinople traiter une affaire importante : « Excusez-moi pour l'amour de Dieu, dit-il ; je suis l'esclave de l'un des officiers qui approchent l'empereur de plus près. S'il vient à me reconnaître, il me fera dépouiller de mes habits et il me réduira de nouveau en servitude. » L'humilité du saint homme lui avait fait dire un mensonge. On découvrit plus tard que, loin d'être de condition servile, il appartenait à une famille très honorable ; il avait même rempli les fonctions de préfet du prétoire. Le voyage de Constantinople lui répugnait à cause des honneurs qu'il s'attendait à y recevoir [3].

Quand l'esclave était entre les mains d'un enfant de l'Église, il

---

1. *Concilium Chalcedon.*, can. 4. Labbe, t. IV, 1683.

2. S. Basile, *Reg. fus. tractat. inter.* 11, P. G., XXXI, 947.

3. *Apophtegmata Patrum*, P. G., LXV. L'auteur du recueil ne donne pas le nom du moine. Ce doit être saint Nil.

pouvait aisément obtenir sa liberté. Saint Grégoire de Nazianze signale dans son testament deux moines qui avaient d'abord fait partie de sa maison. Il les avait affranchis pour leur permettre d'embrasser la vie religieuse [1]. Il n'était pas rare non plus de voir un homme de condition qui renonçait au monde, suivi par quelqu'un de ses esclaves. Le lecteur se rappelle l'exemple cité plus haut. Une règle, dont les prescriptions concordent assez bien avec les usages de cette époque, déclare qu'après la profession il y avait, non un maître et un esclave, mais deux frères [2]. L'abbé Isaïe, qui fait un devoir à tout homme riche qui embrasse la vie monastique d'affranchir les esclaves qu'il peut avoir, ne leur permettait point d'habiter ensemble [3].

Ceux qui s'étaient faits moines avec la permission de leur maître ne perdaient pas le souvenir de leur première condition. Il y en avait un, à Scété, qui allait tous les ans à Alexandrie rendre ses devoirs à la famille dont il dépendait jadis. Comme elle était profondément chrétienne, elle le recevait avec beaucoup d'égards, se recommandait à ses prières et ne voulait accepter aucune marque de sujétion. Mais lui, sans prendre garde à leurs dénégations, lavait les pieds de ses anciens maîtres et leur donnait mille témoignages de respect et d'humilité. « Père très heureux, lui disaient-ils, pourquoi nous chagriner à ce point ? — Je suis votre esclave, répliquait-il ; le Dieu tout-puissant a voulu que vous fussiez mes maîtres, je vous remercie de ce que vous m'avez accordé la permission de servir le vrai Dieu, créateur et souverain du ciel et de la terre. Je vous apporte ma redevance annuelle. » Au refus qu'on lui opposait, il répondait simplement : « Si vous ne voulez pas la recevoir, j'ai résolu de ne plus revenir au désert. Je resterai ici pour vous servir. » Son offrande fut acceptée ; et il reprit joyeux le chemin de la solitude. A des confrères qui lui demandaient pourquoi il agissait ainsi, il donna la raison suivante : « J'espère m'assurer par ce moyen la pleine possession des mérites que j'acquiers par mes oraisons et mes pénitences. Si je ne payais pas cette redevance annuelle à ceux qui m'ont permis d'embrasser la vie religieuse, il pourrait bien arriver que Dieu les mît au ciel en possession de ce que j'aurais gagné [4]. »

---

1. P. G., XXXVII, 390-391.
2. *Regula SS. Serapionis, etc.*, 7, P. L., CIII, 438.
3. Isaïe, *Oratio* 4, P. G., 1114-1115, *reg.* 58. P. L., c. III, 433.
4. *Verba Seniorum*, P. L., LXXIII, 747-748.

*
* *

On rencontre, parmi les solitaires orientaux, des hommes engagés dans les liens du mariage qui avaient abandonné leur femme et leur famille. Ils sont assez nombreux pour mériter l'attention de l'historien. Les *Verba Seniorum* signalent avec éloge la générosité avec laquelle un moine de Scété s'exténuait à force de mortifications pour éteindre dans son cœur le souvenir de son épouse, laissée au milieu du monde[1]. Un autre frère, appartenant au même groupe monastique, avait quitté sa femme, un garçon et une petite fille. Survint une famine pendant laquelle la pauvre mère, incapable de pourvoir aux besoins de ses enfants, s'en alla exposer sa situation à l'abbé Carion. C'était son mari. Il prit le garçon et lui laissa le soin de la fille[2]. Postumianus parle d'un ancien officier, originaire de la province d'Asie, devenu ermite dans la Thébaïde. Après quatre années de vie religieuse, il voulut revenir auprès de sa femme et de son fils, qu'il avait abandonnés pour se faire moine. Chemin faisant, le démon s'empara de lui. Cet état pénible dura deux années. De saints moines qui le recueillirent et lui prodiguèrent tous les soins, parvinrent à lui rendre la santé. Il s'empressa de regagner la solitude que jamais il n'aurait dû quitter[3].

Ces hommes avaient-ils obtenu le consentement de leurs épouses avant d'embrasser la vie monastique? On ne saurait le dire.

Saint Basile croyait cette autorisation indispensable. Quand des personnes mariées se présentaient dans les monastères qui suivaient sa règle, on leur demandait si elles venaient du gré de la partie conjointe. C'était une condition indispensable, motivée par les enseignements de saint Paul[4]. Ammon, le saint fondateur de Nitrie, se fit moine sur l'invitation de sa femme. Mélanie la Jeune, qui désirait se consacrer au Seigneur après la mort de ses deux enfants, se préoccupa d'abord de gagner à son dessein Pinianus,

---

1. *Verba seniorum*, ibid., 886.
2. *Apophtegmata Patrum*, P. G., LXV, 250-251.
3. Sulpice Sévère, *Dial.*, I, 174-175.
4. Saint Basile, *Regulæ fusius tractatæ inter.* 12, P. G., XXXI, 947-950.

son époux[1]. Saint Nil, qui était marié, raconte lui-même comment il abandonna sa famille : « Un ardent désir d'habiter le désert du Sinaï et de posséder la paix et le repos dominait mon cœur, au point d'absorber toutes mes pensées ; impossible de fixer mon esprit sur autre chose. Lorsque l'amour d'un objet quelconque s'est emparé d'une âme, il l'arrache à ses affections même les plus chères. Il l'entraîne avec tant de force qu'il ne recule ni devant les peines et les ennuis ni devant les injures ; tout cela ne lui semble rien... L'amour de la solitude finit par me rendre le départ nécessaire ; je n'avais plus la force de résister. Prenant par la main mes enfants, encore bien jeunes, je les plaçai devant leur mère ; je lui en donnai un et gardai l'autre. C'est alors que je lui découvris ma volonté. Mon visage et le ton de ma voix lui faisaient deviner que ma résolution était irrévocable. Inutile donc d'essayer de la fléchir ; elle ne le tenta même point. Quand elle vit l'impossibilité de s'opposer à mon départ, elle me donna, non sans peine, son assentiment. Le chagrin l'étouffait, les larmes coulaient le long de ses joues. Vous savez combien est douloureuse la séparation de ceux qu'unit un mariage légitime. Cette souffrance n'est pas moins pénible que celle causée par un glaive plongé dans la poitrine[2]. » Saint Nil quitta Constantinople et prit le chemin du mont Sinaï, emmenant avec lui Théodule, l'un de ses enfants.

Un disciple de saint Antoine, Paul le Simple, n'eut pas à solliciter la permission de sa femme. Il l'avait surprise en adultère. Son infidélité le laissa libre de l'abandonner et de suivre son attrait pour la vie religieuse[3]. Abraam, dont la vie est racontée par saint Ephrem, ne prit pas tant de précautions. Comme ses parents l'avaient marié malgré lui, il se crut en droit d'abandonner son épouse pendant la nuit, de sortir de la ville et de s'enfermer dans une cellule qu'il rencontra sur sa route[4].

Abraam avait-il le droit d'agir ainsi ? La réponse à cette question serait de nos jours très nette ; mais au quatrième siècle les avis étaient partagés. Le sentiment de saint Basile est connu, mais tous les moines égyptiens ne le partageaient pas. En voici la preuve. Il y avait près de Diolcos un bon chrétien nommé Théonas que ses parents avait marié tout jeune. Une pieuse coutume

1. Pallade, *Hist. laus.*, 119, P. G., XXXIV, 1230.
2. Saint Nil, *Narratio* II, P. G., LXXIX, 602-603.
3. Pallade, *Hist. laus.*, XXVIII, P. G., XXXIV, 1078.
4. Saint Ephrem, *In vitam B. Abraami*, oper. græc., t. II, p. 2.

lui faisait porter tous les ans ses offrandes à l'abbé Jean, économe d'un monastère du voisinage. Un entretien de ce religieux sur la perfection évangélique alluma dans son cœur le désir de se faire moine. Il s'en ouvrit à son épouse, jeune encore. Cette proposition lui causa un vif déplaisir. Toutes les raisons que Théonas put faire valoir la laissèrent insensible. Elle finit par lui déclarer que s'il donnait suite à son projet, la responsabilité de toutes les fautes qu'il lui arriverait de commettre à l'avenir pèserait sur lui. Le mari passa outre en s'autorisant de quelques textes de la Bible, qui paraissaient justifier sa conduite. Dans la suite il raconta lui-même tout à Cassien et à Germain. Cassien, mis en mesure de donner son sentiment personnel, ne savait trop que penser, aussi ne voulut-il se prononcer ni dans un sens ni dans l'autre. Sa réserve et le soin qu'il met à éviter toute parole que les partisans d'une opinion quelconque pussent interpréter en leur faveur prouvent que c'était là une question très discutée à cette époque [1].

*
* *

Les pères de famille qui embrassaient la vie religieuse se faisaient quelquefois suivre par leurs enfants. La vie de saint Nil en fournit un exemple. Un moine du diocèse de Nazianze, nommé Nicomède, avait eu dans le monde un fils et une fille ; en se donnant au Seigneur, il mit le premier dans un monastère d'hommes et la seconde dans une communauté de vierges. Saint Grégoire, qui connaissait le père et les enfants, se félicitait des espérances que leurs vertus faisaient concevoir [2]. Un enfant, que son père avait ainsi donné au monastère de Scété, grandit sans avoir eu la moindre relation avec l'extérieur. Ses regards n'eurent jamais à s'arrêter sur une femme. Il ne savait même pas ce que c'était. Il lui arriva d'en apercevoir quelques-unes pendant un rêve ; ce spectacle l'intrigua fort. Son père l'emmena quelque temps après en Égypte. Dès qu'il aperçut des femmes, il s'écria : « C'est ce que j'ai vu durant la nuit. » Son père, pour le laisser dans son igno-

1. Cassien, *Conlat.*, XXI, 574-585.
2. Greg. Naz., *Carmen ad Hellenium*, v. 145-147. P. G., XXXVIII, 1461-1464.

rance des sexes, lui dit : « Ce sont les moines du siècle. Leur habit n'est pas le même que celui des solitaires [1]. » Il y avait à Tabenne plusieurs enfants venus au monastère en même temps que leur père [2].

Quelques abbés partisans des épreuves extraordinaires se servirent parfois de ces enfants pour voir jusqu'où irait l'obéissance de leurs pères. Patermutos, qui sollicitait son admission dans un monastère, dut attendre à la porte plus longtemps que de coutume parce qu'il avait son fils âgé de huit ans. L'usage des moines de cette contrée ne permettait pas d'admettre des enfants en aussi bas âge. Son insistance finit néanmoins par triompher de toutes les objections qui lui furent faites ; mais le supérieur, dans le but de savoir si l'amour paternel dominait en lui l'amour de Dieu et le désir de sa perfection, ordonna de les séparer l'un de l'autre. Le père ne s'en montra pas ému. Il garda le même silence quand l'abbé fit infliger au petit de mauvais traitements. On lui donna l'ordre de jeter l'enfant à l'eau. Sans hésiter, comme si cette parole était tombée du ciel, il le prit et s'en alla le jeter dans le fleuve. Des frères qui l'avaient suivi retirèrent immédiatement l'innocente victime [3]. La conduite du supérieur et du moine ne mérite ni l'imitation ni la louange. Ce n'est pas cependant le seul exemple de ce genre rapporté par les récits édifiants de cette époque. Un homme demandait un jour à l'abbé Sisoi le Thébain de le recevoir parmi ses moines. « Que possèdes-tu dans le siècle ? lui dit l'abbé. — J'ai un enfant. — Va le jeter dans le fleuve, et alors tu te feras moine. » Il allait obéir quand Sisoi, satisfait de ses dispositions, l'arrêta [4]. Voici un autre fait. Un solitaire avait laissé dans le monde trois enfants. Quand plus tard il revint les chercher, il n'en trouva qu'un vivant. Ils allèrent ensemble au monastère. L'abbé ordonna au père de mettre son fils dans un four allumé. Le recueil des *Verba Seniorum*, où est relatée cette anecdote, affirme que Dieu, pour récompenser l'obéissance de l'un, sauva miraculeusement la vie de l'autre [5].

Il y eut un grand nombre de parents qui offrirent leurs enfants

1. *Verba Seniorum*, P. L., LXXIII, 878.
2. Ammonis *epistola 18*, Acta Sanct., Maii, t. III, 354. *Vie arabe de Pakhôme*, A. D. M. G., XVII, 505.
3. Cassien, *Institut.*, l. IV, n. 27, p. 65-67.
4. *Verba Seniorum*, P. L., LXXIII, 949.
5. Ibid., 952.

au Seigneur sans embrasser eux-mêmes la vie religieuse. Un père
de famille recommanda son fils nouveau-né aux prières de saint
Jacques le Syrien, promettant de le consacrer au service de Dieu
s'il lui conservait l'existence. Mais la mort le lui ravit à l'âge de
quatre ans. Il porta son cadavre au solitaire, qui se mit en oraison
et obtint du ciel la résurrection de l'enfant. Celui-ci put dans la
suite exécuter le vœu de son père [1]. Théodoret, de qui nous tenons
ce fait, avait lui-même été voué à Dieu aussitôt après sa naissance [2]. Saint Jean Chrysostome raconte l'histoire fort touchante
d'un enfant qu'il avait connu à Antioche. Sa mère, qui était une
sainte femme, n'ambitionnait rien tant que de le voir religieux. Mais
son mari, ancien officier, nourrissait d'autres espérances. Il le destinait à la carrière des armes. La mère, sans rien dire, préparait
l'avenir monastique de l'enfant. Elle ne pouvait l'envoyer au
désert ; car son époux, homme violent, se serait emporté contre
les moines, et il aurait pu se livrer à des excès lamentables. Que
fit-elle ? Les familles riches abandonnaient volontiers l'éducation de
leurs enfants à des personnes dignes de confiance, pendant que
leurs maîtres prenaient soin de les instruire. Un ascète consentit à
se dévouer pour l'avenir de cette âme. Ce fut saint Jean Chrysostome lui-même. Il garda l'enfant auprès de lui, l'éleva comme
un petit moine, et sut lui inspirer un grand amour de la vie religieuse, si bien que plus tard il fut assez fort pour vaincre les
résistances de son père. Son exemple détermina plusieurs de ses
camarades à le suivre [3].

*
* *

Cet usage d'offrir les enfants au service de Dieu dans les monastères était assez répandu. Aussi le trouve-t-on un peu partout en
Egypte, en Thébaïde, en Palestine, en Syrie et en Asie Mineure.
Tous ceux dont la présence est constatée n'avaient pas, il est vrai,
été offerts. Quelques-uns paraissent avoir embrassé d'eux-mêmes
la vie religieuse. De ce nombre furent Archebios, que Cassien vit

1. Théodoret, *Historia religiosa*, 21, P. G., 439.
2. Id., *epist. 81. Nomo consuli*, P. G., LXXXIII, 1262.
3. S. Jean Chrys., *Adversus oppugnatores vitæ monasticæ*, l. III, P. G., XLVII, 368-371.

auprès de Diolcos [1], l'abbé Helen [2], Apollos [3], Pachon [4], Ammon [5], les plus célèbres des grands frères, Or [6], Isaac [7]. Saint Epiphane n'était lui-même qu'un enfant, lorsque des moines de grand mérite le formèrent à la vie religieuse [8]. Plusieurs des saints dont la vie est racontée par Théodoret furent moines dès leur enfance. Héliodore, par exemple, n'avait que trois ans lors de son entrée au monastère. Jamais il n'en sortit dans la suite. Aussi son ignorance des choses de la vie dépassait-elle toutes les bornes. Il affirmait, à l'âge de soixante-cinq ans, ne point savoir ce que c'était que les porcs, les coqs et d'autres animaux non moins répandus [9].

Tous n'approuvaient pas de semblables admissions ; quelques-uns pensaient qu'on eût mieux fait d'attendre, pour les recevoir, le terme de leurs études. Saint Chrysostome, l'intrépide défenseur des moines, ne partageait pas ce sentiment. Arriveront-ils à cet âge ? demandait-il. Et s'ils l'atteignent, conserveront-ils les mêmes dispositions ? Il est permis d'en douter. Les écoles qu'il leur faudra fréquenter seront peut-être des foyers de corruption. Or, à quoi bon la culture littéraire sans les bonnes mœurs ? La vertu peut bien se passer de rhétorique [10].

C'est l'auteur le plus goûté de l'Orient chrétien qui fait ces réflexions. L'expérience lui montrait les grands avantages que présentait la vie monastique menée dès l'enfance [11]. On voyait, en effet, dans beaucoup de monastères, des adolescents qui, par leur tempérance et le sérieux de leur conduite, avaient acquis la maturité des vieillards ; on ne leur connaissait d'autre amour que celui de la sagesse [12].

Ces enfants avaient-ils contracté des obligations monastiques ?

1. Cassien, *Institut.*, l. v, p. 429.

2. Rufin, *Hist. mon.*, xi, P. G., XXI, 429.

3. Sozomène, *Hist. cal.*, vi, 29, P. G., LXVII, 1374.

4. Ibid., 1378.

5. Ibid., xxx, 1383.

6. Ibid., xxviii, 1370.

7. Pallade, *Dialog. de vita S. Johan. Chrys.*, 17, P. G., XLVII, 59.

8. Sozomène, l. vi, p. 32. 1391.

9. Théodoret, *Hist. relig.*, xxvi, P. G., LXXXII, 1667.

10. Saint Jean Chrysostome, *Adv. oppugnal. vitæ monasticæ*, iii, P. G., XLVII, 366-367.

11. Ibid., 379-380.

12. Saint Grégoire de Nysse, *De Virginilale*, 24, P. G., XLVII, 411.

Ou attendait-on pour leur faire prendre des engagements qu'ils eussent atteint l'âge où il est permis à un homme de disposer de lui-même ? Il est difficile de répondre à cette question pour ce qui concerne l'Egypte, la Palestine et la Syrie. Mais saint Basile expose clairement la pratique des monastères cappadociens. Sa règle permet d'élever des enfants, à la condition expresse qu'on s'occupera avant tout de les former à la pratique de la vertu et à la crainte du Seigneur[1]. Si quelqu'un parmi eux en manifestait le désir, les supérieurs pouvaient l'admettre à faire profession religieuse, quand il aurait atteint l'âge requis pour cela[2]. Saint Basile recommande instamment d'examiner au préalable s'il agit en pleine liberté et en parfaite connaissance de cause[3].

Quelle que fût leur condition, la présence de ces enfants n'était pas sans entraîner des inconvénients sérieux, contre lesquels les anciens prémunissaient leurs disciples. Saint Pakhôme défendait de rire et de jouer avec eux, et surtout de les poursuivre d'une amitié particulière[4]. La légèreté de leur âge ne leur permettait guère de comprendre ce qu'est le mal ou de se laisser impressionner par la pensée des jugements de Dieu ; aussi ne leur ménageait-on ni les réprimandes ni le fouet, quand les paroles étaient inefficaces[5]. Les règles attribuées à Isaïe et à saint Antoine se montrent d'autant plus vigilantes sur ce point qu'elles sont faites pour des ermites[6].

Les *Verba Seniorum*[7] racontent l'espièglerie d'un enfant qui vivait avec un ermite. Blessé par un reproche qui lui fut adressé, le petit alla se cacher, en emportant la clef du meuble où le moine renfermait sa provision de pain.

Evagre du Pont poussait la prudence jusqu'à défendre aux anachorètes d'admettre des enfants en leur compagnie[8]. On expérimenta à Scété la sagesse de pareille interdiction. « N'amenez pas d'enfant ici, disait l'abbé Isaac le Thébain ; à Scété, quatre églises

---

1. S. Basile, *Regula brev. tractat., inter.* 202. P. G., XXXI, 1287.

2. Il en sera question ailleurs.

3. Id. *Regul. fus. tract., inter.* 15, ibid., 955.

4. S. Pakhôme, *Regula*, 166, P. L., XXIII, 86.

5. Id., 173, 38.

6. Isaïe, *Regula*, 1, P. L., CIII, 429. *Regula S. Antonii*, 3, 11, P. G. XL, 1068, S. Ephrem, *De humilitate*, 64, op. gr., t. I, 318.

7. P. L., LXXIII, 972.

8. Evagre, *Rerum monachalium rationes*, 5, P. G., XL, 1255.

sont devenues désertes à cause d'eux[1]. » Le saint abbé Macaire
avait annoncé ce malheur depuis longtemps. « Quand vous verrez
une cellule bâtie auprès du marais, avait-il dit, sachez que la désolation approche de Scété ; quand vous y verrez des arbres, sachez
qu'elle est à la porte; quand vous y verrez des enfants, prenez vos
manteaux et partez[2]. » Les anciens de cette solitude ne voulaient
même pas supporter au milieu d'eux un adolescent dont les traits,
insuffisamment formés, avaient quelque chose du visage féminin.

L'abbé Endémon racontait comment il était venu, dans son jeune
âge, solliciter son admission. L'abbé Pafnuce refusa en ces termes
de l'accepter : « Je ne veux pas permettre à quelqu'un qui porte
encore un visage de femme d'habiter à Scété, lui dit-il, parce que
l'ennemi en profiterait pour diriger ses attaques contre nous[3]. »
L'abbé Carion apprit à ses dépens que la même sévérité régnait
dans d'autres solitudes de l'Egypte. Il dut prendre avec lui, pendant une famine, son fils Zacharie, qu'il avait laissé à sa mère en
quittant le monde. Sa présence excita les murmures des solitaires
voisins ; pour les éviter, Carion s'en alla de Scété en Thébaïde. Il
s'y trouva bientôt en face de mêmes ennuis; ce qui lui inspira la
résolution de revenir à sa première demeure. Les mêmes inconvénients l'y attendaient encore. Afin de couper court à ces plaintes et
à ce scandale, l'enfant, prenant une détermination héroïque, alla se
plonger dans un étang dont les eaux, saturées de nitre, le défigu-
rèrent au point que son père eut de la peine à le reconnaître : cet
acte de courage provoqua l'admiration générale[4].

Saint Euthyme n'était pas moins réservé. Trois jeunes Cappadociens lui demandèrent un jour de les recevoir parmi ses disciples.
Ils étaient frères; Gabriel, le plus jeune, avait encore la figure
imberbe et assez féminine. Son admission souffrit de grandes difficultés; ses instances, jointes à celles de ses deux frères, finirent
par les vaincre. Mais, en le recevant, le saint abbé dit à Cosme, le
plus âgé des trois : « Renferme dans une cellule ton frère Gabriel
et ne le laisse jamais sortir, car son visage de femme si agréable
serait un danger pour les autres[5]. » Saint Sabas, qui s'était présenté dans des conditions analogues, ne fut pas admis dans la laure.

1. *Verba Seniorum*, P. L., LXXIII, 918.
2. Ibid., 982, 981-983, 993-995.
3. *Apophtegmata Patrum*, P. G., LXV, 175.
4. Ibid., 250-251.
5. Cyrille, *Vita S. Euthymii*, VI, 40. *Acta SS.* Jan., t. II, 471.

Euthyme l'envoya au monastère de Théoctiste, où l'on pouvait exercer sur lui une surveillance plus rigoureuse [1].

*
* *

La vocation monastique imposait à l'homme la séparation de sa famille. Il y en eut qui, pour la rendre plus complète, s'en allèrent au loin chercher la solitude. Les monastères et les groupes érémitiques fondés par des moines d'une vertu éminente les attiraient de préférence. Ils étaient sûrs d'y trouver une école ascétique où fleurissait la perfection.

C'est ainsi que Grecs et même Latins affluaient dans les communautés pakhomiennes de la haute Thébaïde. On ne les trouvait pas moins nombreux à Nitrie et à Scété. Le désert du Sinaï et les monastères de Palestine joignaient à l'attrait de la sainteté de leurs habitants le souvenir imposant des faits merveilleux dont ils avaient été le théâtre. Mais, en règle générale, les postulants ne sortaient guère de leur pays pour chercher la perfection. On leur conseillait cependant de ne pas rester auprès de leur famille. Ce voisinage eût causé à leurs âmes de graves préjudices [2].

L'amour des siens peut, en effet, détourner un cœur de la pensée des biens éternels et le fixer aux choses de la terre. La crainte de ce danger impressionna tellement certains esprits, qu'ils tombèrent dans de fâcheuses exagérations. On eût dit, en les voyant agir, qu'ils prenaient pour un mal tout attachement à son père, à sa mère ou à d'autres membres de la famille. Quelques moines de Scété ont moins que d'autres évité cet écueil.

L'abbé Pior avait promis à Dieu de ne revoir personne des siens. La maladie et la mort de ses parents ne purent pas lui faire retirer sa parole. Après de longues années de séparation, sa sœur voulut absolument le voir. Elle en écrivit aux anciens, qui lui ordonnèrent de se rendre auprès d'elle. Pior obéit. Mais quand il fut arrivé au terme de son voyage et qu'il entendit sa sœur lui ouvrir la porte de sa maison, il ferma les yeux et tint ce propos : « Me voici, ma sœur, voici ton frère ; regarde-moi tant qu'il te fera plaisir. » Il

1. Cyrille, *Vita S. Euthymii,* ibid., 480.
2. Cassien, *Conlatio,* XXIV, 9, 683-684

refusa d'entrer. Après quelques instants passés sur le seuil, il regagna la solitude [1]. L'abbé Marc reçut un jour la visite de sa mère. Silvain, son supérieur, lui prescrivit de se rendre à son désir. Marc alla devant elle, ferma les yeux, la salua avec les personnes qui l'accompagnaient, et, après leur avoir souhaité une heureuse santé, il se retira sans laisser à personne le temps de le reconnaître [2].

La mère des abbés Nuph et Pæmen voulait absolument les voir. Comme elle s'était présentée plusieurs fois devant la porte de leur cellule sans pouvoir satisfaire son désir, elle se porta sur le chemin qui menait à l'église, de telle sorte qu'il leur fut impossible d'éviter sa rencontre. A peine l'eurent-ils aperçue, que, au lieu de continuer leur route, ils revinrent en toute hâte s'enfermer chez eux. La pauvre femme les suivit et se lamenta péniblement devant leur habitation. « Que faire de notre mère ? » demanda Nuph à Pæmen. Celui-ci s'approcha et, sans même daigner lui ouvrir, il dit à la malheureuse importune : « Pourquoi ces cris, ces plaintes ? — Je désire vous voir, mes enfants. Quel mal y a-t-il ? Ne vous ai-je pas donné le jour ? Ne vous ai-je pas nourris de mon lait ? Le retard que vous mettez à vous rendre à mes vœux m'accable de chagrin. Le son de ta voix m'a toute bouleversée. — Que préfères-tu : nous voir ici-bas ou dans la vie future ? — Si je ne vous vois pas sur terre, suis-je assurée de vous voir là-haut ? — Si tu t'imposes le sacrifice de ne pas nous voir en ce moment, tu peux être certaine de nous voir dans l'autre monde. — Puisqu'il en est ainsi, je renonce à vous voir. » La pauvre femme partit résignée [3].

Un moine posait à un ancien la question suivante : « Ma sœur est pauvre ; est-ce qu'en lui faisant l'aumône je n'agirais point comme avec un pauvre ordinaire ? — Non, lui fut-il répondu. — Pourquoi donc, abba ? — Parce que, en le faisant, tu obéis un peu à la voix de la nature [4]. » C'est cette voix de la nature que ces grands ascètes cherchaient à étouffer par tous les moyens en leur pouvoir. On annonçait à un moine de Nitrie la mort de son père. Au lieu de s'affliger et de prier pour l'âme du défunt, il répliqua

---

1. Pallade, *Hist. laus.*, LXXXVII, P. G., XXXIV, 1197. Sozomème, *Hist. eccles.* l. VI, 29, P. G., LXVIII, 1382. *Verba seniorum*, P. L., LXXIII, 758.
2. *Verba Seniorum*, P. L., LXXIII, 949.
3. Ibid., 792. On trouve des faits analogues, 750-751, 759-760.
4. Ibid., 931.

simplement : « Cessez ce blasphème, car mon père est immortel[1]. »
Dieu était le père unique sur lequel il consentît à fixer son cœur.
L'auteur des Constitutions monastiques voulait que le religieux
fût mort à tout sentiment familial. Le monastère était une famille
véritable, qui devait lui faire oublier l'ancienne. Si quelqu'un des
siens embrassait la vie religieuse, il pouvait alors seulement le
considérer comme un frère. Il n'était pas défendu au moine de prier
pour les siens, à la condition toutefois de ne jamais s'occuper de leur
obtenir les biens temporels[2]. La règle attribuée à saint Antoine
montrait sur ce point une extrême sévérité, en interdisant de visiter
sa famille et même de se laisser voir par elle[3].

Mais tous ne portaient pas la rigueur aussi loin. Evagre du Pont,
qui ne permettait pas aux moines de s'occuper de leurs parents, les
autorisait néanmoins à entretenir avec eux les rapports indispensables[4]. Dans quelques monastères syriens on pouvait recevoir
leurs visites une ou deux fois l'an ; il était seulement recommandé
de ne prononcer aucune parole inutile[5]. Après avoir établi en principe que la parenté spirituelle, fruit de la grâce et de l'accomplissement de la volonté divine, l'emporte sur la paternité charnelle et
doit dominer toutes les affections du moine[6], saint Basile lui permet de visiter ses parents toutes les fois que l'intérêt des âmes
le demande[7]. Il peut remplir cet acte de charité en toute sûreté de
conscience s'il déploie pour le salut des étrangers autant de zèle
que pour celui des siens[8]. Le patriarche des moines de Cappadoce
se montrait large dans la pratique. Il envoya de sa solitude du Pont
le moine Denis auprès de sa mère pour la déterminer à venir rejoindre
les moniales qui habitaient sur la rive opposée de l'Iris. La lettre
qu'il lui remit rend un beau témoignage à la délicatesse de son
cœur[9]. Cela ne surprend aucun de ceux qui ont appris à connaître
par la lecture des œuvres de saint Basile les richesses de son âme.
Après comme avant sa profession monastique, il fut le plus tendre

1. Evagre, *Liber practicus*, 95, P. G., XL, 1250.
2. *Constitutiones monasticæ*, 20, P. G., XXXI, 1390-1394.
3. S. *Antonii regula*, 7, P. G., XL, 1068.
4. Evagre, *Rerum monachalium rationes*, 5, P. G., XL, 1258.
5. S. Ephrem, *De humilitate*, 53, Op. gr., t. I, 314.
6. S. Basile, *Regulæ brevius tract. inter.*, 188, P. G., XXXI, 1207.
7. Ibid., 189, 1210.
8. Ibid., 190.
9. Id., ep. 19, P. G., XXXII, 274.

des fils et le plus affectueux des amis. Son exemple, celui de sainte Macrine et de ses amis, montrent combien il est facile d'unir les sentiments les plus délicats à l'égard des siens et le complet détachement du monde. Grégoire de Nazianze n'avait pas le cœur moins fidèle ; sa correspondance en fournit des preuves multiples. Il loue dans son poème à Hellenios le moine Eulalios, qui aimait tendrement son frère Hellade. Ce dernier, par son dévouement empressé, faisait la consolation de sa vieille mère[1]. « Quel homme de cœur, écrit-il plus loin, oublierait Asterios et ses deux frères ? Ils forment une triade sainte. Le même culte pour la sagesse, la communauté de vie et la poursuite d'une même espérance ont comme fondu leurs âmes en une : seul, le corps les sépare[2]. »

Saint Jérôme, du fond de son désert de Chalcis, s'intéresse toujours à une sœur qu'il avait laissée au milieu du monde[3]. Les austérités excessives de sainte Paule, sa fille spirituelle, ne l'empêchaient pas d'être pour les siens d'une grande tendresse[4]. Héliodore quitta l'Orient afin de veiller sur son neveu Rusticus. L'attachement qu'il portait à son oncle ne lui permit pas de regagner sa solitude[5]. La vie de saint Nil offre un bel exemple de ce que peut l'affection paternelle sous le froc du moine[6].

Cassien parle d'un moine nommé Archebios, qui avait passé cinquante années dans un monastère voisin de Diolcos, sans jamais revenir chez lui ni revoir sa mère. Son père vint à mourir, laissant une dette considérable. Les créanciers poursuivaient la pauvre veuve. Mais son fils se chargea de tout payer. Il augmenta dans ce but la tâche de son labeur journalier, de sorte qu'il put acquitter la dette à la fin de l'année, sans avoir rien perdu de sa journée habituelle[7].

En somme, les Orientaux, malgré certaines exagérations qui sont le fait d'individus, avaient sur les relations du moine avec sa famille des idées fort sages. Cette discrétion ne s'est peut-être nulle part montrée plus grande qu'à Tabenne. Il n'en était pas

---

1. Grégor. Naz., *Carmen ad. Hellenium*, v. 134-136, P. Gr., XXXVII, 1402.

2. Id., v. 193-196, 1465.

3. S. Jérôme, epist. 67, P. L., XXII, 337-340.

4. Id., epist. 108, ibid., 898.

5. Id., epist. 60, ibid., 594-595.

6. S. Nil, *Narratio*, I, IV, VI, P. G., LXXIX, 591-599, 636-638, 678, cf. l. IV, epist. 62, 579-582.

7. Cassien, *Institut.*, l. V, 38, p. 110.

ainsi au début, car Pakhôme fut longtemps hostile à tout rapport avec des parents restés dans le siècle, au point que la mère de Théodore ne put obtenir de le voir[1]. Mais l'expérience le fit se départir de cette rigueur[2]. Les religieux furent par la suite autorisés à recevoir la visite des membres de leur famille. Quand un frère était demandé par l'un des siens, le portier informait le supérieur, qui l'envoyait au parloir avec un compagnon[3]. Il était permis d'aller visiter un père, une mère, un frère ou un proche parent s'il venait à tomber malade[4], et d'assister à ses obsèques, en cas de décès[5]. Au temps de l'abbé Théodore, Ammon sut par un ami que son père était mort, laissant sa veuve, encore païenne, très affligée. Son fils demanda la permission d'aller auprès d'elle lui donner quelque consolation. Théodore, non content de la lui donner sans difficulté, lui prédit qu'il la gagnerait à la vraie foi[6].

---

1. *Vie arabe de Pakhôme*, A. D. M. G., XVII, 405
2. Ibid., 406.
3. Pakhôme, *Règle*, 52, P. L., XXIII, 71.
4. Id., 53.
5. Id., 55.
6. Ammonius, *Epist.* 21, *Acta Sanct. Maii*, t. III, 355-356.

CHAPITRE VI

Les engagements monastiques

Celui qui embrassait la vie religieuse ne pouvait s'y engager de sa propre autorité. Il entrait dans un corps ; ceux qui en faisaient partie avaient seuls qualité pour l'y admettre[1] ; aussi le premier soin de tout postulant était-il de se présenter soit à la porte d'un monastère de cénobites, soit dans un groupe érémitique, soit devant une cellule d'anachorète, et de solliciter son admission. On ne faisait pas immédiatement droit à sa demande. Patermutios reçut bien, à la vérité, sans le moindre délai, la profession d'un adolescent[2], mais les faits de cette nature sont rares ; ils constituent une exception à la règle commune des moines orientaux.

Ermites et cénobites se faisaient une obligation de soumettre à une épreuve plus ou moins longue les candidats qui leur arrivaient. S'ils déployaient tout leur zèle pour attirer les âmes généreuses, ils évitaient néanmoins de les jeter dans l'illusion. De la sorte, le moine pouvait connaître la nature et l'étendue des engagements qu'il contractait ; ceux qui les lui laissaient prendre savaient s'il aurait, oui ou non, la force de les porter. Le délai qui lui était ainsi imposé avait le précieux avantage de le former pratiquement à la vie qui devait être la sienne. Il apprenait les oraisons qu'il aurait à dire, les heures fixées pour la prière, les exercices qui rempliraient ses journées, les vertus qu'il devrait pratiquer[3]. Pendant ce temps il se détachait peu à peu des maximes

1. S. Basile, *Epist.* 119, can. 19. P- G., XXXII, 719.
2. Pallade, *Paradisus Patrum*, P. G., LXV, 450.
3. S. Nil, *De monastica exercitatione*, 21. P. G., LXXIX, 747.

du siècle et de la manière d'agir des mondains. Sans cette préparation, la vie religieuse lui serait devenue un péril et une charge
souvent insupportable. L'ennui l'aurait vite fait sortir de sa retraite
pour se mêler aux hommes, et les scandaliser par son langage
et son attitude[1].

C'était donc un noviciat qu'il lui fallait faire. Mais on ne peut
s'attendre à voir des règles précises déterminer le caractère et la
durée de cette formation, et les conditions dans lesquelles on la
donnait. Pareille organisation est le fruit d'une longue expérience
et l'œuvre du temps. Les anciens, s'ils n'accordaient pas à cette
réglementation minutieuse l'importance qu'elle a eue dans la suite
des âges, ne s'abandonnaient pas néanmoins au vague de l'arbitraire et aux inconvénients qu'il entraîne après lui. Tous convenaient de la nécessité d'une épreuve et d'une formation antérieure
aux engagements. Dans la pratique, chacun tenait compte des
indications fournies par les anciens et de son expérience personnelle. Le tempérament des individus qui se présentaient et les
exigences des lieux exerçaient une réelle influence sur leurs idées
et sur leur manière d'agir. Il serait donc inutile de chercher des
règles uniformes qui n'ont jamais existé. Il n'y a qu'à faire
connaître les usages en vigueur dans les centres monastiques les
plus importants.

*
* *

Saint Pakhôme, voyant que la vie ascétique qu'il avait menée
jusqu'à son baptême ne lui suffisait plus, alla se mettre sous la
conduite de saint Palamon. Le pieux anachorète le retint auprès de
lui pour le former à la prière, aux jeûnes et aux veilles. D'après
la version arabe de la Vie de Pakhôme, cette épreuve dura trois
mois[2]. Lorsqu'il eut fondé son monastère de Tabenne, il se garda
bien d'admettre les premiers venus sans les avoir éprouvés sérieusement[3]. A mesure que son œuvre se développa, l'expérience lui
fit voir ce qu'il convenait d'établir pour rendre plus efficace
ce temps d'examen et de formation. Cassien, qui était bien

1. S. Nil, ibid., 727.
2. *Vie arabe de Pakhôme*, A. D. M. G., XVII, 349.
3. *Pachomii vita*, *Act. Sanct. Maii*, t. III, 301.

renseigné sur la nature de ce noviciat, avoue qu'il peut à lui seul expliquer la sainteté extraordinaire des moines de Tabenne. Il est le fondement sur lequel reposait tout l'édifice de la perfection[1]. « Si quelqu'un se présente à la porte du monastère, est-il dit dans la règle pakhomienne, pour renoncer au monde et entrer dans la communauté des frères, on ne lui accordera pas tout d'abord la faveur qu'il sollicite. On l'annoncera au père du monastère. Il restera à la porte durant quelques jours. Pendant ce temps on lui enseignera l'oraison dominicale et les psaumes qu'il sera capable de retenir. Il fournira toutes les indications nécessaires pour qu'on sache s'il a fait du mal avant son entrée, s'il a fui le monde dans un moment de crainte, s'il jouit de sa liberté et s'il aura les forces indispensables à quiconque veut abandonner sa famille et renoncer aux biens de la vie présente. Quand on aura constaté son aptitude à l'oraison et aux exercices réguliers, le moment sera venu de lui enseigner les autres pratiques du monastère qu'il devra observer, et les services qu'il lui faudra rendre soit dans l'assemblée des frères, soit à la cuisine ou au réfectoire[2]. » Cette première épreuve durait au moins dix jours. Tant qu'elle n'était pas terminée, le postulant ne pouvait pas franchir le seuil de la maison. Il fallait tout d'abord voir si son désir de la vie religieuse était sincère, et s'il serait capable de persévérer jusqu'à la fin. Dans ce but on mettait à l'épreuve durant ces dix premiers jours sa patience et son humilité. Il se mettait à genoux devant les religieux qui passaient, et les conjurait de le recevoir. Ceux-ci avaient ordre de le repousser avec mépris, comme s'il venait au monastère sans aucun mobile surnaturel et dans le seul but de trouver un gîte et du pain. Ils ne lui épargnaient ni les injures ni les procédés humiliants. L'homme capable de subir de pareils traitements aurait le courage d'endurer les tentations que l'avenir lui réservait[3]. Ces précautions n'étaient pas inutiles à une époque où de nombreux inconnus venaient d'un peu partout solliciter leur admission dans les monastères de la Thébaïde. Quelques-uns portaient, il est vrai, des lettres de recommandation[4] ; mais ils étaient bien rares.

1. Cassien, *Instit.*, l. IX, 2, p. 49.
2. *S. Pachomii Reg.*, 49, P. L., XXIII, 70.
3. Cassien, *Instit.*, p. 49-59.
4. *Vie copte de saint Pakhôme*, A. D. M. G., XVII, 144.

Saint Pakhôme tenait à ne point dépenser avec des hommes sans aptitude pour la vie monastique un temps qui serait mieux employé au service d'âmes généreuses. Aussi donnait-il tous ses soins au discernement des vocations. Il préposait dans ce but à la surveillance de la porte et des postulants des moines expérimentés[1]. Théodore, qui fut son meilleur auxiliaire, remplit cette fonction délicate[2].

On vit un jour arriver à Tabenne un homme d'un certain âge qui voulait se faire religieux. Il exposa sa demande à Pakhôme lui-même : « Tu ne peux plus te faire moine, lui fut-il répondu, tu es trop vieux. Il te serait impossible de t'adonner aux exercices pénibles de l'ascèse. Les frères que nous avons ici portent le poids du travail et luttent contre eux-mêmes depuis leur jeunesse. Non, ton âge ne te permettra pas de résister aux épreuves de la vie monastique. Le découragement s'emparera de ton cœur, puis tu t'en iras en nous accablant de malédictions. » Le postulant, loin de se décourager, continua ses instances pendant sept jours sans prendre la moindre nourriture. Sa ferveur et sa sincérité finirent par toucher le cœur de Pakhôme. Lorsqu'il l'entendit lui répéter avec la même sincérité sa demande : « Père, admets-moi; si je ne pratique point les jeûnes et les travaux que tu prescris à tes moines, tu n'auras qu'à me chasser du monastère », il lui ouvrit la porte. Nul ne se doutait que ce postulant était Macaire d'Alexandrie, qui venait cacher dans la foule des moines de Tabenne sa réputation et ses vertus[3].

*
* *

Dans les monastères de la Thébaïde et de l'Egypte où le monachisme n'était pas aussi fortement constitué, les candidats allaient, en règle générale, frapper à la porte d'un ancien, que la Providence avait mis sur leur route, ou dont la réputation était arrivée jusqu'à leurs oreilles. Ils lui demandaient la grâce de la vie et de la formation religieuses. Elle ne leur était pas accordée sans difficulté. Lorsque Jean le Nain se présenta devant la cellule de l'abbé

---

1. *Pachomii vita*, 19. *Acta Sanct. Maii*, t. III, 303.
2. *Vie copte de Pakhôme*, A. D. M. G., XVII, 116.
3. Pallade, *Hist. laus.*, xix-xx, P. G., XXXIV, 1055.

Amon de Scété, le saint homme commença par lui signaler les obstacles qu'il rencontrerait dans la suite, en ayant soin de les exagérer, pour l'engager à bien réfléchir sur la gravité de sa démarche. Une longue épreuve patiemment supportée ne donnait pas encore toutes les garanties. L'anachorète se mit en prière et consulta le Seigneur. Ce fut alors seulement qu'il admit le postulant[1].

Saint Antoine ne se montrait pas moins prudent. On le voit dans la manière dont il reçut Paul le Simple. C'était un homme de la campagne sans instruction, mais d'une innocence et d'une candeur enfantine. Il se présenta devant la cellule du saint. « Que veux-tu? demanda Antoine. — Je veux être moine. — Un vieux de soixante ans ne peut pas être moine. Va-t'en plutôt dans un village gagner ta vie en rendant grâces à Dieu. Tu ne pourras jamais supporter les ennuis de la solitude. — Je ferai tout ce que tu me conseilleras. — Je t'ai dit que tu étais trop vieux; tu ne peux pas être moine, va-t'en. Si tu veux à tout prix être moine, va dans un monastère, où tu auras des frères pour soutenir ta vieillesse. Ici je jeûne durant cinq jours, puis je mange, mais sans satisfaire mon appétit. » Après ces paroles peu encourageantes, le saint lui ferma brusquement la porte, et il resta trois jours sans sortir pour n'avoir pas à lui parler; car Paul, au lieu de se décourager, n'abandonnait ni son désir ni la place. Le quatrième jour, Antoine, ouvrant sa cellule, dit à son postulant : « Va-t'en de là, vieux! Pourquoi me causer tant d'ennuis? Tu ne peux pas rester ici. » Paul répondit sans se troubler : « Il m'est impossible de mourir ailleurs. » Cette persévérance et cette humilité produisirent sur Antoine la meilleure impression. En le voyant à jeun et sans provisions, il fut inquiet : « Il n'est pas habitué à ces jeûnes rigoureux, se dit-il. S'il venait à mourir, je serais responsable. » Il l'introduisit dans sa cellule, en disant : « Tu peux faire ton salut si tu fais tout ce que je te demanderai. — Je ferai tout ce que tu me diras. » L'obéissance de Paul fut admirable. Quand le saint l'eut constatée, il se chargea volontiers de son âme[2].

Le religieux auquel le postulant présentait sa demande ne le gardait pas toujours auprès de lui. Parfois, il l'envoyait dans une solitude qui répondait mieux à ses besoins. Le jeune Pallade

1. *Vie copte* de Jean Kolobos, *Histoire des monastères de la Basse-Égypte*, A. M. D. G., XXV, 326-333.
2. Pallade, *Hist. laus.*, XXVIII, P. G., XXXIV, 1078-1080.

s'était ouvert de son désir de la vie monastique à l'abbé Isidore, que sa dignité sacerdotale et son grand mérite avaient fait mettre à la tête de l'hospice d'Alexandrie. Le séjour de la ville ne pouvait que lui être préjudiciable. Il lui fallait une vie austère et un travail pénible pour dompter son corps. Le guide que la Providence avait mis sur son chemin le conduisit aux solitaires qui habitaient le voisinage d'Alexandrie, et il le plaça sous la direction de l'abbé Dorothée [1].

*
* *

Saint Basile fournit peu de renseignements sur le caractère et la durée des épreuves novitiales. Il recommande instamment d'accueillir avec joie tous ceux qui veulent embrasser la vie religieuse. Car en agissant ainsi, on imite Notre-Seigneur qui a dit : *Venite ad me, omnes qui laboratis et onerati estis, et ego reficiam vos* [2]. Mais cette miséricorde doit être tempérée par la discrétion. Il faut, à l'exemple du même Seigneur, examiner les antécédents du candidat et lui ouvrir les portes si sa conduite antérieure le fait juger capable de porter jusqu'à la fin les obligations nouvelles qu'il cherche à contracter. La présence de certains individus dans une maison religieuse deviendrait pour beaucoup une cause d'ennuis et de scandales, sans avoir pour eux-mêmes le moindre avantage. Il serait donc dangereux de les admettre. On en trouve cependant qui, malgré des fautes nombreuses, peuvent, sous la direction d'un maître expérimenté, recevoir une excellente formation. C'est à l'amour des humiliations et à l'empressement avec lequel ils remplissent les fonctions les plus viles, que se manifeste le mieux la fermeté de leurs dispositions. Il n'y a pas à les leur épargner, lors même qu'ils appartiendraient aux premières familles du pays [3]. Un sermon ascétique placé en tête des Règles de saint Basile renferme des conseils pleins de sagesse. Celui qui veut se faire moine, y est-il dit, doit au préalable réfléchir sérieusement au genre de vie qu'il désire embrasser. Ce n'est pas une existence molle et facile qu'il recherche. Il fera bien

---

1. Pallade, ibid, 1008-1013.
2. Matth., XI, 28.
1. S. Basile, *Regulæ fus. tract.*, int. 10, P. G., XXXI, 343-347.

de s'aguerrir en s'exerçant à supporter les peines et les ennuis. Les difficultés qu'il rencontrera plus tard lui causeront moins de surprise. Elles ne le feront point reculer pour revenir dans le monde s'exposer aux railleries des hommes[1]. Il a besoin d'un cœur résolu et d'une âme virile. Un moine expérimenté qui place au-dessus de toute considération la gloire et la volonté divine sera pour lui un guide précieux. Qu'il se préoccupe de le trouver[2].

En Mésopotamie, les postulants passaient dans l'intérieur du monastère un temps assez long pour leur permettre de voir et d'être vus. Ce noviciat leur donnait le moyen de ne s'engager qu'en parfaite connaissance de cause. Dans ces conditions, l'inconstance était beaucoup moins à craindre. Les monastères échappaient à l'encombrement qui serait promptement arrivé s'ils ne s'étaient pas prémunis contre des désirs intempestifs. Le novice était confié durant son épreuve à un ancien qui prenait soin de le former à la pratique de la vie religieuse et de l'encourager au milieu des tentations[3].

*
* *

Son noviciat terminé, on admettait le postulant au sein de la famille monastique en recevant ses engagements ou sa profession. La tradition de l'habit religieux formait partout l'élément essentiel de cette cérémonie. Elle se trouve en Egypte, dans la Péninsule sinaïtique[4], en Palestine[5], en Mésopotamie[6], et en Cappadoce.

Le nouveau moine recevait toujours la livrée de son état des mains d'un ancien. Une moniale pouvait cependant la donner à un homme; ce fut le cas d'Evagre du Pont, qui la reçut de Mélanie l'Ancienne[7].

---

1. S. Basile, *Sermo asceticus*, P. G., XXXI, 626-627.

2. Ibid., 631-634.

3. S. Ephrem. *Parænes.*, 4, 12, 13, 27, op. gr., t. II, 77-214. *De humilitate*, 7, 58, 59, t. I, 301, 317. *Consilium de vita spirituali*, ibid., 260.

4. S. Nil, l. II, *epist.* 96, P. G., LXXIX, 243.

5. Pallade, *Hist. laus.*, LXXXII, P. G., XXXIV, 1191.B. Zozimæ, *Alloquia*, P. G.; LXVIII, 1691. Cyrille, *Vita S. Euthymii; Acta Sanct. Jan.*, t. II, 673.

6. Cf. les textes de S. Ephrem cités plus haut.

7. Pallade, *loc. cit.*

Ce rite avait pour complément la tonsure ou coupe des cheveux, dans le monastère de Saint-Euthyme et ailleurs sans doute.

D'après saint Nil, la tradition du costume monacal était accompagnée de paroles qui pouvaient être soit des prières, soit une formule d'incorporation[1]. Saint Basile voulait que l'engagement fût contracté en présence de témoins[2]. Ce devait être pour les frères l'occasion d'une grande joie et de ferventes prières[3]. Le prêtre jouait-il un rôle dans cet acte solennel? On est tenté de le croire. Le saint législateur parle en effet des *ecclesiarum præfecti* qui consacrent à Dieu les enfants élevés dans le monastère et corroborent par leur témoignage les engagements qu'ils contractent[4]. La cérémonie commençait par un certain nombre de questions posées au novice[5]. La profession se faisait de vive voix et en termes précis, de manière à ne laisser aucun doute dans l'esprit des témoins[6]. Ce qui suppose une formule. Elle était empruntée à l'Evangile, si l'on s'en rapporte aux Petites Règles, où saint Basile pose cette question : « Quelle promesse doivent exiger les uns des autres ceux qui veulent vivre ensemble conformément à la volonté du Seigneur? » Voici la réponse : « Celle que le Seigneur a proposée à celui qui désirait le suivre, en disant : *Si quelqu'un veut venir après moi, qu'il se renonce, prenne sa croix et me suive*[7]. »

Les usages de Tabenne sont mieux connus que ceux des monastères cappadociens. Comme partout, la vêture était l'acte principal de la profession; c'est ainsi que l'abbé Palamon admit saint Pakhôme. La Vie arabe de ce dernier mentionne un rite qui est probablement une addition faite d'après un cérémonial d'une époque moins reculée. Palamon déposa le costume religieux devant un autel; il récita avec son disciple des prières pendant toute la nuit, afin de faire descendre sur ce vêtement les bénédictions divines. La prise d'habit n'eut lieu qu'au point du jour[8].

Lorsque le patriarche des moines de la haute Thébaïde eut définitivement organisé sa congrégation, les choses se passèrent de la

1. S. Nil, *loc. cit.*
2. S. Basile, *Reg. fus. tract.*, *inter. 12*, P. G., XXXI, 947-950.
3. Id. *Reg. brev. tract. int. 119*, 1158.
4. Id. *Reg. fus. tract. int. 15*, 955.
5. Id., *Epist. 199*, *can. 19*, P. G., XXXII, 719.
6. Ibid.
7. Id., *Reg. brev. tract. int. 2*, 1082-1083.
8. *Vie arabe de Pakhôme*, A. D. M. G., XVII, 349.

manière suivante. Au terme de l'épreuve novitiale, le frère était dépouillé des vêtements qu'il portait dans le monde et on lui donnait les livrées de sa nouvelle profession. Le supérieur accomplissait cette cérémonie en présence de toute la communauté. Le nouveau moine renonçait à tous ses biens pour n'avoir désormais d'autre ressource que la pauvreté du Christ. Le portier qui avait jusqu'à cette heure rempli auprès de lui les fonctions de maître des novices l'introduisait à l'église pendant la prière commune. Son prieur lui donnait une place au milieu des frères. On ne tenait aucun compte, en la lui assignant, de son âge, de la fortune qu'il avait abandonnée, de la dignité dont il était revêtu. La profession marquait la date d'une nouvelle naissance, qui établissait entre tous les frères une égalité parfaite. Personne ne pouvait quitter le rang qu'elle lui donnait sans un ordre des supérieurs. Il fallait le garder dans tous les exercices communs, au chœur, au réfectoire, pendant le travail. Une fois la vêture terminée, l'économe mettait en lieu sûr les vêtements laïcs du profès, pour les conserver jusqu'au jour où le temps et l'expérience montreraient qu'il n'y avait plus à douter de sa persévérance. On devait alors seulement les distribuer aux pauvres. Si jamais sa mauvaise conduite ou son inconstance provoquaient son renvoi ou son apostasie, il reprenait son habit séculier après avoir été dépouillé de celui du monastère[1]. Un moine de la haute Thébaïde, qui se rattachait à la congrégation pakhomienne, Schnoudi, introduisit une coutume nouvelle, qui devait par la suite entrer dans l'acte même de la profession et en former le complément nécessaire et la preuve authentique. Pour rendre les moines plus fidèles à la réforme inaugurée par Bgoul, son oncle et prédécesseur, il leur fit signer une promesse écrite d'obéissance aux austérités de la règle[2].

*
* *

Si les épreuves novitiales permettaient aux supérieurs de recevoir sans imprudence les engagements de l'homme qui voulait embrasser la vie monastique, elles ne pouvaient pas lui donner un

1. S. Pakhôme, *Regula*, I, 49, P. G., XXIII, 67-70. Cassien, *Instit.*, l. IV, 50-51.
2. Ladeuze, *ouv. cit.*, 208-209, 314-315.

formation complète. Comment, en effet, dans un si court espace de temps lui infuser l'esprit de son état et l'instruire des vertus qu'il devait pratiquer? Il était donc indispensable de continuer encore une œuvre aussi délicate. Dans quelques monastères de l'Egypte dont Cassien raconte les usages, on n'introduisait pas immédiatement le nouveau frère au sein de la communauté. La règle le confiait à l'ancien chargé de recevoir les hôtes, qui le gardait avec lui près de la porte du monastère. Le service des étrangers lui fournissait des occasions multiples de l'exercer à la pratique de l'humilité, de la charité et de l'obéissance. Cela durait une année entière. Après quoi, le doyen préposé à la conduite des jeunes religieux le prenait sous sa direction. Son premier devoir était de lui enseigner le chemin de la perfection, le renoncement à la volonté propre et l'entière soumission aux ordres des supérieurs [1].

Saint Basile chargeait un moine de compléter la formation du nouveau profès et de veiller avec le plus grand soin à ce qu'il se préoccupât d'acquérir les vertus qui font les vrais ascètes. Le frère avait la liberté de choisir lui-même son guide [2], à la condition de porter ses préférences sur un homme tout pénétré de la pensée de Dieu, dominé par son amour et d'un dévouement aux âmes sans borne, en un mot, sur un religieux vraiment digne d'être pris pour modèle [3].

En Syrie, en Palestine et en Egypte, le jeune anachorète demandait à un ancien de l'accepter pour son disciple. Souvent il habitait la même cellule, où il menait le même genre de vie, recevait ses instructions et lui rendait une foule de services. Pallade devait ainsi passer trois ans auprès du solitaire Dorothée; mais le mauvais état de sa santé le contraignit de quitter prématurément cette solitude [4]. Le séjour auprès d'un ancien se prolongeait quelquefois beaucoup plus longtemps. Lorsque le disciple était assez vigoureux pour se passer de tout secours étranger et pour habiter seul dans une cellule, son maître lui traçait une ligne de conduite [5].

Les jeunes ermites ne se laissaient pas toujours guider par des sentiments très élevés dans le choix qu'ils faisaient de leur père spirituel. Plusieurs se préoccupaient avant tout de rencontrer un

1. Cassien, *Instit.*, l. IV, 7-8, p. 52.
2. S. Basile, *Epist.* 23, P. G., XXXII, 295.
3. Id., *Reg. brev. tract. int.* 200, P. G., XXXI, 1215.
4. Pallade, *Hist. laus.*, II, P. G., XXXIV, 1013.
5. *Apophtegmata Patrum*, P. G., LXV, 186.

homme avec qui il leur fût possible de vivre commodément en paix. « Je cherche un ancien de mon goût afin de rester auprès de lui, dit un jour un solitaire à un vieillard qui se trouvait sur son chemin. — Si tu découvres un ancien qui te soit agréable, voudras-tu demeurer avec lui ? demanda le vieillard. — Mais oui, s'il me va. — Tu cherches donc un maître, moins pour faire sa volonté que pour l'amener à faire la tienne ? » Le frère profita de la leçon qui lui était donnée [1].

Les hommes les mieux intentionnés ne réussissaient pas toujours à se placer entre les mains d'un religieux dont la direction leur fût vraiment profitable. Il arrivait même qu'un ancien, après les avoir conduits avec une grande sagesse durant un espace de temps plus ou moins long, finissait par leur devenir inutile, pour ne pas dire dangereux. La prudence les invitait à l'abandonner pour se mettre sous la conduite d'un autre [2]. De pareils changements, faits à la légère sous l'influence d'un caprice ou de l'ennui, auraient eu pour les âmes des conséquences funestes. Saint Ephrem prémunissait les jeunes moines mésopotamiens contre cet écueil; car sans stabilité toute formation sérieuse eût été impossible [3].

L'ancien qui se chargeait de la direction d'un frère assumait une lourde responsabilité. Il devait le former par ses exemples plus encore que par ses paroles. Aussi en vit-on qui ne voulurent jamais prendre sur eux cette tâche difficile. L'abbé Chérémon fut de ce nombre. Son humilité profonde lui faisait craindre de scandaliser un disciple et de compromettre ainsi l'œuvre délicate de sa formation [4]. Le père spirituel cherchait à bien connaître le tempérament moral de son disciple. La discrétion et la miséricorde réglaient tous ses rapports avec lui [5]. Cassien donne la substance des enseignements que les jeunes moines recevaient en Egypte. C'est à cette occasion qu'il rapporte le sage conseil de saint Antoine : « Imitez en chacun la vertu qui le caractérise le mieux [6]. » Jamais ils ne trouveraient en leur vie un temps plus favorable pour contracter de bonnes habitudes; « car, leur disait l'abbé Isaïe, la

1. *Verba seniorum*, P. L., LXXIII, 932.

2. Ibid., 922-923, Théodoret, *Religiosa historia*, XXII. P. G., LXXXII, 1454.

3. S. Ephrem, *De humilitate*, 6, op. gr., t. I, p. 301.

4. Cassien, *Conlatio* XI, 4, p. 316-317.

5. S. Ephrem, *De vita spirituali*, 93, t. I, 281. S. Isidore Pélus., l. I, *Epist.* 258. P. G., LXXVIII, 338. *Verba seniorum*, 977.

6. Cassien, *Instit.*, l. v, 4, 83, 84.

première couleur que l'on donne à la pourpre ne s'efface jamais; les jeunes tiges se ploient facilement [1] ». Saint Ephrem leur recommandait de ne point se décourager et de ne pas prendre scandale à la vue des mauvais exemples qui pourraient leur venir de religieux menant une vie peu édifiante [2].

*
* *

Quelle que fût la manière dont elle s'effectuât, la profession monastique obligeait le moine à pratiquer le genre de vie qu'il embrassait. Cet engagement était-il temporaire, ou révocable au gré de celui qui le contractait ? Ne constituait-il pas un lien que l'on pouvait rompre sans encourir la peine des parjures ? Saint Basile fait à cette question une réponse aussi nette que possible : « Celui qui s'est consacré au Seigneur et qui passe ensuite à la vie du siècle est un sacrilège. Il s'est lui-même ravi à Dieu ; il a repris un don qu'il lui avait fait. Qu'on ne rouvre jamais la porte à ceux qui ont commis cette faute, ne fût-ce que pour leur donner un asile durant quelques heures [3]. » La même pensée se retrouve dans sa correspondance, dans les discours insérés parmi ses œuvres ascétiques [4], et sous la plume de l'auteur des *Constitutiones monasticæ* [5].

L'entrée dans la vie religieuse constituait en Syrie un engagement définitif. Un ami de saint Jean Chrysostome, Théodore, plus tard évêque de Mopsueste, menait avec lui l'existence des ascètes sous la direction de Diodore. Ce genre de vie lui inspira bientôt un vif dégoût ; il le quitta pour revenir dans le monde, où il songeait même à contracter mariage. Son ami, très affligé par cette chute scandaleuse, voulut essayer de lui ouvrir les yeux et de le ramener au devoir de sa profession. Dans ce but, il lui adressa deux exhortations pressantes. La seconde témoigne de l'irrévocabilité des engagements pris par Théodore en se faisant moine. « S'il était possible,

---

1. *Apophtegmata Patrum*, P. G., LXV, 182.
2. *Verba seniorum*, P. L., LXXIII, 303.
3. S. Basile, *Regulæ fus. tract. inter. 14*, P. G., XXXI, 950-951.
4. Id., *Epist. 42, Epist. 199, can. 19, Sermo Asceticus*, P. G., XXXII, 347-350, 719; XXXI, 627, 871.
5. *Constitutiones monasticæ*, 21, P. G., XXXI, 1394-1402.

écrit saint Jean Chrysostome, de verser dans mon écriture mes
larmes et mes gémissements, je t'enverrais une lettre qui en débor-
derait. Je pleure... parce que tu as effacé ton nom de la liste des
frères, parce que tu as déchiré un pacte conclu avec le Christ. Je
suis saisi d'horreur, de crainte et d'angoisse, à la pensée du grand
châtiment réservé à ceux qui ont déserté leur poste après s'être
enrôlés dans cette milice sainte [1]. » Il continue quelques lignes plus
loin, en affirmant que l'homme qui se sépare de l'époux céleste,
après avoir contracté union avec lui, et songe à prendre femme,
commet un adultère. Sa faute surpasse même l'adultère, parce que
la majesté divine est infiniment supérieure à la dignité d'une
épouse [2]. On ne saurait s'exprimer en termes plus catégoriques.

Les Mésopotamiens n'avaient pas une autre manière de voir.
Cela ressort de plusieurs passages des œuvres de saint Ephrem.
Le diacre d'Edesse invite fréquemment les moines à ne jamais
rompre les engagements de leur profession. Car les briser et revenir
dans le siècle serait une apostasie honteuse pour celui qui s'en
rendrait coupable, et un scandale pour les fidèles qui en seraient
les témoins [3]. « Nous sommes tenus, mes frères, dit-il encore, de
persévérer dans la voie où nous sommes entrés. » Si le désir de
reculer se présente à l'esprit, il faut le prendre pour une tentation
du diable et savoir le mépriser [4]. Dieu s'est plu à châtier d'une
manière éclatante certains moines déserteurs. Saint Ephrem en
connut trois qui moururent dans des conditions si extraordinaires,
qu'on dut y voir une manifestation de la justice divine [5].

Les hommes du monde comprenaient eux-mêmes tout ce que
de pareilles défections avaient de déshonorant. Le serviteur d'un
riche citadin avait voulu embrasser la vie monastique. Son maître,
qui lui avait donné une entière confiance, essaya, mais en vain, de
l'en détourner. Après quelques années de solitude, le moine, pris
de dégoût, songea à revenir au milieu du siècle. Dans le but de trouver une situation, il fit plusieurs visites à son ancien maître. Le
bon accueil que celui-ci ne pouvait manquer de lui faire le décida
à le mettre au courant de ses désirs. Il poussa même l'audace jusqu'à
lui demander la main de sa fille. « Tu n'as pu garder la parole que

---

1. S. Jean Chrys., *Exhortatio II ad Theodorum lapsum*, P. G., XLVII, 309.
2. Ibid, 312.
3. Saint Ephrem, *Sermo de non scandalizando proximo*, op. gr., t. III, 34-36.
4. Id., *Parenèse*, 48, op. gr., t. II, 175.
5. Ibid., 180.

tu avais donnée au Seigneur, lui fut-il répondu; comment garderais-tu celle que tu m'offres ? » Ces paroles, si pleines de bon sens, lui firent comprendre la folie de sa démarche. Il reprit le chemin de la solitude[1].

Les moines de Mésopotamie n'abandonnaient pas toujours ces apostats à leur malheureux sort, comme on semblait le faire en Cappadoce. Saint Ephrem félicite l'abbé Jean d'avoir reçu un déserteur qui s'était présenté au monastère[2]. Il recommande ailleurs de faire bon accueil à un malheureux cénobite qui s'en était allé, s'il revenait de lui-même ou si quelque infirmité le contraignait de rentrer au bercail[3]. Les moines syriens aimaient parfois à rechercher ces pauvres égarés et à les ramener dans la solitude. On se rappelle l'aventure de Théodore. Jean Chrysostome, pour l'encourager, lui cite l'exemple d'un Phénicien qui, après avoir abandonné la vie monastique, se vautrait dans tous les plaisirs. Un ancien prit sur lui de travailler à sa conversion. Dieu bénit ses efforts. L'apostat humilié et repentant devint un religieux exemplaire[4].

Les solitaires, en Egypte, ne pouvaient pas davantage abandonner le genre de vie qu'ils avaient librement embrassé. Les supérieurs cependant chassaient ceux qui par leur mauvaise conduite étaient pour les autres un scandale continuel. On en voyait qui, sans attendre un pareil châtiment, profitaient des ténèbres de la nuit pour fuir la solitude ou la société de leurs frères et pour rentrer dans le monde. Ils choisissaient cette heure parce qu'ils craignaient de ne pouvoir en plein jour exécuter aussi facilement leur dessein. Cassien les assimile aux esclaves fugitifs[5]. Saint Pakhôme fait reponsables de leur départ les surveillants qui n'avaient pas su les retenir. On refusait aux apostats le droit d'occuper leur rang de profession si jamais le repentir les ramenait au monastère[6]. Les anciens de Scété ne fermaient pas aux déserteurs repentants la porte du monastère. L'abbé Pafnuce rencontra un moine qui s'était marié après avoir quitté le désert. Le pauvre homme n'avait pas épousé la paix et le bonheur. Il raconta ses peines au vieillard, qui réussit à faire renaître dans son cœur quelque sentiment de

1. Id., *De vita spirituali*, 41, op. gr., t. I, 270-271.
2. S. Ephrem, *Epist. ad Joannem monachum*, op. gr., t. II, 186.
3. Id., Paraen. 26, op. gr., t. II, 111-113.
4. S. Jean Chrys., *Exhortatio ad Theodorum*, 1, P. G., XLVII, 303-304.
5. Cassien, *Instit.*, IV, p. 51-52.
6. S. Pakhôme, *Reg.*, 136, 152, 153, P. L., XXIII, 81-83.

confiance en la miséricorde divine et à le conduire au monastère, où il effaça ses égarements par une vie humble et fervente [1].

Il y eut cependant d'assez nombreuses infractions à cette coutume générale de l'inviolabilité des engagements monastiques en Orient. Le relâchement qui se glissa dans un trop grand nombre de solitudes durant la première moitié du Ve siècle ne contribua guère à les diminuer. Les coupables finissaient par se former la conscience. L'apostasie et le mariage des moines passèrent ainsi aux yeux de plusieurs pour des actes légitimes. Les Pères du concile de Chalcédoine voulurent arrêter un abus qui, s'il s'était généralisé, aurait eu les plus fâcheuses conséquences, en interdisant ces mariages et en déclarant excommuniés les moines et les vierges consacrées à Dieu qui se le permettaient [2].

*
* *

En Cappadoce, la profession créait un lien entre les religieux et la communauté qui lui ouvrait ses portes. Le danger de compromettre son salut était le seul motif qui lui permît de le rompre. « Ceux qui se sont engagés à vivre ensemble dans le même lieu, écrit saint Basile, ne peuvent l'abandonner, à moins que des raisons sérieuses ne les y obligent. » Si par exemple, la mauvaise conduite des frères au milieu desquels il se trouvait lui rendait impossible la pratique de la vertu, il avait le droit de se retirer. Mais avant d'en user, il devait chercher à ouvrir les yeux des coupables et particulièrement des supérieurs sur le péril de leur situation. Au cas où cette démarche n'obtenait aucun résultat, il quittait, en partant, des étrangers, non des frères [3]. L'auteur des *Constitutions monastiques* rend plus étroit encore ce lien de la stabilité. D'après lui, le moine ne peut être séparé ni se séparer lui-même de la fraternité spirituelle qui l'a admis dans son sein [4]. Aucun

---

1. *Apophtegmata Patrum*, P. G., LXV, 379.

2. Concile Chalcéd., can., 16. Héfélé, *Histoire des conciles*, trad. Delarc, t. III, p. 115. Le concile paraît supposer que ces mariages étaient valides. Il se contente de les déclarer illicites et d'excommunier ceux qui les contractaient.

3. S. Basile, *Reg. fus. tract.*, inter. 36, P. G., XXXI, 1007-1010; cf. Marin, *Les Moines de Constantinople*, 126-127.

4. *Constitutiones monasticæ*, 21, P. G., XXXI, 1394-1402.

monastère ne doit s'ouvrir devant celui qui abandonne le sien. Il est permis cependant de lui donner l'hospitalité, à condition de l'engager à reprendre humblement le chemin de sa communauté[1].

Cette stabilité dans le monastère ne franchit pas au début les limites de la Cappadoce. Ce fut la règle de saint Basile qui la propagea en Orient. On admettait ailleurs comme légitimes les changements de monastère et de groupe érémitique. Ils étaient fréquents en Syrie, Mésopotamie, Palestine, Egypte et Thébaïde. Dans les communautés pakhomiennes, le supérieur faisait passer les religieux d'une maison à une autre, toutes les fois qu'il le croyait utile. Il profitait, pour le faire, des réunions ou chapitres généraux, qui se tenaient à Pâques et au mois d'août[2]. Les moines qui désiraient sortir de la congrégation et passer dans d'autres monastères le pouvaient sans la moindre difficulté[3]. On admettait avec la même facilité ceux qui avaient fait profession ailleurs.

Ces changements multiples n'étaient pas sans avoir de grands inconvénients. Ils entretenaient dans les cœurs l'inconstance et la paresse, et transformaient vite le moine en gyrovague. Aussi ne conseillait-on à un religieux de passer d'un monastère à un autre que si le bien de son âme l'exigeait[4]. Il fallait une grande prudence pour le faire sans danger[5].

1. *Constit. monast.*, 33, P. G., XXXI, 1424-1425.
2. *Vie de Théodore*, A. D. M. G., XVII, 257-258. *Fragmen's cottes*, ibid., 333.
3. Ammon, *Epistola*, 21, Acta Sanct. Maii, t. III, 355-356.
4. Cassien, *Coulat.*, XVII, 474-494.
5. Isaïe, *Oratio*, 5, P. G., XL, 1123-1124. S. Ephrem, *De vita spiritua'i*, 25-55, op. gr., t. I, 263-273.

CHAPITRE VII

La chasteté et la pauvreté monastique

Le célibat monastique est un fait d'une évidence telle que personne n'a eu l'idée de le révoquer en doute. Le mariage de l'ermite syrien Malchos, que l'on pourrait alléguer contre l'universalité de cet usage, est plutôt de nature à la confirmer. Les Sarrazins, au pouvoir desquels il était tombé, l'avaient réduit en servitude. Ils le vendirent comme un vulgaire esclave à un païen, qui, en vertu du droit attribué aux maîtres par la coutume générale, le contraignit d'épouser une compagne d'esclavage. Cette union ne fut qu'apparente. Ils gardèrent une continence parfaite jusqu'au jour où ils retrouvèrent l'un et l'autre par la fuite leur pleine liberté [1].

Les moines professaient une grande estime pour la virginité. Mais il y en eut qui poussèrent trop loin leur admiration. Sous l'influence des erreurs manichéennes et d'un orgueil plus ou moins conscient, ils allaient jusqu'à mépriser les personnes mariées et à condamner le mariage. Ces sentiments étaient trop contraires à la vérité pour que la chasteté de ceux qui les professaient pût être agréable au Seigneur et approuvée par l'Eglise. Dans le but de prémunir les moines et les vierges contre de semblables illusions, les Pères qui ont célébré avec le plus d'enthousiasme le grandeur et la beauté de cette vertu ont eu soin de leur recommander un profond respect pour le mariage et une sincère estime pour les hommes qui se sont engagés dans ses liens. Saint Epiphane, après avoir réfuté les *apostoliques*, qui enseignaient ces exa-

1. S. Jérôme, *Vita S. Malchi*, 5 et suiv. Acta Sanct. Oct., t. IX, 65-66.

gérations, expose nettement la doctrine de l'Eglise sur ce point fondamental [1]. On la retrouve un siècle plus tard sous la plume de Théodoret [2]. Saint Ephrem, saint Basile, les deux saints Grégoire de Nazianze et de Nysse, saint Jean Chrysostome, saint Jérôme, ne la perdent jamais de vue quand ils emploient toutes les ressources de l'éloquence et de la poésie pour rendre aimable et séduisante cette noble mais austère vertu, et pour la faire accepter par des hommes que le climat, le tempérament et des séductions de toutes sortes sollicitaient vers la luxure [3].

Les vies des Pères témoignent à chaque instant de l'importance capitale qu'elle avait à leurs yeux et du soin qu'ils prenaient de la conserver au milieu des tentations qu'il leur fallait subir [4]. Souvent ils devaient soutenir, pour la garder, une lutte terrible durant des années entières. Quelques-uns s'en effrayaient. D'autres, au contraire, voyaient là un aiguillon qui les stimulait à la pratique de la vertu. Un frère que la violence de la tentation agitait, s'en alla faire à un ancien cet aveu : « Je m'aperçois, père, que les fruits de sanctification se perfectionnent dans mon âme ; les tentations de la chair me fournissent, en effet, l'occasion d'augmenter mes jeûnes, mes veilles et mes prières. Demandez pour moi au Seigneur courage et persévérance [5]. » Ce fut par une tactique semblable que le solitaire Philoromos parvint à dominer les appétits déréglés de son corps, après plusieurs années de patience [6]. Ces efforts continuels aguerrissaient un homme et le préparaient aux saints labeurs de l'ascèse [7].

Les solitaires, préoccupés d'atteindre les sommets de la perfection, croyaient que toute ascension de leur âme vers Dieu était marquée par un développement de la sainteté des sens et du cœur ; aussi leur désir de posséder l'amour parfait du Seigneur les

---

1. S. Epiphane, *Adv. hæres.*, 61, P. G., XLI, 1039-1051.

2. Théodoret, *Hæreticarum fabularum compendium*, l. v, 24 et suiv. P. G., LXXXIII, 531-545.

3. S. Ephrem, *Parænes.*, 35, 36, 37, op. gr., t. II, 130 et suiv. S. Grégoire Naz., *Carmen morale in laudem virginitatis*. P. G., XXXVIII, 521-573. *Carmina*, 2, 3, 4, 6, 7. S. Grégoire de Nysse et S. Jean Chrysostome lui ont consacré des traités spéciaux. S. Jérôme, qui a pris sa défense contre les hérétiques, a fait maintes fois son éloge dans ses lettres.

4. Zockler, *Askese und Monchtum*, 238-239.

5. *Verba Seniorum*. P. L., LXXIII, 743.

6. Pallade, *Hist. laus.*, CXIII, P. G., 1215.

7. Cassien, *Conlat.*, VII, 5, p. 340.

faisait-il soupirer après un état heureux où l'âme, libre de toute tentation dans un corps délivré des appétits sensuels, pourrait sans la moindre difficulté conserver intacte cette précieuse vertu. Cette pensée tourmentait fort l'abbé Germain. Il demanda un jour à l'abbé Chérémon si vraiment l'homme sur terre pouvait acquérir une virginité si parfaite que les agitations de la chair ne la vinssent jamais troubler [1]. Chérémon lui affirma que c'était chose possible. Il consacra un long entretien au développement de cette idée. Pour la rendre plus claire, il chercha d'abord à établir des degrés dans la pratique de la chasteté. Il put en retrouver six. Le premier consiste, disait-il, à ne jamais commettre une faute volontaire ; le deuxième empêche l'âme de s'arrêter avec complaisance sur aucune pensée mauvaise. Quand l'homme est arrivé au troisième, la vue de la femme ne produit pas sur ses sens la moindre impression ; celui qui est au quatrième n'éprouve dans son cœur aucun mouvement impur, même involontaire, quand il est éveillé ; au cinquième degré, le souvenir de tout ce qui a trait au sexe ou à la génération ne provoque pas de trouble dans son esprit et dans ses sens ; au sixième, son sommeil n'est agité par aucun songe impur [2]. Le moine est alors délivré des accidents qui souillent le corps de l'homme pendant la nuit [3]. Saint Basile refusait de voir dans ces phénomènes le moindre péché. Ceux qui les ont éprouvés, pensait-il, doivent s'abstenir de communier par respect pour la divine Euharistie. L'homme et la femme peuvent se mettre à l'abri de cette faiblesse de la nature par une foi très vive. L'évêque de Césarée dit en avoir trouvé à qui Dieu faisait cette grâce [4].

Pour atteindre cette chasteté parfaite, il ne suffisait pas au moine de pratiquer des jeûnes extraordinaires. Le repentir de ses fautes, la prière persévérante, la méditation des Ecritures, la connaissance expérimentale de la science du salut, des occupations continuelles, de préférence le travail des mains, qui combat l'instabilité de l'esprit et du cœur, et par-dessus tout une profonde humilité, tels étaient les moyens que conseillaient les maîtres de la vie intérieure[5].

---

1. Cassien, *Conlat.*, XVI, p. 331-332.
2. Id., XII, 7, p. 345 et suiv.
3. L'abbé Thomas dit que ces souillures involontaires sont occasionnées, soit par un excès dans la nourriture, soit par la négligence spirituelle, soit par l'action du démon. Cassien, *Conlat.*, XXII, 615 et suiv.
4. S. Basile, *Regulæ brev. tract., inter.*, 309, P. G., XXXI, 1302-1303.
5. Cassien, *Institut.*, l. VI, p. 115.

Cassien recommandait la vigilance sur la pureté de la foi. Car la
foi et la chasteté sont étroitement unies; les tentations charnelles
les plus violentes sont, en règle générale, précédées et occasionnées
par des pensées contraires à la foi. Cassien, pour appuyer son sentiment, cite l'exemple d'un religieux dont l'âme était obsédée par
des imaginations impures. Il s'en ouvrit à un ancien et lui demanda
comment il pourrait s'en défaire. Le pieux vieillard lui révéla la
cause de son trouble, en lui disant : « Le Seigneur n'aurait jamais
permis que tu fusses livré à un esprit aussi mauvais, si tu ne
t'étais, au préalable, abandonné à des pensées de blasphème
contre son éternelle vérité. » Il disait vrai. Le moine, connaissant
la nature du mal qui l'affligeait, put aisément lui opposer un remède
efficace [1].

*
* *

Que faut-il penser de cet état extraordinaire où l'homme, oublieux
de son sexe et de ses faiblesses naturelles, aurait mené la vie
d'un ange captif dans un corps? Le Seigneur est évidemment capable
d'établir sa créature par un effet de sa grâce dans cette pureté parfaite. Ce fut le cas de l'abbé Serenos, qui eut avec Cassien une
conférence sur la mobilité de l'âme et la méchanceté du démon [2].
Les vies des saints en fournissent d'autres exemples. Mais il faut le
reconnaître, ce sont là des exceptions fort rares. Il serait dangereux
de faire miroiter aux yeux des hommes et des femmes l'espérance
de posséder un jour ce privilège. Quelques moines d'Orient ont sur ce
point manqué de prudence. On en a vu s'éloigner de la vérité au point
de prétendre que l'homme pouvait dès ici-bas jouir d'une certaine
impeccabilité. C'est ce que les contemporains nommaient *anamar-
teton* ou apathie : nous dirions impassibilité morale. Le moine qui
en était là n'éprouvait aucune tentation : son cœur nageait au sein
d'une paix inaltérable. C'était, au dire d'Evagre du Pont, le règne
de Dieu sur l'être tout entier [3], et le fruit de la victoire que l'ascète
avait remportée sur toutes ses passions [4]. D'après le même auteur,

1. Cassien, *Instit.*, l. xii, p. 220-221.
2. Id., *Conlat.*, VII, 1, 2, 179-181.
3. Evagre, *Capita practica*, l. 1, P. G.. XL, 1222.
4. Id., *Liber practicus*, 60, 61, 1247.

cette bienheureuse impassibilité se manifestait par les signes suivants : éloignement des pensées déshonnêtes, des songes impurs
et de toute distraction aux heures de la prière mentale, élévation
de l'âme au-dessus des choses sensibles, absence de toute idée
vaine pendant la psalmodie. La crainte du Seigneur et le souvenir
de sa loi ou des ordres qu'il peut donner étaient dès lors inutiles à
l'homme; les paroles et les œuvres saintes jaillissaient spontanément .
de son cœur[1].

Marc l'Ermite[2] et son homonyme Marc Didacios[3] croyaient à la
possibilité sur terre de cet état bienheureux. Le même sentiment
se retrouve dans l'une des lettres qui porte le nom de Macaire
l'Egyptien[4]. Pallade fait à maintes reprises l'éloge de moines qui
jouissaient, disait-on, de ce précieux avantage[5].

Rufin passe pour avoir l'un des premiers répandu cette idée qui
fut classée parmi les erreurs origénistes. Il avait traduit les sentences d'un philosophe pythagoricien nommé Xyste, qu'il crut pouvoir, à cause de l'analogie du nom, présenter comme l'œuvre
du pape saint Xyste ; ce qui lui attira de la part de saint Jérôme
des critiques sévères. Ces sentences fournirent aux partisans de
l'*apathia* des textes pour appuyer leur sentiment[6]. Mais cette erreur,
qui était une réaction maladroite contre les théories manichéennes,
avait une origine stoïcienne. Rajeunie par les origénistes, elle fut
adoptée par les pélagiens[7], par les massaliens et par d'autres hérétiques, Syriens pour la plupart[8]. L'abus qu'ils en firent provoqua
les défiances des catholiques. Ces derniers confondirent dans les
mêmes condamnations l'erreur manifeste des pélagiens et les exagérations tombées de la plume d'Evagre et de plusieurs autres, qui
eurent le tort d'employer des termes vagues et mal définis, pouvant
donner lieu à des interprétations erronées. Il est certain que ni
Evagre, ni Rufin, ni Pallade, n'ont vu dans l'impassibilité qu'ils
préconisaient le calme complet et définitif des passions que l'homme,

---

1. Evagre, *Capita practica*, 35, 42, 53, 56, 1231, 1234, 1247.
2. Marcus Erem., *De jejunio*, P. G., LXV, 1114.
3. Marcus Didacius, *De perfectione spirituali*, 5, ibid., 1184.
4. P. G., XXXIV, 410-411.
5. Pallade, *Hist. laus.*, VIII, XII, LXXXIII, CIX, etc.
6. Tillemont, t. XII, 313-314.
7. S. Jérôme, *Epist.* 133, P. L., XXII, 1147-1161. *Comment. in Jeremiam*, l. IV,
præf., P. L., XXIV, 825.
8. Id., *Dial. advers. Pelagianos, Prolog.*, P. L., XXIII, 517-518.

réduit à ses forces naturelles, était capable d'acquérir, d'après les disciples de Pélage[1]. Des moines un peu naïfs se crurent parfois en possession de cette imperturbable tranquillité. Ce n'était qu'une illusion. L'expérience leur montrait vite que les passions n'étaient pas encore extirpées de leur être. Un œil exercé n'avait aucune peine à en constater la présence. En voici un exemple : un ancien avouait ingénument ne plus ressentir les mouvements de la fornication, de la vaine gloire et de l'avarice ; il en concluait que ces passions n'existaient plus en lui. L'abbé Abraham, auquel il faisait cette confidence, se mit à le questionner pour voir nettement ce qui en était. Il n'eut pas de peine à constater que les passions vivaient toujours dans cet homme ; elles étaient seulement enchaînées. Ce qui est possible à un moine vertueux[2].

Ce calme relatif ne paraissait pas enviable à tous les habitants de la solitude. L'abbé Jean qui l'avait obtenu s'en réjouissait devant un ancien très versé dans la connaissance des âmes. Celui-ci se garda bien de l'en féliciter. « Va prier le Seigneur, lui dit-il, de te rendre la lutte, et de permettre aux tentations de te faire la guerre comme jadis; leurs assauts profitent beaucoup au religieux. » Jean suivit cette recommandation[3]. Pallade ne craint pas de rappeler les illusions dans lesquelles le désir de cette prétendue *apathia* entraînait quelques solitaires indiscrets[4].

Il y en eut qui, désespérant d'acquérir jamais cette chasteté parfaite avec le secours des exercices ascétiques, se servirent d'un procédé plus radical. Ils arrachaient le trouble dans sa racine en s'infligeant une mutilation que réprouvent la nature et l'Eglise. Origène n'avait pas reculé devant ce moyen extrême. Il se trouva, à l'époque où vivait saint Epiphane, des hommes qui, dans la vigueur de la jeunesse, recouraient à ce traitement barbare[5]. Ce fut le cas de deux moines égyptiens.

L'archevêque d'Alexandrie, ayant eu connaissance de ce fait, les sépara de la communion des fidèles. Mais, au lieu de se soumettre humblement, ces pauvres égarés s'en allèrent à Jérusalem plaider leur cause auprès de l'évêque. Celui-ci confirma la sentence du

1. Mingarelli, *De Didymo commentarius*, l. ii, 7, P. G., XXXIX, 192-195. — Tillemont, t. X, 379-382.

2. *Verba Seniorum*, P. L., LXXIII, 914-915.

3. *Apophtegmata Patrum*, P. G., LXV, 207.

4. Pallade, *Epist. ad Lausum*, P. G., XXXIV, 1005.

5. S. Epiphane, *Expositio fidei*, P. G., XLII, 807.

patriarche. Ils reçurent le même accueil à Antioche. Ils prirent alors le chemin de Rome, dans l'espoir que le pape leur ferait justice. Cette démarche ne fit qu'aggraver leur situation. Ils n'ouvrirent pas cependant les yeux. « Ces évêques s'entendent les uns avec les autres, se' dirent-ils; c'est pour cela qu'ils tiennent leurs conciles. Allons-nous-en trouver le saint évêque de Cypre, Epiphane; c'est un homme de Dieu et un prophète; il ne fait pas acception des personnes. » Ils exécutèrent leur dessein. Mais Epiphane, mystérieusement averti de leur approche, leur interdit l'entrée de la ville où il se trouvait alors. La conduite du saint homme les fit rentrer en eux-mêmes. « Assurément il faut que nous soyons coupables, s'avouèrent-ils l'un à l'autre, pour mériter un pareil traitement. Pourquoi donc chercher à nous justifier? Lors même que tous les autres nous auraient excommuniés injustement, le pouvons-nous croire de ce prophète? Il est clair que Dieu lui a fait connaître l'état dans lequel nous sommes. » Epiphane, apprenant leur repentir, les manda auprès de sa personne et les renvoya au patriarche d'Alexandrie avec ces mots : « Recevez vos enfants, car ils se sont véritablement repentis de la faute qu'ils avaient commise[1]. »

* * *

Malgré le zèle et l'admiration des moines pour cette vertu fondamentale de leur état, et leurs efforts pour la pratiquer de leur mieux, il y eut dans leurs rangs des chutes lamentables. La postérité les a connues par leur propre témoignage. Nous disons ailleurs comment les anciens racontaient certaines fautes aux jeunes religieux dans le but de les porter à se défier d'eux-mêmes et à lutter avec plus d'énergie contre les tentations. Leurs récits produisent une impression douloureuse en montrant jusqu'où peut descendre la faiblesse humaine; mais ils offrent en revanche le spectacle de pauvres pécheurs effaçant par une pénitence héroïque les hontes de fautes scandaleuses[2].

Peut-on, de ces exemples malheureux, conclure à l'immoralité des moines orientaux? Non certes, car il serait injuste de faire peser

1. Tillemont, t. X, 501.
2. *Verba Seniorum*, P. L., LXXIII, 580 et s.

sur un corps entier la responsabilité de ces chutes individuelles. Le monachisme n'a rien à voir dans la conduite des faux moines ni dans les accusations calomnieuses que des hommes pervers cherchaient à accréditer contre de vénérables serviteurs de Dieu[1]. La faiblesse naturelle qui suit l'homme jusque dans les solitudes les plus profondes suffit pour expliquer ces oublis du devoir. Ils se présentaient alors d'autant plus facilement que l'Eglise n'avait pas réuni, autour des chrétiens voués à la recherche de la perfection évangélique, ces mille précautions qui, en les protégeant contre eux-mêmes et contre les séductions de la vie, les mettent à l'abri de bien des écarts. Pour voir dans ces fautes une sorte d'épidémie et pour lancer contre les moines de cette époque des accusations analogues à celles que renferme l'introduction d'Amelineau à l'*Histoire de saint Pakhôme et de ses communautés*[2], il faut être obsédé par le besoin de plaider une cause personnelle et par le plaisir de combattre à outrance le célibat ecclésiastique ou monacal. M. l'abbé Ladeuze a fait justice de toutes ces insinuations[3].

*
* *

Le célibat perpétuel n'était pas la seule obligation du moine; il devait en outre mener la vie d'un pauvre. L'amour divin, qui le portait à quitter le monde, extirpait de son cœur le désir de posséder les biens temporels[4]. Il abandonnait sans réserve ce que son père lui avait laissé ou ce qu'il avait pu acquérir par son propre travail, le jour où il embrassait la vie monastique. Par ce renoncement absolu, le religieux consacrait au Seigneur tout ce qu'il pouvait avoir, en même temps qu'il lui donnait sa personne et tout ce qu'il était[5]. De la sorte, il s'élevait au-dessus du monde et, pour ainsi dire, au-dessus de son propre corps. Cette pauvreté lui valait un trône dans les cieux. Dieu lui-même devenait son patrimoine[6].

1. *Apophlegmata Patrum*, P. G., LXV, 310. *Verba Seniorum*, P. L., LXXIII. 779.
2. *Annales du musée Guimet*, t. XVII.
3. Ladeuze, *Etude sur le cénobitisme pakhomien*, 327-366.
4. Evagre, *Capita practica*, 9, P. G., XL, 1223.
5. S. Grégoire Naz., *Carmen ad Hellenium*, v. 121-123. P. G., XXXVII, 1482.
6. Id., *Oratio*, VI, P. G., XXXV, 723.

C'était une fortune renfermée dans le secret de son âme, que nul ne pouvait lui ravir[1].

Cette loi de la pauvreté monastique a son fondement dans l'Evangile. Ces paroles de Notre-Seigneur au jeune homme : « Va vendre tout ce que tu possèdes et en distribuer le prix aux indigents[2] », semblent avoir retenti aux oreilles de tous les candidats au monachisme comme à celles de saint Antoine. Le patriarche des moines égyptiens, docile à cette prescription du Sauveur, distribua tous ses biens, à la réserve de ce qu'il fallait pour assurer l'avenir de sa sœur[3]. Son exemple fut suivi par la grande majorité des moines[4]. Ce dépouillement absolu les mettait en possession de la béatitude promise aux pauvres d'esprit[5]. On ajoutait peu d'importance à la quantité de fortune sacrifiée. Ce n'était pas sans motif. Que sont, en effet, les biens de la terre ? Les hommes les prennent néanmoins en considération. Il était à craindre que certains religieux ne s'estimassent supérieurs à leurs frères parce qu'ils avaient eu des richesses à distribuer, comme si des choses étrangères à l'homme étaient capables d'augmenter sa valeur morale[6]. Les saints demandaient avant tout que la pauvreté monastique fût acceptée et embrassée de grand cœur. Ce sentiment généreux mettait toutes les vocations sur le même pied. Celui qui avait un patrimoine s'en débarrassait; celui qui ne possédait rien était affranchi de cette nécessité ; l'un et l'autre se vouaient à un état de complet dépouillement, afin de suivre le Christ. Ce n'était pas une chose facile. Mais qu'importaient ces difficultés à qui mesurait la grandeur des avantages promis et de la récompense future[7] ?

Il se trouva des chrétiens qui eurent besoin d'une vertu extraordinaire pour accomplir ce premier sacrifice. Un jeune homme fort riche voulait se faire moine, mais des tentations violentes l'empêchaient d'exécuter son dessein. Elles ne parvinrent pas cependant à le décourager. Un jour qu'il se sentait harcelé plus que de cou-

---

1. Cassien, *Conlatio*, III, p. 81.
2. Matth., XIX, 21.
3. S. Athanase, *Vita S. Antonii*, 2, 3, P. G., XXVI, 842-843.
4. S. Epiphane, *Expositio fidei*, 24, P. G., XLII, 831.
5. S. Basile, *Regula brev. tract.*, inter. 205, P. G., XXXI, 1218.
6. Rufin, *Historia monachorum*, I, P. L., XXI, 395-396.
7. S. Jérôme, *Ep.*, 125, P. L., XXII, 1075. Cf. Marcus Didacios, *De perfectione spirituali*, 65-66, P. G., LXV, 1189-1190.

tume, il résolut d'en finir immédiatement avec ses hésitations. Il se dépouilla de tout ; afin de surmonter plus complètement ses répugnances, il donna aux pauvres jusqu'à ses habits et il se présenta au monastère dans cet état de dénuement complet. L'ancien qui le reçut, comprenant la générosité de sa conduite, le revêtit aussitôt du costume religieux. Cet acte de courage lui mérita l'honneur d'être cité comme un modèle de renoncement [1].

On voulait en Egypte que ce premier sacrifice fût accompli sans réserve. Saint Antoine, qui avait donné l'exemple, demandait à ses disciples d'en faire autant. Un postulant se présenta devant sa cellule après avoir distribué ses biens aux indigents, sauf une réserve qu'il s'était faite. Le patriarche s'en aperçut. Pour lui montrer ce qu'il y avait de peu raisonnable dans sa manière d'agir, il lui donna la leçon suivante : « Va au village voisin acheter de la viande ; tu la mettras sur tes épaules nues, et tu reviendras me trouver. » Le postulant obéit. Mais l'odeur de la viande attira les chiens et les oiseaux, qui se jetèrent sur lui et déchirèrent son corps par leurs morsures. « C'est ainsi que seront traités par les démons, lui dit saint Antoine, tous ceux qui, en renonçant au siècle, ont l'imprudence de conserver de l'argent [2]. »

Les moines d'Egypte et de la Thébaïde n'étaient ni moins prudents ni moins sévères. Ils s'assuraient, après avoir infligé aux postulants les humiliations ordinaires, s'ils ne gardaient pas quelque chose en leur possession. Une simple pièce de monnaie, pensait-on, aurait pu compromettre leur persévérance [3]. Leur prudence allait jusqu'à refuser toute offrande de ceux qui embrassaient la vie religieuse. On craignait, non sans motif, que ce ne leur devînt un prétexte de s'élever au-dessus des frères. Certains moines, qui avaient en entrant fait des largesses au monastère, songeaient plus facilement que d'autres à se retirer en exigeant avec insolence tout ce qu'ils avaient apporté. Cela suffisait pour jeter une maison dans un véritable embarras. Dans le but de prévenir ces ennuis, on n'acceptait rien du postulant, pas même l'habit dont il était revêtu. C'était le meilleur moyen d'en faire un pauvre véritable [4]. La plupart distribuaient leur fortune aux malheureux. Ceux qui l'employaient en bonnes œuvres ne pouvaient

1. *Verba Seniorum*, P. L., LXXIII, 772.
2. Ibid., 772.
3. Cassien, *Inst.*, l. IV, 50-51.
4. Ibid.

pas aller contre l'intention du Sauveur. Aussi les églises, les hôpitaux, les prisons, les monastères eux-mêmes, bénéficièrent-ils souvent de leurs largesses [1]. Saint Jérôme demandait seulement que ces distributions se fissent avec discernement, c'est-à-dire que les nécessiteux fussent les seuls à y participer.

Saint Basile a soin de remarquer que les moines, en donnant ainsi leurs biens aux pauvres, ne condamnaient pas les biens temporels comme une mauvaise chose et leur possession comme un mal. Cette théorie, professée par certains hérétiques, inspirait aux vrais chrétiens une trop légitime répugnance. Ils abandonnaient la richesse, parce que ce détachement était un moyen agréé de Dieu pour expier leurs fautes, acquérir le royaume céleste et gagner les richesses éternelles [3].

Ceux qui n'avaient rien à distribuer se consolaient avec les paroles que saint Paul leur adressait au nom du Seigneur : « Ce ne sont pas vos biens que je cherche, mais vos âmes [4]. » Ceux qui abandonnaient quelque chose ne s'estimaient point supérieurs aux autres. Pas plus que les moines d'Egypte, le patriarche du cénobitisme ne voulait humilier le pauvre. Comme eux, il n'acceptait rien du nouveau profès. Ce dernier n'avait pas cependant le droit de négliger ses biens; car, en se consacrant à Dieu, il lui donnait tout ce qu'il possédait dans la personne des indigents. Ses biens appartenaient au Seigneur; il fallait, en les distribuant, se conformer à ses ordres. On ne pouvait donc les abandonner à des parents. Ceux-ci étaient même tenus de rendre tout ce qu'ils pouvaient conserver. Chacun avait la liberté de faire ses distributions par lui-même ou par un intermédiaire, choisi avec le plus grand soin. Il fallait exiger de ce dernier un compte exact. Le mieux eût été de suivre l'exemple des premiers chrétiens de Jérusalem, qui remettaient tout aux mains de l'évêque [5].

Saint Basile, qui, on vient de le voir, n'acceptait rien du postulant, autorise néanmoins le supérieur de chaque maison à recevoir

---

1. Pallade, *Hist. laus.*, xv, xvi, P. G., XXXIV, 1038 ; S. Jérôme, *Vita S. Hilarionis. Acta Sanct.* Oct., t. IX, 643-646. Théodoret, *Religiosa Historia*, v, P. G., LXXXII, 1351.

2. S. Jérôme, *Epist.* 66, P. L., XXII, 643-646.

3. S. Basile, *Reg. brev. tract.*, *inter.* 92, P. G., XXXI, 1146-1147 ; *Sermo asceticus*, ibid., 626-631.

4. 2 Cor., xii, 14. S. Basile, id., 89, 1143-1146.

5. S. Basile, *Regul. fus. tract.*, *int.* 9, ibid., 342. *Reg. brev. tract.*, *inter.* 187, ibid., 1207.

ce que sa famille pouvait offrir ; il demande seulement de le faire avec une extrême réserve. La prudence qu'il y met laisse entrevoir combien cela lui répugnait. Un refus serait, dit-il, plus édifiant et il épargnerait bien des ennuis. Qui sait si le frère n'en profitera pas pour s'enorgueillir ? Les présents ont aussi l'inconvénient grave d'humilier et d'attrister les autres, sans parler des entraves qu'ils mettent à la liberté monastique. L'hégoumène qui croira pouvoir accepter ces offrandes verra devant Dieu l'usage qu'il convient d'en faire [1].

*
* *

Ce détachement extérieur, que préconisaient les moines orientaux, ne devait être que la manifestation d'un renoncement intime, auquel tous ajoutaient une importance beaucoup plus grande. « Il ne nous servirait de rien, disaient-ils, de ne pas avoir d'argent, si nous conservions dans nos cœurs le désir d'en posséder. » Leur doctrine sur ce point était en parfaite harmonie avec les enseignements de l'Ecriture [2]. L'expérience leur montrait qu'il était indispensable de montrer en pareille matière une grande sévérité.

Pour rendre plus facile la pratique de la pauvreté intérieure, sainte Paule, qui donnait généreusement à ses moniales ce dont elles avaient besoin pour leur nourriture et leurs vêtements, ne laissait rien à leur disposition. C'était fort sage. Car toute concession faite au désir de posséder l'accroît au lieu de le diminuer [3].

Saint Nil, qui se fit dans bien des circonstances l'apôtre de la pauvreté monastique, n'était pas moins sévère. Le moine, d'après lui, devait se contenter du strict nécessaire. Il fallait être inexorable sur ce sujet ; car une première faiblesse pouvait entraîner fort loin. On s'engageait ainsi sur une pente glissante et très dangereuse. C'était jeter du bois au milieu d'un incendie [4]. Saint Nil cite, pour l'édification de ses lecteurs, l'exemple d'un moine nommé Albien, qui n'avait jamais de sa vie touché une pièce de monnaie.

---

1. *Regul. brev. tract.*, int. 304, *ibid.*, 1299.
2. Cassien, *Instit.*, l. VII, 21, p. 144.
3. S. Jérôme, *Epist.* 108, P. L., XXII, 897.
4. S. Nil, *De monastica exercitatione*, 70, P. G., LXXIX, 803.

Il était même incapable d'en reconnaître la valeur et d'en déchiffrer les caractères qui y sont gravés [1]. Semblable ignorance n'était point rare dans les monastères pakhomiens [2].

Cette pauvreté d'esprit et de fait assurait au moine une entière liberté de cœur en restreignant ses besoins le plus possible. Cette liberté rappelait à saint Jean Chrysostome celle dont jouissent les anges au ciel [3]. L'admiration que lui inspirait ce détachement allait jusqu'à l'enthousiasme. Comment, déclare-t-il, ne pas envier le sort d'hommes ne possédant ni or ni argent et qui n'ont pas besoin d'armoires pour renfermer leurs richesses? Le crainte des voleurs ne les trouble jamais. Pourquoi les redouter, puisqu'il n'y a rien chez eux qui puisse exciter leur convoitise [4]. Ils ont si bien étouffé l'esprit de propriété dans leur cœur, que les mots dont on se sert pour l'exprimer ne sortent jamais de leur bouche. Les termes *mien* et *tien* sont inusités parmi eux [5]. La même coutume existait dans les communautés soumises à la règle de saint Basile et en Egypte [6].

Ce qui était à la disposition d'un individu appartenait à tous. Saint Basile [7], l'auteur des *Constitutions monastiques* [8], et saint Jean Chrysostome [9] recommandaient fort cette communauté des biens. Ces biens apparaissaient aux yeux des moines comme la propriété du Seigneur, qui demanderait un compte rigoureux de l'usage qu'on en faisait [10]. Les supérieurs fournissaient tout à chacun dans la mesure que fixait la discrétion [11]. Nul ne pouvait disposer selon son bon plaisir de ce qui lui était ainsi donné. Les objets mis à son service étaient un dépôt sacré qu'il devait traiter avec un respect profond. Qu'il s'agît de chaussures, de vêtements ou de n'importe quelle autre chose, on ne pouvait ni donner à un confrère, ni recevoir de sa main, ni échanger avec lui sans l'autori-

1. Id., *Oratio in Albianum*, P. G., LXXIX, 707-711.
2. *Vie arabe de S. Pakhôme*, A. D. M. G., XVII, 601.
3. S. Jean Chrys., *In Joan. hom.* 80, P. G., LIX, 438.
4. Id. *In epist. ad Timoth. hom.* 13, P. G., LXII, 577.
5. Ibid., 575, *in Matth. hom.* 72, P. G., LVIII, 671.
6. S. Basile, *Regul. brev. tract. int.* 85, P. G., XXXI, 1143.
7. Ibid.
8. *Constitutiones monasticæ*, 34, P. G., XXXI, 1423-1426.
9. S. Jean Chrys., *Adversus oppugnatores vitæ monasticæ*, l. III, P. G., XLVII, 366.
10. Cassien, *Inst.*, l. IV, n. 20, p. 61.
11. S. Basile, *Reg. brev. tract., int.*, 93, 1147.

sation du supérieur [1]. Celui qui perdait ou détériorait ce qui était mis à son usage subissait une pénitence proportionnée à la gravité de sa faute [2]. A Tabenne, chaque religieux avait à sa disposition plusieurs objets indispensables qu'il lui était permis d'emporter quand il changeait de maison [3].

Orsise, le successeur de saint Pakhôme, se faisait un devoir rigoureux de ne pas laisser les moines manquer du nécessaire. Il leur épargnait ainsi la tentation de se pourvoir auprès de leurs parents ou de leurs amis [4]. On ne pouvait blâmer le père et la mère qui faisaient une offrande au monastère où vivait leur fils. Mais elle était remise au frère chargé du temporel de la maison, qui en disposait pour le service commun [5]. On pouvait, s'il y avait lieu, la mettre à l'usage du fils du bienfaiteur.

La pauvreté monastique, malgré ses rigueurs, n'empêchait pas les religieux séparés les uns des autres de s'envoyer des présents, en signe d'amitié [6].

*
* *

Tout ce qui précède s'applique surtout aux cénobites et aux solitaires qui vivaient par groupes sous l'autorité d'un supérieur. Il leur était facile, en effet, de mettre leurs biens en commun et de charger un frère de pourvoir aux nécessités générales et privées. Tel n'était point le cas des ermites isolés des ascètes. Les individus avaient à se procurer personnellement tout ce qui leur était indispensable ou utile. Or, comment le faire sans argent? La vente de leurs travaux leur procurait de quoi s'acheter du pain et les objets de première nécessité. Ils pouvaient donc, cela va sans dire, vendre et acheter, se prêter les uns aux autres des ustensiles ou de la monnaie. L'abbé Isaïe recommandait à tous une grande délicatesse pour rendre fidèlement et en bon état ce qu'ils avaient ainsi reçu de la bonté

---

1. S. Basile, *Regul. fus. tract.*, int. 87, P. G., XXXI, 77. S. Pakhôme, *Regul.*, 97, 106, P. L., XXII, 78-79.

2. S. Pakhôme, *Règle*, 131, 81.

3. Id., 83, ibid., 78.

4. Orsise, *Doctrina*, 26, 38, 39. P. G., XL., 881-886.

5. S. Pakhôme, *Reg.*, 52, P. L., XXIII, 71.

6. S. Jérôme, *epist.* 71, P. L., XXII. Théodoret, *epist.* 13, P. G., LXXXII, 1186.

d'un frère[1]. Les anciens conseillaient aux prêteurs de n'être pas trop exigeants vis-à-vis des mauvais créanciers. Mieux valait, pensaient-ils, donner que prêter[2].

La latitude dont jouissaient les anachorètes les exposait aux séductions de l'avarice. Les cénobites n'étaient pas toujours non plus exempts de ce vilain défaut. On voyait chez les uns et chez les autres des hommes qui, après avoir sacrifié généreusement honneur et fortune, ne se sentaient pas le courage de renoncer aux riens dont le moine ne peut se passer. L'esprit de propriété, vaincu sur de grandes choses, prenait sa revanche avec des bagatelles, liant le cœur du religieux à un stylet, à un couteau, à une aiguille. On en trouvait qui tenaient assez à un livre pour ne permettre à personne de le toucher ou même de le regarder[3].

Cassien, qui avait reçu les enseignements d'hommes très expérimentés, consacre tout un livre de ses *Institutions* à étudier ce vice minutieux et ridicule et à combattre ses effets désastreux pour les âmes. L'avarice se présente au moine, dit-il, sous trois formes différentes : elle le pousse à se procurer des biens qu'il n'avait pas dans le monde, ou à rechercher ceux dont il s'est défait en entrant au monastère. Elle l'empêche de se dépouiller de toutes ses possessions. Les prétextes ne manquent jamais au religieux atteint de cette maladie; il excelle surtout dans l'art d'adapter les divines Ecritures à sa manière de voir[4]; il devient opiniâtre dans la poursuite de ses désirs, susceptible, querelleur, envieux, orgueilleux[5]. Tout lui est bon pour fausser sa conscience et pour légitimer son besoin d'amasser. Si un abbé qui a surpris de l'argent chez un cénobite lui adresse des reproches mérités, celui-ci a l'audace de lui répondre : « Tu en as bien, toi. Pourquoi me défendre d'en avoir[6]? » Les uns mettent en avant la pauvreté du monastère, les infirmités que la vieillesse leur réserve, les voyages qu'il leur faudra entreprendre, des nécessités impossibles à prévoir[7]. D'autres ont des visées plus hautes; se croyant la mission de conduire les âmes à Dieu, ils songent à fonder un monastère où ils grouperont des disciples.

---

1. Isaïe, 4, P. G. XL, 1115. *Reg. 62*, P. L., c. III, 433.
2. *Apophtegmata Patrum*, 104-169-170, P. G., LXV, 347-363-397.
3. Cassien, *Coulat.*, I, p. 12.
4. Cassien, *Instit.*, l. VII, 138-144, *Coulat.*, V, 133.
5. Id., *Coulat.*, IV, 117-118.
6. Id., *Instit.*, l. VII, 136-137.
7. Ibid., 132-134.

L'avarice, déguisée en prudence, leur conseille de réunir le plus d'argent possible en prévision des besoins futurs [1].

Ces pauvres égarés ne parviennent jamais à satisfaire leur désir de posséder. Ils ont commencé par mettre un denier en réserve, puis un second. Ils n'ont pas craint de vendre leur travail à l'insu de l'abbé et d'augmenter ainsi leur pécule. Ils se préoccupent ensuite de faire valoir cette petite fortune. Leur âme, dominée par la pensée d'un bénéfice à réaliser, ne peut guère songer aux vérités éternelles. On en trouve qui ne reculent pas toujours devant un larcin [2]. Sans aller jusqu'à cette extrémité, d'autres perdent l'amour de leur état. Rien ne les satisfait. On les entend murmurer à propos de tout. L'envie de quitter le monastère les absorbe; ils n'attendent qu'une occasion favorable. Dans le but de couvrir leur fuite et de la rendre moins honteuse, ils cherchent à pervertir des frères et les engagent à les suivre [3].

Tout ce que dit Cassien sur l'avarice dans ses *Conférences* et dans ses *Institutions*, prouve que la pauvreté religieuse n'était pas observée avec la même ferveur par tous les moines égyptiens. L'insistance que met saint Ephrem à combattre ce vice et à montrer les maux dont il est la source laisse croire qu'il en était de même dans certaines régions de la Syrie et de la Mésopotamie.

*
* *

Les sarabaïtes, les gyrovagues et d'autres moines, indignes du nom qu'ils portaient, affichaient un amour scandaleux des richesses. Ils déployaient une habileté remarquable pour se concilier l'estime des vieilles filles et des veuves fortunées dans le but de les circonvenir et de les déterminer à tester en leur faveur. Certains clercs rivalisaient avec eux de souplesse et d'audace. C'était un désordre scandaleux, qui affligeait les grandes villes de l'Orient et de l'Occident. Saint Jérôme s'en plaint dans une lettre à son ami Héliodore [4]. On devine les conséquences lamentables de pareils procédés au sein des familles et parmi les hommes du monde.

1. Cassien, *Conlat.*, IV, p. 115.
2. Id., *Instit.*, l. vii, 133.
3. Ibid., 134-135.
4. S. Jérôme, *Epist. 60*, P. L., XXII, 596.

Il était difficile de ne pas rendre le monachisme et le clergé responsables des méfaits de quelques individus. Afin de réprimer ces abus, l'empereur Valentinien promulgua une loi (370), qui interdisait aux moines et aux clercs l'accès de la demeure des veuves et des orphelins. Le texte en fut adressé au pape Damase avec ordre de le faire publier dans les églises. Les parents étaient autorisés à poursuivre devant les tribunaux tous ceux qui contreviendraient au décret impérial. Les veuves et les orphelins perdaient le droit de donner de l'argent ou des biens par testament ou par libéralité aux moines et aux clercs. Le fisc s'approprierait tout ce qu'ils recevraient par ce moyen[1]. Saint Jérôme, qui dénonçait si courageusement les désordres de cette nature, regrette amèrement que des faits indéniables aient motivé cette loi. Elle fut, malgré sa rigueur, impuissante à extirper un mal qui avait sa cause dans l'une des passions les plus impérieuses. Car il était toujours facile de l'éluder au moyen d'un fidéicommis[2]. Cette mesure fut abrogée par l'empereur Marcien (455).

Les moines recevaient parfois des legs dans des conditions très différentes. Quelques-uns parmi eux embrassaient la vie religieuse avant le décès de leurs parents; d'autres possédaient en commun, avec leurs frères et sœurs, des terres qu'il était impossible de partager à l'époque de leur départ pour la solitude. La mort de leur père et de leur mère et la division d'un héritage les mettaient en possession d'une fortune plus ou moins grande. Ce fut le cas, après la mort de son père, de l'anachorète Malchos, dont la vie a été écrite par saint Jérôme. Il crut devoir quitter le désert de Chalcis, pour aller consoler sa pauvre mère et vendre les biens qui lui revenaient. Si les Sarrasins ne lui avaient pas rendu impossible l'exécution de son dessein, il aurait distribué aux pauvres une partie de son héritage, en se réservant de quoi pourvoir à ses besoins personnels[3]. Ce n'était pas contraire aux usages suivis par les ermites. Saint Jérôme, qui rapporte ce fait, possédait depuis quelque temps la fortune que lui avaient léguée ses parents. Comme les invasions des barbares risquaient de diminuer sa valeur, et que le devoir de fournir le nécessaire aux moines de Bethléem l'entraînait dans de grandes dépenses, il envoya son frère Paulinien en Dalmatie vendre le tout. La somme réalisée par ce moyen lui

1. Godefroid, *Codex Theodosianus*, t. VI, 53-56.
2. S. Jérôme, *Epist.* 52 ad *Nepotianum*, P. L., XXII, 532-533.
3. Id., *Vita S. Malchi, Acta Sanct.*, Oct. t. IX, 64.

permettrait, pensait-il, de faire face à ses obligations et d'échapper aux moqueries de ses adversaires [1]. Un autre moine de Palestine, saint Porphyre, avait quitté depuis dix ans Thessalonique, sa patrie. Le patrimoine de sa famille était resté indivis à cause de l'âge de ses frères. Quand le temps fut arrivé, il chargea Marc, son disciple, d'aller réclamer le partage et de vendre ce qui lui serait dévolu. Le serviteur de Dieu se trouva possesseur d'une grande quantité d'argent, qu'il distribua aux pauvres et aux monastères [2]. Zénon, solitaire du voisinage d'Antioche, qui était dans une situation analogue, ne put en sortir avec la même facilité; après avoir essuyé des ennuis de toutes sortes, il finit par vendre sa part à un ami. La somme qu'il réalisa devait être donnée aux pauvres. Cette distribution n'était pas encore terminée lorsque, se voyant sur le point de mourir, il chargea l'évêque d'Antioche d'exécuter sa volonté [3].

Le reclus Abraham, qui avait hérité d'une grosse fortune à la mort de ses parents, craignit de troubler l'intimité de ses relations avec Dieu, s'il la donnait personnellement aux pauvres. Il confia ce soin à l'un de ses amis. La chose ne put se faire en quelques années. Longtemps après, quand le saint homme, ayant reçu de son évêque l'ordre de travailler à la conversion des habitants d'un village peu éloigné de sa cellule, eut besoin d'argent pour construire une église, il le préleva sur ce qui restait encore de la succession paternelle [4]. Plus tard, lorsqu'il recueillit et consacra à la vie monastique une orpheline, sa nièce, il fit également distribuer aux indigents tout ce qu'elle possédait [5].

Le solitaire Polychronios, qui se vit à plusieurs reprises offrir des présents par don ou par testament, chargeait toujours celui qui les lui portait de les distribuer aux pauvres. La pénurie extrême dans laquelle il vivait ne lui sembla jamais un motif de garder pour son usage la somme la plus modique [6]. Le bienheureux Arsène allait plus loin encore. Quelqu'un vint lui présenter le testament d'un sénateur, membre de sa famille, qui lui avait légué toute sa fortune. Le solitaire, tout surpris, se contenta de dire :

1. S. Jérôme, *Epist. 66 ad Pammachium*, P. L., XXII, 647.
2. Marc, *Vita S. Porphyrii*, 69, P. G., LXV, 1213-1216.
3. Théodoret, *Relig. hist.* XII, P. G., LXXXII, 1398-1399.
4. S. Ephrem, *In vitam beati Abraami*, op. gr., t. II, p. 2-4.
5. Ibid., p. 11.
6. Théodoret, *Religiosa historia*, XXIV, P. G., LXXXII, 1462.

« Mais je suis mort avant lui ; comment a-t-il pu me faire son héritier [1]? » Ce langage traduit exactement l'idée que se faisaient de leurs rapports avec les choses du monde les solitaires les plus fervents.

Si les maîtres de la vie ascétique recommandaient beaucoup aux cénobites et aux anachorètes le détachement absolu, et si des moines assez nombreux ont poussé l'amour de la pauvreté jusqu'à l'héroïsme, on ne saurait en conclure que les réunions de cénobites, que les ermites, fussent incapables de posséder quoi que ce soit. Leur habitation, le jardin ou le domaine sur lequel ils l'avaient bâtie, le vêtement qu'ils portaient, leur mobilier, si modeste fût-il, appartenaient à quelqu'un. Le propriétaire, à l'époque qui nous occupe, était le moine lui-même. Aussi saint Nil pouvait-il se plaindre de la richesse de certains religieux et de quelques monastères, et le sophiste Zosime crier au scandale ; le droit de propriété ne leur était interdit ni par l'Eglise ni par l'Etat. La loi civile le leur reconnaissait implicitement. Ils avaient, comme les autres citoyens, la liberté de tester. Les monastères pouvaient posséder au même titre que les corporations. En 434, l'empereur Théodose le Jeune déclara que les biens des religieux revenaient au monastère, non au fisc, s'ils mouraient sans testament, et que personne n'avait par ailleurs le droit de recueillir leur succession [2].

---

1. *Verba seniorum*, P. L. LXXIII, 888.
2. Godefroid, *Codex Theodosianus*, t. I, 478.

CHAPITRE VII

L'obéissance et la hiérarchie monastique

L'obéissance est la principale obligation que le moine contractait. Il s'engageait, en la vouant, à suivre les prescriptions d'une règle et à exécuter les ordres d'un supérieur, qui lui apparaissait comme le représentant de Dieu.

Puisque cette vertu liait la volonté du religieux à celle de son supérieur, il importe d'étudier la nature de son autorité et les conditions dans lesquelles l'exerçaient les moines orientaux, avant d'examiner le caractère et l'étendue de l'obéissance monastique elle-même.

Les cénobites avaient toujours un chef à leur tête; il faut en dire autant des ermites réunis en groupes. Les anachorètes isolés, qui avaient généralement commencé les exercices de la vie religieuse sous la direction d'un maître, étaient seuls admis à se conduire eux-mêmes. C'est cette condition inévitable de leur existence qui la rendait si périlleuse et motivait la prudente réserve des Pères à son endroit.

Les Orientaux avaient plusieurs termes pour désigner le supérieur d'une communauté monastique. Cassien les traduit par le mot latin *præpositus*, qui signifie préposé[1]. Cette expression, qui se rencontre sous la plume de saint Jérôme[2], est employée dans sa forme grecque προεστώς, par saint Basile[3], saint Grégoire de

---

1. Cassien, *Conlat.* XVIII, 514. *Instit.*, l. V, 103.
2. S. Jérôme, *Epist.* 125, P. L., XXII, 1083.
3. S. Basile, *Reg. brevius et fusius tract.*, *passim.*

Nysse[1], saint Jean Chrysostome[2] et l'auteur des *Constitutions
monastiques*[3]. D'autres se servaient des formules grecques archimandrite[4] et hégoumène[5], qui ont fini par prévaloir en Orient[6].
On trouve encore *pater monasterii*[7], et *pater* ou *senior qui præest*[8].
Le mot *abbas*, abbé, adopté par l'Occident, apparaît d'assez bonne
heure sur les lèvres des Orientaux. Mais il désigne rarement un
supérieur[9]. On s'en servait plutôt pour désigner, soit un ancien
qui avait sous ses ordres un ou plusieurs disciples, soit un moine
à qui l'âge ou des vertus exceptionnelles conciliaient une estime
particulière. Pœmen, en parlant du moine Agathon, se permit,
contrairement à l'usage, de le nommer *abba*. « Pourquoi, demanda-
t-on, lui faire un si grand honneur, puisqu'il est encore jeune ?
— C'est, répondit-il, la sagesse qui sort de ses lèvres, qui me l'a
fait nommer *abba*[10]. » L'usage voulait que ce mot précédât le nom
du frère qui le recevait, lorsqu'on lui adressait la parole ou quand
il était question de lui. S'il s'agissait d'une moniale, on le remplaçait par celui d'*amma*. Les simples religieux étaient désignés par le
nom de *frères*, et les religieuses par celui de *sœurs*.

*
* *

Dans le désert de Scété, la supériorité du groupe érémitique était
dévolue aux anciens. Ils formaient une sorte de sénat monacal, qui

1. S. Grég. Nys., *De Instituto christiano*, P. G., XLVI, 293.
2. S. Jean Chrys., *In Matth. hom.*, 68. P. G., LVIII, 644. *In Ep.* 1 *ad Tim. hom.*,
14. P. G., LXII, 575, 576.
3. *Constitutiones monasticæ*, 22, P. G., XXXI, 1402.
4. Pallade, *Hist. laus.*, VII, XIX, XX, XXV, P. G., XXXIV, 1022, 1055, 1071.
S. Epiphane, *Adversus hæreses*, P. G., XLI, 156. S. Isidore de Péluse, P. G.,
LXVIII, 211, 259, 338, 355, 366, 403, etc. *Constitutiones monasticæ*, 27, 28.
P. G., XXXI, 1418. Théodoret, *Epistolæ*, P. G., LXXXIII, 1206, 1226, 1336, 1339,
1366. *Verba seniorum*, P. L., LXXIII, 963.
5. S. Nil, *Epistolæ*, P. G., LXXIX, 98, 230. *Apophtegmata Patrum*, P. G., LXV,
187, etc.
6. Marin, *Les Moines de Constantinople*, 86-97. Les deux expressions, synonymes
avant le sixième siècle, ont servi depuis lors à désigner, la première, ceux qui
commandaient à plusieurs monastères, et la seconde, les supérieurs locaux.
7. *Verba seniorum*, P. L., LXXIII, 753-761.
8. *Regula sanctorum Serapionis, Macarii...* P. L., CIII, 435-452.
9. S. Nil, *Epist.*, P. G., LXXIX, 99, 223, 244, 494. S. Jérôme, *Vita S. Malchi*,
3. *Acta Sanct. Oct.*, t. IX, p. 64. Cassien, *Inst.*, l. IV, 67.
10. *Apophtegmata Patrum*, P. G., LXV, 335.

veillait à l'observance fidèle de tout ce qui peut conduire les moines à la perfection de leur état, au bien matériel et moral des solitaires et à leur gouvernement. L'élection des frères qui devaient recevoir les ordres sacrés, le châtiment de certaines fautes, l'indiction des jeûnes non prévus par la règle, le célébration des solennités nouvelles, étaient soumis à leur délibération[1]. Un prêtre présidait l'assemblée. L'âge en ouvrait ordinairement la porte. On fit cependant quelques exceptions en faveur de jeunes religieux. C'est ainsi que l'abbé Piamoum, de longues années avant d'être un vieillard, mérita l'honneur de siéger dans ces réunions. Les anciens voulaient par cette distinction rendre témoignage à sa vertu et et se ménager la lumière de ses conseils[2]. Les *seniores* ont joué un grand rôle dans l'histoire de Scété et du désert des Cellules. Les *Verba seniorum* et les *Apophtegmata Patrum*, qui reflètent plus particulièrement les usages de ces solitudes, les nomment à chaque instant.

L'Orient ne fournit pas d'autre exemple connu de gouvernement aristocratique. L'autorité reposait ailleurs entre les mains d'un seul homme. C'était le régime monarchique. Tout solitaire qui voyait se former autour de sa cellule un groupe de disciples, et composait avec eux un *cœnobium*, devenait leur premier supérieur. Si même il en fondait deux ou un plus grand nombre, les frères tenaient en général à vivre sous son autorité. Siméon l'Ancien gouverna ainsi les deux monastères qu'il avait établis sur le sommet et au pied du mont Aman[3]. Publios resta, sa vie durant, l'unique abbé des deux communautés syrienne et grecque, réunies dans le monastère fondé par lui à Zeugma. Elles eurent plus tard chacune un supérieur distinct[4].

La responsabilité de la conduite des âmes effrayait quelques-uns de ces pieux fondateurs. Ammien ne voulut jamais accepter la direction des solitaires qu'il avait réunis à Télédan. Il alla prier le reclus Eusèbe de prendre sur lui cette charge difficile. Le gouvernement de ce saint homme fut des plus heureux[5]. Jacques le Persan et Agrippa, religieux du monastère de Julien Sabbas, lui

---

1. Bivario, *De veteri monachatu*, t. I. De Buck, *Acta Sanci. Oct.*, t. IX, 903-904.
2. Cassien, *Conlat.* XVIII, p. 523.
3. Théodoret, *Religiosa historia*, VI., P. G., LXXXII, 1363.
4. Ibid., 1335.
5. Ibid., 1339-1343.

demandèrent de les mettre au nombre de ses disciples, pour échapper, eux aussi, aux ennuis de la supériorité[1].

Cet usage de reconnaître pour premier abbé le fondateur d'une maison était général en Orient, si bien que des moines légers et ambitieux en profitaient pour s'ingérer d'eux-mêmes dans les fonctions redoutables du gouvernement des hommes. Quelques-uns, on se le rappelle, amassaient de l'argent pour nourrir et grouper de soi-disant disciples, avec lesquels il leur serait facile de former un semblant de monastère, dont ils deviendraient les chefs.

Quelques abbés désignaient eux-mêmes avant de mourir celui qu'ils désiraient avoir pour successeur. Eusèbe, dont il a été question, avait choisi Jacques le Persan. Ce dernier s'étant dérobé par la fuite, il confia le soin de régir sa communauté au moine Agrippa[2]. Ce mode d'élection n'était pas inconnu ailleurs. On le retrouve parmi les moines égyptiens[3]. Dans la haute Thébaïde, lorsque saint Pakhôme crut sa fin prochaine, il assembla les chefs des maisons qui lui étaient soumises, pour s'occuper avec eux du choix de son successeur. Orsise les questionna en son nom sur l'homme qui pourrait leur convenir. Ils désignèrent Petronios. Pakhôme confirma cette élection. Le nouveau supérieur général de Tabenne mourut quelques jours après son maître. Mais, avant son trépas, il suivit son exemple et réunit les moines pour élire en sa présence son successeur. Ceux-ci lui demandèrent de le désigner lui-même. Il leur proposa Orsise. Ce dernier, qui avait accepté cette charge à contre-cœur, voulut plus tard se démettre. Il convoqua les supérieurs des diverses maisons et leur déclara qu'il nommait Théodore son successeur. Cette élection fut agréée de tous[4]. Les chefs de chaque monastère de la congrégation étaient choisis par le supérieur général[5]. Saint Basile confie le le soin d'élire l'abbé aux chefs des communautés voisines[6]. Dans certaines contrées, les évêques s'en chargeaient eux-mêmes. Saint Isidore reproche à l'évêque de Péluse, Eusèbe, d'avoir donné à des indignes et à des incapables des monastères qu'ils opprimaient plutôt qu'ils ne les gouvernaient[7].

---

1. Théodoret, *Religiosa historia*, 1436.
2. Ibid., IV, 1436.
3. Cassien, *Institut.*, l. IV, p. 67.
4. *Pachomii Acta*, 74, 75, 82, 84. *Acta Sanct. Maii*, t. III, 324, 325, 328.
5. F. Ladeuze, *Etude sur le cénobilisme pakhomien*, 286-287.
6. S. Basile, *Reg. fut. tract.*, inter. 43, P. G., XXXI, 1030.
7. S. Isidore Pel., l. I, *Epist.* 262, P. G., LXXVIII, 339.

Les anachorètes qui n'appartenaient pas à un groupe organisé reconnaissaient parfois une supériorité réelle à un solitaire que son âge, sa doctrine, sa sainteté, l'influence qu'il avait eue sur leur vocation et leur formation monastique, désignaient d'une manière spéciale au respect et à la confiance de tous. Tel fut le cas de saint Antoine.

A cette époque reculée, où la tradition et l'expérience n'avaient pas eu le temps de préparer et de mûrir tout cet ensemble de conditions dans lesquelles la vie religieuse doit être menée, et qui la dégagent autant que possible de ce qu'il y a de trop personnel, de caduc et d'arbitraire dans l'influence des individus, le supérieur exerçait sur ses moines une action beaucoup plus étendue qu'il ne le fit dans la suite. Les règles étaient moins précises, les traditions plus vagues. Il pouvait s'en affranchir plus aisément et gouverner comme bon lui semblait. L'autorité ecclésiastique usait bien rarement de son droit de contrôle. Si les religieux avaient dans certains cas la ressource de changer de maison, l'abbé pouvait congédier ceux qui ne s'accordaient pas entièrement avec sa manière de voir et d'agir. Le monastère était donc alors plus que jamais tout entre les mains de son chef, qui le formait à son image. Aussi les docteurs de l'ascétisme font-ils dans leurs enseignements la place très large à tout ce qui regarde sa fonction, ses qualités et les obligations des religieux à son endroit.

*
* *

En Egypte et dans la Thébaïde, où le monachisme fut si vigoureux durant tout le quatrième siècle, on veillait avec un soin extrême à confier le gouvernement des communautés monastiques à des hommes formés par une longue expérience de la vie religieuse. L'obéissance, en effet, est seule capable d'enseigner à un supérieur ce qu'il lui faut prescrire à ses subordonnés ; il a dû apprendre à l'école des anciens ce qu'il doit transmettre aux nouvelles générations. La pratique de toutes les vertus reste sa meilleure recommandation auprès de ses moines. Le gouvernement d'un abbé digne de ce nom est toujours guidé par la sagesse ; il est pour une communauté un bien inappréciable, une grâce de l'Esprit de Dieu[1]. Cassien ajoute que l'exemple personnel et la fidélité à ses propres doctrines donnent au dépositaire de l'autorité un prestige que rien ne peut remplacer. Ils lui assurent le respect et l'obéissance de tous. Dieu bénit alors et féconde tout ce qu'il sème dans les cœurs[2]. Si l'abbé agissait d'une manière différente, donnant à ceux qu'il conduit des enseignements et des ordres sévères, et se réservant pour lui une tâche facile, il aurait deux poids et deux mesures; le Seigneur ne le verrait pas de bon œil[3]. C'est la pensée que l'abbé Pœmen exprimait par cette courte sentence : « Fais ton âme observer ce que tu enseignes aux autres[4]. »

Il était d'autant plus important d'insister sur cette obligation des supérieurs qu'on recommande davantage aux moines la pratique d'une obéissance parfaite. Si, en effet, ceux-ci doivent tenir leur âme et leur conduite entre les mains de leurs chefs, il importe souverainement que ceux-là soient revêtus de toutes les qualités requises pour bien commander. Ils sont les maîtres qui enseignent l'art de la vie religieuse : on est en droit d'exiger d'eux cette preuve manifeste de leur compétence, sans quoi la vie monastique n'offrirait plus aucune sécurité à ceux qui l'embrassent. Heureux les abbés qui pourraient redire ces paroles de l'abbé Isaïe à ses moines : « Veillez à ne négliger aucun de mes préceptes tant que vous vivrez avec moi. Si vous les observez, je rendrai compte pour vous au Seigneur. Si vous ne les observez pas, vous aurez à rendre compte de votre négligence et de mon impuissance. Qui se conforme à mes ordres en public et en particulier, Dieu le protégera contre toutes les tentations[5]. » Il était facile de les aimer comme des pères, de les craindre comme des maîtres, de considérer leurs ordres comme le chemin du ciel[6], et de régler ses sentiments de telle sorte que l'affection ne relachât jamais la crainte, et que la crainte n'étouffât point l'affection[7], suivant la belle remarque de l'abbé Isidore. On leur donnait sans peine une soumission parfaite. De pareils supérieurs apparaissaient aux yeux de saint Macaire comme

---

1. Cassien, *Inst.*, l. II, p. 19.
2. Id., *Conlatio*, xiv, p. 421.
3. Id., xxi, p. 597.
4. *Verba seniorum*, P. L., LXXIII, 799.
5. Isaïe, *Oratio* 1, P. G., XL, 1107.
6. S. Jérôme, *Ep.* 125, P. L., XXII, 1080-1081. *Regula S. Macarii*, 4, 7, P. L., CIII, 448.
7. *Apophtegmata Patrum*, P. G., LXV, 235.

les vrais chefs du chœur spirituel des moines. Pénétrés par la pensée de leur mission sublime, ils savent, disait-il, la porter avec humilité, en songeant aux périls qui l'acompagnent. Ils offrent aux frères leur vie comme un type sur lequel ils peuvent régler la leur. Les religieux qu'ils gouvernent sont un dépôt sacré que Dieu leur a confié. Ils donnent à chacun la doctrine et la correction dont il a personnellement besoin. Ce sont de véritables médecins des âmes. Grâce à leur discrétion, l'intimité règne entre les membres de la communauté. Les cœurs sont à l'aise, et les frères parcourent avec allégresse le chemin qui mène à la perfection. Le monastère est une image du ciel ; on y mène la vie des anges[1].

Cet idéal de communauté monastique, tracé par l'un des hommes que recommandait le plus son expérience de la vie religieuse, pouvait devenir une réalité sous l'action salutaire d'un abbé doué des qualités et des vertus que requièrent ses fonctions. L'abbé Orsise, qui donnait aux supérieurs des conseils analogues, leur proposait, pour les faire entrer plus avant dans leur esprit, l'exemple de Notre-Seigneur et de saint Paul, conseillant par-dessus tout la pratique de la charité, qui les rend tout à tous, et les empêche de faire jamais acception de personne[2]. Saint Pakhôme, que sa vie montre préoccupé de se conformer en tout à ces modèles, résumait ainsi à son disciple Théodore ses propres sentiments sur la supériorité : « C'est une grande chose de voir dans ta maison quelqu'un qui néglige son salut et de l'oublier, de ne le point instruire. Sois patient... Prends soin de ceux qui sont malades plus que de toi-même. Sois abstinent en tout temps, porte la croix plus qu'eux. Sois une édification pour les frères, de sorte que tu leur serves de modèle en toutes choses[3]. »

Le fondateur de Tabenne, dans une de ses visions, aperçut les supérieurs assistés par les anges. Théodore parcourait pendant la nuit la communauté pour veiller sur les frères, qui lui apparurent semblables à des brebis étendues sur le sol. Un ange les gardait. L'esprit céleste lui demanda : « Qui veille sur les frères ? Est-ce toi ou moi ? » Théodore se dit en lui-même : « Vraiment nous ne sommes que la figure ; en réalité ce sont les anges qui sont nos

---

1. Macaire Egypt., *Epist.* 2, P. G., XXXIV, 423-426.
2. Orsise, *Doctrina de institutione monachorum*, P. G., XL, 871 et s.
3. *Vie copte de S. Pakhôme*, A. D. M. G., XVII, 147-148.

vrais pasteurs. Nous sommes les brebis du troupeau spirituel du Christ, et ce sont eux qui nous gardent des pièges mauvais de l'ennemi [1]. »

*
**

Saint Nil eut souvent l'occasion de tracer à des abbés la ligne de conduite qu'ils devaient suivre. Il propose à l'hégoumène Grégoire la leçon que donne Moïse, en plaçant le tabernacle loin du tumulte de l'armée. C'est, d'après lui, une invitation au chef du peuple de maintenir son âme loin de l'agitation des combats; c'est-à-dire qu'il doit être le souverain de son cœur et ne permettre à aucun trouble de l'émouvoir [2]. « Avant de devenir le guide de tes frères, écrit-il à un autre, soumets-toi d'abord à l'épreuve. C'est ton premier devoir. Tu auras à leur enseigner ce qu'il faut faire par tes œuvres plus que par tes paroles. Que ta vie soit pour eux l'image de toutes les vertus. Tu ne dois pas t'occuper de ceux à qui tu commandes moins que de toi-même, sache-le bien; car il te faudra rendre compte pour eux aussi bien que pour toi, puisque tu t'es chargé de leur salut. C'est par ce moyen que l'Apôtre fit un martyr de l'esclave fugitif Onésime, qu'Elie rendit capable d'interpréter la pensée divine le laboureur Elysée, que Moïse éleva si bien Jésu, fils de Navé, dont la sagesse allait toujours en augmentant, et que le grand-prêtre Héli donna au jeune Samuel une vertu supérieure à la sienne. Les efforts des disciples ne sont pas, il est vrai, inutiles pour l'acquisition de la sainteté; néanmoins leurs progrès viennent en grande partie des maîtres excellents qui jettent dans leurs âmes les étincelles de l'amour divin et le désir des biens éternels [3]. Tels furent, toujours d'après saint Nil, les fondateurs de l'institut monastique. Ils ont de la sorte gagné les cœurs à Dieu. Malheureusement, tous les supérieurs avec qui l'illustre solitaire du Sinaï entretenait des relations ne suivaient pas leurs exemples. Il dut faire entendre à plusieurs un langage sévère pour les rappeler à la pratique du devoir [4].

1. Ibid., 131.
2. S. Nil, l. ii, *Epist. 64*, P. G., LXXIX, 230.
3. Id., l. iii, *Epist. 332*, col. 542.
4. Id., l. ii, *Ep. 57-102*, l. iii, *Ep. 108*, col. 226-246, 434-435. *De monastica exercitatione*, P. G., LXXIX, 747-772.

Saint Ephrem, dont les enseignements étaient reçus avec tant de docilité par les moines de Mésopotamie et de Syrie, félicitait, dans sa langue poétique, la cité gouvernée par un prince sage, le vaisseau conduit par d'excellents marins, et le monastère administré par un homme digne. Car, déclare-t-il, l'incapacité des chefs cause la ruine des communautés [1]. Il conseille de ne point ambitionner la conduite des âmes, tant qu'on n'a pas remporté la victoire sur toutes ses passions. L'accepter dans ces conditions serait une grave imprudence, nuisible aux autres et à soi-même. Mieux vaut être élevé à cette charge malgré soi. Même alors l'abbé a besoin d'une grande vigilance pour remplir dignement ce ministère et pour ne suivre jamais la voie du bon plaisir [2]. L'homme qui a reçu des âmes à gouverner, dit ailleurs le diacre d'Edesse, doit livrer de rudes combats. Qu'il se prépare à les soutenir par la pratique des vertus qu'il enseigne [3]. Il lui faut une patience invincible, une condescendance pour les infirmes qui ne se lasse jamais [4], et une application continuelle à discerner les forces de chacun. Si la discrétion tempère tous ses ordres, son moine lui donnera une obéissance simple et cordiale, sans jamais répondre : C'est impossible [5].

Saint Basile ne pouvait passer sous silence les devoirs des supérieurs dans ses règles, où sont exposés tous les principes sur lesquels roule l'organisation monastique. Comme saint Nil et saint Ephrem, il insiste sur le compte que Dieu leur demandera. Si un frère vient à commettre une faute sans que l'abbé lui ait au préalable manifesté les jugements divins, et s'il persévère dans le mal sans qu'on lui enseigne les moyens de se corriger, c'est l'abbé qui répondra au tribunal de Dieu de la perte de cette âme. Sa condamnation sera beaucoup plus rigoureuse si son silence a pu paraître une approbation [6]. La dignité dont il est revêtu ne doit pas l'enorgueillir ; sinon il perdra la récompense promise aux humbles. Il est le médecin des âmes et le serviteur de ses frères [7]. Aussi la mansuétude et l'humilité doivent-elles être ses qualités

---

1. S. Ephrem, *De humilitate, 1,* op. gr., t. I, 217.
2. Id., *De vita spirituali, 35-38,* ibid., 267-269.
3. Id., *Paræn.* XIV, op. gr., t. II, 87-89.
4. Id., *xv,* ibid., 89-90.
5. Id., *De humilitate,* 44, t. I, 307.
6. S. Basile, *Reg. brev. tract., int. 25,* P. G., XXXI, 983
7. Id., *Reg. fus. tract., int. 30,* ibid., 991-994.

distinctives[1]. Ses inférieurs ne peuvent pas, sous le spécieux prétexte de l'humilité, refuser les services qu'il doit leur rendre. Agir de la sorte serait montrer un esprit indépendant et se priver soi-même et les autres d'un bon exemple. Car c'est généralement pour édifier leurs disciples et pour leur donner une leçon salutaire que les supérieurs se comportent ainsi[2].

L'abbé qui veut remplir dignement sa fonction réalise dans sa vie de chaque jour les commandements du Seigneur; il ne fournit à personne le moindre motif de croire qu'un précepte est sans importance et peut être négligé. Quand il se tait, ses œuvres s'expriment avec plus d'éloquence que sa langue[3]. Il se considère toujours comme le ministre de Jésus-Christ et le dispensateur des mystères de Dieu; il évite de prononcer une parole ou de donner un ordre contraire à la volonté divine, telle qu'elle est manifestée par les Ecritures, et de passer pour un témoin infidèle de la pensée du Maître, en introduisant dans le monastère des pratiques opposées à ses enseignements ou en négligeant ce qu'il saurait lui être agréable[4]. Son rôle consiste à se faire l'œil de la communauté entière, pour veiller sur sa marche et pour écarter les obstacles de son chemin. La prudence, la miséricorde, la sobriété, l'art de la parole, sont pour lui des qualités indispensables. Parce que les hommes qui les possèdent toutes sont rares, saint Basile conseille de ne pas trop multiplier les monastères[5].

Un pareil supérieur est aisément capable de façonner ses moines à sa ressemblance. Saint Grégoire de Nazianze, qui en avait la preuve sous les yeux dans le monastère gouverné par l'abbé Leucadios, pouvait, sans crainte d'être démenti, écrire à ses religieux : « Quand vous vous examinez les uns les autres, reconnaissez en chacun les traits de votre pasteur. Sa pureté, sa mansuétude, son humilité, son amour de la sagesse, son union continuelle avec le Seigneur, informent votre vie[6]. »

Saint Grégoire de Nysse propose à l'abbé l'exemple du maître chargé de l'éducation des enfants. Aux uns, il donne le fouet; aux autres, des avertissements; avec ceux-ci, il use de la louange; avec

1. S. Basile, *Reg. fus. tract.*, *int. 43*, ibid., 1030.
2. Id., *int. 31*, ibid., 994.
3. Id., 43, ibid., 1027-1030.
4. Id., *Reg. brev. tract.*, *int. 98*, ibid., 1050-1051.
5. Id., *Reg. fus. tract.*, *int. 35*, ibid. 1003.
6. S. Grég. Naz., *Epist. 238*, P. G., XXXVII, 382.

ceux-là, d'un tout autre moyen. Il est heureux de conduire à la perfection des religieux qui lui obéissent avec joie et qui commencent à mener sous sa conduite la vie des anges [1].

L'auteur des *Constitutions monastiques,* qui prend la famille comme type du monastère, veut que le supérieur soit un père, s'efforçant d'imiter le Père céleste. Les frères, semblables à des enfants pleins de tendresse, doivent rivaliser d'égards, d'affection et de dévouement pour lui [2]. L'abbé considère les besoins de chacun et lui donne ce que réclame son état. Il cherche à connaître le caractère, les sentiments et les aspirations de tous ses moines, afin de s'accommoder à leurs besoins [3]. Ceux qui reçoivent davantage ne se prévalent point de la miséricorde dont ils sont l'objet, et les autres n'ouvrent pas leur cœur à la jalousie [4].

*
* *

Saint Pakhôme, dans les premières années du monastère de Tabenne, prenait sur lui la direction des âmes et tout le service matériel de la maison. Pendant qu'il remplissait avec un zèle admirable les fonctions de cuisinier, de jardinier et de portier, les frères vaquaient tranquillement à l'oraison et aux saintes lectures. Mais l'augmentation du nombre de ses disciples l'obligea bientôt de renoncer à ce système écrasant. Il adopta une organisation qui lui permit, sans surcharger personne et en utilisant toutes les aptitudes, de partager le travail avec ses moines et de faire ainsi face aux exigences multiples du service spirituel et temporel de la communauté [5]. Le fondateur de Tabenne, qui possédait l'art du gouvernement à un degré que n'atteignit jamais aucun législateur monastique de cette période, sut établir cette distribution des offices avec une sagesse et un sens pratique remarquables. Elle a exercé sur le cénobitisme occidental la plus heureuse influence.

Chaque service du monastère avait à sa tête un chef responsable, à qui tous obéissaient et qui devait à son tour une entière

1. S. Grég. Nys., *De instituto christiano,* P. G., XLVI, 289-290.
2. *Constitutions monastiques,* 18, P. G., XXXI, 1386.
3. Ibid., 22, 1410.
4. Ibid., 32, 1422.
5. *Pachomii Acta,* 16-19. Acta Sanct. Maii, t. III, 301-303.

soumission au supérieur. Il en était ainsi à la cuisine, à l'infirmerie, à la porte, au pétrin, au jardin, dans tous les travaux, à
l'intérieur comme en voyage et hors du monastère[1]. Un supérieur,
nommé père, gouvernait toute la communauté. Son second le
remplaçait en cas d'absence. Les économes, les hebdomadiers et
les serviteurs veillaient chacun à l'office dont ils étaient chargés[2].

Les prieurs jouaient un grand rôle dans l'administration. Aidés
par un second, qui jouissait en leur absence d'une autorité égale à
la leur, ils surveillaient et conduisaient les groupes ou maisons
dont se composait le monastère[3]. L'observance régulière reposait
entièrement sur eux. Aussi le législateur ajoutait-il une importance capitale aux vertus qui leur convenaient et aux défauts qu'ils
avaient à éviter. L'article le plus long de sa règle leur est consacré[4].
Ils participaient au pouvoir du supérieur et ne devaient rien faire
contre ses ordres. Ils veillaient à ce que rien ne se perdît. C'était
à eux d'empêcher les religieux de fuir, de réprimander les délin-
quants, et au besoin d'informer le supérieur à qui appartenait le
droit de punir. S'ils se montraient négligents dans l'accomplissement de leur tâche, ou excessifs dans la correction des coupables,
s'ils violaient la règle sur un point quelconque, les religieux les
dénonçaient au père du monastère[5]. Saint Pakhôme leur recommandait expressément de témoigner aux frères une bonté paternelle. En voyaient-ils un plongé dans la tristesse, ils devaient en
chercher la cause et faire leur possible pour le consoler. On leur
infligeait une pénitence rigoureuse s'ils manquaient à leur devoir
sur ce point délicat[6]. La règle voulait qu'il régnât entre le prieur
et ses moines une étroite cordialité. Elle établit en conséquence un
arbitrage, dans le but de dissiper les malentendus, de trancher
les différends et de rapprocher les cœurs[7].

L'administration du temporel incombait à l'économe et à son
aide. C'était à lui de fournir aux cuisiniers, aux infirmiers et à tous
les frères chargés d'un office, ce dont ils avaient besoin. Des religieux, que leur gravité mettait au-dessus des moindres soupçons,

1. S. Pakhôme, *Reg. 189*, P. L., XXIII, 85.
2. S. Jérôme, *Præf. in regulam S. Pachomii*, ibid., 66.
3. S. Pakhôme, *Reg.*, 182, 183, ibid., 84.
4. Id., 159, ibid., 80.
5. Id., 158, 152, 153, 147, 154, ibid., 79-80.
6. Id., 170, ibid., 83.
7. Id., 190, ibid., 85.

allaient, sur son ordre, traiter au dehors les affaires qui se présentaient. On leur confiait le soin de faire les ventes et les achats [1]. Il y avait, pour distribuer le travail, un serviteur qui changeait toute les semaines. De là son nom d'hebdomadier. Le matin, après la prière en commun, il prenait les ordres du père du monastère et les transmettait au prieur de chaque maison. Il tenait un compte exact de tout ce qui se faisait [2].

La nomination de tous les officiers appartenait au supérieur du monastère. Saint Pakhôme le prie de tenir compte des aptitudes de ses moines. Certaines fonctions étaient pour plusieurs attrayantes. Il n'y en avait guère qui le fût autant que la charge d'économe. Un religieux, qui appartenait à un monastère voisin de Tabenne, la désirait beaucoup; il s'en ouvrit au supérieur, qui, le jugeant incapable de la remplir, lui répondit par un refus. Sans se déconcerter, il réitéra sa demande avec plus d'instance encore. Le père, pour le réduire plus facilement à la raison, consulta saint Pakhôme et appuya sur son autorité le nouveau refus qu'il apporta au pauvre ambitieux. Cette décision le mit hors de lui. Il s'en alla trouver le saint et l'accabla d'injures. Pakhôme l'écouta patiemment. Lorsque le malheureux eut fini, il conseilla au supérieur de lui donner la fonction tant désirée. Il espérait par ce témoignage de confiance le ramener à de meilleurs sentiments. Son attente fut pleinement réalisée [3]. D'autres religieux s'attachaient trop à la fonction qu'ils remplissaient. Saint Nil en connut un qui avait cette faiblesse. Il était le second du supérieur du monastère. Or l'usage voulait qu'il cédât sa place à un autre après un an de service. Mais l'amour du commandement avait oblitéré la notion de l'obéissance dans son esprit, au point qu'il refusa de quitter cette charge [4]. Le second du monastère était-il le seul officier dans les régions avoisinant la péninsule Sinaïtique, qui fût ainsi remplacé tous les ans? Tous les officiers monastiques n'étaient-ils pas soumis à cette règle? Saint Nil n'en dit rien.

*
* *

Les cénobites égyptiens avaient une organisation différente de

---

1. *Pachomii Acta,* 19, Acta Sanct. Maii, t. III, 303.
2. S. Pakhôme, *Reg.,* 25-27, P. L., XXIII, 68.
3. *S. Pachomii Acta,* 29, Acta Sanct. Maii, t. III, 307-308. Cf. *Vie copte de S. Pakhôme,* A. D. M. G., t. XVII, 61-63.
4. S. Nil, l. III, *Epist.* 241, P. G., LXXIX, 495.

celle adoptée par saint Pakhôme. Son allure était plus militaire. Ils distribuaient les moines par groupes de dix : neuf frères et un doyen. Si l'importance du monastère le permettait, dix dizaines formaient une compagnie de cent, dont le chef avait sous ses ordres tous les doyens. Ceux-ci étaient les pères spirituels de leurs moines ; ils veillaient sur eux le jour et la nuit et les conduisaient à l'office, au travail, au repas et à la conférence. C'était à eux de prescrire à chacun la tâche qu'il devait exécuter, de recevoir ce qu'il avait fait et de remettre le tout à l'économe [1]. Au réfectoire, ils donnaient aux servants le signal de prendre la nourriture et d'enlever les ustensiles [2]. Les moines leur demandaient les permissions et tout ce qui leur était nécessaire [3]. Il y avait une dizaine spéciale pour les jeunes ; le doyen s'occupait de parfaire leur formation religieuse [4]. C'est lui qui réprimandait et punissait les moines placés sous sa conduite; il devait s'acquitter de cette tâche avec une grande modération [5].

Ces monastères avaient à leur tête un supérieur ou père, à qui l'économe rendait compte tous les mois du travail exécuté par les religieux [6]. Dans les communautés nombreuses, des officiers inférieurs, renouvelables toutes les semaines, lui prêtaient leur concours [7]. A Scété et à Nitrie, l'économe ou *dispensateur*, chargé de l'administration temporelle, pourvoyait aux besoins de tous [8]. Cassien nomme cette fonction *diaconia*. C'était bien, en effet, un service, un ministère. Les souvenirs bibliques, si familiers aux moines, leur montraient vite l'analogie qui existait entre cette fonction et celle que les apôtres donnèrent aux premiers diacres de Jérusalem. Elle était d'ordinaire confiée à des hommes d'un certain âge et d'une grande vertu, choisis par le conseil des anciens. Les fidèles du voisinage leur portaient les offrandes qu'ils destinaient aux serviteurs de Dieu. Cassien fait l'éloge de l'abbé Jean, qui remplissait cet office dans un monastère de l'Egypte [9]. Ce Jean

---

1. S. Jérôme, *Epist.* 22, n° 35, P. L., XXII, 420. S. Augustin, *De moribus Ecclesiæ*, l. I, P. L., XXXII, 1338.
2. Cassien, *Instit.*, l. IV, p. 58.
3. Ibid., p. 54.
4. Ibid., p. 52.
5. S. Jérôme, *loc. cit.*
6. Ibid.
7. *Regula SS. Serapionis, Macarii*, 12, P. L., LIII, 439.
8. Pallade, *Hist. laus.*, 10, P. G., XXXIV, 1030. Cassien, *Inst.*, l. V, 112.
9. Cassien, *Conlat.*, XXI, 574.

eut pour successeur l'abbé Hélias, remplacé après sa mort par l'abbé Théonas, avec qui Cassien eut sa vingt et unième conférence [1].

L'économe était un officier indispensable. On le trouve partout. En Palestine, dans le monastère de l'abbé Gélase, il portait le nom de cellérier, κελλαρίτης. Il se tenait au cellier ; le cuisinier traitait directement avec lui pour ce qui le concernait [2]. Saint Ephrem, dans l'un de ses discours funèbres, loue un moine qui avait rempli cette fonction, après avoir débuté par la porterie [3]. Ce n'était pas une sinécure. Aussi trouvait-on des frères qui, après s'en être acquittés avec ferveur durant quelques années, désiraient ardemment en être délivrés, afin de pouvoir jouir du repos [4].

Les monastères syriens ne semblent pas avoir multiplié les offices. Le supérieur choisissait un second [5] et au besoin un troisième [6], avec qui il partageait le soin du gouvernement. L'organisation des communautés cappadociennes était moins primitive. Saint Basile tenait à ce que les emplois fussent distribués avec beaucoup d'ordre. Un monastère, croyait-il, ressemble à un corps, ses besoins sont multiples ; à chacun d'eux correspond un membre. Celui qui a la charge commune remplit les fonctions de l'œil, qui considère et prévoit tout. D'autres ont le rôle des oreilles et des mains. Chacun se meut à sa place ; de la sorte, tout est dans la paix et l'harmonie [7]. L'hégoumène, quand il choisit les officiers, ne suit pas en aveugle son jugement personnel, il se souvient du langage de l'Ecriture : *Fais tout avec conseil* [8]. Les hommes qui sont l'objet de sa confiance ont dû montrer par leur vie antérieure qu'ils étaient capables de remplir ces charges d'une manière utile à la communauté et agréable au Seigneur [9]. Le mérite de l'élu ne se mesure pas avec le nombre de ses années. Si un officier a sous ses ordres des frères plus âgés que lui, il veille seulement à ne pas laisser l'orgueil envahir son cœur. Ses subordonnés voient en lui le dépositaire d'un mandat divin et lui donnent une

1. Cassien, *Collat.* XXI, 584.
2. *Apophtegmata Patrum*, P. G., LXV, 147-150.
3. S. Ephrem, *Paræn.*, XLVIII, op. gr., t. III, 176.
4. Id., *De humilitate*, 72, op. gr., t. I, 321.
5. Théodoret, *Hist. relig.*, IV, P. G., LXXXII, 1347.
6. Id., III, ibid., 1339.
7. S. Basile, *Regula fus. tract.*, int. 24, P. G., XXXI, 981-984.
8. Eccli., XXXII, 24.
9. S. Basile, *Reg. brev. tract.*, int. 104. Ibid., 1154-1155.

obéissance complète, sans considérer sa jeunesse[1]. Celui qui reçoit une fonction remplit exactement les devoirs qu'elle comporte, car Dieu lui demandera compte de toutes les négligences qui pourraient lui échapper.

Saint Basile s'étend beaucoup sur les offices qui ont trait à l'administration temporelle du monastère. Ce n'est pas sans raison. Du bon ordre qui y règne dépendent la paix et l'avenir d'une communauté. Celui qui a la charge du cellier s'en acquitte sous la dépendance du supérieur. Il n'exerce pas un pouvoir arbitraire. Donner à chacun ce dont il a besoin est la première règle qui lui est prescrite. La considération des personnes serait de sa part une faute grave[2]. L'hégoumène lui donne un aide, parce que le travail bien distribué se fait mieux et plus aisément. Cet auxiliaire se forme peu à peu et devient capable de remplacer le cellérier, en cas de maladie, d'absence ou de déposition[3].

Les religieux s'acquittent à tour de rôle de certaines fonctions moins importantes. Ils mettent à les remplir un grand zèle, cherchant à satisfaire tous les membres de la communauté, auxquels ils donnent par ce moyen un témoignage d'affection fraternelle. On leur demande le même empressement et la même ponctualité que s'ils servaient Notre-Seigneur en personne. Ce service mutuel est un trésor de vertus et l'école où l'on apprend l'humilité ; il fournit l'occasion de pratiquer les ordres divins et de gagner le royaume des cieux[4]. Ces considérations, qui ne sont pas de saint Basile, expriment les sentiments avec lesquels les religieux s'acquittent de leurs divers offices[5]. Plusieurs ne peuvent pas fournir la tâche matérielle qui leur est demandée et prendre part à tous les exercices qui occupent la journée du moine. Ils se tiennnent en paix néanmoins, chantant au fond du cœur la louange divine. La règle les avertit qu'ils seraient coupables d'une négligence aux yeux du Seigneur, s'ils ne remplissent pas à temps les devoirs de leur charge sous prétexte d'assister aux exercices communs[6].

Dans les monastères cappadociens, l'hégoumène est remplacé par un second toutes les fois qu'un voyage, la maladie ou un

---

1. S. Basile, *Reg. brev. tract.*, int. 169, ibid., 1194.

2. Id., 148-149, ibid., 1179-1182. *Reg. fus. tract.*, int. 34, 999-1002.

3. Ib., 156, ibid., 1182-1186.

4. Pseudo-Basile, *De renuntiatione*, ibid., 646. *Sermo asceticus*, ibid., 879.

5. Cf. *Constitutiones monasticæ*, 26, P. G., XXXI, 1415.

6. S. Basile, *Reg. brev. tract.*, int. 143. Ibid, 1179.

motif quelconque ne lui permettent point d'être à la tête de ses frères. Cet officier maintient alors la discipline, fait les conférences,
reçoit les hôtes et gouverne la maison. Le supérieur, pour le choisir,
a demandé l'avis des hommes graves et prudents [1] qui forment son
conseil. Ces religieux, qui sont les anciens de la maison, jouissent
d'une grande autorité morale. Ils ont le droit et le devoir d'adresser
à l'hégoumène des observations et des reproches si sa conduite
privée ou publique le demande. Celui-ci les convoque pour demander leur avis toutes les fois que les intérêts du monastère sont
en jeu [2].

*
* *

Cette organisation du pouvoir et du service mutuel dans les
communautés religieuses de l'Orient est assez primitive. Mais les
législateurs des époques suivantes, poussés par le développement
du monachisme et guidés par leur connaissance des hommes,
sauront lui donner le développement et la perfection qu'elle comporte [3].

Les monastères ainsi constitués ne restent pas dans un complet
isolement les uns par rapport aux autres. On les voit se venir en
aide et se communiquer les ressources dont ils peuvent avoir
besoin. La Libye est une province aride; ses habitants sont dans
une pauvreté extrême. Les religieux qui y ont fixé leur séjour
manquent parfois du nécessaire. Ceux qui vivent en Egypte près
de la vallée du Nil possèdent, sans être riches, des provisions
abondantes. Ils n'hésitent pas à leur envoyer charitablement de
quoi vivre [4].

Les ermites d'une région se groupent d'instinct autour du solitaire qui pendant le IVᵉ siècle a jeté dans le pays les fondements
de la vie religieuse. La fidélité aux enseignements du saint fondateur établit parmi eux une certaine unité d'observance et une
fusion des cœurs. Tel fut saint Antoine dans toute une partie de
la haute Egypte et de la basse Thébaïde. Ce vaste groupe anacho-

1. S. Basile, *Reg. brev. tract., int.* 45, ibid., 1031.
2. Id., 48, ibid., 1038.
3. Cf. Marin, *Les Moines de Constantinople,* 98-106.
4. Pallade, *Hist. laus.,* 10, P. G., XXXIV, 1030.

rétique ne présente rien qui rappelle même de loin l'organisation des Ordres modernes. Quelques visites du patriarche et un va-et-vient continuel des moines autour de sa cellule sont les moyens qui maintiennent l'union. L'autorité qu'exerce saint Antoine est toute personnelle. Il l'emporte avec lui dans le tombeau.

Saint Hilarion, son disciple et son émule en Palestine, est le père et le chef de la multitude des moines recrutés par lui. Tous les ans, pour les stimuler à la pratique de la vertu et à la recherche de la perfection, il les visite dans leurs cellules avant l'époque des vendanges. L'itinéraire qu'il doit suivre et les haltes qu'il fait sont fixés et connus d'avance. Afin de le posséder plus longuement, les ermites se portent au-devant de lui et l'accompagnent après son départ. Au dire de saint Jérôme, cette escorte monacale s'élève au chiffre extraordinaire de deux mille hommes. Les habitants du pays que traverse Hilarion lui offrent, ainsi qu'à son cortège, les aliments dont ils ont besoin [1].

Les populeuses agglomérations monastiques de Nitrie et de Scété ressemblent beaucoup plus à des congrégations qu'à des monastères isolés. Mais il faut aller jusqu'en haute Thébaïde pour rencontrer une congrégation avec son organisation et son fonctionnement régulier. Saint Pakhôme en est le créateur. Tous les monastères qu'il fonde ou qui se rangent sous son obéissance adoptent les règles observées à Tabenne. Il est le chef, le père commun de toutes les communautés. Tabenne est au début le lieu de sa résidence. Il le transporte bientôt à Phbôou, dont la situation est plus favorable. C'est là que se trouve l'administration commune de tous les monastères, on dirait aujourd'hui la maison-mère ou le chef-lieu de l'Ordre. Il y a une sorte de procure générale avec un économe qui centralise les produits de chaque maison et les pourvoit de ce qui leur peut manquer. Deux fois l'an, à Pâques et durant le mois d'août, lorsque la moisson est finie, tous les frères s'y assemblent pour former une sorte de chapitre général. Pendant la première réunion, les moines tabenniotes célèbrent en commun la Résurrection du Sauveur, et les catéchumènes élevés dans leurs monastères reçoivent le baptême. La seconde a un caractère plus administratif. Les coupables reçoivent le pardon de leurs fautes et d'utiles avis. Ceux que des différends séparent échangent des expli-

---

1. S. Jérôme, *Vita S. Hilarionis,* c. III. *Acta Sanct. Oct.,* t. IX, 51. Cf. De Buck, *Annotationes,* ibid., 32-34.

cations, choisissent un arbitre et font la paix. L'économe général réclame les comptes de toutes les maisons. Le supérieur prend les mesures exigées par le gouvernement de la congrégation et des monastères particuliers ; il nomme, s'il y a lieu, les supérieurs, les prieurs et les économes locaux [1].

Le bien des individus et des communautés nécessite parfois ces changements, qui permettent de supprimer et même d'éviter de nombreux abus. Théodore, qui gouvernait la congrégation dans le même esprit que Pakhôme, son maître, s'aperçut que des supérieurs s'attachaient à leur monastère avec des sentiments trop naturels. On eût dit des propriétaires. Quand arriva l'époque des grandes réunions, il leur tint ce langage : « J'entends dire que vous prononcez des paroles perverses. Quelques-uns disent : Ce couvent est à moi. D'autres disent : Ceci est à moi. Or, désormais, qu'il n'y ait plus rien de semblable ici. Mais si vous êtes vraiment préparés de tout votre cœur à être des abstinents à la manière de notre juste père, eh bien ! que chacun de vous confesse et dise : Moi, je ne suis point hégoumène de ce couvent, mais nous sommes prêts à nous soumettre à toute chose qu'on nous ordonnera. » Ce qu'ils firent avec une simplicité parfaite. Théodore les laissa à Phbôou vivre comme des moines, et il s'en alla faire la visite de leurs monastères. Quand il fut de retour, il assigna une nouvelle résidence à chacun d'eux. Pour prévenir ces désordres, il ne manqua plus d'opérer quelques changements à toutes les réunions [2].

Ces assemblées avaient l'inappréciable avantage de maintenir la paix entre les monastères et l'ordre dans la congrégation. Les religieux en profitaient pour se connaître et pour resserrer les liens d'amitié fraternelle qui les unissaient. C'était du reste l'un des buts que leur assignait Pakhôme dans une lettre de convocation adressée aux frères [3]. Grâce à cette confédération, les monastères se rendaient facilement service les uns aux autres. Par exemple Tabenne fournissait aux moines de Phbôou, qui n'avaient pas de boulangerie, leur provision de pain [4].

Saint Basile n'a pas cherché à faire un corps des communautés soumises à sa règle. Il leur demande seulement d'avoir des rela-

---

1. *Vita S. Pachomii, Acta Sanct. Maii*, t. III, 316-317. *Vie copte de S. Pakhôme*, A. D. M. G., VIII, 101-104. Cf. Ladeuze, ouv. cit., 286-287.
2. *Fragments coptes d'une Vie de S. Théodore*, A. D. M. G, t. VIII, 329-334.
3. P. L., XXIII, 96-97.
4. *Vie copte de S. Pakhôme*, A. D. M. G., t. XVIII, 114.

tions cordiales avec celles du voisinage. Les supérieurs se réunissent dans un lieu déterminé à une époque fixe. Dans ces assemblées, qu'on pourrait nommer des chapitres provinciaux, ils traitent des choses courantes, de la piété et de la pratique des vertus dans les diverses maisons. Chaque hégoumène expose la manière dont il remplit ses fonctions. C'est un bon moyen de s'éclairer ; car les autres peuvent lui dire en quoi il manque et l'encourager dans ce qu'il fait de bien [1]. Les monastères se prêtent un mutuel appui. Car à eux, comme aux individus, l'Evangile recommande la pratique de la charité et le dévouement fraternel [2]. En dehors des circonstances où le devoir impose d'assister une communauté en détresse, les monastères ont souvent occasion de faire des échanges. Dans ce cas, la dignité leur interdit d'exploiter la nécessité dans laquelle se trouve un voisin ou d'abuser de la condescendance de celui qui rend un service. Il faut agir avec un esprit élevé et un cœur généreux, sans lésiner sur les prix et sans exiger une rétribution trop forte [3].

L'insistance avec laquelle saint Basile parle de l'union entre les monastères fait croire que ses recommandations n'étaient pas inutiles. Il eut évidemment à constater des dissensions fâcheuses. Elles sont presque inévitables, quand il y a dans une même localité deux maisons religieuses. Ce rapprochement engendre des rivalités qui dégénèrent vite en basse jalousie. On laisse échapper des paroles amères et des critiques blessantes, puis on en vient aux procédés indélicats. Les œuvres exercées par les moines, l'hospitalité, tout sert de prétexte et fournit une occasion. Le scandale des fidèles est le résultat le plus clair de ces oublis de la charité fraternelle. Il n'y avait qu'un moyen de supprimer ces rivalités mesquines : des deux communautés en faire une seule. [4]

*
* *

Mais cette union des monastères d'une même contrée, pour être durable, aurait dû se faire autour d'un hégoumène établi au-dessus

1. S. Basile, *Reg. fus. tract. int.* 54, P. G., XXXI, 1043.
2. Id., *Reg. brev. tract.*, int. 181. Ibid., 1203.
3. Id., 285, ibid., 1283.
4. Id., *Reg. fus. tract.*, int. 35, ibid. 1003-1008.

des autres et jouant un rôle analogue à celui des supérieurs généraux. La règle de saint Basile ne reconnaît aucune autorité de cette nature. Mais la force des choses ne tarda guère à en provoquer la création. Les religieux, comme les simples fidèles, étaient soumis à la juridiction épiscopale; ceux d'Egypte et de Thébaïde avaient plus directement à faire, semble-t-il, au patriarche d'Alexandrie. Cette dépendance d'une même autorité forma bientôt entre les monastères d'un diocèse un lien que le temps et les circonstances devaient fortifier. Les pasteurs des églises les plus importantes ne tardèrent pas à se reposer de la conduite de cette partie de leur troupeau sur un membre du clergé choisi souvent parmi les religieux. On lui donna le nom d'exarque des moines. L'évêque de Mélitène confia ce soin au prêtre Euthyme dans les premières années du Vᵉ siècle [1]. A Constantinople, saint Dalmace, abbé du monastère qui plus tard porta son nom, est qualifié, par saint Cyrille d'Alexandrie, d'*archimandrite des monastères*. C'est le premier abbé de la capitale de l'Empire investi d'une dignité semblable. Les patriarches la conservèrent à ses successeurs [2]. Le chorévêque Passarien, qui gouvernait un monastère à Jérusalem ou dans le voisinage, reçut du patriarche Juvénal une fonction analogue [3]. Les églises de Syrie connurent cette institution. Parmi les délégués que Théodoret, évêque de Cyr, envoya au pape saint Léon, se trouvait le prêtre Alypios, exarque des moines de son diocèse [4].

1. Cyrille, *Vita S. Euthymii*, 2. Acta Sanct., Jan., t. II, 667.
2. Cf. Tillemont, t. XIV, 314-322. Marin, *o. c.*, 167-181.
3. Tillemont, t. XV, 196.
4. Théodoret, *Epist.* 113, P. G., LXXXIII, 1318.

CHAPITRE IX

L'obéissance et la discipline régulière

L'obéissance est le lien qui unit les moines à leur supérieur. Elle fait régner dans les monastères la paix et la concorde. C'est par elle surtout que le religieux pratique le renoncement et se livre tout entier à Dieu son maître. Les législateurs monastiques et les docteurs de la vie spirituelle la présentent comme le fondement du monachisme. Aussi n'est-il pas de vertu que les vies des saints moines et les récits édifiants recommandent avec plus d'insistance.

Saint Pakhôme, qui voit dans la soumission absolue aux ordres des supérieurs le moyen le plus efficace de maintenir l'union des cœurs et des esprits et de faire régner la charité, en pousse la pratique aussi loin que possible[1]. Il interdit à son moine de faire, sans une permission expresse, quoi que ce soit, même d'entrer dans la cellule de son voisin[2]. Les disciples qui méritaient de sa part une affection plus grande se montraient les plus empressés à marcher dans cette voie. Il était inexorable pour eux sur ce point. Théodore en sut quelque chose. Bien des négligences lui échappaient soit par oubli soit par distraction ; elles lui attiraient immanquablement des réprimandes sévères qu'il acceptait dans le silence le plus respectueux[3].

Le murmure, qui est en réalité une négation de l'obéissance, causait un vif déplaisir au fondateur de Tabenne. Il punissait avec

---

1. S. Pakhôme, *Reg.*, 191. P. L. XXIII, 90.
2. S. *Pachomii vita*, 38. *Acta Sanct.* Maii, t. III, 311.
3. Ibid., 33, p. 309. Cf. *Vie copte de S. Pakhôme*, A. D. M. G., XVII, 116 et usiv.

une extrême rigueur ceux qui s'en rendaient coupables. On le vit
bien à Phbôou. Dix religieux de ce monastère, assez réguliers par
ailleurs, murmuraient souvent contre lui. Il usa de tous les moyens
pour les guérir. Les prières qu'il adressait au Seigneur restaient
sans effet. La mort de l'un des coupables lui parut une occasion
très opportune de donner à tous une leçon utile. Il défendit de
rendre à son cadavre les honneurs habituels. Par conséquent sa
sépulture ne reçut aucune bénédiction, et il n'y eut pas de chants
autour de sa dépouille. Ses vêtements furent brûlés sous les yeux
de la communauté. On ne pouvait rien imaginer de plus fort pour
enseigner aux religieux « à ne point traiter leur âme avec
mépris »[1].

Toutes les règles attribuées à des moines de cette époque
recommandent non moins instamment la pratique de cette vertu
essentielle[2]. Cassien, qui expose avec tant de netteté les meilleures
traditions ascétiques de l'Egypte, fait remarquer le soin avec lequel
les solitaires formaient leurs jeunes disciples à une obéissance
parfaite. Ils leur enseignaient en premier lieu l'art difficile de vaincre leur volonté. S'ils sont incapables, pensait-on, de remporter
cette victoire, comment pourraient-ils dominer leurs passions ?

Le détachement de la volonté propre, qui était le résultat de
cette transformation, les empêchait d'agir par eux-mêmes ; il leur
fallait en toutes choses l'agrément du supérieur[3]. C'était le premier conseil que les nouveaux venus recueillaient sur les lèvres
des anciens. « Si tu veux arriver à la perfection, disait à son
disciple l'abbé Pinufe, propose-toi d'imiter un petit nombre de
frères ; il est préférable de t'en tenir à un ou deux. Mais, pour
bien mettre à profit leurs exemples, comporte-toi comme un
sourd, un muet et un aveugle ; montre toujours la plus entière simplicité et une obéissance absolue ; ne juge saintes, utiles et sages
que les choses déclarées telles par la loi de Dieu ou par l'approbation de l'ancien[4]. »

Les cénobites avaient une grande facilité et des occasions multiples de faire à cette vertu la part la plus large dans leur existence.
Telle était la cause de la préférence qu'on donnait habituellement

---

1. *Vie copte de S. Pakhôme*, 151.
2. S. Antoine, *Reg.*, 22, P. G., XL, 1070. *Regula Patrum*, P. L., CIII, 441.
Isaïe, *Reg.*, 26-29, ibid., 430 ; *Oratio*, III, v, P. G., XL, 1110-1122.
3. Cassien, *Inst.*, l. IV, 8-10, p. 52-54.
4. Ibid., 76-77.

à leur genre de vie[1]. Le moine obéissant, disaient les anciens, jouit d'une entière sécurité : il est à l'abri des dangers que fait courir l'accomplissement de la volonté propre[2]. Il échappe aux illusions que l'homme trouve sur sa route même quand il croit faire le bien[3]. Sa vie est celle d'un être mort au monde et crucifié pour ses convoitises; elle lui vaut les honneurs du martyre[4]. Cassien appuie cette doctrine des Pères par tout un ensemble de traits plus édifiants les uns que les autres. Ce langage pratique est d'une éloquence très persuasive[5].

*
* *

L'obéissance parfaite que les anciens de l'Egypte et de la Thébaïde demandaient à leurs disciples exigeait de leur part une disposition intérieure qui tenait les yeux de l'âme fermés sur la chose prescrite, et dirigeait toute l'application du cœur sur l'amour de Dieu, mobile unique de la vie religieuse. On pourrait la nommer l'esprit d'aveuglement ou le silence du jugement personnel. Pour en faire contracter l'habitude, les supérieurs donnaient parfois aux jeunes novices des ordres absurdes. Plusieurs allèrent loin dans cette voie, et franchirent les limites de la prudence la plus élémentaire. Quelques-uns crurent même pouvoir exiger des actes condamnés par la loi divine. Les faits de cette nature ne doivent pas être admirés et encore moins imités. En voici un exemple : L'ancien chargé de la formation du jeune Sisois, dans le but d'éprouver son obéissance, lui ordonnait parfois d'aller voler. Docile comme un enfant, le disciple dérobait ce qui appartenait aux frères, avec le zèle qu'il aurait mis à faire une action louable. Il est bon d'ajouter que son père spirituel restituait en secret le fruit de ses larcins[6].

L'épreuve portait habituellement sur des choses moins extraordinaires. Il était si facile de mettre un novice à même de fouler

1. Cassien, *Conlat.*, XVIII, p. 514. *Verba Seniorum*, P. G., LXXIII, 787-788.
2. Id., *Conlat.*, XXIV, 709-710.
3. Id., *Conlat.*, IV, 116.
4. Id., *Conlat.*, XVIII, 514.
5. Id., *Inst.*, l. IV, 65, etc.
6. *Apophtegmata Patrum*, P. G., LXV, 419. Sulpice-Sévère, *Dial.*, 1, 170-173.

aux pieds les répugnances de son jugement, par exemple en lui intimant d'arroser un bâton planté dans le sable [1].

L'abbé Sylvain, pour faire constater à des anciens qui l'étaient venus voir l'obéissance parfaite d'un disciple, l'appela auprès de lui. Et, en lui montrant un petit sanglier, il lui dit : « Vois-tu mon fils, ce petit veau ? — Oui, abba, répondit simplement le moine. — Que ses cornes sont jolies ! — C'est vrai, abba [2]. »

Le recueil des paroles et des sentences des Pères, et le récit de leurs actions saintes, renferment des traits non moins imitables que dignes d'admiration.

L'humilité profonde de celui qui se soumet ne doit avoir d'égales que la sagesse et la prudence de celui qui commande. Alors comme de nos jours on pouvait chercher et atteindre la perfection évangélique sans violer les saintes lois de la discrétion. Saint Nil déclarait que pour obéir parfaitement, il n'y a qu'à s'abstenir de chercher avec curiosité le mobile des ordres du supérieur et de juger soit la nature de ses commandements, soit la manière dont il les donne. Ces préoccupations rendraient la soumission inutile. En conséquence le moine désireux de posséder dans sa plénitude l'esprit de de son état fait bien de se croire dépourvu d'expérience, c'est-à-dire incapable de porter sur la valeur morale des actes qui lui sont prescrits un jugement sérieux [3]. L'obéissance est, toujours d'après saint Nil, la route qui mène à la sainteté. Mais le moine ne peut la parcourir seul. Il a besoin d'un supérieur pour le mettre en marche et pour guider ses pas. Tous les supérieurs ne possèdent pas au même degré cet art de conduire les âmes [4].

Celui qui est à la hauteur de sa mission obtient sans trop de difficulté de ses disciples un complet renoncement à leur volonté propre. Ils ressemblent alors à des cadavres ou plus exactement à de la matière première entre les mains d'un artiste, qui en fait ce qu'il veut sans éprouver la moindre résistance [5]. Ils ne négligent aucune prescription, si minutieuse soit-elle. Les détails en apparence insignifiants jouent dans l'obéissance religieuse le même rôle que les épines dans une haie. Elles forment autour de l'âme une barrière impénétrable qui conserve en sécurité ses richesses

1. Sulpice-Sév., ibid.
2. *Apophtegmata Patrum*, P. G., LXV, 295,
3. S. Nil, *De monastica exercitatione*, 42, P. G., LXXIX, 771.
4. Id., l. II, *epist.* 65, ibid., 230.
5. Id., *De monastica exercitatione*, 41, ibid., 770-771.

spirituelles[1]. Le moine qui en est arrivé là est capable d'exécuter généreusement les ordres les plus difficiles sans murmure et sans récrimination. Il sait au besoin faire le sacrifice de sa vie[2].

* *
*

La doctrine de saint Basile sur l'obéissance est plus complète encore que celle de saint Nil ou de Cassien. Comme tous les docteurs de l'ascèse, il voit dans cette vertu le fruit immédiat du renoncement et de l'abnégation, qui sont la base du monachisme[3]. Celui qui sait se renoncer lui-même et porter sa croix pour suivre Jésus-Christ a toujours les oreilles dressées pour recevoir les ordres de ceux qui lui commandent ; ses mains sont toujours prêtes à les exécuter[4]. Il s'ingénie à ne rien faire sans l'approbation du père spirituel. Car tout ce qui est en dehors de son assentiment est un larcin et un sacrilège ; même quand cela paraît bon, l'âme n'y trouve aucun avantage ; elle peut y trouver la mort[5]. Saint Basile résume sa pensée sur la soumission monastique dans cette sentence : La langue du père spirituel est la clef qui ouvre le trésor de la vertu[6].

Si quelqu'un analyse les sentiments qui portent le moine à obéir, il peut les ramener à trois principaux : la crainte du supplice, le désir de la récompense et l'amour de celui qui commande. Qui se laisse guider par le premier agit en esclave ; le deuxième convient à un mercenaire ; le troisième caractérise les enfants[7]. C'est ce dernier que le patriarche du monachisme cappadocien recommande dans sa règle. Cette soumission filiale, dit-il, a sa source dans l'amour ; elle en est la manifestation infaillible[8].

Par l'obéissance, le moine est à l'école d'un maître sûr, habile et dévoué ; elle fait de lui un enfant docile auprès d'un père

1. S. Nil, l. III, *Ep.* 301, ibid., 531.
2. Id., l. II, *Ep.* 45-65. Ibid., 218-230.
3. S. Basile, *Regulæ fus. tract.*, int. 6-8. P. G., XXXI, 925-927, 933-942.
4. Id., *Sermo de renunciatione*, ibid., 635.
5. Ibid., 634.
6. Ibid., 642.
7. Id., *Reg. fus. tract.*, ibid., 896.
8. Id., *Reg. brev. tract.*, int. 211-213. Ibid., 1223.

aimé [1]. Il est saintement fier d'accomplir la volonté de Dieu. Il répète en lui-même ces paroles : *Quis sum ego, Domine mi, et quæ domus mea, quia dilexisti me ?* [2].

Quand saint Basile cherche à montrer au religieux l'empressement avec lequel il doit obéir, il lui présente l'image d'un enfant altéré à qui sa nourrice donne le sein, d'un homme affamé à qui l'on offre du pain en échange de son travail. Tout cela, conclut-il, reste bien au-dessous de la vérité ; car ce sont des biens éternels que gagne l'obéissance [3]. Le moine qui vraiment aime Dieu ne se lasse jamais d'exécuter sa volonté : jamais il ne se contente du bien accompli jusqu'à ce jour. Il ne recule devant aucune obédience, fût-elle très pénible, dût-elle le mener aux portes du tombeau [4].

Il fait pourtant une exception, une seule. Un ordre contraire à la loi divine, telle que la manifestent les Ecritures, ne saurait être accepté, lors même qu'il viendrait de la bouche d'un ange, que son exécution procurerait des avantages immenses et que son mépris entraînerait les inconvénients les plus graves [5].

C'est par le désir persévérant de connaître et d'accomplir la volonté du Seigneur, et par ce moyen seulement, que le religieux se maintient dans l'esprit et la réalité de son état. S'il vit en dehors de ce courant, il ne peut s'attendre à trouver l'union avec Dieu et avec ses frères, ni à jouir des avantages de sa profession [6]. Rien ne l'aide à marcher généreusement dans cette voie plus que le souvenir de Notre-Seigneur, qui a poussé l'obéissance jusqu'à mourir sur la croix [7]. Il lui est alors aisé de n'examiner ni le caractère ni la conduite de la personne qui commande, ni les motifs qui l'inspirent [8]. Dieu ne lui demandera pas en effet compte des actes de son supérieur. Seuls les religieux que l'âge ou la maturité du jugement ont introduits dans son conseil peuvent et doivent apprécier sa manière de conduire la maison et les âmes. Les

---

1. S. Basile, 217, ibid., 1126.
2. II, *Reg.*, VII, 18.
3. S. Basile, *Reg. brev. tract., int.* 156-157, ibid., 1191.
4. Ib., 121-152, ibid., 1163-1166-1182.
5. Id., 303, *Reg. fus. tract., int.* 47, ibid., 1295-1296, 1035.
6. Id., *Reg. fus. tract., int.* 34, ibid., 1002.
7. Id., *Reg. fus. tract., int.* 116, ibid., 1102.
8. Id., 114, ibid., 1159. *Reg. fus. tract., int.* 48, 1038.

autres n'ont qu'à se tenir humblement à leurs places. De la sorte ils trouveront la paix et la joie dans l'obéissance [1].

Saint Basile avait des hommes une connaissance suffisante pour comprendre que bien peu réussissent à pratiquer constamment une vertu qui exige des sacrifices aussi nombreux et aussi variés. Sans parler des révoltes formelles, qui, Dieu merci, sont très rares, il signale les principaux écueils que le religieux trouve sur ce chemin de la soumission parfaite et il lui donne le moyen de réparer des chutes parfois inévitables. Quelques-uns ne s'en tiennent pas aux termes de l'obéissance : par exemple, un officier sort de ses attributions et fait autre chose que ce qui lui est prescrit. Pour le punir on lui enlèvera sa fonction [2]. La générosité naturelle et l'autorité que donnent les services rendus en poussent d'autres à entreprendre de leur propre mouvement des travaux utiles, sans se préoccuper de la règle ou des ordres de l'hégoumène. A ceux-là le saint patriarche rappelle que leur récompense sera celle des hommes qui trouvent leur satisfaction dans l'exercice de leur activité [3].

Ceux qui négligent les observances quotidiennes pour suivre en tout leur bon plaisir seront traités beaucoup plus sévèrement, car ils ont perdu la foi religieuse [4]. Il y en a qui éludent un ordre reçu pour en obtenir un de leur goût. Les formes qui enveloppent leur manière d'agir ne les empêchent pas de violer l'obéissance. Ces hommes n'ont aucune idée de ce que peut être le renoncement. Le moine s'engagerait facilement dans cette voie large et périlleuse, si ses supérieurs n'y prenaient garde [5].

Saint Basile est surtout impitoyable quand il traite du murmure, car ce vice, tout en maintenant les dehors de l'obéissance, l'anéantit au fond du cœur [6]. Il corrompt des œuvres qui pourraient être saintes; le Seigneur n'agrée point le travail que son contact a souillé. Le respect dû à Dieu ne permet donc pas de confondre la tâche du murmurateur avec celui du religieux qui pratique une obéissance sincère [7].

Les *Constitutions monastiques* s'expriment aussi nettement sur

1. S. Basile.
2. Id., 125, ibid., 1167.
3. Id., 118, ibid., 1162.
4. Id., 116, ibid.
5. Id., 119, ibid., 1163.
6. Id., 39, *Reg. fus. Tract.*, int. 29-47, ibid., 990-91, 1033, 1107.
7. Ibid.

cette vertu. L'ascète, y est-il dit, ne s'appartient pas; il ne lui est, en aucun moment de sa vie, loisible de vaquer à ses propres affaires. Il n'est qu'un instrument. Or l'instrument ne peut rien sans l'ouvrier. Le moine ne peut et ne doit donc rien faire sans l'assentiment du prieur[1]. En entrant au monastère, il a dû fouler aux pieds ses goûts et ses désirs pour prendre ceux de la société, qui se l'est incorporé. Son premier devoir est de conformer sa vie à celle de la maison. Il ne pourrait sans un grave désordre chercher à intervertir les rôles[2]. L'ardeur avec laquelle tous s'empressent d'obéir a, entre autres avantages, celui de resserrer les liens de la charité fraternelle et de les rendre indissolubles[3].

Mais plus le religieux embrasse généreusement l'obéissance, plus le supérieur doit être discret dans ses commandements. Comme un père, il tient compte des forces de chacun de ses fils. Si quelqu'un feint la maladie pour éviter de se soumettre, il punit par un châtiment exemplaire l'abus que ce malheureux fait de la discrétion de son prieur[4].

*
* *

Celui qui parcourrait à la hâte les récits édifiants et les opuscules où est tracé le chemin de la perfection serait aisément la victime d'une illusion : les moines de cette période, qu'on peut nommer leur âge d'or, lui apparaîtraient pour la plupart avec le nimbe de la sainteté. Une étude plus attentive le ramène promptement à la simple réalité, en lui laissant voir, à côté de modèles admirables d'obéissance, une foule d'hommes qui suivaient les sentiers battus d'une vertu religieuse très ordinaire, tandis que d'autres ne parvenaient pas toujours à s'y maintenir. Il y en eut qui, soit par faiblesse, soit par malice, commettaient des fautes graves, ou même faisaient des chutes scandaleuses. Quelques-uns se relevaient d'eux-mêmes, d'autres avaient besoin du secours de leurs supé-

---

1. *Constitutiones monasticæ*, 27, P. G., XXXI, 1418.
2. Id., 26, ibid.
3. Id., 22, 1401-1410.
4. Id., 27-31, 1418-1419-1421.

rieurs et des exercices de la pénitence régulière. On en trouve qui, malheureusement, persévéraient dans le mal[1].

Le monachisme n'offrait donc pas à ses adeptes une entière sécurité. Malgré la solitude et les précautions qu'elle mettait autour des âmes, ce n'était point la route certaine du paradis[2]. « J'ai été conduit au tribunal de Dieu, mon fils, dit un jour l'abbé Silvain à son disciple ; j'ai vu traîner au lieu des supplices éternels un grand nombre de moines revêtus de notre habit; et une foule de laïcs entraient dans le royaume du Seigneur[3]. » Des larmes abondantes sillonnaient ses joues pendant que le saint homme faisait cet aveu.

Tant que les moines conservèrent leur ferveur primitive, les défections furent peu nombreuses. La sainteté des Antoine, des Pakhôme, des Macaire, des Hilarion, des Ephrem, des Basile et de tant d'autres, était contagieuse. Elle suffisait à maintenir le monachisme, dans son ensemble, à un degré très élevé. Mais le nombre des saints finit par diminuer : les vocations abondaient toujours, mais les moyens de formation étaient insuffisants. Les frères, moins pénétrés de l'esprit de leur profession, se laissaient envahir par l'esprit du siècle. Déjà l'abbé Serenos, du désert des Cellules, se plaignait de ce relâchement à Cassien. Il en donnait pour preuve ce fait curieux : les démons ont moins peur des moines[4].

La décadence fut plus grande encore un demi-siècle après, c'est-à-dire au terme de la période qui nous occupe. Saint Isidore de Péluse et saint Nil eurent maintes fois l'occasion de déplorer ce triste état de choses. Ce spectacle n'affligeait pas moins un religieux des grottes de Saint-Sabbas en Palestine, l'abbé Elias. « Aux jours de nos pères, disait-il, la pauvreté, la mansuétude et l'abstinence étaient pratiquées avec amour. Aujourd'hui l'avarice, l'amour-propre et la gourmandise règnent dans les monastères[5]. »

A travers l'exagération de ce langage, on sent la peine éprouvée par les véritables serviteurs de Dieu. Le groupe monastique de Scété, qui avait fourni tant d'hommes d'une sainteté éminente, subit plus que d'autres les conséquences de ces oublis du devoir. Quand l'abbé Moïse fut mort, avouaient les anciens, les frères ne

1. Zockler, *Askese und Monchtum*, 256-257.
2. S. Basile, *De renunciatione*, P. G., XXXI, 646.
3. *Verba seniorum*, P. L., LXXIII, 806.
4. Cassien, *Conlat.*, VII, 202-203.
5. *Apophtegmata Patrum*, P. G., LXV, 186.

firent plus aucun progrès dans la vertu[1]. Beaucoup cherchaient une vie commode. « Ne sommes-nous pas venus ici pour nous donner de la peine? disait un ancien. On ne s'en donne plus maintenant. Je m'en vais en un lieu où il me sera possible de pâtir[2]. » Des témoignages nombreux révèlent cette décadence et prédisent les châtiments qui devaient la suivre. On n'eut pas longtemps à les attendre. Il sembla que la malédiction divine s'appesantit sur ce monastère, lorsqu'une invasion de Barbares le détruisit au milieu du Ve siècle[3].

Le moine relâché, où qu'il fût, devenait pire qu'un séculier dépravé. Il se croit bon, disait un Père, et il est pervers. Les hommes le prennent pour un serviteur de Dieu, et ce n'est qu'un misérable. Inutile de lui donner le moindre avertissement, il n'en accepte aucun. Au dernier jour, il sera traité beaucoup plus sévèrement que les mondains[4]. Ces paroles de l'abbé Danihel à Cassien étaient de nature à faire comprendre la gravité de cet état. Quand il y avait plusieurs mauvais moines dans une communauté, ils exerçaient toujours une influence dangereuse, dont souffraient principalement les jeunes frères. Saint Julien eut beaucoup à se plaindre de leurs procédés[5].

* **

Saint Ephrem, son biographe, qui savait à quoi s'en tenir, ne perdait pas une occasion de prévenir les religieux fervents contre la contagion de leurs tristes exemples. On ne les rencontrait généralement qu'à l'état d'exception. Moins rares étaient ceux qui, par faiblesse, par oubli, ou même par malice, négligeaient plus ou moins souvent tel ou tel des devoirs que leur imposait l'obéissance. Les supérieurs avaient des obligations vis-à-vis de ces deux catégories de moines. Aux uns et aux autres, ils devaient une peine pour les châtier, une correction pour les amender, un

1. *Apophtegmata patrum*, 362.
2. Ibid., 231.
3. Cf. Bivario, *De veteri monachatu*, t. I, 256-265.
4. Cassien, *Conlat.*, IV, 114-115.
5. S. Ephrem, *De sancto Juliano*, op. gr., t. III, 257.

secours pour leur épargner les rechutes. Pendant les premières années du monastère de Tabenne, saint Pakhôme eut quelques disciples dont la conduite laissait fort à désirer. Ses exhortations les trouvèrent insensibles. Il se mit à les recommander au Seigneur dans ses prières, puis il leur imposa une règle spéciale plus sévère que celle de la communauté, et capable de les protéger contre leur étourderie: Cette mesure produisit son effet. Comme ces religieux ne voulaient pas se convertir, cette austérité leur fit peur, et ils abandonnèrent Pakhôme pour se retirer on ne sait où. Le monastère, débarrassé de leur présence, trouva la paix et la prospérité [1].

Un départ volontaire et l'expulsion étaient admis dans les communautés pakhomiennes, quand on avait affaire à des incorrigibles dont la conduite pouvait être un scandale permanent. Il se faisait ainsi, après la profession, un triage que l'absence de noviciat prolongé ne permettait pas d'opérer plus tôt. L'expulsion, que l'on trouve appliquée à des voleurs et à des impudiques, n'était jamais prononcée contre un moine sans un examen sérieux de sa vie et de son caractère. Seul le supérieur général avait le droit d'infliger ce châtiment. Pakhôme se déchargeait de cet office sur Théodore [2]. L'un et l'autre n'usaient de ce moyen qu'à la dernière extrémité. Le saint fondateur réprimanda vivement un frère qui réclamait le départ de dix moines rebelles à ses enseignements [3].

Souvent la seule menace d'une expulsion suffisait pour réveiller la torpeur d'un négligent. C'est ce qui arriva à Sylvain, le comédien devenu moine. Les vertus qu'il pratiqua dans la suite légitimèrent la patience dont Pakhôme avait usé à son égard [4]. Lorsque cette mesure avait été prononcée contre quelqu'un, on le dépouillait, avant de le chasser du monastère, de ses habits religieux et on lui rendait ceux qu'il avait portés dans le siècle [5].

Saint Pakhôme n'usait de cette rigueur qu'avec les frères qui ne donnaient aucun espoir d'amendement. Les autres étaient de sa part l'objet d'une touchante compassion. Les coupables n'avaient

---

1. *Pachomii Vita,* 27, Acta Sanct. Maii, t. III, 307.
2. Ammon, *Epistola,* 9, 12. Acta Sanct. Maii, t. III, 351-352. *Vie copte de Pakôme, Vie copte de Théodore,* etc. A. D. M. G., XVII, 110, 112, 116, 244, 428-430, 477-480, 509-536.
3. *Vie copte de Pakôme,* 178-181.
4. *Vita S. Pachomii,* 66, 67, Acta Sanct. Maii, t. III, 321-322, *Paralipomena,* 1, 2, 4, ibid., 334, 335.
5. *Vie copte de Pakôme,* 193. Cassien, *Instit.,* l. IV, 51-55.

qu'à s'humilier et à reconnaître loyalement leurs fautes. Sa bonté ne l'empêchait pas cependant de leur infliger une punition capable de réparer leur tort et d'inspirer à tous une crainte salutaire. Sa règle détermine la plupart des pénitences usitées à Tabenne[1]. Les prieurs de chaque maison les infligeaient à leurs subordonnés; la répression des fautes plus graves était réservée au supérieur du monastère[2].

La détraction, la colère, la calomnie, le murmure, la désobéissance, la familiarité avec les enfants, le bavardage, la négligence des supérieurs, tels sont les principaux manquements prévus par ce code pénal monastique. La réprimande précédait toujours le châtiment. Le nombre de ces admonestations variait suivant la gravité de la faute. Tantôt il en fallait deux ou trois, tantôt cinq, six ou même davantage. Si elles restaient inefficaces, on séparait le délinquant de la communauté durant plusieurs jours, ou même jusqu'à son entière correction. Il était condamné au pain et à l'eau tant que durait cette excommunication. Si la faute le méritait, le coupable subissait sa peine hors du monastère; on pouvait même lui donner le fouet. On se bornait à mettre au dernier rang ceux qui avaient commis des fautes moins graves. Comme les enfants étaient incapables de comprendre le caractère d'une excommunication et d'en tirer profit, la règle leur réservait un châtiment plus sensible, celui des verges. L'intervention d'amis maladroits risquait de compromettre le succès de la correction, surtout quand ils cherchaient à prendre la défense du délinquant. Ce zèle intempestif demandait une répression sévère[3].

La punition des fautes ou discipline régulière n'était pas négligée dans les groupes monastiques de la Thébaïde et de l'Égypte. Mais ces hommes, si austères envers eux-mêmes, usaient habituellement d'une miséricorde et d'une mansuétude qui causent de prime abord quelque surprise. Les disciples de l'abbé Romain étaient réunis autour de son lit de mort pour recevoir sa bénédiction et ses derniers conseils. Comment faut-il que nous soyons gouvernés, lui demandèrent-ils? Le vieillard leur répondit : « Je ne me souviens pas d'avoir donné à l'un d'entre vous un ordre quelconque, sans avoir préalablement résolu de ne point me mettre en colère, s'il ne s'y conformait pas. C'est ainsi que nous avons pu conserver

---

1. *Præcepta atque judicia P. N. Pachomii, Reg.*, 160-171, P. L., XXIII, 81-84.
2. S. Pakhôme, *Reg.*, 133, ibid.
3. Orsise, *Doctrina*, 24-25, P. G., XL 880.

la paix[1]. L'abbé Sisoes avait une confiance illimitée dans la bonté de
Dieu pour les pécheurs. Un frère vint le trouver et lui dire :
« Abba, que faire ? J'ai commis une faute. » Il lui répondit simplement : « Lève-toi. — Je me suis relevé, et je suis tombé une
autre fois. — Relève-toi encore et continue de la sorte. — Jusques
à quand ? — Jusqu'à ce que la mort t'ait surpris soit dans la
vertu, soit dans le péché[2]. »

Des reproches sévères auraient eu moins d'effet que cette patience encourageante. Le saint homme n'était pas d'avis que l'on
imposât aux coupables de trop longues pénitences. On lui demandait un jour : « Quand un frère est tombé, ne doit-il pas faire pénitence durant une année ? — Ce langage est sévère, répondit-il. —
Pendant six mois ? — C'est beaucoup. — Quarante jours ? — C'est
beaucoup encore. — Combien de temps donc ?— Il faut faire pénitence durant peu de jours. Je crois que si cet homme fait pénitence
du fond de son cœur, Dieu l'admettra au bout de trois jours[3]. »
L'abbé Pæmen recommandait surtout la prudence et le tact à
ceux qui reprenaient les moines de leurs fautes. « Si un frère coupable, disait-il, nie son péché, ne va point l'accabler de tes accusations, sans quoi tu dissipes toute la bonne volonté qu'il pourrait
avoir. Si, au contraire, tu lui dis : « Ne perds pas courage, mon
« frère, mais veille désormais sur toi », tu l'encourages à faire
pénitence[4]. » L'expérience lui avait appris que les hommes n'acceptent pas une réprimande à n'importe quel moment. Quand on les
prend sur le fait, il est bon de se taire, surtout si la passion est
pour quelque chose dans la faute qu'ils commettent. Il fut un jour
témoin d'une querelle entre moines. Les coups succédaient aux
injures, et le sang coulait déjà. Il ne leur adressa pas le moindre
reproche. C'eût été, au reste, parfaitement inutile[5].

Un religieux prudent ne s'arrogeait pas la mission de punir ceux
qui n'étaient point placés sous ses ordres. Il n'avait même pas à
les juger. C'est le conseil que saint Pakhôme donnait à Macaire
d'Alexandrie : « Est-il bon, demandait ce dernier, de corriger
ceux qui n'observent point la règle ? — Juge avec équité et châ-
tie, répondit l'abbé de Tabenne, les moines qui te sont sou-

1. *Apophtegmata Patrum*, P. G., LXV, 391.
2. Ibid., 403.
3. Ibid., 399.
4. Ibid., 327.
5. Ibid., 353.

mis; quant aux autres, évite de te prononcer sur leur compte [1]. »

Un pauvre moine fut accusé d'une faute scandaleuse. Comme il advient en pareille occurrence, tous ses confrères se mirent à l'accabler de reproches. L'accusé protestait de son innocence. Mais les accusateurs, au lieu de s'arrêter, le réprimandaient à qui mieux mieux. Enfin, n'y tenant plus, il se retira auprès de saint Antoine. On le poursuivit, en lui reprochant toujours sa faute. L'abbé Pafnuce, qui se trouvait présent, choqué de leur manière d'agir, raconta l'apologue suivant : « J'ai rencontré sur les bords du fleuve un homme enfoncé dans la vase jusqu'aux genoux. Des passants vinrent à son aide ; mais, sous prétexte de le retirer, ils ne firent qu'aggraver sa situation ; il fut bientôt enfoncé jusqu'aux épaules. » Saint Antoine, pour mieux faire ressortir la sagesse de Pafnuce, dit de lui : « Voilà un homme qui est vraiment capable de sauver les âmes ». Les accusateurs du pauvre moine comprirent alors l'indiscrétion de leur procédé et en demandèrent humblement pardon [2]. Cette commisération pour les pécheurs inspirait, dans la manière de les traiter, une délicatesse qui pouvait exercer sur eux une influence douce et pénétrante, à laquelle l'homme résiste difficilement. « Si tu vois un frère commettre une faute, disait un ancien, ne la rejette pas sur lui, mais sur le démon qui l'a poussé. Au lieu de lui faire des reproches, contente-toi de dire charitablement : Malheur ! ce frère est tombé malgré lui, comme cela m'arrive à moi-même. Plains son sort, cherche à le consoler ; car nous sommes tous exposés à tomber [3] ».

L'insistance avec laquelle les auteurs des recueils édifiants rapportent et louent ces exemples laisse croire que les solitaires avaient parfois besoin de recevoir une leçon pratique de miséricorde. Nous en aurons bientôt la preuve. Les anciens, que leur prudence recommandait le plus à l'admiration de leurs frères, cherchaient ainsi à réagir contre une tendance qui aurait porté préjudice à un grand nombre d'âmes, si elle avait prévalu. Mais ils ne surent pas tous rester dans les limites de la discrétion, en passant d'une extrémité à l'autre. La ligne de conduite qu'ils proposaient mériterait parfois le reproche de faiblesse, peut-être même de complaisance pour le mal [4].

1. *Apophtegmata*, 303-306.
2. *Verba Seniorum*. P. L., LXXIII, 787.
3. Ibid.
4. Ibid., 1020-1021.

*
* *

Les moines impatients ou d'un caractère difficile recouraient volontiers aux moyens extrêmes. La peine du fouet, appliquée à Nitrie dans certaines circonstances[1], leur paraissait insuffisante. Ils employaient alors, et quelquefois à la légère, l'excommunication et l'expulsion. Les anciens les plus respectés cherchaient à atténuer le mal que pouvait causer l'abus de ces mesures. Macaire l'Egyptien ne craignit pas d'infliger une leçon méritée à son saint homonyme, Macaire d'Alexandrie, qui avait excommunié hors de propos des moines de Scété. « Ce ne sont pas les frères qui sont excommuniés, dit-il, mais Macaire. » Celui-ci, en apprenant ces paroles, fut saisi de frayeur. Macaire l'Ancien alla lui dire : « J'ai appelé les frères, et j'ai vu qu'ils n'avaient rien fait de ce qu'on leur reprochait. » Il lui imposa une pénitence sévère[2]. L'abbé Arsène n'excommuniait jamais les jeunes religieux. Car ce châtiment, dont ils ne comprenaient point la gravité, les endurcissait, au lieu de les guérir. Il faut un certain âge, pensait-il, et un jugement formé pour en tirer profit[3].

L'abbé Isaac avait, dans un mouvement d'indignation, donné l'ordre de chasser un frère négligent. Comme il se dirigeait ensuite tranquillement vers sa cellule, il aperçut un ange qui en gardait la porte : « Je ne te permettrai pas d'entrer », dit l'esprit céleste. A Isaac, qui lui demandait le motif de cette défense, il répondit : « Le Seigneur m'a envoyé ici, en disant : Va dire à Isaac : Où veux-tu que nous envoyions le frère qui a péché ? » Ces paroles furent pour l'abbé un trait de lumière. Il demanda pardon de sa sévérité et se prosterna contre terre. « Lève-toi, lui dit l'ange ; Dieu te pardonne. Mais ne condamne plus désormais qui que ce soit avant que Dieu ne l'ait jugé[4]. » L'abbé Timothée avait engagé le supérieur d'un monastère à expulser un cénobite pour le punir de ses négligences. Ce conseil fut suivi. Mais le soli-

---

1. Pallade, *Hist. laus.*, VII. P. G., XXXIV, 1022.
2. *Verba Seniorum*. P. L., LXXIII, 270-271.
3. Socrate, *Hist. eccl.*, l. IV, 23. P. G., LXVII, 511.
4. *Verba Seniorum*. P. L., LXXXIII, 787.

taire indiscret éprouva bientôt une tentation si violente, qu'il ne se rappelait pas en avoir jamais subi de pareille. Comme il se lamentait devant Dieu et criait du fond du cœur : Seigneur, ayez pitié de moi, une voix retentit aux oreilles de son âme : « Timothée, disait-elle, tu subis cette tentation parce que tu as méprisé ton frère à l'heure de sa faiblesse[1]. » Dans un autre monastère, un pauvre moine avait commis une faute. L'abbé, ne sachant que faire, consulta un anachorète, qui lui répondit : « Tu n'as qu'à le chasser ». Cette mesure jeta le coupable dans une profonde douleur. Il s'enferma dans une grotte et déclara qu'il y mourrait plutôt que de renoncer à la vie religieuse. Des frères, émus par ses larmes, avertirent l'abbé Pœmen de ce qui se passait. Celui-ci manda le désespéré, qu'il combla de témoignages d'affection pour lui rendre la confiance en Dieu. Ce ne fut pas tout. Il blâma sévèrement l'ermite indiscret, qui finit par déclarer : « L'esprit de Pœmen habite le ciel, tandis que le mien est sur terre[2]. » A Scété, l'abbé Isidore se faisait amener, pour les corriger de leurs défauts et les gagner à une vie sainte, tous les religieux chassés par les anciens dont ils étaient les disciples[3].

Cette charité compatissante des saints moines eut plus d'une fois l'occasion de se manifester en faveur de malheureux apostats ou de pauvres victimes des passions honteuses. Il y en eut qui ne reculèrent devant rien pour les ramener à la pratique du devoir. Saint Jean Chrysostome cite quelques exemples remarquables. On se souvient de la peine qu'il se donna lui-même pour son ami Théodore. Dans l'exhortation qu'il lui adressa, il raconte l'aventure d'un jeune homme, Phénicien d'origine, qui vivait sur les montagnes du voisinage d'Antioche. Ses parents réussirent à lui faire abandonner sa vocation. On le vit alors quitter la solitude et mener dans la ville une existence fastueuse et libertine. Quelques moines s'attachèrent à ses pas avec l'espérance de le convertir un jour. Leurs efforts ne furent pas inutiles. L'apostat finit par reprendre le chemin de la montagne, où sa ferveur fit promptement oublier sa conduite scandaleuse[4].

---

1. *Verba seniorum*, ibid.
2. Ibid., 319.
3. Ibid., 970. Saint Nil (l. I, ep. 318-415. P. G., LXXVII, 366-422), et saint Isidore de Péluse (l. I, ep. 36. P. G., LXXIX, 99), recommandent de leur côté cette miséricorde envers les moines oublieux de leurs devoirs.
4. S. Jean Chrys., *Exhortat. ad Theodorum lapsum*, 1, P. G., XLVII, 303-304.

Un vieil ermite des environs d'Antioche, qui vivait depuis de longues années dans une abstinence parfaite, fut brusquement assailli par une tentation violente. N'y tenant plus, il descendit en ville satisfaire sa passion. Le frère qui partageait sa cellule devina ce qui se passait dans cette pauvre âme. Il le suivit, l'aborda après sa faute, et par ses témoignages d'affection réussit à le ramener dans la solitude. Une pénitence exemplaire le réhabilita complètement aux yeux du Seigneur[1]. On connaît le dévouement et le zèle industrieux du solitaire Abraam pour arracher sa nièce à une vie de désordre et pour la rendre à la vie religieuse, qu'elle avait abandonnée[2].

Pallade raconte plusieurs traits semblables. Des infirmités, des malheurs, des circonstances providentielles, vinrent parfois toucher le cœur de pauvres apostats, victimes malheureuses de l'orgueil et de la passion charnelle. Ils rencontrèrent alors sur leur route un moine pénétré de l'esprit de Dieu, qui sut ranimer leur courage et leur faciliter le pénible travail de la conversion[3].

*
* *

Si Pallade, Rufin et les recueils de traits édifiants abondent en récits où éclate la miséricorde et la bonté des Pères du désert, on ne saurait avec les renseignements qu'ils fournissent reconstituer la discipline régulière des moines d'Egypte et de la Thébaïde. Cassien permet de combler cette lacune ; il donne sur ce point, comme sur tout l'ensemble de leurs observances religieuses, des indications fort précises. Les aveux spontanés étaient en honneur dans ces solitudes. Les coupables s'accusaient devant toute la communauté, en présentant le corps du délit, s'il y en avait un[4]. Celui qui avait détérioré un objet, commis une faute durant la psalmodie, parlé avec arrogance, murmuré, montré de la négligence dans l'accomplissement d'un devoir, parlé avec un parent ou un ami sans la présence de son ancien, prié avec un excommunié,

1. S. Jean Chrys., 304-395.
2. S. Ephrem, *In vitam B. Abraamii*, op. gr., t. II, 11-19.
3. Pallade, *Hist. laus.*, XXXI-XXXII-XXXIV-XLVI, P. G., XXXIV, 1093-1095-1125-1127. *Verba Seniorum*, P. L., LXXIII, 901-916, etc.
4. Cassien, *Coulat.*, l. II. p. 50.

ou qui s'était rendu coupable d'infractions analogues, était condamné à faire satisfaction dans l'oratoire, en se prosternant au
milieu des frères pendant toute la durée de l'office ; le signal de se
lever que lui donnait l'abbé était le symbole de son pardon. Les
fautes plus graves attiraient le châtiment des verges[1]. Quelques
supérieurs se montraient plus expéditifs dans la répression. Un
abbé Paul, du voisinage de Diolcos, reçut chez lui plusieurs solitaires. Ils prenaient leurs repas en commun. Le frère chargé de les
servir porta un mets trop tard. Paul, dans le but de l'éprouver,
lui donna une gifle si bien appliquée qu'elle retentit dans toute
l'assemblée. Le moine supporta cette humiliation avec tant de
patience que son visage ne trahit, en rougissant, aucune émotion
de sa part[2].

Quelques-uns, pour soumettre des religieux à une forte épreuve,
leur infligeaient une pénitence excessive ; il y en eut qui les accusaient de fautes dont ils n'étaient point coupables. Le vrai moine
devait accepter en silence ces traitements immérités et ces accusations injustes : « Ne t'émeus point, écrit à ce sujet l'abbé Isaïe,
mais donne des marques de repentir en disant : Pardonnez-moi,
je ne recommencerai plus. » Le moine n'avait pas un moyen plus
efficace d'accroître dans son cœur l'amour de la piété[3].

Les manquements à la règle et les désobéissances graves rendaient un moine indigne de la société de ses frères. Le coupable
était séparé d'eux pendant les prières communes. Nul ne pouvait
s'entretenir ou prier avec lui. Quand arrivait le terme de sa
pénitence, il entrait dans l'oratoire, se prosternait et recevait
de l'abbé la permission de se joindre à la communauté[4]. Cassien
n'est pas le seul qui parle de l'excommunication. On la retrouve
dans la plupart des documents où sont exposés les usages monastiques des moines égyptiens.

Sainte Paule, dans son monastère de Bethléem, prenait tous les
moyens en son pouvoir pour maintenir la fidélité à la règle et la
pratique de l'obéissance. Aucune faute ne restait sans être punie.
La pieuse abbesse modifiait le châtiment et sa manière d'agir suivant le caractère et les besoins de chacune de ses filles. Quand les
admonestations ne suffisaient plus, elle mettait la coupable au

---

1. Cassien, *Inst.*, l. IV, 57-58.
2. Id., *Conlat.*, XIX, 534-535.
3. Isaïe, *Oratio*, 3. P. G., LX, 1109-1110.
4. S. Cassien, *Inst.*, l. II, 30-31.

dernier rang. Ce moyen épuisé, elle recourait à l'excommuni-cation. La sœur qui subissait cette peine se tenait à la porte de l'oratoire pendant les prières communes, et elle mangeait seule[1].

*
* *

Saint Basile, comme on devait s'y attendre, fait la part très large dans ses Règles au devoir de châtier qui incombe aux supérieurs, en insistant plus volontiers sur les qualités qu'ils ont à déployer dans l'accomplissement de cette partie, la plus délicate de leur tâche. Le premier venu, déclarent les Grandes Règles, ne doit pas s'attribuer la mission de corriger les coupables. N'est pas, en effet, médecin qui veut ; ne sait pas, non plus, châtier, qui le désire. C'est une obligation dont les supérieurs s'acquittent personnellement ou par des religieux expérimentés[2]. Ils ne doivent jamais reprendre sous l'influence d'une passion. Celui qui céderait, en réprimandant, à un mouvement d'indignation ou de colère, se chargerait d'une faute, au lieu de délivrer l'âme d'un religieux coupable. Que la miséricorde et la douceur tempèrent si bien son langage et ses sentiments, qu'il soit manifeste, aux yeux de tous, que, s'il hait le péché, il aime le pécheur. Les médecins lui peuvent servir de modèle. Jamais on ne les voit s'irriter contre le malade, pendant qu'ils combattent la maladie. La mansuétude n'exclut pas la vigueur toutes les fois qu'il est nécessaire de l'employer[3]. Les encouragements sont plus efficaces que les réprimandes sévères pour guérir la torpeur spirituelle, qui expose l'âme à négliger l'accomplissement de ses devoirs[4].

Le vice qui domine un frère, son tempérament, les dispositions dans lesquelles il se trouve, sont autant d'éléments qui méritent d'être pris en considération pour discerner le traitement que son état moral demande. Le coupable doit toujours envisager celui qui le punit comme son bienfaiteur. C'est ainsi que l'infirme consi-dère le médecin. En serait-il autrement dans les maladies spiri-tuelles du pécheur[5]?

1. S. Jérôme, *Epist. 108 ad Eustochium*, P. L., XXII, 897.
2. S. Basile, *Reg. fus. tract., int.* 53, P. G., XXXI, 1044.
3. Id., 50-53, ibid., 1039, etc.
4. Id., *Reg. brev. tract., int.* 291, ibid., 1286.
5. Ibid.

Les qualités du pécheur mettent entre des manquements iden-tiques une différence dont il faut savoir tenir compte [1]. Les hommes pieux et fervents qui, par une permission divine, commet-tent une faute humiliante pour eux, ne sauraient pas être traités de la même manière que les hommes négligents qui pèchent par habitude[2]. Un moine âgé ne peut être repris comme un jeune reli-gieux. La correction des enfants exige une grande prudence. Voilà pourquoi saint Basile, tout en réservant à ceux qui dirigent leur travail le soin de les reprendre des fautes qui se rapportent au travail lui-même, veut que leurs infractions à la discipline, même commises en présence de leurs maîtres, soient punies par le reli-gieux préposé à leur conduite générale [3].

Aucune violation de la règle ou de l'obéissance ne peut rester sans son juste châtiment. Toutes, petites et grandes, sont une une injure faite au Seigneur; elles demandent une répression. Car Dieu les jugera avec une extrême rigueur [4].

Lorsque l'hégoumène est informé qu'un moine a commis une faute, il commence par lui appliquer un premier remède, en lui adressant des reproches et des exhortations privées. Il lui fait une réprimande publique, s'il ne se donne aucune peine pour améliorer sa conduite [5]. Le supérieur a besoin de la tendresse d'un père, du dévouement et de l'habileté du médecin. Car il lui faut s'ingénier pour rendre la santé morale à un cœur infirme, et pour lui épar-gner dans la mesure du possible les traitements douloureux [6]. Saint Basile lui propose l'exemple du prophète qui contraignit David à prononcer lui-même sa sentence, ce qui le mit dans l'im-possibilité de reculer devant la juste punition de sa faute [7].

Le moine qui a eu le malheur de violer la règle ou l'obéissance fera bien d'aller lui-même avouer sa faute à l'hégoumène, avec la sincérité du malade qui manifeste son mal au médecin [8]. S'il la cache, ceux qui en ont eu connaissance la révéleront au supérieur, à moins qu'ils ne puissent eux-mêmes guérir le coupable [9].

---

1. Saint Basile, *Reg. brev. tract.*, *int.* 81, ibid., 1139.
2. Ibid.
3. Id., *Reg. fus. tract.*, *int.* 53, ibid., 1044.
4. Id., 293, 4, ibid., 1283-1083.
5. Id., 28, ibid., 987.
6. Id., *Reg. brev. tract.*, *int.* 99-102, ibid., 1151-1154.
7. Id., *Epist.*, P. G., XXXII, 231.
8. Id., *Reg. brev. tract.*, *int.* 229, P. G., XXXI, 1235.
9. Id., *Reg. fus. tract.*, *int.* 46, ibid., 1035, *Reg. brev. tract.*, *int.* 164, 1190.

Il est des péchés qu'il convient d'avouer aux hommes qui ont reçu du Seigneur la fonction de dispenser ses mystères[1], c'est-à-dire aux prêtres.

Il faut employer contre celui qui s'obstine dans le mal un remède plus énergique, l'excommunication. Le législateur des moines de Cappadoce établit deux classes d'excommuniés ; les uns sont condamnés à prendre une nourriture qui n'a pas reçu la bénédiction donnée à celle des frères ; les autres sont privés de la table commune[2]. Il demande que l'on traite comme un fauteur de scandale celui qui aurait la témérité de prendre la défense du religieux puni[3].

On trouvait des malheureux qui, pour endormir leur conscience, rejetaient la responsabilité de leur mauvaise conduite sur Dieu, qui, disaient-ils, a créé les uns bons et les autres méchants. Saint Basile taxe ces propos d'impiété et de blasphème. Il prononce contre ceux qui les profèrent la peine la plus rigoureuse, l'expulsion[4]. C'était le châtiment encouru par tous ceux qui ne laissaient plus aucun espoir de conversion[5].

Mais comment sont punis de leurs fautes personnelles les supérieurs, chargés de réprimer celles des autres ? La règle y pourvoit, en confiant ce soin délicat aux religieux âgés et prudents, qui forment le conseil. Il leur appartient de reprendre l'hégoumène et de porter à sa connaissance les plaintes formulées contre lui[6].

---

1. *Reg. brev. tract.*, int. 288, ibid., 1283. Ce passage est à remarquer comme le témoignage le plus explicite en faveur de la confession sacramentelle, recueilli dans les monuments de la tradition monastique primitive.

2. Id., int. 122, ibid., 1066.

3. Id., int. 7, ibid., 1086.

4. Id., int. 84, ibid., 1142.

5. Id., int. 57-102. *Reg. fus. tract.*, int. 28, ibid., 1122-1154, 987-996.

6. Id., *Reg. fus. tract.*, int. 27, ibid., 987.

CHAPITRE X

L'enseignement ascétique

La règle, en organisant le monastère et la vie du religieux, ne fait que déterminer l'extérieur du monachisme. Les jeûnes, les veilles, la séparation du monde, la méditation des Écritures, les prières et tous les exercices qu'elle impose, ne sont pas, en effet, le but de la vie monastique. Il ne faut voir là que des moyens efficaces pour conduire l'homme à une fin plus élevée et tout intérieure, que l'abbé Moïse appelait *pureté du cœur* ou *charité*[1], et qui ne diffère point en réalité de la perfection évangélique.

Les solitaires la recherchaient avec toute l'ardeur possible. Quelques-uns même y mettaient une tension d'esprit qui n'était pas sans leur faire courir de graves dangers. Ils avaient un peu trop conscience de la supériorité morale que pouvaient leur assurer une vie pénitente et de longs entretiens avec Dieu, et la vaine gloire aurait facilement pénétré dans leur âme à la faveur d'un pareil sentiment. Pour les prémunir contre les séductions du plus attrayant des vices, les anciens racontaient certains épisodes qui devenaient pour tous une utile leçon.

Saint Antoine, disait-on, était occupé à prier dans sa cellule, lorsqu'il entendit une voix lui crier : « Antoine, tu n'es pas encore parvenu à la hauteur d'un certain corroyeur, qui habite Alexandrie. » Le saint homme, voulant connaître ce chrétien extraordinaire, prit sans retard le chemin de la capitale. Mais quelle ne fut pas sa surprise, quand il se trouva en face d'un brave homme, qui se

---

1. Cassien, *Conlat.*, 1, 7, p. 13.

croyait le dernier de tous[1]. Saint Pitiroum était un anachorète de grande vertu, qui habitait la haute Thébaïde. Un ange lui apparut pour lui dire : « Pourquoi te complaire en toi-même, et te flatter à cause des choses extraordinaires qui s'accomplissent par toi ? Veux-tu voir une femme qui te surpasse en religion et en piété ? » Il lui révéla les mérites d'une sainte moniale de Tabenne, qui contrefaisait la folle[2]. L'un des abbés, Macaire, entendit un jour une voix mystérieuse qui lui disait : « Macaire, tu n'as pas encore atteint le mérite de deux femmes qui habitent la cité voisine. » Il alla les voir et les questionner sur leur genre de vie. C'étaient deux femmes mariées, qui vivaient dans la charité la plus grande[3]. On parlait encore de deux anciens, qui demandaient naïvement au Seigneur de leur montrer quelle était la mesure de leur sainteté. Une voix leur dit : « Il y a dans une localité de l'Egypte un homme qui s'appelle Eucharistios, et sa femme, dont le nom est Marie. Vous n'avez pas encore atteint leur vertu. » Ils s'empressèrent d'aller à leur recherche, et ils firent la rencontre d'un berger qui vivait avec son épouse dans une continence parfaite, et dans l'exercice de la charité[4].

Vrais ou supposés, ces récits étaient de nature à maintenir les esprits sur le terrain ferme de la simplicité et de l'humilité. La pureté du cœur et la perfection sont incompatibles avec les illusions de la vanité, même lorsqu'elles essaient de s'envelopper sous les plis d'un voile de mysticisme. Mais cette charité, qui sanctifie et consacre dans le sanctuaire de l'âme toutes les actions extérieures et intérieures du moine, suppose et produit tout à la fois le souvenir habituel de Dieu. La pensée de la présence divine doit donc accompagner le religieux partout et marquer son esprit et son cœur d'un sceau indélébile. Or, pour en arriver là, il faut surmonter de grands obstacles et combattre des ennemis puissants[5]. Ce sont ces luttes incessantes qui motivent le nom d'ascèse, donné à l'ensemble des exercices intérieurs par lesquels le moine se rapproche de Dieu.

Ces luttes supposent une tactique ; et toute tactique peut devenir l'objet d'un enseignement. Les Pères du désert se sont de bonne heure préoccupés de former leurs disciples à cet art important des

---

1. *Verba Seniorum*, 130, P. L., LXXIII, 705.
2. Pallade, *Historia lausiaca*, 44, P. G., XXXIV, 1104.
3. *Verba Seniorum*, 197, *loc. cit.*, 778.
4. Ibid., 1006.
5. S. Basile, *Reg. fus. tract.*, *int.* 5, P. G., XXXI, 919-924.

combats spirituels. Les maximes des Ecritures, les épisodes qu'elles racontent, l'expérience des anciens, la connaissance du cœur humain et des conditions au milieu desquelles s'écoulait la vie des moines, leur fournissaient les éléments dont ils avaient besoin pour établir sur une base inébranlable ce que l'abbé Nesteros appelait la *science pratique* de la vie religieuse. Cette science a pour but la correction des mœurs, la victoire remportée sur les vices et l'acquisition des vertus; elle est le prélude de la *science théorique*, qui consiste dans la contemplation des choses divines et dans la connaissance des pensées très saintes que renferment les Ecritures [1].

*
* *

Les solitaires, ce qui précède le montre suffisamment, portaient avec eux la tentation jusqu'au fond des déserts les plus reculés. Pas un ermite, si retiré fût-il, qui ignorât ses assauts. Aussi l'ascèse ou lutte spirituelle joua-t-elle partout et toujours un rôle important dans la vie et dans la formation religieuses [2]. Ces combats demandaient un courage à toute épreuve. Or le moine le plus intrépide ne pouvait compter sur lui-même; car ses efforts n'auraient jamais suffi pour lui assurer la victoire. Il avait surtout besoin de l'assistance divine. Une prière humble et confiante était seule capable de la lui obtenir. « Prosterne-toi devant le Seigneur, disait à ce sujet l'abbé Isaïe, et fais-lui cette prière : Venez à mon aide, Seigneur, car je suis faible et incapable de soutenir une pareille lutte. Il te donnera son assistance, si ta demande vient d'un cœur droit. Si tu viens à remporter la victoire, ne t'enorgueillis point. Ne mets jamais ta confiance en toi-même. Mais prends garde, car l'ennemi te prépare une nouvelle attaque plus dangereuse que la précédente [3]. »

La ferveur du moine au service de Dieu maintenait son âme en éveil, le prémunissait contre toutes les surprises et développait en lui la bravoure et l'énergie; souvent même elle pouvait à elle seule éloigner les tentations ou les réduire à l'impuissance. Les anciens, pour exprimer cette pensée avec plus de force, se servaient de la

---

1. Cassien, *Conlat.*, 16, 309 et s.
2. Cf. S. Nil, *Narratio* 3, P. G., LXXXI, 622-626.
3. Isaïæ, *Oratio* 4, P. G., XLIII, 1116-17. *Regula*, 67, P. L., CIII, 474.

comparaison suivante : Les mouches n'approchent pas d'une chaudière en ébullition. Si au contraire elle est tiède, on les voit s'y précipiter, et les vers ne tardent pas à suivre leur passage. C'est ainsi que les démons fuient l'âme du religieux quand elle est embrasée des feux de l'amour divin; ils tournent en dérision l'âme tiède et ils la poursuivent de leurs attaques [1].

La ferveur se manifeste toujours par une fidélité généreuse à toutes les obligations monastiques. Aussi, saint Jérôme, qui avait plus que personne expérimenté ces luttes intimes, conseillait-il à son ami Rusticus cette disposition, comme le meilleur moyen de surmonter tous les obstacles. En effet, lorsque l'esprit est absorbé par des exercices réglés, qui prennent tout son temps, il lui est bien difficile de s'abandonner à la dissipation de ces pensées étrangères [2]. Saint Jérôme, pour s'assurer une victoire plus complète, avait dû ajouter aux occupations ordinaires des religieux l'étude pénible de la langue hébraïque. Mais ce moyen n'était pas à la portée de tous.

L'amour des âmes rendait parfois les supérieurs fort ingénieux, lorsqu'ils se préoccupaient de faciliter à un pauvre moine la victoire sur ses tentations. Un jeune Grec, qui avait embrassé la vie religieuse dans un monastère de l'Egypte, était tourmenté par de violentes sollicitations au mal. Rien ne pouvait l'en débarrasser. Son abbé le prit en pitié. Sur son ordre, un frère se mit à l'accabler d'injures. Le patient se plaignit à son supérieur. Celui-ci cita des témoins, qui tous prirent la défense de l'insulteur. Comme ses plaintes devenaient plus vives, l'abbé parut seul s'intéresser à lui, dans la crainte qu'il ne s'abandonnât à la tristesse et au désespoir. On le traita ainsi durant une année entière. Les ennuis de cette persécution simulée détournèrent son esprit des pensées qui l'avaient si longtemps troublé. Dès lors il fut facile de lui rendre la paix, dont il avait un pressant besoin [3].

Si ses efforts personnels et le secours de ses maîtres ne parvenaient pas à donner au moine le triomphe sur les ennemis de son âme, si la tentation continuait à le harceler, les leçons des anciens étaient là pour le consoler, en lui montrant dans cet état une épreuve voulue de Dieu pour son plus grand bien. L'abbé Daniel

---

1. *Verba Seniorum*, 204, P. L., t. LXXIII, 205.
2. S. Jérôme, *epist.* 125, n. 12-25. P. G., XXII, 1079-1080.
3. S. Jérôme, ibid., 1029.

se fait l'interprète de cette doctrine dans la quatrième conférence de Cassien.

Les luttes que le moine avait à soutenir variaient presque à l'infini selon les individus et les circonstances. Les pensées, que l'on peut avec raison considérer comme les armes de ce duel intérieur, d'après le sentiment commun, venaient les unes de la nature corrompue et de l'esprit déréglé de l'homme, les autres d'une inspiration des mauvais esprits [1]. Plus d'une fois les Pères du désert, en s'exagérant le rôle du démon, semblaient lui attribuer la responsabilité de toutes les tentations et de toutes les pensées coupables. L'ascèse était à leurs yeux un combat principalement engagé contre les esprits de ténèbres. Mais, en réalité, ce n'était pas généralement à ces êtres insaisissables que le moine avait directement affaire. L'ennemi était plus saisissable. On lui donnait un nom plus clair. Quand il s'agissait du vice, en effet, tous savaient à quoi s'en tenir ; l'illusion n'était guère possible. Voici la définition qu'en donne saint Basile : « Le vice est le mauvais usage des facultés que Dieu nous a données pour faire le bien, tandis que la vertu est l'emploi de ces mêmes facultés conformément aux ordres du Seigneur et sur l'inspiration d'une conscience droite [2]. »

Quelle que fût leur origine, les mauvaises pensées, quand une fois elles avaient trouvé l'accès du cœur, en produisaient rapidement une multitude d'autres. Leur fécondité rappelait à saint Nil celle des lièvres. Quelle étonnante variété dans cette progéniture [3] ! C'est ce qui faisait dire à Apollionos d'Hermopolis qu'il fallait résister à la tentation dès le principe. De la sorte, on écrasait la tête du serpent et on privait de vie tout le reste de son corps [4]. Il fallait donc procéder avec beaucoup d'ordre pour combattre avec succès des ennemis aussi nombreux. Car celui qui s'en serait pris à tant d'adversaires à la fois aurait vite succombé ou se serait abandonné au découragement. Il n'y avait qu'à les attaquer l'un après l'autre, et, ajoute saint Basile, qui donne ces sages conseils, ne pas se livrer au repos après une première victoire. Elle est au contraire un motif pressant d'engager de nouveaux combats, jusqu'à ce que le triomphe soit définitif [5].

1. *Constitutiones monasticæ*, 17, P. G., XXXI, 1378-82.
2. S. Basile, *Reg. fus. tract.*, *inter.* 2, P. G., XXXI, 410.
3. S. Nil, I. III, *ep.* 74, P. G., LXXXIX, 423.
4. Rufin, *Historia monachorum*, P. L., XXI, 414.
5. S. Basile, I. I, *ep.* 42, P. G., XXXII, 350-351.

*
* *

Pour rendre l'étude de ces vices plus méthodique et pour faciliter
les combats que les moines devaient leur livrer, quelques-uns des
Pères les plus autorisés ont essayé d'établir entre eux une classification, en les rattachant tous à huit vices principaux : la gourmandise, la luxure, l'avarice, la tristesse, la colère, la paresse, la
vaine gloire et l'orgueil. Tel est l'ordre dans lequel les donne Evagre [1]. Il est le premier qui publie cette liste ; mais est-elle bien son
œuvre personnelle ? Ne l'aurait-il pas recueillie sur les lèvres de
quelques-uns des solitaires de Scété, au milieu desquels il vécut
longtemps [2] ? On la retrouve plus tard sous la plume de Cassien et de
saint Nil, avec une légère différence. Ils placent l'un et l'autre la colère
avant la tristesse [3]. Comme Evagre, ils mettent chaque vice sous
la dépendance d'un démon spécial, et il arrive souvent que le démon
prend le nom et la place du vice auquel il préside.

Les anciens comptaient donc huit vices principaux. Leur liste se
conserve dans celle des péchés capitaux, avec deux modifications :
la vaine gloire et l'orgueil n'en forment qu'un ; l'envie a pris la
place de la tristesse, qui a été supprimée ; ce qui les réduit au
nombre de sept.

Le démon de la tristesse jouait un rôle très important dans la
doctrine ascétique des Pères du désert. Evagre le représente comme
un ennemi fort dangereux. Il est impossible, dit-il, de repousser
ses attaques si l'on conserve la moindre attache aux biens de la
terre [4]. Cet esprit mauvais charge le cœur du solitaire d'un poids
accablant, qui lui rend la vie très pénible [5] et peut même le jeter
dans le désespoir et lui faire abandonner la solitude. Toute tristesse n'était pas cependant condamnable. Car, si le moine devait
éviter soigneusement celle qui a pour cause la privation d'un bien
temporel ou d'une joie mondaine, il lui était bon d'ouvrir son
cœur à celle qui est inspirée par Dieu, et qui vient de la douleur

1. Evagre, De octo vitiosis cogitationibus ad Anatolium, P. G. XL., 1271-78.
2. Zockler, Askese und Monchlum, 253-256.
3. Cassien, Instit., t. VIII et IX. S. Nil, De octo spiritibus malitiæ, P. G., LXXIX,
1146-1166.
4. Evagre, Capita practica, 10, P. G., XL, 1223.
5. S. Nil., t. II, ep. 52, 53, P. G., LXXIX, 222-223.

que l'homme éprouve, quand il lui est arrivé de commettre une faute [1]. Le souvenir continuel des péchés, si instamment recommandé par les Pères, la pensée de la mort et du jugement, la crainte de Dieu, à laquelle les ascètes de ces temps primitifs donnaient tant d'importance, contribuaient beaucoup à entretenir ce sentiment dans le cœur des moines. Quelques-uns, pour la développer encore davantage, allaient jusqu'à conseiller à leurs disciples d'éviter le rire et tout ce que qui, de près ou de loin, pouvait paraître une dissipation. « N'ouvre point ta bouche pour le rire, disait l'abbé Isaïe, ce serait une preuve que la crainte de Dieu te fait défaut [2]. » Saint Basile fait remarquer que les rieurs ont été maudits par l'Evangile [3] ; il en conclut que les fidèles ne doivent jamais se permettre de rire, alors surtout que tant d'hommes leur fournissent par leurs péchés une raison grave de s'attrister et de gémir [4]. Notre-Seigneur n'a point ri, dit-il ailleurs [5]. Les anges ne savent pas rire non plus, écrit saint Isidore de Péluse au prêtre Dorothée [6]. Saint Ephrem, lui aussi, condamne le rire et célèbre dans son beau langage l'utilité des larmes et de la tristesse [7]. Le reclus Abraham, dont il a écrit la vie, ne se permettait pas même de sourire, tandis qu'il passait rarement une journée sans verser des larmes [8].

On dit que l'abbé Pambon ne riait jamais. Les démons, ayant résolu un jour de lui faire perdre un peu de sa gravité, réussirent à le dérider. Fiers de cette victoire, ils se mirent à crier : « Ah ! ah ! Pambon a ri. — Je n'ai pas ri, répliqua le solitaire, qui avait honte de s'avouer vaincu ; je me suis moqué seulement de votre faiblesse [9]. » Il serait facile de multiplier les textes et les exemples pour montrer l'aversion que le rire inspirait aux moines.

Toutefois il faut bien se garder de voir là une contradiction avec leurs enseignements sur la tristesse. Ils ne condamnaient généralement pas ce sourire doux et joyeux qui est le reflet sur le visage d'un cœur en paix avec Dieu et avec lui-même [10]. La sainte tristesse,

---

1. S. Basile, *Reg. brev. tract.*, int. 192-194, P. G., XXXI, 1211.
2. Isaïæ *oratio 3*, P. G., XL, 429 ; regula 22, P. L., CIII, 430.
3. Luc, VI, 25.
4. S. Basile, *Reg. brev. tract.*, int. 31, P. G., XXXI, 1103.
5. Id., *Reg. fus. tract.*, int. 17, 961.
6. S. Isidore Pel. l. I, *ep.* 319, P. G., LXXXVIII, 367.
7. S. Ephrem, *Sermo quod non oporteat ridere*, op. gr., t. I, 254.
8. S. Ephrem, *In vitam B. Abraami*, op. gr., t. II, 11.
9. *Apophtegmata Patrum*, 13, P. G., LXV, 361.
10. Cf. S. Basile, *Reg. fus. tract.*, int. 17, P. G., XXXI, 961. Isaïe, *oratio*, P. G., XI, 1124.

qui est le fruit naturel de la componction, et la gravité, qui sied si bien à l'homme séparé du monde, peuvent régner dans une âme en même temps que la joie intérieure, fruit de l'esprit divin [1]. D'après saint Basile, dont nous reproduisons la pensée, le souvenir des bienfaits innombrables que l'homme a reçus de Dieu et la considération de ceux qu'il reçoit à chaque instant sont la source intarissable de l'allégresse spirituelle. Elle se répandait si abondante et si vive dans l'âme de quelques-uns des solitaires les plus célèbres par leurs austérités presque surhumaines, qu'il ne leur était pas possible de la contenir. Il suffisait de les voir pour se convaincre de leur félicité. La joie et la sérénité répandues sur la figure de saint Antoine lui donnaient un charme céleste qui lui conciliait tous les cœurs; c'était son signe distinctif. Ceux qui ne l'avaient jamais vu le reconnaissaient sans peine au milieu des moines qui l'entouraient [2]. Theonas, qui menait en Thébaïde la vie austère des reclus, se montrait toujours avec un visage joyeux. Tout en lui respirait la grâce. On eût dit un ange vivant parmi les hommes [3]. L'abbé Apollonios d'Hermopolis était un grand amateur de la joie monastique. Dès qu'il apercevait un nuage de tristesse sur le front de ses disciples, il ne se donnait aucun repos qu'il ne l'eût dissipé. Aussi y avait-il dans son entourage tant d'allégresse et de félicité que l'on se demandait si vraiment il pouvait y en avoir autant ailleurs [4]. Dans les mêmes régions, le fameux Jean de Lycopolis frappait ses visiteurs par le calme de sa physionomie et par le sourire gracieux avec lequel il les recevait. Il laissait ainsi déborder sur sa figure la surabondance de la joie qui l'inondait intérieurement [5].

Les solitaires d'Orient étaient des hommes heureux. Pour s'en convaincre, il n'y a qu'à lire leurs biographies et les écrits qu'ils nous ont laissés. Leur vie monastique, avec son calme, ses vertus et ses austérités, leur procurait ce bonheur. Cette joie était, au dire de l'abbé Isidore, un lien plus fort que toutes les règles pour retenir ses disciples dans la clôture rigoureuse qu'il leur imposait [6].

---

1. S. Basile, *hom.* 4 *et* 5, P. G., XXXI, 217-262. Ces deux homélies sont un beau commentaire du *Semper gaudete* de S. Paul (1 Thess., v, 16).

2. S. Athanase, *Vita S. Antonii*, 67, P. G., XXVI, 939.

3. Rufin, *Hist. monach.*, 6, P. L., XXI, 408. Pallade, *Hist. lausiaca*, 50, P. G., XXXIV, 1134.

4. Rufin, *ibid.*, col. 413.

5. Ibid., col. 395. Pallade, 43, col. 1117.

6. Rufin, 17, col. 439.

Elle semblait la manifestation de la vie surabondante qui animait ces hommes séparés du monde, élevés au-dessus de ses passions et absorbés par les pensées du ciel. Si le cœur faible s'abandonne à la tristesse quand il se sent accablé par le poids de la vie, du travail et de la douleur, l'âme vigoureuse, qui a conscience de la force que Dieu lui donne, porte sans faiblir un pareil fardeau ; elle laisse à son insu s'épanouir sur ses traits, dans sa conversation, dans sa vie tout entière, le bonheur qu'elle éprouve. Elle peut avec ces dispositions affronter les rudes combats de l'ascèse. Le découragement ne saurait l'atteindre. Elle se jette résolument dans l'arène, décidée à tous les sacrifices. Son œil voit sans se les exagérer les pièges que lui tend l'ennemi. Elle sait les éviter. Il serait surprenant que la victoire ne vînt pas couronner ses efforts.

*
* *

La persévérance à combattre les huit vices principaux faisait par le fait même progresser le moine dans la pratique de la vertu. Car vices et vertus sont en opposition essentielle. L'affaiblissement des uns a pour conséquence rigoureuse le développement des autres. Celui qui lutte contre la gourmandise et détruit peu à peu l'empire qu'elle exerçait sur ses appétits travaille à l'acquisition de la vertu de sobriété. Les défaites du démon de l'orgueil sont des triomphes pour l'humilité. Il faut en dire autant de l'ensemble des vices et des vertus. Cela explique pourquoi les péchés capitaux ont fourni à l'enseignement ascétique le point de départ des développements les plus vrais et les plus utiles [1].

Cet enseignement poursuivait un but pratique. Il visait à la formation du moine. C'était, on le conçoit, chose d'une importance capitale.

Tout art a ses règles précises. Nul ne peut l'exercer, s'il n'a reçu au préalable les leçons d'un maître expérimenté. L'ascèse, qui est l'art le plus difficile et le plus délicat, ne saurait échapper à cette loi générale. Les nouveaux venus avaient plus que personne besoin de s'y soumettre. On vit parfois des hommes, recommandables par leur sainteté et leur séjour prolongé dans le désert, qui

---

1. Cf. surtout les *Institutions* et les *Conférences* de Cassien.

ne rougissaient pas de solliciter les lumières de quelques vétérans. L'abbé Arsène fut du nombre. On le considérait pourtant comme une lumière de la solitude. Il avait occupé dans le palais impérial une situation des plus honorables avant d'embrasser la vie monastique à Scété. Ses frères admiraient ses vertus plus encore que la science de l'ancien maître de l'empereur Arcadius. Ses conseils étaient religieusement suivis par ceux qui avaient le bonheur de les recevoir. Or, Arsène, si perspicace quand il s'agissait d'autrui, se croyait incapable de se guider lui-même. C'était humilité de sa part ; c'était aussi prudence. Quel est, en effet, l'homme sûr de se connaître ? Il soumettait un jour ses pensées à un vieux moine copte dont la culture intellectuelle laissait fort à désirer. « Comment, abbé Arsène, lui dit quelqu'un, vous, si instruit dans la langue latine et dans la langue grecque, soumettez-vous vos pensées à cet ignorant ? — J'ai appris, il est vrai, le latin et le grec, répliqua-t-il ; mais je n'ai pas encore réussi à apprendre l'alphabet de la science que possède cet ignorant [1]. »

Les maîtres de la vie ascétique exigeaient de leurs disciples une disposition sans laquelle tous les soins eussent été inutiles. Ils voulaient former des âmes. Les âmes devaient donc se manifester à leurs yeux, afin qu'ils pussent lire leurs pensées et leurs sentiments comme dans un livre ouvert. Il faut voir autre chose qu'un exercice d'humilité dans la confidence des pensées les plus intimes qu'ils recevaient des hommes placés sous leur direction. Cassien avait remarqué cet abandon parmi les moines égyptiens, qui ne se permettaient jamais de prononcer eux-mêmes sur la valeur des pensées qu'ils pouvaient avoir. Le jugement des anciens était la règle de leur propre jugement, ils croyaient bon ou mauvais ce qui avait été déclaré tel [2]. L'expérience montrait que par ce moyen le religieux acquérait l'art de discerner le mérite de ses pensées, et trouvait un remède efficace contre le mal que pourraient lui faire une tentation ou une chute morale. Cette docilité humble et sincère contribuait beaucoup à la formation de l'esprit et donnait peu à peu au moine la discrétion ou sagesse spirituelle, que saint Antoine nommait la mère des vertus [3].

Pour faciliter cette ouverture du cœur, les anciens témoignaient une miséricordieuse condescendance à tous ceux qui recouraient à

---

1. *Verba Seniorum*, XV, 7, P. L., LXXIII, 954.
2. Cassien, *Instit.*, l. IV, 8, p. 53.
3. Id., *Coulat.*, ll. 57-59.

leurs conseils. Ils s'ingéniaient parfois pour provoquer une confiance plus entière. L'abbé Macaire avait appris par un moyen surnaturel qu'un moine, nommé Theopempos, cédait très facilement aux pensées que lui suggérait le démon. Il alla le visiter dans sa cellule. « Comment te trouves-tu, mon fils ? lui demanda-t-il. — Grâce à tes prières, je suis bien. — N'es-tu pas assailli par des pensées importunes ? » Le malheureux frère, qui avait honte de déclarer son état, préféra mentir. « Je suis bien pour le moment. » Mais le saint homme, sans se décourager, prit un détour afin de le mettre sur la voie d'une confidence. « Voilà longtemps que je suis dans la solitude ; tout le monde m'entoure d'honneurs ; eh bien ! malgré mon grand âge, il m'arrive d'être troublé par mes pensées. — Père, je crois qu'il m'arrive la même chose. » L'abbé Macaire lui parla de plusieurs tentations, comme s'il les eût éprouvées lui-même, jusqu'à ce qu'il eût obtenu par ce moyen un aveu complet. Puis il lui demanda : « Quelle règle suis-tu dans tes jeûnes ? — Je jeûne jusqu'à none. — Jeûne jusqu'au soir, médite constamment les Ecritures. Lorsque tu seras troublé par la tentation, dirige ton cœur vers Dieu, et il viendra te secourir. » L'abbé Macaire se retira. Le moine avait retrouvé la paix intérieure [1].

Parfois quelques anciens, aveuglés par l'étroitesse d'esprit et par un caractère difficile, ne comprenaient pas les faiblesses de leurs frères. Au lieu de recevoir leurs confidences avec une respectueuse bonté, ils les renvoyaient sans la moindre parole de consolation, si même ils n'allaient pas jusqu'à les attrister par des humiliations indiscrètes. Il y en eut qui apprirent à leurs dépens à se montrer plus miséricordieux. En voici un exemple que Cassien apprit de l'abbé Moïse. Un frère avait confié les tentations qui le harcelaient à un ancien. Celui-ci le traita avec arrogance et mépris. La tristesse et le désespoir s'emparèrent de son âme ; il était sur le point de renoncer à sa vocation. Fort heureusement l'abbé Apollo, qu'il rencontra, lui rendit, par ses conseils et sa bonté, un peu de force et de courage. Ce saint homme voulut donner une leçon à l'ancien. Elle était méritée. Il conjura le Seigneur de lui faire subir la tentation qui avait tant troublé le pauvre frère. Sa demande fut exaucée. Le vieillard, surpris par l'évidence des pensées honteuses qui agitaient son cœur, se mit à courir comme un insensé. Apollo s'en aperçut, il l'aborda pour lui donner d'utiles conseils. « Dieu,

---

1. *Verba Seniorum*, l. III, 61, P. L., LXXIII, 769-770.

lui dit-il, a permis que tu fusses violemmont tenté malgré ta vieillesse pour t'apprendre à te montrer plus condescendant envers les
jeunes religieux éprouvés par la tentation [1].

*
* *

Les Pères puisaient leur doctrine spirituelle, comme leurs règles,
à la source des divines Ecritures, vivifiées et complétées par la tradition monastique. Les solitaires se transmettaient les uns aux
autres tout un ensemble de conseils moraux, d'anecdotes édifiantes,
que chacun pouvait enrichir par ses observations personnelles. Le
maître n'était pas tout dans ces entretiens ascétiques ou conférences. Les moines aimaient à échanger leurs idées et à mettre
leurs lumières en commun. On les voyait causer durant un temps
plus ou moins long. Ils étaient deux, trois, quatre, souvent plus
nombreux. Dans certaines circonstances tout un groupe se réunissait pour une conférence spirituelle.

Saint Antoine, dont les exemples exercèrent sur ce point comme
sur la vie monastique tout entière une influence si heureuse et si
profonde, a pris soin de tracer lui-même à ses disciples la méthode
qu'il convenait de suivre dans ces entretiens. « Les Ecritures, leur
dit-il, sont à la vérité suffisantes pour notre instruction. Il est utile
néanmoins de nous exhorter les uns les autres et de nous animer
ainsi à la pratique de la vertu. Communiquez donc avec une confiance toute filiale à celui qui est votre père selon Dieu les choses
que vous connaissez. Pour moi, qui vous surpasse par le nombre
de mes années, je vous dirai ce que j'ai appris de mes prédécesseurs et ce que l'expérience m'a enseigné [2]. »

Comme la doctrine des Livres saints était le fondement de toute
leur vie spirituelle, les moines les prenaient souvent pour sujets
de leurs conférences. Quelques esprits affamés de spéculations
nuageuses voulurent parfois s'écarter de la méthode pratique
chère aux anciens. Une tendance, trop commune parmi les Orientaux et entretenue par la solitude, les portait à soulever des questions inutiles, et quelquefois même dangereuses. Fort heureuse-

1. Cassien, Conlat., 34-36.
2. S. Athanase, Vita S. Antonii, 16, P. G., XXVI, 867.

ment le bon sens et l'humilité des hommes les plus estimés ramenaient ces téméraires sur un terrain plus ferme et plus sûr.

Dans une de leurs réunions, les moines de Scété se prirent à agiter la question de Melchisédech et de son sacerdoce, qui troublait plusieurs esprits à cette époque. Comme ils n'arrivaient pas à s'entendre, ils mandèrent l'abbé Copres, que sa doctrine et ses vertus rendaient particulièrement estimable. Ils cherchèrent à connaître son sentiment. Le saint homme profita de l'occasion pour leur donner une leçon qui ne resta pas sans effet. Au lieu de leur répondre, il se frappa la bouche par trois fois. Puis, en se parlant à lui-même, il dit : « Malheur à toi, Copres, qui négliges ce que Dieu t'ordonne de faire, et qui oses scruter ce qu'il ne te demande point. » Ce langage fut compris. Chacun, sans souffler mot, reprit le chemin de sa cellule [1].

Un anachorète, étant venu rendre visite à l'abbé Poemen, se mit aussitôt à l'entretenir des divines Écritures et des questions les plus élevées. Poemen ne disait rien. A la fin, sortant de son silence, il laissa échapper ces quelques paroles : « Cet homme est un esprit supérieur; il parle des choses célestes. Quant à moi, je suis bien terre-à-terre ; c'est à peine si je puis parler des choses d'ici-bas. S'il m'avait entretenu des passions qui agitent le cœur du moine, peut-être aurais-je trouvé quelque chose à lui dire. Mais puisqu'il parle des choses célestes, il me faut bien lui avouer mon ignorance. » Ce langage ironique ouvrit les yeux du moine et lui fit voir combien sa prétention était ridicule [2].

Le fait suivant montre en quelle estime saint Antoine tenait l'humilité et la simplicité dans les conférences monastiques. Quelques anciens lui rendirent un jour visite. L'abbé Joseph était du nombre. Le saint se mit à parler des Écritures. S'adressant aux moins âgés, il leur demanda le sens de telle ou telle parole. Chacun donna la réponse qui lui semblait la meilleure. A tous Antoine fit cette réflexion : « Vous n'y êtes pas encore. » Quand vint le tour de l'abbé Joseph, il lui dit : « Et toi, quel est ton sentiment? — Je n'en sais rien. » Telle fut sa réponse. Le patriarche fit ressortir tout ce qu'il y avait de sagesse dans cette modestie. « L'abbé Joseph, dit-il, est le seul qui ait trouvé la voie de la vérité, en répondant qu'il ne savait rien [3]. »

1. *Verba Seniorum*, XV, 21, P. L., LXXIII, 958.
2. Ibid., 184, 6, 799-800.
3. Ibid., XV, 4, 953.

Après les divines Ecritures venait l'autorité des anciens ou la tradition. Les conférences étaient émaillées de maximes spirituelles et de traits édifiants qui circulaient de bouche en bouche. « Nous croyons utile, disait l'abbé Moïse à Cassien, de montrer tout d'abord l'excellence de la vertu de discrétion par les maximes des Pères[1]. » Lorsqu'on eut rédigé les vies de Pères et le recueil de leurs sentences, ce fut un aliment de choix pour les entretiens monastiques[2]. Ils allaient même loin en pareille matière, ne craignant pas de faire connaître les chutes des moines et certaines fautes scandaleuses. Cassien dit que c'était un usage général parmi les moines égyptiens. Ils mettaient ainsi sous les yeux des jeunes frères le tableau des combats qu'ils auraient à soutenir et des défaites qu'il leur fallait craindre[3].

Mais rien ne valait l'expérience personnelle. Car dans l'ascèse, comme dans tous les arts, les praticiens sont les vrais maîtres; ils sont seuls à connaître les secrets du métier[4]. La science acquise de la sorte ne saurait être stérile. C'est une doctrine vivante qui devient dans l'âme une semence féconde[5]. Aussi l'abbé Nesteros insiste-t-il fort sur l'obligation où est le moine de n'enseigner aux autres que ce qu'il a lui-même pratiqué[6]. L'abbé Poemen compare l'homme qui enseigne sans remplir cette condition, à une fontaine profonde, où tous puisent de l'eau pour se désaltérer et se laver, et qui néanmoins est incapable de se nettoyer elle-même[7]. L'abbé Théodore entendit un frère parler de choses dont il n'avait point fait l'expérience personnelle. « Tu n'as pas encore de bateau; tu n'as pas encore pu jeter sur lui ta charge, et tu te figures déjà être arrivé à la ville. Commence donc par travailler, et alors le langage que tu tiens ne sera pas déplacé sur tes lèvres[8]. »

On n'insistait pas moins sur les dispositions dans lesquelles il convenait d'assister aux conférences et d'écouter ce qui s'y disait. Les moines devaient par-dessus tout se préoccuper de recevoir les lumières dont ils avaient besoin pour leur sanctification personnelle

---

1. Cassien, Conlat., II, p. 39 ; ibid. XIV, 408-409.
2. Cf. B. Zosimae alloquia, 10, P. G., LXXIII, 1694.
3. Cassien, Instit., l. XI, p. 200; l. VII, p. 137.
4. Id., Conlat., XXI, 607.
5. Ibid., XIV, 421.
6. Ibid., 409.
7. Verba Seniorum, 183, P. L., LXXIII, 799.
8. Apophtegmata Patrum, P. G., LXV, 190.

et de faire passer dans la pratique les enseignements qu'ils recueillaient ainsi. A quoi bon, en effet, accumuler dans sa mémoire la doctrine des anciens, si on ne la développait point par l'expérience que donne l'exemple [1] ? C'était la recommandation que faisait à Cassien l'abbé Nesteros : « Voici le premier pas à faire dans la vie spirituelle; il consiste à écouter attentivement les enseignements des Pères, à les renfermer avec soin dans le secret de son cœur, en se préoccupant plus de les mettre en pratique que de les rapporter aux autres [2]. »

Il y avait fort à insister sur ce point. Car plusieurs, accablés par le poids de la solitude, trouvaient dans la recherche des entretiens spirituels un pieux prétexte pour sortir de leurs cellules et s'en aller de côté et d'autre dissiper leur ennui et faire perdre le temps de leurs frères. On en voyait encore qui couraient de cellule en cellule, écoutant l'un, questionnant l'autre, frappant toujours de préférence à la porte des anciens les plus instruits et les plus considérés. Ils s'appropriaient leur doctrine qu'ils colportaient ensuite de droite et de gauche, dans le but de se concilier l'estime de ceux qui les écoutaient [3].

Les hommes graves ne se souciaient guère de gaspiller leur temps avec ces paresseux et ces vaniteux. Parfois même ils les recevaient assez mal. Quelques moines vinrent un jour trouver l'abbé Filica, pour lui demander un entretien. Le vieillard, qui connut leurs dispositions, gardait le silence. Comme ils insistaient, il finit par leur dire : « Vous voulez entendre une conférence ? — Oui, répondirent-ils. — Mais il n'y a plus de conférence désormais. Quand les frères interrogeaient les anciens et qu'ils pratiquaient leurs enseignements, Dieu mettait des paroles sur leurs lèvres. Aujourd'hui les frères posent bien les questions, mais ils ne font pas ce qui leur est dit; et Dieu enlève aux anciens la grâce de la parole. Ils ne trouvent plus que dire, parce qu'il n'y a personne qui veuille pr tiquer [4]. »

A côté de ces moines vains et fainéants, il y en avait d'autres que la tiédeur avait conduits au dégoût des choses spirituelles. Ils portaient un habit saint, ils suivaient des exercices sanctifiants; mais leur âme était constamment occupée des biens et des plaisirs

1. Cassien, Conl., XIV, 408-409.
2. Ibid., 408.
3. Rufin, Hist. mon., I, P. L., XXI, 393.
4. Apophtegmata Patrum, P. G., LXV, 434.

de la terre. Ils ne comprenaient rien au langage des hommes dominés par l'amour de Dieu et par le mépris du monde; l'égoïsme et l'orgueil régnaient en maîtres sur ces cœurs d'où la pensée du ciel était absente. Cassien a tracé quelque part le portrait de l'un de ces moines. Il se montre durant une conférence au milieu des frères; son œil errant ne peut se fixer nulle part; au lieu de laisser échapper de sa poitrine des soupirs qui trahiraient l'émotion de son cœur, il affecte une toux particulière. Ses doigts s'agitent; il simule les mouvements d'un homme qui écrit ou qui peint. Ses membres sont dans une continuelle agitation. Tout ce qui se dit sur la correction des mœurs l'irrite; il se figure que l'ancien le vise personnellement et il se demande avec anxiété et aigreur quels sentiments le portent à tenir un pareil langage. Dans ces dispositions, les entretiens spirituels, qui profitent tant aux âmes pieuses, lui sont très préjudiciables [1]. Cet état d'esprit pouvait, cela se comprend, inspirer de sérieuses inquiétudes [2].

On en rencontrait d'autres qui, sous l'influence de ce même dégoût, s'abandonnaient au sommeil, dès que l'entretien roulait sur les choses de Dieu. Sous le ciel de l'Égypte et de la Syrie, le sommeil était une véritable tentation, même pour des hommes généreux. Ils avaient besoin de continuels efforts pour vaincre cet ennemi. L'abbé Mœches avouait à Cassien qu'il lui avait fallu de longues et ferventes prières pour obtenir du Seigneur la grâce d'écouter les entretiens spirituels sans jamais dormir, quelle que fût leur longueur [3]. Le démon, qui, d'après lui, avait ces conférences en horreur, ne négligeait rien de ce qui pouvait en compromettre l'efficacité. Il réussissait à provoquer parmi les assistants des conversations futiles. Dès qu'une bouche s'ouvrait pour raconter une histoire divertissante, on voyait immédiatement sortir de la torpeur ceux que les instructions pieuses avaient le privilège d'endormir [4]. Mœches faisait tout le contraire : il s'endormait aussitôt que la conversation perdait de sa gravité monastique.

Les anges, amis sincères du moine, se réjouissaient fort, disait-on, à la vue des frères réunis pour conférer des vérités saintes. On les aperçut qui considéraient avec une joie indicible quelqu'une de ces assemblées pieuses. Mais, à un moment, l'entretien

1. Cassien, *Instit.*, l. XII, 225-226.
2. S. Ephrem, *De vita spirituali*, op. gr., t. I, 281-282.
3. Cassien, *Instit.*, l. V, 103-105.
4. Ibid.

changea de sujet; on se mit à parler de choses et autres. Les esprits célestes prirent la fuite sur-le-champ, pour faire place à d'immondes pourceaux[1].

Ces bavardages inutiles inspiraient une vive répulsion à l'abbé Jean le Nain. On le savait autour de lui. Quelques frères résolurent de le soumettre à une épreuve, en prenant un moyen détourné pour le faire causer de choses purement temporelles. « Nous rendons grâce à Dieu, lui dirent-ils, de ce que les pluies ont été abondantes cette année. Les palmiers sont arrosés, ils poussent de nombreux rameaux ; les frères auront de quoi travailler. » Au lieu de les suivre dans cette voie, Jean s'éleva à des considérations d'un ordre tout spirituel. « Il en est ainsi de l'esprit du Seigneur, répondit-il. Lorsqu'il descend dans le cœur des hommes, il les renouvelle, et ils produisent des fruits abondants dans la crainte de Dieu[2]. »

Lorsque la ferveur eut diminué dans certaines solitudes égyptiennes, les moines se montrèrent plus indifférents pour les conférences spirituelles. Ils s'entretenaient volontiers de bagatelles et de choses profanes. Les anciens, qui en furent attristés, rappelaient avec regret les temps heureux où ils conféraient uniquement de ce qui était utile à leurs âmes. Alors, quand ils se séparaient, leurs cœurs embrasés s'élevaient vers le ciel. Aujourd'hui, continuaient-ils, nous nous dénigrons les uns les autres, et nous nous poussons à un relâchement lamentable[3].

Lorsque ces exhortations venaient d'hommes expérimentés et pénétrés de l'amour de Dieu et qu'elles étaient reçues par des moines humbles et vraiment désireux d'arriver à la perfection, elles ne manquaient pas de les exciter à la pratique de la vertu et de redoubler la ferveur de leurs prières[4]. Quand, par exemple, c'était un saint Antoine qui parlait, son enseignement semait la paix et la joie dans l'âme de ses auditeurs. Chez les uns, sa parole excitait les feux de la divine charité, tandis qu'elle secouait la paresse des autres[5].

On estimait heureux les moines qui avaient une mémoire assez sûre pour conserver fidèlement le souvenir de ce que leur disaient

---

1. *Verba seniorum*, P. L., LXXIII, 762.
2. *Apophtegmata Patrum*, P. G., LXV, 207.
3. Ibid., 302, *Verba seniorum*, P. L., LXXIII, 762.
4. Cassien, *Conlat.*, IX, p. 273.
5. S. Athanase, *Vita S. Antonii*, 44, P. G., XXVI, 907.

les anciens, mais ils étaient fort rares. Un frère, qui était loin de
posséder un privilège aussi enviable, confiait à un vieillard la peine
qu'il en éprouvait. « Il m'arrive souvent, lui dit-il, d'interroger les
Pères pour obtenir d'eux une parole utile à mon âme. Mais il m'est
impossible de retenir ce qu'ils me disent. » L'ancien, qui avait dans
sa cellule deux vases vides, dit au jeune frère : « Prends l'un de ces
vases, va le remplir d'eau; puis, après l'avoir nettoyé, tu le videras,
et tu le remettras bien propre à sa place. » Le frère fit cette opération une première et une seconde fois. Il mit les vases l'un à côté
de l'autre, sur un ordre de l'ancien, qui lui demanda : « Quel est le
plus propre des deux ? — Celui que j'ai rempli d'eau et nettoyé,
répondit-il. — Ainsi en est-il d'une âme, remarqua l'ancien, qui
écoute souvent la parole de Dieu. Elle ne conserve peut-être rien
de ce qui lui est dit, mais elle obtient une pureté supérieure à celle
d'une âme qui n'interroge jamais personne pour entendre la parole
du salut[1]. »

Cet ancien, pour éclairer son jeune interlocuteur, avait employé
un procédé fort en honneur spécialement parmi les moines de Scété,
qui recouraient volontiers aux leçons de choses. Notre-Seigneur et
les écrivains inspirés s'étaient maintes fois servis de cette méthode
d'enseignement, qu'on peut nommer parabolique, pour exprimer
leurs pensées avec plus de force et de grâce. Elle devait fortement
impressionner des natures simples et méditatives. Les *Verba
Seniorum* en conservent de nombreux exemples[2]. En voici quelques-uns.

Les Pères de Scété étaient réunis pour conférer ensemble de la
vie de quelques-uns d'entre eux et de divers sujets. L'abbé Pior
gardait un profond silence. Il se leva tout d'un coup, prit un sac,
et sortit; après l'avoir rempli de sable, il le chargea sur son dos;
il remplit encore de sable un linge de petite dimension, qu'il porta
devant lui. Les moines lui demandèrent ce que cela voulait dire.
« Le sac, qui porte une grande quantité de sable, leur répondit-il,
représente mes péchés, qui sont très nombreux; je les rejette sur
mon dos, car je ne veux point les voir pour les regretter et les
pleurer. Et voyez comment j'ai mis sous mes yeux les quelques
fautes de mon frère; elles me tourmentent afin que je le condamne.
Mais ce n'est pas ainsi qu'il faut juger. Ce sont mes péchés qui

---

1. *Verba seniorum*, 178, P. L., LXXIII, 786.
2. Id., l. x, 37, p. 35, 65, etc., P. L., LXXIII, 918-919, 922, 923, 306, 772,
798.

doivent être mis devant moi, afin que je puisse les considérer et prier Dieu de me faire miséricorde. — La voie que tu nous indiques, dirent les Pères, est vraiment une voie de salut[1]. »

L'abbé Poemen, un autre abbé plus ancien que lui, nommé Nub, et cinq autres Pères fuyaient le désert de Scété, lorsque les Barbares qui l'envahirent eurent massacré un grand nombre de moines. Ils arrivèrent à Thérenuthi, où il y avait un temple abandonné, dans lequel on voyait encore une idole. Ils restèrent là sept jours en attendant que Dieu leur fît connaître la partie de l'Égypte où ils devaient se retirer. L'abbé Nub dit à ses compagnons : « Que chacun de nous pendant cette semaine vive dans la retraite, sans adresser la parole à personne. » Quant à lui, il allait tous les matins dans le temple jeter des pierres contre l'idole; il s'y rendait encore le soir, et on l'entendait lui dire : « J'ai eu tort, pardonne-moi. » Cela se renouvela tous les jours de la semaine. Les moines se réunirent selon leur coutume le samedi pour vaquer ensemble au service divin. L'abbé Poemen demanda à l'abbé Nub : « Qu'as-tu donc fait durant toute la semaine? Pourquoi demander pardon à une idole, toi qui es chrétien? » Le vieillard lui répondit : « C'est à cause de vous que j'ai fait cela. Dites-moi, est-ce que cette idole, quand je lui jetais des pierres, a prononcé un seul mot ou s'est mise en colère? Lorsque je lui ai demandé pardon, s'est-elle enorgueillie? — Évidemment non. — Eh bien! mes frères, nous voilà au nombre de sept; si vous voulez que nous habitions ensemble, prenons cette idole pour modèle. Que personne ne se fâche s'il est injurié; que nul ne s'enorgueillisse lorsqu'on lui fait des excuses[2]. »

On demandait un jour à un ancien ce qu'il fallait faire pour être sauvé. Il commença par se dépouiller de ses vêtements, et par prendre une ceinture; puis il étendit les bras. « Le moine, dit-il alors, doit se dépouiller de tous les biens du siècle et se crucifier contre la tentation et les combats du monde[3]. »

L'abbé Isaïe voulut donner aux frères une leçon de choses. C'était le temps de la moisson. Il prit une branche à la main et se rendit à l'aire où un fellah triait son grain. « Donne-moi du blé, lui dit le moine. — Aurais-tu fait la moisson, abba? — Non. — Pourquoi donc veux-tu recevoir une provision de blé, puisque tu n'as point moissonné? — Celui qui n'a pas moissonné ne peut donc

1. *Verba seniorum*, 136, ibid., 786.
2. Id., 144, P. L., LXXIII, 804.
3. Id., l. VI, 16, col. 841.

pas recevoir de salaire ? — Non, certes. » Isaïe revint trouver les frères et leur dit : « J'ai fait cela pour vous montrer que celui qui ne travaille pas ne recevra point de récompense de la main de Dieu [1]. »

Les anciens ne se pressaient pas toujours de répondre aux questions qui leur étaient posées. Ils avaient besoin de prier pour connaître la volonté du Seigneur.

Deux frères allèrent un jour consulter l'abbé Pambo. Le premier lui dit : « Abba, je passe deux jours sans manger, et je me contente de deux petits pains : penses-tu que je sauve ainsi mon âme, ou suis-je victime d'une illusion ? » Le second lui dit : « Abba, je recueille du travail de mes mains deux mesures par jour ; j'en garde une partie pour moi, et je donne le reste aux pauvres ; penses-tu que je sauve mon âme, ou suis-je victime d'une illusion ?» Malgré toutes leurs instances, le vieillard ne disait rien. Ils se disposaient à se retirer après quatre jours d'attente, lorsque des clercs leur dirent de ne point s'attrister, car le saint homme avait l'habitude de ne donner son avis qu'après avoir connu la volonté divine. Encouragés par ces paroles, ils se présentèrent devant l'abbé Pambo. « Prie pour nous, abba, lui dirent-ils. — Vous voulez vous en aller ? répondit le vieillard. — Oui. » Pambo fixa sur eux un regard scrutateur ; puis il se mit à écrire sur le sol en disant : « Pambo passe deux jours sans manger, et il se contente de deux petits pains ; penses-tu qu'il est moine en cela ? Non. » Il recommença en disant : « Pambo par son travail journalier gagne deux mesures, et il les distribue aux pauvres ; penses-tu qu'il soit moine en cela ? Pas encore. » Après quelques instants de silence, il ajouta : « Il est bon de travailler, mais tu ne seras sauvé que si ta conscience ne te fait aucun reproche dans tes relations avec les frères. » Les deux moines se retirèrent heureux et édifiés [2].

*
* *

Les ermites, pour jouir des entretiens spirituels d'un homme de Dieu, n'hésitaient pas à entreprendre des voyages parfois assez longs. Le plus souvent leurs relations se bornaient aux solitaires

1. *Apophtegmata Patrum*, P. G., LXV, 182.
2. *Verba seniorum*, l. v, 65, P. L., LXXIII, 923-924.

de la contrée. Ceux qui brûlaient du désir d'atteindre la perfection trouvaient dans ces pieuses visites un moyen très efficace de raviver leur ferveur. Le temps qu'ils passaient ensemble était généralement employé de la manière la plus édifiante. Un frère rendait visite à un anachorète. Au lieu de s'entretenir des choses divines ou de prendre quelque nourriture, ils commencèrent par s'inviter mutuellement à louer le Seigneur. Ils récitèrent les cent cinquante psaumes, puis ils lurent les écrits de deux prophètes. La nuit fut absorbée par ces pieux exercices. Lorsque le soleil se fut levé, les deux moines se mirent à causer. Leur entretien roula tout entier sur la vie spirituelle. Telle était l'avidité de leur âme qu'ils ne songèrent point à leur repas[1]. C'est là, il faut le reconnaître, un fait qui sort de l'ordinaire. Tous les moines ne montraient pas le même zèle, nous l'avons vu déjà; et l'occasion de le constater se présentera souvent encore. Mais les récits de Cassien, de Pallade, de Rufin, des *Verba Seniorum*, fournissent des preuves nombreuses et manifestes de la sincérité et de l'ardeur avec lesquelles un grand nombre recherchaient la parole d'un maître[2]. Les voyages que Cassien et son ami Germanus entreprirent à cet effet sont restés célèbres dans l'histoire du monachisme et de la théologie ascétique. Les anciens qu'ils visitaient ne se rendaient pas facilement à leurs désirs. Il leur fallut parfois insister longtemps pour vaincre leur répugnance et leur donner une preuve évidente de la pureté de leurs intentions.

Il arrivait aux moines qui entreprenaient de ces excursions ascétiques de se rencontrer sur les bords du Nil ou sur un point fréquenté du désert. Syros, Isaïe et Paul, qui allaient visiter l'abbé Anuph, se trouvèrent ainsi près du fleuve en attendant une barque qui pût les transporter. C'était une excellente occasion de s'édifier mutuellement. Ils surent en profiter. « Racontons-nous, se dirent-ils, la vie que nous menons, et la manière dont nous honorons le Seigneur. » Chacun se mit à dire ce qu'il faisait et à raconter des faveurs qu'il recevait de Dieu[3].

Parfois un vétéran de la solitude, au cours d'un voyage, surprenait par sa visite un moine ou un groupe de frères réunis pour s'édifier. Sa présence causait une joie profonde. Il lui était bien difficile

---

1. *Verba Seniorum*, col. 742.
2. Cf. Rufin, *Hist. mon.*, 6, 1, 7, 9, 10. etc., P. L., XXI, 795-449 ; Pallade, *Hist. Lausiaca*, 43, 52, 54, 55, etc., P. G., XXXIV, 1111-1158.
3. Pallade, 55, etc., P. G., XXXIV, 1158.

de se soustraire aux instances que chacun lui faisait pour obtenir un entretien spirituel. Macaire l'Egyptien arriva ainsi de Scété dans le monastère de l'abbé Pambo à Nitrie. C'était le jour de l'oblation; et tous les moines étaient réunis autour de leur Père. Les anciens dirent à l'abbé Macaire : « Dites aux frères une parole d'édification. » Il leur parla des luttes que les démons livrent aux solitaires [1].

L'abbé Poemen fit mieux encore. Des religieux lui demandaient une instruction spirituelle. Un séculier se présenta sur ces entrefaites. Poemen lui dit sans préambule : « Fais un discours aux frères. » Surpris par cette invitation, l'excellent homme se sentait incapable d'obéir : « Excuse-moi, Père, dit-il, je suis venu m'édifier. » Mais il dut céder. Se tournant vers les moines, il leur adressa une exhortation dont ils se montrèrent fort satisfaits [2].

Ces conférences ne pouvaient avoir lieu à des heures régulières. Les ermites recevaient et entretenaient leurs hôtes quand ils se présentaient chez eux. Mais ils étaient beaucoup plus libres s'ils les gardaient quelques jours dans leurs cellules. Les Pères d'Égypte donnaient généralement audience à Cassien sur le soir. Sa première conférence avec l'abbé Chérémon se termina avant le repas; la seconde commença après et se prolongea toute une partie de la nuit [3]. Il en eut une troisième après l'office du matin [4]. Celles qu'il reçut de l'abbé Sérénos et de l'abbé Théonas commencèrent le soir et se terminèrent bien avant dans la nuit [5].

La fin du jour semblait aux Pères une heure très favorable pour s'entretenir des vérités éternelles. Saint Jérôme, dans sa lettre à la vierge Eustochium, représente les moines réunis, le soir, à l'heure de None, quand leurs prières sont terminées, autour de celui qu'ils nomment leur père. Ils l'écoutent dans un profond silence. Personne n'ose jeter les yeux sur son voisin. Les larmes des auditeurs sont l'éloge du conférencier; elles coulent en silence le long des joues. Chacun s'efforce de dominer la componction qui l'envahit et ne laisse pas échapper le moindre soupir [6]. C'est à cette même heure qu'Apollonios d'Hermopolis convoquait ses disciples, lors-

---

1. *Verba Seniorum*, l. III, c. 4, P. L., LXXIII, 1006.
2. *Apophtegmata Patrum*, 109, P. G., LXV, 350.
3. Cassien, *Conlat.*, XII, 359-360.
4. Ibid., XIII, 362.
5. Ibid., VII, XXI, XXII.
6. S. Jérôme, *Ep.* 22, P. L., 420.

qu'ils avaient communié et pris leur frugal repas; il les retenait jusqu'à la nuit[1].

Les solitaires d'une même contrée profitaient de leurs réunions hebdomadaires du dimanche ou du samedi pour causer de leurs intérêts spirituels. Ceux du Sinaï plaçaient généralement leurs conférences le dimanche après la messe[2]. Les *Verba Seniorum* parlent d'un groupe composé de sept moines qui habitaient dans le voisinage des Sarrazins. Ils se réunissaient le samedi soir; après avoir pris leur repas à l'heure de None, ils s'asseyaient pour s'entretenir jusqu'à vêpres, c'est-à-dire jusqu'à la dernière heure du jour, des divines Écritures. Ils ne s'occupaient pas plus des choses de la terre que si elles n'eussent jamais existé; le bonheur du ciel, la joie des élus, les châtiments des pécheurs, faisaient toute la matière de leurs conversations[3].

*
* *

Les conférences des cénobites étaient soumises, comme l'ensemble de leur vie, à la règle du monastère, qui leur assignait un jour et une heure déterminés. Elles faisaient partie du fonctionnement normal de la communauté monastique. Saint Basile ne dit rien du moment où il convenait de les faire. Il se contente de donner de sages conseils à celui qui est chargé d'instruire et d'édifier les moines[4]. On est bien mieux renseigné sur ce qui se passait dans les monastères de la haute Thébaïde, grâce à la règle de saint Pakhôme et à ses diverses biographies. Le prieur de chaque maison faisait à ses religieux une conférence spirituelle, deux fois par semaine, le mercredi et le vendredi[5]. S'il venait à s'absenter, le prieur de la maison voisine le remplaçait pour l'un des entretiens, réservant l'autre pour ses religieux[6]. Ces conférences ou catéchèses roulaient sur les Écritures[7] ou sur les obligations de la vie

1. Rufin, *Hist. monach.*, P. L., XXI, 418.
2. S. Nil, *Narratio III*, P. G., LXXIX, 622.
3. *Verba Seniorum*, 200, P. L., LXXIII, 804-805.
4. S. Basile, *Regula brevius tract.*, int. 184-185, P. G., XXXI, 1206.
5. *Regula S. Pachomii*, art. 21, P. L., XXIII, 70 ; art. 115, col. 79 ; 156, c. 83.
6. Id., 118, ibid., col. 79.
7. Id., 122, col. 80.

monastique[1]. Personne ne pouvait se dispenser d'y assister, à moins d'impossibilité absolue[2]. Dès que le signal était donné, chacun devait s'y rendre[3]. Qu'ils fussent assis ou debout, les moines occupaient la place que leur assignait la date de leur profession[4]. On réveillait celui qui se laissait vaincre par le sommeil; il devait se tenir debout jusqu'à ce que le président lui eût dit de s'asseoir[5].

Outre ces conférences faites dans chaque maison ou fraction de monastère, il y avait des conférences générales que le *Père du monastère* faisait trois fois la semaine à tous ses moines assemblés[6] et celles qui avaient lieu à l'occasion des réunions ou chapitres généraux de Pâques ou du mois d'août.

Saint Pakhôme aimait à parler lui-même aux frères; il les invitait à s'adonner à l'oraison et à la contemplation; il leur exposait les Écritures; il les entretenait du mystère de l'Incarnation, de la Passion et de la résurrection des corps. Quand son entretien était fini, il se mettait en prières avec ses auditeurs pour obtenir de Dieu que sa parole se conservât et fructifiât dans les cœurs. Puis chacun se retirait dans sa cellule et méditait ce qu'il avait entendu; après quoi, ils se réunissaient pour conférer ensemble de ce qui leur avait été dit[7].

La règle recommande fréquemment aux moines de choisir pour sujet de leurs conversations les enseignements qu'ils avaient reçus de leurs supérieurs pendant les conférences[8].

Saint Pakhôme ne faisait pas toujours lui-même la catéchèse. Un dimanche, il invita son disciple Théodore à prendre la parole en sa présence. Le conférencier se tint debout; ses auditeurs en firent autant. Il était jeune encore. Quelques anciens, humiliés de se voir enseignés par un frère moins âgé qu'eux, pour manifester leur mécontentement, quittèrent le lieu de la conférence. Saint Pakhôme écouta le discours de son disciple. Lorsque l'entretien fut terminé, il réprimanda sévèrement ceux qui avaient cédé aux suggestions de l'orgueil[9].

1. S. Basile, 188, col. 39.
2. Id., ibid.
3. Id., 23, col. 70.
4. Id., 21, col. 70.
5. Id., 22, col. 79.
6. *Regula S. Pachomii*, art. 21, col. 70.
7. *Pachomii Vita*, 36-37, *Acta Sanctorum Maii*, t. III, p. 311.
8. *Regula S. Pachomii*, art. 20; ibid., col. 20; 122, col. 80; 128, col. 82.
9. *Pachomii Acta*, n. 49; *Acta Sanct. Maii*, t. III, p. 313.

Quand Théodore eut pris la direction des communautés pakhomiennes, il tint à enseigner lui-même ses religieux. Quelquefois il restait debout; parfois il s'asseyait, et ne se préoccupait guère alors de trouver un siège. Si ses moines, le voyant assis par terre, lui en présentaient un, il le refusait toujours[1]. A Phbôou, il était assis au pied d'un palmier. Six cents moines écoutaient sa parole. Il fit placer à côté de lui un religieux qu'il venait d'admettre au nombre de ses disciples. C'était Ammon, celui-là même qui nous a conservé le souvenir de cette conférence, dans la lettre qu'il écrivit plus tard à Théophile d'Alexandrie. Les frères se levèrent l'un après l'autre et demandèrent à être repris de leurs fautes. Chacun reçut une admonestation et des conseils appropriés à l'état de son âme. Alors l'abbé se leva et prit la parole. Au cours de sa conférence, il annonça les malheurs que la persécution arienne allait bientôt faire fondre sur l'Église. A la fin, ceux qui avaient des difficultés à lui soumettre l'interrogèrent successivement. Il fit à tous une réponse satisfaisante. Théodore parlait en copte. Or, plusieurs de ses auditeurs, Grecs d'origine, ne pouvaient le comprendre. Comme il n'entendait point leur langue, Théodore d'Alexandrie, son disciple, qui avait une culture littéraire très soignée, lui servait d'interprète. Une fois l'entretien fini, les moines s'entretenaient de ce qui venait d'être dit[2].

Le biographe de Théodore parle de ces mêmes conférences. Son récit, beaucoup plus circonstancié, fournit des détails intéressants qu'Ammon a négligés. La plupart des frères, dit-il, prenaient la parole une foule de fois pour questionner Théodore sur ce qu'il disait, quand ils ne le comprenaient pas dans leurs cœurs. Ils ne l'interrogeaient que s'il était assis. L'interprète seul lui pouvait adresser la parole, quand il se tenait debout. A la fin de la catéchèse, un grand nombre de moines se prosternaient la face contre terre, pendant que les autres priaient. Théodore appelait sur eux les bénédictions divines avant de les congédier[3].

Les questions posées par les auditeurs donnaient à ces entretiens beaucoup de vie et un grand intérêt. Elles les transformaient parfois en dialogues véritables. C'est sous cette forme que Cassien a conservé ses conférences avec des moines d'Egypte. On trouve encore, dans certaines homélies de saint Macaire, les interroga-

---

1. *Vie copte de S. Pakhôme*, Amélineau, A. D. M. G., t. XVII, 169-171.
2. *Ammonis epist. ad Theophilum*, 2-4. *Acta Sanctorum Maii*, t. III, 348-49.
3. *Vie de Théodore, publiée par Amélineau*, A. D. M. G., XVII, 236-241.

tions de ses disciples et ses propres réponses. Elles ne se rapportent pas toujours au sujet de l'entretien. A la fin de la sixième, par exemple, qui traite de la prière, l'auteur répond à deux questions sur les trônes de Dieu [1]. Quelques-unes de ces conférences sont tout entières consacrées à cet échange d'idées. Parfois les interrogations se rapportent toutes au même sujet. Il arrive aussi qu'elles se succèdent dans le plus complet désordre ; l'auteur répond à tout ce qui lui est demandé [2].

*
* *

L'enseignement oral fut au début le seul usité dans les monastères orientaux. Mais quelques moines ne tardèrent pas à prendre la plume pour communiquer à d'autres les lumières qu'ils tenaient de leurs devanciers ou qu'ils avaient eux-mêmes reçues en méditant les divines Ecritures et en pratiquant les exercices de la vie ascétique. Plusieurs parmi les écrivains monastiques de cette période étaient sans formation littéraire ; mais on oublie promptement la rudesse de leur langage pour admirer la sagesse et la prudence de leur doctrine, et la simplicité naïve avec laquelle ils font revivre sous nos yeux après tant de siècles l'une des parties les plus curieuses de l'antiquité chrétienne. D'autres, au contraire, comptent parmi les hommes les plus cultivés de leur temps ; quelques-uns même peuvent passer pour les premiers écrivains du IVe siècle ; la pénétration de leur génie et la vigueur de leur dialectique en firent les défenseurs intrépides de la foi catholique et les vengeurs de l'orthodoxie ; la haute situation qu'ils occupaient dans l'Église et leur influence sur les choses de l'État leur ménagèrent l'occasion de conduire les individus et la société. Il suffit de nommer les Ephrem, les Jérôme, les Basile, les Grégoire de Nysse, les Jean Chrysostome, qui ont enrichi de nombreux et intéressants écrits la littérature ascétique et mystique.

Nous ne saurions, sans sortir des limites que nous trace le présent travail, faire l'histoire de leurs œuvres spirituelles et exposer la doctrine qu'ils ont enseignée. Il nous suffira de présenter quelques noms et les œuvres plus importantes.

1. P. G., XXIV, 522-523.
2. *Hom.*, XV, XVI, XXVII, XXXVIII, XL.

Aphraat, le plus ancien des Pères de l'Église syriaque [1], s'adresse souvent à des ascètes dans ses vingt-trois *Démonstrations*. La sixième, qui a pour titre *De monachis*, expose brièvement la dignité et les obligations de la vie monastique. Saint Ephrem, le plus populaire et le plus éloquent des Pères syriaques, est de tous les moines orientaux celui qui a le plus écrit sur la vie ascétique. Ses commentaires, ses discours, ses prières, ses lettres, qui remplissent six volumes in-folio, ont été en majeure partie composés pour des moines. Il parle en homme d'expérience. Toutes les vertus qui font le religieux sont célébrées par lui dans un langage animé et plein d'élévation. Il excelle quand il s'agit de l'humilité, de la componction, de la crainte du jugement. Une édition critique de ses œuvres rendrait aux études monastiques et ascétiques d'inappréciables services, en élaguant les écrits qui ne lui appartiennent pas, en publiant ceux qui n'ont pas encore vu le jour, et en accompagnant un texte bien établi d'une traduction fidèle.

Saint Basile (331-379), l'ami et l'admirateur du diacre d'Édesse, a composé quelques opuscules ascétiques qui ont été placés en tête de ses Règles et forment avec elles et un petit nombre d'apocryphes le recueil d'*Ascetica* qui porte son nom [2]. Ses *Moralia* [3] donnent une juste idée de ce qu'était alors la méthode suivie par certains Pères dans leur enseignement spirituel. Le saint docteur se contente de grouper dans quatre-vingts chapitres les textes du Nouveau Testament où sont formulées les principales obligations du chrétien. Il ne donne jamais sa pensée personnelle, c'est Dieu seul qui parle ; et il le fait par l'organe des divines Écritures, qui sont le grand traité de la vie intérieure, où le moine doit chercher la lumière.

Le frère de saint Basile, Grégoire, évêque de Nysse (mort peu après 394), est de tous les exégètes de cette période celui qui sut tirer des Saints Livres les enseignements les plus appropriés aux nécessités de la vie religieuse. Un certain Césaire, qu'il qualifie d' « homme de Dieu », l'avait prié de lui tracer le chemin qui conduit à la perfection. Grégoire, reconnaissant que cette tâche était au-dessus de ses forces, lui proposa dans la personne de Moïse un modèle achevé, dont il pouvait en toute sécurité suivre

---

1. Il mourut après 345. Parisot, Patr. Syr., t. I.
2. P. G., XXXI, 619-1429.
3. Ibid., 691-870.

les exemples[1]. Ses deux traités sur les *Inscriptions des Psaumes*[2], adressés à un autre « homme de Dieu », tracent la voie par laquelle le chrétien peut atteindre le bonheur suprême, qui consiste dans la ressemblance avec le Seigneur. Ses *Huit homélies sur l'Ecclésiaste*[3] commentent le premier chapitre de ce livre, l'un des plus utiles de la Bible ; il n'y en a pas dans tout l'Ancien Testament qui renferme au même degré l'esprit de l'Évangile, que l'Église doit inculquer à ses enfants. Toutes les explications qu'il en donne se rapportent à la vie ascétique. Il faut en dire autant des *Quinze Homélies sur le Cantique des Cantiques*[4], dédiées à Olympiade de Constantinople, et des *Homélies sur les béatitudes*[5]. S. Grégoire de Nysse composa pour le moine Olympios un traité de la *Perfection chrétienne*[6]. Elle consiste, d'après lui, à reproduire dans son âme et dans sa vie tout entière le sens mystique des noms par lesquels saint Paul désigne Notre-Seigneur. Sa lettre *Sur la Virginité*[7] est écrite pour les hommes aussi bien que pour les femmes. Le terme παρθενία, dont il se sert, a une signification plus étendue que notre mot *virginité* ; il désigne une vie libre de toute attache avec le siècle, consacrée au service du Seigneur, et dont la virginité est le plus puissant auxiliaire.

On trouve à glaner pour la littérature ascétique dans les diverses œuvres de saint Grégoire de Nazianze. Elles n'offrent pas cependant le même intérêt que les œuvres oratoires de saint Jean Chrysostome. Soit à Antioche, soit à Constantinople, il vit rarement des moines parmi ses auditeurs. Mais le soin avec lequel il exposait aux chrétiens qui l'écoutaient leurs obligations morales, dont il trouvait la formule dans le texte sacré qu'il commentait, lui fournit maintes fois l'occasion de dépeindre dans sa belle langue la beauté des plus hautes vertus religieuses. Les souvenirs de son passé monastique, l'enthousiasme que lui inspirait la sainteté des moines, lui firent plus d'une fois perdre de vue son auditoire et parler

---

1. S. Gregorii Nys., *De vita Moysis*, P. G., XLIV, 297-470.

2. Ibid., 431-616.

3. Ibid., 615-754.

4. Ibid., 755-1119.

5. Ibid., 1193-1302.

6. *De Perfectione, et qualem oporteat esse christianum, ad Olympium monachum*, ou *De perfecta Christiani forma*, P. G., XLVI, 251-286.

7. *De Virginitate, epistola exhortatoria ad virtutis frugi studio vitam*, ibid., 317-416.

comme s'il avait eu sous les yeux les habitants de la solitude. Saint Jean Chrysostome a laissé quelques traités ascétiques. Ce sont ses deux *Livres au moine Théodore* [1], pour l'exhorter à revenir aux obligations de la vie religieuse qu'il avait abandonnée ; le traité où il compare la vie du moine à celle d'un roi [2] ; ses deux livres sur la *Componction* [3], adressés, le premier, au moine Demetrios, et le second à Stelechios ; son *Exhortation à l'ascète Stagyre* [4], que de pénibles épreuves jetaient dans le désespoir ; son traité sur la *Virginité* [5], l'un des plus intéressants écrits sur cette matière ; ses trois livres *Contre les adversaires du monachisme* [6], qui restent la plus éloquente apologie de la vie religieuse.

Nicéphore Callixte range sans preuve suffisante parmi les disciples de saint Jean Chrysostome un certain Marc, qui n'a laissé aucune trace dans l'histoire. Nous avons de lui neuf opuscules qui, malgré sa terminologie vague et la brièveté excessive de ses phrases sentencieuses, contiennent des enseignements utiles sur la *Loi spirituelle* dont parle saint Paul [7], sur ces paroles du Sauveur : *Pœnitentiam agite* [8], qui dans leur simplicité renferment la substance de tous les préceptes, sur la nécessité où sont les baptisés de se conformer aux ordres de Dieu [9], sur les moyens de combattre les passions, spécialement la colère [10], sur la *Tempérance* [11], sur le *Jeûne* [12], etc.

Diadochos n'est pas plus connu que Marc. Il vivait dans l'ancienne Épire, sur la fin du quatrième siècle, croit-on. Il a laissé un

1. *Libri duo ad Theodorum lapsum*, P. L., XLVII, 277-316.

2. *Comparatio potentiæ, divitiarum et excellentiæ Regis, cum monacho in verissima et christiana philosophia vivente*, ibid., 387-392.

3. *Libri de Compunctione*, ibid., 393-422.

4. *Oratio adhortatoria ad Stagyrium ascetam a dæmonio tentatum*. Ibid., 423-491.

5. *De Virginitate*, ibid., XLVIII, 435-548.

6. *Adversus oppugnatores eorum qui ad monasticam vitam inducunt*, P. G., XLVII, 319-386.

7. Marci monachi, *De Lege spirituali*, ibid., XLV, 905-930 ; *De his qui putant se ex operibus justificari*, ibid., 930-966.

8. *De pœnitentia, cunctis, ut operari queant, plane necessaria, quam fideles etiam, antequam operentur, per gratiam baptismi accipere solent* ; ibid., 965-984.

9. *Responsio ad eos qui de divino baptismate dubitabant*, ibid., 985-1028.

10. *Præcepta salutaria*, P. G., 1027-1045.

11. *De temperantia*, ibid., 1045-1071.

12. *De jejunio*, ibid.,1109-1118. On constate des analogies entre certains passages des œuvres de Marc et des homélies de S. Macaire, dont il sera bientôt question. Il y a eu évidemment influence de l'un sur l'autre.

ouvrage sur la *Perfection spirituelle*[1], où il traite pour des moines
de la théologie ascétique et mystique avec une élévation et une
clarté qu'il serait difficile de rencontrer ailleurs à cette époque.

L'abbé Zosime, qui vivait en Palestine au siècle suivant, n'a
rien écrit, mais l'un de ses disciples a rédigé quelques-unes de
ses conférences[2]. Elles roulent principalement sur la pauvreté, les
privations et la patience. Leur lecture donne une idée de ce que
pouvait être l'enseignement ascétique dans les solitudes palestin-
niennes.

*
* *

Saint Jérôme avait distribué déjà aux moines de ces contrées
une doctrine spirituelle sûre, vigoureuse et précise. On en trouve
la trace dans ses commentaires et dans quelques-uns de ses
traités. Mais c'est surtout à sa correspondance qu'il doit d'être rangé
parmi les écrivains ascétiques. Saint Basile et saint Jean Chrysostome s'étaient servis maintes fois de la forme épistolaire pour
communiquer à certaines âmes leurs pensées. Après eux et après
le solitaire de Bethléem, saint Isidore de Péluse et saint Nil ont
adressé à leurs disciples et à un grand nombre de moines des
lettres pleines de conseils sages et pratiques. Isidore, moine et
prêtre sur une montagne voisine de Péluse (mort vers 450), exerça
sur ses contemporains la plus heureuse influence. Ses deux mille
lettres, parvenues jusqu'à nous, le montrent en relation avec des
évêques, des prêtres, des dignitaires de l'empire, les soldats, des
hommes de toutes conditions. Celles qu'il écrivit aux moines sont
très nombreuses. Tantôt il encourage une âme à la recherche de la
perfection et il la félicite d'une vertu acquise ; tantôt il réveille un
religieux tiède, lui manifestant les dangers d'une habitude mauvaise, lui indiquant le moyen de surmonter une tentation. C'est,
en un mot, la correspondance spirituelle la plus intéressante, la
plus complète et la plus variée que nous ait léguée l'antiquité
chrétienne[3]. Malheureusement nous ne possédons que des extraits
des lettres elles-mêmes.

1. Diadochi, *Centum capita de perfectione spirituali*, P. L., LXV, 1167-1212.
2. *Abbatis Zosimæ alloquia*, P. G., LXXVIII, 1679-1702.
3. Ibid., LXXVIII.

Il faut en dire autant de celles qui restent de saint Nil[1]. Avant de se retirer dans la solitude de Sinaï avec son fils Théodule (v. 390), Nil avait rempli les fonctions de préfet du prétoire à Constantinople. C'est, au dire de l'abbé Batiffol, le plus cultivé des auteurs ascétiques de cette période[2]. Il a l'occasion, dans ses épîtres, de donner sa pensée sur la plupart des vertus religieuses. La patience au sein de l'épreuve et de la tentation, l'assiduité à l'oraison, le recueillement, la fuite du monde, sont celles qu'il recommande le plus particulièrement aux moines. Saint Nil dut maintes fois se lamenter sur le relâchement de la discipline monastique. Personne ne réagit plus que lui contre cette tendance, qui devait amener la ruine morale du monachisme en Orient. C'est le but qu'il poursuit avec un zèle infatigable dans sa correspondance et dans ses traités ascétiques. Nous avons de lui un livre sur la *Pratique de la vie religieuse*[3], un ouvrage sur les *vices et les vertus* adressé au moine Agathias[4], des traités sur la *pauvreté volontaire*[5], sur la *Supériorité des moines* qui habitent dans la solitude[6], sur les *Vertus qui caractérisent le moine*[7], sur les *Vices qui leur sont opposés*[8], sur *Les huit esprits de malice*[9], sur l'*Oraison*[10] et sur les *Mauvaises pensées*[11].

Saint Nil et saint Isidore de Péluse nous ont amenés sur les frontières de l'Égypte. C'est là que fleurit surtout la litttérature ascétique, avec Macaire, Isaïe, Evagre, Orsise, Cassien. On trouve dans les cinquante *Homélies* ou conférences de Macaire[12] toutes les formes

---

1. P. L., LXXIX, 81-852. Elles sont au nombre de 1061. Il serait nécessaire de donner une édition critique des correspondances de S. Nil et de S. Isidore.

2. *La littérature grecque*, 234.

3. *Liber de monastica exercitatione*, P. L., LXXIX, 719-810.

4. *Ad Agathiam monasticam vitam agentem. Perhisteria, seu tractatusde virtutibus excolendis et vitiis fugiendis, exemplo Perhisteriæ clarissimæ in seculo feminæ*, ibid., 811-968.

5. *Tractatus de voluntaria paupertate, ad veneratione dignissimam magnam diaconissam Ancyræ*, ibid., 967-1060.

6. *De monachorum præstantia, seu quod iis qui habitant in urbibus præstantiores sunt quiescentes ac silentes in eremis, etsi multis inexpertis contrarium videatur*, ibid., 1030-1094.

7. *Tractatus ad Eulogium monachum*, ibid., 1093-1140.

8. *Tractatus ad eumdem de vitiis quæ opposita sunt*, ibid., 1140-1143.

9. *Tractatus de octo spiritibus malitiæ*, ibid., 1145-1164.

10. *Tractatus de oratione*, ibid., 1165-1200.

11. *Capita XXVII de diversis malis cogitationibus*, ibid., 1200-1234.

12. *Macarii Homiliæ spirituales*, P. G., XXXIV, 449-823.

de la vie mystique avec ses nuances les plus délicates. L'auteur parle à des hommes qui tendent à ce degré de la perfection religieuse où Dieu se communique aux âmes dans les épanchements de l'oraison et l'effusion des grâces les plus élevées. En exposant l'action de l'Esprit-Saint dans les cœurs, il sait donner des aperçus variés, élevés et touchants sur la grandeur et la noblesse du chrétien, régénéré en Jésus-Christ.

Évagre du Pont, disciple de saint Grégoire de Nazianze, avant d'embrasser la vie monastique à Scété, vers la fin du quatrième siècle, fut assez déprécié en Orient à cause des accusations d'origénisme formulées contre lui par saint Jérôme. Mais ces erreurs ont laissé peu de trace dans ses écrits. Il dit aux moines à quelle condition ils seront des saints[1]; il traite brièvement des *Huit péchés capitaux* et de leurs effets[2]; ses *Chapitres pratiques* adressés au moine Anatolios et son *Liber practicus*[3] sont moins des traités qu'une série de pensées pouvant servir de thème aux conférences des supérieurs ou aux méditations des religieux. On peut dire la même chose de ses divers recueils de sentences.

L'abbé Isaïe, qui vivait dans le désert de Scété au quatrième siècle, a laissé vingt-neuf homélies[4], où l'on ne voit aucun ordre. Il dit les choses comme elles se présentent à son esprit, tantôt parlant de lui-même, tantôt appuyant sa doctrine sur la sainte Écriture ou sur sa propre expérience. Il lui arrive rarement de citer les anciens.

Saint Benoît d'Aniane a inséré dans son recueil des règles un traité sur l'*Institution des moines*[5] attribué à l'abbé Orsise de Tabenne. La crainte du jugement de Dieu et la fidélité à la règle sont le fondement de toute sa spiritualité.

Les lettres de saint Pakhôme et de saint Antoine peuvent les faire ranger parmi les écrivains ascétiques. Mais on trouve leur doctrine exposée avec plus d'étendue et de précision dans leurs biographies. La vie d'un moine était avant tout une œuvre d'édification, par conséquent une œuvre ascétique. C'est ainsi que la mission du biographe a été comprise par saint Athanase, saint

---

1. Evagrii monachi, *Rerum monachalium rationes earumque juxta quietem oppositio*, P. L., XL, 1231-1274.
2. Id., *De octo vitiosis cogitationibus ad Anatolium*, ibid., 1271-75.
3. Id., *Capita practica ad Anatolium*, ibid., 1219-1246.
4. Id., *Liber Practicus, seu de vita activa,* ibid., 1246-52.
5. P. G., XL, 1104-1206.

Jérôme, saint Ephrem, saint Grégoire de Nysse, Théodoret, Rufin, Pallade, et par les compilateurs des précieux recueils d'actions et de paroles édifiantes, connus sous le nom de *Verba Seniorum*[1] et d'*Apophtegmata Patrum*[2].

Le plus connu des écrivains qui ont transmis à la postérité les enseignements spirituels des moines de l'Égypte et de la Thébaïde[3] est un Gallo-Romain, qui, après avoir séjourné dans un monastère de Bethléem, entreprit un voyage en Égypte pour voir de ses yeux et entendre de ses oreilles les solitaires les plus renommés. Il se nommait Cassien. Son ami Germain le suivit dans cette pieuse excursion, qui dura une dizaine d'années. De retour à Marseille, Cassien fonda le monastère de Saint-Victor pour les hommes (415) et un autre pour les femmes. Il entreprit, à la demande de Castor, évêque d'Apt, la rédaction de son premier ouvrage ascétique (426), les *Institutions des Pères*[4], où il expose les principaux règlements des monastères orientaux et la substance de leur doctrine ascétique. Ses vingt-quatre *Conférences*[5] ont été le manuel de la vie intérieure le plus répandu parmi les religieux du Moyen-Age. Il y rapporte les enseignements qu'il reçut de la bouche de quelques-uns des Pères de l'Égypte et de la Thébaïde. Les sujets en sont très variés. Il serait difficile de trouver dans un livre autant de doctrine et d'expérience, présentée avec la même simplicité. De tous les ouvrages ascétiques que nous a légués l'antiquité, ils sont les plus connus et les plus utiles.

---

1. Orsisii, *Doctrina de institutione monachorum*, P. L., CIII, 453-476, et P. G., XL, 369-394.

2. Publiés par Rosweyde dans ses *Vitæ Patrum*, P. L., LXXIII, LXXIV.

3. P. G., LXV, 71-448, d'après l'édition de Cotelier.

4. Johannis Cassiani, *De institutis cœnobiorum et de octo principalium vitiorum remediis libri XII*, ed. Petschnig, Vindobonæ, 1888.

5. Id., *Conlationes XXIII recensuit et commentario critico instruxit Michael Petschnig*, Vindobonæ, 1886. Le Bénédictin Alard Gazeus a donné une édition des Conférences et des Institutions, qu'il a enrichies de notes fort utiles pour l'étude de la discipline monastique. Migne l'a reproduite, P. L., XLIX.

CHAPITRE XI

Les vêtements monastiques

C'est en revêtant l'habit monastique qu'un homme s'engageait pour toujours dans l'état religieux. Ce costume, signe extérieur de sa profession, le distinguait du reste des chrétiens. Cela rentrait dans les mœurs d'un pays et d'une époque où les lois réglaient elles-mêmes le vestiaire des diverses classes de la société[1].

Amélineau prétend que saint Antoine fut le premier à revêtir et à donner aux solitaires un costume spécial. Cette innovation du patriarche des ermites compterait, si on pouvait la lui attribuer légitimement, parmi les actions les plus glorieuses de sa vie; il aurait par là exercé l'influence la plus grande sur l'avenir du monachisme. Amélineau, pour accréditer son dire, le met sous le patronage imposant d'un nombre illimité de témoins, qu'il se garde bien de citer ou même de nommer. Aussi ne faut-il voir là, comme dans quelques-uns des jugements formulés par lui au cours de ses introductions aux précieux documents qu'il publie dans la collection du musée Guimet, qu'une opinion aventureuse, qui ne saurait tenir devant un examen sérieux des textes[2]. A l'en croire, saint Antoine aurait emprunté les éléments du vestaire monastique aux prêtres égyptiens. La suite du présent chapitre fournira l'occasion d'apprécier ce que pareille assertion renferme de véritable.

Les moines apparaissent de si bonne heure avec un costume

1. Une loi de l'an 382 détermine le costume des sénateurs, des curiales et des esclaves. Godefroid, *Codex theodosianum*, t. V, 232-237.

2. Amélineau, *Histoire des monastères de la basse Egypte, Introduction*, XXII-XXIII. A. D. M. G., t. I, XXV.

spécial, qu'on peut croire cet usage aussi ancien que la vie religieuse elle-même. L'ascétisme païen n'a pas pu échapper à ce besoin de séparer ses adeptes de la foule par cette distinction extérieure. Les vestales romaines portaient une longue tunique et un grand voile, qui empêchaient de les confondre avec les femmes du monde[1]. Les philosophes, en qui on aime à voir les ascètes de la civilisation grecque, avaient eux aussi des vêtements particuliers, qu'ils conservaient encore au IVᵉ et au Vᵉ siècle. Ce costume était tellement leur, que Valentinien interdit de le porter à quiconque n'avait pas été légitimement admis dans leur corps[2] (369). Ils portaient la barbe dans toute sa longueur, se couvraient d'un manteau nommé *pallium*, et tenaient un bâton à la main. Tout cet extérieur, qui, du reste, s'accordait avec la gravité de leur conduite et avec les sentiments qui les animaient, manifestait leur mépris du monde et de ses maximes[3]. Il leur était facile, par ce moyen, d'en imposer à la foule. Mais cette austérité de costume et d'allures cachait souvent un profond orgueil et une vanité presque féminine. Saint Jean Chrysostome[4], saint Nil[5] et saint Isidore de Péluse[6] leur en firent plus d'une fois le reproche. Les chrétiens qui menèrent la vie ascétique au milieu du monde pendant les trois premiers siècles n'eurent qu'à s'envelopper d'un vêtement analogue pour cacher aux persécuteurs la sainteté de leur vie[7].

Plus que les ascètes païens, les philosophes et les thérapeutes, quelques hommes extraordinaires, dont la Bible raconte la vie, exercèrent une influence profonde sur le monachisme et sur ses manifestations extérieures. Les exemples donnés par saint Jean-Baptiste, par Elie et par les fils des Prophètes étaient toujours présents à l'esprit des moines du IVᵉ siècle. Leurs législateurs les prirent souvent pour types ; l'étude du vestiaire monastique permet de le constater avec évidence. Il ne faudrait pas cependant croire que les solitaires de cette époque primitive aient éprouvé le

---

1. Montfaucon, *Antiquité expliquée*, t. I, suppl. Pl., 22, 23, 24.

2. Godefroid, *Codex theodosianum*, t. V, 38.

3. S. Nil, *De monastica exercitatione*, I, P. G., LXXIX, 719.

4. S. Jean Chrys., *Ad populum Antiochenum hom.* XVII, P. G., XLIX, 176. *Hom. in verbis Apostoli : Habentes eumdem spiritum*, I, P. G., LI, 274.

5. S. Nil, l. II, *Epist.* 145, P. G., LXXIX, 267.

6. S. Isidore Pel., l. IV, *Epist.* 34, P. G., LXXVIII, 1086.

7. Les ascètes juifs, dont parle Philon dans son traité de la *Vie contemplative*, portaient eux aussi des vêtements distinctifs.

besoin de suivre en tout des modèles antiques. L'influence des milieux, les conditions du climat, les usages du pays, furent autant d'éléments qui contribuèrent plus ou moins à la formation de leur costume. De là des variétés nombreuses. Il en est donc du vêtement des moines comme de l'ensemble de leurs observances.

*
* *

Les récits hagiographiques signalent certains anachorètes qui se contentaient d'un habit par trop sommaire. Des ascètes hindous avaient déjà porté le détachement du monde et d'eux-mêmes au point de refuser à leur corps le voile que la décence réclame. Le monachisme oriental offre quelques exemples de cette nudité, sans qu'il soit possible d'établir aucun lien historique entre ces faits et les usages analogues de l'ascétisme de l'Inde. Or, une analogie sur ce point déterminé ne permet pas de conclure à une influence réciproque [1].

Ce sont d'abord quelques-uns des moines pasteurs de la Mésopotamie ; ils avaient pour tout vêtement leur chevelure, dont la longueur démesurée couvrait toute une partie de leur corps [2]. Postumianus parle d'un ermite qui avait passé un demi-siècle dans les vastes solitudes qui s'étendent au pied du Sinaï, sans avoir la moindre relation avec les hommes. Il vivait comme un animal sauvage, prenant la fuite dès qu'il apercevait l'un de ses semblables. Cet isolement absolu ne lui permettait guère de se procurer des habits. Il n'en éprouvait du reste aucun besoin. Ses cheveux et les poils de son corps lui ménageaient, pensait-il, un voile suffisant [3]. On trouve quelques traits semblables dans le recueil des *Verba Seniorum*. Un ancien fit la rencontre d'un solitaire qui couvrait lui aussi sa nudité avec sa chevelure. « Mes cheveux ont poussé avec le temps, raconta-t-il lui-même. Comme mes vêtements tombaient en lambeaux, je m'en suis servi pour couvrir les parties de mon corps que la modestie ordonne de cacher [4]. » — « J'ai vu, disait un autre ancien, un homme qui avait pour tout costume

1. Zockler, *Askese und Mönchtum*, 242-243.
2. S. Ephrem, *Sermo in Patres defunctos*, op. gr., t. I, 177.
3. Sulpice Sévère, *Dial.*, I, 169-170.
4. *Verba Seniorum*, P. L., LXXIII, 1009-1010.

sa chevelure. Son grand âge l'avait rendue toute blanche. Il était dans le désert depuis quarante-neuf ans. Après sa mort, qui arriva sur ces entrefaites, je partageai ma tunique : j'en gardai une moitié pour me couvrir, l'autre me servit à envelopper son cadavre[1]. Un moine qui voyageait dans une solitude profonde rencontra après une marche de trois jours un vieil ermite complètement nu[2].

Macaire l'Egyptien, en faisant une excursion dans le désert, arriva sur les bords d'un étang où les bêtes sauvages venaient se désaltérer; il aperçut en leur compagnie deux hommes qui n'étaient pas plus vêtus qu'elles. Cette apparition lui causa une grande frayeur. Il se demandait s'il n'avait pas sous les yeux des revenants ou des diables. Les deux ermites, car telle était leur profession, devinèrent sa crainte. Ils parvinrent à le rassurer et lui narrèrent toute leur histoire. Dieu leur avait fait la grâce de ne souffrir ni du chaud ni du froid, depuis plus de quarante ans qu'ils étaient sortis de leur monastère[3].

*
* *

Cette nudité ne fut en usage que chez un petit nombre de solitaires, vivant loin de leurs semblables dans un complet isolement. L'immense majorité des moines se conformait aux devoirs qu'imposent la santé, les convenances et la modestie. Cette dernière vertu leur était particulièrement chère. L'abbé Isaïe recommandait instamment aux religieux qui se dépouillaient par nécessité de ne point considérer leur corps[4]. Saint Antoine fut toujours, sur ce point, d'une extrême réserve[5]. Saint Nil rapporte la mort glorieuse d'un jeune ermite massacré par les Sarrazins pour n'avoir pas voulu quitter sa tunique en leur présence[6].

Les moines, pénétrés de l'esprit de leur état, s'habillaient de telle façon que leur extérieur manifestât aux yeux de tous le mépris du

1. *Verba Seniorum*, ibid., 1011.
2. Ibid., 1008.
3. Ibid., 1007.
4. Isaïe, *Reg.* 4, P. L., CIII, 429.
5. S. Athanase, *Vita S. Antonii*, 41, P. G., XXVI, 911.
6. S. Nil, *Narratio* V, P. G., LXXIX, 691.

monde et de ses vanités, la pénitence et l'application aux choses
de la vie spirituelle, dont ils faisaient profession[1]. Leurs vêtements,
pauvres et négligés au point que saint Jérôme les qualifie de
sordides, étaient l'indice d'âmes blanches comme la neige, quand
l'innocence et le mépris du siècle caractérisaient bien celui qui les portait[2]. Ces hardes, lorsqu'elles couvraient les épaules d'une ancienne
matrone ou d'un homme de famille sénatoriale, devenaient une
éloquente prédication du néant des vanités de la terre. Pour la
donner ainsi à une époque où le luxe était poussé très loin parmi
les gens du monde, il fallait une grande élévation de cœur et une
force d'âme peu commune[3]. L'empire romain, envahi peu à peu
par l'idée chrétienne, finit par comprendre la noblesse de pareils
sentiments, ou tout au moins par admirer ceux qui étaient capables
de les avoir. On put dès lors rencontrer des individus à qui
l'orgueil inspirait le désir de se parer de cette livrée des pauvres.
Des âmes généreuses risquèrent parfois de s'abandonner à cette
séduction[4]. Quelques mauvais sujets n'hésitèrent pas non plus à
cacher, sous ces humbles et respectables dehors, des mœurs dépra-
vées[5]. D'autres jugeaient inutile de jeter ce voile sur leur inconduite,
et, à l'exemple de l'hérésiarque Jovinien, préféraient unir aux
douceurs d'une vie molle et commode les grâces d'un costume
élégant; ils espéraient par ce moyen attirer l'attention des personnes dont ils recherchaient les faveurs et les largesses[6].

*
* *

Les premiers solitaires égyptiens ont trouvé le type de leur
costume dans les divines Écritures, comme ils y avaient puisé les
points fondamentaux de leurs observances. Cassien fournit sur ce
sujet des renseignements abondants et précis. Il est bien à
regretter que des monuments figurés ne viennent pas les rendre
encore plus nets et plus vivants, car les descriptions de l'écrivain,

1. S. Ephrem, *De virtute*, 9, op. gr., t. I, 225.
2. S. Jérôme, *Epist.* 125, 416, P. L., XXII, 1075.
3. Id., *Epist.* 66, ibid., 642.
4. Id., *Epist.* 58, ibid., 583.
5. Id., *Epist.* 22, 128, ibid., 419-1075.
6. Id., *Ad Jovinianum*, l. I, 40, l. II, 21, P. L., XXIII, 280-329.

si détaillées soient-elles, ne sauraient mettre un vêtement sous les yeux avec autant de fidélité qu'un bas-relief ou une miniature, même grossièrement exécutés.

La tunique de poil de chameau que portait saint Jean-Baptiste, l'habit velu du prophète Elie et la ceinture de cuir dont ils usaient l'un et l'autre, servirent de modèle aux moines d'Egypte[1]. Quelques-uns se contentèrent de moins encore. Sans parler des anachorètes nus, on peut citer Sérapion, qui avait pour tout habit un linceul dans lequel il enveloppait son corps[2].

Mais ils durent, pour la plupart, compléter ce costume par trop simple et primitif. Les anciens, dont les enseignements et la vie contribuèrent le plus à préciser les observances monastiques, marchèrent les premiers dans cette voie. Leurs disciples n'eurent qu'à les imiter[3]. Ils cherchèrent à donner au moine un habit qui pût à la fois couvrir modestement sa nudité et protéger ses membres contre les intempéries, sans rien lui accorder qui fût de nature à flatter la vanité et l'orgueil[4]. On y ajouta bientôt certains détails, qui n'étaient pas indispensables. Mais le symbolisme que présentait leur forme convenait à la vie religieuse, et pouvait mieux faire saisir son esprit par la foule et par les moines eux-mêmes. Les hommes, à cette époque surtout, avaient besoin de ce secours extérieur[5]. Ces additions se firent peu à peu. La nécessité des lieux et du climat en imposa d'autres. On vit de la sorte s'introduire une grande variété.

Mais partout le religieux apparaît avec les éléments primitifs et indispensables de son vestiaire : la tunique, qui enveloppe le corps, et la ceinture, qui ramène ses plis autour des reins[6]. La ceinture se recommandait à lui non seulement par sa grande utilité, mais encore par les souvenirs bibliques qu'elle évoquait devant les yeux de l'âme[7]. La plus ancienne tunique monacale que mentionne

---

1. Cassien, *Inst.*, l. I, 8-9. S. Isidore Pel., l. I, *Epist.* 5, P. G., LXXVIII, 182-183.
2. Pallade, *Hist. laus.*, LXXXIII, P. G., XXXIV, 1182.
3. S. Isidore Pel., *loc. cit.*
4. Cassien, *Inst.*, l. I, 9. Le docte commentateur des œuvres de Cassien, Alard Gazeus, moine de Saint-Waast d'Arras, énumère les conditions que doit offrir le costume monacal d'après l'ensemble de la tradition. Il faut qu'il soit suffisant, pauvre, décent, propre, sans rien de trop extraordinaire : *Sufficiens, vilis, honesta et munda, non singularis.* (P. L., XLIX, 63-64.)
5. Id., p. 11.
6. Bivario, *De veteri monachatu*, t. I, 129-130.
7. Cassien, *Inst.*, l. I, 9.

l'histoire est celle du premier ermite Paul ; il l'avait tressée de ses propres mains avec des feuilles de palmier. Quand il fut mort, saint Antoine l'emporta comme une relique précieuse, pour s'en revêtir aux deux grandes fêtes annuelles de Pâques et de la Pentecôte[1]. Antoine avait un costume fort simple : une tunique de poil de chameau ou cilice lui couvrait le corps. Il portait en outre un manteau et deux mélotes. En mourant, il légua, comme gage de son affection, l'une de ses mélotes à saint Athanase, et l'autre à l'évêque Sérapion. Il avait lui-même reçu du Patriarche d'Alexandrie un manteau neuf, qu'il conserva jusqu'à la fin de ses jours[2]. Ce n'est pas le seul *pallium* ou manteau qu'Athanase lui eût donné. Le vétéran des anachorètes, Paul, lui demanda, avant d'expirer, comme une insigne faveur, de l'ensevelir dans l'un de ceux qu'il tenait d'un pontife aussi vénéré. Antoine s'empressa de déférer à ce désir[3]. Les vêtements dont un grand serviteur de Dieu avait usé ou qu'il avait donnés à quelqu'un en signe d'amitié participaient, croyait-on, à sa propre vertu. Il semblait que, en les revêtant, on se couvrît de son souvenir, de sa sainteté et de ses enseignements[4].

La mélote, telle que la portait saint Antoine, joue un grand rôle dans la vie des solitaires égyptiens. Elle était faite avec des peaux conservant leur laine, ou encore avec des fragments de peaux cousus ensemble, de manière à couvrir les épaules et la partie supérieure du buste. Celle de saint Antoine était confectionnée avec la dépouille d'un mouton. Son disciple, Paul le Simple, en portait une de peau de chèvre[5]. On ne s'en servait point dans la cellule ou dans le monastère. Les solitaires la prenaient dès qu'il leur fallait sortir pour entreprendre un voyage[6]. La coutume voulait qu'ils prissent en outre un bâton. Les vieillards en avaient toujours un pour appuyer leur démarche. Ils obéissaient tous en cela à un motif plus élevé que l'utilité pratique. Cet usage leur venait-il des philosophes grecs ? On ne saurait le dire. Les moines lui attribuaient

1. S. Jérôme, *Vita S. Pauli*, 16, P. L., XXIII, 28.

2. S. Athanase, *Vita S. Antonii*, 47, 91, 92, P. G., XXVI, 911, 971-974.

3. S. Jérôme, *Vita S. Pauli*, 12, P. L., XXIII, 26.

4. S. Athanase, ibid., 92, c. 974.

5. Pallade, *Hist. laus.*, xxv, xxvii, xxviii, P. G., XXXIV, 1072-1085. Id., *Paradisus Patrum*, P. G., LXV, 450. Cassien, *Inst.*, 1. I., 13. Alard Gazeus, P. L., XLIX, 74-75.

6. *Verba Seniorum*, P. L., LXXIII, 940-941.

une origine biblique, et lui prêtaient, suivant leur coutume, un symbolisme pieux[1].

La tunique n'était pas d'ordinaire faite avec du poil de chèvre ou de bouc, comme les cilices. Saint Antoine et quelques solitaires en ont eu, il est vrai, de confectionnées ainsi. Mais cette étoffe rude et grossière, qui convenait à des pénitents, avait l'inconvénient de trop attirer l'attention des hommes. Il n'en fallait pas davantage pour que les anciens évitassent, en règle générale, de s'en servir. Ils préféraient l'emploi de la matière commune avec laquelle les gens du peuple faisaient leurs habits[2]. C'était ordinairement de la toile. Les moines de l'Égypte avaient une seconde tunique plus courte et faite avec une toile plus fine. On la nommait le *colobion*. Ce vêtement, blanc, était muni de manches qui ne dépassaient jamais les coudes. Il ressemblait à l'ancienne tunique des sous-diacres. Cassien, qui ne donne sur son usage aucun renseignement, dit qu'elle signifiait la mort au monde et à soi-même, dont faisaient profession les solitaires[3].

Tous ceux qui revêtaient une tunique, même les séculiers, avaient coutume de la retenir autour des reins à l'aide d'une ceinture. De cette nécessité, les religieux s'élevèrent facilement à des considérations d'un ordre supérieur. La peau d'animal mort avec laquelle on la faisait leur rappelait la mortification qui devait envelopper leur existence tout entière. L'allure militaire et la liberté de mouvement qu'elle leur donnait les invitaient à une obéissance plus prompte et plus généreuse[4]. Au dire de Pallade, certains religieux avaient une ceinture de lin[5].

Ils portaient en outre une sorte de corset, que les Grecs nommaient ἀναλάβους. Le vestiaire des moines occidentaux ne présentait rien d'équivalent. Aussi, pour le désigner, Cassien dut-il recourir à divers mots latins, tels que *subcinctoria*, *redimicula*, *rebracchiatoria*. Il entourait le cou, descendait en avant et en arrière, se divisait sur les deux côtés pour laisser leur liberté aux bras et se rejoignait au-dessous des aisselles en forme de ceinture, de manière à entourer le buste. Ce vêtement facilitait beaucoup, paraît-il, le travail corporel[6].

---

1. Cassien, *Inst.*, l. I, 13.
2. Ibid., p. 11.
3. Ibid., 12.
4. Ibid., 15-16.
5. Pallade, *Paradisus Patrum*, P. G., LXV, 450.
6. Cassien, ibid., 12.

Il était nécessaire, en Égypte, de protéger la tête et la nuque contre les ardeurs du soleil. On se servait pour cela du *cucullum* ou capuchon, qui était d'un usage assez commun dans tout l'Empire[1]. Cette coiffure couvrait la tête et descendait en arrière jusqu'à la hauteur des épaules. Les moines la gardaient le jour et la nuit. Elle leur rappelait la simplicité et la candeur de l'enfance[2].

Dans l'intérieur de la cellule ou de la maison, ils portaient un manteau de bas prix, nommé en Orient et en Occident *mafors*, et qui leur couvrait seulement le cou et les épaules. On peut le comparer à un camail ou à une petite pèlerine[3].

Tel était le costume en usage dans la plupart des solitudes égyptiennes. Certains abbés ne l'adoptaient pas cependant tout entier. Ils se permettaient de le compléter ou de le modifier sur des points de minime importance. On pouvait de la sorte reconnaître à première vue le monastère auquel appartenait un religieux[4].

Cassien, en insistant sur le symbolisme de l'habit religieux, n'émet pas une opinion personnelle. Il traduit le sentiment général de ses contemporains. Saint Nil[5] et saint Isidore de Péluse[6] y font, en effet, de fréquentes allusions comme à une chose communément admise. L'imagination pieuse de chacun pouvait se donner libre carrière et s'arrêter à la conception qui lui convenait le mieux : « Le *cucullum*, disait un ancien, est le symbole de l'innocence; le surhuméral, qui se rattache aux épaules, est celui de la croix; la ceinture, qui nous entoure, est celui de la force. Faisons donc passer dans notre vie, concluait-il, les enseignements de notre costume[7]. »

Les moines se les transmettaient les uns aux autres comme un précieux héritage. Anatole, qui voulait les connaître avec précision, eut recours à Évagre du Pont, qui pouvait passer pour une tradition vivante. Voici sa réponse : « Le *cucullum* est le signe de la

---

1. On se demande pourquoi Amélineau rattache le *cucullum* au bonnet en poils de chameau que portent encore les Coptes, et qui ressemble, dit-il, à une calotte ayant la forme d'un œuf. (*Hist. des monastères de la basse Égypte*. A. D. M. G., XXV. Introd., XIX-XXIX.)

2. Cassien, ibid., 11.

3. Ibid., 18.

4. S. Isidore Pel., l. I, *epist. 318*, P. G., LXXVIII, 366. Cf. Bivario, *De veteri monachatu*, t. I, 120-157.

5. S. Nil, l. II, *epist. 85*, 245, P. G., LXXIX, 239-326.

6. S. Isidore Pel., l. I, *epist. 92*. 220-427, P. G., LXXVIII, 246, 322-419.

7. *Verba Seniorum*, P. L., LXXIII, 933.

grâce de Dieu et de l'enfance du moine dans le Christ. L'*anabalus* symbolise la croix du Sauveur et la foi au Christ, qui reçoit les hommes doux et écarte les obstacles. La ceinture rappelle la chasteté ; la mélote, la mortification de Jésus, qui domine les passions coupables et fait aimer la pauvreté et haïr l'avarice. Le bâton évoque le souvenir de l'arbre de vie, où trouvent force et sécurité ceux qui se reposent à son ombre [1]. »

*
* *

Plusieurs solitaires égyptiens se firent remarquer par le soin qu'ils prenaient de leurs habits. Apollonios d'Hermopolis recommandait à ses disciples de voir dans cette propreté extérieure une image de la pureté de leur âme. Pour leur donner l'exemple, il se montrait envers lui-même d'une grande exigence [2].

D'autres suivaient les règles de la discrétion. L'abbé Agathon, qui était de ce nombre, choisissait toujours des vêtements qui ne parussent ni bons ni mauvais. Il lui était plus facile de passer inaperçu [3].

La plupart, si l'on s'en rapporte aux récits hagiographiques, avaient une préférence marquée pour les habits usés ou en mauvais état. Arsène, pour faire oublier le luxe qu'il avait déployé dans le siècle, choisissait tout ce qu'il trouvait de pire [4]. « Les moines, disait l'abbé Pambon, doivent porter un manteau tel que, s'ils l'abandonnaient à terre, il pût y rester trois jours sans que personne ne s'inclinât pour le ramasser [5]. » L'abbé Isaïe recommandait surtout aux jeunes frères de ne jamais revêtir un habit qui risquât de passer pour bon [6]. Marc, moine de Scété, portait une tunique tellement rapiécée qu'il était difficile de reconnaître sa forme première [7].

---

1. Evagre, *Capita practica ad Anatolium*, P. G., XL, 1219-1222.
2. Rufin, *Hist. mon.*, VII, P. L., XXI, 413. Pallade, *Hist. laus.*, LII, P. G., XXXIV, 1141.
3. *Verba Seniorum*, P. L., LXXIII, 773.
4. Ibid., 763.
5. *Apophtegmata Patrum*, P. G., LXV, 227.
6. Isaie, *Oratio 3*, P. G., XL, 1111.
7. *Verba Seniorum*, 949.

L'abbé Isaac, du désert des Cellules, affirmait que Pambo et les moines ses contemporains avaient des habits courts, usés et couverts de pièces [1]. Il opposait leur pauvreté exemplaire à la vanité de quelques religieux de son temps. Il en vit un qui se présentait avec un *cucullum* très gracieusement disposé : « Ce sont des moines qui demeurent ici, lui dit-il brusquement, tu ne peux habiter avec eux, car tu es un séculier [2]. » Il y avait alors du relâchement en Egypte. Plusieurs commençaient à trouver trop austères les vêtements dont usaient les anciens. C'est pour réagir contre cette fâcheuse tendance que l'on citait avec éloge tant d'exemples édifiants de pauvreté monastique.

L'habit des moines était, nous l'avons dit, de toile blanche [3]. L'abbé Isidore, qui trouvait le linge trop doux, ne voulut jamais en mettre sur son corps [4]. Quelques-uns préféraient confectionner leur tunique avec des peaux [5].

On ne croyait généralement pas manquer à la pauvreté en conservant deux tuniques, l'une pour le jour et l'autre pour la nuit. Cela permettait de les entretenir plus propres [6]. Plusieurs, toutefois, ne voulaient en avoir qu'une. L'abbé Joseph, lui, en possédait trois : celle qu'il portait habituellement était usée; les jours de fête, il en revêtait une neuve; une troisième, qui était presque hors d'usage, lui servait quand il avait certains travaux à faire [7]. Personne ne voyait de bon œil les religieux qui formaient dans leur cellule une garde-robe bien montée. C'était un signe d'avarice, qui se déguisait sous le prétexte spécieux de parer aux nécessités de l'avenir. Évagre prémunissait les frères contre ce danger. Mieux vaut, disait-il, se contenter du nécessaire et donner le superflu à ceux qui peuvent en avoir besoin. Celui qui agit de la sorte est sûr de trouver des bienfaiteurs au moment voulu [8]. Les solitaires aimaient à s'envoyer les uns aux autres des habits comme témoignage d'affection fraternelle. Saint Isidore de Péluse remercie dans l'une de ses lettres le prêtre Zénon, qui lui avait procuré un man-

---

1. *Verba Seniorum*, P. L., LXXIII, 890.
2. Ibid.
3. *Acta Sanct.* Oct., t. IX, 904.
4. Pallade, *Hist. laus.*, I, P. G., XXXIV, 1007.
5. *Verba Seniorum*, 949. Sulpice Sév., *Dial.*, I, 156-157.
6. Cassien, *Conlat.*, IX, 255-256.
7. *Verba Seniorum*, 753.
8. Evagre, *Rerum monachalium rationes*, 4, P. G., XL, 1255.

teau. Il lui donna une tunique en échange[1]. Les hôtes qui les visitaient leur faisaient parfois des présents de même nature[2].

* *
*

Le vestiaire des moines de Tabenne était, à peu de chose près, le même que celui des Égyptiens. Saint Jérôme énumère ainsi les pièces dont il se composait : deux lévitons, dont l'un usé servait pour la nuit et le travail ; un manteau de toile, deux *cuculli*, une mélote en peau de chèvre, une ceinture de lin, des sandales et un bâton de voyage[3]. Il n'est question ni du corset ni de la tunique proprement dite ; le léviton devait en tenir lieu. Saint Pakhôme, au début de sa vie monastique, se faisait remarquer par l'austérité de son costume. Il portait sur son corps une rude cilice[4]. Toute sa vie, il eut une préférence marquée pour les habits les plus pauvres. Il en avait un, fait de pièces et de morceaux, qu'il gardait même en recevant des homme de distinction. Comme ses religieux désiraient le voir plus décemment vêtu, ils réussirent à le remplacer par un autre, qui était en meilleur état. Ce changement déplut au saint abbé, qui réclama avec instance celui qu'on avait enlevé[5]. Son disciple, Théodore, fut en cela son fidèle imitateur[6]. Quelques moines plus austères s'inspiraient de la conduite du législateur, pour se couvrir de vêtements qui leur étaient une mortification pénible. On cite l'exemple de Jonas, qui portait en toutes saisons une tunique faite de peaux de brebis[7].

La température brûlante du pays demandait que tous leurs habits fussent de toile ; il n'y avait d'exception que pour la mélote. Les capuchons étaient tous marqués par un signe, permettant de reconnaître le monastère et la maison à laquelle appartenait chaque

1. S. Isidore Pel., l. I, *epist.* 216-217, P. G., LXXVIII, 318-319.
2. Sulpice Sévère, *Dial.*, I, 156-157.
3. S. Jérôme, *Pref. in reg. S. Pachomii*, 4, P. L., XXIII, 63-64. Orsise, *De institutione monachorum*, 22, P. G., XL, 879.
4. *S. Pachomii vita*, 9. *Acta Sanct.* Maii, t. III, 299. Cf. *Vie arabe de S. Pakhôme*, A. D. M. G., XVII, 543.
5. *Vie arabe de saint Pakhôme*, ibid., 396-397.
6. *Apophtegmata Patrum*, P. G., LXV, 194-195.
7. *Paralipomena*, 29. *Act. Sanct.* Maii, t. III, 342-343.

frère [1]. Ils les gardaient sur la tête pendant les repas, en allant à l'office et en circulant à travers la maison [2]. La mélote s'attachait au cou et retombait en arrière; on la prenait toutes les fois qu'il y avait à sortir [3]. Il fallait la quitter, ainsi que la ceinture, pour faire la sainte communion; on gardait alors le léviton et le *cucullus*. Personne ne pouvait prendre son repos sans être revêtu du léviton, de la ceinture et de la mélote [4]. On recommandait aux moines de porter dignement leur habit. La règle prescrivait à ceux qui étaient assis d'avoir un maintien grave et tranquille, de garder leur mélote sur les épaules, en laissant retomber les extrémités sur les côtés de manière à s'asseoir dessus. Les plis du léviton devaient être ramenés en avant et couvrir les genoux [5].

Chaque religieux gardait son vêtement jusqu'à ce qu'il fût obligé de l'envoyer au lavage [6]. Les prescriptions de saint Pakhôme relatives à cette opération montre le respect qu'il avait pour les insignes de la vie monastique [7]. Un officier conservait en lieu sûr et avec un soin extrême tous les habits dont les frères ne se servaient pas. Il était expressément défendu de laisser un vêtement quelconque exposé au soleil, quand il était dans toute son ardeur [8]. Les chefs des monastères étaient tenus de pourvoir leurs subordonnés de ce dont ils avaient besoin, pour leur enlever tout prétexte de recevoir ou de demander un habit à des amis ou à des parents [9].

Les moniales de Tabenne, soumises à la règle des moines, portaient un costume semblable. Le *cucullus* leur tenait lieu de voile. On les dispensait seulement d'avoir une mélote [10].

Les religieux, qui d'ordinaire marchaient pieds nus, pouvaient aux heures de travail se servir de sandales grossières qu'ils rendaient à un frère chargé de les conserver, en rentrant à la maison [11]. Quelques-uns ne voulaient pas prendre cette précaution. La pénitence

1. S. Pakhôme, *Reg.*, 99, P. L., XXIII, 78.
2. Id., 91, ibid., 78. Rufin, *Hist. mon.*, III, P. L., XXI, 407.
3. Id., 99, ibid., 78.
4. Pallade, *Hist. laus.*, XXVIII, P. G., XXXIV, 1101.
5. S. Pakhôme, *Reg.*, 2, P. L., XXIII, 67-68.
6. *Pachomii vita*, 9, *Acta Sanct.* Maii, t. III, 299.
7. S. Pakhôme, *Reg.*, 66-72, ibid., 75-76.
8. Id., 102, ibid., 78.
9. Orsise, *Doctrina*, 26, 38-39, P. G., XL, 881-886.
10. Pallade, *Hist. laus.*, XXXIX-XLI, P. G., XXXIV, 1103-1104. *Pachomii vita*, 22, *Acta Sanct.* Maii, t. III, 304. Ladeuze, *ouv. cit.*, 275-278.
11. S. Pakhôme, *Reg.*, 66, 67, 68.

qu'ils s'imposaient ainsi était fort pénible dans une contrée où les
ardeurs du soleil rendent le sable brûlant. Saint Pakhôme, qui allait
au travail sans chaussure, s'enfonçait souvent des épines dans les
pieds. Son exemple était suivi par d'autres, malgré les souffrances
auxquelles ils s'exposaient[1]. Les moines d'Égypte étaient aussi mortifiés sur ce point que leurs frères de la Haute-Thébaïde. L'usage
de la chaussure, pensaient ils, était condamné par l'Évangile[2]. Mais
à cause de la chaleur de l'été et aussi du froid, qui était rigoureux
le matin et pendant la nuit, ils protégeaient la plante de leurs
pieds contre le contact du sol avec des sandales, qu'ils quittaient,
par respect pour l'Eucharistie, quand ils allaient célébrer ou recevoir
les saints mystères[3]. L'abbé Isaïe ne permettait cette chaussure
que pendant les voyages[4].

Les vêtements des moines de l'Égypte et de la Thébaïde ne leur
étaient pas toujours un abri suffisant, surtout pendant les nuits,
qui sont, dans le désert, sujettes à des changements de température considérables. Il leur fallait quelquefois allumer du feu pour se
chauffer[5]. Saint Pakhôme interdisait seulement d'en faire dans les
cellules[6]. Les moines allumaient leur foyer en frappant sur un
silex jusqu'à ce qu'il en jaillît une étincelle[7].

*
* *

Nous possédons peu de renseignements sur le costume des
moines de Palestine. Saint Hilarion se couvrait d'un sac grossier,
qui lui tenait lieu de tunique. Il le gardait jusqu'à ce qu'il
tombât de vétusté, sans le nettoyer jamais. Pourquoi, pensait-il,
chercher la propreté dans un cilice ? Il portait, en outre, une

---

1. *Pachomii vita*, 6, *Acta Sancl.*, maii, t. III, 298.
2. Cassien, *Inst.*, l. I, 14.
3. Ibid.
4. Isaie, *Oratio 3*. P. G., XL, 1111.
5. S. Pakhôme, *Reg. 5-25*, P. L., XXIII, 68-70. Voici sur le froid du désert le
témoignage du géographe Reclus : Quoique le thermomètre, dans ces parages,
dépasse fréquemment 40°, cependant on grelotte souvent de froid avant le lever
du soleil. Il arrive que la rosée gèle à ce moment. Des voyageurs y ont trouvé de
la glace. (*Géographie universelle*, t. X, *L'Afrique septentrionale*,, t. I, 441-496.
6. Id., 120, ibid., 80.
7. Cassien, *Inst.*, l. VIII, 163.

mélote que lui avait donnée saint Antoine, son maître[1], et un
cucullus[2]. Sur ses vieux jours, saint Jérôme usait d'une petite
calotte que saint Paulin lui avait envoyée[3]. Le solitaire de
Bethléem dit que le costume des moniales de sainte Paule était le
même pour toutes. Le linge n'entrait pour rien dans sa confection ; elles ne l'employaient que pour s'essuyer les mains. Elles
ne recouraient jamais, pour faire leurs habits, aux personnes du
dehors[4]. Les moines n'avaient pas toujours la même facilité.
Ils étaient parfois dans l'obligation de recourir aux marchands[5].
On recommandait instamment aux cénobites la pratique d'une
pauvreté rigoureuse dans leur costume. Il y avait à la maison
un vestiaire commun, d'où chacun recevait ce dont il pouvait
avoir besoin. Personne ne réclamait sa tunique ou son manteau ;
il acceptait ce qui lui était offert[6].

Le costume des moines syriens est mieux connu. Il ne ressemblait en rien à celui que traînaient dans les rues les énervés et les
efféminés. Saint Chrysostome les représente brûlant, comme leurs
frères d'Égypte, du désir d'imiter plutôt les hommes angéliques
loués par la Bible : Élisée, Jean-Baptiste et les Apôtres. Ils ne
s'astreignaient pas à l'uniformité d'une règle commune. Les uns
choisissaient une étoffe de poils de chèvres ; d'autres préféraient le
poil de chameaux ; quelques-uns se contentaient de peaux amol-
lies par l'usage[7]. Pour éviter ce qui pouvait flatter les regards,
ils laissaient aux étoffes dont ils se servaient leur couleur naturelle, sombre la plupart du temps[8]. Leur tunique avait la forme
simple d'un sac[9]. Les esclaves étaient généralement mieux
vêtus. Ils se contentaient d'un seul habit, malgré le changement
des saisons. Parmi eux, cependant, on rencontrait des hommes qui
avaient mené au milieu du monde une vie opulente[10]. La chaussure
était un luxe inconnu chez eux. L'éloquent prêtre d'Antioche,

1. S. Jérôme, *Vita S. Hilarionis*, c. 1, *Acta Sanct. Oct.*, t. IX, 44-57.
2. Ibid., cf. de Buck, *Vestitus S. Hilarionis*, ibid., 30-32.
3. S. Jérôme, *Epist.* 85, P. L., XXII, 754.
4. Id., *Epist.* 108, ibid., 896.
5. B. Zozime, *Alloquia* 14, P. G., LXXVIII, 1699.
6. Evagre, *Hist. eccles.*, l. I, 21, P. G., LXXXVI, 2478.
7. S. Jean Chrys., *In Mat. hom.* 68, P. G., LVIII, 644.
8. Id. *De Virginitate*, 7, P. G. XLVIII, 538.
9. Id., *Hom. de verbis Apostoli : Habentes eumdem spiritum*, P. G., LI, 279.
10. Id., *In Mat. hom.* 72, P. G., LXVIII, 671. *Comparatio regis cum monacho*, 3,
P. G., XLVII, 390. *Adversus oppugnatores vitæ mon.*, l. II, ibid., 333-340.

emporté par l'enthousiasme, ne craint pas de proposer à l'admiration de ses concitoyens des excès qui pourtant n'avaient rien de louable[1].

Théodoret, dans son *Histoire des religieux* de Syrie, confirme par les faits le langage de saint Jean Chrysostome. Le cilice est le vêtement que portaient la plupart de ses héros : Romain[2], Domnina[3], Maris le Reclus[4], Jacques, à qui Polychronios donna son premier habit[5], Thédose d'Antioche et ses disciples[6], saint Jacques de Nisibe, qui, trouvant superflu l'usage de la laine, se fit faire une tunique en poil de chèvre, dont ses membres eurent fort à souffrir[7]. Quand il fut évêque, ce costume ne lui parut pas incompatible avec sa nouvelle dignité. L'anachorète que Syméon l'Ancien rencontra en allant au Sinaï était habillé plus simplement encore : il s'était tressé, comme le premier ermite Paul, une tunique en feuilles de palmier[8]. Plusieurs se couvraient avec des peaux d'animal. De ce nombre furent Eusèbe[9], Syméon Stylite[10]. Baradatos, qui avait cousu son habit de manière à être couvert tout entier des pieds à la tête ; une ouverture, correspondant au nez et à la bouche, lui permettait de respirer[11].

Il y en eut qui affectèrent dans leurs vêtements une négligence excessive[12]. Le solitaire Maysimas, par exemple, ne voulut jamais changer sa tunique et son manteau. Quand il s'y faisait une déchirure, il la réparait avec le premier morceau qui lui tombait sous la main[13]. Des personnes pieuses aimaient à offrir un habit aux solitaires qu'elles estimaient le plus. L'abbé Jacques reçut ainsi d'un visiteur une tunique de peau, qu'il s'empressa de donner à son maître Polychronios. Celui-ci, l'ayant trouvée trop élégante, s'empressa de la rendre au donateur[14]. Anthemios, qui remplit à

---

1. S. Jean Chrys., ibid.
2. Théodoret, *Relig. hist.*, xi, P. G., LXXXII, 1394.
3. Id., xxx, 1494.
4. Id., xx, 1430.
5. Id., xxiv, 1459.
6. Id., x, 1390.
7. Id., i, 1294.
8. Id., xi, 1362.
9. Id., xviii, 1426.
10. Id. xxiv, 1474.
11. Id., xxviii, 1486.
12. S. Jérôme, *epist.* 17, P. L., XXII, 360.
13. Théodoret, xiv, 1411.
14. Id., xxvii, 1463.

Antioche les importantes fonctions de consul, avait rapporté de
Perse une tunique. Pensant lui être agréable, il l'offrit au moine
Aphraates, originaire de cette contrée. Mais l'homme de Dieu
craignit, en l'acceptant, de sortir de la simplicité qui convenait
à sa profession ; il préféra garder celle qu'il portait depuis seize
ans[1].

Les moines syriens, contemporains de Théodoret, protégeaient
habituellement leurs pieds par des chaussures, puisque cet auteur
cite comme extraordinaire l'exemple d'Abbas de Télédan, qui ne
voulut jamais s'en servir[2]. Celles de Zénon étaient si usées qu'il lui
fallait relier entre eux les morceaux disjoints[3]. Le bâton n'avait
pas chez eux le même usage qu'en Égypte. Les vieillards seuls
s'en servaient pour soutenir leur démarche[4]. Les vêtements d'un
solitaire qui avait pratiqué des vertus héroïques étaient l'objet
d'une pieuse vénération. Théodoret, qui avait reçu le vieux manteau de l'abbé Jacques, le mettait sous sa tête durant son sommeil. Cela suffisait, affirmait-il, pour le protéger contre les
attaques du démon[5]. Pierre le Galate avait ceint avec une moitié
de sa ceinture de lin, qui était trop longue, le même Théodoret,
qui put faire des miracles avec ce précieux souvenir[6].

*
* *

Le costume monacal en Asie Mineure n'était ni moins pauvre
ni moins austère qu'en Syrie et en Égypte. La tunique grossière,
la ceinture rugueuse et les chaussures épaisses des premiers
moines eusthatiens, dont saint Basile fit la rencontre, produisirent
sur son esprit une vive impression, qu'il rappelait de longues
années plus tard[7]. Il tenait lui-même, au début de sa vie monastique, à égaler tout au moins leur austérité sur ce point. Que
l'habit soit négligé, sordide, écrivait-il à son ami Grégoire de

1. Théodoret, vIII, 1370.
2. Id., IV, 1350.
3. Id., XII, 1395.
4. Id., XIII, 1402-1410.
5. Id., XXI, 1442.
6. Id., IX, 1387.
7. S. Basile, *epist.* 227, P. G., XXXII, 826.

Nazianze. La ceinture doit retenir la tunique autour du corps ; mais il ne faut pas l'attacher au-dessus des hanches, comme les femmes ; celui qui ne la serre pas assez, de manière à laisser les plis flottants, donne un signe de mollesse. Il suffit que le vêtement protège le corps contre les rigueurs de l'hiver et les ardeurs de l'été. Que sa couleur ne flatte point les yeux. L'étoffe ne doit être ni fine ni molle. La tunique sera assez épaisse pour dispenser de porter un autre habit. Que la chaussure soit de matière solide et d'aussi bas prix que possible. Le législateur des moines de Cappadoce exprime toute sa pensée en ces derniers mots : Que l'on se contente du nécessaire[1].

Il la complète au cours de ses deux règles, mais en la tempérant par la discrétion que lui avait donnée une longue expérience. « Quel est l'habit décent que prescrit l'Apôtre ? se demande-t-il à lui-même. — Celui qui répond aux besoins de chacun, en tenant compte de la saison, du climat, des personnes et des nécessités qui proviennent de circonstances particulières[2]. » « Il faut se régler, dans les choses dont on use, dit-il ailleurs, d'après les exigences de l'inévitable nécessité. Tout ce qui dépasse cette mesure provient soit de l'avarice, soit de la volupté, soit de la vaine gloire[3]. On doit réduire ses besoins autant que possible et choisir ce qu'il y a de plus pauvre, sans dépasser en rien le but qu'impose la nature ; le moine n'a qu'à vêtir sa nudité et à protéger ses membres contre les intempéries. Chercher le superflu serait tomber dans les pièges que tend la vanité. Inutile d'avoir des habits de rechange pour la nuit ou pour se présenter aux yeux des hommes. Le costume du moine, par sa matière, sa forme et sa couleur, est la manifestation extérieure du genre de vie qu'il professe. Comme tous les frères poursuivent la même fin, il leur est bon, autant que faire se peut, de porter les mêmes habits[4]. » Dans chaque maison, un officier, chargé du vestiaire, fournissait à chacun ce dont il avait besoin. Si la rigueur du froid, en hiver, nécessitait une tunique plus chaude, lui seul pouvait la donner. Il n'était jamais permis à un religieux de donner ou de demander un habit à ses confrères[5].

1. Théodoret, *epist.* 2, 231.
2. Id., *Reg. brev. tract.*, *int.* 120, P. G., XXXI, 1222-1223.
3. Id., *Int.* 20, 1131.
4. Id., *Reg. fus. tract.*, *int.* 22, 977-982.
5. Id., ibid., *int.* 87, 1143.

Les vêtements étaient à la taille de chacun. Si un moine en recevait par mégarde un qui fût trop grand ou trop petit, il le faisait respectueusement observer à qui de droit. Mais on ne lui permettait point d'en réclamer un neuf, de forme plus élégante ou de meilleure qualité. De pareilles exigences auraient montré qu'ils cherchaient Dieu en vue d'une récompense temporelle[1]. La couleur noire de ce costume avait un aspect de deuil qui convenait parfaitement à des hommes morts au monde et à eux-mêmes[2]. Plusieurs, que ne satisfaisait pas la sévérité commune, s'imposaient des pénitences particulières, soit en n'usant pas de chaussures[3], soit en portant sous la tunique ordinaire, en certaines circonstances, un cilice de poils de chameau[4].

*
* *

La barbe et la chevelure, sans appartenir au costume proprement dit, tiennent de trop près à la tenue extérieure de l'homme pour ne point trouver place ici. Les moines de l'Égypte et de tout l'Orient avaient la coutume de porter la barbe. A Tabenne, lorsque saint Pakhôme voulait donner plus de poids aux ordres qu'il intimait à un religieux et en faire une sorte d'adjuration, il lui prenait la barbe dans la main, suivant en cela un usage du pays[5]. Saint Basile, pour ramener un pauvre moine déchu à la pratique du devoir, lui rappelait les larmes qui jadis coulaient jusque sur les poils de sa barbe[6]. Mais tous ne l'avaient pas de la même longueur. Rufin signale l'abondance de celle de l'abbé Hor[7], tandis que, d'après son témoignage, celle de Jean de Lycopolis, en Thébaïde, était peu fournie à cause de sa pénitence rigoureuse[8]. La barbe de l'abbé Arsène flottait sur sa poitrine et atteignait le milieu de son

1. S. Basile, *int.* 168, P. G., XXXI, 1194.
2. S. Greg. Naz., 44 *Poema de seipso, in monachorum obtrectatores*, v. 25-34, P. G., XXXVII, 1351. *Carmen ad Hellenium*, v. 221-235, ibid., 1467. S. Greg. Nys., *Vita S. Macrinæ*, P. G., XLVI, 990-991.
3. S. Greg. Naz., *loc. cit.*
4. S. Basile, *Reg. brev. tract., int.* 90, 1146.
5. *Pachomii vita*, 75-82, *Acta Sanct. Maii*, t. III, 325-328. *Vie arabe de Pakhôme*, A. D. M. G., XVII, 669.
6. S. Basile, *ep.* 45, *clas.* I, P. G., XXXII, 367.
7. Rufin, *Hist. monachorum*, II, P. L., XXI, 405.
8. Ibid., I, 395.

corps ; les larmes qu'il répandait lui avaient fait tomber les sour-
cils[1]. On rencontrait bien quelques solitaires habitués à se raser.
Mais cela paraissait si contraire aux coutumes généralement admises,
que saint Épiphane les blâme de se dépouiller ainsi d'un ornement qui est le signe, dit-il, de la virilité[2].

Les moines égyptiens ne portaient pas habituellement les cheveux longs. L'abbé Apollonios adressait des reproches sévères
à ceux qui prenaient cette liberté[3]. Les Tabenniotes se les coupaient de temps en temps, avec l'autorisation du supérieur[4]. Les
rares solitaires qui ne portaient aucun vêtement laissaient toujours
croître leur chevelure. C'était une conséquence de leur nudité[5].
Quelques Syriens, qui n'avaient pas cependant renoncé à l'usage
des habits, conservaient tous leurs cheveux. Théodose d'Antioche
mettait à cela une recherche qui n'était pas exempte de mortification. A force de pousser, ils finirent par descendre jusqu'à terre.
Comme ils continuaient toujours à croître, il dut les attacher à sa
ceinture[6]. On peut encore citer les exemples des abbés Jacques
et Romain[7]. Plusieurs ajoutaient à cela une négligence qui dédai-
gnait les lois de la propreté la plus élémentaire[8]. Ces moines
chevelus ne sortirent guère des solitudes de Syrie et de Mésopotamie. Cette coutume, particulièrement chère aux Massaliens, dé-
plaisait fort à saint Épiphane ; il y voyait du mépris pour une
règle fixée par les Apôtres[9]. Saint Jean Chrysostome ne la jugeait
pas plus favorablement[10].

La manie de se singulariser, qui portait quelques hommes à
laisser croître leurs cheveux comme les femmes, incitait certaines
moniales à se les couper sous un prétexte de religion. L'empereur Valentinien (390) condamna cet abus et interdit aux coupables l'entrée de l'Église[1].

---

1. *Verba Seniorum*, P. L., LXXIII, 958.
2. S. Epiphane, *Adv. Hæreses Hær.*, 80, P. G., XLII, 766-767.
3. Rufin, *Hist. mon.*, P. L., XXI, 419.
4. S. Pakhôme, *Reg.*, 96, P. L., XXIII, 78.
5. Sulpice Sev., *Dial.*, I, 160-170 ; *Verba seniorum*, P. L., LXXIII, 1007-1011.
S. Ephrem, *Sermo in Patres defunctos*, op. gr., t. I, 177.
6. Théodoret, *Religiosa historia*, X, P. G., LXXXII, 1390.
7. Id., XI-XXI, 1394-1435.
8. S. Jérôme, ep. 17, n. 2, P. L., XXII, 360.
9. S. Epiphane, *Adv. Hæreses Hær.*, 30, P. G., XLII, 766-767. *Expositio fidei*,
23, ibid., 830.
10. Cf. Tillemont, t. XI, 17.
11. Godefroid, *Codex Theod.*, t. VI, 66.

CHAPITRE XII

L'habitation monastique

La demeure des moines, qu'ils fussent anachorètes ou cénobites, portait le nom de monastère[1].

On désignait encore celle des ermites par des termes plus communs, rappelant la manière dont elle était bâtie, telle que cabane ou maisonnette. Celle des cénobites se nommait tantôt *cœnobium, congrégation, synode* ou *réunion*. Saint Basile emploie de préférence le terme de *fraternité*[2]. On rencontre fréquemment, sous la plume des écrivains de cette période, des expressions dont le choix était motivé par le genre de vie que menaient les solitaires, par exemple *asceterion*[3], *gymnases de la philosophie*[4] ou *des philosophes*[5], *arène des moines*[6], *demeure des ascètes*[7]. Il était reçu de désigner chaque monastère par le nom de l'endroit où il se trouvait; on disait : le monastère de Scété, de Tabenne, de Télédan, de Pharan. L'usage de lui donner le nom du saint fondateur commençait déjà à s'introduire, mais il ne se généralisa que plus tard[8].

1. S. Nil, *Narratio* v, P. G., LXXIX, 651-654. S. Athanase, *Vita S. Antonii*, 45, P. G., XXVI, 907. Cassien, *Conlat.*, XI, p. 316. Silvie, *Peregrinatio*, 40, 43, 48, 64, 72.

2. S. Basile, *Epist.* 223, P. G., XXXII, 830.

3. S. Athanase, *Vita S. Antonii*, L, c. 846.

4. Théodoret, *Religiosa historia*, 2, P. G., LXXXII, 1310.

5. Ibid., 1326.

6. Ibid., 1315.

7. Ibid., 1326.

8. Cf. Waldemar Nissen, *Die Regelung des Klosterwesens*, p. 11-12. Marin, *Les Moines de Constantinople*, 39-40.

*
* *

Les moines n'avaient pas, à cette époque, de règle absolue pour le choix des lieux où ils fixaient leur séjour. Ils se laissaient guider par les circonstances et surtout par leur attrait personnel. Les uns préféraient le silence du désert ou de la montagne; les autres s'établissaient plus volontiers en pays habité. Tous ne fuyaient pas les cités opulentes et les capitales [1]. Il y en avait à Alexandrie, à Antioche et à Constantinople. Les mauvais moines, en particulier les Sarabaïtes, choisissaient de préférence les contrées riches et peuplées, où il leur était facile de se procurer, avec des distractions, les moyens de satisfaire leurs désirs [2].

Mais, en règle générale, la solitude exerçait sur les religieux un attrait irrésistible. Elle avait, pour les âmes d'élite, des charmes séduisants. Il faut entendre saint Jean Chrysostome, qui en avait lui-même fait l'expérience, célébrer les avantages qu'elle offre à l'esprit et au cœur, les facilités qu'elle ménage à celui qui veut s'assurer la possession de la véritable philosophie, et la liberté qu'elle lui vaut, en l'aidant à dominer les passions humaines et les riens de la vie [3]. Rien ne distrait l'âme qui s'y est retirée; elle peut tranquillement s'appliquer à la contemplation des choses divines [4]. Aux yeux de saint Jérôme, la ville est une prison, et le désert un paradis : « Pourquoi donc, demande-t-il à son ami Rusticus, désirerions-nous errer au milieu des villes, nous qui sommes inscrits parmi les habitants de la solitude [5]? » Il écrit à saint Paulin : « Si tu veux être ce que signifie ton nom de moine, c'est-à-dire solitaire, que fais-tu dans les villes? Elles sont le séjour, non de ceux qui vivent isolés, mais de la foule [6]. »

Le solitaire de Bethléem eut occasion de venger les moines, amis de la solitude, des accusations lancées contre eux par l'hérésiarque Vigilance, qui les traitait volontiers de lâches et de mysanthropes.

1. S. Epiph..ne, *Expositio fidei*, 23, P. G., XLII, 830.
2. S. Jérôme, *Epist.* 22, P. L., XXII, 419.
3. S. Jean Chrys., *Expositio in ps.* ix, P. G., LV, 123.
4. Id., *De compunctione*, l. ii, P. G., XLVII, 411-412.
5. S. Jérôme, *Epist.* 125, n. 8, P. L., XXII, 1076.
6. Id., *Epist.* 58, ibid., 583.

A cette question que le saint docteur met sur ses lèvres : « Pourquoi fuir dans la solitude? » il répond avec sa véhémence habituelle : « Mais c'est pour ne point te voir, pour ne point t'entendre, pour éviter l'émotion que me cause ta fureur et les souffrances que je ressens à la vue de la guerre que tu fais à la vérité ; c'est pour échapper aux séductions de la chair. Tu me répliqueras peut-être : Ce n'est point là combattre, mais prendre la fuite. Imite plutôt les combattants ; tiens-toi sous les armes, résiste à tes ennemis ; après la victoire, tu recevras une récompense. — J'avoue ma faiblesse, et l'espérance d'une victoire ne parvient pas à dissiper dans mon esprit les craintes de la défaite. Voilà pourquoi je me soustrais au combat. Par la fuite, du moins, j'évite les coups. » Jérôme continue à montrer que les moines, en aimant la solitude, font preuve de prudence et de sagesse [1].

Saint Basile écrivait, de son côté : « J'ai abandonné le séjour des villes comme une source de maux innombrables. Dans le monde, chaque journée augmente les ténèbres qui envahissent le cœur ; qui désire leur échapper n'a qu'à prendre la fuite. L'oubli des choses du siècle est indispensable à qui veut être un saint. La solitude calme les passions et assure le repos de l'esprit [2]. » Son monastère des bords de l'Iris lui offrait tous ces avantages. La retraite qu'il s'y ménagea lui semblait plus utile et plus agréable que les villes, même chrétiennes, où sa foi aurait pu trouver des secours nombreux [3]. Saint Isidore de Péluse affirmait que la solitude, sanctifiée par les exemples et les enseignements de Notre-Seigneur [4], facilite singulièrement la pratique de la philosophie chrétienne et l'ascension au sommet de l'humilité religieuse [5]. « Fuyons, écrivait saint Nil, fuyons les foules humaines qui encombrent les villes, et les hommes qui habitent les cités viendront à nous. Courons à la solitude, et nous attirerons à nous ceux qui nous fuient en ce moment. C'est ce qui est arrivé pour saint Jean-Baptiste [6]. » L'illustre ermite du Sinaï voyait dans le désert un maître éminent de la philosophie chrétienne [7]. C'est pour suivre ses

1. S. Jérôme, *Adversus Vigilantium*, 16, P. L., XXIII, 367-368.
2. S. Basile, *Epist.* 2, P. G., XXXII, 223-226.
3. Id., *Epist.* 42, 354-358.
4. S. Isidore Pélus., l. 1, *epist.* 77, P. G., LXXVIII, 235.
5. Id., *Epist.* 92-402, ibid., 246-407.
6. S. Nil, *De monastica exercitatione*, 20, P. G., LXXIX, 746.
7. Id., 45, ibid., 775.

doctes leçons que les saints ont abandonné les villes ; la société des hommes leur semblait plus dangereuse que la peste [1].

Saint Antoine, le plus grand moine de ces temps primitifs, recommandait par sa vie tout entière ces précieux avantages de la retraite. Il aimait son désert de toutes les forces de son âme. La perspective du bien à faire pouvait seule le déterminer à en sortir pour se mêler aux hommes, et encore reprenait-il au plus tôt le chemin de sa cellule. A un personnage qui lui demandait de prolonger son séjour parmi les gens du monde, il fit cette réponse : « Les poissons meurent quand on les laisse sur la terre desséchée ; les moines qui restent trop longtemps au milieu de vous perdent leurs forces. Comme les poissons reviennent à la mer, nous devons regagner nos montagnes, pour ne point perdre la pensée des biens intérieurs [2]. » Saint Hilarion, son disciple, n'était pas moins empressé à fuir la société des hommes. Saint Pakhôme aimait beaucoup à s'enfoncer dans les lieux les plus reculés pour s'y entretenir paisiblement avec le Seigneur. C'est là que Dieu lui accordait ses grâces les plus abondantes [3].

Le trait suivant montre la peine profonde qu'éprouvaient certains solitaires, lorsqu'ils se voyaient obligés de vivre au milieu du monde. L'abbé Sisoes, qui était alors très avancé en âge, avait dû quitter son désert pour se retirer à Clysma. L'abbé Amoun, l'ayant trouvé fort triste, lui demanda : « Pourquoi vous affliger ainsi ? A votre âge, que peut-on faire dans la solitude ? — Que signifie ce langage, Amoun ? répliqua-t-il ; ne me suffisait-il pas de posséder la liberté d'esprit [4] ? » Pour augmenter dans le cœur des moines l'estime de la retraite, on racontait une multitude d'anecdotes édifiantes, conservées encore dans les *Apophtegmata Patrum* et les *Verba Seniorum* [5]. Rien n'était plus propre à les fortifier contre l'ennui d'un isolement prolongé et l'attrait que la société exerce toujours sur les esprits. Ils dominaient ainsi plus vite leurs premières impressions, et peu à peu la solitude produisait sur leur âme ses effets salutaires [6].

On rencontrait parfois des religieux fascinés par la solitude, qui

1. S. Nil, 59, ibid., 791.
2. S. Athanase, *Vita S. Antonii*, 84-85, P. G., XXVI, 962-963.
3. *S. Pachomii vita*, 6, *Acta Sanct. Maii*, t. III, 298.
4. *Apophtegmata Patrum*, P. G., LXV, 399-402.
5. *Verba Seniorum*, P. L., LXXIII, 858 et s.
6. *Apophtegmata Patrum*, P. G., LXV, 142-143.

ne se contentaient pas de la présenter comme un moyen efficace d'arriver au recueillement intérieur. Elle était, à leurs yeux, une vertu, qui doit être pratiquée pour elle-même. Mais ils risquaient ainsi de n'envisager que les dehors de l'ascèse et de s'abandonner aux séductions de la vanité. L'abbé Pœmen fit un jour ressortir, avec le bon sens qui caractérisait ses enseignements, les graves inconvénients de pareilles indiscrétions ; on lui parlait d'un ancien qui se vantait de n'avoir pas mis les pieds depuis fort longtemps dans son village natal, situé tout près de sa cellule, et il reprochait à d'autres frères d'y aller trop souvent. « A sa place, dit l'abbé Pœmen, je serais allé de nuit faire le tour de cette localité, afin de ne pouvoir me glorifier de n'y avoir jamais mis le pied[1]. » L'abbé Abraham qualifiait de pratique excessive et de zèle inconsidéré l'amour de la solitude porté par plusieurs au point de refuser toute relation avec les hommes. C'était, à l'en croire, lâcheté plutôt que vertu, et le diable se faisait volontiers l'instigateur de semblables exagérations[2].

*
* *

Des exemples éclatants et nombreux montraient jusqu'à l'évidence que le séjour de la ville n'était pas incompatible avec la sainteté monastique. Dans certains pays et à certaines époques, les incursions des Barbares et des brigands ne leur permettaient guère de se fixer ailleurs. Le grand nombre des saints qui ont peuplé les solitudes orientales a pu faire croire que seule elle était capable de les produire. Dans la crainte que cette pensée n'influât sur l'esprit de ses lecteurs, Théodoret affirme que la sainteté fleurit partout; les bienheureux qui ont pratiqué en pays habité et dans les cités populeuses cette philosophie sublime le prouvent par leurs exemples[3].

Les fidèles aimaient à voir les moines fixer leur séjour non loin de leurs habitations, et il leur arrivait de mettre dans leur estime ceux qui habitaient le désert au-dessous des autres. C'était une appréciation fausse, que le livre *De monachorum præstantia*, de

1. *Apophtegmata Patrum*, ibid., 350.
2. Cassien, *Coulat.*, xxiv, 695-697.
3. Théodoret, *Religiosa historia*, iv, P. G., LXXXII, 1339.

saint Nil, cherche à détruire. Si le voisinage des hommes privait le religieux des avantages extérieurs de la solitude, il ne l'empêchait pas cependant de se créer une solitude du cœur, dont rien ne pouvait l'arracher. Pourquoi ne point faire de sa cellule un paradis lui offrant les mêmes délices que le désert ? Il n'avait qu'à rester chez lui[1]. La clôture lui tenait lieu de retraite. Il s'agit moins ici d'une clôture matérielle que de l'attachement du religieux à sa cellule, et du soin qu'il prenait de ne jamais en sortir sans nécessité. « Reste dans ta cellule ; elle peut t'instruire de tout, si tu y restes[2]. » Ce conseil de l'abbé Moyse aux solitaires convenait encore mieux aux moines citadins. Il faut en dire autant de ces paroles d'un ancien : « Lorsque Moyse entrait dans la nuée, il s'entretenait avec Dieu ; quand il en sortait, c'était pour s'entretenir avec le peuple. Il en est ainsi du moine. Quand il est dans sa cellule, il s'entretient avec le Seigneur ; lorsqu'il en sort, il est en la compagnie des démons[3]. » Le saint abbé Dalmate, qui habitait un monastère de Constantinople, donna un bel exemple de cet amour de la retraite au milieu d'une grande cité en restant quarante-huit années sans sortir. L'empereur ne put le déterminer ni à lui rendre visite ni à suivre les prières solennelles qui se faisaient dans une église de la capitale. Il consentit seulement, sur un ordre du ciel, à s'en aller au concile d'Éphèse[4].

Mais tous n'avaient pas cet amour de la solitude. Ceux qui s'étaient laissé gagner par le relâchement prenaient vite la cellule en dégoût. Qu'ils fussent à la ville ou au désert, ils en sortaient pour se mêler de beaucoup de choses qui ne les regardaient point. Déjà, en 390, une loi impériale leur avait intimé l'ordre de quitter les villes et de se retirer dans les déserts et les solitudes. Mais Théodose abrogea lui-même, deux ans après, cette mesure rigoureuse, provoquée par l'intervention souvent indiscrète des moines dans le but d'entraver la marche régulière de la justice et de détruire les temples païens[5]. Vers le milieu du cinquième siècle, on les voyait encore, sous prétexte de dévouement et de charité, prendre sur eux l'administration de la fortune des personnes séculières, ou s'ingérer dans les affaires de l'Église sans y

---

1. S. Jérôme, *Epist.* 125, P. L., XXII, 1076.
2. *Verba Seniorum*, P. L., LXXIII, 781.
3. Ibid., 1020.
4. Tillemont, t. XIV, 322.
5. Godefroid, *Codex theodosianum*, t. VI, 106-108.

être autorisés par les évêques. L'édification et la paix publique n'avaient rien à y gagner. Aussi les Pères du concile de Chalcédoine, sans leur défendre le séjour des villes, crurent-ils devoir leur interdire de quitter leurs cellules pour s'occuper de choses étrangères à leur profession[1].

*
* *

Ceux qui s'établissaient à la campagne n'étaient pas toujours indifférents aux charmes d'une belle nature. Les saints de tous les temps ont plus que personne subi leur influence mystérieuse ; et les moines du IVᵉ siècle les appréciaient généralement beaucoup. Quelques-uns ont su les peindre en traits saisissants. Grégoire de Nazianze, brisé par la douleur profonde que lui avaient causées les intrigues de Maxime le Philosophe, chercha dans la solitude les plus douces consolations. « Je faisais une promenade, dit-il lui-même ; pendant que mes pieds me portaient, mes regards jouissaient, en contemplant la mer. Mais ce spectacle n'avait plus pour moi ni beauté ni charme, bien que jadis il m'eût procuré de vives satisfactions, lorsque je voyais surtout les flots tranquilles prendre leur couleur empourprée et venir doucement caresser le rivage... Je sentis néanmoins ce spectacle me rendre quelques forces pour arriver à la sainte philosophie[2]. » Saint Basile, qui connaissait la prédilection de Grégoire, son ami, pour les œuvres de Dieu, s'était évertué à lui décrire de la manière la plus attrayante le charme délicieux de son monastère, bâti sur les bords de l'Iris. Rien ne pouvait plus facilement le déterminer à suivre son exemple[3]. Sa description exhalait un parfum d'enthousiasme et de jeunesse ; quelques exagérations littéraires, inévitables en pareille circonstance, fournirent à Grégoire l'occasion de plaisanter agréablement son saint ami[4]. Il finit cependant par répondre à son appel. Basile et Grégoire purent contempler à loisir les beautés semées par le Seigneur dans sa création.

Saint Jean Chrysostome ne se lassait pas d'admirer les sites où

---

1. *Concilium Chalcedon., can.*, 3, 4. Labbe, t. IV, c. 1683.
2. S. Grég. Naz., *Oratio 26, in seipsum*, P. G., XXXV, 1238-1239.
3. S. Basile, *Epist.* 14, P. G., XXXII, 275, 278.
4. S. Greg. Naz., *Epist.* 4, 5, P. G., XXXVII, 26-27.

les moines syriens bâtissaient leurs cellules. Comme leurs frères de Cappadoce, ils aimaient les flancs escarpés des montagnes, où les poumons respirent un air pur, et d'où l'œil embrasse de vastes et magnifiques horizons. « La vie sublime de ces montagnards, dénués de tout[1] », n'était pas moins saine pour le corps que pour l'esprit. Ils recherchaient les lieux favorables au développement des forces physiques et morales, évitant les endroits exposés aux changements brusques de température et les climats trop rigoureux. Rien, en effet, ne serait plus contraire à la santé d'hommes exténués par le jeûne[2]. Plus que n'importe quelle autre province, la Syrie offrait à ses habitants des montagnes d'un aspect agréable et grandiose. Une verdure abondante couvrait le sol; des fontaines limpides entretenaient la fraîcheur; l'ombre des arbres touffus protégeait contre les rayons d'un soleil brûlant. Au milieu d'un cadre pareil, l'âme se conservait plus pure que le ciel qui s'étendait au-dessus de la tête. L'éloquent apologiste des moines avait bien raison de trouver ce palais de la nature plus beau et plus enviable que ceux où les princes de la terre passent leur vie[3]. On y jouissait d'une paix si douce! Le solitaire voyait les oiseaux prendre leurs ébats, les arbres s'agiter sous le souffle du vent, et les torrents fuir dans la vallée. Ce spectacle, en l'inondant de bonheur, éloignait de son esprit le souvenir du monde[4].

Il pouvait, tout à son aise, évoquer la pensée de Notre-Seigneur et s'entretenir avec lui. Car le Sauveur a lui-même sanctifié la solitude et lui a communiqué des grâces qui rendent la prière plus facile à quiconque l'a choisie pour sa demeure[5].

Ces sentiments n'étaient pas moins familiers à l'austère saint Hilarion. Quand, au terme de ses pérégrinations à travers l'Égypte, la Sicile et la Dalmatie, il fixa son séjour dans l'île de Chypre, il trouva une vallée d'un accès difficile; de grands arbres lui formaient un riant cadre de feuillage; un ruisseau, qui descendait de la colline, l'arrosait de ses eaux pures; il y avait un jardin fertile et des arbres fruitiers. Les ruines d'un temple païen augmentaient encore l'intérêt du paysage. Ce fut dans cette belle solitude qu'il attendit paisiblement la mort[6]. Saint Euthyme avait les mêmes

---

1. S. Greg. Naz., *Poema morale*, 17, P. G., XXXVII, 787.
2. S. Jean Chrys., *De sacerdotio*, l. VI, 10, P. G., XLVIII, 682.
3. Id., *Adversus oppugnat. vitæ monast.*, l. II, P. G., XLVII, 338.
4. Id., *Hom. 72, in Mat.*, P. G., LVIII, 672.
5. Id., *Hom. 50, ibid.*, 503.
6. S. Jérôme, *Vita S. Hilarionis*, 31, *Acta Sanct. Oct.*, t. IX, 57.

goûts. En quittant avec son disciple Domitien le monastère de Ziphon, il se retira à quelque distance de celui de l'abbé Théoctiste. La nature du sol, le site, le climat, la pureté du ciel, le calme dont on y jouissait, tout faisait de ce coin de terre un séjour délicieux pour des moines [1].

Les Égyptiens étaient moins sensibles à ces beautés de la création. Habitués à n'avoir sous les yeux que la vallée du Nil et l'immensité du désert, ils ne soupçonnaient pas que l'âme pût s'élever à Dieu en admirant ces manifestations extérieures de sa puissance. Aussi cherchèrent-ils parfois à faire du lieu où ils habitaient une mortification souvent pénible. La chose, du reste, leur était facile. Nous évitons les endroits agréables, disait à Cassien l'abbé Abraham. Les pays abandonnés, couverts d'un sable aride, brûlés par un soleil de feu, rendus impropres à toute culture par la présence du sel, et que le travail de l'homme n'a jamais pu réduire à son service, voilà ce que nous préférons. Fuir la société des hommes ne nous suffit point; il faut encore ne pas nous exposer à l'inconvénient de négliger les occupations de la vie spirituelle pour nous livrer à la culture [2]. Beaucoup parmi eux s'éloignaient de la vallée du fleuve, qui leur offrait un séjour commode. Ils aimaient mieux faire de temps en temps quatre milles dans le désert avec une cruche d'eau sur les épaules, que de vivre à l'ombre des arbres et à portée de l'eau et des fruits de la terre [3]. D'autres recherchaient des terrains abandonnés dans les lagunes du Delta qu'une inondation de la mer avait stérilisées pour des siècles. Au lieu de villages peuplés et de champs fertiles, on n'y voyait que des îlots impropres à toute culture.

C'est là que Cassien et son inséparable compagnon visitèrent les abbés Chérémon, Nesteros et Joseph [4]. Les moines désireux de s'imposer une semblable pénitence se rencontraient un peu partout en Égypte. « Pourquoi donc, abba, demandaient quelques frères à un ancien, habites-tu un endroit aussi aride et aussi vilain ? — Toute la souffrance que j'endure ici n'est rien, comparée à une heure passée en enfer [5]. » Cette réponse manifeste les sentiments qui les guidaient dans ces choix. On s'accordait à dire que,

---

1. Cyrille, *Vita S. Euthymii*, 6, *Acta Sanct. Jan.*, t. II, 671.
2. Cassien, *Conla'io*, XXIV, p. 6°7.
3. Id., 676-677.
4. Id., XI, 315-316.
5. *Verba Seniorum*, P. L., LXXIII, 740.

pour supporter longtemps cette vie du désert, il fallait une vertu peu commune. C'était vrai surtout de l'effrayante solitude de Scété[1]. Et l'abbé Macaire affirmait que, du jour où l'on verrait les cellules se rapprocher de l'eau et les arbres pousser, on pourrait dire que la ruine était proche[2]. Il en fut malheureusement ainsi.

Mais tous les moines égyptiens n'éprouvaient pas le même attrait pour ces horreurs de la nature. Ceux qui restaient dans la vallée, et ils étaient nombreux, avaient d'ordinaire une habitation assez commodément située. Saint Antoine, sur la montagne où il fixa sa retraite, s'était choisi un site qui ne manquait pas de charmes[3]?

Les lieux bénis, théâtres des événements racontés par la Bible, apparaissaient aux yeux des moines comme revêtus d'une sorte de prédestination qui les rendait éminemment aptes à leur servir de refuge. Le Sinaï en attira un grand nombre, qui s'établirent sur la péninsule à laquelle il donne son nom. L'aspect grandiose de la montagne sainte et du massif qu'elle domine avait quelque chose d'imposant, qui s'accordait fort bien avec la promulgation de la loi. Cette recherche des souvenirs bibliques se manifesta surtout, cela va sans dire, en Palestine. Saint Euthyme se retira dans la solitude de Ziphon, auprès des cavernes qui avaient servi de retraite au roi David[4]. Les grottes voisines de Jéricho, creusées par les Ammorrhéens pour se mettre à l'abri des poursuites de Josué, furent peuplées de solitaires[5]. Silvie trouva des monastères sur le mont Nebo, dans le village du prophète Élie, Thesbé, et en un lieu nommé le « Jardin de Saint-Jean », parce qu'on y conservait une fontaine où le précurseur aurait baptisé ; c'était à peu de distance du Jourdain, dans une vallée riante et fertile[6].

On sait que les moines étaient nombreux à Jérusalem. Ils fréquentaient principalement la montagne des Oliviers et l'endroit que la tradition désignait comme celui d'où le Sauveur avait quitté la terre[7]. Ils y venaient de fort loin, de Rome et de tout l'Occident.

---

1. Rufin, *Hist. monach.*, XXIX, P. L., XXI, 453.

2. *Verba Seniorum*, P. L., LXXIII, 982.

3. S. Jérôme, *Vita S. Hilarionis*, 21, *Acta Sanct. Oct.*, t. IX, 53.

4. Cyrille, *Vita S. Euthymii*, 5, *Acta Sanct. Jan.*, t. II, 670-671.

5. Pallade, *Hist. laus.*, CVI, P. G., XXXIV, 1213.

6. Silvie, *Peregrinatio*, 53, 59, 61.

7. Pallade, *Hist. laus.*, CIV, P. G., XXXIV, 1208.

Saint Jérôme, sainte Paule, Cassien et une foule d'autres ont illustré les monastères de Bethléem.

*
* *

Il y eut à cette époque des moines qui voulurent se contenter de l'habitation offerte par le Créateur aux oiseaux du ciel et aux bêtes de la terre. La voûte azurée des cieux leur tenait lieu de toiture; le pied d'un arbre, de muraille. On se rappelle ce qui a été dit des moines pasteurs de la Mésopotamie. Il n'était pas rare de trouver ailleurs des émules de leur simplicité. En Égypte, par exemple, auprès d'Hermopolis, les disciples de l'abbé Appollonios n'avaient pas de cellule. Ils passaient leurs journées sur une montagne; ils se réunissaient au pied en un endroit fixé d'avance pour les exercices communs, les conférences et les repas. Une vaste caverne leur servait d'oratoire [1]. Les disciples de saint Julien Sabbas menaient en Syrie une vie semblable. Leurs journées se passaient à travers champs. Une anfractuosité de rocher, qui ressemblait fort à une caverne, leur offrait un abri suffisant. Ils s'y donnaient rendez-vous chaque soir. Comme l'humidité du lieu faisait corrompre les olives sauvages que l'on conservait pour les infirmes, les frères demandèrent au saint abbé la permission de construire une cellule où ils pourraient les renfermer. Après un refus assez catégorique, il finit par céder à leurs instances. Mais la construction qu'ils élevèrent lui parut beaucoup trop grande. « Je crains, leur déclara-t-il, que, en construisant de vastes habitations terrestres, nous ne diminuions celles qui nous attendent au ciel; et pourtant, celles-là sont temporaires, tandis que les autres sont éternelles [2]. »

Il a été question ailleurs des moines qui vivaient en plein air. Saint Ephrem et saint Jean Chrysostome trouvaient leur conduite fort sage. « Pourquoi, demandait le premier, se bâtir une maison qui sera détruite un jour? Pourquoi gaspiller son temps à orner une demeure au risque de s'exposer aux souffrances des ténèbres éternelles [3]? » « Pourquoi te bâtir une maison, disait le prêtre

---

1. Rufin, *Hist. monach.*, VII, P. L., XXI, 416-418.
2. Théodoret, *Religiosa hist.*, XI, P. G., LXXXII, 1306-1310.
3. S. Ephrem, *Sermo 17*, oper. syr., t. III, 653.

d'Antioche? Serait-ce pour restreindre ta liberté? Pourquoi élever des murs et te faire une prison [1]? »

＊
＊ ＊

Quoi qu'il en soit des avantages de cette vie au grand air, elle fut exceptionnelle parmi les moines orientaux. La plupart voulaient un abri au moins suffisant. Beaucoup utilisèrent les grottes et les cavernes des montagnes. La nature s'était faite leur maçon ; elle leur permettait de se loger à peu de frais. Le Cappadocien Elpidios, qui menait la vie religieuse en Palestine, non loin de Jéricho, trouva un gîte dans les grottes des Amorrhéens. Ses disciples se réunirent autour de lui, comme des abeilles autour de leur reine, dans les anfractuosités de la montagne [2]. Saint Euthyme et ses premiers disciples habitèrent tout d'abord une caverne située dans les gorges d'un torrent. Le nombre toujours croissant des hommes qui venaient se mettre sous sa conduite l'obligea à bâtir un monastère ; l'antre fut transformé en église [3]. Il y avait de ces grottes en Egypte, jusque dans le voisinage d'Alexandrie, où l'abbé Dorothée en occupait une [4]. Elles n'étaient pas rares dans certaines contrées du désert [5]. Quelques-unes étaient assez agréablement situées. On se rappelle la source et le palmier qui étaient à l'entrée de celle occupée par saint Paul, le premier ermite. Un anachorète qui cherchait une solitude profonde s'arrêta dans une caverne devant laquelle coulait l'eau d'une fontaine ; un palmier la couvrait de son ombre [6]. Plusieurs des collines escarpées qui, en Thébaïde, fermaient la vallée du fleuve étaient criblées de grottes nombreuses ; quelques-unes pouvaient être l'œuvre de la nature, mais la plupart avaient été creusées par des hommes. Les anciens Egyptiens les utilisaient pour la sépulture des morts. Elles abritèrent à partir du IVe siècle une foule d'anachorètes. Chacun fermait au moyen d'une porte l'ouverture de sa demeure.

---

1. S. Jean Chrys., *In Mat. hom.*, 69, P. G., LVIII, 652-653.
2. Pallade, *Hist. laus.*, CVI, P. G., XXXIV, 1213.
3. Cyrille, *Vita S. Euthymii*, 3, *Acta SS.* Jan., t. II, 668.
4. Pallade, *Hist. laus.*, II, 1013.
5. *Verba Seniorum*, P. L., LXXIII, 1008, 1009, 1010.
6. *Ibid.*, 1010.

On vit encore des solitaires choisir pour habitation de vieilles masures, des châteaux en ruine, comme saint Antoine, ou des temples abandonnés, comme saint Pakhôme immédiatement après sa conversion. Les diables essayèrent, dit-on, d'épouvanter un ancien qui s'était retiré dans le sanctuaire d'une divinité : « Abandonne ce lieu, lui criaient-ils, il nous appartient. » Ils seraient parvenus à le chasser, si la puissance de la croix ne les avait retenus[1]. En Egypte et en Syrie, les constructions funéraires, nombreuses autour des villes anciennes et souvent abandonnées, offraient aux ermites un logement à bon compte.

Lorsque ces moyens leur faisaient défaut, ils se bâtissaient eux-mêmes une cellule. Rien n'était plus simple que ce logis. Il ressemblait assez aux cabanes que se construisaient les bergers ou à celles des pauvres cultivateurs. Les mondains d'Antioche les comparaient volontiers aux huttes des brigands[2]. Saint Jean Chrysostome aimait mieux les assimiler à la tente du soldat[3].

*
* *

Voici quelques renseignements sur leur manière de bâtir. Dans les solitudes égyptiennes, dès qu'un postulant se présentait, il se construisait aussitôt une demeure. Deux jeunes hommes, frères par la nature, demandèrent à l'abbé Macaire la faveur d'habiter auprès de lui. Après avoir acquiescé à leur désir, il les conduisit devant un rocher, qu'ils se mirent à tailler, et contre lequel ils appuyèrent des branches coupées dans un marais voisin. Il n'en fallut pas davantage pour leur procurer un abri[4]. L'abbé Hor avait lui-même bâti la cabane qui lui servait de cellule. Des disciples ne tardèrent pas à se réunir autour de lui. Dès qu'un nouveau se présentait, il convoquait tous les frères et les invitait à lui construire son logement. Tous se mettaient à l'œuvre. L'un portait des briques, un autre de la boue, d'autres de l'eau, du bois et tout ce qu'il fallait. A la fin du jour, la cellule était terminée et pourvue de ses meu-

1. *Apophtegmata Patrum*, P. G., LXV, 183.
2. S. Jean Chrys., *Adversus oppugnatores vitæ monasticæ*, l. ii, P. G., XLVII, 334.
3. Id., *De Compunctione*, i, ibid., 403.
4. *Verba Seniorum*, P. L., LXXIII, 802.

bles [1]. On procédait de la même façon dans le monastère de l'abbé Ammon [2].

La maçonnerie des solitaires ne différait pas sans doute de celle que faisaient les anciens fellahs de la vallée du Nil. Deux ou trois manœuvres descendaient dans l'étang le plus voisin, ramassaient de la vase à pleins sceaux, l'entassaient sur la rive, la pétrissaient, la mêlaient de gravier et de paille hâchée menue et la pressaient dans des moules en bois, qu'ils déchargaient ensuite au soleil. En quelques heures la brique était sèche et on commençait à bâtir. La boue servait de mortier et d'enduit. Les maçons ajoutaient de la terre aux briques. Quand les murs étaient terminés, il n'y avait plus qu'à juxtaposer quelques branches de palmier pour former la toiture. Elle était généralement si basse qu'un homme de taille moyenne risquait fort en se levant sans précaution de la défoncer d'un coup de tête [3].

L'abbé Dorothée, qui avait la dévotion de bâtir des cellules pour les nouveaux venus, les construisait avec plus de soin. Il habitait le voisinage d'Alexandrie. Il s'en allait sur la plage chercher des pierres, qui lui servaient à élever les murs. La construction d'une cabane demandait une année de travail. Son bonheur était de l'offrir aux frères incapables d'en édifier une eux-mêmes [4]. Cassien parle quelque part d'un moine qui passait tout son temps à faire des cellules pour les céder à ceux qui pouvaient en avoir besoin [5]. Au désert des Cellules, l'usage voulait que chacun s'empressât de mettre sa demeure à la disposition des nouveaux arrivants [6]. Il y avait toujours, dans la plupart des groupes érémitiques, des cellules laissées libres par la mort ou par le départ de leurs habitants ; on les donnait aux postulants qui se présentaient.

Saint Jérôme a décrit la demeure de saint Hilarion en Palestine. Après avoir passé quatre années dans une hutte de branches et de joncs, il se bâtit une cabane qui avait quatre pieds de large et cinq de haut, ce qui l'empêchait de se tenir debout ou de s'étendre de tout son long [7]. Celle de saint Julien était juste assez grande pour lui permettre de se coucher ; et encore voulut-il la

1. Rufin, *Hist. monach.*, P. L., XXI, 406-407.
2. Pallade, *Hist. laus.*, LXX, P. G., XXXIV, 1175.
3. Maspero, *Lectures historiques. Histoire ancienne de l'Egypte*, p. 2, 3.
4. Pallade, *Hist. laus.*, II, P. G., XXXIV, 1013.
5. Cassien, *Instit.*, l. V, p. 109.
6. Rufin, *Hist. monach.*, XXII, P. L., XXXI, 445.
7. S. Jérôme, *Vita S. Hilarionis*, I, *Acta Sanct.* Oct., t. IX, 44.

rétrécir [1]. Les cellules étaient généralement construites pour un seul homme [2].

Néanmoins tous ne se contentaient pas d'un pareil réduit. Quelques moines admettaient un disciple ou un confrère à partager leur habitation. Elle devait être assez grande pour cela. On en trouvait qui se composaient de deux pièces [3]. Celle de Jean de Lycopolis en avait trois ; il prenait dans l'une son sommeil et son repas ; il travaillait dans l'autre ; la troisième lui servait d'oratoire [4]. Certains anachorètes avaient plusieurs cellules situées en diverses solitudes, qu'ils occupaient successivement. Macaire d'Alexandrie, par exemple, en possédait à Scété, à Nitrie, en Libye et au désert des Cellules [5].

Il en eut qui tinrent à se loger très commodément. La demeure d'Ammon de Nitrie avait une cour, un jardin et un mur d'enceinte. Rien n'y manquait. Il finit cependant par l'abandonner, préférant vivre dans une étroite cabane [6]. L'abbé Joseph et l'abbé Pinufe avaient des cellules séparées pour recevoir les hôtes. Celle du dernier était au fond de son jardin [7]. Mais plusieurs allèrent trop loin. Il ne leur suffisait pas d'avoir deux cellules ; ils en voulurent quatre ou cinq, vastes et ornées. L'avarice, la vanité et l'amour du bien-être, qui les portaient à ces excès, leur faisaient négliger les obligations de la pauvreté monastique [8].

Les cellules étaient presque toujours munies d'une porte, qui fermait à clef. Il fallait la soulever pour pénétrer à l'intérieur [9]. Le visiteur qui voulait entrer annonçait sa présence en frappant quelques coups [10]. Lorsque Macaire le Jeune désirait jouir d'une solitude complète, il s'enfermait de telle façon que personne ne pût arriver jusqu'à lui [11].

1. S. Ephrem, *De S. Juliano*, op. gr., t. III, 256.
2. Sulpice Sév., *Dial.*, 1, 166.
3. *Verba Seniorum*, P. L., LXXIII, 380.
4. Pallade, *Hist. laus.*, XLIII, P. G., XXXIV, 1109-1110.
5. Id., XIX, XX, ibid., 1056-1061.
6. Rufin, *Hist. mon.*, XXIII, P. L., XXI, 446-447. Pallade, *Hist, laus.* LXX, 1175.
7. Cassien, *Conlat.*, XVII-XX, 465-556.
8. Id., IX, 256-257.
9. *Verba Seniorum*, P. L., LXIII, 802. *Apophtegmata Patrum*, P. G., LXV, 318.
10. *Verba Seniorium*, ibid., 904.
11. Pallade, *Hist. laus.*, XX, P. G., XXXIV, 1061.

*
* *

Les anachorètes, en Egypte surtout, se préoccupaient d'avoir de l'eau à portée de leurs cellules. C'était chose facile pour ceux qui ne s'éloignaient guère de la vallée. Le Nil leur fournissait, comme à tous les habitants, une boisson très salubre. « Si Mahomet en eût bu, disent les Égyptiens, il eût demandé au ciel une vie immortelle pour en boire toujours. » « Elle est, suivant la remarque d'un voyageur, parmi les eaux ce que le champagne est parmi les vins[1]. » Ceux qui n'habitaient pas sur la rive du fleuve creusaient un puits où l'eau arrivait en se filtrant à travers le sable. Les Nubiens ne procèdent pas d'une autre manière[2]. Cette précaution devenait inutile à ceux qui étaient éloignés dans le désert.

Macaire l'Egyptien était occupé à creuser un puits pour le service des frères, lorsqu'il fut mordu par un serpent venimeux[3]. L'abbé Moïse le Libyen travaillait avec quatre-vingts religieux à en creuser un pour le service des frères; il avait vingt pieds de large. Après trois journées de travail, ils étaient arrivés, croyaient-ils, à la veine d'eau, et cependant rien ne sortait. Survint l'abbé Pior, qui descendit avec une échelle dans la fosse et se mit en prière. L'eau jaillit immédiatement[4]. Ces travaux étaient parfois dangereux. Pallade signale la mort d'un frère qui périt écrasé par un éboulement[5]. Heureux encore si l'on trouvait une veine d'eau potable. L'abbé Pior, qui habitait entre Nitrie et Scété, se donna beaucoup de peine pour foncer son puits; et il n'eut que de l'eau amère. Son esprit de mortification lui permit de s'en contenter durant l'espace de trente années. Mais ses visiteurs ne purent jamais s'y habituer. Il ne se rencontra personne après sa mort pour demeurer en ce lieu[6]. Les puits de Scété fournissaient une eau dont la saveur de bitume était fort désagréable[7]. Et encore n'y en avait-il qu'un petit nombre. A cause de cette pénurie, les moines faisaient un

---

1. Malte-Brun, *Précis de géographie universelle*, 4° éd., t. X, 36-37.
2. Reclus, *L'Afrique septentrionale*, 442.
3. Pallade, *Hist. laus.*, XIX. P. G., XXXIV, 1053.
4. Id., LXXXVIII, ibid., 1197.
5. Id., XCIX, 1198.
6. Id., LXXXXVII, 1197. *Verba Seniorum*, P. L., LXXIII, 758.
7. Rufin, *Hist. monach.*, XXIX, P. L., XXI, 453.

assez long trajet pour renouveler leur provision. Dans le but d'épargner cette fatigue aux frères, l'abbé Moïse remplissait discrètement leurs cruches à leur insu pendant la nuit [1]. Quelques-uns rapportaient un vase plein d'eau chaque dimanche en revenant de l'église. C'était tout ce qu'ils dépensaient dans le cours de la semaine [2].

Il n'était pas toujours facile d'extraire l'eau d'un puits. Certains solitaires étaient fort ingénieux pour diminuer leur peine. Postumianus en rencontra un dans la haute Thébaïde, à douze milles du fleuve, qui avait installé, pour monter l'eau, une roue mise en mouvement par un bœuf [3].

La fatigue à laquelle beaucoup s'exposaient pour se procurer une boisson indispensable la leur rendait fort précieuse. Il ne faut donc pas être surpris du soin qu'ils mettaient à la conserver. Cassien eut occasion de conférer avec des anachorètes qui habitaient le Delta. Ils avaient à faire une course de trois milles sur des collines sablonneuses pour trouver de l'eau potable. Aussi, remarque l'auteur des *Conférences*, les hommes du monde n'étaient-ils pas plus avares de leurs vins les plus estimés [4]. Le solitaire Ptolémée, qui aurait dû franchir une distance de dix-huit milles, voulut s'épargner cette corvée. Dans la région du désert où était sa cellule, il tombait durant les mois de décembre et de janvier une rosée abondante. Le saint homme remplissait alors des récipients qu'il s'était procurés. Cela lui suffisait pour l'année entière [5]. On comprend, avec cette pénurie d'eau, que des ermites soient morts de soif dans leur cellule ou en voyage [6].

Les moines ne pouvaient pas aisément creuser des puits dans les solitudes rocailleuses du Sinaï et de la Palestine. Si par hasard ils l'eussent tenté, ils n'auraient jamais rencontré une veine d'eau. Quand leur habitation se trouvait éloignée d'une source ou d'un ruisseau, il leur fallait creuser une citerne, et recueillir ainsi les eaux pluviales [7], car tous ne pouvaient pas, comme Théodore d'Antioche, recourir au miracle pour conduire l'eau dans leur monastère [8].

---

1. Pallade, *Hist. laus.*, XXII, P. G., XXXIV, 1069.
2. Cassien, *Conlat.*, III, 67-68.
3. Sulpice Sév., *Dial.*, I, 164-165.
4. Cassien, *Inst.*, l. v, p. 109.
5. Pallade, *Hist. laus.*, XXXIII, ibid. 1094.
6. Id., XLIV, 1198.
7. Cyrille, *Vita S. Euthymii*, c. 21. *Acta Sanct. Jan.*, t. II, 686.
8. Théodoret, *Religiosa historia*, X, P. G., LXXXII, 1391.

*
* *

Les ermites, nous l'avons dit ailleurs, ne s'éloignaient pas trop les uns des autres. Souvent ils réunissaient leurs cellules sur un territoire délimité, où elles formaient un groupe plus ou moins étendu. Les plus célèbres furent ceux de Scété et de Nitrie. Ce dernier peut être comparé à une vaste cité monastique, occupée par une population de cinq mille solitaires disséminés dans ce qu'on pourrait nommer cinquante quartiers différents ou monastères. Chacun se composait de cellules de grandeur inégale et plus ou moins distantes les unes des autres. On trouvait sur un point une véritable communauté, ailleurs deux ou trois religieux qui habitaient sous le même toit; souvent ils étaient seuls. Il y avait au centre une grande église, où ils venaient tous participer aux saints mystères les samedis et les dimanches. Une administration commune pourvoyait à leurs besoins. L'unité des esprits et des cœurs suppléait aux inconvénients de la distance.

Nitrie ne formait véritablement qu'un monastère, une seule communauté [1]. Ceux qui voulaient embrasser une vie érémitique plus rigoureuse allaient au désert des *Cellules*, où six cents anachorètes pouvaient habiter. Leurs cabanes étaient assez distantes pour qu'il leur fût impossible de se voir et de s'entendre [2]. Le groupe érémitique de Scété avait quatre églises distinctes. L'une d'elle se trouvait non loin d'un marais, en un lieu où jaillissaient des sources [3]. Quelques cellules étaient fort éloignées du centre. Cassien parle d'un solitaire qui en occupait une séparée de l'église par une distance de dix-huit milles [4].

On recommandait fort aux anachorètes de ces régions de quitter leur cellule le moins possible. Elle était pour eux un sanctuaire et un atelier, où ils priaient et travaillaient en silence. Après les exercices communs, les frères regagnaient leur gîte sans proférer une

---

1. Pallade, *Hist. laus.*, VII, P. G., XXXIV, 1022. Rufin, *Hist. mon.*, XXI, P. L., XXI, 443. Sozomène, *Hist. eccles.*, l. vi, 31, P. G., XLVII, 1387.

2. Rufin, XXII, ibid., 444-445. Sozomène, l. vi, 31, c. 1387. Cassien, *Conlat.*, vi, p. 154.

3. *Apophtegmata Patrum*, P. G., LXV, 250-251.

4. Cassien, *Inst.*, l. v, p. 112.

parole. Personne ne pouvait entrer chez un voisin. Si deux moines vivaient ensemble, chacun d'eux prenait son repos sur une natte séparée [1].

Les communautés pakhomiennes de la haute Thébaïde étaient construites sur un même plan. Il n'y avait pas encore de moines à Tabenne, lorsque le saint fondateur, mû par une inspiration céleste, entreprit de bâtir son monastère. Dès le début, il le voulut grand, malgré les plaintes de son frère Jean, qui n'avait pas une foi aussi vive [2]. Les moines remplissaient eux-mêmes l'office de maçons et d'architectes. On voyait à leur tête le saint abbé Pakhôme. Ils construisaient les monastères de femmes soumises à leur règle [3].

Le logement des hôtes et la demeure des portiers se trouvaient auprès de la porte extérieure. Un bâtiment assez vaste renfermait la cuisine et le réfectoire. C'est là que demeurait le second économe. Le premier habitait dans un autre édifice, réservé aux malades [4]. Les frères tenaient leurs assemblées communes dans une grande pièce, construite à cet effet et surmontée d'une terrasse ; c'est probablement ce que la *Vie copte* nomme la *congrégation* [5].

L'église, qui était spacieuse, suffisait pour contenir tous les religieux. Saint Pakhôme voulut, dans l'un de ses monastères, en bâtir une qui fût digne de sa destination sainte. Elle était soutenue par des colonnes et entourée de portiques qui lui donnaient un aspect très gracieux. Des ouvriers habiles l'avaient ornée avec élégance. Quand ce bel édifice fut terminé, le pieux abbé surprit au fond de son cœur un mouvement de vanité. Pour le réprimer et dans le but de prémunir ses disciples contre pareille tentation, il ordonna de lier les colonnes avec des câbles et de tirer jusqu'à ce qu'on eût réussi à les incliner. Il n'en fallut pas davantage pour rompre l'harmonie de la construction et lui enlever toute sa beauté. Le saint, profitant de cette circonstance, recommanda à ses moines de ne jamais élever de beaux monuments ; car cela répugnait à l'esprit de leur vocation [6]. L'hôtellerie, le réfectoire, la cuisine, ce qu'on appellerait aujourd'hui la salle capitulaire et l'église for-

1. Isaïe, *Orat.*, I, 3, P. G., XL, 1105-1110. *Orat.*, V, c. 1124.
2. *Vita Pachomii*, 7, *Acta Sanct. Maii*, t. III, 298.
3. Ibid., 304.
4. Ibid., 303.
5. *Vie copte de S. Pakhôme*, A. D. M. G., t. XVIII, 105.
6. *Paralipomena*, 32. *Acta Sanct.*, ibid., 343. *Vie arabe de S. Pakhôme*, 632.

maient-elles un seul corps de bâtiment, ou étaient-elles séparées les unes des autres et distribuées sans symétrie? Rien ne permet de donner à ces questions une réponse satisfaisante.

Les cellules occupaient le terrain qui s'étendait autour de ces bâtiments. C'étaient de simples cabanes, distribuées avec ordre. Une quarantaine de cellules formaient une maison; et deux ou trois maisons, une tribu. Le nombre des maisons variait avec celui des religieux. Il pouvait y en avoir trente ou quarante par monastère[1]. Un mur d'enceinte isolait du monde cet ensemble d'édifices et de cellules. On aurait dit une ville, avec ses rues, ses quartiers, entourée de murailles. Cela faisait un tout des plus curieux.

Saint Athanase eut occasion de visiter les monastères de l'Ordre de Tabenne. La *Vie arabe* de saint Pakhôme a conservé le souvenir de l'impression produite sur lui : « Il les parcourut tout entiers, vit les églises, les réfectoires, les boulangeries, les maisons des hôtes, les infirmeries, même les maisons d'eau pour les nécessités du corps. La beauté de leur ordonnance lui plut. Il visita aussi Phbôou tout entier, examina les autels, toutes les cellules, les costumes des frères; il fut frappé par la concorde de leurs habitudes[2]. »

L'abbé Isidore avait en Thébaïde un monastère pouvant contenir un millier de religieux. Le mur d'enceinte était d'une grande longueur. Il renfermait, outre de nombreuses cellules, l'église, l'hôtellerie, tous les édifices nécessaires, plusieurs puits, des jardins plantés d'arbres fruitiers. Les moines avaient sous la main ce qu'il leur fallait ; ce qui supprimait tout besoin de sortir[3]. Le monastère de l'abbé Paul, près de Diolcos, en Egypte, avait un réfectoire où ses deux cents moines étaient à l'aise. Les religieux de la contrée s'y réunirent un jour afin de célébrer ensemble un anniversaire ; cette pièce, malgré ses proportions, fut trop petite ; on dut transformer la grande cour en salle à manger[4]. Postumianus parle d'un monastère égyptien vaste et bien distribué, qu'il visita. Il y avait un *atrium*, et au milieu, un bel arbre[5].

On ne put pas, dans les villes, adopter ce mode de construction, qui demande l'espace et la liberté de la campagne. A Oxyrinque,

---

1. S. Jérôme, *Pref. in reg. S. Pachomii*, P. L., XXIII, 66.

2. *Vie arabe de S. Pakhôme*, 694-695.

3. Rufin, *Hist. mon.*, XVII, P. L., XXI, 439-440. Pallade, *Hist. laus.*, LXXI, P. G., XXXIV, 1175. Sozomène, *Hist. eccles.*, l. VI, 28, P. G., LXVII, 1371.

4. Cassien, *Conlat.*, XIX, 534-535.

5. Sulpice Sév., *Dial.*, I, 170-172.

la cité monacale des bords du Nil, les anciens édifices publics, les temples païens et leurs dépendances furent transformés en monastères. Des habitations privées reçurent la même destination[1]. Les moines utilisèrent ailleurs plus d'une fois les maisons égyptiennes.

Les cellules des anachorètes de la péninsule Sinaïtique étaient très distantes les unes des autres. Il y avait, auprès de l'endroit où la tradition plaçait le buisson de Moïse, une église ; c'est là que les solitaires se réunissaient chaque semaine. Mais rien n'indique en ces lieux la présence d'un édifice propre à loger des moines[2].

Sainte Paule fit construire à Bethléem trois monastères de femmes ; bien qu'ils eussent chacun leurs supérieurs, l'église leur était commune. Et encore le dimanche les moniales se réunissaient-elles toutes dans l'église de la ville[3]. Celui qu'elle fit bâtir pour saint Jérôme devait être assez grand, puisqu'on mit trois ans à le terminer[4].

Saint Hilarion, pour abriter les disciples qui venaient en foule se mettre sous sa conduite, laissa bâtir un grand monastère, que les païens de Gaza réduisirent en cendre pendant la persécution de Julien l'Apostat[5].

*
* *

Saint Chariton inaugura de bonne heure en Palestine (entre 328 et 335) un type de construction monastique qui se répandit beaucoup dans ces contrées. On lui doit la première laure connue, celle qui dans la suite porta son nom[6]. Les anciens appelaient *laure* une sorte de village monastique, semblable aux agglomérations de cellules que nous avons trouvées en Egypte et en Thébaïde. Elpidios, disciple de saint Chariton, donna un développement considérable à la seconde laure qu'il établit auprès de Jéricho. Il y en eut une troisième sur le mont Succa, près de Thécué. Les moines, au

1. Rufin, *Hist. mon.*, v, P. L., XXI, 408-409.
2. S. Nil, *Narratio* IV, P. G., LXXIX, 627-631.
3. S. Jérôme, *epist.* 108, P. L., XXII, 896.
4. Cf. Am. Thierry, *S. Jérôme*, 1. VII, 312-326.
5. S. Jérôme, *Vita S. Hilarionis*, 19, 22, *Acta SS.* Oct., t. IX, 52-55.
6. Stilting, *De S. Charitone ab.*, 21, *Acta SS.* Sept., VII, 571.

dire de Pallade, laissèrent croître le long de leur église une vigne qui finit par la couvrir entièrement de son feuillage [1].

Si la vie de saint Chariton fournit peu de détails sur la disposition des laures, celle de saint Euthyme, écrite par le moine Cyrille, est pleine de renseignements intéressants et précis. Saint Euthyme vivait avec saint Théoctiste dans une grotte qui dominait une gorge sauvage, au fond de laquelle coulait un torrent. De nombreux disciples lui demandèrent de les prendre sous sa direction. Il aurait voulu leur bâtir une laure semblable à celle de Pharan, d'où il était sorti. Mais la disposition des lieux ne le permit pas. Force lui fut de construire une maison commune, ou *cœnobium*, à l'entrée de la gorge, et assez près de sa caverne pour qu'elle pût servir d'oratoire [2]. Il abandonna bientôt cette retraite, où il ne tarda pas à revenir après un séjour sur le mont Marda [3] et dans la solitude de Ziphon. Une caverne peu éloignée du monastère lui servit de cellule. Comme les disciples affluèrent bientôt, il fit bâtir une laure, dont l'église fut consacrée par le patriarche Juvénal (429).

Saint Euthyme avait choisi comme type celle de Pharan [4]. Son biographe a cru bon de parler des observances que saint Gérasime, le fondateur des laures, avait prescrites à ses moines, particulièrement à ceux qui habitaient le voisinage de Jéricho. Leur nombre dépassait soixante-dix. Une seule laure les réunissait tous. Personne n'était admis à vivre dans les cellules isolées sans avoir mené la vie religieuse dans le *cœnobium*, qui se trouvait dans la même enceinte. Quand ils avaient reçu une sérieuse formation et subi patiemment de longues épreuves, on leur donnait une cellule de la laure, dans laquelle ils restaient en silence cinq jours de la semaine, occupés au travail et à la prière. Il leur était interdit d'allumer du feu et de cuire des aliments. Ils se réunissaient à l'église commune le samedi et le dimanche, pour participer aux saints mystères, après quoi ils prenaient ensemble leur repas. On leur donnait en ces jours du vin et des aliments cuits. Aucun solitaire ne fermait la porte de sa demeure [5].

---

1. Pallade, *Hist. laus.*, cvi, P. G., XXXIV, 1213.
2. Cyrille, *Vita S. Euthymii*, 1, 3, *Acta SS*. Jan., t. II, 668.
3. Appelé encore mont de la Quarantaine. La solitude de Ziphon n'en était pas très éloignée. C'est dans ces lieux que Notre-Seigneur passa, d'après la tradition, son carême de quarante jours.
4. Ibid., c. 6, p. 672.
5. Id., 15, p. 680.

Cette organisation de la vie monastique présenta dans la suite quelques inconvénients. Saint Euthyme apparut peu de temps après sa mort (473) au diacre Phidos et lui intima l'ordre de transformer sa laure en *cœnobium*[1]. L'abbé Publios de Zeugma, en Syrie, qui avait tout d'abord logé ses disciples dans des cellules séparées les unes des autres, trouva que la surveillance devenait extrêmement difficile. Comme sa communauté se composait de Grecs et de Syriens, il fit élever deux grandes maisons pour les réunir chacun selon sa langue. L'église leur était commune[2].

* * *

L'autorité ecclésiastique n'intervint jamais au début pour soumettre à une réglementation quelconque les fondations de monastères. Fondait un ermitage qui voulait. Un moine groupait autour de lui avec la même facilité tous les disciples que bon lui semblait. Libre à lui de leur bâtir une laure ou un *cœnobium* ; la loi ecclésiastique et la loi civile ne le gênaient en rien. Cette licence finit par engendrer de graves abus. La ferveur religieuse ne tirait aucun profit de cette multiplicité de monastères. Ces fondations, établies souvent à la hâte, n'avaient aucune garantie de stabilité. Il était aussi facile de les abandonner que de les faire. De la sorte un édifice et une propriété qui avaient une destination sainte pouvaient du jour au lendemain passer à des usages profanes. Le concile de Chalcédoine, pour remédier à cet état de choses, obligea tout fondateur de monastère à demander au préalable l'autorisation épiscopale. Il interdit de changer la destination du monastère canoniquement fondé et de le transformer en habitation vulgaire[3]. L'église d'Orient n'en resta pas à cette première décision. Les conciles, les patriarches et les empereurs établirent peu à peu une législation qui entoura les fondations monastiques de toutes les garanties désirables[4].

Il y avait souvent autour de la cellule des anachorètes, et presque toujours près du monastère des cénobites, un coin de terre,

1. Id., 20, p. 685.
2. Théodoret, *Religiosa historia*, v, P. G., LXXXII, 1351-1354.
3. *Concilium Chalcedon.*, can. 24, Labbe, t. IV, 1690-1691.
4. Waldemar Nissen, *Die Regelung des Klosterwesens*.

plus ou moins étendu, livré à la culture. Les religieux l'avaient
parfois gagné sur le sable du désert ; ils pouvaient encore se l'être
procuré avec leurs ressources personnelles ou l'avoir obtenu d'un
généreux bienfaiteur. Ils y trouvaient un moyen facile d'appliquer
la loi du travail et d'arracher au sol ce qu'il fallait pour vivre [1]. Les
légumes abondaient dans leurs jardins, les arbres se couvraient de
fruits, leur belle apparence semblait les inviter à les manger en
dehors du repas. Cassien remarquait avec une grande édification
la fidélité avec laquelle ils se mortifiaient en pratiquant ce point de
leur règle [2]. Les solitaires de Palestine, contemporains de saint
Hilarion, possédaient, en plus de leurs jardins, des vignes, dont ils
prenaient grand soin. Quelques-uns avaient des bœufs [3]. L'économe
de la laure de saint Euthyme se procura des mulets pour le transport de tout ce qu'exigeait l'entretien des frères [4].

Les chrétiens prirent de bonne heure l'habitude de faire aux
moines des dons en nature. L'abbé Gélase, qui habitait la Palestine, reçut plus d'une fois des terres cultivées. On lui offrit des
domaines avec les bœufs et les chevaux que nécessitait leur exploitation. Parmi ceux qui enrichirent son monastère, figure un moine
du voisinage de Nicopolis, qui lui légua sa cellule et un domaine [5].
C'est un peu partout dans l'empire que le patrimoine monacal se
développa, grâce à la générosité des fidèles. Les princes et les
membres de l'aristocratie ne furent pas les moins empressés. Cela
provoquait les récriminations de l'historien Zosime : « Les moines,
disait-il, ne sont bons à rien, si ce n'est à accaparer des domaines
considérables, et, sous le prétexte de tout donner aux pauvres, ils
finissent par réduire tout le monde à l'indigence [6]. »

Ces plaintes, malgré leur exagération, attestent un fait indéniable :
l'importance de la propriété monastique. Mais on vit bientôt les
inconvénients qui pouvaient en résulter. Il fallait, pour mettre ces
terres en rapport, un travail persévérant ; le labeur de la culture,
l'élevage des animaux, les ventes et les achats qui s'imposaient,
créèrent une tâche absorbante. Les hommes en qui ne régnait pas

---

1. Rufin, *Hist. monach.*, IX-XI, P. L., XXI, 427-431. Pallade, *Hist. laus.*, LIV,
P. G., XXXIV, 1157. S. Greg. Nys., *Vita S. Macrinæ*, P. G., XLVI, 978.
2. Cassien, *Instit.*, l. IV, p. 59.
3. S. Jérôme, *Vita S. Hilarionis*, 17-18, Acta SS. Oct., t. IX, 52.
4. Cyrille, *Vita S. Euthymii*, 7, Acta SS. Jan., t. II, 673.
5. *Apophtegmata Patrum*, P. G., LXV, 147-151.
6. Zosime, l. v, 23, p. 279, éd. Bekker.

la ferveur religieuse prirent goût à ces occupations, et ils s'y adonnèrent au détriment des exercices ascétiques. Quelques-uns ne déployaient pas moins de zèle à exploiter et à arrondir cette fortune que les hommes du monde; les esprits clairvoyants reconnaissaient là les signes avant-coureurs d'une prompte décadence [1].

L'histoire de la célèbre congrégation de Tabenne en fournit un exemple saisissant. Lorsqu'elle eut pris le développement extraordinaire que l'on sait, il fallut, pour nourrir tant de moines, une vaste exploitation agricole, avec un personnel nombreux de cultivateurs et des troupeaux considérables. On dut se procurer des barques, entreprendre de longs voyages et exercer le trafic. Tant que saint Pakhôme fut à la tête de ses communautés, il réussit à les maintenir dans les limites de la pauvreté religieuse et du détachement. Ses successeurs n'eurent plus le même ascendant. La négligence gagna peu à peu les esprits les moins bien trempés. L'abbé Orsise, qui gouvernait la congrégation, s'en aperçut bien vite. Apollonios, supérieur du monastère de Mankousin, tenta de se suffire à lui-même, sans s'occuper de l'économe général. Cette indépendance, capable assurément de faciliter son administration temporelle, pouvait entraîner des conséquences funestes et anéantir l'œuvre pakhomienne. Les avis et les réprimandes du supérieur général n'étaient plus écoutés; Apollonios, non content de soustraire sa maison à l'autorité de l'abbé Orsise, engageait les autres à suivre son exemple. Le supérieur général, incapable de tenir tête à l'orage, reconnut son impuissance, donna sa démission et fit élire saint Théodore, qui put remettre toutes choses en place [1].

Le mal n'était pas cependant détruit dans sa racine. Il se manifesta bientôt sous une forme nouvelle. Théodore ne pouvait, comme son prédécesseur, voir dans ces grandes propriétés et dans les préoccupations multiples qu'elles causaient aux moines le fruit des bénédictions que Dieu répandait sur le cénobitisme. L'attachement aux biens de la terre devait plutôt détourner de l'œuvre de saint Pakhôme les regards et la protection du Seigneur. Tous les efforts qu'il tenta pour réagir contre ce courant furent vains. Cette constatation douloureuse empoisonna ses vieux jours. On le voyait

---

1. Saint Nil, *De paupertate voluntaria*, 29, 30, 34, P. G., LXXIX, 1006-1010.
2. *Vita S. Pachomii*, 81-84, *Acta SS.* Maii, t. III, 328-329. *Vie arabe de saint Pakhôme*, A. D. M. G., XVI, 666-670.

souvent, sur le tombeau de son maître et père, épancher la douleur qui remplissait son âme. N'y tenant plus, il pria Dieu de le faire mourir, pour que ses yeux ne fussent pas les témoins de la désolation qui allait fondre sur Tabenne [1].

1. *Pachomii vita*, 93, p. 332. *Vie de Théodore. Fragments coptes sur Théodore.* A. D. M. G., XVII, 217-218, 259-263, 313-314.

CHAPITRE XIII

Le régime alimentaire

L'heure des repas, la nature et la quantité des aliments ont eu, aux yeux des ascètes de tous les pays et de toutes les époques, une importance considérable. Les moines orientaux n'échappèrent pas à cette préoccupation générale. Si tous ne pratiquaient pas une abstinence également héroïque, ils surent lui donner dans leur vie une part très large. Ils pensaient en cela suivre l'exemple de leur précurseur, Jean-Baptiste, qui se nourrissait de miel sauvage, sans goûter à la viande et aux mets délicats ; c'est avec ce régime frugal, pensaient-ils, que fut inaugurée la vie solitaire [1].

Cette austérité répugnait trop aux instincts de l'homme pour ne pas soulever d'opposition. Il ne faut donc pas être surpris d'entendre Jovinien déclarer absurde et contre nature la privation systématique de viande et de vin que s'imposaient les religieux.

Saint Jérôme, qui se constitua le défenseur de l'abstinence monastique, montra sans peine, avec le secours des Ecritures, que l'usage du vin et de la chair des animaux était une concession faite aux hommes par le Créateur seulement après le déluge, et que Notre-Seigneur, venu dans ce monde restaurer toutes choses, engageait, par la voix de l'apôtre saint Paul [2], les fidèles à ne pas user de cette permission [3]. L'hérésiarque n'avait aucun motif d'affirmer que l'abstinence était contraire aux intentions divines. Saint Jérôme, avec la vigueur de sa raison, sa connaissance des

---

1. S. Jérôme, *Adversus Jovinianum*, l. II, 15, P. L., XXIII, 323.
2. Rom., XIV, 21.
3. S. Jérôme, ibid, l. I, 18, 247-248.

Ecritures et de l'antiquité classique, et son habileté à mettre en évidence le ridicule des opinions erronées et de ceux qui les soutiennent, vengea les moines et leurs pratiques austères des attaques dont elles venaient d'être l'objet.

L'abstinence n'était pas une vertu exclusivement monastique. Elle appartenait à l'Eglise. Les moines la lui avaient empruntée comme un puissant moyen de tendre à la perfection. Mais ils se gardaient bien de lui donner une importance excessive, en la pratiquant pour elle-même. Jamais ils n'en firent le but de leur ascèse ou le terme de leurs efforts[1]. D'après saint Ephrem, le jeûne, qui est une forme de l'abstinence, est un char qui transporte l'âme dans les cieux; c'est lui qui suscite les Prophètes; il est le maître qui enseigne la sagesse. Il fait la joie des Anges, heureux d'inscrire sur le livre de l'éternité ceux qui s'y appliquent généreusement[2]. Saint Basile célèbre avec amour sa grandeur et son utilité. Les saints de l'Ancien Testament l'ont en quelque sorte consacré, dit-il. On ne peut sans lui ni détruire les vestiges du péché dans les âmes ni guérir les maladies du cœur humain. Il est indispensable au chrétien qui veut entreprendre avec chance de succès la guerre contre ses ennemis invisibles. Mais, remarque sagement le saint docteur, pour être agréable à Dieu, le jeûne suppose, chez celui qui le pratique, la victoire remportée sur ses vices[3]. Il rappelle ailleurs que la tempérance, par laquelle l'homme se prive d'aliments inutiles, est un fruit de l'Esprit-Saint[4]. Le service qu'il rend à Dieu son maître devient, grâce à elle, irrépréhensible. C'est elle qui brise l'aiguillon de sa chair, domine ses passions intérieures, réduit son corps en servitude et met un frein aux impétuosités de la jeunesse. Elle est le point de départ de toute vie spirituelle. Que de temps et de force le moine gagne avec elle ! Elle transforme ses repas en œuvres saintes, qui procurent la grâce du Seigneur[5]. Ecoutons saint Jean Chrysostome ; le jeûne est, à ses yeux, le compagnon inséparable du moine, son meilleur ami, son protecteur, sa force, son plus bel ornement. Grâce à lui, le solitaire devient un ange; il acquiert la gravité, la maigreur et la

---

1. *Aphraatis sapientis Persæ. Demonstratio III*, éd. Parisot, 98-99.
2. S. Ephrem, *Sermo de jejunio*, op. gr., t. III, 22-23.
3. P. G., XXXI, 163-198.
4. Gal., v. 25.
5. S. Basile, *Reg. fus. tract.*, int. 16, 17, P. G., XXXI, 957, 966.

pâleur qui sont comme le reflet, sur son visage, de l'austérité de sa vie et de la sainteté de son âme[1].

Les Pères du désert faisaient grand cas de l'empreinte que laissent les privations sur les traits du religieux. Deux moines se présentèrent un jour à l'abbé Elie, et lui avouèrent que des pensées impures obsédaient leur esprit. Le saint homme les considéra quelque temps. Leur bonne mine lui montra la cause de leur faiblesse. Pour la leur signaler, il se tourna vers son disciple et lui dit : « Je rougis, mon frère, de ce que tu te nourris si bien, alors que tu fais profession de vie monastique ; ne sais-tu pas qu'un teint pâle et une face amaigrie sont la meilleure parure du solitaire? » Ses visiteurs comprirent à qui s'adressait cette sage leçon[2].

L'estime que les moines faisaient de l'abstinence et des jeûnes prolongés ne les aveuglait pas tellement qu'ils vissent là un précepte au lieu d'un conseil, dont la pratique est laissée au bon vouloir de chacun[3]. Ils avaient à se tenir en garde contre les exagérations des Encratites, des Phrygiastes, des Marcionites et des Manichéens, qui distribuaient de leur propre chef les êtres de la création en purs et en impurs. Le fruit de la vigne, la chair des animaux, et tout ce qui avait eu vie, entraient dans cette dernière catégorie[4]. L'homme souillait son âme en les prenant ; il devait donc s'en abstenir. Mais semblable privation, loin d'être agréable au Seigneur, constituait un blasphème ; elle accusait Dieu d'avoir créé des êtres mauvais dans leur essence[5]. Pour metttre leur foi à l'abri de tout soupçon, les moines rendaient hommage à ceux qui croyaient pouvoir user librement des créatures dans les limites fixées par la souveraine sagesse du Seigneur[6].

*
* *

Par les privations alimentaires, le moine poursuivait un but

---

1. S. Jean Chrys., *De pænitentia*, hom. v., P. G., XLIX, 307.
2. *Verba Seniorum*, P. L., LXXIII, 771.
3. Evagre, *Rerum monachalium rationes*, x, P. G., XL, 1263.
4. S. Epiphane, *Adv. hæreses*, hær. 47, 48, P. G., XLI, 851-867. Théodoret, *Hæreticarum fabularum compendium*, l. V, 29, P. G., LXXXIII, 554-555. Aphraat, *Demonstratio*, II, 115.
5. S. Nil, l. II, *Epist.* 10, P. G., LXXIX, 206.
6. S. Nil, *loc. cit.* Théodoret, ibid. S. Isidore Pelus., l. I, *Epist.* 53, P. G., LXXVIII, 214-215. S. Cyrille Jer., *Catech.*, iv, 27, P. G., XXXIII, 490. S. Basile, *Reg. fus. tract.*, int. 18, P. G., XXXI, 966.

précis; il voulait faire pénitence. La pensée des fautes qu'il avait
commises et de celles qui lui échappaient à chaque instant jouait
un grand rôle dans sa vie intérieure et dans l'organisation de sa
vie extérieure. Pour réparer l'injure faite à Dieu et le préjudice
causé à son âme, il devait pleurer ses péchés et les expier par des
souffrances et des privations acceptées librement. L'ascète engageait, par l'abstinence et par le jeûne, la lutte contre la gourmandise, la première passion qu'il rencontrait sur son chemin. C'est un
ennemi extrêmement dangereux, lui disait-on. S'il est le maître,
il se fera un jeu d'expulser toutes les vertus, et sa nombreuse
progéniture de vices infestera bientôt l'âme tout entière[1]. L'homme
doit le combattre durant toute sa vie; car il a pour point d'appui
une nécessité à laquelle personne ne peut se soustraire[2]. La gourmandise, en attaquant les moines, a trois tactiques différentes : elle
pousse les uns à devancer l'heure du repas, les autres à manger
avec excès sans se préoccuper du choix des aliments, et d'autres
enfin à rechercher des mets délicats. Quelle que soit la manière
dont elle dirige ses coups, il faut immédiatement lui tenir tête[3].

La doctrine de saint Basile ne diffère pas des observations de
Cassien. Il va même jusqu'à dire que le moine esclave de cette
passion ne parvient jamais à la surmonter complètement. L'expérience lui montrait que l'austérité d'une règle ne suffit pas toujours
à prévenir les désordres qu'elle entraîne à sa suite. L'action personnelle du supérieur était indispensable pour appliquer à ses
victimes un remède efficace[4]. Il n'y en avait pas de meilleur que
le jeûne et l'abstinence, à condition de s'y appliquer avec persévérance et courage, et de ne négliger aucune des vertus monastiques[5].

La pauvreté religieuse, non moins que la pénitence et la mortification, imposait au moine un régime austère. Voué à une
existence laborieuse et privé de ressources, il devait vivre comme
les travailleurs pauvres. Ce n'était pas chose facile à des hommes
sortis des rangs de l'aristocratie romaine. Dans leurs palais
d'Alexandrie, d'Antioche et de Constantinople, dans leurs somp-

---

1. S. Nil, *De monastica exercitatione*, 55-69, P. G., LXXIX, 787-792.
2. Cassien, *Conlat.*, V, 145-146.
3. Ibid., 131-132.
4. S. Basile, *Sermo de renunciatione*, P. G., XXXI, 639-642. *Reg. brev. tract.*,
int. 71, 72, 140, ibid., 1131-1134, 1175.
5. Cassien, *Inst.*, l. V, 88-100.

tueuses villas, les hauts fonctionnaires et les privilégiés de la fortune passaient leur vie au milieu de l'opulence. Rien ne leur manquait; les plaisirs étaient variés et nombreux; l'existence heureuse et molle. Les regards, les oreilles, le palais, tous les sens pouvaient à leur aise se saturer de délices. La foi chrétienne, en pénétrant dans ces milieux, n'avait changé ni les mœurs ni les habitudes[1]. Tout autre était la situation des moines enfants du peuple. Alors comme aujourd'hui, les hommes de condition ordinaire, les ouvriers et les paysans se contentaient de peu en Egypte, en Syrie et dans tout l'Orient. « Quelques galettes de dourrah, auxquelles le riche ajoute des fèves, des lentilles, des oignons, des pastèques, une ou deux dattes, suffisent à nourrir le fellah[2]. » Pour apprécier équitablement le régime monastique, il ne faut jamais perdre de vue cette frugalité.

*
* *

Les législateurs n'ont pas cherché à écraser l'ensemble des religieux sous le poids d'observances excessives. Si des individus plus ou moins nombreux ont réduit leur alimentation au strict nécessaire, si même ils ont refusé à leur corps l'indispensable, ces cas exceptionnels ne peuvent donner la mesure gardée par tous les solitaires. On leur demandait une grande simplicité de vie et un régime austère, sans sortir toutefois des limites de la discrétion. Saint Ephrem, par exemple, voulait que le religieux eût de quoi entretenir ses forces, tout en évitant les soucis que cause la préparation d'une table recherchée et la lourdeur spirituelle qui est la conséquence fatale d'une nourriture abondante et choisie[3].

Quand ils sont pénétrés de l'esprit de leur état, les moines bénissent le Seigneur pour les aliments qu'il leur donne, et ne se mettent pas en peine de leur saveur. Ceux qui ont embrassé la vie cénobitique sont dans une condition très avantageuse; ils acceptent simplement ce qui leur est offert[4].

Saint Basile recommande les aliments de bas prix, qui sont les

1. S. Nil, *De monastica exercitatione*, 16, P. G., LXXIX, 739-742.
2. Reclus, t. X. *L'Afrique septentrionale*, t. I, 507.
3. S. Ephrem, *Consilium de vita spirituali*, op. gr., t. I, 259.
4. Id., *De virtute adhortatio*, op. gr., t. I, 203.

plus propres à soutenir les forces de l'homme. Le serviteur de
Dieu, d'après lui, se contente du nécessaire, et il évite soigneusement
tout ce qui, dans la nature et l'apprêt des mets, n'a d'autre fin que de
procurer une jouissance sensuelle[1]. Le Seigneur veut que l'homme
se fortifie en prenant sa nourriture; qu'il mange donc, comme il
sied aux ouvriers de Dieu, et non à la manière des animaux[2].
Quiconque dépasse les limites du nécessaire nuit à son corps,
autant que celui qui cherche le plaisir en mangeant fait de son
ventre un Dieu. Les produits de la contrée où est situé le monastère doivent toujours être préférés aux autres. Car il ne faudrait pas,
sous prétexte d'abstinence, faire venir de loin des mets coûteux
et difficiles à préparer[3]. Mais, remarque saint Basile, tous n'ont
pas les mêmes besoins. L'âge, le travail et la santé créent des
nécessités particulières, qui doivent être prises en considération;
la nourriture est faite pour les individus, et non les individus
pour la nourriture. On ne peut donc soumettre tous les hommes
à une règle d'une inexorable uniformité. Une maladie, un
surcroît de travail, un voyage, peuvent demander une modification dans l'horaire des repas, la quantité, la qualité et l'apprêt
des aliments. Une règle commune ne saurait prévoir tous ces
cas. Au supérieur de voir ce qui convient à chacun, et de modifier les prescriptions communes, quand la prudence l'exige[4].
La même doctrine se trouve exposée par l'auteur des *Constitutions monastiques*[5]. On ne saurait pousser la discrétion plus
loin.

La frugalité monacale excitait l'admiration de saint Jean Chrysostome. Elle procure à l'âme, disait-il, une grande force et une
liberté précieuse. Les repas des solitaires sont dignes d'envie. Combien ils surpassent les banquets des mondains. On y goûte une
paix profonde; point de vaines sollicitudes, de tristesse ni de
colère. Il y règne un bonheur inaltérable[6]. A défaut de plaisirs
sensuels, le moine trouve à table la santé et la force physique.
Les praticiens de l'antiquité ne déclaraient-ils pas, en effet, que la

1. S. Basile, *Reg. fus. tract.*, int. 18, P. G., XXXI, 966.
2. Id., *Reg. brev. tract.*, int. 139, ibid., 1175.
3. Id., *Reg. fus. tract.*, int. 19, ibid., 967-970. Cf. *Sermo asceticus*, ibid., 875-878.
4. Id., int. 19, ibid., 967.
5. *Constitutiones monaticæ*, 4, ibid., 1345-1360.
6. S. Jean Chrys., *In Math. hom.* 70, P. G., LVIII, 660-662.

frugalité est la mère de la santé, et que la satiété engendre des maladies contre lesquelles l'art est impuissant[1]?

Marc l'Ermite et son homonyme Marc Diadocios attestent, de leur côté, les avantages hygiéniques de la modération[2]. Le premier déclare que des jeunes gens et des hommes d'une complexion délicate s'en accommodent fort bien. Il fallait cependant une grande énergie pour arracher le corps aux exigences des habitudes contractées, et pour rester constamment fidèle à des pratiques austères. L'ascète devait être inflexible s'il voulait conserver les résultats acquis; une faiblesse d'un instant suffisait pour compromettre les fruits de longues années de lutte; une première satisfaction donnée à la gourmandise en appelle toujours une seconde et une multitude d'autres[3]. Même au fond de la solitude, l'homme est tenté d'accroître et de fausser les exigences de sa nature et de mettre son art au service de ses appétits déréglés. Saint Nil mettait ses disciples en garde contre cette tendance[4]. Comme saint Basile et tous les maîtres ses prédécesseurs, il enseignait que la simplicité et la discrétion doivent guider le moine dans le choix et la préparation de ses aliments, s'il veut donner à son corps le nécessaire sans oublier les droits de la pénitence et de la mortification[5].

Plus que d'autres peut-être, les moines d'Égypte trouvèrent moyen d'unir l'abstinence la plus rigoureuse à une irréprochable discrétion. Cassien leur rend ce témoignage[6]. « C'était, écrit-il, une coutume générale parmi eux de se nourrir en raison de ses forces physiques et des besoins de son âge, et de prendre tout ce que la nécessité demande et non tout ce qu'exige l'envie de se rassasier[7]. » Les motifs qu'il met en avant et les règles qu'il trace rappellent par leur sagesse et leur mesure les enseignements de saint Basile. On retrouve sous sa plume les mêmes pensées exprimées en termes différents[8].

---

1. Id., *In Joan. hom.*, 22, P. G., LIX, 137. S. Jérôme, *Ep.* 125, n. 7, P. L., XXII, 1075.
2. Marcus eremita, *De jejunio*, P. G., LXV, 1111. Marcus Diadocius, *De perfectione spirituali*, 43, ibid., 1181-1182.
3. Marcus erem., ibid.
4. S. Nil, l. III, *Epist.* 33 bis, P. G., LXXIX, 495.
5. Id., l. III, *Epist.* 45, 48, 145, 242, 268, 415, ibid., 415-495. *De monastica exercitatione*, 4, ibid., 723. S. Isidore Pel., l. I, *Ep.* 5.
6. Cassien, *Instit.*, l. v, p. 83.
7. Id., *Conlat.*, II, p. 61.
8. Id., l. v, 84-100, *Verba Seniorum*, P. L., LXXIII, 767. *Regula Antonii*, 32-42, P. G., XL, 1070-1072. *Regula Isaiæ*, 13, P. L., CIII, 429.

*
* *

En somme, les principes formulés par les interprètes les plus
autorisés du sentiment des moines orientaux montrent qu'il leur
répugnait de soumettre tous les estomacs à une règle uniforme. La
nécessité de chacun, telle était la mesure qu'il ne fallait jamais
perdre de vue. Les anciens signalaient à la discrétion de leurs
disciples le double écueil qu'ils avaient à éviter. « Si la gourmandise attire le solitaire à manger trop, disait Marc l'Ermite, la
vanité l'empêche de manger suffisamment. » Le péril n'est pas
moins grand d'un côté que de l'autre. L'excès dans les privations
a l'inconvénient de ne pas laisser au religieux les forces qui lui
sont indispensables et de lui persuader qu'il est supérieur à
ses frères, car la santé ne résiste pas aux jeûnes indiscrets ; et
quand la langueur et la maladie se sont emparées de quelqu'un,
c'en est fini des veilles prolongées : il faut les remplacer par
le sommeil. La journée n'est plus occupée par de ferventes
prières ; l'esprit ne peut que s'abandonner à des imaginations
vaines. Le moine est sans énergie ; qu'on ne lui demande pas de
lutter contre lui-même [1]. Les facultés dont il a le plus besoin
pour contempler s'émoussent. La tristesse et l'ennui s'emparent de
son cœur. Il n'a plus que du dégoût pour les biens spirituels [2].
Aussi ne craignait-on pas de présenter le diable comme l'instigateur de ces excès. L'ennemi du salut savait que, par ce moyen, il
rendrait le serviteur de Dieu inutile à lui-même et aux autres. Il
lui était facile, après l'avoir dépouillé de sa vigueur, de l'entraîner
à commettre des fautes nombreuses [3]. L'abbé Moïse affirmait à
Cassien que les jeûnes excessifs et les repas copieux aboutissent
au même résultat, l'engourdissement spirituel [4]. Saint Basile blâmait sévèrement ces indiscrets qui se ruinent la santé et troublent ensuite un monastère par leurs exigences importunes [5].

1. Marc erem., *De jejunio*, P. G., LXV, 1114.
2. Marc Didac., *De perfectione spirituali*, 45, P. G., LXV, 1181.
3. S. Nil, I. III, *epist.* 46, P. G., LXXIX, 414.
4. Cassien, *Collat.*, II, 59-62.
5. S. Basile, *Reg. brev. tract.*, int. 129, P. G., XXXI, 1170.

L'expérience montrait à combien de chutes on s'exposait ainsi[1]. Les anciens les racontaient aux jeunes pour les former à la pratique de la sagesse. On en trouvait qui, après être restés longtemps sans manger, se jetaient sur les aliments avec une gloutonnerie bestiale. Un moine de Scété, se trouvant par hasard en semblable compagnie, ne put s'empêcher de dire : « Mangez avec plus de modération, comme il sied à un moine. » Ce conseil venait à une mauvaise heure, car il provoqua cette réponse : « Laisse-moi tranquille, je meurs de faim ; il y a une semaine que je n'ai mangé[2]. »

La vaine gloire était, paraît-il, un cuisinier d'une habileté merveilleuse, capable d'injecter dans l'estomac de quoi le calmer lorsque la faim le tourmentait trop. Un ermite qui vivait dans un village se sentait la force de pratiquer des jeûnes extraordinaires. L'abbé Zénon lui demanda de passer quelque temps dans la solitude. Mais là ses forces diminuèrent peu à peu et il fut incapable jeûner aussi longtemps. Il pria son compagnon de lui expliquer ce phénomène qui le surprenait beaucoup. « Dans ton village, lui dit-il, les compliments qui entraient par tes oreilles te tenaient lieu de nourriture ; retire-toi et mange désormais à la neuvième heure. Si tu fais quelque bonne œuvre, veille à l'accomplir dans le secret[3]. »

Ces privations excessives, même quand on avait la force de les endurer, ne servaient pas de grand chose. Pour le prouver, on citait l'exemple d'un ancien qui, durant soixante-dix semaines, n'avait mangé qu'une fois tous les sept jours. Il rencontra dans la Bible un passage obscur ; ses jeûnes devaient, pensait-il, lui en donner l'intelligence. Son attente fut vaine. A la fin, ne comprenant pas que Dieu restât sourd à sa prière et à ses pénitences, il se dit : « Je me suis donné tant de peine, et je n'aboutis à rien. Eh bien ! j'irai voir un frère et je lui demanderai de m'éclairer. » Un ange du ciel serait venu, dit-on, lui déclarer ceci : « Tes soixante-dix semaines de jeûne ne t'ont point rapproché de Dieu ; mais, au moment où tu as humblement résolu de prendre le chemin de la cellule de ton frère, le Seigneur m'a envoyé te donner le sens des paroles que tu ne comprenais pas[4]. » Il serait facile de multiplier

---

1. S. Jérôme, *epist.* 130, n. 17, P. L., XXII, 1121. *Verba Seniorum*, P. L., LXXIII, 912-933.

2. *Verba Seniorum*, P. L., LXXIII, 932.

3. *Apophtegmata Patrum*, P.G., LXV, 178. Cassien, *Coulat.*, v, 135.

4. *Verba Seniorum*, P. L., LXXXIII, 966.

les exemples pour appuyer cette doctrine des Pères du désert sur la discrétion [1].

*
* *

Il y eut cependant parmi eux des hommes qui surent pratiquer des pénitences extraordinaires sans tomber dans les illusions qui viennent d'être signalées. Le désir de plaire à Dieu était le sentiment qui animait toute leur conduite. Leur humilité obtenait du ciel la force de s'imposer des privations dont la nature humaine n'est guère capable. Mais ils prenaient grand soin de cacher aux yeux de tous leurs jeûnes et leur abstinence, dans la crainte de perdre la couronne éternelle qu'ils attendaient de Dieu seul [2]. L'austérité, chez eux, respectait les droits de toutes les vertus chrétiennes et religieuses.

L'abbé Palamon, qui fut le maître de saint Pakhôme, ne mangeait habituellement qu'une fois tous les deux jours [3]. Saint Antoine, qui, au début, prenait journellement son repas, en vint lui aussi à ne manger que tous les deux jours. Une fois cette habitude prise, il mit trois journées d'intervalle entre chacun de ses repas [4]. Ce fut aussi la coutume de son disciple saint Hilarion [5]. L'abbé Pithyrion ne prenait des aliments que deux fois la semaine [6]. Syméon Stylite se contentait d'une fois [7], Eusèbe de Télédan d'une fois tous les trois ou quatre jours, tandis que ses disciples mangeaient d'un jour entre autre [8].

On cite des jeûnes plus extraordinaires encore. Saint Grégoire de Nazianze connut des moines qui pouvaient se priver de nourriture pendant vingt jours et vingt nuits [9]. Les deux recluses de Berrhé, Marana et Cyra, pour honorer le jeûne de Moïse, passèrent, à trois reprises différentes, quarante jours sans manger. Le désir

1. Cassien, Collat., t. II, 32-33, 44-45, Vie copte de S. Pakhôme, A. D. M. G., XVII, 88-91.

2. Cassien, Inst., l. v, p. 101.

3. Vita S. Pachomii, 4, 8, Acta Sanct. Maii, t. III, 297-298.

4. S. Athanase, Vita S. Antonii, 7, P. G., XXVI, 851-854.

5. S. Jérôme, Vita S. Hilarionis, 1, Acta Sanct. Oct., t. IX, 44.

6. Rufin, Hist. mon., xiii, P. L., XXI, 433.

7. Théodoret, Religiosa hist., xxvi, P. G., LXXXII, 1482.

8. Id., iv, ibid., 1453.

9. S. Grég. Naz., Poema ad Hellenium, v, 63, 64, P. G., XXXVII, 1455.

d'imiter Daniel les fit jeûner durant trois semaines consécutives. Elles firent à jeun le pèlerinage de Jérusalem et celui de sainte Thècle à Séleucie [1]. Syméon Stylite avait l'habitude de passer tous les ans quarante jours sans nourriture [2]. Ces faits, et d'autres qu'il serait facile d'énumérer encore, rentrent dans le cadre des abstinences miraculeuses dont s'occupe la théologie mystique [3]. Ce merveilleux apparaît avec plus d'évidence encore dans la vie de quelques autres saints personnages. Appolonios d'Hermopolis vivait de quelques herbes qu'il mangeait tous les dimanches. Un ange, disait-on, lui apportait une nourriture céleste qui complétait ce mets frugal et lui donnait les forces nécessaires [4]. Jean de Lycopolis parlait d'un saint moine qui, durant dix années, ne goûta jamais d'aliments préparés sur terre. Un ange venait, paraît-il, lui donner, tous les trois jours, un pain mystérieux [5]. C'est quotidiennement que l'abbé Anuph en recevait un semblable [6]. On disait la même chose de l'abbé Helen et de plusieurs autres. L'histoire du corbeau qui portait à saint Paul une provision de pain est connue.

Les privations de ces hommes admirables édifiaient les solitaires qui en avaient connaissance, mais elles ne pouvaient leur servir d'exemples. Cassien affirmait même n'avoir jamais rencontré ces pratiques extraordinaires chez les moines en qui tous vénéraient des modèles accomplis [7]. L'abbé Pœmen préférait de beaucoup la vie commune. Des frères lui demandèrent un jour la règle qu'ils auraient à suivre dans leurs jeûnes : « Je veux, leur répondit-il, que le moine mange chaque jour, de manière à ne pas se rassasier complètement. Il est difficile de passer deux ou trois jours à jeun sans tomber dans la vaine gloire [8]. »

Un grand nombre de solitaires égyptiens se contentaient d'un seul repas par jour. Ils le prenaient à une heure fixe. Cette régularité permettait de résister plus facilement aux tentations de la gourmandise, qui pousse à manger trop tôt [9]. L'anecdote suivante

1. Théodoret, id., xxix, ibid., 1491.
2. Id., xxvi, ibid., 1470-1471.
3. Cf. Ribet, La Mystique divine, t. II, 506-508.
4. Rufin, vii, P. L., XXI, 411. Pallade, lii, P. G., XXXIV, 1136.
5. Pallade, xlvi, ibid., 1128.
6. Id., xlvi, lviii, lix, ibid., 1125-1158. Rufin, i, x, xi, 401, 429, 431.
7. Cassien, Inst., l. v, p. 101.
8. Verba Seniorum, P. L., LXXIII, 766.
9. Cassien, ibid., 101.

fournit un moyen de le constater. Un frère, qui, dès la première heure du jour, était tourmenté par la faim, se dit à lui-même : Attendons la troisième. Quand elle fut arrivée, il se renvoya à la sixième, puis à la neuvième, qui était le moment fixé par sa règle. Il mit son pain tremper dans l'eau et récita ses prières comme de coutume ; ce fut alors seulement qu'il prit son repas. Cette fidélité, observée durant quelques jours malgré les protestations de son estomac, suffit pour le familiariser avec sa règle[1]. L'habitude joue au reste un grand rôle dans le succès hygiénique du régime alimentaire.

La neuvième heure, qui partageait le soir en deux parties égales, parut à beaucoup fort convenable. L'abbé Moïse de Scété affirmait à Cassien que c'était le moment le plus propice de la journée. L'estomac, disait-il, avait le temps de digérer avant l'office du soir ; il laissait à l'esprit toute sa liberté pour suivre attentivement la psalmodie[2]. Aussi cet usage fut-il adopté par la plupart des moines égyptiens[3]. Il y en eut qui différaient jusqu'au coucher du soleil. De ce nombre, furent Jean de Lycopolis[4], les disciples d'Apollonios d'Hermopolis[5], le reclus Marcien de Chalcis[6], le solitaire Jacques[7], et l'ermite Pœsios, qui disait à l'abbé Jean : « Le soleil ne m'a jamais vu prendre mon repas[8]; les moines qui habitaient les montagnes voisines d'Antioche auraient pu tenir le même langage[9]. La tradition chrétienne voulait que les serviteurs de Dieu diminuassent le poids de leurs austérités habituelles les jours de fête. Aussi, durant le Temps pascal et tous les dimanches et samedis de l'année, les habitants du désert prenaient-ils généralement leur repas à midi[10].

Saint Pakhôme permettait deux réfections par jour, l'une à midi et l'autre le soir[11]. Les frères se réunissaient pour les prendre en

1. *Verba Seniorum*, P. L., LXXXIII 740-741.

2. Cassien, *Collat.*, II, p. 64.

3. S. Jérôme, *Epist.*, 22, n. 35, P. L., XXI, 420. S. *Antonii regula*, 2, P. G., XL, 1068. S. *Serapionis*, etc., *regula*, 9, P. L., CIII, 438.

4. Rufin, *Hist. mon.*, I, P. L., XXI, 395.

5. Id., VII, ibid., 148.

6. Théodoret, *Religiosa hist.*, III, P. G., LXXXII, 1334.

7. Id., XXI, ibid., 1438.

8. Cassien, *Instit.*, l. V, 103. Sulpice Sév., *Dial.*, I, 163.

9. S. Jean Chrys., *In ep. 1 ad Timoth.*, P. G., LXII, 577.

10. S. Jérôme, *Epist.*, 22, P. L., XXI, 420.

11. Cf. Ladeuze, p. 298-299.

commun, au signal donné par l'économe[1]. Les moines cappadociens mangeaient au milieu du jour; dans la suite on leur servit, le soir, ce qu'ils avaient laissé [2].

Les jours de jeûne, l'unique repas se prenait à la tombée de la nuit. Les fidèles avaient la pieuse coutume de sanctifier par cette privation, en dehors du Temps pascal et des fêtes de l'Épiphanie, deux journées de chaque semaine, le mercredi et le vendredi; la première, en souvenir du Sauveur trahi par Judas, et la seconde pour honorer sa mort[3]. Les moines s'y conformaient religieusement[4]. La règle attribuée à saint Macaire déclare que, en violant cet usage, on participerait à la trahison de Judas. Pour recommander cette pratique, saint Pakhôme racontait la vision suivante. Deux anges qu'il vit accompagner l'enterrement d'un religieux lui dirent : « L'un de nous est l'ange du vendredi, et l'autre, celui du mercredi. Ce mort n'a jamais cessé d'observer le jeûne de ces deux jours. C'est pour cela que nous avons dû honorer son âme, en assistant à ses obsèques [5]. » Les moines, cela va sans dire, se montraient les fervents observateurs du jeûne quadragésimal.

*
* *

Leur régime alimentaire, avons-nous dit, était d'une irréprochable simplicité; il se composait de ce qu'on trouvait dans le pays. Les mets recherchés ne figuraient point sur la table [6]. Excluaient-ils la viande et les poissons d'une manière absolue ? Saint Epiphane, qui connaissait les traditions monastiques de l'Orient, déclare que sur ce point la coutume n'était pas uniforme. Quelques-uns s'abstenaient complètement de toute espèce de chair, même de celle des poissons; ils n'acceptaient rien de ce qui venait

---

1. S. Pakhôme, *Reg.*, 90, 102, P. G., 77-78. *Pachomii vita*, 34, *Acta Sanct. Maii*, t. III, 309.

2. S. Basile, *Reg. brev. tract.*, int. 133-138, P. G. XXXI, 1171-1174. Marin, *Les moines de Constantinople*, 121.

3. S. Epiphane, *Expositio fidei*, P. G., XLII, 826-827.

4. *S. Antonii regula*, 15, P. G., XL, 1068. *Macarii regula*, 29, P. L., CIII, 450. Marin, *Les moines de Constantinople*, 121.

5. *Vie arabe de saint Pakhôme*, A. D. M. G., XVII, 641.

6. Evagre, *Rerum monachalium rationes*, B. 8, P. G., XL., 12, 54, 55, 59.

de l'animal, ni œufs, ni lait, ni fromage. D'autres ne s'interdisaient que la viande des quadrupèdes et mangeaient sans la moindre difficulté poissons, oiseaux, œufs et laitage. Il y en avait qui refusaient les poissons et les oiseaux, mais prenaient volontiers des œufs. On en trouvait encore qui ne voulaient ni pain ni fruit, ni rien qui eût subi l'action du feu[1].

Par le fait, la présence du poisson et de la viande sur la table des solitaires, en quelques rares circonstances, est affirmée par des témoins[2]. Plusieurs frères reçurent, au cours d'un voyage, l'hospitalité sous le toit d'un homme de bien qui leur servit de la viande. Tous en mangèrent sans hésiter, à l'exception de l'abbé Pœmen. Comme ils le savaient très discret, ils témoignèrent quelque surprise de sa réserve. « Excusez-moi, mes Pères, leur dit-il, vous avez mangé de la viande, et personne n'en sera scandalisé; si j'en avais mangé, les jeunes frères qui viennent à moi en auraient souffert dans leur âme. L'abbé Pœmen a mangé de la viande, se diraient-ils, et nous n'en mangeons point[3]. » Saint Epiphane, évêque de Salamine, qui restait fidèle aux observances monastiques, recevait à sa table saint Hilarion. On leur servit des oiseaux. L'évêque en offrit à l'abbé, qui refusa en disant : « Excusez-moi, Père, car depuis que je porte cet habit, je n'ai rien mangé qui eût vécu. » Epiphane lui fit cette réponse : « Ni moi, depuis que je porte cet habit, je n'ai laissé personne se coucher avec un ressentiment sur le cœur contre moi; et je ne me suis jamais endormi en ayant quelque chose contre mon prochain. — Pardonnez-moi, répliqua Hilarion, votre pratique est supérieure à la mienne[4]. » Le patriarche Théophile ne crut pas exposer des moines à violer leur règle en leur faisant servir chez lui du veau. Mais ses hôtes le mangèrent sans savoir ce que c'était. Aussi, quand il vint à leur offrir un plat de je ne sais quelle viande, avouèrent-ils ingénument avoir mangé des légumes jusque-là et ne pouvoir accepter ce qui leur était offert[5]. Ces faits montrent et que l'usage des aliments gras ne semblait pas absolument incompatible avec la vie monastique et que néanmoins les moines ne prenaient pas ordinairement la liberté d'en manger.

1. S. Epiphane, *Expositio fidei*, 23, P. G., XLII, 830.
2. *Verba Seniorum*, P. L., LXXIII. S. Nil, l. ii, *Epist.*, 160, P. G., LXXIX, 275.
3. *Apophtegmata Patrum*, P. G., LXV, 353.
4. *Verba Seniorum*, P. L., LXXIII, 866.
5. Ibid., 872.

Saint Basile, surtout au début de sa retraite dans la vallée de l'Iris, se contentait de fort peu de chose : du pain, de l'eau, un ragoût préparé avec des légumes, constituaient tous ses repas[1]. Son ami, Grégoire de Nazianze, avoue que ce n'était pas très appétissant[2]. Les règles basiliennes ne fournissent aucun renseignement sur la table des moines. L'abbé Marin, dans son histoire des *Moines de Constantinople*, dit que leurs mets les plus ordinaires étaient les fruits des arbres, les légumes et en particulier les fèves. Ils buvaient habituellement de l'eau. On leur permettait à certains jours le poisson, les œufs, le lait, le fromage et le vin[3].

Les *Constitutions monastiques* fixent un régime austère, qui n'admettait aucune variété dans le service de la table. Il est difficile de déterminer la nature du seul plat qu'elles autorisent. Les légumes, le sel et l'eau en formaient tous les éléments. Ce ne devait pas être un mets délicieux. Les frères y trempaient leur pain pour l'assaisonner avant de le manger[4].

La frugalité des moines syriens causait quelque frayeur à saint Jean Chrysostome, lorsqu'il songeait à les rejoindre. Il se demandait avec une certaine anxiété si on lui donnerait du pain frais, s'il pourrait se contenter d'une maigre ration de légumes assaisonnés avec l'huile qui devait brûler dans sa lampe[5] ; mais l'expérience lui fit apprécier cette cuisine, elle finit par sembler excellente. L'eau pure, le pain, les légumes, les herbes des champs et les baies cueillies sur les arbustes lui parurent faciles à digérer[6]. L'estomac se fatiguait moins. Il n'y avait pas à refaire dans un sommeil prolongé des forces épuisées par une assimilation pénible. Rien ne convenait mieux à des hommes dont les journées devaient être si bien remplies[7].

Saint Jérôme constate lui aussi le temps que gagnaient les solitaires et les fatigues qu'ils évitaient en se contentant de fruits, d'herbes et de légumes[8]. Sainte Paule ne se montrait pas moins austère. C'est à peine si, en dehors des jours de fête, elle ajoutait un

---

1. S. Basile, *Epist.* 2, P. G., XXXII, 231.
2. S. Grég. Naz., *Epist.* 5, P. G., XXXVII, 27-30.
3. Marin, *Les moines de Constantinople*, 121. L'auteur a utilisé des documents d'une époque postérieure.
4. *Constitutiones monasticæ*, 25, P. G., XXXI, 1414-1415.
5. S. Jean Chrys., *De compunctione*, l. I, P. G., XLVII, 403.
6. Id., *Adv. oppugnatores vitæ monast.*, l. II, P. XLVII, 338.
7. Id., *Comparatio regis cum monacho*, 3, ibid., 389-390.
8. S. Jérôme, *Adv. Jovinianum*, l. II, 10, P. L., XXIII, 313.

peu d'huile aux légumes et au pain dont elle se nourrissait. Le
vin, le lait, le poisson, les œufs, le miel et en général tous les
aliments qui flattent le goût, cela va sans dire, ne figuraient jamais
sur sa table [1]. Le saint docteur, son maître, n'exigeait pas de
tous la même frugalité. Les petits poissons étaient un régal
qu'il permettait de temps à autre [2]. A ceux qui auraient trouvé
insuffisant ce régime parcimonieux, il n'aurait pas manqué de
répondre que la régularité dans les repas et la sage lenteur avec
laquelle l'homme satisfait son appétit rendent l'alimentation beaucoup plus profitable. Car il en est de la nourriture comme de la
pluie : pour avoir toute son efficacité, elle a besoin de descendre
lentement dans l'estomac [3].

Le moine palestinien Porphyre, qui mangeait après le coucher
du soleil, se contentait, les jours ordinaires, d'un pain grossier et
de quelques herbes. Les jours de fête, il prenait son repas vers
midi, et il ajoutait à sa pitance de l'huile, du fromage et des
légumes trempés dans l'eau. Le mauvais état de ses entrailles le
contraignit plus tard à boire un verre de vin [4]. Les religieux qui
habitaient la laure de saint Gérasime n'avaient dans leurs cellules
que de l'eau, du pain et des dattes. Les samedis et les dimanches, ils prenaient leur repas en commun au *cenobium*, et on
leur servait du vin et des aliments cuits [5].

*
* *

On trouve sur la table des moines de la congrégation de Tabenne
du pain, des fruits de palmier et d'autres arbres, des olives,
diverses sortes de légumes, des lentilles et graines semblables, du
fromage, des abatis de viande, des herbes sauvages conservées
dans la saumure [6].

1. Id., *Epist.*, 108, P. L., XXII, 893.
2. Id., *Epist.*, 58, P. L., XXII, 583.
3. Id., *Epist.*, 54, ibid., 555.
4. Marc., *Vita S. Porphyrii*, 10, P. G., LXV, 1217.
5. Cyrille, *Vita S. Euthymii*, Acta Sanct. Jan., t. II, 680-681.
6. S. Pakhôme, *Reg.*, 78, P. L., XXIII, 76. S. Jérôme, *Pref. in reg.*, ibid., 67.
Pallade, *Hist. laus.*, XXXIX, P. G., XXXIV, 1103. Ammon, *Epist.*, n. 16, *Acta
Sanct. Maii*, t. III, 384. *Vie copte de S. Pakhôme et vie arabe*, A. D. M. G., XVII,
117-118, 376-377.

Le vin et la graisse n'étaient permis qu'aux malades; on les conservait à l'infirmerie[1]. Quand les frères travaillaient loin du monastère, la bouillie de lentille ou de farine faisait la base de leur alimentation; ils y ajoutaient des herbes marinées dans l'huile et le vinaigre, que l'économe faisait préparer à cet effet en quantité considérable[2]. Les moines coptes ne dédaignaient pas cette nourriture frugale. Les oignons restaient pour eux un mets succulent, comme ils l'étaient au siècle de Moïse. L'abbé Théodore dut infliger une réprimande sévère à un religieux qui en avait trop mangé pendant le repas à la campagne. « Un homme moine, lui dit-il, ne doit pas manger une grande quantité de poireaux, parce que cela donne de la force au corps et soulève la guerre contre l'âme[3]. »

Il y avait, on s'en souvient, chaque jour, deux repas à Tabenne, sauf les jours de jeûne. L'un se prenait à midi et l'autre le soir. Les vieillards, les enfants, ceux qui se livraient à un travail pénible ou qui souffraient de la chaleur excessive, profitaient seuls du second. Chacun mangeait suivant ses besoins. Plusieurs goûtaient seulement au pain[4]. Il arrivait que certains plats revenaient intacts à la cuisine. Les cuisiniers en conclurent qu'il était inutile de les servir et de les préparer. Saint Pakhôme, en faisant la visite du monastère où cela se passait, apprit par un enfant qu'on ne servait plus aux frères ni herbes ni ragoût. Il se rendit à la cuisine où le cuisinier s'occupait à faire des nattes. Il lui demanda raison de sa négligence. « Les frères n'en mangent point, répondit le coupable, et je ne veux perdre ni mon temps ni les légumes. » Le saint abbé, après une réprimande sévère, jeta ses nattes au feu, en le blâmant d'avoir ainsi privé les religieux d'une occasion de se mortifier spontanément[5]. Il tenait à ce que les tables fussent assez abondamment servies pour que nul n'en prît prétexte de dérober des aliments qu'il aurait mangés en cachette[6].

Ceux qui en avaient le désir pouvaient facilement pratiquer une abstinence plus rigoureuse[7]. Pour le faire plus à leur aise, quel-

---

1. Pakhôme, *Reg.*, 45, 46, ibid., 72.
2. Id., 79, ibid., 77; *Vie copte*, 133-134.
3. *Vie copte de S. Pakhôme*, 117-118.
4. *Vie arabe de S. Pakhôme*, 376-377. S. Jérôme, *Pref. in reg.*, S. Pachomii, P. L., XXIII, 67.
5. *S. Pachomii Paralipomena*, 15-16, *Acta Sanct. Maii*, t. III, 338-339.
6. Ammon., *Epistola*, 13, ibid., p. 353.
7. *Vie arabe de saint Pakhôme*, 376-377.

ques-uns obtenaient la permission de prendre leurs repas seuls dans la cellule. On leur donnait des petits pains, en nombre déterminé, du sel et de l'eau. C'était toute leur nourriture. Ils faisaient, les uns un repas chaque jour; les autres, un tous les deux jours. Quelques-uns jeûnaient plus longtemps encore [1].

Les solitaires égyptiens considéraient comme un régal les feuilles de poireaux, les herbes sauvages desséchées, le sel frit, les olives et les petits poissons qu'ils mangeaient en certaines circonstances [2]. Ceux qui habitaient le désert étaient contraints de mener une vie extrêmement frugale [3]. Les ermites de la péninsule sinaïtique ne se traitaient pas avec moins de rigueur. Comment faire autrement dans une contrée où le sol ingrat ne produit à peu près rien malgré le travail de l'homme? Même avec de l'argent, aurait-on pu se procurer quelque chose dans ces solitudes? Le pain n'abondait pas toujours. Des fruits à noyau, les feuilles et les pousses de quelques arbustes, des herbes, qu'ils ramassaient durant la belle saison, pour l'année entière, telle était la nourriture habituelle de ces serviteurs de Dieu. Et encore fallait-il en user avec parcimonie [4].

Certains anachorètes de l'Égypte et de la Thébaïde vivaient de pain et d'eau. De ce nombre furent saint Antoine et son disciple Paul le Simple [5]; Ammons, l'un des quatre grands frères [6], Albien, moine de Nitrie [7], Évagre [8], et Marc l'Ermite [9], ne conseillaient pas d'autre régime. Mais la plupart ne s'en contentaient pas. Le solitaire Élie y ajoutait quelques olives [10]; Dorothée, des herbes [11]. Dans les premiers temps, c'était, avec le sel, le complément ordinaire de leurs repas. On employait rarement l'huile à cette époque de ferveur. Mais les successeurs des premiers anachorètes furent plus

---

1. S. Pakhôme, *Reg.*, 79, P. L., XXII, 76-77. S. Jérôme, *Pref. in Reg. S. Pachomii*, ibid., 67. Pallade, *Hist. laus.*, 39, P. G., XXXIV, 1103.

2. Cassien, *Instit.*, l. IV, p. 62.

3. Pallade, *Hist. laus.*, XIX, P. G., XXXIV, 1046.

4. S. Nil, *Narratio*, III-IV, P. G., LXXIX, 614-618, 627. *De monastica exercitatione*, 16, ibid., 739-742.

5. Pallade, *Hist. laus.*, XXVIII, 1079-1080.

6. Sozomène, *Hist. eccles.*, l. VI, 30, P. G., LXVII, 1383.

7. S. Nil, *Oratio in Albianum*, P. G., LXXIX, 707.

8. Evagre, *Capita practica*, 7, P. G., XL, 1223.

9. Marc Erem., *De jejunio*, P. G., LXIV, 1111.

10. Pallade, *Hist. laus.*, II, c. 1013.

11. *Apophlegmata Patrum*, P. G., LXV, 357.

larges ; ils augmentèrent peu à peu la ration et ils finirent par manger presque habituellement du fromage. L'abbé Jean se plaignit à Cassien de ce qu'il appelait un relâchement[1]. Les moines usaient, en règle générale, du pain de froment. Il y en eut, néanmoins, qui préférèrent le pain d'orge[2]. Saint Julien Sabbas ne voulait que du pain de millet[3]. On en trouve qui voyaient dans le pain un aliment de luxe, inutile pour des solitaires. Ils n'acceptaient rien qui eût passé par le feu. Le Syrien Macédonios vécut, pendant quarante années, d'orge pilée délayée dans de l'eau, ce qui l'a fait nommer le *Critophage*. La mère de Théodoret, qui raconte ce détail, lui fournissait sa provision. Les infirmités et la vieillesse le contraignirent, dans la suite, à manger du pain[4]. Évagre du Pont fut obligé d'en venir là, après avoir passé seize années sans rien goûter qui eût subi l'action du feu[5]. Sabinos mélangeait une fois par mois de l'eau et de la farine ; il ne lui fallait pas autre chose[6]. Des fèves trempées faisaient la nourriture d'Eusèbe, solitaire du diocèse de Cyr ; son grand âge, qui lui fit perdre toutes ses dents, ne put le déterminer à modifier son régime[7]. Domnina et le reclus Acepsimas préféraient les lentilles[8]. Le moine Abraham, évêque de Carres, trouvait inutiles, lui aussi, les boulangers et les cuisiniers ; il vivait de laitues et d'herbes, qu'il remplaçait en automne par des fruits[9].

Les solitaires qu'on pourrait nommer *herbivores*, parce qu'ils ne mangeaient que des herbes crues, n'étaient pas rares à cette époque. Il y en eut au désert des Cellules, à Nitrie, à Scété et ailleurs en Égypte[10], sur les bords du Jourdain et en Palestine[11]. Ceux de Mésopotamie, connus sous le nom de *moines pasteurs* ou

1. Cassien, *Conlat.*, XIX, 559-540.
2. S. Jérôme, *Vita S. Pauli*, 6, P. L., XXIII, 21-22.
3. Théodoret, *Religiosa hist.*, II, LXXXII, 1306-1314.
4. Id., XIII, ibid., 1399-1402.
5. Pallade, *Hist. laus.*, LXXXVI, 1892.
6. Théodoret, III, ibid., 1338.
7. Id., XVIII, ibid., 1426.
8. Id., XXXIII, ibid., 1415-1494.
9. Id., XVII, ibid., 1422-1423.
10. Pallade, *Hist. laus.*, XLII-LXX, P. G., XXIV, 1117-1175. *Paradisus Patrum*, P. G., LXV, 450. Rufin, *Hist. mon.*, II, P. L., XXI, 405. Sulpice Sév., *Dial.*, I, 167.
11. Pallade, *Hist. laus.*, LXXVII-LXXXIII-CXII, c. 1181-1182, 1215. Cyrille, *Vita S. Euthymii*, 3-5. *Acta Sanct. Jan.*, t. II, 668-670.

mieux *paissants*, sont les plus célèbres. Ils se nourrissaient, comme les animaux des champs, de ce que la terre produit sans culture, c'est-à-dire de fruits et d'herbes sauvages[1].

Ces solitaires étaient exposés à de douloureuses surprises. Les plantes vénéneuses abondent dans ces pays ; et il leur arriva de se méprendre. Postumianus raconte l'aventure d'un imprudent qui s'empoisonna et faillit en mourir. Un ibis lui apprit ensuite à reconnaître les herbes bonnes à manger[2]. Par contre, la flore de ces contrées offrait aux hommes des herbes d'un goût fort agréable. Postumianus et ses trois compagnons de route en firent l'expérience chez un prêtre de la Cyrénaïque, qui leur avait donné l'hospitalité. Il leur servit la moitié d'un pain d'orge et un paquet d'herbes dont le narrateur a oublié le nom. Elles ressemblaient à la menthe et avaient un feuillage abondant. Leur saveur rappelait celle du miel. On les mangeait avec plaisir, déclare-t-il, et elles étaient nourrissantes[3].

*
* *

L'eau était la boisson ordinaire des moines. Évagre recommandait instamment à ses disciples d'en user avec grande modération. Car, disait-il, l'eau, quand elle est prise en quantité, occasionne des fantômes obsédants[4]. Son maître, Macaire l'Égyptien, lui avait donné sur ce sujet une leçon très utile. Un jour où il était fatigué et altéré, il s'approcha pour lui demander à boire : « Qu'il te suffise de te mettre à l'ombre, lui dit le saint abbé ; des hommes voyagent à cette heure sur terre et sur mer, et ils n'ont pas ce soulagement. » De leur fut une bonne occasion de s'entretenir avec lui de l'abstinence[5]. Quelques-uns poussaient sur ce point la mortification jusqu'aux dernières limites, en ne buvant jamais. Tels furent Abbas de Télédan[6] et un anachorète égyptien dont parle Postumianus[7].

---

1. Théodoret, I, ibid., 1294. S. Ephrem, *Sermo in patres defunctos*, op. gr., t. I, 178-179.

2. Sulpice Sév., *Dial.*, I, 168-169.

3. Ibid., 156-157.

4. Rufin, *Hist. monach.*, xxvii, P. L., XXI, 449.

5. Socrate, *Hist. eccles.*, iv, 23, P. G, LXVII, 518.

6. Théodoret, *Relig. hist.*, iv, P. G., L., LXXXII, 1350.

7. Sulpice Sév., *Dial.*, I, 172.

Il n'était pas absolument interdit de boire du vin. Saint Atha·
nase affirme, il est vrai, qu'on n'en trouvait pas dans les monastères de saint Antoine[1]; saint Jérôme demande à Népotien de s'en
abstenir, ainsi que de toute boisson enivrante[2]; et l'abbé Pœmen
déclare que cette boisson ne saurait convenir à des moines[3]. Mais
quelques solitaires d'Égypte en permettaient l'usage aux enfants,
aux vieillards et aux infirmes[4]. Les moines de Nitrie en buvaient
parfois[5]. Il était reçu d'en offrir aux hôtes et d'en boire en leur
compagnie. Les personnes du monde qui donnaient l'hospitalité
aux serviteurs de Dieu ne manquaient pas de leur en présenter.
Ceux-ci devaient alors se montrer d'une réserve extrême[6]. Lorsque
l'abbé Macaire buvait soit chez lui, soit chez d'autres, il comptait
le nombre de verres et s'imposait ensuite la privation complète
d'eau durant un nombre égal de journées[7].

*
* *

Il est intéressant d'étudier la manière dont les moines orientaux
préparaient leurs aliments. A Tabenne, ils faisaient eux-mêmes le
pain. Saint Pakhôme interdit d'envoyer à la boulangerie plus de
frères qu'il ne fallait[8]. Le silence était de rigueur pendant qu'ils
versaient l'eau sur la farine, qu'ils pétrissaient la pâte et qu'ils la
portaient au four. Ils se servaient de signes pour exprimer ce
qu'ils avaient à dire. La méditation des Ecritures et la récitation
des Psaumes occupaient utilement leur esprit[9]. Tous les monastères de la Congrégation n'avaient pas leur boulangerie. Les

1. S. Athanase, *Vita S. Antonii*, 7, P. G., XXVI, 854.
2. S. Jérôme, *ep.* 52, n. 11, P. L., XXII, 536, cf. S. Ephrem, *De humilitate*, 62,
op. gr., t. I, 318.
3. *Verba Seniorum*, P. L., LXXIII, 568, cf. *Apophtegmata Patrum*, P. G., LXV,
311.
4. S. Jérôme, *epist.* 22, n. 35, ibid., 450. S. Isidore Pélus., *ep.* 385, P. G.,
LXXVIII, 399.
5. Pallade, *Hist. laus.*, VII, P. G., XXXV, 1022.
6. Isaïe, *Oratio*, III, P. G., XL, 1111. S. Ephrem, *Consilium de vita spirituali*
op. gr., t. I, 259.
7. *Verba Seniorum*, P. L., LXXIII, 763.
8. S. Pakhôme, *Reg.*, 117, P. L., XXIII, 80.
9. Id., 116, ibid., 79.

moines de Phbôou pétrissaient à Tabenne [1]. On ne faisait le pain que deux ou trois fois l'an. Comme il était très dur et sec, il se conservait facilement. On devait, avant de le manger, le briser et le faire tremper dans l'eau [2].

Les moines de Nitrie n'avaient pas moins de sept boulangeries pour les fournir du nécessaire [3]. Dans certaines solitudes, les frères allaient pétrir à un four commun, lorsqu'ils avaient épuisé leur provision. C'était un travail assez difficile. Théodore de Nono y rencontra un ermite qui voulait faire son pain; comme personne ne lui venait en aide, le charitable Théodore différa son service personnel et lui prêta main forte. Quand il allait pouvoir pétrir lui-même, il céda sa place à un anachorète qui se présenta, il lui offrit son concours. Cinq autres vinrent après lui et usèrent de son obligeance [4]. Dans certains monastères de Mésopotamie et de Syrie, on boulangeait parfois au dehors avec les séculiers [5].

Quelques solitaires, ne voulant pas faire eux-mêmes leur pain, le recevaient soit d'un monastère, soit d'un village voisin. Ils avaient généralement une corbeille où ils mettaient leur provision [6].

Les anachorètes faisaient eux-mêmes leur cuisine, s'il est permis de donner ce nom à la préparation de leur frugal repas. Ceux qui avaient un disciple sous leur direction lui confiaient généralement cette tâche. Dans quelques monastères égyptiens, le frère chargé du cellier faisait lui-même cuire les aliments [7]. Ailleurs, et particulièrement dans les communautés pakhomiennes, les religieux remplissaient cette fonction à tour de rôle; chacun avait sa semaine [8]. Il en était ainsi en Palestine, en Mésopotamie, en Cappadoce et dans tout le reste de l'Orient. Les cuisiniers, dont le nombre variait suivant l'importance de la communauté, commençaient leur service le lundi matin, pour le terminer le dimanche après le repas du soir. Ils lavaient alors les pieds des

1. *Vie arabe de S. Pakhôme*, A. D. M. G., XVII, 446.

2. Ibid., 417. S. Athanase affirme qu'en Thébaïde, le pain se conservait aisément durant une année entière. *Vita S. Antonii*, 12, P. G., XXVI, 862.

3. Pallade, *Hist. laus.*, VII, 1022.

4. *Apophtegmata Patrum*, P. G., LXV, 195.

5. S. Ephrem, *De humilitate*, 73, op. gr., t. I, 321.

6. Cassien, *Conlat.*, XIX, 537-538. Sulpice Sév., *Dial.*, I, 162-166. S. Athanase, *Vita S. Antonii*, 12, P. G., XXVI, 562.

7. Cassien, *Inst.*, l. IV, 62.

8. Isaïe, *Oratio* I, P. G., XL, 1106. S, Jérôme, *Epist.* 22, n. 35, P. L., XXII, 420.

frères, qui, de leur côté, priaient le Seigneur de leur pardonner leurs négligences et d'agréer favorablement leur semaine de travail. Le lendemain, quand les prières matutinales étaient finies, ils remettaient en bon état tous les ustensiles à ceux qui leur devaient succéder[1]. Comme, dans la plupart des solitudes monastiques de l'Orient, le bois était rare, il fallait soit en acheter, soit ramasser les branches des arbustes que produit le désert. L'embarras était grand si la provision venait à s'épuiser. Les solitaires se contentaient alors de légumes secs[2], à moins que la chaleur du soleil ne parvînt à les amollir et à donner l'illusion d'une cuisson[3].

*
* *

Quel que fût l'attachement des moines pour l'abstinence et le jeûne, ils n'en faisaient pas une de ces vertus qui obligent partout et toujours avec la même rigueur. Car la mortification ne saurait l'emporter sur la miséricorde, la patience ou la charité ; elle doit toujours leur être sacrifiée en cas de conflit. Voilà pourquoi l'arrivée d'un hôte ou la célébration d'une fête légitimaient la suppression d'un jeûne et une nourriture plus abondante et mieux préparée. Celui qui agissait autrement montrait une grande étroitesse d'esprit ; il méprisait la vertu de religion. Sa conduite était, de l'avis général, en contradiction avec les enseignements de l'Écriture[4].

Le dimanche et, presque partout, le samedi se présentaient aux moines chaque semaine avec le caractère d'une solennité religieuse ; c'étaient deux journées d'allégresse pour l'âme et de repos pour le corps. Les frères honoraient ainsi la résurrection de Notre-Seigneur et ils faisaient une provision de forces physiques et morales qui les aidaient à porter plus courageusement le fardeau de la vie[5]. Dans ces jours, ils prenaient à midi un repas souvent meilleur que d'habitude[6]. Les rares fêtes qu'ils célébraient dans le

---

1. Cassien, ibid., 29-61.
2. Id., 61.
3. Sulpice Sév., *Dial.*, I, 165.
4. Cassien, *Coulat.*, XXI, 588-590.
5. Id., *Inst.*, l. III, 44-45.
6. *Apophtegmata Patrum*, P. G., LXV, 242.

cours de l'année étaient assimilées aux dimanches. La journée de Pâques et tout le temps qui la sépare de la Pentecôte devenaient un dimanche ininterrompu, consacré par le souvenir de la Résurrection. Ces adoucissements que se permettaient les habitants de la solitude avaient le double avantage de leur faire mieux apprécier le mystère pascal et de leur procurer un repos nécessité par les rigueurs du Carême. On pouvait donc en user, sans crainte de causer à son âme le moindre préjudice[1]. Le ciel se plut à montrer combien cette pratique était agréable à Dieu. Apollonios d'Hermopolis et ses moines n'avaient pour leur dîner, le jour de Pâques, que des pains secs et des herbes marinées. Le saint regrettait vivement de ne pouvoir mieux solenniser ce grand anniversaire. Il se mit en oraison et confia sa peine au Seigneur. Deux inconnus vinrent alors lui présenter des provisions sur lesquelles personne ne comptait. Il y avait des raisins, des noix, des figues, des fruits de toute sorte, du pain frais, du miel, du lait, en si grande abondance que cela leur suffit durant tout le temps pascal[2]. On tenait d'autant plus à la pieuse coutume de ne point jeûner les jours de fête, que certains hérétiques affectaient une conduite toute différente[3].

. La charité chrétienne transformait en fête véritable l'arrivée d'un hôte. Les Vies des Pères du désert en fournissent des exemples nombreux. La visite d'un frère était reçue avec une joie d'autant plus vive qu'elle se présentait plus rarement. Les moines égyptiens ne se contentaient pas d'une démonstration banale. Après les prières d'usage, ils rompaient le jeûne en compagnie de leur hôte. Cela ne se passait pas ainsi en Palestine. Aussi Cassien fut-il très étonné, lorsqu'il vit la manière dont on le recevait[4]. Cependant les jeûnes du mercredi et du vendredi ne devaient pas être rompus[5]. Si le frère, pressé de partir, ne pouvait attendre l'heure de none, on lui servait à manger, mais pour lui seul[6]. L'anachorète assez heureux pour offrir l'hospitalité à un frère négligeait son austérité habituelle ; il mettait sur la table tout ce qu'il avait de meilleur.

1. Cassien, *Conlat.*, XXI, 598-599.
2. Rufin, *Hist. monach.*, VII, P. L., XXI, 416.
3. S. Epiphane, *Adv. Hæreses*, hær., 75, P. G., XLII, 511-514.
4. Cassien, *Inst.*, l. V, 102.
5. Ibid.
6. Rufin, *Hist. mon.*, VII, P. L., XXI, 419. Pallade, *Hist. laus.*, LII, P. G., XXXIX, 1150.

L'abbé Serenos, qui vivait de pain trempé dans la saumure et l'huile, servit à Cassien et à Germain les choses les plus délicates qu'il fût possible de trouver dans le désert. A en croire l'auteur des *Conférences*, ils firent un bon dîner [1]. En pareil cas, chacun faisait de son mieux [2]. Certains solitaires, pour ne pas être à charge à celui qui les recevait, portaient leurs provisions avec eux. L'abbé Pambon ne goûtait pas cette manière d'agir. L'abbé Pior, qui le vint visiter, avait porté son pain. Il lui en demanda raison : « Je ne voulais pas te gêner », répondit-il. Quelques jours après, Pambon lui rendit sa visite. Non content de porter son pain, il voulut le faire détremper avant d'arriver chez lui. A Pior, qui cherchait à savoir pourquoi, il dit : « Je l'ai mouillé pour ne point t'être à charge. » Ce fut une leçon charitablement donnée [3].

Il n'y a pas de bonne chose dont les hommes ne puissent abuser. Quelques ermites profitaient de l'hospitalité pour introduire peu à peu le relâchement dans leur existence. Les vrais moines échappaient vite à cet écueil. Evagre leur conseillait d'éviter, tout en se montrant généreux, ce qui avait l'apparence du luxe et de la recherche [4]. Il permettait néanmoins de manger deux ou trois fois par jour, si les devoirs de l'hospitalité l'exigeaient [5]. Certains frères croyaient édifier, en faisant mille difficultés avant d'accepter ce qui leur était offert. L'usage voulait qu'on insistât à deux ou trois reprises [6]. Les hommes discrets et charitables épargnaient cet ennui à ceux qui les recevaient. La simplicité avec laquelle ils acceptaient était beaucoup plus agréable à Dieu [7]. Quand la charité avait eu ses droits, le moine pouvait se mortifier tout à son aise [8].

Les cénobites n'exerçaient pas l'hospitalité avec moins de zèle que les anachorètes. Parfois même, ils le faisaient avec un luxe capable de surprendre ceux qui en étaient l'objet. Aussi saint Basile recommande-t-il expressément de se montrer simple et digne. Si c'est un moine qui arrive, disent ses règles, il aime à retrouver le régime commun ; il faut cependant augmenter sa

---

1. Cassien, viii, *Conlat.*, p. 217.
2. *Verba Seniorum*, P. L., LXXIII, 742-744, 925.
3. Pallade, *Hist. laus.*, xi, P. G., XXXIV, 1031.
4. Evagre, *Rerum monachalium rationes, 3*, P. G.; XL, 1254-1255.
5. Id., x, ibid., 1262-1263.
6. Isaïe, *Oratio 3*, P. G., XL, 1109.
7. Cassien, *Conlat.*, xvii, 486-487.
8. Id., *Inst.*, l. V, 102-103. *Verba Seniorum*, P. L., LXXIII, 766. *Apophtegmata Patrum*, P. G., LXV, 422.

ration s'il est fatigué du voyage. Quant aux séculiers, la frugalité de la table leur prêche la sobriété avec une éloquence plus persuasive que celle des paroles. Un monastère se déconsidère et se condamne lui-même en agissant d'une manière différente. Mais il faut tenir compte des besoins de tous, et faire tout ce que les convenances exigent, sans franchir jamais les limites de la pauvreté [1].

*
* *

Non contents de recevoir les étrangers, les anachorètes aimaient à rendre ce devoir aux frères qui habitaient la même région. Ceux de Scété avaient, plus que d'autres peut-être, la bonne habitude de s'inviter mutuellement à manger [2]. Ces festins fraternels portaient le nom d'*agapes* ; c'était un reste des anciennes *agapes* que les fidèles se donnaient dans les églises ou dans les sanctuaires des martyrs. Un solitaire faisait ordinairement les frais de ce repas, qui parfois avait lieu à l'église. Les frères présents étaient tous invités ; on insistait fort pour retenir les étrangers. Les ermites coupables d'une faute grave ne devaient pas accepter l'invitation. Les anciens occupaient une place d'honneur [3]. Lorsque les solitaires qui assistaient à la messe le dimanche dans un même oratoire ne mangeaient pas en commun, on en trouvait toujours qui invitaient quelques frères à les suivre pour partager leur dîner ; ils donnaient la préférence aux étrangers, s'il y en avait de passage [4].

*
* *

Quelques usages observés par les moines orientaux pendant leur repas méritent d'être rapportés. Un certain nombre de religieux de Scété mangeaient ensemble. Un prêtre de grande réputation se

1. S. Basile, *Reg. fus. tract.*, int. 20, P. G., XXXII, 969-976.

2. Bivario, *De veteri monachatu*, t. I, p. 247 et s., où il traite de *festivis Scetensium conviviis*.

3. *Verba Seniorum*, P. L., LXXIII, 941-942, 964. *Apophtegmata Patrum*, P. G., LXV, 378, 391, 399.

4. *Verba Seniorum*, c. 804, 1020. Cassien, *Instit.*, l. V, 102-103.

leva et offrit à chacun un verre d'eau. Tous refusèrent, par égard pour sa dignité, sauf l'abbé Jean le Nain. « Quand je me lève pour offrir de l'eau, dit-il à cette occasion, si tous acceptent, je me réjouis comme quelqu'un qui a reçu sa récompense. J'ai accepté tout à l'heure afin de procurer une récompense à celui qui offrait ; j'ai craint qu'il ne s'attristât si personne n'acceptait. » Ces paroles, qui furent trouvées prudentes, montrent que les moines avaient coutume de s'offrir à boire [1]. A Scété, toujours on disait en prenant la tasse : « Excusez-moi. » Des anachorètes négligèrent cette pratique devant Théodore de Phermé, qui leur adressa une réprimande [2]. L'abbé Isaïe recommandait de ne pas imiter les gens du peuple, qui faisaient un bruit spécial avec le gosier en buvant [3].

Les fourchettes et les cuillers étaient des ustensiles inconnus. Chacun mangeait avec les doigts. Il n'avait qu'à étendre la main sur sa portion, placée devant lui. A Tabenne, personne ne commençait avant que le plus ancien eût donné le signal [4]. L'abbé Isaïe voulait qu'on prononçât tout d'abord la formule *Benedicite* [5].

Dans la Congrégation de saint Pakhôme, les supérieurs avaient grand soin d'enseigner aux religieux la manière dont ils devaient se tenir à table [6]. Tous occupaient la place que leur assignait la date de leur profession. Le supérieur pouvait cependant leur en donner une autre. Ils avaient la tête couverte du capuchon, de manière à ne pas jeter les yeux sur ce que mangeait le voisin [7]. Le silence le plus profond régnait au réfectoire pendant le repas ; c'était une coutume générale en Orient. Celui qui avait quelque chose à demander le faisait par signe [8]. Le recueillement extérieur aidait le moine à s'entretenir avec Dieu [9]. Pour lui faciliter cette tâche, saint Basile ordonna de faire la lecture. Cet usage se répandit promptement en dehors de la Cappadoce [10].

1. *Verba Seniorum*, 917.
2. Id., 957, *Apophtegmata Patrum*, 187.
3. Isaïe, *Oratio*, 3, P. G., XL, 1109.
4. S. Jérôme, *Pref. in regulam S. Pachomii*, P. L., XXIII, 66.
5. Isaïe, *ibid.*, 1109.
6. S. Pakhôme, *Reg.*, 31.
7. Id., 29-31. Rufin, *Hist. mon.*, III, P. L., XXI, 407-408. Pallade, 48, P. G., XXXIV, 1133. Cassien, *Inst.*, l. IV, 58-59.
8. Id., 33. Cassien, *loc. cit.* S. Jérôme, *epist.* 22, P. L., XXII, 420. Isaïe, *Oratio* 1, P. G., XL, 1105.
9. S. Nil, l. II, *epist.* 59, P. G., LXXIX, 226.
10. S. Basile, *Reg. brev. tract.*, int. 180, P. G., XXXI, 1203. Cassien, *Inst.*, l. IV, p. 58.

Les serviteurs de Dieu élevaient ainsi cette action toute matérielle ; ils se comportaient, non en esclaves de leur corps, cherchant à satisf..ire un appétit ou un plaisir, mais en ouvriers du
Seigneur, qui renouvellent les forces dont ils ont besoin pour le
servir [1]. A cause de cela, la prière ouvrait et terminait cet exercice [2].
Ils chantaient en Syrie, après le repas, une hymne de reconnaissance, que saint Jean Chrysostome désirait voir sur les lèvres de
tous les fidèles : « Sois béni, ô Dieu qui me nourris depuis ma
jeunesse, toi qui donnes sa nourriture à toute chair ; remplis nos
cœurs de joie et d'allégresse, afin que nous possédions toujours le
nécessaire pour accomplir le bien en Jésus-Christ Notre-Seigneur,
à qui revient, en union avec toi et l'Esprit-Saint, gloire, honneur,
empire dans les siècles des siècles. *Amen*. Gloire à toi, Seigneur ;
gloire à toi, Saint ; gloire à toi, Roi, qui nous as donné la nourriture dans l'allégresse. Remplis-nous de l'Esprit-Saint, afin que nous
devenions dignes de ta présence et que nous ne soyons pas
couverts de honte, lorsque tu rendras à chacun suivant ses
œuvres [3]. »

Les moines égyptiens avaient la pieuse coutume d'encadrer
avec le chant des psaumes leur repas principal. Lorsqu'ils en faisaient deux dans la journée, celui du soir était précédé et suivi
d'une prière plus courte [4].

---

1. S. Basile, 196, ibid., 1211-1214.

2. Id., *epist.*, 2, P. G., XXXII, 231-234.

3. S. Jean Chrys., *In Mat. hom.*, 55, P. G., LVIII, 545-548. On trouve cette formule et plusieurs autres dans le traité de la *Virginité*, faussement attribué à saint
Athanase, c. 12-14, P. G., XXVIII, 266-270.

4. S. Antoine, *Reg.*, 2, P. G., XL, 1068. Sozomène, *Hist. eccles.*, l. III, 14,
P. G., XLVI, 1074. Cassien, *Inst.*, l. III, p. 45.

CHAPITRE XIV

La prière et la liturgie

Saint Athanase a tracé un intéressant tableau de la vie des premiers disciples de saint Antoine. Leurs monastères ressemblaient à des tabernacles habités par des chœurs célestes d'hommes appliqués sans relâche à la psalmodie, à l'étude, au travail, au jeûne, à la prière, à l'allégresse que donne l'espérance des biens à venir, à l'exercice de la miséricorde envers les pauvres, à la charité mutuelle. On eût dit une oasis séparée du reste du monde, où régnaient constamment la justice et la piété[1]. La prière était au premier rang des occupations qui remplissaient leurs journées. Il en était ainsi dans tous les centres monastiques de l'Orient. Quelques-uns même faisaient à ces entretiens avec Dieu la part la plus large possible. Aux yeux de tous, il n'y avait pas dans la vie d'exercice plus important.

Evagre remarquait que Dieu avait manifesté sa volonté sur ce point avec une insistance particulière. Il ne nous a pas prescrit, disait-il, de travailler toujours, de veiller et de jeûner continuellement ; cela eût dépassé les forces humaines. Mais, quand il s'est agi de l'oraison, qui est une occupation de l'âme, il a recommandé de s'y livrer sans relâche[2]. C'est que la prière, d'après la doctrine de saint Nil, est comme la respiration de l'âme ; il ne faut jamais l'interrompre, car l'âme a toujours besoin de faire monter vers le ciel l'expression de ses désirs intimes[3]. Le cœur du moine, écrit le

1. S. Athanase, *Vita S. Antonii*, 44, P. G., XXVI, 907.
2. Evagre, *Liber practicus*, 49, P. G., XL, 1246.
3. S. Nil, l. III, *ep.* 159, P. G., LXXXIX, 459.

même saint, est un autel sur lequel il offre l'encens d'une prière
très pure [1]. L'oraison est, en effet, la mère de toutes les vertus ; elle
ne se borne pas à purifier l'âme du moine ; elle lui fournit encore
un aliment dont elle ne pourrait se passer ; elle l'illumine ; à l'instar
du soleil, elle inonde de sa splendeur tous ceux qui se tiennent à sa
portée [1]. Elle est semblable au feu, qui communique ses énergies au
fer, de telle sorte qu'il devient impossible de le toucher [2].

Saint Grégoire de Nysse, qui traite avec tant de profondeur et de
vérité de tout ce qui concerne la vie intérieure, représente la prière
comme la reine du chœur des vertus ; sa sainteté mystérieuse, son
action spirituelle, son inénarrable impression, unissent au Seigneur
celui qui s'y adonne avec persévérance et ferveur. Il finit par ne
plus éprouver le moindre dégoût ; le désir du bien ne fait que s'accroître dans son âme ; il savoure les douceurs d'une joie intime qui
est l'avant-goût de la béatitude éternelle [4]. Saint Ephrem ne s'étend
pas avec moins de complaisance sur l'oraison qui doit accompagner le moine partout : au travail, en voyage, pendant ses repas,
même durant son sommeil [5].

*
* *

La persévérance dans la prière n'était pas évidemment à la portée
de tous les moines. Ils n'avaient ni les mêmes grâces ni les mêmes
aptitudes. On serait dans l'illusion, si l'on envisageait la généralité
des religieux à travers ces enseignements et quelques exemples
extraordinaires. Cette perfection était un but qu'ils se proposaient
d'atteindre. Aussi lui donnèrent-ils dans leur vie, en Egypte, en
Syrie, en Palestine, partout, une place fort importante. Leurs
écrits, parvenus jusqu'à nous, renferment sur ce sujet des enseignements variés où se manifestent une expérience consommée et
une grande connaissance du cœur humain. Le Moyen-Age a vécu
de leur doctrine ; de nos jours encore, elle reste à la base de l'enseignement ascétique et mystique.

1. S. Nil, l. III, *ep.* 32, ibid., 387.
2. Id., *ep.* 90, ibid., 427.
3. Id., *ep.* 155, 458.
4. S. Grég. Nys., *De Instituto Christiano*, P. G., XLVI, 302-303.
5. S. Ephrem, *De Oratione*, op. gr., t. III, 19-21. Cf. S. Jérôme, *ep.* 58, P. L.,
XXII, 583.

Les degrés les plus élevés de l'oraison n'étaient pas inconnus des Pères du désert. Quelques-uns en ont parlé avec un accent qui n'a rien perdu de sa force. On aime à lire l'éloge que saint Grégoire de Nazianze fait du moine arrivé, par l'austérité et les exercices de la vie religieuse, à une étroite union avec Dieu. Ses sens sont pour ainsi dire fermés aux choses extérieures ; il vit en dehors du monde et de son propre corps ; il se maintient toujours en lui-même comme dans un sanctuaire d'où il ne sort que poussé par des nécessités impérieuses pour se mettre en rapport avec les hommes. Aucun souvenir de la terre n'est admis dans cette solitude ; il n'y a que lui et Dieu : des entretiens intimes les unissent l'un à l'autre. Son cœur est devenu comme un miroir très pur, qui reflète sans cesse l'image de Dieu et des choses divines [1].

Cette prière ininterrompue semblait, de prime abord, au-dessus des forces de la nature humaine. Mais les maîtres de la vie spirituelle ont eu soin de la présenter sous une forme qui la mettait à la portée, sinon de toutes les âmes, au moins de la plupart des cœurs généreux. On demandait un jour à l'abbé Dioclès, anachorète d'Antinoé, comment l'oraison pouvait durer toujours. Sa continuité, répondit-il, n'exige pas l'application directe et ininterrompue de l'esprit à l'idée de Dieu. Il suffit d'être constamment occupé de pensées saintes ou pieuses pour être sans cesse en la compagnie du Seigneur [2]. Ce n'était donc pas une prière proprement dite que les moines recherchaient ainsi, mais plutôt une direction générale des pensées et des sentiments vers les grandes vérités de la foi, parfaitement compatible avec les occupations ordinaires de la vie, qui n'infirmait en rien la loi du travail. La règle de saint Pakhôme montre l'union pratique de ces deux principes fondamentaux de toute vie religieuse, au IVe siècle comme de nos jours. Elle voulait que le moine eût sans cesse la prière sur les lèvres ou dans le cœur, en allant de la cellule à l'oratoire [3] ou de l'oratoire à la cellule [4], avant, pendant et après le travail [5], en remplissant un office [6], jusque durant les insomnies [7]. Il en

---

1. S. Grég. Naz., *Oratio II Apologetica*, 7, P. G., XXXV, 414-415.
2. Pallade, *Historia Lausiaca*, XCIII, P. G., XXXIV, 1206.
3. S. Pakhôme, *Reg.* 3, P. L., XXXIII, col., 68.
4. Id., 28, ibid., 71.
5. Id., 59-60, 116, ibid., 75-79.
6. Id., 36-37, ibid., 71-72.
7. Id., 87, ibid., 77.

était de même un peu partout. L'expérience montrait que l'application modérée, mais soutenue, des membres à une besogne quelconque n'empêchait pas l'esprit de s'occuper sérieusement : d'autre part, une âme remplie par le souvenir des vérités éternelles savait très bien animer un corps qui se livrait au travail[1]. Les vies des Pères en fournissent des exemples nombreux.

La prière, entendue dans ce sens large, on dirait de nos jours l'union avec Dieu, passait pour être le but de la vie monastique, le terme où aboutissaient tous les exercices de l'ascèse, et la consommation de toutes les vertus. C'est elle qui leur donnait une base inébranlable et les maintenait dans cette union et cette harmonie qui fait la sainteté. Cassien l'apprit de l'abbé Isaac[2]. Cet état avait besoin par moments de se renouveler et de se manifester d'une manière plus intense. Il en était ainsi quand le moine, oublieux de tout ce qui passe, suspendait ses occupations extérieures, pour appliquer toutes ses facultés à la pensée unique de Dieu et des choses de Dieu. Il s'adonnait alors à la prière proprement dite, ou oraison. La vigilance sur ses sens et ses passions maintenait son cœur dans un recueillement habituel, qui lui rendait cet exercice plus facile. Il acquérait encore une grande facilité, en faisant de tous ses travaux une préparation à la prière[3].

Cette prière ne se présentait pas chez tous sous une forme rigoureusement la même. Les âmes ne sauraient, en effet, pour aller à Dieu, s'abstraire de leur complexion propre ni de leur état présent. C'est ce qui faisait l'abbé Isaac dire à Germain qu'il y avait autant de sortes d'oraison qu'il y avait d'âmes et même d'états particuliers pour chacune d'elles[4]. Les cœurs les plus élevés étaient capables de s'entretenir avec Dieu sans le secours d'aucune formule. Les mots leur étaient inutiles et parfois gênants. Les autres trouvaient dans la prière vocale un moyen beaucoup plus à leur portée. L'esprit et le cœur suivaient sans trop de peine le sens des paroles qui sortaient des lèvres[5]. Les Ecritures leur présentaient une formule autorisée. Ils prenaient de préférence, comme sujets de leurs entretiens avec Dieu, les textes qui répondaient le mieux à leurs

---

1. Cassien, *Institut.*, l. II, 29-30.
2. Id., *Collat.*, IX, 250-251. Cf. S. Ephrem, *De vera renuntiatione*, op. gr., t. III, 36.
3. Ibid., 252-253.
4. Ibid., 258.
5. S. Nil, *De voluntaria paupertate*, 27, 28, P. G., LXXIX, 1003.

besoins spirituels. Cette méthode leur semblait si naturelle qu'ils exprimaient souvent la pensée de prière par ces mots : méditer les divines Écritures, ou par d'autres semblables.

Beaucoup auraient craint d'encombrer leur âme avec des textes trop longs. Ils s'arrêtaient à quelques versets bien choisis; parfois un seul leur suffisait. On en trouve un exemple dans la vie de Patermutios, le chef de brigands qui se fit moine après sa conversion. Sur sa demande, les prêtres qui devaient le baptiser lui apprirent les psaumes. Ils commencèrent par le premier. Le néophyte les écoutait avec la plus religieuse attention. Quand ils eurent fini le verset troisième, il les pria de s'interrompre. Cela lui suffisait pour le moment[1], disait-il. Le solitaire Paphnuce, qui renferma dans un réclusoire Thaïs la pécheresse, voulut la mettre à même d'obtenir du Seigneur un complet pardon. Elle devait pour cela se juger indigne de prononcer le nom de Dieu ou d'élever ses mains vers le ciel. Il lui prescrivit de se tenir assise le visage tourné vers l'Orient, et de répéter souvent cette prière, dont le sens était emprunté aux Saintes Écritures : « Vous qui m'avez créée, ayez pitié de moi[2]. »

L'abbé Isaac, qui a donné sur l'oraison des enseignements si pratiques, proposait à Cassien un texte qui était à la portée des esprits les plus simples et pouvait néanmoins satisfaire les aspirations des âmes les plus élevées. Il exprime tous les sentiments dont est capable la nature humaine; il convient à tous les états et répond aux nécessités les plus diverses. On y trouve un appel au secours divin contre tous les assauts de l'ennemi, la confession pieuse de son néant, la vigilance qu'inspire la crainte du Seigneur, le sentiment de sa propre fragilité, la confiance dans la miséricorde divine, le souvenir de la présence de Dieu, l'ardeur de la charité. C'est encore une arme redoutable aux démons. Ce texte que l'abbé Isaac nomme « la formule de la théorie spirituelle », et qui renferme toute la substance des Écritures, n'est autre que le verset : *Deus in adjutorium meum intende; Domine ad adjuvandum me festina*[3]. Isaac conseillait de le méditer sans cesse. « Que le sommeil te surprenne réfléchissant sur ces paroles, disait-il... Qu'elles se présentent les premières à ton esprit au moment du réveil... Qu'elles te suivent

---

1. Pallade, *Paradisus Patrum*, P. G., LXV, 450.
2. *Vitæ Patrum*, P. L., LXXIII, 662.
3. Ps. LXIX, 2.

dans toutes tes occupations... Tu les inscriras sur la porte de tes lèvres, et au plus intime de ton cœur[1]. »

Dans un entretien précédent, le même abbé Isaac avait recommandé une formule encore plus parfaite et plus élevée. C'est celle que Notre-Seigneur avait lui-même enseignée à ses disciples, l'oraison dominicale[2]. Les développements du *Pater* et du *Deus in adjutorium*, que Cassien recueillit de la bouche du saint homme, montrent comment on faisait oraison avec le secours de la Bible. Les moines ne se contentaient donc pas d'une banale répétition de mots ; ils s'appropriaient un texte facile à retenir, qui leur fournissait un thème abondant pour les applications personnelles.

Les Saints Livres n'étaient pas le seul moyen pour le moine de s'élever à la considération des choses divines et de prier. La nature et ses spectacles, les événements qui se déroulaient sous ses yeux, l'invitaient encore à nourrir son âme de la pensée des vérités éternelles, car ce que l'homme aperçoit sur terre n'était, pensait-on, que l'image des biens spirituels[3]. La tendance des Egyptiens à symboliser tout leur facilitait singulièrement cette méthode d'oraison. Même en dehors des réflexions par trop subjectives que leur fournissait ce procédé, les esprits plus positifs, comme il s'en trouvait en Asie-Mineure et en Syrie, avaient, dans la grandeur des œuvres divines et dans les dispositions habituelles de la Providence, un moyen aisé de s'élever à la pensée de Dieu, toujours admirable dans ce qu'il fait[4]. Je ne crois pas que, parmi les écrivains ascétiques de cette période, il y en ait un qui ait parlé avec plus de netteté et d'élévation que saint Nil du secours que la nature peut prêter au contemplatif[5].

*
* *

Si l'admiration, l'amour, l'entretien familier avec le Créateur, tenaient une grande place dans la vie spirituelle des Pères du

---

1. Cassien, *Conlat.*, x, 297-302.
2. Id., *Conlat.*, ix, 265-272.
3. S. Ephrem, *De vera renunciatione*, op. gr., t. III, 38.
4. Cassien, *Conlat.* 1, 25-26.
5. Cf. S. Nil, *De voluntaria paupertate*, 61-64, P. G., LXXIX, 1051-106, où il développe ce verset du ps. 142 : *Meditabitur in operibus tuis et in tuis studiis seu factis manuum tuarum assidue contemplabor*, l. II, *ep.* 119, c. 251 ; *ep.* 127, 128, 254.

désert, la demande n'en était pas exclue. Ils désiraient vivement,
cela va sans dire, voir toutes leurs prières exaucées. La confiance
et la persévérance étaient pour cela des conditions indispensables :
l'Ecriture l'affirmait, les anciens le répétaient après elle[1].

Le succès ne venait pas toujours couronner leurs désirs. Pour
leur épargner une déception, saint Basile conseillait à ses disciples
d'user d'une grande prudence, afin de ne pas demander n'importe
quoi, pour n'importe qui, à n'importe quel moment[2]. C'est en se
conformant à ces leçons de la sagesse que les saints moines pouvaient obtenir que toutes leurs demandes fussent exaucées. L'abbé
Apollonios ne se hasardait jamais à solliciter ce que Dieu refuse
ordinairement. Aussi ses prières étaient-elles toujours entendues[3].

Les solitaires dignes de leur vocation évitaient de se renfermer
dans les étroites limites de l'égoïsme. On savait leur cœur largement ouvert à la compassion. La confiance en leur bonté et en
leur crédit auprès de Dieu attirait souvent et de fort loin les
hommes autour de leurs cellules. Ils s'intéressaient à quiconque
avait besoin de la miséricorde divine. On pouvait appliquer à beaucoup d'entre eux l'éloge que Théodoret faisait de Syméon le Stylite.
Dans sa prière, qui durait le jour et la nuit, il ne négligeait jamais
le soin des Eglises ; tantôt il combattait avec cette arme spirituelle
contre l'impiété des gentils ; tantôt il s'en servait pour briser
l'obstination des juifs ou pour dissiper les troupes des hérétiques[4].
L'Eglise et les fidèles le savaient. Rien n'était plus capable de
concilier aux moines leur estime et leur gratitude.

Mais cette prière n'était pas toujours chose facile. Elle demandait, pour être agréée de Dieu, une grande pureté de cœur. Or,
comment acquérir et conserver cette disposition avec une nature
faible, impressionnable et accessible aux plus extravagantes imaginations ? La prière cependant, remarquait saint Nil, n'avait toute
sa puissance que si elle sortait d'un cœur maître de lui et vainqueur de ses passions[5]. Il fallait donc lutter avec force et persévérance contre les pensées inutiles les plus inoffensives, sans quoi
les distractions seraient bientôt venues corrompre l'oraison[6]. Cela

1. *Constitutiones monasticæ*, P. G., XXXI, 1327-1328.
2. S. Basile, *Reg. brev. tract., int.* 261. P. G., XXXI, 1255-58.
3. Sozomène, *Hist. eccles.*, l. III, 14, P. G., LXVII, 1075.
4. Théodoret, *Religios. Hist.*, XXVI, P. G., LXXXII, 1483.
5. S. Nil, *l.* II, *ep.* 89, P. G., LXXIX, 242.
6. Id., *De voluntaria paupertate*, 28, P. G., LXXIX, 1003.

était d'autant plus nécessaire que les diables choisissaient de préférence le moment de la prière pour livrer à l'âme des moines les plus rudes assauts[1]. Impossible de leur tenir tête si l'on n'avait ordinairement son cœur éloigné de tout ce dont le souvenir aurait pu l'agiter. Un homme de grande expérience, Jean de Lycopolis, l'affirmait[2]. En somme, aucun exercice n'exigeait autant d'application et de travail intime[3].

Macaire d'Alexandrie voulut expérimenter ce qu'il lui serait possible d'obtenir de lui-même. Voici comment il en rendit compte à Pallade : « Je pris la résolution de passer cinq jours dans une prière si fervente que mon esprit ne s'écartât pas un instant de la pensée de Dieu. Je fermai ma cellule de manière à n'être troublé par aucune visite. Et m'adressant à mon âme, je lui tins ce langage : Veille à ne point descendre du ciel. Tu as les anges, les archanges, toutes les puissances célestes, les chérubins et les séraphins ; tu as le Dieu créateur de toutes choses. Vis en leur compagnie ; ne descends pas au-dessous des cieux, en te laissant choir en des pensées terrestres. Cela se passa bien durant deux jours et deux nuits ; mais, lorsque commença la troisième journée, le diable fit tant et si bien qu'il me fut impossible de continuer[4]. » Et pourtant Macaire était un homme d'une vertu peu commune.

Il paraît, c'est Evagre qui l'affirme, que les distractions se présentaient avec plus d'insistance encore pendant la célébration des offices[5]. A Tabenne, on citait avec admiration l'exemple de Cornélios, qui était capable de passer tout un office sans avoir la moindre pensée vaine. Un jour Théodore le Citadin, qui gouvernait la maison des moines grecs, s'entretenait de cette ferveur extraordinaire avec le saint abbé Pakhôme. « J'ai maintes fois essayé d'en faire autant, avouait-il ; à peine ai-je pu faire trois prières en me gardant des pensées qui luttent dans mon cœur sous une multitude de formes[6]. » Combien de moines auraient pu tenir le même langage ou répétaient

1. Evagre, *Rerum monachalium rationes*, 11, P. G., XL., 1263. L'abbé Moïse expose longuement à Cassien la nature et l'origine des distractions et les moyens de s'en débarrasser. *Conlat.*, I, p. 17-26.

2. Rufin, *Hist. monach.*, 1, P. L., XXI, 396-397.

3. S. Basile, *Regulæ brev. tract.*, int. 50, P. G., XXXI, 1138-39 ; *int.* 21, c. 1098 ; *int.* 201-202, c. 1251. *Verba Seniorum*, P. L., LXXIII, 941.

4. Pallade, *Hist. laus.*, P. G., XXXIX, 1056-61.

5. *Verba Seniorum*, P. L., LXXIII, 934.

6. *Vie copte de S. Pakhôme*, publiée par Amélineau, A. D. M. G., XVII, 149.

ces paroles d'un autre Théodore : « Si Dieu nous rendait responsables de nos négligences au temps de la prière et des pensées qui
nous dominent pendant la psalmodie, nous ne pourrions être
sauvés[1]. »

Les moines de Scété racontaient une vision qu'avait eue l'abbé
Macaire, nommé plus haut. Le diable vint frapper à la porte de sa
cellule durant la nuit. « Lève-toi, abbé Macaire, dit-il, allons ensemble
au lieu où les moines se réunissent pour célébrer les vigiles. Tu
ignores qu'il ne se fait aucun office, aucune réunion, où nous
ne soyons présents. Viens donc, et tu verras ce que nous faisons. »
Macaire se rendit à l'oratoire. Il aperçut une multitude de petits
Éthiopiens qui couraient de côté et d'autre. Les uns s'apppprochaient
des frères qui étaient assis; s'ils s'amusaient à mettre les doigts sur
les paupières d'un moine, il s'endormait aussitôt; s'ils enfonçaient
les doigts dans la bouche d'un autre, cela suffisait pour le faire
bâiller immédiatement. Quand les frères se prosternaient à la fin
d'un psaume pour prier, ils faisaient passer devant leurs yeux
mille fantômes, tantôt une femme, tantôt une maison qui se bâtis-
sait, tantôt autre chose. Au sortir de l'office, Macaire interrogea les
moines sur les pensées qu'ils avaient eues ; leur aveu correspondit
à ce qu'il lui avait été donné de voir[2].

Pour fixer plus aisément leur esprit, les moines employaient
volontiers des moyens extérieurs. La posture du corps peut exercer sur l'âme une influence réelle. Voilà pourquoi la génuflexion
était en grand honneur dans les solitudes orientales. Cette attitude
humble convenait bien à la créature en face de son Créateur ; elle
l'aidait à s'élever jusqu'à lui. Saint Grégoire, en célébrant les
vertus et l'austérité des moines de Nazianze, parle de leurs
genoux durcis par les génuflexions prolongées. Ils se frappaient
la poitrine en signe de pénitence, et ils poussaient de profonds
soupirs[3]. Avant d'établir son monastère auprès d'Hermopolis,
Apollonios faisait cent oraisons le jour et autant la nuit, chaque
fois fléchissant les genoux[4]. Il lui fallait évidemment un système
quelconque pour lui permettre de compter ses prières. L'abbé
Paul, du désert de Pherme, qui en récitait trois cents par jour, por-

1. *Verba seniorum*, P. L., LXXIII, 934.
2. Rufin, *Hist. monach.*, P. L., XXI, 454.
3. S. Grég. Naz., *Oratio* VI, P. G., XXXV, 722-723.
4. Rufin, *Hist. monach.*, VII, 411.

tait dans les plis de sa tunique autant de petits cailloux qu'il retirait au fur et à mesure de sa récitation [1].

On en trouvait qui préféraient se tenir debout. Zébina, sur ses vieux jours, n'ayant plus la force de garder cette position durant toute sa prière, s'appuyait sur un bâton [2]. D'autres aimaient mieux se tenir tantôt à genoux, tantôt debout [3]. Quelques solitaires égyptiens avaient la dévotion de prier les bras étendus. C'est ainsi que Moïse priait sur la montagne, figurant par cette attitude le Sauveur en croix. Saint Nil conseillait de combattre Satan avec l'arme de l'oraison, en tenant aussi les mains étendues [4], car rien ne saurait être plus utile à une âme [5]. Quelqu'un demandait un jour à l'abbé Macaire comment il fallait s'y prendre pour bien prier. Voici quelle fut sa réponse : « Les paroles superflues ne sont pas nécessaires. Il suffit d'étendre les mains et de dire : Mon Dieu, qu'il soit fait comme vous voulez et selon votre bon plaisir [6]. » Arsène gardait les bras en croix pendant ses longues oraisons, qui remplissaient les nuits du samedi au dimanche [7]. Bessarion, Pakhôme et plusieurs autres [8] priaient de la même manière. L'abbé Tithœos n'avait qu'à prendre cette posture pour être favorisé d'un ravissement. Aussi, lorsque des moines étaient avec lui, évitait-il soigneusement de le faire, dans la crainte de recevoir en leur présence semblable faveur [9]. Zacharias surprit l'abbé Sylvain les bras en croix et l'esprit hors de lui-même. Il resta ainsi jusqu'à l'heure de none [10]. Sainte Macrine avait l'habitude d'accompagner sa prière d'un léger mouvement de mains [11]. Lorsque, sur son lit de mort, elle n'avait plus la force de se faire entendre, l'agitation de ses lèvres et la cadence de ses mains montraient qu'elle priait toujours [12].

Il y eut des moines qui croyaient rendre leur prière plus effi-

---

1. Sozomène, *Hist. eccles.*, l. VI, 24, P. G., LXVII, 1379.
2. Théodoret, *Religiosa hist.*, xxiv, P. G., LXXXII, 1459.
3. Ibid., iv, 1343-1350.
4. S. Nil, l. I, *ep.* 86, P. G., LXXIX, 119.
5. Id., *ep.* 87, 122.
6. *Verba Seniorum*, P. L., LXXIII, 806.
7. Ibid., 807.
8. Ibid., 803, 942, 943, *Pachomii vita*, n. 11. *Acta Sanct. maii*, t. III, 300.
9. *Apophtegmata Patrum*, P. G., LXX, 427. *Verba Seniorum*, c. 1035.
10. *Verba Seniorum*, 993.
11. Grég. Nys., *Vita S. Macrinæ*, P. G., LXVI, 983.
12. Ibid., 986.

cace en la faisant à haute voix. Quelques-uns allaient même jusqu'à se figurer que des cris arriveraient plus vite au cœur de Dieu.
Des imaginations surchauffées étaient seules capables d'agir ainsi.
Tout cela dénotait des idées fausses sur la nature de Dieu, sur
celle de l'homme et sur les conditions d'une prière véritable. Saint
Macaire mettait ses moines en défiance contre cette méthode
bruyante [1], si peu conforme à l'humilité. Celui qui l'employait se
donnait le ridicule de sembler vouloir contraindre le Seigneur à
répandre sur son âme des faveurs qui ne pouvaient être sollicitées
sans indiscrétion. Mieux valait prier tranquillement que scandaliser par ces manifestations étranges ceux qui en étaient les
témoins [2]. Saint Nil, qui ne défendait pas de formuler sa prière
d'une voix intelligible, condamnait ces cris et les déclarait incon-
venants et déraisonnables. Il jugeait en cela comme la plupart des
auteurs qui ont écrit sur l'oraison et sur les règles qu'il faut
suivre en la faisant [3].

*
* *

Tout ce que nous venons de dire se rapporte principalement à
la prière individuelle des moines. Il y avait d'autres prescriptions
pour régler la prière liturgique, à laquelle ils furent astreints dès
l'origine ; les plus anciens monuments de la discipline religieuse
l'attestent. Les législateurs monastiques n'eurent pas à la créer de
toutes pièces ; elle existait déjà dans les communautés chrétiennes ;
il leur suffit de l'approprier aux besoins des moines, en usant
d'une liberté que personne ne leur contestait alors. C'est ainsi que
se forma la liturgie monastique.

Mais, sur ce point comme sur tant d'autres, l'initiative individuelle n'étant soumise à aucun contrôle efficace, chacun faisait ce
qui lui plaisait et se fixait la règle qui lui convenait le mieux. Le
zèle qui emportait certains moines n'était pas toujours un zèle
discret. Il ne faut donc pas être surpris de rencontrer dans cette
forme de l'oraison, qu'on pourrait nommer régulière, la même

1. Macaire, *homilia* 33, P. G., XXXIV, 742.
2. Id., *hom.*, ibid., 519-322.
3. S. Nil, l. III, *ep.* 125, P. G., LXXIX, 432.

bigarrure que dans les observances monastiques. En certains endroits, cette variété allait même si loin que Cassien ne craignait pas d'affirmer qu'il y avait autant d'usages différents que de monastères ou de cellules d'ermites[1]. Ce n'était pas cependant une règle générale. Car ailleurs, Cassien lui-même le dit, un même usage réunissait un ou plusieurs groupes monastiques.

Il serait impossible de reconstituer la liturgie telle qu'elle fut pratiquée dans tant et tant de monastères. Force est donc de se borner aux quelques renseignements parvenus jusqu'à nous. On ne peut pas toujours distinguer cette prière officielle de l'oraison que les individus faisaient en leur particulier. Par l'une comme par l'autre, le moine s'acquittait envers son Créateur d'une dette sacrée. Les Psaumes et les Ecritures lui fournissaient dans les deux cas une formule et un aliment intérieur. Le moine, avant de se rendre à l'office, devait prier dans sa cellule; il priait encore, méditait ou chantait les psaumes en revenant chez lui. Les heures fixées pour la prière officielle ne le dispensaient pas du devoir de prier sans interruption, que lui intimait l'Apôtre. Elles avaient pour but d'entretenir et de développer dans son âme l'esprit d'oraison, qui devait remplir sa vie tout entière. Saint Jérôme l'écrit à la vierge Eustochium[2]. D'après un sermon ascétique, faussement attribué à saint Basile, il était nécessaire de séparer par des intervalles les moments consacrés au chant des psaumes, si l'on voulait faire de ses journées une oraison ininterrompue[3]. L'homme est, en effet, beaucoup trop faible pour s'appliquer longtemps à un même exercice. D'autre part, quand il a donné une heure ou deux, voire même trois, à ses occupations ordinaires, il sent diminuer sa ferveur d'esprit; il a besoin de la renouveler par la prière. C'est par ce moyen qu'il peut se maintenir en haleine et ne jamais prêter le flanc aux attaques du démon[4].

Quelques solitaires crurent pouvoir se passer de ces intervalles et psalmodier ou célébrer l'office presque sans interruption. Albianos, moine de Nitrie, dont la vie a été écrite par saint Nil, consacrait à cet exercice la plus grande partie de ses nuits et de ses jours[5]. Dans sa jeunesse, l'abbé Isidore de Scété restreignait son

---

1. Cassien, *Institut.*, l. II, p. 18.
2. S. Jérôme, *ep.* 22, P. L., XXII, 421.
3. *Sermo asceticus*, P. G., XXX, 578.
4. S. Jean Chrys., *De Anna sermo IV*, P. G., LIV, 666.
5. S. Nil, *Oratio in Albianum*, P. G., LXXIX, 707.

repos au strict nécessaire afin de donner le plus de temps possible au chant des psaumes[1]. L'abbé Or ne se montrait pas moins fervent[2]. Palamon, le premier maître de saint Pakhôme, multipliait les heures d'oraison d'une façon extraordinaire[3]. Au témoignage de l'historien Evagre, certains cénobites de Palestine auraient allongé leurs prières en commun au point de les interrompre à peine durant le jour et la nuit[4]. Sur les flancs des montagnes et dans les cavernes qui leur servaient d'asile, les moines pasteurs de la Mésopotamie chantaient constamment les louanges du Seigneur pendant les douze heures de la journée[5]. Un moine syrien, Julien Sabbas, tant qu'il vécut seul, employait tout son temps à psalmodier ou à faire oraison[6]. Mais, du jour où des disciples se furent placés sous sa direction, il organisa une sorte de *laus perennis* assez extraordinaire. Il les envoyait dans le désert par groupes de deux, le matin, dès l'aurore. L'un d'eux commençait par réciter debout quinze psaumes, pendant que l'autre, prosterné le front en terre, adorait Dieu en silence. Les rôles changeaient après cette première récitation ; celui qui était debout se prosternait, pendant que son frère se relevait pour la psalmodie. Cela continuait ainsi jusqu'à la fin du jour. Tous les moines revenaient alors dans la caverne qui leur tenait lieu de monastère et chantaient ensemble l'office du soir[7]. Saint Grégoire de Nysse laisse entendre que la prière continuelle et le chant ininterrompu des psaumes étaient en usage parmi les religieuses de sainte Macrine[8]. Alexandre, fondateur des acémètes, établit dans son monastère de Gomon en Bithynie la louange divine perpétuelle. Ses religieux, distribués par groupes, se succédaient les uns aux autres dans ce saint exercice tant le jour que la nuit. Cette institution fut imitée ailleurs[9].

---

1. *Verba Seniorum*, P. L., LVXIII, 935.

2. Sozomène, *Hist. eccles.*, l. IV, 25, P. G., LXVII, 1370.

3. *Vie copte de S. Pakhôme*, A. D. M. G., XVI, 13.

4. Evagre Scholast. *Hist. eccles.*, l. I, 21, P. G., LXXXVI, 2478.

5. S. Ephrem, *Sermo in Patres defunctos*, opera græc., t. I, p. 178.

6. Théodoret, *Hist. relig.*, 2, P. G., LXXXII, 1307.

7. Ibid., 1310.

8. Greg. Nys., *Vita S. Macrinæ*, P. G., XLVI, 970-971.

9. Tillemont, *Mémoires pour servir à l'histoire ecclésiastique*, t. XII, 497-498.

*
* *

Cette perpétuité ou quasi-perpétuité de l'office n'était pas, il s'en faut, une règle générale. La plupart des monastères avaient des heures fixées pour la prière commune, laissant à chacun la liberté de continuer son oraison en particulier. Les moines d'Egypte se montrèrent fort discrets. Ils se contentaient, les jours ordinaires, de l'office de la nuit et de celui du soir. Ils se réunissaient encore à l'heure de tierce les samedis, dimanches et jours de fête [1].

Cette modération leur offrait de sérieux avantages. Les frères affligés d'une santé délicate ne fléchissaient pas sous une charge trop lourde; les hommes robustes et fervents trouvaient sans peine le temps de s'exercer dans la pratique de toutes les vertus [2].

Chez eux, plus que n'importe où, l'union du travail manuel et de la prière était en honneur. De la sorte, ils arrivaient à prier continuellement sans observer les heures traditionnelles que l'on rencontrait dans d'autres monastères [3]. Cet usage remontait jusqu'à saint Antoine : il recommandait aux frères qui le visitaient de prier fréquemment et de chanter des psaumes avant et après le sommeil, c'est-à-dire le soir et la nuit, ou de grand matin [4]. C'est le cours normal de la prière monastique, que les règles dites de saint Macaire [5], de l'abbé Isaïe [6] et de saint Antoine [7] recommandaient de célébrer avec régularité, ferveur et attention. La dernière ajoute qu'il convient de s'y préparer par l'oraison individuelle.

Les moines de la congrégation de Tabenne, dans la haute Thébaïde, suivaient une liturgie différente, instituée par saint Pakhôme, leur fondateur. Elle comprenait les offices de la nuit [8], du matin [9],

1. Cassien, *Instilut.*, l. III, 21-23, 34.
2. Ibid., l. II, 28.
3. Ibid., l. III, 33-34.
4. Athanase, *Vita S. Antonii*, 55, P. G., XXVI, 922. Peut-être certains solitaires avaient-ils des heures fixées pour certaines prières dans leurs cellules. Saint Antoine se levait pour prier à la neuvième heure du jour. Ibid., 65, col. 934.
5. *S. Macarii regula*, 9, P. L., l. III, 449.
6. *Isaiæ regula*, 3, ibid., 429.
7. *S. Antonii regula*, 4-9, ibid., 1068.
8. Pakhôme, *reg.*, 10, P. L., XXII, 69.
9. Id., 20, 25, ibid., 20.

et du soir[1], sans parler de celui que les frères célébraient avant
d'aller se coucher[2]. Quelques-unes de ces prières réunissaient
tous les religieux du monastère, tandis que les autres, celles du
matin, par exemple, se faisaient dans les diverses maisons ou
groupes dont il se composait[3]. Comme leurs confrères d'Egypte,
les moines pakhomiens faisaient à la prière individuelle une part
très large.

Les heures de la prière commune étaient plus fréquentes en
Palestine, en Mésopotamie et dans tout l'Orient. Les moines voulaient envelopper avec ces saints exercices, comme dans un réseau
mystérieux, toutes les occupations de leur journée, pour les consacrer au Seigneur et les sanctifier. Ils se réunissaient à cet effet le
soir, pendant la nuit, à la troisième, à la sixième, à la neuvième
heure du jour. C'est Cassien qui l'affirme[4]. Saint Hilarion, qui fut
le propagateur du monachisme en Palestine, aurait-il institué cette
manière de louer Dieu? Le Père de Buck serait tenté de le croire.
Mais il n'a, pour appuyer son opinion, que de simples conjec-
tures[5]. Sa vie, écrite par saint Jérôme, est sur ce point dépourvue
de renseignements précis. Si l'on peut s'en rapporter au témoignage des *Verba Seniorum*, l'usage de célébrer par un office la
troisième, la sixième, la neuvième et la dernière heure du jour
était en vigueur au monastère fondé par saint Epiphane auprès
d'Eleutheropolis[6].

Sylvie, qui visita Jérusalem et l'Orient vers 388, mentionne les
prières communes que les moines célébraient avant le chant du
coq, au point du jour, à la sixième, à la neuvième et à la dixième

---

1. *Pakhôme reg.*, 24, 121, 155, ibid., 20, 80, 83.

2. Id., 126., ibid., 80.

3. Cf. Tillemont, t. VIII, 183. Ladeuze, *Etude sur le cénobitisme pakhômien*, 288,
289. Dom S. Baümer, *Geschichte des Breviers*, 75-76, donne en note tous les textes
de la règle de S. Pakhôme relatifs à l'office divin. Il n'y a pas à tenir compte des
renseignements fournis par la règle dite de l'Ange. On trouve au monastère d'Atripé,
d'après des panégyriques de Schnouli, les mêmes offices qu'à Tabenne. Ladeuze,
ouv. cit., 318.

4. Cassien, *De Instilut. cœnobii*, l. III, 34-38.

5. Cf. *Acta Sanctorum, octobr.*, t. IX, 33-34.

6. *Verba Seniorum*, P. L., LXXIII, 941. L'auteur du recueil des *Apophtegmata
Patrum* prête au saint pontife les paroles suivantes : « Le prophète David priait à
la nuit tombante, au milieu de la nuit, au lever du jour, de grand matin, dans la
matinée, à midi et le soir. A cause de cela, il a pu écrire : J'ai célébré tes louanges sept fois le jour. » (*Apophtegmata Patrum*, P. G., LXV, 166.)

heure [1]. Les moniales que sainte Paule avait réunies à Bethléem marquaient par le chant des psaumes le matin, la troisième, la sixième, la neuvième heure, le soir et le milieu de la nuit [2]. Ce sont les mêmes heures que saint Jérôme recommandait à la vierge romaine Démétriade de célébrer fidèlement [3]. Depuis longtemps déjà, le Syrien saint Ephrem les avait signalées comme étant en usage parmi les moines de son pays [4]. On les trouve dans le traité *sur la Virginité*, d'origine syrienne, qui a longtemps circulé sous le nom de saint Athanase [5]. Saint Jean Chrysostome parle avec enthousiasme de ces moines qui chantent les psaumes dès le chant du coq, le matin, à la troisième, à la sixième, à la neuvième heure, le soir, et encore avant de prendre leur repos [6]. Il y avait au temps de Théodoret († 458) des heures fixées pour la prière en commun parmi les moines de Syrie [7]. Il parle lui-même d'offices du matin, de la troisième, de la huitième heure, et du milieu du jour [8]. Aucun législateur monastique d'Orient n'a mieux précisé que saint Basile cette distribution de l'office divin. Ses Grandes Règles signalent les réunions liturgiques qui se célébraient dans ses monastères le matin, à la troisième, à la sixième, à la neuvième heure, à la fin du jour, au commencement et au milieu de la nuit, à l'aurore [9]. C'est lui qui a donné aux heures canoniales la distribution que la plupart des moines orientaux ont adoptée. Le législateur des moines d'Occident, saint Benoît, la fera

1. *Silviæ peregrinatio,* ed. Gamurrini, p. 76, 77, 81. Cf. Dom Cabrol, *Etude sur la Peregrinatio Sylviæ,* 36-43. Dom Baümer, *o. c.* 105-108. Batiffol, *Histoire du Bréviaire romain,* 20-21.

2. S. Jérôme, *ep.* 108, *ad Eustochium,* P. L., XXII, 890.

3. Id., *ep.* 130, n. 15., ibid., 1119.

4. S. Ephrem, *Beatitudines,* opera græ., t. I, 291 ; *Parœneses,* 18-20, t. II, 93-95.

3. Id., *ep.* 130, n. 15, ibid., 1119.

5. Pseudo-Athanase, *De virginitale,* 12, 16, 17, 26 ; P. G., XXVIII, 269, 270, 271, 275.

6. S. Jean Chrysost., *in Ep.* 1 *ad Timotheum hom.,* XIV, P. G., LXII, 576-577. Cf. Marin, *Les Moines de Constantinople,* 461-462.

7. Théodoret, *Relig. hist.,* 4, 10, P. G., LXXXII, 1343, 1390.

8. Id., 21, ibid., 1442-1446. Il ne parle de ces offices qu'en passant. On ne saurait se faire d'après ses écrits une idée suffisante de la liturgie monastique syrienne. Il mentionne ailleurs les réunions du matin et du soir. *Ep.* 145, P. G., LXXVIII, 1377.

9. S. Basile, *Regulæ fusius tractatæ,* int. 37, P. G., XXXI, 1014-1016. Un sermon ascétique, qui lui est faussement attribué, parle seulement des offices du milieu de la nuit, du matin, de la troisième heure, du milieu du jour, de la neuvième heure et du soir, P. G., XXXI, 878.

passer dans sa Règle, en attendant qu'elle soit adoptée par l'Eglise romaine. L'office basilien du milieu de la nuit correspond aux matines ; celui de l'aurore aux laudes ; celui du matin, à prime. Les prières de la troisième, de la sixième et de la neuvième heure sont tierce, sexte et none de la liturgie romaine. Les vêpres actuelles se trouvent dans la réunion de la fin du jour, et les complies, dans celle du commencement de la nuit.

Mais que penser alors de Cassien, quand il attribue aux habitants de son monastère de Bethléem l'honneur d'avoir les premiers institué l'office de prime ? Voici dans quelle circonstance il fut établi. Après le dernier office de la nuit, qui correspond aux laudes actuelles, les frères avaient la permission de dormir. Quelques-uns en usaient trop largement et prolongeaient leur sommeil jusqu'à la troisième heure. Ce fut pour les obliger à secouer leur torpeur qu'on eut l'idée de placer une réunion liturgique au moment où le soleil se lève. Ce moyen réussit. Les monastères d'Orient qui ne l'avaient pas, puis ceux de l'Occident, adoptèrent bientôt cet office du matin, ou de prime [1]. L'auteur des *Institutions*, qui connaissait très bien les usages de la Palestine et de l'Égypte, était moins bien renseigné sur ceux de la Cappadoce. Il n'y a donc rien qui puisse surprendre, s'il fait à des moines bethléémites l'honneur d'avoir établi une prière commune, qui existait ailleurs depuis assez longtemps, sans qu'il en eût connaissance [2].

Cette distribution de la prière en commun dans le cours de la journée s'accordait parfaitement avec les exigences de la vie monastique. Toutefois, quand il s'agissait de la recommander, les moines insistaient plus volontiers sur son origine scripturaire. La Bible était à leurs yeux le fondement de toutes les règles. Pouvait-on donner à un usage une autorité supérieure à celle qu'il portait avec lui, si l'on finissait par retrouver sa trace dans les Livres divins ? Plusieurs se préoccupaient d'imiter dans le nombre des offices le *Septies in die laudem dixi tibi* du roi David [3]. Ils étaient particulièrement heureux lorsqu'ils trouvaient des textes précis se rapportant à chacune des heures de la prière. La liturgie devenait alors un legs des pères dans la foi ; il fallait l'observer avec une

---

1. Cassien, *Inst.*, l. iii, n. 4, p. 38.
2. Cf. Pargoire, *Prime et Complies*. Rev. d'hist. et de littérat. religieuse, t. III, 281-288.
3. Pseudo-Basile, *Sermo asceticus*, P. G., XXXI, 878. *Apophtegmata Patrum*, P. G., LXV, 166. Cassien, *Inst.*, l. iii, 39.

fidélité scrupuleuse. Quelques exemples feront mieux saisir la pensée des législateurs et de leurs disciples.

Lorsque saint Basile parle de l'office du matin (prime), il cite ce passage des psaumes, *Mane astabo tibi*[1]. La troisième heure lui rappelle la descente du Saint-Esprit. Les Apôtres ont consacré par leur prière la sixième et la neuvième heures. Paul, Silas et David ont loué le Seigneur au milieu de la nuit. Le Psalmiste a lui-même inauguré la prière d'avant le jour (laudes), puisqu'il dit : *Prævene-runt oculi mei diluculum*[2]. L'auteur du *Sermo asceticus*, que nous avons déjà cité, trouve dans le psaume 54[3] les prières du soir, du matin et du milieu du jour, et dans le psaume 68, l'office nocturne. La neuvième heure lui remet sous les yeux de l'esprit le souvenir de la mort du Sauveur ; la troisième est consacrée à honorer la venue de l'Esprit-Saint[4]. Des pensées analogues se présentent sous la plume de l'auteur du traité *De la Virginité*[5] et de Cassien[6].

* *

*

L'heure de ces offices n'était pas abandonnée au choix de chacun. Il fallait commencer la prière au moment déterminé par la tradition. Cela ne présentait pas trop de difficultés durant le jour. Il n'en était pas de même pour l'office de nuit. L'inconscience de l'homme plongé dans le sommeil devenait une difficulté qu'il n'était pas toujours facile de résoudre, surtout dans les cellules des anachorètes. Les cénobites et les ermites, qui étaient plus ou moins groupés, échappaient sans trop de peine à cet inconvénient. L'un d'entre eux passait la nuit à veiller. Il suivait attentivement le cours des astres ; les Orientaux n'avaient pas d'autre moyen de reconnaître l'heure nocturne. On lui recommandait de faire la garde avec le plus

---

1. Ps. v. 4.

2. Ps. LXVIII, S. Basile, *Reg. fus. tract.*, int. 37, P. G., XXXV, 1014-1016.

3. V. 18.

4. *Sermo asceticus*, P. G., XXXI, 878.

5. Pseudo-Athanase, *De Virginitate*, 12-20. P. G., XXVIII, 269-275. La troisième heure lui rappelle la confection de la croix ; la sixième, la crucifixion ; la neuvième, la mort du Sauveur ; la douzième, la descente aux enfers ; le milieu de la nuit, la résurrection.

6. Cassien, *Inst.*, l. III, 34-38.

grand soin, de manière à n'éveiller les frères ni trop tôt ni trop tard [1]. Pallade raconte tout au long l'existence d'un certain Adolios qui avait pris sur lui la charge d'éveiller habituellement les moines qui habitaient à Jérusalem la montagne des Oliviers. Dès la tombée de la nuit, par n'importe quel temps, il se tenait debout en plein air, récitant des psaumes ou des prières jusqu'à ce que l'heure du réveil fût arrivée. Si les nuages voilaient le ciel, il pouvait à l'aide de ces prières mesurer le temps. Au moment voulu, il s'en allait frapper avec un petit maillet à la porte des cellules pour éveiller les frères et les convoquer à la louange divine. Il assistait ensuite à la psalmodie, tantôt dans un oratoire, tantôt dans un autre. Puis il prenait dans sa cellule un peu de repos jusqu'à la troisième heure [2]. Le chant du coq fournissait parfois aux moines un signal assez sûr [3]. Comme l'excitateur du mont des Oliviers, les moines égyptiens [4] et leurs confrères de la Mésopotamie [5] frappaient aux portes pour annoncer l'heure. C'était le moyen le plus simple. Les moniales de sainte Paule à Bethléem se convoquaient au chant joyeux de l'alleluia [6]. Les Tabenniotes préféraient le son d'une trompette [7]. On se servait du même instrument pour annoncer les offices de jour et de nuit.

Le milieu de la nuit semble avoir été l'heure généralement admise pour commencer la prière nocturne [8]. Il ne s'agit évidemment pas d'un moment fixé avec une rigueur toute mathématique. Dans un grand nombre de monastères, on disposait tout de telle sorte que les moines n'eussent pas à se mettre au lit après l'office. On tenait beaucoup à ce qu'il fût célébré pendant les ténèbres. Un solitaire demandait à un ancien ce qu'il aurait à faire s'il venait à se réveiller trop tard. « J'ai hâte alors, disait-il, de m'acquitter de ma tâche. — Lève-toi aussitôt réveillé, lui fut-il répondu, et, s'il fait jour, ferme la porte et les fenêtres, et récite ton office [9]. »

1. Cassien. *Inst.*, l. II, 31.

2. Pallade, *Hist. laus.*, 104, P. G., XXXIX, 1208.

3. S. Jean Chrys., *In epist. 1 ad. Tim. hom. 14*, P. G., LXII, 575.

4. Rufin, *Hist. mon.*, 29, P. L., XXI, 454. Cassien, *Instit.*, l. IV, 12.

5. S. Ephrem, *Parænesis 18*, op., gr., t. II, 93.

6. S. Jérôme, *ep.* 108. P. L., XXII, 93.

7. *S. Pachomii Regula*, 3, P. L., XXIII, 68. Le signal des offices, au moins pendant le jour, était donné par l'hebdomadier sur un ordre du supérieur.

8. *Isaiæ oratio 4*, P. G., XL, 1114 ; *Reg.*, 57. P. L., CIII, 432 ; *Verba Seniorum*, P. L., LXXIII, 403-404.

9. *Verba Seniorum*, P. L., LXXIII, 431.

Dans les monastères de cénobites, ceux qui étaient les victimes de cet engourdissement devaient se rendre à l'oratoire aussitôt après leur réveil pour s'unir à leurs frères. Parfois des religieux tièdes préféraient de beaucoup continuer paisiblement leur sommeil, au lieu de s'adonner à la psalmodie. Saint Jean Chrysostome accuse Stagyrios d'avoir cédé à cette faiblesse avant la douloureuse épreuve par laquelle Dieu le punit de sa négligence. Il s'emportait même, paraît-il, contre celui qui venait le réveiller [1]. D'autres se laissaient vaincre par le sommeil sans qu'il y eût de leur faute. Le sommeil était de fait un ennemi terrible pour des hommes qui menaient une vie aussi fatigante. Rien ne facilitait plus la victoire que l'empressement à se rendre au lieu de la prière. Saint Ephrem [2], saint Basile [3] et saint Pakhôme [4] le recommandent avec beaucoup d'instance. Afin de donner plus de force à leurs prescriptions, les législateurs monastiques imposaient une humiliation aux frères qui arrivaient en retard. A Tabenne, ils allaient se mettre debout devant l'autel, la ceinture défaite, les épaules inclinées et les mains jointes ; ils gardaient cette posture jusqu'à ce que le supérieur leur eût infligé la réprimande méritée. Mais pour encourir cette punition, il fallait n'arriver qu'à la fin de la première oraison. Saint Pakhôme donna une latitude plus grande pour l'office de nuit, en n'exigeant cette satisfaction qu'après la troisième prière [5]. Les moines de Palestine usaient de la même discrétion. Le retardataire n'était pas admis dans l'oratoire ; il suivait la psalmodie de la porte ; et quand les moines sortaient, il se prosternait à terre et leur demandait pardon. Une nouvelle humiliation lui était imposée avant d'être admis à l'office suivant [6].

Le sommeil, qui était la grande cause des retards aux veilles nocturnes, n'abandonnait pas les moines à la porte de l'oratoire. Il s'acharnait contre eux jusqu'à la fin de leurs prières. Il venait d'abord au commencement de la réunion ; la paresse ou la digestion d'un repas copieux lui préparaient les voies. Vers le milieu de l'office, les religieux qui n'avaient pas l'esprit appliqué à ce que pro-

1. S. Jean Chrys., *Oratio exhortatoria ad Stagyrium*, P. G., XLVII, 447.
2. S. Ephrem, *Parœnes*. 19, op. gr., t. II, p. 95.
3. S. Basile, *De Renunciatione*, P. G., XXXI, 643-648.
4. S. Pakhôme, *Reg. 141*, P. L. XXIII, 82 ; Cf. Cassien, *Inst.*, l. IV, 12, 54, 55.
5. S. *Pachomii*, *Reg. 9, 9, 10 ;* P. G., XXIII. La même satisfaction était imposée aux moines qui parlaient ou riaient pendant les offices.
6. Cassien, *Inst.*, l. III, n. 7, 41.

nonçaient leurs lèvres étaient l'objet de ses attaques. Quand arrivait la fin, la fatigue, facile à comprendre, dégénérait en somnolence [1]. Quelles que fussent les causes de cette torpeur, ceux qui la voyaient envahir un frère prenaient un moyen qui fût de nature à la secouer. Quelques-uns poussaient parfois le zèle beaucoup trop loin. Des hommes, en qui ne dominait pas la discrétion, demandèrent à l'abbé Pœmen s'ils devaient éveiller les frères qui dormaient pendant l'office. C'était une excellente occasion de leur donner un sage conseil. Il le fit de la manière suivante : « Lorsque je vois un frère dormir, leur répondit-il, je place délicatement sa tête sur mes genoux, et je l'aide à sommeiller [2]. »

Mais si la faiblesse humaine exerçait son empire sur un certain nombre de moines, il y en avait d'autres qui se faisaient un devoir et presque un honneur de réduire sur ce point le plus possible les impérieuses exigences de la nature. Parmi les anachorètes du désert des Cellules, les plus fervents aimaient à passer la nuit sans dormir. Tantôt ils se tenaient debout, tantôt ils restaient assis, pour vaincre le sommeil plus aisément. Leur office durait alors la nuit entière [3]. L'abbé Macaire voulut se rendre compte par lui-même de la vertu de deux jeunes moines, ses disciples. Il accepta l'hospitalité dans leur cellule. Au milieu de la nuit, quand il se réveilla, les frères firent semblant eux aussi de sortir du sommeil pour célébrer les vigiles ensemble. Mais en réalité ils n'avaient pas fermé l'œil de la nuit [4]. Les disciples de l'abbé Apollonios s'imposaient souvent la même privation. Les uns s'enfonçaient dans le désert, où ils récitaient de mémoire ce qu'ils savaient des divines Écritures ; les autres restaient au lieu où ils avaient pris leur repas et reçu les enseignements du saint pour chanter ensemble des psaumes et des hymnes jusqu'au retour de la lumière [5]. En Palestine, le solitaire Elpidios passait des nuits entières chantant debout les louanges du Seigneur [6]. On trouve la même ferveur chez certains moines de Syrie et de Cappadoce [7].

Ces veillées saintes avaient lieu surtout pendant la nuit du samedi

1. S. Ephrem, Parœn., op. gr., t. II, 95-97.
2. Apophtegmata, P. G., LXV, 343.
3. Pallade, Hist. laus., 70, P. L., XXXIV, 1175.
4. Verba Seniorum, P. L., LXXIII, 803.
5. Rufin, Hist. mon., 7, P. L., XXI, 418.
6. Pallade, Hist. laus., 106. P. G., XXXIV, 1213.
7. S. Jean Chrys., Oratio exhort. ad Stagyrium, 1, P. G., XLVII, 450.

au dimanche. L'abbé Arsène prolongeait sa prière du coucher du soleil à son lever ; il se contentait les autres nuits de dormir quelques instants vers le point du jour[1]. L'usage de sanctifier les ténèbres remontait aux saints Apôtres. Les Églises d'Orient le conservaient avec une fidélité religieuse ; elles se proposaient d'honorer ainsi le séjour de Notre-Seigneur dans le tombeau[2]. Les moines ne pouvaient pas montrer moins d'empressement que les simples fidèles. Même en hiver, où les nuits étaient beaucoup plus longues, ils faisaient durer leur office jusqu'au quatrième chant du coq, de manière à se réserver deux heures de sommeil.

*
* *

Les moines de Palestine, de Syrie et d'Asie-Mineure distribuaient ces veilles en trois offices distincts ou nocturnes. Chacun d'eux se composait de trois psaumes chantés debout, à deux chœurs, de trois autres psaumes chantés par un frère, pendant que les moines l'écoutaient en silence et assis par terre ou sur un siège, et enfin de trois leçons empruntées à la Bible[3]. La pèlerine Silvie décrit tout au long les saintes veilles célébrées par les moines à Jérusalem. Les jours ordinaires, moines et moniales se réunissaient dans l'église de la Résurrection vers le milieu de la nuit, pour chanter des hymnes, des psaumes et des antiennes ; la psalmodie ne s'arrêtait qu'avec le retour de la lumière[4]. Deux ou trois prêtres assistaient à l'office et récitaient les oraisons. Cette fonction pouvait être remplie par des diacres. Les fidèles, qui étaient toujours admis aux saintes veilles, venaient en beaucoup plus grand nombre pendant la nuit du samedi au dimanche. Ils assistaient à une première partie de l'office, qui se terminait par le chant de l'évangile de la résurrection. Ils se retiraient ensuite avec l'évêque, et les moines continuaient leur psalmodie jusqu'au jour[5].

Le pseudo-Athanase demande aux vierges de commencer l'office nocturne par le psaume cinquantième, d'ajouter ensuite tous ceux

1. *Verba Seniorum*, al. 805-805.
2. Cassien, *Inst.*, l. III, 43-44.
3. Cassien, *Inst.*, l. III, 43-43, Cf. Dom Baümer, *ouv. cit.*, 99-100.
4. *Silviæ peregrinatio*, 76-76. Dom Cabrol, *ouv. cit.*, 37-39.
5. *Silviæ peregrianatio*, 80-82, Dom Cabrol, 51-54.

qu'elles pouvaient dire en se tenant debout et de terminer tous les groupes de trois psaumes par l'*alleluia* [1].

La prière de la nuit avait une grande importance aux yeux de saint Jean Chrysostome, de saint Grégoire de Nazianze et de saint Basile. Ils en ont célébré les avantages et la beauté [2], mais le patriarche des moines cappadociens ne parle pas dans sa règle des psaumes dont elle se composait [3]. La pratique des moines d'Égypte et de la Thébaïde est mieux connue. Cassien l'expose en détail. Ils chantaient douze psaumes et écoutaient deux lectures, empruntées la première à l'Ancien, la seconde au Nouveau Testament. Les dimanches et durant le temps pascal, la première était tirée de saint Paul ou des Actes des Apôtres, et la dernière de l'Évangile. C'était aussi la disposition de l'office du soir. Le chiffre de douze psaumes avait pour eux un caractère sacré et une origine céleste. Voici ce que Cassien entendit raconter à ce sujet : Les ascètes de la primitive Eglise délibéraient sur la longueur qu'il convenait de laisser à la psalmodie. Chacun émettait son sentiment. Les uns auraient voulu qu'on chantât cinquante psaumes ; les autres, soixante; quelques-uns trouvaient le chiffre insuffisant. Pendant ce temps un frère inconnu commença le psalmodie ; les psaumes se succédaient sur ses lèvres : il s'arrêta au douzième, et disparut sans que personne pût savoir qui il était. Les moines conclurent que ce psalmiste était un ange du Seigneur, venu pour leur prescrire la mesure qu'ils devaient suivre. Ils acceptèrent le nombre de douze psaumes comme étant l'expression de la volonté divine [4].

On le trouve aux offices de la nuit et du soir dans les solitudes de Nitrie et de Scété [5]. Cette psalmodie nocturne inaugurait saintement la journée des moines : c'était une hostie de louange et un chant de jubilation offerts à Dieu aussitôt après le réveil [6]. Elle était terminée longtemps avant le retour de la lumière. Les moines s'occupaient, en attendant, à méditer et à travailler des mains, afin

1. S. Athanase, *De Virginitate,* 20, P. G., XXVIII, 257.

2. S. Jean Chrys., *In ep. ad Tim. hom.,* xiv, P. G., LXII, 575-576. S. Grég. Naz., *Poema morale 10,* P. G., XXXVII, 746-747 ; *Epist. 6 ad Basilium,* ibid, 30. S. Basile, *epist. 2 ad Gregorium Naz.,* P. G., XXXII, 226-227.

3. Cf. S. Basile, *Regulæ fusius tract., int. 37,* P. G., XXXI, 1014-1016.

4. Cassien, *Inst.,* l. ii, 20-23.

5. *Verba Seniorum,* P. L., LXXIII, 803-925-926-930-1005.

6. Cassien, *Inst.,* l. iii, 40. *Conlatio,* XXI, 601-602.

de conserver intacte pour la journée la pureté de cœur qu'ils avaient acquise par la prière nocturne. Il leur était interdit de s'abandonner au sommeil [1]. Quelques-uns cependant tenaient à continuer leur psalmodie jusqu'au jour. C'est ce que firent saint Antoine et son disciple Paul le Simple [2]. Telle était aussi la coutume des moines de la Péninsule sinaïtique [3]. Ceux qui prolongeaient ainsi leurs veilles ne pouvaient alors se contenter de douze psaumes. Ils se faisaient eux-mêmes une liturgie. L'abbé Sarapion trouva moyen de réciter le Psautier complet, en faisant suivre chaque psaume d'une oraison dont le texte était déterminé par la grâce qu'il voulait obtenir; il y ajouta la récitation d'une grande partie des Épîtres de saint Paul [4]. On peut, d'après cet exemple, juger de ce que faisaient les autres.

A Tabenne, l'office nocturne se composait de psaumes, d'oraisons et de lectures; il en était de même des offices du jour [5]. Mais impossible de dire quels ils étaient. L'expérience avait fait comprendre à saint Pakhôme qu'il était prudent de ne pas surcharger les moines par la récitation de prières trop longues. Au début de sa vie religieuse, Palamon, son maître, lui demanda de prier pendant une grande partie de la nuit, et cela durait parfois la nuit entière, ce qui lui parut fort pénible [6]. Il y avait une façon de célébrer les veilles saintes que Pakhôme avait apprise du même abbé Palamon. Elle consistait à donner la moitié de la nuit au repos, et à sanctifier le reste par l'oraison ; on pouvait commencer soit par le sommeil, soit par la psalmodie. Le fondateur de Tabenne en parlait à ses moines durant un voyage. Il leur proposa une autre méthode qui avait la même origine. Les frères se levaient après quelques instants de repos ; et les uns psalmodiaient pendant que les autres continuaient à dormir. Ceux-ci reprenaient ensuite l'office pour permettre aux autres de se reposer. La prière se continuait en alternant toute la nuit. Cette disposition plut aux compagnons du saint abbé, qui l'observèrent pendant leur voyage [7].

1. Cassien, Inst., l. II, 28-29.
2. Pallade, Hist. laus., 28, P, G., XXXIV, 1080.
3. S. Nil, Narratio, 4, P. G., LXXIX 627.
4. Apophtegmata Patrum, P. G., LXV, 415.
5. Pachomii, regula, 10. P. L., XXIII, 69. Cf. Ladeuze, 280.
6. Pachomii acta, 4, Acta Sanctorum, Maii, t. III, 297.
7. Ibid., p. 34.

*
* *

L'office de l'aurore correspond aux laudes actuelles. Les moines égyptiens ne le connaissaient pas. Il était en usage chez les Tabenniotes et surtout dans les monastères de Palestine, de Syrie et de Cappadoce. Les disciples de saint Basile semblent l'avoir fait précéder de quelques instants de repos. Ses règles gardent le silence sur les psaumes que l'on y chantait [1].

Le livre *De la Virginité* prescrit pour la prière du matin le psaume 62 qui commence par ces mots *Deus, Deus meus, ad te de luce vigilo*. L'office suivant, qui devait inaugurer la journée, se composait entre autres choses du Cantique des trois enfants dans la fournaise et de la grande doxologie ou *Gloria in excelsis Deo* [2]. Les moines et les moniales de Jérusalem chantaient toujours, dans la basilique de la Résurrection, les *hymnes du matin* ou laudes, au moment où la lumière commençait à poindre, pour les terminer quand il faisait tout à fait jour [3].

Silvie, qui donne ces renseignements, ne désigne pas les psaumes et les cantiques chantés alors par les moines. D'après le témoignage de Cassien, les moines de Palestine et de Mésopotamie célébraient, à la fin de l'office nocturne, la prière canonique du matin. On y chantait le psaume 148 et les deux suivants, le cinquantième, le soixante-deuxième, dont les paroles expriment si bien les sentiments que cette heure fait surgir dans une âme religieuse, et le quatre-vingt-neuvième [4]. Un autre passage du livre des *Institutions* porterait à croire que le psaume 118 y était récité en tout ou en partie [5]. Lorsque les moines de Bethléem placèrent une réunion liturgique à la première heure de la journée, ils l'organisèrent en empruntant à l'office précédent les psaumes 50, 52, 89. [6]. Les prières communes de la troisième, de la sixième et de la neuvième heure se composaient en Palestine de trois psaumes [7].

1. S. Basile, *Reg. fus. tract.*, int. 31, P. G., XXXI, 1014-1016.
2. Pseudo-Athanase, *De Virginitate*, 20, P. G., XXVIII, 275.
3. *Silviæ peregrinatio*, 77. Cf. Cabrol, 39. Baümer, 109.
4. Cassien, *Inst.*, l. III, p. 41.
5. Ibid., p. 38.
6. Ibid., 41.
7. Ibid., 39.

Silvie, qui mentionne les assemblées liturgiques du milieu du jour et de la neuvième heure, ne donne aucun renseignement sur la manière dont elles étaient célébrées [1]. Le pseudo-Athanase se borne à recommander la récitation des psaumes à ces trois heures de la journée [2]. La liturgie basilienne prescrit le psaume 90 pour l'office du milieu du jour [3]. Les citations que le patriarche des moines cappadociens fait des psaumes 5 et 76, en parlant de la première heure, 50 et 142, à l'occasion de la troisième, ne constituent pas un motif suffisant pour affirmer qu'il en avait fixé la récitation à ce moment. Un *sermon ascétique*, attribué à saint Basile, ne présente qu'une particularité méritant d'être signalée ici : l'office du milieu du jour était partagé en deux sections, dont l'une précédait le repas, tandis que l'autre le suivait [4].

Les moines de Tabenne chantaient six psaumes à la réunion du soir [5], qui correspond aux vêpres actuelles. Dans les solitudes de l'Egypte et de la Thébaïde, on y suivait les mêmes règles que pendant les veilles nocturnes [6]. Les moines et les moniales de Jérusalem se réunissaient à la dixième heure pour célébrer, au chant des hymnes et des antiennes, cet office, qu'ils nommaient le *licinium* [7]. Mais ni Silvie ni Cassien ne renseignent sur les prières qu'ils chantaient. D'après le pseudo-Athanase, cette synaxe, qui devait se célébrer à la douzième heure du jour, était plus solennelle et plus longue [8]. Saint Basile voulait que le moine rendît alors grâces à Dieu pour les biens qu'il avait reçus dans le cours de la journée et qu'il implorât par ses prières le pardon de ses fautes, même des omissions involontaires. Il appuyait ses recommandations sur un verset du psaume quatrième, qui convient on ne peut mieux à la fin du jour [9]. A la prière du commencement de la nuit, que les moines faisaient avant d'aller prendre leur repos, on devait réciter

---

1. *Silviæ peregrinatio*, 76. Cf. Dom Cabrol, 46.
2. Pseudo-Athanase, *De Virginitate*, P. G., XXVIII 205.
3. S. Basile, *Reg. fus. tract., int.* 27, P. G., XXXI, 1014.
4. Pseudo-Basile, *Sermo asceticus*, P. G., XXXI, 878.
5. *Pachomii Regula*, 165, P. G., XXIII.
6. Cassien, *Inst.*, l. II, 20.
7. *Silviæ peregrinatio*, 79.
8. Pseudo-Athanase, *De Virginitate*, P. G., XXIII, 271
9. *Quæ dicitis in cordibus vestris, in cubilibus vestris compungimini.* Ps. 4, 5. Est-il permis de conclure que ce psaume se récitait aux vêpres dans les monastères de Cappadoce ?

le psaume 90, qui avait déjà sanctifié la réunion du milieu du jour[1]. Cet office que nous nommerions aujourd'hui complies était en usage à Tabenne[2], où les moines récitaient six psaumes et six oraisons, comme à vêpres, avant de se coucher. C'était du reste une coutume chère à la piété monastique que de se préparer immédiatement par la prière au repos de la nuit. L'abbé Isaïe voulait même que ses religieux passassent deux heures entières à prier Dieu[3].

*
* *

Les moines s'acquittaient de cette liturgie même pendant leurs voyages. S'ils recevaient l'hospitalité dans un monastère ou dans une cellule d'ermite, on les réveillait au milieu de la nuit pour prendre part aux vigiles. L'honneur de réciter certaines oraisons était réservé aux hôtes. Ailleurs ils récitaient seuls ou avec leurs compagnons de route les psaumes aux heures régulières. Marc nous apprend que saint Porphyre, plus tard évêque de Gaza, conformément à cette pieuse coutume, se levait, durant un voyage, au milieu de la nuit pour célébrer avec son disciple l'office nocturne[4]. Saint Basile voulait que les frères retenus loin de la communauté soit par un voyage, soit par un travail ou pour tout autre motif, récitassent les prières liturgiques au lieu même où l'heure les surprenait[5].

Les anachorètes, qui vivaient isolés, n'avaient pas à quitter leur cellule pour vaquer à la louange divine. Il en était de même, les jours ordinaires, dans les groupes érémitiques de Scété, de Nitrie et du Sinaï. Les cénobites se réunissaient en général dans un oratoire. Mais tous les moines, dans les villes surtout, n'avaient pas d'oratoire à eux. Ils se rendaient alors dans une église de la localité aux heures de la prière commune et participaient aux offices de la communauté chrétienne. Saint Cyrille de Jérusalem les voyait parmi

1. S. Basile, *Reg. fus. tract.*, int. 37, col. 1015. Cf. P. Pargoire, *Prime et Complies*. Revue d'Histoire et de Littérature religieuse, sept.-oct. 1898, 464-467.

2. *Pachomii regula*, 155, Cf. 126 et 186, Cf. Ladeuze, 279, P. L., XXIII.

3. Isaïæ, *Oratio* IV, P. G., XL, 114 ; *Reg.* 57, P. L., CIII, 432.

4. Marc, *Vita S. Porphyrii*, 15, P. G., LXV, 1214.

5. S. Basile, *Reg. fus. tract.*, int. 37, ul. 1016.

ses auditeurs [1]. La pèlerine Silvie put les apercevoir dans la ville sainte à plusieurs cérémonies. Ils chantaient les offices du jour et de la nuit dans la basilique de la Résurrection, sous la présidence des prêtres ou des diacres. Les dimanches, quand tous les fidèles assistaient à ces réunions, c'était l'évêque lui-même qui les présidait. Lorsque le pontife, le clergé et les chrétiens se transportaient dans un sanctuaire pour célébrer une fête, les moines et les moniales suivaient le cortège et assistaient à la cérémonie [2]. C'est ainsi que les choses devaient se passer, au moins pour les ascètes et les vierges qui ne vivaient pas en communauté, à Alexandrie, à Antioche, à Constantinople et dans la plupart des villes. Théodoret parle du solitaire Domnine qui allait matin et soir à l'église des fidèles participer aux offices [3]. Il n'était pas le seul évidemment.

Chaque *cœnobium* avait ordinairement son oratoire, même quand il était bâti en ville. Ceux d'Oxyrinque, et on sait qu'ils étaient en assez grand nombre, possédaient tous une église [4]. Parfois une seule église était commune à plusieurs maisons : à Bethléem, les religieuses des trois monastères fondés par sainte Paule se réunissaient dans le même oratoire [5]. Les solitaires répandus sur la montagne des Oliviers en avaient plusieurs à leur disposition [6]. Il y avait dans les groupes érémitiques du Sinaï, de Scété, de Nitrie et des Cellules un temple commun, où les frères allaient les samedis, dimanches et jours de fête [7].

Quelques monastères syriens offraient une particularité curieuse. Celui de Zeugma, qui avait eu pour fondateur l'abbé Publios, se composait de religieux qui étaient les uns d'origine syrienne et les autres d'origine grecque. Or à cette époque les communautés chrétiennes ou monastiques se servaient dans la liturgie de leur langue vulgaire. Les moines syriens habitaient un monastère et les Grecs en avaient un autre. Mais leur église était commune. Ils se réunissaient tous ensemble aux heures des offices. Les Grecs formaient un chœur qui chantait dans sa langue ; le second chœur

---

1. S. Cyrille de Jérus., *Catechesis IV*, n. 24, P. G., XXXIII, 436.
2. *Silviæ peregrinatio*, p. 76, 77, 80, 82, 84, 99, 100, 104.
3. Théodoret, *Religiosa historia*, 12, P. G., LXXXII, 1398.
4. Pallade, *Paradisus monachorum*, P. G., LXV, 447.
5. S. Jérôme, *ep.* 108, P. G., XXII, 896.
6. Pallade, *Hist. laus.*, 104, P. G., XXXIV, 1028.
7. Pallade, *Hist. laus.*, 7, ibid., 1022. Rufin, *Hist. monach.*, 22, P. L., XXI, 445.

répondait en syriaque[1]. Les choses se passaient-elles ainsi dans les monastères du mont Coryphe et Téledan, où abondaient les Grecs et les Syriens[2], et à Tabenne, où l'on rencontrait toute une colonie de moines grecs, qui ne comprenaient pas le copte?

*
* *

Les divines Ecritures fournissaient aux offices liturgiques un texte autorisé. Les moines d'Egypte et d'autres provinces parvenaient à les chanter ou à les réciter presque dans leur entier. C'est saint Epiphane qui l'affirme[3].

On faisait des lectures plus ou moins longues, spécialement à la fin des veilles nocturnes. En Egypte, la réunion du soir se terminait aussi par deux leçons. Les psaumes et les hymnes formaient la partie chantée, qui était la principale[4]. Mais que pouvaient bien être ces hymnes? Faut-il y voir seulement des psaumes chantés à l'unisson, des cantiques empruntés aux Livres saints, ou certains chants de composition ecclésiastique, dont l'usage était ancien déjà[5]? C'est une question à laquelle il est difficile de donner une réponse satisfaisante. Le choix des psaumes n'était pas fait au hasard. On chantait de préférence ceux dont le sens correspondait le mieux au moment et aux circonstances. Le *cursus* basilien en a fourni la preuve. Silvie affirme qu'il en était ainsi à Jérusalem[6]. On ignore qui faisait ce choix. Il est probable cependant que les fondateurs de monastères se réservaient de déterminer l'exercice de la liturgie, comme ils fixaient l'ensemble des observances.

Cassien renseigne mieux sur la manière dont se faisait la psalmodie dans les solitudes égyptiennes. Ce n'était pas pour les anciens un exercice purement matériel. Elle livrait aux oreilles un texte que l'âme devait s'assimiler par une oraison attentive. Il

---

1. Théodoret, *Hist. relig.*, 5, P. G., LXXXII, 1354-1355. L'auteur, qui fut le témoin de cet usage, ne dit pas si les Syriens chantaient dans leur langue le même verset que les Grecs ou le verset suivant.

2. Id., 4, ibid., 1351.

3. S. Epiphane, *Adversus hæreses*, l. III, hær. 80, P. G., XLII, 763.

4. S. Grég. Naz., *Poem.* 1 *de seipso*, v. 279-282, P. G., XXXVI, 991.

5. Cf. Cabrol, *ouv. cit.*, 63.

6. *Silviæ peregrinatio*, 81.

s'agissait donc avant tout de disposer les chants et les cérémonies de telle façon que l'esprit pût sans trop de peine se maintenir en éveil et suivre le sens des paroles entendues ou prononcées.

Voici comment la chose se passait en Egypte. Les moines étaient assemblés ; un frère debout chantait un psaume ; si le psaume était long, il le partageait en deux ou trois sections pour ne pas fatiguer trop l'attention ; les autres l'écoutaient dans un profond silence, en travaillant des mains, assis sur des sièges très bas. Un psalmiste inexpérimenté ou emporté par la ferveur risquait d'oublier le point où il fallait s'arrêter ; dans ce cas, un ancien frappait son siège de la main pour lui donner le signal de se taire. Une fois le chant terminé, les moines se levaient, étendaient les bras et faisaient une oraison mentale, qui durait quelques instants. Puis ils se prosternaient à terre afin d'adorer la majesté divine. Cette prostration était de courte dureté. Au signal donné par un ancien, tous se relevaient et priaient encore les bras étendus. Un frère récitait alors à haute voix une formule, nommée *collecte*, dans laquelle il réunissait les prières des assistants pour les offrir à Dieu[1]. Le texte de ces oraisons était improvisé. On réservait volontiers l'honneur de les réciter aux hôtes dont on avait reçu la visite[2].

Les frères se succédaient les uns aux autres dans la récitation des psaumes jusqu'au douzième, qui se chantait avec *Alleluia*. Les Egyptiens ne concluaient les psaumes par la doxologie *Gloria Patri* que s'ils les chantaient à deux chœurs[3]. Soit en Egypte, soit en Palestine, on intercalait l'*Alleluia* dans la récitation des psaumes qui avaient ce mot pour titre[4].

L'usage de terminer les psaumes par une oraison ou collecte était assez général en Orient. On le trouve à Tabenne, où il y avait à chaque office autant d'oraisons que de psaumes[5], à Jérusalem[6], où la prière était dite par un diacre ou par un prêtre. Le pseudo-Athanase recommande aux vierges de faire suivre chaque psaume d'une génuflexion et d'une oraison[7].

1. Cassien, *Inst.*, l. ii, 23-27.

2. Id., *Conl.* xviii, p. 517.

3. Id., *Inst.*, l. ii, p. 24.

4. Ibid., 27. La vie de S. Pophyre dit que le peuple de Gaza chantait l'*Alleluia* à chaque coupure du psaume *Venite exultemus* dans une procession solennelle. Marc, *Vita S. Porphyrii*, 77, P. G., LXV, 1244.

5. S. *Pachomii regula*, 155, 126, 186.

6. *Silviæ peregrinatio*, 76-81. Cf. Cabrol, 66-68.

7. Pseudo-Athanase, *De Virginitate*, 20, P. G., XXVII, 275.

A Tabenne, le supérieur désignait les psalmistes, qui étaient choisis parmi les anciens. L'honneur de commencer revenait au plus âgé. Chacun devait se contenter d'un psaume, à moins d'avoir reçu un ordre contraire. Parfois deux religieux chantaient ensemble un même psaume ; cela n'arrivait jamais en temps de pénitence. Tous les assistants unissaient leurs voix pour répondre au psalmiste[1]. Saint Pakhôme permettait de tresser des nattes pendant l'office, pour éviter le sommeil[2]. La réunion était présidée par le supérieur, qui donnait les signaux[3]. Personne ne devait sortir sans sa permission[4].

Saint Basile ne dit rien du cérémonial des offices. Il veut seulement que par la variété des chants on facilite l'attention et on ravive la ferveur[5]. Les moines de Syrie et de Cappadoce goûtaient moins la psalmodie faite par un seul que le chant alternatif ou antiphoné[6].

Les leçons se disaient quelquefois sans le secours du livre. Les moines avaient le culte des divines Ecritures ; ils aimaient à en apprendre par cœur des fragments considérables qu'ils récitaient durant les offices[7]. On racontait à ce sujet l'aventure suivante dont fut victime un anachorète du désert des Cellules. Il savait quatorze livres de la Bible au point de pouvoir les répéter tous imperturbablement. Mais, en se rendant à l'oratoire, il lui arriva d'entendre une parole qui frappa son imagination ; elle remplit si bien sa mémoire qu'il lui fut impossible de se rappeler durant l'office le moindre verset des Ecritures[8].

*
* *

Les moines avaient, comme les simples fidèles, la coutume de

---

1. *Pachomii regula,* 18, 127, 128, P. G., XXIII, 70-80.
2. Id., 11, ibid.
3. Id., 6, ibid.
4. Id., 5, 7, ibid., 69.
5. S. Basile, *Reg. fus. tract.,* int. 37, P. G., XXXI, 1016. Dans ses Petites Règles (*int.* 307, *cl.* 1302), il demande qu'on fasse chanter ou prier à haute voix ceux qui sont capables de bien s'acquitter de cette tâche.
6. Batiffol, *ouv. cit.,* 24-26.
7. *Pachomii regula,* 6, P. L., XXIII, 69.
8. *Verba Seniorum,* P. L., LXXIII, 930.

célébrer d'une manière spéciale la journée du dimanche, et, en
général, celle du samedi[1]. Ils ne se mettaient pas à genoux, par
honneur pour la Résurrection, dont le dimanche conserve le souvenir;
et ils acceptaient quelques adoucissements à leur régime habituel.
Les travaux ordinaires leur étaient interdits, afin de leur permettre
de vaquer plus librement à l'oraison et aux lectures saintes[2]. Tous
assistaient à la messe et se conformaient aux rites des communautés chrétiennes au milieu desquelles ils vivaient. En Palestine
et en Mésopotamie, cette réunion leur tenait lieu des offices de la
troisième et de la sixième heure[3]. Les ermites de Nitrie, de Scété,
du Sinaï et d'ailleurs s'assemblaient au centre du groupe; ils participaient à la liturgie vers la troisième heure, entendaient une conférence et prenaient leur repas en commun[4]. Certaines fêtes locales
réunissaient encore les solitaires d'une même contrée. Ils suivaient
alors les mêmes usages que le dimanche[5]. Silvie se rencontra à
Charca en Mésopotamie au milieu d'une assemblée de cette nature[6].

Quelles que fussent leurs règles particulières, les moines s'asso-
ciaient à la vie catholique, en solennisant les saisons de l'année
marquées par le souvenir de nos mystères. Le Carême tenait, en
particulier, une place importante dans leur existence et dans leurs
exercices ascétiques. Ils pratiquaient alors des austérités plus
grandes. Certains s'astreignaient à une retraite plus rigoureuse[7].
Saint Euthyme, quand il était encore moine de Pharan, s'enfonçait
dans le désert le jour de l'octave de l'Epiphanie, pour en sortir
seulement le jour des Rameaux[8]. Un carême de saint Grégoire
de Nazianze a laissé dans la littérature chrétienne des traces
intéressantes. Il voulut, après son retour de Constantinople (382),
le passer dans un silence absolu. De fait, durant toute cette
période, il réussit à ne proférer aucune parole. Une visite à l'abbé
Eulalios et à son monastère de Lamis ne put le faire sortir de
son mutisme[9].

---

1. Cf. Duchesne. *Les Origines du culte chrétien*, 1ʳᵉ édit., 220-221.
2. S. Jérôme, *epist.* 22, n. 35, P. L., XXII, 930.
3. Cassien, *Inst.*, 1. III, p. 44.
4. S. Nil, *Narratio* III, P. G., LXXIX, 619-622. Rufin, *Hist. monach.*, 11, P. L.,
XXI, 430. Pallade, *Hist. laus.*, 59, P. G., XXXIV, 1160.
5. *Verba Seniorum*, P. L., LXXIII, 768-871.
6. *Silviæ peregrinatio*, 69-70.
7. *Apophtegmata Patrum*, P. G., LXV, 336, 382.
8. Cyrille, *Vita S. Euthymii*, 2, *Acta SS*. Jan., t. II, 668.
9. S. Greg. Naz., *Poemata*, 34-38, P. L., XXXVII, 1307-1330 ; *epist.* 108, 110,
116, 117, 119, ibid., col. 207-214.

Ce temps consacré à la pénitence n'avait pas dans toutes les provinces la même durée. A la fin du IVe siècle, certaines églises lui donnaient six semaines et d'autres sept. Mais cette différence était plus apparente que réelle. D'après le témoignage de Cassien, tous voulaient consacrer au Seigneur, par le jeûne, la dîme des jours de l'année; ce qui donnait le chiffre de trente-six. Ceux qui se contentaient de ne point jeûner le dimanche pouvaient faire pénitence les six autres jours de la semaine ; en les renouvelant six fois, ils avaient la dîme convenue. Les moines qui mettaient le samedi sur le même pied que le dimanche ne jeûnaient que cinq fois par semaine ; il leur fallait donc ajouter une septième semaine pour atteindre le chiffre de trente-cinq. Ils suppléaient à l'unité qui leur manquait par le jeûne du samedi saint. L'abbé Théonas explique cela très au long à l'abbé Germain [1].

L'allégresse pascale mettait un terme aux saintes rigueurs du Carême. Elle commençait le jour de Pâques pour se prolonger sans interruption jusqu'à la Pentecôte. C'est ce qu'on appelait la Quinquagésime. Pour honorer la Résurrection du Seigneur, moines et fidèles s'abstenaient de faire leurs prières à genoux : ils prenaient leur repas à la sixième heure du jour. Le jeûne eût passé pour un acte d'irréligion. Les moines égyptiens se montraient, plus que d'autres peut-être, stricts observateurs de cette loi. Cassien et son ami Germain ne comprenaient guère ces coutumes. L'abbé Théonas leur en donna une explication, qui fait l'objet de la vingt-et-unième conférence [2].

Les fêtes pascales étaient célébrées à Tabenne avec une solennité extraordinaire. Saint Pakhôme adressait à ses moines une lettre pour les leur annoncer et les inviter à s'y préparer de leur mieux [3]. Ils se réunissaient de tous les monastères au centre de la congrégation et solennisaient ensemble ce glorieux anniversaire de la rédemption des hommes [4].

*
* *

L'assistance à la messe et la participation au corps de Jésus-Christ

---

1. Cassien, *Conl.* XXI, 599-606.
2. Ibid., 585 et s.
3. P. L., XXIII, 98-100, 104-106.
4. S. Jérôme, *Præfatio in regulam S. Pachomii*, P. L., XXIII, 68. Tillemont, t. VII, p. 178.

tenaient une place trop importante dans la vie des moines orientaux pour qu'il soit possible de n'en rien dire ici. Leur foi en la présence réelle ne peut soulever aucun doute. Les faits qui vont être rapportés en fournissent la preuve évidente. Les *Verba Seniorum* parlent d'un solitaire, pauvre d'esprit, qui s'éloignait sur ce point du sentiment commun : « Le pain que nous recevons, disait-il, n'est pas le corps du Christ, ce n'est que sa figure. » Deux anciens voulurent le guérir de son incrédulité. Ils allèrent lui rendre visite. « Abba, lui dirent-ils, nous avons appris les discours d'un infidèle, qui soutient que le pain que nous recevons n'est pas le corps réel du Christ, mais sa figure. — C'est moi qui ai tenu ce langage, répondit franchement le solitaire. — Père, ne pense pas ainsi ; accepte plutôt l'enseignement de l'Eglise catholique ; nous croyons, nous, que ce pain est le corps du Christ, et que le calice contient son sang, en réalité, non en figure. » Ils appuyaient leur foi sur le témoignage des Ecritures. Mais l'ermite ne se rendait pas. Il lui fallait une preuve matérielle de cette vérité. Elle lui fut accordée par Dieu [1].

Beaucoup parmi les Pères du désert posaient en principe l'usage de la communion fréquente. Apollonios d'Hermopolis invitait ses moines à participer chaque jour aux mystères du Christ dans la crainte que Dieu ne s'éloignât d'eux, s'ils venaient à s'en éloigner. La communion, ajoutait-il, facilite la patience, procure la rémission des péchés ; elle prépare à la communion suivante [2]. Saint Basile dit quelque part qu'il serait bon de communier chaque jour. On communiait chez lui quatre fois la semaine, c'est-à-dire le dimanche, le mercredi, le vendredi et le samedi, sans compter les jours de fête, s'il s'en présentait [3]. En Egypte, les moines ne communiaient pas ordinairement sur semaine. Ils se contentaient de le faire en assistant à la messe les samedis et les dimanches [4]. Il en était ainsi dans les monastères pakhomiens [5]. Les habitants de la laure de saint Gérasime en faisaient autant ; ils se réunissaient pour cela dans l'église du *cœnobium*, qui était au centre de leur monastère [6].

---

1. *Verba Seniorum*, P. L., LXXIII, G., 479-480.
2. Rufin, *Hist. mon.*, VIII, P. L., XXI, 419.
3. S. Basile, *ep. 93*, P. G., XXXII, 485-486.
4. Cassien, *Inst.*, l. III, p. 34. *Verba Seniorum*, P. L., LXXIII, 983.
5. Les moines de Tabenne détachaient leur ceinture et quittaient leur mélote avant de communier. Pallade, *Hist. laus. 38*, P. G., XXXIV, 1101. Sozomène, *Hist. eccles.*, l. III, 14, P. G., LXVII, 1071.
6. Cyrille, *Vita S. Euthymii 15*, *Acta SS.* Jan., t. II, 680.

Dans celle de saint Euthyme, on célébrait les saints mystères tous les jours [1].

Comment faisaient les anachorètes qui passaient leur vie dans un complet isolement au fond du désert? Ceux qui étaient revêtus de la dignité sacerdotale disaient la messe [2]. Les ermites qui n'étaient pas trop éloignés pouvaient y assister et communier de leur main [3]. D'autres obtenaient qu'un prêtre vînt offrir le saint sacrifice devant eux. Ce fut le cas de l'abbé Marc [4]. Il y en avait qui se faisaient apporter la sainte Eucharistie à certaines époques. On cite l'exemple de l'abbé Jacques, qui, avant de s'enfoncer dans la solitude, pria l'abbé Phocas de lui porter la sainte communion au bout de quarante jours. Ce dernier se montra fidèle à cette recommandation. Mais, en arrivant près du solitaire, il le trouva à demi mort. Il dut lui ouvrir la bouche au moyen d'un morceau de bois pour livrer passage au corps et au sang du Seigneur. La communion lui rendit des forces [5]. Au témoignage de saint Basile, les anachorètes qui vivaient loin d'une église ou d'un prêtre gardaient la sainte Eucharistie dans leur cellule pour se communier de leurs propres mains [6]. Etait-ce un usage général? Il est permis d'en douter; aussi y en avait-il parmi eux qui devaient passer un temps considérable sans entendre la messe et sans communier. On peut en dire autant des reclus, qui ne sortaient pas de leur demeure.

Les Pères du désert ajoutaient une grande importance aux dispositions dans lesquelles il fallait communier. L'abbé Dioscore, en Thébaïde, veillait avec le plus grand soin à ce que personne parmi ses disciples n'accomplît ce grand acte avec une faute grave sur la conscience [7]. Les moines qui avaient quelque chose à se reprocher devaient au préalable reconnaître leur indignité, et, par une sincère pénitence, obtenir leur pardon [8]. L'abbé Théonas ne voulait pas cependant que l'on cherchât dans son indignité un prétexte pour se tenir éloigné du sacrement institué par Notre-Seigneur

---

1. Cyrille, 673.
2. *Verba Seniorum*, P. L., LXXIII, 899.
3. Ibid.
4. *Apophtegmata Patrum*, P. G., LXV, 303, Cf. *Verba Seniorum*, P. L., LXXIII, 911. Rufin, *Hist. monach.*, 15, P. L., XXI, 434.
5. *Apophtegmata Patrum*, P. G., LXV, 434.
6. Saint Basile, *ep. 93*, P. G., XXXII, 486.
7. Rufin, *Hist. mon.*, 20, P. L., XXI, 442.
8. Cassien, *Conl.*, XXII, p. 621.

comme remède des maladies spirituelles et moyen de conduire l'homme à la possession de la pureté intérieure [1].

Pour inspirer un plus grand respect de la communion, les anciens aimaient à raconter un certain nombre de traits, qui se trouvent dans les récits hagiographiques. L'abbé Macaire d'Alexandrie aperçut, au moment où les frères étendaient les mains pour recevoir le corps du Sauveur, des Ethiopiens qui s'approchaient de quelques religieux et déposaient dans leurs mains des charbons, pendant que le pain que leur offrait le prêtre s'en retournait à l'autel. Quand d'autres se présentaient à l'autel pour communier, les démons étaient saisis de crainte et prenaient la fuite ; un ange, debout près de l'autel, mettait sa main sur celle du prêtre pour l'aider à la distribution des sacrements [2]. L'abbé Piamon vit, lui aussi, pendant la messe, un ange qui inscrivait les noms de certains communiants et en omettait d'autres. Il remarqua ces derniers et les questionna sur l'état de leur âme au sortir de l'office. C'étaient des hommes qui avaient la conscience chargée [3]. Ces apparitions d'anges pendant la messe ou la communion étaient assez fréquentes.

On citait avec admiration quelques religieux qui trouvaient dans l'Eucharistie un aliment qui suffisait aux besoins de leur corps aussi bien qu'à ceux de leur âme. Le solitaire Eron passait trois mois entiers sans autre nourriture que la sainte communion et des fruits sauvages qu'il trouvait à sa portée [4]. Jean, solitaire en Thébaïde, ne mangeait rien ; l'Eucharistie lui suffisait [5].

---

1. Cassien, *Conlat.* xxiii, 670-671. Théonas blâme les moines qui se contentaient de communier une fois l'an afin de se préparer à le faire avec une pureté plus grande.

2. Rufin, *Hist. mon.*, XXIX, P. G., XXI, 455.

3. Rufin, ibid., XXXII, 459-460.

4. Pallade, *Hist. laus.*, 32, P. G., XXXIV, 1093.

5. Rufin, *Hist. mon.* XX, col. 434.

CHAPITRE XV

Le travail

La contemplation et les exercices qui s'y rapportent directement n'absorbaient pas la vie et la pensée des moines au point de leur faire oublier la loi du travail. Ils donnaient comme terme à leur activité intérieure la prière sous ses diverses formes, et ils employaient à une œuvre matérielle les membres de leur corps, remplissant ainsi tour à tour le rôle de Marthe et celui de Marie. Quelques-uns purent les exercer simultanément.

On ne saurait fixer en termes généraux la part qu'ils faisaient à l'un et à l'autre. Le principe de l'obligation du travail et de la prière subit, en effet, dans son application l'influence des nécessités personnelles et locales. De là des divergences nombreuses[1]. Mais les circonstances fournirent bientôt une occasion de formuler nettement la tradition monastique sur ce point.

Des moines, livrés à la paresse, voulurent se soustraire aux obligations de la loi du travail. S'ils avaient mis en avant l'amour de leurs aises et la crainte de la fatigue, le péril n'eût pas été grand; on les eût mis facilement à la raison[2]. Mais ils imaginèrent des prétextes de l'ordre le plus élevé. L'Ecriture elle-même.vint appuyer leurs dires. Saint Basile en connut qui ne craignaient pas de citer à l'appui de leur thèse les paroles de Notre-Seigneur Jésus-Christ recommandant à ses disciples d'être sans sollicitude pour tout ce qui regarde la nourriture et le vêtement. La perfection évangélique,

---

1. S. Macaire Egypt., *Hom.* III, P. G., XXXIV, 467-470. Cf., Zöckler, *op. cit.*, 249-250.

2. S. Basile, *Reg. brev. tract.*, int. 69, P. G., XXXI, 1131.

concluaient-ils, impose au religieux de vivre sans travailler. Pensée absurde, qui a sa réfutation dans l'Ecriture elle-même[1].

Personne ne poussa les conséquences de cette erreur plus loin que les massaliens ou euchites[2]. Suivre une passion chère à la nature, jeter sur sa conduite un voile de mysticisme, et, à force d'illusion, faire du vice une vertu, étaient choses trop commodes pour que des esprits pervers ou excentriques ne marchassent point dans cette voie les yeux fermés. On rencontrait donc un peu partout des solitaires qui, s'inspirant des maximes de ces hérétiques, sous le beau prétexte d'exalter la contemplation, abolissaient la loi du travail. Les anciens ne perdaient pas toujours leur temps à discuter avec ces fanatiques. Leur méthode était beaucoup plus sage, lorsque, semblant prendre leurs idées au sérieux, ils avaient soin de leur en faire tirer certaines conséquences imprévues, qui les mettaient dans un grand embarras et finissaient par les couvrir de ridicule. Ce procédé, s'il ne réussissait pas toujours à les corriger, avait au moins l'avantage de les rendre assez inoffensifs.

Voici comment la chose se passait. Un moine, arrivant au Sinaï, aperçut les frères qui travaillaient. « Pourquoi, demanda-t-il, travailler en vue d'une nourriture qui passe? Marie a choisi la meilleure part. » L'abbé Sylvain, qui entendit ces paroles, le fit conduire dans une cellule. Quand la neuvième heure fut arrivée, personne ne s'occupa d'aller le chercher pour le repas. Au bout de quelque temps, comme il avait faim, il sortit et s'en alla trouver l'abbé et lui dire : « Est-ce que les frères ne mangent pas aujourd'hui? Pourquoi ne m'as-tu pas appelé? — C'est que tu es un homme spirituel; tu n'as pas besoin de cette nourriture grossière; tandis que nous, qui sommes des êtres charnels, nous avons besoin de manger. C'est pour cela que nous travaillons. Tu as choisi la meilleure part; toute la journée tu fais de saintes lectures, et tu ne veux pas de nourriture matérielle. » Le moine comprit que Sylvain se moquait de lui. Reconnaissant son erreur, il s'humilia et lui demanda pardon. « Marie ne peut donc point se passer de Marthe, dit spirituellement l'abbé, et c'est à cause de Marthe que Marie a pu mériter les louanges du Sauveur[3]. » Un certain abbé Jean dit à son frère aîné : « Je voudrais avoir la tranquillité des anges et, comme eux, ne rien faire et louer Dieu sans discontinuer. »

1. S. Basile, 205-207, ibid., 1219, *Reg. fus. tract., int.* 37, 1009.

2. S. Epiphane, *Adv. Hæreses. Hær.*, 80, P. G., XLII, 762-766.

3. *Verba Seniorum*, P. L., LXXIII, 768.

Il quitta son manteau et s'engagea dans le désert. Après une semaine, son frère le vit revenir et frapper à la porte de sa cellule : « Qui es-tu ? demanda-t-il. — Je suis Jean. » Il refusa de lui ouvrir. « C'est moi », criait l'autre sans plus de succès. Cela dura jusqu'au point du jour. Le frère dit alors à l'imprudent : « Reconnais que tu es un homme et qu'il te faut travailler pour vivre. » L'expérience lui avait ouvert les yeux; il se jeta anx pieds de son frère aîné en lui disant : « Pardonne-moi, abba[1]. »

Saint Cyrille d'Alexandrie approuvait sans réserve ceux qui n'admettaient pas dans leur communion les partisans de ces théories dangereuses[2].

Les moines pénétrés de l'esprit de leur état accordaient sans peine l'obligation de travailler et la loi de la prière.

L'abbé Lucios reçut un jour la visite de quelques frères. Il leur demanda quelles occupations remplissaient habituellement leurs journées : « Nous, répondirent-ils, nous ne travaillons pas des mains. L'Apôtre a dit de prier sans cesse, cela nous suffit. » L'abbé leur posa cette autre question : « Mangez-vous ? — Evidemment. — Quand vous mangez, qui donc prie pour vous ? » Ils ne surent que lui dire. « Est-ce que vous dormez ? — Oui. — Mais lorsque vous dormez, qui prie à votre place ? » Ils ne furent pas moins embarrassés. « Votre vie, ajouta l'ancien, n'est pas conforme à vos paroles. Laissez-moi vous exposer comment je parviens à prier sans cesse en travaillant des mains. Je m'assieds dès le matin, et je fais des tresses avec des feuilles de palmier; pendant ce temps je prononce au fond du cœur cette prière : « Ayez pitié de moi, « Seigneur, dans votre grande miséricorde, et suivant les innom-« brables effets de cette miséricorde, détruisez mon iniquité[3]. » Je distribue aux pauvres la moitié du fruit de mon travail; cela me tient lieu de prière pour la rémission de mes fautes, durant mon sommeil et mes repas[4].

Cette union de la prière et du travail était habituelle aux moines égyptiens. Ils allaient jusqu'à tresser des nattes pendant la psalmodie nocturne[5]. Le travail auquel ils se livraient pendant le jour leur permettait facilement de s'entretenir avec Dieu. A Tabenne,

---

1. *Verba seniorum*, 769.
2. S. Cyrille Alex., *Adv. anthropomorphitas*, P. G., LXXVI, 1076-1078.
3. Ps. IV, 1.
4. *Verba Seniorum*, P. L., LXXIII, 807.
5. Cassien, *Inst.*, l. II, 27, 28; S. Pakhôme, *Reg.*, 5, 7, P. L., XXIII, 69.

l'abbé Théodore faisait des cordes dans sa cellule, en méditant tout
ce qu'il avait appris des divines Écritures. De temps à autre il se
levait pour faire une oraison plus fervente[1]. Quelqu'un demandait
à l'abbé Agathon : « Qu'est-ce qui est le plus important, du travail
corporel ou des exercices de la vie intérieure ? — L'homme ressemble à un arbre, dit-il, le travail est son feuillage et les exercices
de la vie intérieure sont ses fruits[2]. » Les exemples et les paroles
de saint Antoine, de saint Hilarion et des plus illustres solitaires
confirment pleinement la vérité de cette sentence.

*
* *

L'obligation du travail, si fréquemment affirmée par les règles
monastiques et par les vies des Pères, venait de Dieu lui-même.
Saint Paul l'avait formulée au nom de Jésus-Christ. Ses paroles
méritent d'être rapportées textuellement. « Nous vous demandons,
mes frères, au nom de Notre-Seigneur Jésus-Christ, de vous séparer
de tout frère marchant dans le désordre et ne suivant pas les règles
que nous avons tracées. Vous savez en effet de quelle manière il
vous faut suivre nos exemples ; nous n'avons pas vécu dans le trouble
au milieu de vous ; nous n'avons mangé le pain de personne sans
l'avoir gagné ; nous avons vécu dans le labeur et la fatigue, travaillant de nuit et de jour, afin de n'être à charge à personne. Ce n'est
pas que nous n'eussions point la facilité de vivre sans travailler ;
mais nous voulions vous donner un exemple à imiter. Quand nous
étions au milieu de vous, nous déclarions que, si quelqu'un refuse
de travailler, il ne doit pas manger. Nous avons appris qu'il y a
des hommes qui marchent dans le trouble, sans rien faire, et
s'abandonnent à leur curiosité. Nous les adjurons et nous les prions
dans le Seigneur Jésus-Christ de manger un pain gagné par leur
travail dans le silence[3]. »

1. *Vie copte de S. Pakhôme*, A. D. M. G., XVII, 50-51.
2. *Verba Seniorum*, 914.
3. 2 Thess., iii, 6-12. Cassien donne un commentaire pratique de ce texte qu'il a
soin de compléter par d'autres passages des divines Ecritures. (*Inst.*, l. X, 177-192.)
Cf., S. Isidore Pel., l. 1, *Epist.* 49, P. G., LXXVIII, 214. S. Nil, *De voluntaria paupertate*, 45, P. G., LXXIX, 1019. S. Epiphane, *Adv. hæreses*, *Hær.* 80, P. G.,
XLII, 766. S. Jérôme, *Epist.* 125, n. 11, P. L., XXII, 1078-1079. S. Jean Chrys.,
In Matth. hom. 7, P. G., LVII, 88.

C'était donc une loi universelle. Elle pesait cependant d'une manière toute spéciale sur les jeunes religieux[1]. L'exubérance de cet âge leur rendait en effet le travail plus avantageux et plus nécessaire.

Saint Paul ne se contente pas de déclarer le devoir que Dieu impose à l'homme; il en fait connaître la raison. C'est dans les conditions où le Créateur a mis sa créature qu'il l'a trouvée.

L'homme est tenu de pourvoir par son travail à ses propres besoins, et s'il a par ailleurs les moyens de se suffire, il lui faut légitimer de la sorte la liberté dont il jouit. Vous ne voulez pas travailler, ne mangez pas, telle est l'application pratique et la conséquence rigoureuse de cette loi. « Travaillons pour gagner notre vie, disait saint Ephrem, pendant que nous sommes robustes. Si nous venons à tomber malades, nos supérieurs s'occuperont de nous. Et, ce qu'à Dieu ne plaise! au cas où ils manqueraient à leur devoir, Dieu ne nous abandonnera point[2]. » Celui qui ne vit pas de son travail, disait un jour un ancien de Nitrie, doit être traité comme un homme qui désire le bien d'autrui[3].

L'ambition des solitaires allait plus loin encore : ils voulaient ne devoir qu'à eux-mêmes ce qu'ils dépensaient pour exercer l'hospitalité, et ils se ménageaient en outre le moyen de distribuer des aumônes abondantes[4]. Saint Antoine leur avait donné cet exemple[5]. Saint Cyrille d'Alexandrie, qui refusait au religieux le droit d'absorber pour sa propre subsistance le fruit des sueurs du prochain, trouvait plus naturel qu'il vînt en aide par son propre travail aux veuves, aux pauvres, aux orphelins et aux frères malades[6]. Saint Euthyme, pour encourager ses disciples dans cette voie, leur parlait des hommes du monde qui offraient les prémices au Seigneur, et soulageaient les indigents, bien qu'ils eussent à payer les impôts et à nourrir toute une famille[7].

Les clercs eux-mêmes en Cappadoce gagnaient par leur travail ou

1. Cassien, Inst., l. X, 192.
2. S. Ephrem, In illud : Attende tibi ipsi, op. gr., t. I, 236.
3. Socrate, Hist. eccl., l. IV, 23, P. G., LXVII, 514.
4. Cassien, Inst., l. X, 192. S. Epiphane, Expositio fidei, 53. P. G., XLII, 830. S. Nil, De voluntaria paupertate, 42, P. G., LXXIX, 1019. S. Jean Chrys., De sacerdotio, l. VI, 6, P. G., XLVIII, 682. In Matth. hom. 8, P. G., LVII, 88. Théodoret, Religiosa hist., xxx.
5. S. Athanase, Vita S. Antonii, 3, 4, P. G., XXVI, 843-846.
6. S. Cyrille Alex., Adv. Anthropomorphitas, 1675-1078.
7. Cyrille, Vita S. Euthymii, 3, Acta Sanct. Jan., t. II, 669.

par l'exercice d'un métier les moyens de vivre et de faire l'aumône[1]. Les moines honorés du sacerdoce ne se croyaient pas
dispensés de cette obligation[2]. L'éducation première de certains
moines et l'existence opulente qu'ils avaient pu mener dans le
siècle ne les autorisaient pas davantage à rester inoccupés. « Ne cesse
pas de travailler, écrivait saint Jérôme à la vierge Démétriade, sous
prétexte que tu n'as besoin de rien ; travaille plutôt avec toutes les
sœurs, car, grâce au travail, tu ne penseras qu'à ce qui se rapporte
au service de Dieu. Je te parlerai simplement : bien que tu aies
distribué toute ta fortune aux pauvres, rien ne sera plus agréable
au Christ que de te voir travailler de tes mains, dans le but de
pourvoir à tes propres nécessités et de donner l'exemple aux autres
vierges[3]. »

Le solitaire de Bethléem, qui signale en passant à sa fille spirituelle l'utilité morale d'une occupation sérieuse, revient plus d'une
fois sur cette pensée dans les lettres qu'il adresse à ses amis. Il écrit
à Rusticus : « Fais toujours quelque chose, et le diable te trouvera sans cesse occupé. C'est ainsi que se comportent les moines
égyptiens, en travaillant moins pour gagner leur vie que pour le bien
de leur âme[4]. » Saint Nil déclare que l'âme en tire grand profit[5].
Elle se débarrasse par ce moyen des pensées mauvaises et inutiles[6],
rien ne la prédispose mieux à prier et à vivre en paix avec le Seigneur[7]. Le moine laborieux jouit facilement de la paix et avec elle
de la crainte de Dieu[8] ; il mérite pour le ciel une récompense
magnifique[9]. On disait couramment en Egypte : lorsqu'il n'y a
qu'un seul diable pour tenter le solitaire occupé, il y en a des
légions qui s'acharnent contre le religieux oisif[10].

1. S. Basile, *Epist.* 198, P. G., XXXII, 714.
2. S. Epiphane, *Adv. Hæreses, Hær.* 80, 766.
3. S. Jérôme, *Epist.* 130, n. 15, P. L., XXII, 1119.
4. Id., *Epist.* 125, n. 11, 1128-1129.
5. S. Nil, 1. I, *epist.* 310, P. G., LXXIX, 195.
6. S. Isidore Pel., 1. I, *epist.* 49, P. G., LXXVII, 211-214.
7. Cassien, *Inst.*, 1. II, p. 27-28. S. Nil, *De voluntaria paupertate*, 23, 24, P. G ,
LXXIX, 999.
8. Isaïe, *Reg.*, 7, P. L., CIII, 429.
9. S. Ephrem, *De Humilitate*, 75, op. gr., t. I, 322.
10. Cassien, *Inst.*, 1. X, p. 192.

*
* *

Tous les moines n'avaient pas besoin d'être stimulés au travail. Il y en eut même qui lui faisaient pratiquement la part trop belle. L'amour du lucre les poussait à lui sacrifier prière, office, régularité. Ils le quittaient avec peine pour se rendre à l'oratoire, où on les voyait toujours arriver les derniers. Leur unique préoccupation était de gagner le plus d'argent possible[1]. Les saints eurent à réagir plus d'une fois contre cette tendance déplorable, qui se manifestait surtout aux époques de relâchement. Les sarabaïtes obéissaient plus que personne à ces sentiments de basse cupidité. Ils étaient infatigables. Les jours et les nuits leur semblaient trop courts, lorsqu'ils avaient un bénéfice à réaliser[2]. Quelques ermites succombèrent à la même tentation. Saint Ephrem en cite un, originaire d'Alexandrie, qui vivait auprès d'un ancien, exerçant le métier d'orfèvre. Il était lui-même un très habile ouvrier. Mais son ardeur au travail et son âpreté au gain le poussaient à continuer sa tâche une partie considérable de la nuit. L'oraison, les réunions liturgiques et les exercices spirituels le laissaient indifférent. Son maître, affligé de le voir en cet état, cherchait le moyen de le guérir. « Frère Pallade, lui dit-il un jour, allons travailler au jardin. — Allez, je vous accompagne », répondit le disciple, qui ne se dérangea point. La même chose se passait au moment de la synaxe du soir. Ces charitables invitations finirent par l'ennuyer, si bien qu'il s'enfonça dans une solitude profonde, où personne ne vînt le déranger. Mal lui en prit. Sa tête ne put résister à cet isolement complet ; il perdit la raison et tomba en paralysie. Ses sœurs durent l'emmener chez elles pour lui prodiguer les soins indispensables[3].

Le même saint Ephrem recommandait fort aux moines syriens de ne jamais se prévaloir des services qu'ils pouvaient rendre à leur monastère par un travail intelligent et assidu. Ce sentiment, admissible chez des ouvriers vulgaires, qui travaillent pour des hommes, ne convenait pas à des moines. C'est en vue de Dieu

---

1. S. Ephrem, *Paræn.* 22, op. gr., t. II, 101.
2. Cassien, *Conlat.*, XVIII, p. 514-515.
3. S. Ephrem, *Paræn.* 27, p. 114-115.

qu'ils s'occupent. Il leur est donc interdit d'entretenir dans leur âme ces pensées et encore moins de s'élever au-dessus des frères qui n'ont pas le même succès [1]. Cassien eut occasion d'admirer, sur ce point, l'humilité et la simplicité des solitaires de l'Egypte et de la Thébaïde. Il en trouva qui fournissaient aux frères tout ce dont ils avaient besoin, sans ouvrir leur cœur à la moindre pensée d'orgueil [2]. Mais tous ne pratiquaient pas cette vertu avec la même ferveur.

L'égoïsme et la vanité troublaient parfois les cénobites durant leur travail en commun et semaient parmi eux des dissensions fâcheuses. Pour éviter cet écueil, on les invitait à se montrer humbles, généreux et charitables [3]. Cassien raconte l'histoire d'un religieux qui donnait régulièrement à l'économe ce qu'il était tenu de faire ; rien au monde ne l'aurait déterminé à augmenter sa tâche quotidienne. Mais son amour-propre craignait toute comparaison avec un frère plus vaillant, qui ne se serait pas contenté du strict devoir. Lorsqu'un postulant arrivait au monastère, il l'examinait attentivement, se mettait en relation avec lui, calmait son ardeur au travail et, s'il le trouvait irréductible sur ce point, il tâchait de le déterminer à partir [4].

L'histoire monastique fournit par ailleurs de beaux exemples de zèle et de dévouement. Des moines étaient sortis la nuit pour une besogne extraordinaire. Il faisait froid. L'un d'eux, se trouvant indisposé, rentra dans sa cellule ; ce qui provoqua bientôt des mécontentements et des murmures. Un frère, qui alla le chercher, l'ayant trouvé malade, l'invita à rester tranquille, sans se préoccuper de la tâche qu'il devait remplir. « Nous travaillerons pour toi », lui dit-il. L'infirme, que ce témoignage de charité fraternelle toucha profondément, lui répondit : « Que votre charité se souvienne que mon désir était de travailler avec vous ; mais la maladie m'en empêche [5]. »

Saint Ephrem donnait comme une des premières manifestations de l'orgueil dans le cœur d'un cénobite le refus d'aider un frère, autant que ses forces le permettaient [6]. Il recommandait aux hom-

---

1. S. Ephrem, 26, p. 114.
2. Cassien, *Inst.*, l. IV, p. 55-56.
3. Isaïe, *Oratio*, III, P. G., XL, 1110.
4. Cassien, *Inst.*, l. X, 188-190.
5. S. Ephrem, *De humilitate*, 18, op. gr., t. I, 305.
6. Ibid., 80, p. 324.

mes robustes et capables d'un travail prolongé de ne point dédaigner ceux qui n'étaient pas aussi fortement constitués, et de
prêter généreusement leur concours aux infirmes ; c'était le moyen
de s'assurer une part aux mérites de leurs infirmités [1]. Pour appuyer
ses conseils sur l'autorité de l'exemple, il parlait de deux moines
occupés la nuit à préparer du lin. La corde dont l'un se servait
étant venue à se rompre, l'autre sentit l'irritation lui monter au
cœur. Mais il domina ce premier mouvement de colère, et, dans le
but d'atténuer la peine que cet incident pouvait causer à son
compagnon, il brisa sa propre corde, avec tant de dextérité qu'on
ne put le soupçonner de l'avoir fait lui-même [2].

* * *

Le moine n'était pas abandonné aux caprices de sa volonté
dans le choix de son travail. L'obéissance devait toujours le consacrer. Un frère demandait à un ancien : « Que faut-il que je fasse ?
Le travail des mains est pour moi une source d'ennuis. J'aime
beaucoup faire des nattes, et cela ne m'est pas possible. » L'ancien,
pour le mettre en garde contre le désir de suivre son goût personnel, lui rappela cette maxime de l'abbé Sisoes : « Il ne nous faut
jamais faire une besogne parce qu'elle nous plaît [3]. » La volonté
de Dieu, manifestée soit par la nécessité, soit par les ordres des
supérieurs, était la règle souveraine des occupations monastiques.

Le religieux n'avait qu'à se laisser conduire par la voix de
l'obéissance, s'il ne voulait pas devenir l'esclave de la recherche de
soi-même, de la vaine gloire, de l'avarice, ou de ses appétits vulgaires, et par ce ce moyen sortir du renoncement qui sied à son
état [4]. Pendant son travail, il reste toujours sous le joug de l'obéissance. Le supérieur peut seul le déranger de sa besogne, déclarait
saint Basile ; nul autre n'a d'ordre à lui donner [5]. Saint Pakhôme
n'était pas moins exigeant. On ne se mettait jamais à l'œuvre

1. S. Ephrem, 38-40, p. 311, cf. Isaïe, Oratio, V, P. G., XL, 1123-1124.
2. Ibid., 29, 308-309.
3. Apophtegmata Patrum, P. G., LXV, 406.
4. S. Basile, Reg. fus. tract., int. 41, P. G., XXXI, 1021.
5. Id., Int., 41, 2021-1024. Reg. brev. tract., int. 242, 1178.

avant un ordre du surveillant. Il fallait suivre jusqu'aux moindres prescriptions des chefs [1]. La règle entrait elle-même dans les détails les plus minutieux pour fixer davantage le moine à la pratique de cette vertu fondamentale de son état. Le fondateur de Tabenne exerçait une vigilance continuelle, afin que nul ne s'abandonnât à la recherche de soi-même ou à la vanité. Les frères occupés à la confection des nattes devaient en faire une par jour. Il y en eut un qui trouva moyen d'en tresser deux. Il les exposait devant sa cellule, pour que tout le monde pût les voir et admirer son activité. Pakhôme, en les apercevant, devina les sentiments qui l'animaient; il dit aux moines que ce frère avait travaillé pour le démon et il lui imposa une pénitence, qui dut rester longtemps gravée dans sa mémoire [2].

*
* *

Au début saint Pakhôme cultivait un lambeau de terre qui lui fournissait de quoi subvenir à ses besoins et nourrir les pauvres du village et les voyageurs [3]. Plus tard l'abbé Palamon lui fit défricher un champ couvert d'épines [4]. Le maître et le disciple faisaient encore des sacs et tressaient divers objets en feuilles ou en fibres de palmier. Lorsque le sommeil fermait les paupières du moine, Palamon l'envoyait transporter du sable avec une corbeille, d'un endroit à un autre. Ces divers travaux leur permirent de gagner leur vie et de faire l'aumône [5]. Lorsque Tabenne se fut développé, et que saint Pakhôme eut sous ses ordres des centaines de religieux, le nombre des métiers augmenta singulièrement. Tout le monde avait une occupation déterminée. Les uns travaillaient au champ; les autres, au jardin, comme le saint abbé Pinufe, que ses disciples trouvèrent sarclant et fumant les choux [6], et le moine Jonas, qui, après quatre-vingts ans de vie monastique, ne

---

1. S. Pakhôme, *Reg.*, 124, P. L., XXIII, 80. *Vita S. Pachomii*, 19. *Acta Sanct. Maii*, t. III, 303.
2. *Paralipomena*, 34, *Acta Sanct.*, ibid., 344.
3. *Vie copte de S. Pakhôme*, A. D. M. G., XVII, 8-10.
4. *Vita S. Pachomii*, 6, p. 298.
5. Ibid., 4, p. 297. *Vie copte de S. Pakhôme*, 12-14.
6. Cassien, *Inst.*, l. IV, p. 69.

voulut pas aller mourir à l'infirmerie, préférant terminer sa vie au travail. Il avait planté tous les arbres du jardin. Son grand esprit de mortification l'empêcha de goûter un seul fruit [1].

Un certain nombre de religieux étaient occupés à la boulangerie. Il y en avait à la forge, à la fabrique d'étoffe, à la tannerie, à la cordonnerie et à la confection des nattes et des corbeilles [2]. On ne comptait pas moins de quinze tailleurs, sept forgerons, quatre menuisiers, quinze teinturiers, vingt tanneurs, quinze cordonniers, vingt jardiniers, dix copistes, douze chameliers, autant de faiseurs de couffes et de cinquante cultivateurs [3]. Les religieux étaient groupés suivant leur métier; cela rendait la besogne plus facile. Chaque atelier avait un chef, qui devait compte de tout au supérieur [4].

Les soins de l'agriculture, la cueillette des joncs et des branches de palmier, et des occupations analogues exigeaient parfois qu'une grande partie de la communauté s'en allât travailler hors du monastère. Au signal donné, les moines partaient tous ensemble, le prieur en tête, sans s'informer du lieu où ils allaient. Personne ne restait à la maison, s'il n'y était autorisé par l'abbé. Chacun marchait à son rang, méditant en silence les divines Ecritures. Le travail se faisait de même en silence. On ne pouvait sans permission s'interrompre et s'asseoir. La règle demandait au prieur de ne pas imposer aux frères une tâche trop lourde. Si un étranger adressait la parole, le portier, ou, à son défaut, un religieux désigné par le supérieur, avait seul le droit de lui répondre [5]. Ces travaux hors de la maison duraient parfois un certain temps. L'abbé Théodore passa neuf jours avec cent vingt moines, occupés à cueillir les joncs nécessaires à la fabrication des nattes [6]. Il alla, dans une autre circonstance, couper du bois sur une montagne ; quarante religieux l'accompagnaient. Il y en avait quarante autres à une journée de marche sous la direction de l'abbé Isidore [7]. A une époque où l'on avait d'assez importantes constructions à faire, un groupe nombreux de moines coupaient des arbres dans une île et faisaient subir au bois les préparations nécessaires. Ils y restèrent longtemps. Les

---

1. *Paralipomena*, 29-30, *Acta Sanct.*, ibid, 342-343.
2. Pallade, *Hist. laus.*, XXXIX, P. G., XXXIV, 1103.
3. *Vie arabe de S. Pakhôme*, A. D. M. G., XVII, 376-378.
4. S. Jérôme, *Præf. in reg. S. Pachomii*, P. L., XXIII, 67.
5. S. Pakhôme, *Reg.*, 58, 59, 60, 61, P. L. XXIII, 75-79.
6. *Ammon. epist.*, 11; *Acta Sanct., Maii*, t. III, 352.
7. Id., 14, ibid., 3513.

premiers arrivés commencèrent par bâtir des cabanes. Le transport des poutres et des planches amena un va-et-vient de religieux tel qu'à un certain moment ils se trouvèrent au nombre de trois cents[1]. Les monastères pakhomiens possédaient de grands troupeaux de chèvres, qui s'en allaient paître où elles trouvaient de l'herbe dans le désert. A certaines époques, une escouade de frères rejoignaient les bergers et restaient avec eux le temps nécessaire pour tondre les animaux. On possède encore la version d'une lettre que leur adressa pendant ce travail le saint abbé Pakhôme[2]. Les religieux pendant ces absences suivaient les exercices réguliers. Quelques-uns d'entre eux préparaient les aliments. La conférence spirituelle avait lieu comme de coutume. Théodore et Pakhôme eurent plusieurs fois des entretiens en pareille circonstance[3].

Il arrivait parfois aux moines de perdre un peu de leur gravité durant ces travaux. On les vit un jour se disputer comme de vulgaires ouvriers. Ils venaient de réparer un bateau ; au moment de le lancer, ce fut à qui le délierait le premier. Cette rivalité sans malice causa une vive animation. Leurs cris affligèrent l'abbé Théodore, qui essaya vainement de les calmer. Quand tout fut terminé, il n'eut aucune peine pour leur faire comprendre la légèreté de leur conduite[4]. Le même Théodore allait prendre la direction des boulangers dans un monastère de la Congrégation. Un moine, qui ne le connaissait pas, s'approcha pour lui donner le conseil suivant : « Lorsque tu seras dans la boulangerie, ne t'étonne pas de voir les frères rire avec éclats, et même se fâcher et se menacer du poing ; c'est qu'il y a au monastère des hommes de tempérament varié. Cela ne te doit pas scandaliser[5]. » Ces traits ne doivent non plus scandaliser ni l'historien ni le lecteur. Ils montrent que la nature de l'homme se retrouve la même partout, jusque dans les milieux les plus fervents.

Saint Pakhôme, qui aimait l'ordre, prescrivait à ses disciples de traiter avec soin les instruments de travail. Toute perte ou détérioration, survenue par leur faute, méritait un châtiment[6]. Un frère

---

1. *Ammon. epist.*, 19, ibid., 354-355.
2. P. G., XXIII, 102.
3. *Vita S. Pachomii, Acta Sancl., Maii*, t. III, 314. *Vie copte de S. Pakhôme*, 92, 93, 96, 101, 134.
4. *Vie copte de Théodore*, A. D. M. G., XVII, 245-247.
5. *Vita S. Pachomii*, 78, *Acta Sancl., Maii*, t. III, 326.
6. S. Pakhôme, *Reg.*, 147, 148, 152, P. L., XXIII, 82-83.

était chargé pour une semaine de les distribuer et de les recevoir. Il devait tous les soirs les rendre à celui qui occupait le second rang après le prieur. On réunissait ces outils à la fin de la semaine pour dresser l'inventaire. L'hebdomadier était responsable des dégâts[1].

***

Les solitaires d'Egypte, de Palestine et de Syrie, cherchaient par leur travail à se procurer les ressources dont ils avaient besoin. L'agriculture était, pour ce motif, leur occupation principale. Saint Antoine, qui vécut un certain temps au fond du désert, du pain que lui donnaient les voyageurs ou que les frères lui apportaient, rougit bientôt de vivre au dépens d'autrui comme un infirme ou un mendiant. Il demanda un hoyau, une bêche et un peu de froment, et se mit à cultiver l'oasis au milieu de laquelle il habitait. La moisson lui fournit les provisions indispensables. Quelques oliviers plantés de sa main lui permettaient d'offrir des olives aux frères qui le visitaient[2]. Ses disciples partageaient son labeur. Les oiseaux menaçaient fort par leur rapine de les dispenser de cueillir eux-mêmes les dattes. Antoine chargea un frère de leur donner la chasse. Un jour où il le voyait très occupé à les effrayer, son esprit s'éleva à des considérations d'un ordre supérieur. « Allez-vous-en de l'intérieur de nos âmes, criait-il, mauvaises pensées qui les ravagez[3]. »

La culture présentait peu de difficulté dans la vallée du Nil. Il n'en était pas ainsi au fond du désert. Les moines recherchaient alors les plus petits coins de terre, rafraîchis par l'eau d'une source. Il y avait, au pied du massif rocailleux du Sinaï, un ruisseau et de la terre végétale. Les habitants de cette solitude y créèrent un jardin et des champs, où quelques arbustes et des arbres fruitiers réussirent à prendre racine[4]. En Egypte, l'abbé Hor avait planté tout un bois autour de sa cellule, où l'on aurait cherché vainement jusqu'alors le plus petit arbrisseau. Cela lui coûta un travail considérable. Il se proposait d'épargner ainsi à ses disciples la peine d'aller

1. S. Pakhôme, 66, ibid., 75.
2. S. Athanase, *Vita S. Antonii.*, 5051. P. G., XXVI, 915-918.
3. *Verba Seniorum.*, P. L. LXXXI, 940.
4. Silvie, *Peregrinatio*, p. 39.

au loin chercher les matériaux nécessaires à la construction des cellules [1]. Les moines du désert de Calame, très éloigné du fleuve, passaient la meilleure partie de leurs journées à travailler la terre [2].

Saint Hilarion [3] et les moines de Palestine tinrent cette occupation en très grande estime. Ceux de Syrie marchaient sur leurs traces. Saint Jean Chrysostome, avant d'embrasser la vie monastique, se demandait avec une certaine anxiété si on exigerait de lui ces pénibles labeurs, tels que bêcher la terre, porter de l'eau ou du bois [4]. Planter, arroser, faire les travaux agricoles que remplissaient d'ordinaire les esclaves et les gens de vile condition, telle était, en effet, la tâche humiliante qui attendait un jeune homme à son entrée dans la solitude [5]. Nous savons que Stagirios, l'ami de saint Jean Chrysostome, prenait grand soin de son verger, à l'époque où il était le moins fervent [6].

En Asie-Mineure, Grégoire de Nazianze et Basile avaient oublié, dès les premiers temps de leur monachat, les occupations libérales, qui les passionnaient tant, pour vivre en cultivateurs. Le premier rappelait plus tard à son ami la peine que leur avait causée le défrichement d'un jardin. Ses mains gardaient encore la trace des instruments aratoires. La pauvreté ne leur permettant pas d'avoir des bêtes de somme, ils traînaient eux-mêmes sur un char primitif la terre et le fumier [7]. Que de journées de travail il leur fallut, que de pierres et de bois ils eurent à transporter, que d'arbres à planter et à soigner ! Grégoire conserva le souvenir d'un magnifique platane qu'il avait lui-même mis en terre et que Basile avait arrosé. Ils aimaient à prendre quelque repos à l'ombre de ses feuilles. L'ancien solitaire des rives de l'Iris souhaitait longue existence à ce monument du travail et de l'habileté des deux amis [8].

Une exploitation agricole ne pouvait pas toujours occuper une communauté entière. Dans les contrées arides, un petit nombre de bras suffisait à la culture. Comment fournir du travail aux autres ?

---

1. Rufin, *Hist. mon.*, II, P. L. XXI 405. Pallade. *Hist. laus.*, IX. P. G. XXXIV, 1029.

2. Cassien, *Coulat.* XXIV, 677-679.

3. S. Jérôme, *Vita S. Hilarionis*, 2. *Acta Sanct.*, Oct., t. IX., 44.

4. S. Jean Chrys. *De compunctione*, l. l., P. G., XLVII, 403.

5. Id. *Adv. oppugnatores vitæ monast.* l., II, P. G. XLVII 333.

6. Id. *Oratio exhortatoria ad Stagirium*, l., I, ibid., 447.

7. S. Grég. Naz., *epist.* 5, P. G. XXXVII, 30.

8. Id. *epist.* 6, ibid., 30-31.

Les soins de la cuisine, l'entretien du foyer, le nettoyage des légumes, le balayage de la maison, la préparation des lampes et les services multiples qu'impose toute réunion d'hommes, absorbaient dans chaque monastère l'activité de plusieurs religieux[1]. Ces besognes infimes, qui ne répugnaient pas aux bienheureuses Paule et Eustochium, étaient confiées en Cappadoce aux moines, qui s'en acquittaient avec empressement et charité, comme s'ils avaient servi le Christ dans la personne des frères; ils tâchaient de rendre ce service agréable à tous, et d'en faire un témoignage d'affection fraternelle. Chacun avait sa semaine[2]. En dehors de là, les supérieurs assignaient à leurs religieux les métiers qui convenaient le mieux à leur genre de vie, à la nature du sol et aux conditions commerciales dans lesquelles se trouvait le pays. On choisissait de préférence ceux qui entraînaient avec l'extérieur le moins de relations et qui ne demandaient pas le concours de la femme. La plupart des monastères avaient des maçons, des menuisiers, des forgerons, des tailleurs, etc.[3] Les frères qui connaissaient un métier en entrant l'exerçaient, si l'hégoumène leur donnait la permission. Les autres se formaient au travail fixé par l'obéissance[4]. La règle interdisait l'entrée des ateliers aux hôtes et aux moines qui n'avaient rien à y faire[5]. Saint Basile veut qu'on traite les outils avec le respect dû aux objets consacrés à Dieu[6]. Les frères n'en sont, à ses yeux, que les gardiens; ils ne peuvent en disposer comme bon leur semble. Si quelqu'un aperçoit un instrument qui se détériore, il est tenu d'y aviser, bien que l'obéissance ne l'ait pas immédiatement chargé de cela, car tout membre d'une communauté doit veiller sur ce qui lui appartient[7].

*
* *

Les principes émis par le législateur des moines de Cappadoce s'accordent parfaitement avec ceux qui régissaient les monastères

1. S. Jérôme, *epist.*, 66. P. L. XXII, 647.
2. S. Basile, *De renunciatione*, P. G., XXXI, 646.
3. Id., *Reg. fus. tract.*, *int. 38*, ibid., 1018.
4. Id. *Reg. brev. tract.*, *int.* 105, ibid., 1155.
5. Id., *int 141*, ibid., 1178.
6. Id., *int. 143*, ibid., 1178.
7. Id. *Reg. fus. tract*, 41, ibid. 1123.

de la Thébaïde et d'Egypte, et que l'on trouve sous la plume de Cassien. Les hommes voués à la recherche de la perfection évangélique surent choisir des occupations qui répugnaient fort à la vanité et à la délicatesse, la garde des animaux, par exemple. Un solitaire, persuadé d'avoir acquis la perfection, s'en alla trouver un archimandrite pour se mettre sous sa direction. Celui-ci, comprenant à qui il avait affaire, voulut lui imposer une besogne très humiliante. « Prends un fouet, lui dit-il, et va garder les porcs. » L'épreuve fut religieusement acceptée, bien qu'on ne le vît pas sans surprise dans un pareil office[1]. La charge de conduire les ânes et les mulets qui portaient les fardeaux n'était guère moins dépréciée. Le moine ne rougissait pas cependant de la remplir. Tout travail utile lui était bon[2].

La confection des cordes, des nattes, des corbeilles, des étoffes, de la toile, la préparation du parchemin, furent pour beaucoup un œuvre de prédilection[3]. L'ermite Dorothée, dans le voisinage d'Alexandrie, employait son temps à bâtir des cellules[4]. L'abbé Apelle, en Thébaïde, qui était honoré du sacerdoce, exerçait le métier de forgeron. Il passait le jour et la nuit à faire et à réparer les outils des religieux de cette contrée[5]. Un moine du désert des Cellules fabriquait de la poterie[6]. Saint Porphyre, après avoir distribué toute sa fortune aux pauvres, se fit tanneur et cordonnier[7]. Zénon, solitaire auprès de Gaza, gagnait sa vie et celle de plusieurs autres, en faisant de la toile. Il continua ce travail lorsqu'on l'eut nommé évêque de Majuma[8]. Quelques autres moines tisserands sont mentionnés dans les récits édifiants de cette époque. Il y en eut un qui sortit d'un monastère de la Thébaïde pour mener la vie anachorétique. « Tu pourras, se disait-il, vivre en paix, recevoir les hôtes et réaliser avec ton travail un bénéfice plus grand. » Il se construisit une cellule. On venait d'assez loin lui porter du fil. Toutes ses économies étaient consacrées au soulagement des pau-

---

1. *Verba Seniorum.* P. L., XXXIII, 963.

2. *Constitutiones monasticæ*, 23. P. G. XXXI, 1410-1411.

3. S. Ephrem, *Paræn.* 48., op. gr., t. II, 176. S. Jérôme, *epist. 125*, n. 11, 1078-1079.

4. Pallade., *Hist. laus.*, II., P. G., XXXIV, 1013.

5. Id., LX., ibid., 1165. Rufin., *Hist. mon.* xv., P. L., XXI, 433.

6. *Verba Seniorum*, P. L., LXXIII, 747.

7. Marc, *Vita S. Porphyrii*, 9. P. G., LXVII, 1214.

8. Sozomène, *Hist. eccles.*, l. VII, 28, P. G., LXVII, 1506.

vres [1]. L'abbé Achilas, ouvrier fort habile, parvint à tisser en peu de temps vingt aunes de toile. « Je n'ai pas besoin de tout cela, disait-il, mais je crains que Dieu ne s'irrite contre moi et ne m'adresse ce reproche : Pourquoi n'as-tu pas travaillé autant que tu pouvais le faire ? A cause de cela, je m'occupe et je tisse autant qu'il m'est possible [2]. » L'abbé Jean, tisserand lui aussi, était un homme plein de cœur, qui ne savait rien refuser à personne. Le fil venant à lui manquer, il emprunta une pièce de monnaie à un frère pour renouveler sa provision. Un ermite, qui avait besoin de fil pour se faire un sac, lui en demanda ; puis un second, puis un troisième. A tous, Jean donna, si bien qu'il épuisa toute sa provision ; aussi fut-il très embarrassé lorsque son créancier réclama le paiement de sa dette. On rapporte que Dieu, pour ne pas laisser dans la gêne cet homme charitable, lui fit trouver sur son chemin l'argent qui lui était réclamé [3]. Les moines de Nitrie faisaient eux-mêmes la toile nécessaire à la confection de leurs vêtements [4]. Les disciples de Théodore d'Antioche se mirent à fabriquer des toiles de navire et des tissus en poil de chameau [5]. Saint Julien Sabbas et les solitaires mésopotamiens se livraient à la même industrie [6].

Certains moines de l'Egypte faisaient des filets pour l'usage des pêcheurs [7]. La confection de divers objets, nattes, corbeilles, avec des joncs, des feuilles et des fibres de palmier ou d'autres arbres, était le travail le plus en honneur dans ces contrées. L'abbé Macaire enseignait à ses disciples le moyen de détacher les feuilles et de les tresser en forme de corde [8]. Le solitaire Jean faisait avec les mêmes matières des sangles et des harnais pour les ânes et les chevaux [9]. D'autres fabriquaient des cribles et des corbeilles [10]. L'abbé Megethios, qui vivait de ce travail, divisait les feuilles afin de les tresser plus commodément à l'aide d'une aiguille. Cet instrument formait tout son mobilier [11]. L'aiguille servait à coudre les

1. *Verba Seniorum*, P. L., LXXIII, 1009-1010.
2. *Apophtegmata Patrum*, P. G., LXV, 126.
3. *Verba Seniorum*, P. L., LXXII, 790.
4. Pallade, *Hist. laus.*, VII., P. G., XXXIV, 1022.
5. Théodoret, *Religiosa. hist.*, X., P. G., LXXXI, 1700.
6. Cf. Tillemont, VIII, 273.
7. *Verba Seniorum*. 914. S. Jérôme. *epist. 125.*, n 11. P. L., XXXII, 1079.
8. Ibid., 802.
9. Rufin. *Hist. monach.*, XV., P. L., XXI, 434.
10. *Apophtegmata Patrum*. P. G., LXV, 207.
11. Ibid., 299.

unes aux autres les tresses quand on voulait faire une corbeille [1]. Les moines de Nitrie et de Scété confectionnaient des nattes. Les habitants de Terranech, ville voisine de ces solitudes, fabriquent de nos jours encore des tapis fort beaux, avec les joncs qui croissent dans les marais [2].

La confection d'une natte exigeait beaucoup de peine. Il fallait d'abord couper les joncs ou les branches de palmier et faire la provision de l'année entière. Les moines allaient par groupes à la récolte [3]. Venait plus tard le nettoyage; puis on laissait tremper longtemps les feuilles dans un baquet, afin de leur donner plus de souplesse. C'est alors seulement qu'on pouvait les travailler [4].

Les moniales s'appliquaient à filer la laine et le lin, à tisser la toile et l'étoffe, et à coudre des habits, occupations qui convenaient parfaitement à leur sexe [5].

Dans les monastères et dans les groupes érémitiques, le doyen, après s'être concerté avec l'économe, distribuait le travail aux frères; ceux-ci lui remettaient ensuite ce qu'ils avaient fait. L'économe, à qui tout revenait, rendait chaque mois compte au supérieur [6].

*
* *

Les religieux ne consumaient pas tout le fruit de leur travail, et une foule de choses ne pouvaient être distribuées aux pauvres. Ils furent ainsi contraints de livrer au commerce un grand nombre de leurs produits. Chez les cénobites, l'individu était affranchi du soin de vendre et d'acheter. Les officiers du monastère s'en chargeaient [7].

---

1. Pallad., *Hist. laus.*, XXI, c. 1088.
2. Floss, *De Macariorum vitis quæstiones criticæ*, c. III, P. G., XXXIV, 94.
3. *Apophtegmata Patrum*, P. G., LXV, 303.
4. *Verba Seniorum*, P. L., LXXXIII, 764.
5. S. Jérôme, *Epist.*, 130, n. 15, ibid., 1119. S. Basile, *Reg. brev. tract., int.* 153, P. G., XXXI, 1182-1183. S. Jean Chrys., *In epist. ad Ephes. hom.* 13, P. G., LXII, 98. Pallade, *Hist. laus.*, V, P. G., XXXIV, 1015-1016. Théodoret, *Relig. hist.*, XXX, P. G., LXXXII, 1494.
6. S. Jérôme, *Epist.*, 22, n. 35, P. L., XXII, 420. Cassien, *Instit.*, l. X, 189-190.
7. Cassien, *Conlat.*, XIX, 539.

Les Tabenniotes ne vendaient pas à n'importe quel moment. Ils attendaient une occasion favorable, sauf en cas de nécessité urgente. Le frère chargé de la vente conduisait toutes les marchandises à la ville. Les chefs d'atelier fixaient eux-mêmes le prix des objets qu'ils lui remettaient [1]. Les besoins de ce commerce obligeaient les moines à fréquenter les foires. Mais ce moyen répugnait à quelques-uns; saint Basile ne le permettait qu'à la dernière extrémité. Mieux valait perdre et vendre sur place ou dans le voisinage. Lorsqu'on ne pouvait faire autrement, l'hégoumène y envoyait un groupe de frères, surtout quand la distance était grande [2].

Il en coûtait à certains solitaires de vendre eux-mêmes le travail de leurs mains. L'un d'eux confia sa peine à l'abbé Pisteramon. Des anciens, jouissant de l'estime universelle, lui répondit-il, ne craignaient pas de se déshonorer par ce moyen [3]. Des maîtres de la vie ascétique utilisèrent cette disposition, qu'ils reconnaissaient en leurs disciples, pour les soumettre à l'épreuve. Il y en eut un qui envoya un jeune religieux de bonne famille vendre dix corbeilles à la ville, avec ordre de les porter à travers les rues jusqu'à ce qu'il trouvât un acheteur pour les prendre toutes en bloc [4]. Les moines ne promenaient pas toujours ainsi leur marchandise. Parfois ils l'étalaient sur la place et ils attendaient, assis ou debout, que les acquéreurs se présentassent [5]. S'il y avait une grande distance à franchir pour gagner le lieu du marché, on se servait d'une bête de somme. Un ancien de Scété envoya son disciple chercher un chameau dans un village de la vallée du Nil [6]. Chaque frère portait habituellement lui-même sa charge. Lorsqu'elle se composait de corbeilles ou d'objets semblables, il les rattachait ensemble au moyen d'une corde [7].

Les moines évitaient de prendre les allures des commerçants et des industriels séculiers, qui cherchent à tirer de leurs marchandises le plus d'argent possible, au risque de tromper les acheteurs. C'était une bonne coutume parmi eux de vendre toujours meilleur

1. *Pachomii Vita*, 27, *Paralipomena*, 23, *Acta Sanct. Maii*, t. III, 307, 341.
2. S. Basile, *Reg. fus. tract.*, int. 39, P. G., XXXI, 1018-1020.
3. *Verba Seniorum*, 890.
4. Cassien, *Instit.*, l. IV, 67-68.
5. *Verba Seniorum*, P. L., XXIII, 891, 956, 1011.
6. Ibid., 789.
7. Ibid., 790.

marché[1]. Les sarabaïtes toutefois avaient la réputation méritée de surfaire les prix[2]. L'abbé Agathon fixa un tarif pour ses cribles et ses corbeilles. Il le déclarait simplement à ceux qui se présentaient; et il recevait la somme convenue sans dire un mot[3]. Des clients consciencieux trouvaient parfois ces mises à prix ridicules et refusaient de les accepter. Un religieux de Tabenne, qui était allé vendre des chaussures, rapporta une somme d'un tiers plus forte qu'il ne fallait. Saint Pakhôme lui en fit des reproches sévères. Le pauvre religieux dit avoir demandé le prix convenu; mais l'acheteur avait fait cette remarque : « Mon frère, tu dois vendre ces chaussures plus cher, à moins que tu ne les aies volées. » Cette explication ne désarma point son supérieur, qui le contraignit de rapporter le surplus à qui le lui avait donné. En outre, il le déposa de ses fonctions, après lui avoir infligé une pénitence[4].

Les Pères du désert montraient dans leurs acquisitions le même désintéressement[5]. Ils auraient cru manquer aux convenances en marchandant[6].

Les solitaires achetaient parfois à crédit les matières dont ils avaient besoin pour travailler, s'engageant à rembourser après la vente. On pouvait alors leur demander un gage. Cette mesure de défiance ne plaisait pas à tous, et particulièrement à un certain abbé Paul, qui montrait sur ce point une extrême susceptibilité[7].

Quand les anachorètes habitaient à une trop grande distance des villes, ils ne se donnaient pas toujours la peine de porter leur travail au marché. L'abbé Paul vivait à sept journées de marche de toute terre habitable. Après avoir tiré de son jardin ce qu'il lui fallait pour sa nourriture, il fabriquait des objets qu'il brûlait à la fin de l'année[8].

Ils se contentaient parfois, en échange de ce qu'ils offraient, de recevoir quelques objets de première nécessité. L'abbé Silvain était en possession d'une centaine de cribles. Quelqu'un vint à passer

1. Evagre, *Rerum monachalium rationes*, 8, P. G., XL, 1259-1262. Isaïe, *Reg.*, 59, 61, P. L., CIII, 433.

2. S. Jérôme, *Epist.*, 22, P. L., XXII, 419.

3. *Verba Seniorum*, 1030.

4. *Paralipomena*, 23, *Acta Sanct. Maii*, t. III, 341.

5. *Apophtegmata Patrum*, P. G., LXV, 114.

6. *Verba Seniorum*, P. L., LXXIII, 1030.

7. *Apophtegmata Patrum*, P. G., LXV, 438.

8. Cassien, *Inst.*, l. x, 192-193.

devant sa porte, conduisant un âne chargé de pain; il prit les cribles et donna le pain [1].

Les acheteurs payaient d'ordinaire en monnaie courante, ce qui n'était pas sans offrir parfois de graves inconvénients. D'après la pratique des saints, l'argent qu'ils gagnaient devait en premier lieu servir à leur entretien, le surplus appartenait aux pauvres [2]. Tous ne suivaient pas cette ligne de conduite. Bien qu'on vît cela de très mauvais œil, quelques-uns thésaurisaient les bénéfices de leur travail. Un moine de Nitrie avait gardé dans sa cellule une somme assez ronde, qui fut trouvée après sa mort. Cette découverte causa un grand scandale. Que faire de cet argent? Les uns disaient : Il faut le donner aux pauvres; les autres, à l'église, ou encore à ses parents. Telle ne fut point la pensée de Macaire, de Pambon, d'Isidore et des anciens. Ils décidèrent, sous une inspiration du ciel, croit-on, de jeter cette monnaie dans la fosse avec le cadavre de son détenteur, en prononçant cette malédiction empruntée aux divines Ecritures : *Pecunia tua tecum sit in perditione.* Ce jugement saisit les moines de frayeur [3]. L'abbé Orsise déplorait des abus de même nature qui s'étaient glissés dans la congrégation de Tabenne [4]. Il y en eut ailleurs de non moins graves. Un ancien, qui faisait une natte par jour, s'en allait la vendre au village voisin, et son bénéfice restait au cabaret. Il lui vint plus tard un disciple, qui faisait le même travail. Son maître se chargeait de le vendre, et cet argent avait le même sort que le premier [5].

*
* *

Un grand nombre de moines égyptiens ne se contentaient pas de vendre ce qu'ils récoltaient ou fabriquaient; ils louaient moyennant rétribution le travail même de leurs bras. Les disciples de l'abbé Sérapion, dans le voisinage d'Arsinoé, se répandaient à travers les campagnes pour faire la moisson [6].

1. *Apophtegmata Patrum*, P. G., LXV, 411.
2. *Verba Seniorum*, 807.
3. S. Jérôme, *Epist.*, 22, n. 33, P. L., XXII, 418-419.
4. Orsise, *Doctrina*, 22, 23, P. G., XL. 879-884.
5. *Verba Seniorum*, P. L., LXXIII, 972-973.
6. Rufin, *Hist. mon.*, XVIII, P. L., XXI, 440. Pallade, *Hist. laus.*, LXXIV, P. G., XXXIV, 1181.

Tel était aussi l'usage des moines de Scété. De vénérables anciens, comme les abbés Macaire et Sisoës, ne rougissaient pas de cette humble besogne[1]. L'abbé Nesteros apprit à Cassien les miracles qu'Abraham le Simple faisait en ces circonstances. Les religieux moissonneurs se mettaient en route durant le temps pascal. Ils allaient souvent par petits groupes, s'engager à moissonner sur un terrain déterminé. Trois frères travaillaient dans le même champ. L'un d'eux tomba malade dès le premier jour et dut reprendre le chemin de sa cellule. Les autres, mus par un sentiment de charité fraternelle, firent sa tâche et l'obligèrent à accepter quand même sa rétribution[2]. Quelques-uns poussaient la délicatesse bien loin. On dit qu'un solitaire, ayant voulu manger un épi, demanda la permission au maître; celui-ci ne put cacher la surprise et l'édification que lui causait cette démarche[3].

Les moissonneurs étaient d'ordinaire payés en nature. Ils se présentaient à l'aire pour recevoir la quantité de blé convenue[4]. Les propriétaires n'étaient pas toujours bons payeurs. L'abbé Pior en fit l'expérience[5]. La règle de saint Antoine prescrit de revenir dans la cellule aussitôt après la moisson[6]. Les frères ne trouvaient habituellement rien à leur retour; pour leur épargner l'ennui de préparer leur nourriture après un long et pénible voyage, à Scété les voisins leur offraient de quoi manger[7].

*
* *

Les vrais moines, qui avaient le sentiment de leur dignité, tenaient, on s'en souvient, à pourvoir par leur propre travail à leurs besoins personnels et aux nécessités des indigents. Ils voulaient ne rien devoir à personne. « Un don reçu, écrivait saint Isidore de Péluse, crée une servitude humiliante; tandis qu'un don fait confère une honorable liberté; car il sied à un homme libéral

1. *Verba Seniorum*, 950, 1001.
2. Ibid., 976-977.
3. *Apophtegmata Patrum*, P. G., LXV, 226.
4. Ibid., 182.
5. Ibid., 374.
6. S. Antoine, *Reg.*, 26, P. G., XL, 1070.
7. *Verba Seniorum*, P. L., LXXIII, 897.

de donner et à un être servile de recevoir. » L'illustre solitaire, par ce langage, donnait une leçon aux hommes qui sollicitaient la charité sans autre motif que celui d'augmenter leurs richesses[1]? Saint Nil ne traitait pas moins sévèrement les religieux qui, sans craindre d'avilir leur caractère, faisaient des bassesses devant les riches dans le but d'obtenir de l'argent[2]. Saint Basile ne voulait pas que les monastères devinssent les débiteurs des familles fortunées de la région, en acceptant leurs bienfaits.

Cette règle, tout honorable et motivée qu'elle fût, souffrit de nombreuses exceptions. Certaines circonstances mettaient le moine dans l'impossibilité matérielle de gagner lui-même sa vie. Il pouvait, en pareil cas, recevoir les offrandes que le Seigneur lui envoyait par la main des frères ou de chrétiens généreux[3]. Saint Nil, qui fit entendre des protestations énergiques contre les abus de la mendicité monacale, invitait les religieux à se remettre entre les mains du Seigneur, qui ne les abandonnerait pas et saurait inspirer à des âmes généreuses la pensée de leur venir en aide[4]. Mais il fallait, pour user légitimement de pareils secours, en avoir un besoin réel. Les frères robustes, qui avaient le moyen de gagner leur vie, ne pouvaient manger un pain qui appartenait aux seuls infirmes[5]. Mais les fidèles ne faisaient pas la distinction entre les moines bien portants et les autres; ils leur abandonnaient le soin d'user de leurs offrandes d'après le jugement de leur conscience.

La dîme des revenus et les prémices des récoltes étaient souvent présentées aux serviteurs de Dieu. L'abbé Jean, qui vivait dans un monastère de Diolcos, les recevait des mains des fidèles et leur distribuait les trésors de la doctrine spirituelle en échange de ces biens terrestres[6]. Quelques braves fellahs de la vallée du Nil avaient cette dévotion de ne jamais goûter les fruits de leur terre avant d'en avoir offert les prémices à Dieu dans la personne de ses serviteurs[7]. L'abbé Zénon ne voulait pas au début recevoir celles qu'on lui portait; son refus attristait vivement ces dignes chrétiens. Lorsqu'un

---

1. S. Isidore Pél., l. v, *Epist.*, 332, P. G., LXXVIII, 1527-1539.
2. S. Nil, *De monastica exercitatione*, 19, l. 1, *Epist.*, 125. P. G., LXXIX, 138, 743.
3. S. Basile, *Reg. brev. tract.*, int. 284, P. G., XXXI, 1282.
4. S. Nil, l. ii, *ep.*, 60, 105, l. iii, *ep.*, 68, P. G., LXXIX, 226-227, 240, 418.
5. Cassien, *Conlat.*, XXIV, p. 687.
6. Id., *Conlat.*, XXI, p. 574.
7. Id., *Conlat.*, XIV, p. 403.

ancien lui eut conseillé d'agir avec beaucoup plus de simplicité, il
accepta ce qui lui était présenté, et il eut de quoi faire des présents
à ceux qui le venaient voir. De la sorte tout le monde fut satisfait[1].

L'abbé Phortas examinait avec soin les dispositions de ceux qui
lui apportaient ces offrandes. Il refusait toujours quand ils n'agissaient pas sous l'influence de l'amour divin. « Je n'ai rien à leur
donner, disait-il. Comme ils ne recevront de Dieu aucune récompense, je leur ferais une injustice en acceptant[2]. »

On trouvait en Égypte et dans tout l'Orient des chrétiens dont
la charité pour les moines était inépuisable[3]. Une personne pieuse
qui n'eût rien donné aux pauvres et aux religieux aurait passé
pour une avare[4]. On leur offrait tantôt de l'argent, tantôt des dons
en nature[5]. Quelques-uns leur faisaient dans leurs aumônes une
part si exclusive, que saint Jean Chrysostome se crut obligé de les
blâmer, en leur rappelant qu'il y avait dans les villes des malheureux dont les besoins étaient plus urgents.

---

1. *Apophtegmata Patrum,* P. G., LXV. 175.
2. Ibid., 435.
3. S. Nil, l. II *Epist.*, 157. P. G., LXXIX, 274. Pallade, *Hist. laus.*, cxii, cxiv,
cxxxv. P. G., LXXIX, 1213-1215, 1232-1237.
4. Pallade, VI, 1016.
5. Rufin, *Hist. mon.*, xvi, P. L., XXI, 439. Pallade, XCVII-CXII, 1205-1213.

CHAPITRE XVI

Les études

Le travail de l'esprit a tenu dans la vie de certains moines une place importante. Ce n'était pas seulement pour eux un moyen d'exercer leurs facultés intellectuelles; ils en faisaient une préparation à la prière et souvent même une sorte d'oraison. La parole de saint Jérôme à la vierge Eustochium, qui est revenue tant de fois depuis sous la plume des écrivains ascétiques, exprime bien la pensée de ces serviteurs de Dieu : « Quand tu pries, tu parles à ton Epoux céleste; quand tu lis, c'est lui qui te parle[1]. » La plupart employaient à la lecture des moments bien déterminés; ceux de Scété, qui travaillaient des mains pendant la première moitié du jour, lisaient jusqu'à la neuvième heure[2]. Quelques-uns faisaient la part beaucoup plus large à cet exercice. Saint Jérôme, que nous venons de citer, voulait que le sommeil surprît Eustochium le livre en main et que le texte sacré reçût son visage tombant de sommeil[3].

Ceux qui consacraient à la lecture la partie principale de leur journée n'étaient pas toujours conduits par des motifs d'un ordre supérieur. On vit des hommes incapables de fournir régulièrement une tâche intellectuelle satisfaisante réclamer de longues heures pour lire. La lecture n'était à leurs yeux qu'un moyen de fuir un travail pénible. Saint Nil, qui en connaissait plusieurs, les représente assis, les yeux fixés sur un livre, laissant leur tête s'in-

1. S. Jérôme, *Epist.* 22. n. 25, P. L., XXII, 411.
2. *Verba Seniorum*, P. L., LXXIII, 804.
3. S. Jérôme, ibid., n. 17, c. 404.

cliner et se relever en cadence, s'arrêtant parfois pour s'étendre plus à leur aise et enfin se laissant gagner par le sommeil[1]. Telle devait être la manière dont les massaliens vaquaient au travail de l'esprit.

Les solitaires tenaient grand compte des besoins de chacun toutes les fois qu'il s'agissait de faire aux diverses sortes d'occupations la part qui leur convenait. Ceux qui venaient de la campagne sans avoir reçu la moindre formation littéraire n'étaient guère capables de fixer leurs yeux et surtout leur attention sur les pages d'un livre durant de longues heures; tandis que les hommes instruits le faisaient avec un souverain plaisir et une grande utilité pour leur âme. On remarquait que les moines sérieusement appliqués à la recherche de la perfection montraient un grand zèle pour l'étude. Les religieux qui se laissaient envahir par le relâchement commençaient presque toujours par prendre la lecture en aversion. Saint Jean Chrysostome l'avait constaté chez son ami Stagirios. Lorsqu'il fut revenu à sa ferveur première, il prolongeait ses veilles et ses lectures au point d'inspirer à Chrysostome de graves inquiétudes pour sa santé[2]. Les pieux ascètes qui menaient alors la vie religieuse à Antioche donnaient aux études sacrées l'ardeur avec laquelle ils s'étaient, durant leur jeunesse, appliqués à la rhétorique et à la philosophie[3].

Les moines de cette époque faisaient en général une étude approfondie du texte qu'ils lisaient. Ils n'avaient pas à leur disposition un grand nombre de volumes; quelques manuscrits constituaient un véritable trésor. Ne pouvant lire beaucoup, ils lisaient avec application. Celui qui avait un ouvrage entre les mains le parcourait lentement, le relisait, se rendait compte de tout de manière à en remplir sa mémoire et son intelligence. Silviana, la sœur du préfet Rufin, qui passait la meilleure partie des nuits à lire, revenait jusqu'à sept et huit fois sur le même ouvrage[4].

*
* *

Pour se convaincre de la vérité du rôle que joua dans l'existence

---

1. S. Nil, l. III, *Epist.* 238, P. G., LXXIX, 494.
2. S. Jean Chrys., *Oratio ad Stagirium*, l. I, P. G., XLVII, 447-450.
3. Id., *Ad Theodorum lapsum*, l. II; ibid., 310.
4. Pallade, *Hist. laus.*, CXLIII, 1240.

de plusieurs de ces grands serviteurs de Dieu le travail intellectuel, il suffit de jeter un coup d'œil rapide sur l'histoire de la littérature ecclésiastique en Orient. On y trouve le nom du saint moine Ephrem. Non seulement il connaissait les Saintes Écritures, où il puisait à sa source la science des choses de Dieu ; il possédait encore les sciences humaines et avait l'art de s'en servir pour exposer plus nettement la doctrine évangélique, dissiper les ténèbres de l'erreur, discerner les sophismes dont l'hérésie s'enveloppe et donner à sa pensée vie et force, et à sa parole cet ensemble de qualités oratoires, qui sont la meilleure parure de la vérité[1]. Ses deux contemporains, Basile et Grégoire de Nazianze, avaient appris dans les écoles d'Athènes tout ce qu'enseignaient les maîtres les plus en renom. Ils renoncèrent aux lettres profanes et consacrèrent à l'étude des Écritures et à l'intelligence du dogme chrétien un génie préparé par toute la culture intellectuelle que cette époque pouvait donner. Ce fut un grand sacrifice pour Grégoire. Mais il n'abandonna pas tellement ses chères études qu'on n'en puisse retrouver la trace dans ses divers écrits. Personne de son temps n'a parlé avec plus de perfection la langue grecque.

L'exemple et l'influence des deux amis gagnèrent au monachisme des hommes tels que saint Grégoire de Nysse et saint Amphilochios, en qui brillaient d'un même éclat, au dire de saint Jérôme, les sciences profanes et la connaissance des Ecritures[2]. Saint Jérôme lui-même, qui avait fait des études complètes avant de porter sur ses épaules le joug du Christ[3], voulut mettre à profit les enseignements de Grégoire de Nazianze. Il passa auprès de lui à Constantinople les années 379, 380 et 381, pendant lesquelles il put voir les évêques les plus célèbres de l'Orient. Ses austérités et ses longues oraisons ne l'empêchèrent pas, dans le désert de Chalcis, d'étudier longuement. Un moine d'origine juive lui enseigna l'hébreu.

Saint Jérôme se déclarait inférieur à son docte et saint ami, l'évêque de Salamine, Epiphane, qui connaissait le grec, le syriaque, l'hébreu, le copte et le latin[4]. Si l'on peut reprocher à la critique de ce dernier de s'être laissé plus d'une fois prendre en défaut, on doit néanmoins reconnaître qu'il avait une science extraordinaire

1. S. Grég. Nys., *De vita S. P. Ephrem*, P. G., XLVI, 830-839.
2. S. Jérôme, *Epist.* 70, P. L., XXII, 84.
3. Id., *Epist.* 125, n. 8 ; ibid., 1077.
4. S. Jérôme, *Apologia adv. libros Rufini*, l. II, 22, P. L., XXIII, 466.

des Ecritures, de la tradition ecclésiastique et des diverses erreurs
professées par les hérétiques et par les philosophes[1]. La science
de saint Epiphane, comme celle de saint Ephrem, est d'autant plus
remarquable que, entrés jeunes au monastère, ils ne purent ni
l'un ni l'autre recevoir au dehors la formation littéraire des Basile,
des Grégoire de Nazianze et des Jean Chrysostome. Celui-ci fut, de
l'aveu de tous, l'orateur le plus éloquent des Eglises orientales.

J'ai cité quelques noms des plus connus. Mais combien d'autres
se firent remarquer par leurs travaux sur la Bible, sur les dogmes
catholiques et sur les événements dont ils furent les témoins.
Est-il besoin d'ajouter que la plupart des moines qui furent élevés
à la dignité sacerdotale ou au gouvernement des églises méritèrent
cet honneur par leur savoir autant que par leur vertu?

*
* *

Les solitaires avaient tous les moyens de se familiariser avec les
sciences divines; mais les maîtres de la vie ascétique ne se préoccupaient guère de leur donner une instruction profane. Chacun se
contentait de celle qu'il avait pu acquérir dans le siècle. Quelque
longue que puisse être la liste des moines formés à l'école des
rhéteurs et des philosophes païens, ils n'étaient cependant qu'une
exception. La plupart sortaient des rangs du peuple; ils avaient
par conséquent le savoir de leur milieu social. Aussi rencontrait-on
parmi eux beaucoup d'ignorants. Ce n'est pas une raison toutefois
de transformer les monastères du IVe et du Ve siècle en asiles de
l'ignorance, et de faire du monachisme un obstacle à toute culture
intellectuelle. Les moines d'alors ne faisaient profession ni d'ignorance ni de science. Ils voulaient être non des savants, mais des
chrétiens parfaits. Les lectures et les études propres à leur faciliter
la poursuite du but qu'ils visaient étaient toujours appréciées
parmi eux. Et ils plaçaient, au-dessus des subtilités où se perdait
la science des rhéteurs et des conceptions vagues que produisait
la philosophie de cette époque, la sainteté de la vie et la doctrine,
qui règle les actions et les pensées humaines[2]. Il leur arriva même

---

1. Cf. Tillemont, t. X, 492-493.
2. S. Greg. Naz., *Oratio IV contra Julianum*, P. G., XXXV, 598.

de confondre la rhétorique et la philosophie avec la civilisation païenne, qui s'avilissait dans les excès les plus dégradants. Le spectacle que les écoles publiques offraient n'était guère de nature à les réconcilier avec elles. Les maîtres qui donnaient l'enseignement le plus estimé en avaient fait la dernière citadelle du paganisme. Nulle part les dieux de l'Empire n'eurent d'adorateurs plus obstinés. Les moines, à qui le culte des idoles inspirait une aversion si légitime et si profonde, pouvaient-ils épargner leur mépris à une littérature et à une sagesse dont ces hommes avaient accaparé le monopole? Saint Grégoire de Nazianze[1] et saint Jean Chrysostome[2] ont plus d'une fois manifesté les sentiments que leur inspiraient ces connaissances. Elles n'avaient aux yeux de saint Nil pour objet que des choses vaines, propres à remplir l'âme d'idées inutiles, à la rendre folle d'orgueil et à entretenir dans le cœur le feu de la luxure. Combien il valait mieux, disait l'illustre anachorète du Sinaï, se mettre à l'école de l'humilité, en se mortifiant par des veilles prolongées et en nourrissant son esprit par de ferventes prières et par le chant des psaumes[3]!

L'incompatibilité que les solitaires voyaient entre la profession religieuse et les études littéraires troubla vivement le cœur de saint Jérôme. Les chefs-d'œuvre de la littérature païenne avaient passionné sa jeunesse; les réminiscences classiques remplissaient sa mémoire et hantaient son imagination. Cela créait en lui un état d'esprit qui le préparait mal à l'intelligence des divines Écritures. Son âme ardente et si portée à l'exagération ne savait comment s'affranchir de cette obsession. Il entreprit contre lui-même une lutte qui se ressentait beaucoup de la violence de son tempérament[4]. On connaît son fameux rêve et le serment qu'il fit de renoncer à la lecture des écrivains profanes. Il en parle à sa fille spirituelle, Eustochium, qui partageait son admiration pour leurs chefs-d'œuvre. Le maître cherchait à communiquer à sa disciple les nouveaux sentiments qui l'animaient. « Que peut bien faire le Psautier avec Horace? lui écrivait-il; l'Evangile avec Maro? l'Apôtre à côté de Cicéron? Si un frère te surprenait en contact avec ces souvenirs idolâtriques, n'aurait-il point le droit de se scandaliser?

---

1. S. Grég. Naz., *Epist.* 235, P. G., XXXVII, 378-379.
2. S. Jean Chrys., *Adv. oppugnatores vitæ monast.*, I. III, P. G., XLVII, 367-368. Cf. Marin, *Les Moines de Constantinople*, 382-383.
3. S. Nil, I. II, *epist.* 58, P. G., LXXIX, 226.
4. Cf. Tillemont, I. XII, 24-27.

Tout est pur, à la vérité, pour les hommes purs; et il ne faut rejeter rien de ce qui se prend avec action de grâces. Nous ne pouvons pas néanmoins boire en même temps le calice du Christ et celui des démons[1]. » Jérôme conseillait la même aversion au pape Damase et à plusieurs de ses amis[2]. Malheureureusement, les habitudes contractées sur les bancs de l'école étaient plus fortes que toutes ses résolutions. Il avait beau dire : « Voilà plus de quinze ans qu'un exemplaire de Cicéron, de Virgile ou d'un auteur païen ne m'est pas tombé sous les yeux; si parfois quelques réminiscences classiques se présentent sous ma plume, c'est comme le vague souvenir d'un rêve qui agite mon esprit[3] », on ne le croyait guère. Comment expliquer, en effet, la variété et l'à-propos des citations qui émaillent sa correspondance et ses écrits? Ne sont-elles pas la preuve manifeste du bon accueil que faisait son esprit aux souvenirs classiques de sa jeunesse? Aussi a-t-on pu dire qu'il ne pratiquait guère pour son compte les conseils qu'il donnait aux autres[4]. Ses amis ne comprenaient pas toujours le mobile qui le portait à citer avec tant de complaisance des faits empruntés aux écrivains du siècle. Quelques-uns l'accusaient de salir avec ces résidus du paganisme la blancheur de l'Eglise[5]. Les raisons qu'il alléguait pour justifier sa conduite ne fermaient pas la bouche de Rufin et de ses adversaires, qui saisissaient avec empressement cette belle occasion de le dénigrer[6].

Saint Jérôme n'est pas le seul moine chez qui l'on rencontre une semblable contradiction. Saint Isidore de Péluse n'admettait point qu'un solitaire entraînât derrière lui le tumulte des histoires païennes et les élucubrations des poètes, lectures honteuses et obscènes qui ne sauraient lui convenir[7]. Il s'était bien gardé cependant d'abandonner lui-même sur les confins du désert ses propres souvenirs classiques. Sa mémoire en était encombrée. Ce n'est pas sans une certaine surprise que l'on retrouve dans ses lettres les traces nombreuses de ses anciennes lectures. Homère, Hésiode, Sophocle, Euripide, Aristophane, Pindare, Ménandre, Hérodote,

---

1. S. Jerôme, *Epist.* 22, n. 29, 30, P. L., XXII, 416-417.
2. Id., *Epist.* 21. Cf., Stilting, *Acta Sancl. Sept.*, t. VIII, 440-442.
3. Id., *Comment. in Ep. ad Galatas*, l. III. prol., P. L., XXVI, 427.
4. Gaston Boissier, *La Fin du Paganisme*, t. I, 381.
5. S. Jérôme, *Epist.* 70, P. L., XXII, 664-668.
6. Rufin, *Apologia*, l. II, 6 et s., P. L., XXI, 588-595.
7. S. Isidore Pél., l. I, *epist.* 63, P. G., LXXVIII, 223.

Thucydide, Plutarqu^, Démosthène, Socrate, Platon et d'autres encore semblent lui être presque aussi familiers que les Prophètes et les Evangélistes[1]. Saint Basile et saint Grégoire de Nazianze lui avaient donné l'exemple ; ces citations classiques sont néanmoins beaucoup plus rares dans leurs écrits et moins recherchées.

*
* *

La lecture des poètes païens, à cause, soit des sujets qu'ils traitent, soit de la manière dont les maîtres les enseignaient, se gravait profondément dans la mémoire des hommes de cette époque. L'âme était comme empoisonnée par le souvenir de fables et d'aventures avec lesquelles on l'avait familiarisée dès l'enfance. Elle ne pouvait sans effort penser à autre chose. Ces imaginations ridicules l'obsédaient avec plus de ténacité quand venait l'heure de la prière et de la psalmodie. Cassien, qui fit l'expérience douloureuse de cet état d'âme, s'en ouvrit à l'abbé Nesteros et lui demanda quel remède le pourrait guérir. Le saint abbé lui déclara n'en connaître qu'un dont l'efficacité lui parût certaine ; c'était de consacrer aux divines Ecritures l'ardeur qu'il avait mise à étudier les auteurs profanes[2]. Les Grégoire, les Jérôme et les Basile l'avaient employé avec grand succès.

Ces hommes, qui portaient au monastère des connaissances si appréciées dans le monde, voyaient chaque jour combien elles leur servaient peu à l'acquisition des vertus, qui est la véritable fin de la vie monastique. Les abbés Evagre et Arsène, qui avaient reçu dans les écoles grecques une formation très complète, furent assez humiliés en constatant que de pauvres Egyptiens, malgré leur ignorance, recevaient du Seigneur des grâces supérieures à celles qu'ils obtenaient eux-mêmes[3]. De fait, parmi ces hommes, dont le savoir n'était guère plus étendu que celui des habitants de la campagne, figurent des solitaires, qui, par leur vertu, leur prudence et la sûreté de leur jugement, ont exercé sur leurs contemporains

1. Cf. Bouvy, *De S. Isidoro Pelusiota*, l. III, 46-49.
2. Cassien, *Conlat.*, XIV, 414. Cf. S. Nil, l. II, *ep.* 49, 56, 73 ; l. IV, *ep.* 1, P. G., LXXIX, 219-223, 231, 545.
3. *Verba Seniorum*, P. L., LXXIII, 913.

l'influence la plus extraordinaire et mérité l'admiration de la postérité. Tels furent en particulier saint Antoine et saint Pakhôme. Le premier reçut la visite de plusieurs philosophes, qui discutèrent avec lui sur des points importants de la doctrine catholique. Les explications qu'il leur fournit et la fermeté de son argumentation ne furent pas sans leur causer de l'étonnement[1].

*
* *

Les moines orientaux, qui éprouvaient une si vive répugnance pour la littérature classique et pour la philosophie païenne, faisaient grand cas des connaissances élémentaires, dont un homme voué à la recherche de la perfection évangélique ne pourrait guère se passer. Ils avaient besoin, pour atteindre leur but, de savoir les Saintes Écritures et, par suite, de les comprendre ; ce qui suppose tout au moins la possibilité de les lire. Mais tous n'étaient pas capables de le faire en entrant. Si l'abbé Hor eut le bonheur d'apprendre miraculeusement à lire [2], on ne pouvait sans témérité attendre une pareille faveur. Saint Pakhôme ne permettait à aucun de ses religieux de rester sans pouvoir déchiffrer un texte[3]. Il y avait à Tabenne des religieux chargés d'enseigner la lecture à ceux qui l'ignoraient.

Dans quelques monastères de Syrie on s'occupait d'instruire des enfants destinés à la vie monastique. Saint Jean Chrysostome les trouvait beaucoup plus en sécurité que dans les écoles publiques [4]. Certains parents confiaient aux moines l'éducation de leurs fils, bien qu'ils fussent destinés à vivre dans le monde. Le même Jean Chrysostome recommandait de ne point les enlever à leurs maîtres avant qu'ils ne les eussent solidement formés à la pratique de la vertu [5]. Saint Jérôme enseignait la grammaire à quelques enfants [6]. Saint Basile permettait à ses moines d'avoir de jeunes élèves, à la condition toutefois de les former avant tout à la vie

1. S. Athanase, *Vita S. Antonii*, 72-81, P. G., XXVI, 943-955.
2. Rufin, *Hist. Monach.*, II, P. L. XXI, 406.
3. S. Pakhôme, *Reg.* 139-140, P. L. XXIII, 78.
4. S. Jean Chrys., *Adv. oppugnatores vitæ monasticæ*, l. III, P. G. XLVII, 366-367.
5. Id., *In Ep. ad Ephesios hom.* 21, P. G., XLII, 149-153.
6. Cf. Tillemont, t. XII, 106-108.

chrétienne [1]. Ces écoles monastiques n'avaient, cela va sans dire, rien de commun avec les grandes écoles d'Athènes, d'Antioche et d'Alexandrie, où affluait la jeunesse de l'Empire.

Ne pourrait-on pas regretter que saint Grégoire de Nazianze, saint Basile, saint Jean Chrysostome, saint Jérôme, saint Isidore de Péluse, au lieu de maudire la rhétorique et la philosophie païenne, ne se soient pas préoccupés d'épurer la formation littéraire que recevait la jeunesse de cette époque, pour la rendre plus chrétienne? Les moines auraient pu leur fournir un concours précieux. Pourquoi ne point développer ces études, acceptées par saint Basile et préconisées par saint Jean Chrysostome, et faire de quelques monastères des centres de vie intellectuelle et littéraire, qui auraient transmis au christianisme une science et un prestige que le paganisme perdait chaque jour?

*
* *

Les solitaires n'appréciaient qu'une connaissance, celle des divines Écritures, qui embrassait alors tout l'ensemble des sciences sacrées. L'instruction élémentaire, donnée aux enfants et aux jeunes religieux, n'était qu'une simple préparation à une étude qui absorbait l'attention de toutes les intelligences. Quel que fût le degré de sa culture littéraire, chacun s'appliquait à lire la Bible, à l'apprendre et à la méditer. Elle lui traçait le chemin le plus sûr pour arriver à la connaissance du devoir, puisque, au dire de saint Basile, on y trouvait les préceptes de la vertu et les exemples des saints [2]. C'était un champ fertile d'où l'homme tirait une abondante récolte pour faire face aux besoins de son âme [3]. La joie de la moisson, disait saint Ephrem, vient du champ; la vendange, de la vigne; et la doctrine vivifiante, des Écritures. Le champ donne la moisson une fois l'année; la vigne ne fournit qu'une vendange par an; tandis que la doctrine salutaire jaillit de l'Écriture aussi souvent qu'on la lit. Allons donc à ce champ divin jouir de sa richesse et cueillir ses épis vivifiants [4]. Le diacre d'Edesse écrit ailleurs : « Que

---

1. S. Basile, *Reg. fus. tract., int.* 15, P. Gr., XXXIII, 951-956.
2. S. Basile, *epist.* 2, P. G., XXXIII, 229-230.
3. Cassien, *Conlat.,* VIII, p. 219.
4. S. Ephrem, *Sermo in Transfigurationem*, op. gr. t. III, 41.

les divines Écritures te tiennent lieu de trompette. Le son de la trompette rassemble les soldats; la voix des Écritures réunit nos pensées au service de Dieu. Car nos pensées ressemblent à des soldats; ce sont elles qui résistent aux ennemis du Seigneur. » Plus loin il continue : « Par la lecture des Livres sacrés, tu jouis de la familiarité des anges, tu t'entretiens avec le Saint-Esprit, dont elles sont l'organe[1]. » Impossible de recommander aux moines l'étude de la Bible en termes plus éloquents.

Saint Jean Chrysostome la propose aux solitaires comme un moyen très efficace d'entrer en relations spirituelles avec les bienheureux. Par elle, ils jouissent de la société des prophètes et des patriarches, ils écoutent les enseigements de saint Paul ; ils vont de Moïse à Isaïe, d'Isaïe à Jean, de Jean à un autre écrivain inspiré. Cette compagnie est de beaucoup préférable à celle qui encombre la cour des rois; elle exerce forcément sur l'esprit et sur le cœur une très heureuse influence. Le moine devient peu à peu l'imitateur des apôtres et des prophètes[2]. Le saint prêtre d'Antioche compare encore la Bible à une prairie émaillée de fleurs. Les moines studieux y butinent, comme des abeilles diligentes, le miel de leurs pensées et de leurs oraisons[3].

Saint Jérôme recommande avec non moins d'instance la lecture des Livres inspirés. Ignorer l'Écriture, dit-il à la vierge Eustochium, c'est ignorer la vertu et la sagesse de Dieu. L'ignorance des Écritures est l'ignorance du Christ[4]. Et à la vierge Démétriade il écrit : « Aime les Écritures, et la Sagesse t'aimera[5]. » Saint Nil affirme que l'âme a autant besoin de s'appliquer à l'étude attentive de l'Ancien et du Nouveau Testament, que le corps de renouveler ses forces en mangeant et en buvant[6].

Ces témoignages, qu'il serait facile de multiplier, expriment l'idée qu'on se faisait de la Bible dans les solitudes orientales et expliquent l'importance que donnaient à son étude les maîtres de la vie ascétique. Toute personne qui désirait servir Dieu se réservait chaque jour du temps pour l'apprendre[7]. C'est par sa lecture que

---

1. S. Ephrem, *De secundo adventu*, P. G., t. III, 98-101.
2. S. Jean Chrys., *Comparatio regis cum monacho*, 2, P. G., XLVII, 389.
3. Id., *In Matth. hom.* 68, P. G., LVIII, 646.
4. S. Jérôme, *In Isaïam proph.*, *prolog.*, P. L., XXIV, 17.
5. Id., *epist.*, 130, P. L., XXII, 1124.
6. S. Nil, l. II, *epist.* 37, P. G., LXXIX, 214.
7. S. Jérôme, *epist.*, 130, n. 15, c. 1119.

les moines syriens continuaient leur journée après le chant des psaumes[1]. L'abbé Orsise recommandait fort cet exercice aux religieux de Tabenne[2]. Ceux de Scété s'y appliquaient durant des heures. Il n'était pas rare de les entendre dans leurs cellules lire à haute voix des passages de la Bible pour les retenir plus aisément. Ils les répétaient ensuite pendant que leurs mains se livraient au travail[3]. Les saints moines avaient, en effet, la dévotion de confier à leur mémoire la plus grande partie du texte sacré. Saint Hilarion le savait tout entier par cœur[4]. Saint Jérôme affirme la même chose de sainte Paule[5]. Cette servante du Seigneur voulait que ses filles ne laissassent aucun jour passer sans en apprendre quelques passages ; elles devaient toutes savoir le Psautier[6]. Marc de Scété, qui avait cent ans lorsque Pallade fit sa connaissance, pouvait réciter tout l'Ancien et le Nouveau Testament[7]. Les deux abbés Isaac, Ammon et les Grands Frères étaient capables d'en faire autant[8]. Pallade, en allant au désert de Scété, voyageait avec deux frères, nommés Albin et Eron. Ce dernier récita, pendant le trajet, quinze psaumes, l'Épître aux Hébreux, Isaïe, une partie du prophète Jérémie, l'Évangile de saint Luc et le livre des Proverbes[9].

Saint Ephrem, qui possédait lui aussi dans sa mémoire le texte entier de la Bible[10], cite un trait où l'on voit dans quels sentiments le solitaire Julien, son compatriote, l'étudiait. Il examinait un jour le livre dont usait ce serviteur de Dieu. Les lettres des noms bénis de Dieu, de Sauveur, de Seigneur ou de Jésus-Christ, étaient effacées à chaque page. Il en demanda la raison : « Je ne te cacherai rien, lui répondit le saint homme. La pécheresse arrosa de ses larmes les pieds du Sauveur et elle les essuya avec ses cheveux. Eh bien, moi, partout où je rencontre le nom de mon Dieu écrit, je l'arrose de mes larmes pour obtenir le pardon de mes fautes[11]. »

L'esprit de foi qui les animait leur faisait reconnaître sous ces

1. S. Jean Chrys., In Ep. 1 ad Tim. hom. 14, P. G., LXII, 576.
2. Orsise, Doctrina, 51, 52, P. G., XL, 892.
3. Cassien, Inst., l. XI, p. 202.
4. S. Jérôme, Vita S. Hilarionis, 4, Acta Sanct. Oct., t. IX, 54.
5. Id., epist., 108, P. L. XXII, 102.
6. Ibid., c. 896-897.
7. Pallade, Hist. laus., xxi, P. Gr., XXXIV, 1063.
8. Id., Dialogus de vita S. Joannis Chrys., 17, P. G., XLVI, 58-60.
9. Id., Hist. laus. XXXII, c. 1093.
10. S. Grég. Nys., de Vita S. P. Ephrem, P. G., XLVI, 830.
11. S. Ephrem, de sancto Juliano, op. gr., t. III, 257.

lettres une force invisible, capable d'humilier le démon et d'agir
sur l'homme même quand il ne les comprend pas. L'abbé Arsène se
servit de cette pensée pour encourager un frère qui se plaignait à
lui de ne retirer aucun fruit de ses lectures, parce qu'il n'en
avait pas l'intelligence. Après lui avoir signalé la confiance des
enchanteurs dans les formules de la sorcellerie : « Imitons-les, lui
dit-il; lors même que nous ne pourrions comprendre les Écritures,
les démons, qui nous les entendent prononcer, seront épouvantés et
mis en fuite. C'est aux paroles que l'Esprit-Saint a prononcées par
l'organe des prophètes et des apôtres que Dieu a donné cette
puissance [1]. »

Cette doctrine était consolante pour des esprits incapables
d'approfondir le sens des Écritures. Les autres, stimulés par le
désir de comprendre, se mettaient à l'étude avec une généreuse
ardeur. Saint Pakhôme ne voulait négliger aucune des vérités
qu'elles renferment [2]. Il communiquait son zèle à ses disciples. La
règle leur ordonnait d'apprendre dès les premiers temps de leur vie
religieuse vingt psaumes, deux épîtres de saint Paul et une autre
partie de l'Écriture [3]. On leur faisait dans la suite continuer cette
étude. Les solitaires de Nitrie n'étaient pas moins zélés. L'étendue
de leurs connaissances bibliques et la clarté des explications qu'ils
donnaient excitaient l'admiration de Rufin [4]. On les voyait, ainsi
que leurs frères de Scété, se soumettre les uns aux autres les
passages obscurs et se communiquer franchement les lumières
qu'ils pouvaient avoir, à moins toutefois que l'humilité ne les
empêchât de révéler leur science [5]. Les moines syriens usaient du
même procédé. C'est ainsi qu'Ammien recourait à Eusèbe de
Télédan. Ils étaient assis sur un rocher; le premier lisait avec attention l'Évangile. Un texte difficile à expliquer l'arrêta. Dans le but
de mieux en pénétrer le sens, il posa au saint abbé une série de
questions qui reçurent des réponses satisfaisantes [6].

La curiosité de ces hommes de Dieu prenait une direction bien
déterminée. Les renseignements historiques contenus dans la
Bible les intéressaient fort peu. La rigueur avec laquelle nos con-

---

1. *Verba Seniorum*, P. L., LXXIII, 764.
2. *Vita S. Pachomii*, Acta Sanct. Maii, t. III, 298.
3. S. Pakhôme, *Reg.*, 139-140, P. L. XXIII, 78.
4. Rufin, *Hist Monach.*, xxi, P. L. XXI, 444.
5. *Verba Seniorum*, P. L., LXXIII, 955.
6. Théodoret, *Relig. historia*, iv, P. G., LXXXII, 1343.

temporains cherchent le sens obvie n'entrait guère dans leurs habitudes intellectuelles. Avides de connaître le Seigneur et zélés pour leur sanctification, ils négligeaient ce qui ne s'y rapportait pas directement. Comme l'Esprit-Saint s'était proposé en inspirant les Écritures de donner aux âmes l'aliment qui leur était nécessaire, chacun espérait trouver dans cette lecture ce dont il avait particulièrement besoin. L'étude de la Bible prenait ainsi un caractère tout personnel [1]. Il en résultait quelques inconvénients, surtout dans l'interprétation des passages obscurs. L'influence des opinions antérieures se faisait beaucoup trop sentir.

Les moines se préparaient par la prière à la méditation des Livres saints. Dieu, pensaient-ils, dont ils contiennent les paroles, était seul capable de les expliquer aux âmes. La pureté du cœur et l'oraison étaient les véritables maîtres de l'abbé Théodore, qui avait acquis des Lettres divines une science extraordinaire. Il se trouva un jour en présence d'un texte difficile. Au lieu d'épuiser ses forces dans des raisonnements humains, il passa sept jours et sept nuits priant sans interruption jusqu'à ce que le Seigneur lui eût donné la lumière [2]. Cassien, après avoir raconté ce fait, dit que la méthode la plus sûre pour étudier la Bible consiste à purifier son cœur de toutes affections mauvaises. Elle profite plus que la lecture de savants commentaires. Notre-Seigneur la recommande lorsqu'il dit : *Beati mundo corde, quoniam ipsi Deum videbunt* [3]. L'abbé Nesteros explique longuement à Cassien sa pensée sur la Bible et sur la manière de l'étudier. Elle est assez conforme aux enseignements et à la pratique des Pères [4]. Le rôle surnaturel de la prière dans l'intelligence des Livres sacrés est attesté par quelques faits intéressants. On trouvait des hommes qui en possédaient le texte et la doctrine, sans avoir jamais rien appris à l'école d'un maître. L'un deux, Paphnuce Céphala, la savait si bien qu'il était capable d'expliquer n'importe quel passage de l'Ancien et du Nouveau Testament [5]. Sérapion, surnommé le Sindonite, ne savait ni lire ni écrire ; Dieu grava dans sa mémoire toutes les Ecritures, qu'il put désormais méditer assidûment [6].

---

1. Cassien, *Collat.* XI, p. 326.
2. Id., *Inst.*, l. v, 101.
3. Matth. v, 8.
4. Cassien, *Collat.* XIV, p. 404 et s.
5. Pallade, *Hist. laus.*, xci, P. G., XXXIV, 1198.
6. Id., lxxxvi, ibid., 1082-1083, cf. Ribet, *La Mystique divine*, I, II, 303.

*
* *

Le moine avait besoin de livres pour lire et apprendre. Leur présence dans sa cellule n'était pas seulement la preuve d'un esprit sérieux; elle lui donnait une leçon et un encouragement. Saint Epiphane avait dit que leur vue suffisait pour détourner du mal et porter à la pratique de la vertu[1]. Le solitaire ne les achetait pas habituellement. Il les copiait de sa main. Transcrire la Bible lui semblait une œuvre non moins utile que de l'apprendre par cœur. « J'ai gravé dans ma mémoire l'Ancien et le Nouveau Testament, disait un ancien. — Pour moi, répliquait un autre, je les ai écrits de ma main[2]. » C'est une sainte occupation, écrivait saint Jérôme, qui fournit à l'âme sa nourriture, pendant que le corps satisfait au précepte de gagner sa vie par le travail[3].

L'art d'écrire les livres était fort en honneur dans les monastères syriens[4]. Mais il paraît que tous ne remplissaient pas cette tâche avec le même soin. Aussi ne trouvait-on pas aisément un ouvrage transcrit avec fidélité. Ceux qui avaient le bonheur d'en posséder un se montraient jaloux de le conserver[5]. Saint Ephrem recommandait aux moines copistes d'être sur ce point d'une sévérité extrême. Car ils scandaliseraient les âmes et ils attireraient sur eux les malédictions du Seigneur, s'ils altéraient sa vérité, en modifiant les paroles qui la revêtent[6].

Les religieux qui avaient reçu une instruction plus développée étaient plus aptes que les autres à ce genre de travail. On les y employait volontiers. Un frère d'origine italienne, nommé Syméon, passait pour un homme instruit, bien qu'il ne connût ni le grec ni le copte. Comme il ne savait trop que faire pour gagner sa vie, un ancien, le prenant en pitié, lui commanda une Bible en latin, sous

---

1. *Apophtegmata Patrum,* P. G., LXV, 166.
2. *Verba Seniorum,* P. L., LXXIII, 929.
3. S. Jérôme, *Epist.,* 125, P. L., XXII, 1079.
4. S. Jean Chrys., *In Ep. I ad Tim. hom.,* XIV, P. G., LXII, 576. S. Ephrem, *Saren.,* 48, op. gr., t. II, 176.
5. S. Ephrem., ibid., 34, p. 129.
6. Id., 48, p. 176.

prétexte de l'envoyer à son frère, qui était soldat[1]. A Scété, lorsqu'un moine avait la réputation d'être bon copiste, on lui demandait fréquemment le service d'écrire un livre. L'un d'eux vivait dans une étroite union avec le Seigneur ; son esprit, toujours appliqué aux choses surnaturelles, était souvent distrait. Cela se voyait à son travail. Un frère qui lui avait demandé un livre s'aperçut qu'il manquait plusieurs versets. Le copiste, qui semblait avoir dans ce cas agi avec préméditation, voulut lui donner une leçon : « Va-t'en d'abord pratiquer ce que j'ai écrit, lui dit-il ; tu reviendras alors, et je t'écrirai le reste[2]. » Les anciens invitaient les solitaires occupés à cette besogne à ne jamais oublier les devoirs de l'obéissance ; et ils citaient avec admiration l'exemple du disciple de l'abbé Sylvain, qui avait interrompu une lettre commencée pour répondre à l'appel de son maître[3].

Cette transcription des manuscrits comptait parmi les occupations chères aux moines de Tabenne[4]. Chaque monastère de la congrégation avait son groupe de copistes. Tous les livres qu'ils écrivaient ne restaient pas dans le maison. On en vendait un certain nombre. D'autres étaient charitablement offerts à des églises pauvres[5]. Outre les livres inspirés, ils copiaient les écrits des Pères, et, en règle générale, tout ce qui était de nature à édifier[6]. Les monastères possédaient une collection de livres ou bibliothèque. Chacun d'eux se devait suffire à lui-même ; la règle interdisait de prêter un volume à une maison voisine[7].

On les communiquait aux frères sans difficulté ; ils les rendaient à la fin de la semaine pour qu'on pût dresser l'inventaire, en même temps que celui des outils[8]. La règle recommandait aux religieux de ne pas les laisser négligemment de côté et d'autre. Si l'heure de l'office ou du repas les surprenait au moment de la lecture, ils les pliaient avec soin, de manière à ce qu'ils ne fussent pas endommagés[9]. L'économe et son auxiliaire veillaient à leur conservation. Le second du monastère les enfermait dans une armoire spéciale

---

1. Cassien, *Inst.*, l. v, 110-112.
2. *Apophtegmata Patrum*, P. G., LXV, 131.
3. *Verba Seniorum*, P. L., LXXIII, 788.
4. Pallade, *Hist. laus.*, xxxix, P. G., XXXIV, 1103.
5. *Vie arabe de S. Pakhôme*, A. D. M. G., XVII, 438.
6. *Pachomii Vita*, 40, *Acta Sanct.*, Maii, t. III, p. 312.
7. S. Pakhôme, *Reg.*, 183, P. L., XXIII, 89.
8. Ibid., 23, c. 71.
9. Id., 100, ibid., 78.

creusée à cet effet dans l'épaisseur du mur[1]. Les solitaires égyptiens déposaient habituellement les manuscrits dans ces sortes d'armoires, qu'ils appelaient des fenêtres[2].

Certains frères aimaient à orner leurs livres de superbes miniatures. L'abbé Isaïe les met en garde contre cette recherche, où pouvait se cacher un sentiment de vanité[3]. D'autres avaient la manie de collectionner des volumes dont ils ne faisaient guère usage. « Les prophètes ont écrit des livres, disait à leur occasion un ancien de Scété ; nos Pères les ont mis en pratique ; leurs successeurs se sont occupés de les apprendre par cœur ; la génération présente les écrit sur le parchemin et les membranes, et les laisse dormir dans la bibliothèque[4]. » L'abbé Sérapion s'affligea beaucoup en voyant dans la cellule d'un ermite un grand nombre de livres ; et il lui reprocha de priver par ce moyen les orphelins et les veuves de ressources qui leur appartenaient[5].

Par le fait, les livres avaient une réelle valeur. De saints moines n'hésitaient pas à les vendre pour soulager les pauvres. Ellemon, dont l'inépuisable générosité édifia les habitants d'Ancyre, consacrait à cet usage tout ceux qu'il recevait[6]. Dans le but d'aider un malheureux, l'abbé Bisarion vendit son Evangile[7]. Saint Hilarion allait faire la même chose du sien pour payer son voyage, si un batelier n'avait pas consenti à le transporter gratuitement[8]. Théodore de Phermé, qui possédait trois volumes, s'en alla demander à l'abbé Macaire s'il pouvait les garder. « Il est préférable de ne rien avoir », lui répondit le saint homme. Sans hésiter, Théodore les vendit et donna aux pauvres la somme qu'il reçut en échange[9]. Le solitaire Zénon, qui habitait le voisinage d'Antioche, n'avait jamais de livres en sa possession. Il empruntait ceux de ses frères, quand il avait besoin de lire[10]. Certains moines se faisaient un plaisir de les prêter. Gélase laissait un volume, qui contenait l'Ancien et le

1. S. Pakhôme, 82, ibid., 77, Pachomii vita, 38, p. 311.
2. Verba Seniorum, P. L., LXXXIII, 929-933.
3. Isaïe, Oratio, 3, P. G., XL, 1109. Reg., 23, P. L., CIII, 430.
4. Verba Seniorum, P. L., LXXIII, 933.
5. Ibid., 890, 929, Apophtegmata Patrum, 415.
6. Pallade, Hist. laus., CXV, P. G., XXXIV, 1221.
7. Id., cxvi, ibid., 1222.
8. S. Jérôme, Vita S. Hilarionis, 25. Acta Sanct., Oct., t. IX, 55.
9. Verba Seniorum, P. L., LXXIII, 889.
10. Théodoret, Hist. relig., xii, P. G., LXXXII, 1398.

Nouveau Testament, dans l'église, où tout le monde pouvait s'en servir[1].

Un bien aussi apprécié devait forcément exciter la convoitise des voleurs. Il y en eut qui déployèrent une grande habileté pour se monter une bibliothèque aux dépens d'autrui[2].

1. *Verba Seniorum*, 969.

2. B. Zosime, *Alloquia*, 12, P. G., LXXVIII, 1695-1698, *Verba Seniorum*, 757-758.

CHAPITRE XVII

Les moines et les discussions théologiques

Les Églises orientales furent profondément troublées, durant la période qui nous occupe, par les discussions théologiques qui passionnèrent tant les esprits. Comme elles avaient pour objet les vérités fondamentales du christianisme, le dogme de la Trinité, le mystère de l'Incarnation et la grâce, les moines ne purent pas s'en désintéresser. Quelques-uns même prirent à la lutte une part très active.

Ceux qui restèrent fidèles aux enseignements de l'Eglise eurent pour les hérétiques une aversion qui allait jusqu'à cette haine parfaite dont il est question dans le psaume. Il faut entendre saint Ephrem accabler de ses malédictions deux de ses disciples qui avaient abandonné sa communion et professé des erreurs graves. « Que ta mère soit maudite entre les femmes. Malheur aux entrailles qui t'ont donné le jour : tu as embrassé toutes les hérésies, tu es entré par la porte des larrons. Tes œuvres sont pleines de malice. Tu es dépouillé, déchu de la grâce, semblable au traître Judas [1]. » Il insiste plus d'une fois sur la prudence qui doit porter le chrétien à fuir la société et la conversation des hérétiques [2]. Ce docteur, si humble et si doux, s'abandonnait aux impétuosités d'un zèle ardent, lorsque la foi était en cause. Les hérétiques, les hérésiarques surtout, cessaient d'être pour lui des frères ; ce n'étaient même plus des hommes. La Bible lui fournissait pour les désigner des figures d'une hardiesse qui étonne. Parmi les défenseurs de la

---

1. S. Ephrem, *Testamentum*, op. gr., t. II, 241-243.
2. Id., *De virtute*, 8, op. gr., t. I, 223.

vérité chrétienne, personne ne s'est montré plus intrépide que lui. Tout le monde admirait l'énergie et la pureté de ses convictions [1].

Saint Antoine ne voulait entretenir aucune relation amicale avec les manichéens, les méléciens, les ariens, et en général avec les hérétiques. S'il consentait à leur adresser la parole, c'était dans le but unique de les réfuter ou de les convertir [2]. L'aversion, je ne dis pas seulement de l'hérésie, mais des hérétiques, fut l'un des derniers conseils qu'il donna à ses disciples [3].

L'hérésie était, aux yeux des habitants de la solitude, la faute la plus grave qui pût être commise. Il n'y en avait point qui couvrit le chrétien d'une honte pareille. Des moines, pour soumettre à une épreuve l'humilité de l'abbé Agathon, l'accusèrent de toutes sortes de péchés dont il était innocent. A toutes leurs accusations, le saint opposait un silence absolu ; si, par hasard, il ouvrait la bouche, c'était pour les conjurer de le recommander au Seigneur dans leurs oraisons. Les frères, ayant usé tout leur répertoire sans réussir à le troubler, finirent par le traiter d'hérétique. Devant cette injure, Agathon sortit de sa réserve et déclara nettement : « Je ne le suis point. » Quelqu'un lui demanda plus tard raison de sa conduite. « On ne peut, répondit-il, accepter semblable accusation ; car l'hérésie sépare l'âme de Dieu [4]. »

Théodore de Phermé la craignait au point de voir d'un mauvais œil les moines chercher à convertir ceux qu'elle avait séduits. Il trouvait bon qu'un solitaire, compatissant à la honte d'un frère tombé dans une faute charnelle, le traitât miséricordieusement, et lui tendît la main pour le sauver. Mais dès qu'il s'agissait d'un hérétique, il fallait rompre avec lui dans la crainte d'une séduction [5]. L'abbé Isaïe conseillait à ses disciples la même prudence [6].

*
* *

Cette réserve, qui s'imposait aux religieux inexpérimentés, ne convenait plus aux hommes qui joignaient à une vertu consom-

1. S. Grégoire Nys., *De vita S. Ephrem*, P. G., XLVI, 826-827.
2. S. Athanase, *Vita S. Antonii*, 68, P. G., XXVI, 939.
3. Id., 89, 91, ibid., 967-970.
4. *Verba Seniorum*, P. L., LXXIII, 751-752.
5. Ibid., 916.
6. Isaïe, *Oratio*, 4, P. G., XL, 1116.

mée la science de la vérité catholique. Ces derniers furent nombreux dans les solitudes orientales, et on les vit attaquer l'hérésie sous toute ses formes. Quelques-uns, opposant aux sophismes des hérésiarques la force de la vérité, discutaient l'erreur avec une logique impeccable, et triomphaient par l'autorité de la raison. D'autres employaient l'argument irrésitible de la *vertu de Dieu* ou du miracle. Macaire l'Ancien évoqua un mort pour confondre un hiéracite qui essayait de gagner à sa secte les moines de Scété[1]. Le solitaire Coprès, qui n'avait pu réfuter un manichéen dans une discussion publique, lui proposa d'affronter les flammes d'un bûcher. L'hérétique refusa, on le comprend, de subir cette épreuve. Coprès, lui, n'hésita pas un instant. Son séjour dans le feu produisit sur les spectateurs un effet plus considérable qu'une réplique rigoureuse et éloquente[2].

Ces interventions du ciel, pour appuyer le témoignage que de saints moines rendaient à la vérité catholique, se trouvent fréquemment sous la plume des écrivains de cette époque. Toutefois la vie sainte et les vertus extraordinaires de ces serviteurs de Dieu conciliaient avec plus de force encore au dogme chrétien la sympathie et la confiance des multitudes, qui les connaissaient et les admiraient.

*
* *

L'arianisme fut la première grande hérésie avec laquelle ils furent sérieusement aux prises. Les ravages qu'elle faisait en Egypte remplissaient de tristesse le cœur de saint Antoine. Si quelques-uns de ses partisans se hasardaient à lui rendre visite, il les faisait chasser impitoyablement, Ses disciples refusaient d'avoir la moindre relation avec eux. Bien que personne n'ignorât les sentiments qu'ils lui inspiraient, les hérétiques, pour séduire la foule, essayèrent de couvrir leurs erreurs du prestige de son nom, en affirmant qu'Antoine les admettait dans sa communion. Lorsque cette nouvelle parvint à ses oreilles, il quitta sa solitude et s'en alla en pleine ville d'Alexandrie faire publiquement profession de foi au concile de Nicée et à la consubstantialité du Verbe (v. 355).

1. Rufin, *Hist. monach.*, xxviii, P. L., XXI, 452.
2. Id., ix, ibid., 426-427.

Cet événement fut pour tous les catholiques l'occasion d'une vive allégresse[1]. L'exemple d'Antoine entraîna la grande majorité des habitants du désert. Leur zèle à soutenir l'orthodoxie nicéenne contribua puissamment à sa victoire définitive[2].

Nulle part saint Athanase, en qui se personnifiait la lutte contre cette erreur, ne trouva des amis plus fidèles et plus dévoués. Son nom était un drapeau derrière lequel ils voulaient toujous marcher. Ses écrits avaient à leurs yeux une autorité indiscutable. Des ariens allèrent sur la montagne de saint Antoine s'entretenir avec l'abbé Sisoës. Comme leur langage ne s'accordait guère avec la foi de Nicée, le vieillard les écouta sans proférer une parole. Quand ils eurent terminé, il dit à son disciple : « Apporte le livre de saint Athanase et lis. » Le passage désigné réfutait si bien leurs erreurs qu'ils durent se rendre à l'évidence et reconnaître la foi du patriarche d'Alexandrie[3]. D'autres hérétiques, au cours d'une visite à l'abbé Pœmen, se mirent à déblatérer contre saint Athanase. Le saint homme ne répondit pas un mot. Il se contenta de dire à son disciple : « Dresse la table, donne-leur à manger et mets-les à la porte[4]. »

L'orthodoxie des moines de Tabenne n'était pas moins ardente. Saint Pakhôme, sur son lit de mort, leur avait expressément recommandé d'éviter toute communion avec les partisans d'Arius[5]. L'illustre fondateur suivait pieusement les travaux et les épreuves de saint Athanase. Peu de temps après son élection, l'Esprit du Seigneur lui avait révélé que le nouveau patriarche serait la colonne et le flambeau de l'Eglise. Il connut alors toutes les tribulations que lui réservait l'avenir[6]. Lorsque saint Athanase visita les églises et les monastères de la Thébaïde, Pakhôme sentit croître encore son admiration pour ce grand homme, qu'il appelait l'une des trois merveilles que le Seigneur avait mises en Egypte dans le but de sauver son peuple. Et la foi des religieux de Tabenne augmenta l'affection que leur portait le bienheureux patriarche.

---

1. S. Athanase, *Vita S. Antonii*, 68-70, ibid., 939-943.

2. Sozomène, *Hist. eccles.*, 1. III, 13, P. G., LXVII, 1067.

3. *Apophtegmata Patrum*, P. G., LXV, 377. Il s'agit sans doute de l'histoire des ariens que saint Athanase rédigea à la demande des moines, désireux de posséder une relation écrite de tout ce qui s'était passé. P. G., XXVII, 691-796.

4. *Apophtegmata Patrum*, 342.

5. *Pachomii vita*, 74. Acta Sanct. Maii, t. III, 324.

6. Tillemont, t. VIII, 9.

Son retour à Alexandrie, après la mort de l'intrus Grégoire, fit tressaillir d'allégresse les solitudes monastiques. Mais Pakhôme n'était plus là pour s'associer à la joie universelle. Orsise, qui gouvernait la congrégation, envoya deux religieux lui exprimer ses félicitations et celles de tous ses monastères[1].

Athanase chercha un refuge parmi les solitaires durant la persécution que l'empereur Constance souleva contre lui (361). La visite de son patriarcat, qu'il entreprit au début du règne de Valens (365), fut pour eux tous l'occasion de manifester l'admiration qu'il leur inspirait. Les moines de Tabenne le firent avec un enthousiasme religieux[2].

Les ermites de Nitrie et de Scété se faisaient depuis longtemps remarquer par leur attachement à l'orthodoxie[3]. On peut en dire autant de la plupart de leurs frères d'Egypte et de Thébaïde. Cette fidélité leur mérita l'honneur de participer largement aux persécutions que les ariens dirigèrent contre les catholiques sous le patriarche intrus Georges[4]. Leur patience, plus que leurs paroles, encourageait les chrétiens à rester inébranlables dans leur foi.

Mais ce fut principalement après la mort de saint Athanase que la fureur des hérétiques s'exerça avec violence contre les défenseurs de la consubstantialité du Verbe, si nombreux dans les solitudes. Ils commencèrent par emprisonner Pierre; l'intrus Lucios, qui fut intronisé à sa place, dirigea lui-même la persécution. L'empereur Valens avait donné l'ordre au préfet d'Egypte de sévir contre tous ceux que lui désignerait le pseudo-patriarche. Les moines furent de sa part l'objet d'une haine particulière[5]. On vit alors des choses lamentables; les persécutions païennes n'avaient rien présenté de pareil. Des troupes armées partirent en guerre contre de pauvres ermites dont le seul crime était de ne pas partager les erreurs de Lucios[6]. Le sang coula. Plusieurs moines reçurent la palme du martyre. D'autres se virent condamnés à l'exil ou aux mines. Il y en eut de relégués sur les montagnes du Pont et de l'Arménie,

1. Tillemont, 130.
2. Ibid., 225-227.
3. Ammon, *Epistola* 21, 22, Acta Sanct. Maii, t. III, 356.
4. S. Grégoire Naz., *Oratio 25 in laudem Heronis philosophi*, P. G., XXXV, 1210-1211. S. Athanase, *Apologia contra Arianos*, P.G., XXVII, 299.
5. Socrate, *Hist eccles.*, l. IV, 22, P. G., LXVII, 510.
6. Rufin, *Hist. eccles.*, l. II, 3, 4, P. L., XXI, 511.

où leurs frères d'Egypte leur envoyaient de temps à autre des secours et des encouragements[1].

Les souffrances endurées par les solitaires égyptiens excitaient la commisération des catholiques de l'Asie. Le plus grand d'entre eux, saint Basile de Césarée, aurait voulu se transporter personnellement à Alexandrie pour leur témoigner sa vénération et pour les soutenir. Il leur envoya, à son défaut, son disciple Eugène, porteur d'une lettre par laquelle il se recommandait à leurs prières[2]. L'évêque de Césarée n'était pas moins courageux. Il fut, avec ses amis Grégoire de Nazianze et Amphilochios, le soutien de la foi catholique dans une contrée où l'arianisme avait pu faire des conquêtes importantes. Son frère, Grégoire de Nysse, qui avait mesuré l'étendue de son action, affirme que Dieu l'avait suscité dans son Eglise pour combattre le démon, qui cherchait à faire revivre par l'arianisme l'adoration de la créature[3]. Grégoire de Nazianze, après avoir rendu la paix à l'église de son père troublée par les questions tant agitées alors, réussit pendant son passage sur le siège de Constantinople à faire prévaloir la foi de Nicée. Les moines de la capitale n'étaient point, comme leurs frères de Nazianze, de Césarée et de l'Egypte, les champions ardents de l'orthodoxie. Le macédonianisme avait fait parmi eux des ravages considérables[4]. Aussi le saint pontife eut-il la douleur de les compter au nombre de ses ennemis les plus acharnés[5].

La persécution de Valens n'épargna pas les moines syriens. Ceux de Berrhé et de Chalcis furent des plus maltraités. Après l'incendie de leurs monastères et la destruction de leurs travaux, ils se virent contraints de prendre la fuite pour échapper aux mauvais traitements qui les attendaient[6]. A Antioche, l'empereur mit au service de l'hérésie la puissance souveraine (371). L'évêque saint Mélèce fut dépossédé de son siège épiscopal. On chassa les catholiques de leurs églises pour les donner aux ariens. Ceux-ci, dans le but de gagner la confiance du peuple, répandirent le bruit que l'un des solitaires les plus estimés, Julien Sabbas, acceptait leur

1. Théodoret, *Hist. eccles.*, l. IV, 18, 19, P. G., LXXXII, 1166-1678. Cassien, *Conlat.*, XVIII, p. 516.

2. S. Basile, *Ep.* 139, P. G., XXXII, 582.

3. P. G., XLVI, 795.

4. Rufin, *Hist. eccles.*, l. I, 25, P. L., XXI, 497.

5. S. Grég. Naz., *epist.* 77, P. G., XXXVII, 142.

6. S. Basile, *epist.*, 256-257, P. G., XXXII, 943-947.

communion. Cette fausse nouvelle causait un grand scandale. Les deux chefs de la résistance, Flavien et Diodore, envoyèrent Astère et Acace le chercher. Sa présence couvrit les ariens de confusion et ranima le courage des catholiques [1]. Un autre solitaire, Aphraates, descendit des montagnes pour appuyer les défenseurs de la foi. Tous les efforts de l'hérétique Valens ne réussirent pas à l'intimider. Son langage, son attitude courageuse et le spectacle de ses vertus furent au milieu de ces luttes la force et l'honneur des catholiques [2].

Valens fit plus d'une fois la rencontre de moines qui surent lui tenir le fier langage de la vérité. Il s'éloignait de Constantinople pour aller combattre les Goths. Un solitaire, nommé Isaac, se présenta devant lui et le somma au nom du Dieu tout-puissant de rendre aux partisans de la consubstantialité les églises qu'il leur avait enlevées. Pour toute réponse, l'empereur donna l'ordre de le jeter en prison, se réservant à son retour de lui infliger un traitement plus rigoureux. « Eh bien ! lui dit alors le moine, tu ne reviendras pas, à moins que tu ne restitues les églises. » Ces paroles furent une prophétie. Valens trouva la mort dans cette campagne (378) [3].

Cette mort et la défaite de l'arianisme, qui la suivit de près, ne mirent pas un terme aux souffrances de l'Eglise. Un schisme pénible partagea en deux camps rivaux les fidèles d'Antioche. Les moines ne pouvaient rester en dehors de cette division. On les vit se prononcer chaudement soit pour un parti soit pour un autre [4]. Saint Jérôme, qui habitait alors le désert de Chalcis, ne voulait pas se mêler de ces querelles; mais les zélés de chaque communion le fatiguaient par leurs sollicitations importunes. Pour avoir la paix, il consulta saint Damase et lui déclara se soumettre à l'autorité du pontife dont le pape reconnaissait la légitimité [5]. D'autre part, les membres d'une secte arienne cherchaient à lui persuader qu'en Dieu il y avait trois hypostases [6]. Afin d'échapper à ces ennuis et à ces troubles, il abandonna cette solitude (377).

---

1. Théodoret, *Religiosa historia*, II, P. G., LXXXII, 1318-1322.
2. Id., VIII, ibid., 1370-1378. *Hist. eccles.*, l. IV, 23-24, ibid., 1186-1187.
3. Sozomène, *Hist. eccles.*, l. VI, 40, P. G., LXVII, 1414-1415.
4. Pallade, *Hist. laus.*, CXVIII, P. G., XXXIV, 1224.
5. S. Jérôme, *Ep.* 16, P. L., XXII, 358, cf. Acta Sanct. Sept., t. VIII, 451-456. Tillemont, XII, 42-49.
6. Id., *Ep.* 15, 355-358.

Les moines de l'Egypte, qui avaient en général opposé une résistance si courageuse aux partisans de l'arianisme, ne s'étaient pas tous au début tenus à l'écart du schisme de Mélèce. Quelques monastères de la Thébaïde avaient nettement pris parti en sa faveur. Un abbé Pinis cacha le fameux accusateur de saint Athanase, le prêtre Arsène, et lui procura une retraite plus sûre dès que les émissaires envoyés à sa recherche eurent trouvé sa piste [1].

*
* *

L'arianisme était à peine vaincu, lorsqu'une nouvelle hérésie vint troubler profondément les églises orientales. Elle eut pour auteur un moine du monastère de Saint-Euprèpe, Nestorius, qui, après avoir exercé à Antioche les fonctions sacerdotales, fut préposé au gouvernement de l'église de Constantinople. Les moines protestèrent les premiers contre ses enseignements erronés; ce qui leur attira la colère de l'évêque. Il y en eut un qui, poussé par un zèle excessif, essaya de lui interdire l'entrée du chœur. Son audace faillit lui coûter la vie [2]. La fermeté des religieux de la capitale et l'intervention de l'archimandrite Dalmace exercèrent sur l'esprit de Théodose II et de la population une influence décisive. Le pape Célestin leur témoigna son entière satisfaction. Saint Cyrille d'Alexandrie, qui leur avait donné par lettres ses encouragements et des instructions [3], leur annonça la décision du concile d'Ephèse, condamnant l'hérésiarque et ses doctrines [4]. Ce fut alors que l'orthodoxie bénéficia du crédit dont jouissaient Dalmace, les archimandrites et les moines de Constantinople. Mais tous les religieux ne montrèrent pas au milieu de ces luttes un zèle également discret. Saint Cyrille le laisse entendre dans l'une de ses épîtres [5]. Leur présence à Ephèse, en particulier, inspirait des inquiétudes à l'empereur, qui ordonna au comte Candidien de les faire sortir de la ville et de leur en interdire désormais l'accès [6].

---

1. Sozomène, *Hist. eccles.*, l. II, 23, col. 994.
2. Cf. Tillemont, t. XIV, 338.
3. S. Cyrille, *Epist.* 19, 23, P. G., LXXVII, 126, 131.
4. Id., *Epist.* 26, 55, 56, ibid., 139-142, 290, 319.
5. Id., *Epist.* 56.
6. Cf. Tillemont, t. XIV, *passim.* Héfélé, *Histoire des Conciles*, trad. Delarc, t. XXX. Marin, *Les Moines de Constantinople*, 183-187.

La condamnation de Nestorius et son internement dans un monastère ne terminèrent pas les querelles soulevées par son hérésie. Elle avait longtemps fermenté dans les monastères de Syrie. Le moine Théodore, évêque de Mopsueste, avait beaucoup contribué pour sa part à son éclosion. C'était un disciple de Diodore de Tarse et de Cartèrios, qui furent les maîtres de Jean Chrysostome, de Maxime et de Basile. Jean d'Antioche, Théodoret de Cyr et Acace de Berrhé, qui jouissaient d'une estime très méritée, avaient connu Nestorius. Subirent-ils son influence ou celle du milieu ? On ne pourrait l'affirmer. Toujours est-il que leur foi fut hésitante ; leur attitude manqua de netteté. Cela suffit pour créer des malentendus capables de compromettre le triomphe de la vérité. On s'en aperçut au concile d'Ephèse. Après la condamnation de l'erreur, la popularité du nom de Théodore, la vertu d'Acace et la science de Théodoret entretinrent en Syrie un courant favorable à l'hérésiarque. La bonne foi de l'évêque de Cyr et de Jean d'Antioche et la condescendance de saint Cyrille finirent par avoir raison de ces difficultés. L'archimandrite Maxime[1] et saint Euthyme prêtèrent à ce dernier un concours très utile. Quelques solitaires, d'une orthodoxie un peu farouche, trouvaient excessive la douceur du patriarche d'Alexandrie et ils refusaient la communion de Jean d'Antioche. Maxime, qui remplissait dans cette église les fonctions de diacre, informa Cyrille de ce qui se passait. Celui-ci traça une ligne de conduite très sage à Jean et à un certain nombre d'archimandrites[2].

Il restait encore des fauteurs secrets du nestorianisme. Cyrille, qui l'apprit du supérieur d'un monastère syrien, s'empressa de rédiger son traité *De incarnatione Unigeniti*, qu'il adressa aux archimandrites Maxime, Jean et Thalassios, en les priant de le faire lire autour d'eux[3]. De leur côté, Marc l'ermite et saint Isidore de Péluse combattirent cette hérésie; Proclos, évêque de Constantinople, prémunit contre elle les évêques, les prêtres et les archimandrites arméniens[4]. Elle se montra particulièrement vivace sur les frontières orientales de l'Empire et dans les églises placées sous la domination des Perses. Les moines égyptiens avaient été de bonne heure mis en défiance contre ses partisans. On agitait parmi eux la question de savoir si Marie pouvait être appelée Mère de Dieu. Saint Cyrille les

1. Cyrille, *Epist.*, 69, 70, 71, P. G., LXXVII, 338-344.
2. Id., *Epist.* 58, ibid., 322. Cf. Tillemont, XIV, 625-626.
3. Id., *Epist.* 64, ibid., 328-330.
4. Proclos, *Epist.* 2, P. G., LXV, 856.

invita à se tenir tranquilles[1]. Bien que le nestorianisme ne semble pas avoir fait beaucoup de ravages dans ces contrées, il y eut cependant au désert des Cellules une église appartenant à une secte dont les membres étaient connus sous le nom d'*apaschites*; on les appelait encore *diphysites* ou *nestoriens*[2].

*
* *

L'eutychianisme, qui se développa durant la période postérieure à celle qui nous occupe, eut des origines toutes monastiques. Eutychès, son fondateur, gouvernait à Constantinople un monastère de trois cents religieux. Il trouva parmi les moines des partisans nombreux et zélés. Les solitaires de l'Egypte et de la Thébaïde, en particulier, abandonnèrent presque tous la foi catholique pour accepter l'unité de nature en Notre-Seigneur.

Les grandes hérésies arienne, nestorienne et eutychienne ne furent pas les seules qui agitèrent les solitudes de l'Orient. L'esprit souvent inquiet de leurs habitants s'occupa de plusieurs opinions erronées. Il y en eut une, l'origénisme, qui déchaîna les passions des hommes les plus graves. Cette hérésie, au témoignage de saint Epiphane, régnait surtout parmi les hommes qui faisaient profession de la vie monastique; elle était en quelque sorte un sommaire de toutes les erreurs, surpassant en malice et en danger celles qui l'avaient précédée[3]. Saint Jérôme, Théophile d'Alexandrie, et tous ceux qui en Orient luttèrent contre les partisans d'Origène, en parlent avec non moins de sévérité. Tout autre est le sentiment du Gaulois Postumianus, qui se trouvait à Alexandrie pendant la période aiguë de cette querelle. Il y avait, dit-il, entre les évêques et les moines de malheureuses divisions, dont voici le motif : les évêques avaient souvent interdit dans leurs conciles de lire ou de conserver les écrits d'Origène, qui passait pour le plus habile commentateur des Ecritures. Ils prétendaient que ses ouvrages renfermaient des erreurs grossières; ses partisans, qui n'osaient pas les défendre, les attribuaient à des interpolateurs hérétiques. Aussi croyaient-ils que ces défauts n'étaient pas une raison de condamner

1. S. Cyrille, *Epist.* 1, *ad monachos Ægypti*, ibid., 11-14.
2. *Apophtegmata Patrum*, P. G., LXV, 431.
3. S. Epiphane, *Adv. hæreses*, *hær.*, 64, P. G., XLI, 1075.

tout le reste; car la foi des lecteurs saurait bien distinguer le vrai du faux. Ces interprétations n'avaient rien de surprenant, puisque les Evangiles eux-mêmes avaient été altérés par des hommes téméraires. Malgré ces explications, l'épiscopat enveloppait dans la même condamnation tous les ouvrages d'Origène. Cette mesure semblait excessive à Postumianus, qui trouvait dans ces écrits des pages dignes de toute louange, à tel point que, d'après lui, personne n'avait aussi bien écrit des choses divines depuis les saints apôtres. Il avouait cependant que les passages incriminés contenaient les erreurs les plus grossières qui se puissent imaginer.

Ce n'est pas le lieu d'examiner ce qu'il pouvait y avoir de fondé dans cette querelle théologique, qui mit aux prises les esprits les plus cultivés de l'Orient. Elle troublait depuis longtemps les solitudes de l'Egypte. Saint Pakhôme s'était nettement déclaré contre les doctrines qui circulaient sous le nom d'Origène. Des anachorètes, peu éloignés de Tabenne, lui rendirent un jour visite. Il s'entretenait familièrement avec eux, après leur avoir fait les honneurs de son monastère. Pendant cette conversation une odeur nauséabonde, sortant on ne sait d'où, infectait l'air qu'ils respiraient. Pakhôme s'expliqua ce phénomène, lorsqu'il sut, après leur départ, que ses hôtes étaient des origénistes obstinés. Dans l'espoir de les gagner à la vérité, il leur manda de revenir auprès de lui. Origène et ses écrits furent l'objet de leur entretien. « Ceux qui professent les erreurs du maître d'Alexandrie, déclara le saint abbé, sont voués aux peines éternelles. » Il les invita à jeter dans le fleuve les livres origénistes qui étaient en leur possession[1]. Un ouvrage de cet auteur lui tomba un jour sous la main; le respect pour le nom de Dieu, gravé sur ces feuilles, l'empêcha de le jeter dans le Nil[2]. Son disciple Théodore éprouvait la même répulsion pour cet écrivain[3].

Les écrits d'Origène reçurent à Nitrie et à Scété un accueil plus favorable. Tous les moines cependant ne leur donnaient pas la même confiance. L'abbé Lot avait procuré une cellule à un vieillard infirme, qui ne manquait jamais une occasion de faire devant lui et devant ses visiteurs l'éloge d'Origène et de ses ouvrages; il en fut très affligé. Sa conscience ne tarda guère à se troubler; son attachement à la foi ne lui permettait point d'écouter sans protestation

1. *Vita S. Pachomii, Paralipomena,* 51, *Acta Sanct. Maii,* t. III, 336.
2. Id., 20, ibid., 304.
3. Ammon, *Epist.* 18, ibid., 354.

un pareil langage. Et il se demandait ce qui serait le plus agréable
au Seigneur, ou de congédier cet infirme ou de partir lui-même.
L'abbé Arsène lui conseilla de proposer à l'ancien l'alternative de
modifier ses idées ou d'aller ailleurs. La vénération qu'il avait pour
Origène lui fit prendre ce dernier parti [1]. Lorsque saint Jérôme visita le désert de Nitrie, il y rencontra des solitaires qui professaient
ouvertement les doctrines origénistes [2]. Jérôme lui-même fut, avec
Rufin et plusieurs esprits des plus distingués de cette époque, un
fervent admirateur du célèbre docteur alexandrin. Les païens, écrivait-il, n'ont pas à se glorifier outre mesure de la fécondité littéraire du Latin Varron et du grammairien grec Didyme. Origène les
surpasse par le nombre et surtout par le mérite de ses écrits. Il a
plus composé d'ouvrages qu'un homme ne pourrait en lire. S'il fut
condamné, il n'y a pas à en chercher le motif dans des erreurs
professées par lui, mais dans la jalousie que son savoir et son
éloquence soulevaient [3].

Ce n'est pas le seul témoignage de l'estime que saint Jérôme
faisait d'Origène [4]. Cette admiration lui fut assez reprochée dans la
suite, quand il eut changé de sentiment. Rufin et ceux qui conservèrent au maître alexandrin leur fidélité lui opposèrent alors
plus d'une fois son enthousiasme des premiers temps [5].

Il eût été facile de discuter les erreurs connues sous le nom
d'origénisme dans un examen pacifique, où l'on aurait dissipé les
malentendus qu'engendre si vite un langage sans précision où des
esprits inquiets cherchent la formule de leurs propres sentiments.
Mais une circonstance imprévue vint envenimer le débat et lui
donner des proportions inouïes. Ce fut bientôt une lutte pas-
sionnée.

Le pli que les habitudes idolâtriques avaient fait contracter à
l'esprit humain portait certains individus à prendre au pied de la
lettre le langage métaphorique de la Bible et à croire que Dieu
avait réellement un corps et des membres. Le Syrien Audeos, qui
imagina l'un des premiers cette erreur grossière, la transmit avec
son nom à la secte des audiens [6]. Mais ce fut principalement en

1. *Apophtegmata Patrum*, P. G., LXV, 254-255.
2. S. Jérôme, *Apologia adv. libros Rufini*, l. III, 22, P. L., XXIII, 495.
3. Id., *Epist. 33*, P. L., XXII, 446-447.
4. Cf. Thierry, *Saint Jérôme*, t. I, 353-397.
5. S. Jérôme, *Apologia adv. libros Rufini*, P. L., XXIII, 415-514.
6. Théodoret, *Hist. eccles.*, l. IV, 9, P. G., LXXXII, 1142.

Égypte que cette hérésie trouva des adeptes. Elle répondait trop aux aspirations pieuses des moines, qui s'adonnaient à la vie spirituelle sans avoir reçu une préparation théologique suffisante, pour ne pas faire de rapides progrès. Jean de Lycopolis et d'autres solitaires ne purent les arrêter [1]. Le patriarche Théophile d'Alexandrie profita de ses lettres pascales de l'année 399 pour condamner l'*anthropomorphisme*, c'était le nom de cette erreur, et pour proclamer la vérité catholique [2]. Cette intervention jeta le trouble dans quelques solitudes [3] sans extirper complètement l'erreur. Son successeur, saint Cyrille, dut écrire une lettre aux moines du désert de Calame pour les éclairer [4].

Les écrits d'Origène fournissaient leurs meilleurs arguments aux solitaires qui combattaient l'anthropomorphisme. Les partisans de cette erreur devinrent par la force des choses les adversaires passionnés de tous ceux que l'opinion confondait sous le nom d'origénistes. Or il se trouva que le patriarche Théophile avait parmi eux des ennemis personnels. Le concours de ces deux circonstances déchaîna contre les origénistes une violente persécution. Les anthropomorphites, mécontents de la condamnation portée contre eux par l'évêque d'Alexandrie, accoururent dans la ville et l'intimidèrent si bien par leurs menaces qu'il rétracta son jugement et condamna les erreurs d'Origène. Il ne craignit pas de se servir de ces pauvres fanatiques pour arracher de la solitude de Nitrie, sous prétexte d'origénisme, le prêtre Isidore et quatre religieux, auxquels leur vertu et leur taille avaient valu le nom de *Grands Frères*. Ils cherchèrent avec trois cents moines un refuge en Palestine. Quelques-uns allèrent ensuite jusqu'à Constantinople implorer la protection de l'empereur et de saint Jean Chrysostome [5].

Théophile, qui insistait beaucoup sur le côté doctrinal de cette affaire, s'empressa d'écrire à saint Jérôme qu'il avait, au moyen de la faux prophétique, extirpé les erreurs d'Origène, que des hommes méchants et furieux semaient dans les monastères de Nitrie [6]. Il tint au courant des condamnations et des mesures prises saint Epiphane et les évêques de Cypre et de Palestine, gagnés à sa

---

1. Rufin, *Hist. monach.*, I, P. L., XXI, 348.
2. Cf. Tillemont, t. XI, 461-467.
3. Cassien, *Conlat.* X, 286 et s.
4. Cyrille Alex., *Adv. anthropomorphitas*, P. G., LXXXVI, 1065-1132.
5. Sozomène, *Hist. eccles.*, l. VIII, 11-15-17, P. G., LXVII, 1543-1556-1559.
6. Théophile, *Epist. ad Hieronymum*, P. L., XXII, 755.

cause. Les amis et les partisans des *Grands Frères* furent accusés d'origénisme. Parmi eux, Rufin, Pallade, Evagre et nombre d'autres. Ce fut, on le sait, l'occasion de la lutte acharnée du patriarche d'Alexandrie contre saint Jean Chrysostome.

Les efforts de Théophile ne déracinèrent pas complètement les erreurs origénistes dans les monastères egyptiens. Les moines de Phua, par exemple, niaient, quelques années plus tard, la résurrection des corps et croyaient à la préexistence des âmes. Saint Cyrille dut leur écrire pour leur montrer la fausseté de pareilles opinions[1].

*
* *

La plupart des hérésies qui eurent cours dans les églises orientales trouvèrent parmi les moines des partisans plus ou moins sincères. Les eusthatiens, les massaliens et les audiens ne se recrutèrent que dans leurs rangs. On rencontrait parfois des solitaires qui, abordant l'étude des Saints Livres sans autre guide que leurs idées personnelles, en arrivaient à soutenir les opinions les plus absurdes. Il y en eut qui prirent Melchisédech pour le Fils de Dieu ; Marc l'ermite s'occupa de les réfuter[2]. D'autres crurent que les hommes naissaient justes ou coupables[3]. Un certain Ptolémée se mit à douter de la réalité des êtres[4]. Des moines égyptiens nièrent la continuation de la présence réelle dans l'Eucharistie après la célébration des saints mystères[5]. L'abbé Moïse raconta à Cassien l'aventure d'un moine de Mésopotamie qui, après avoir pratiqué de grandes vertus, persuada à plusieurs frères de la région qu'ils devaient se faire circoncire et embrasser le judaïsme[6].

Ces faits, quel que soit leur nombre, ne furent jamais que des exceptions. La masse des solitaires orientaux, durant cette première période de leur histoire, resta fidèle aux enseignements traditionnels de l'Eglise.

---

1. S. Cyrille, *epist.* 81, P. G., LXXVIII, 371-374.
2. Marc erem., *Opusc.* X *de Melchisedech*, P. G., LXV, 1117-1140.
3. *Apophtegmata Patrum*, P. G., LXV, 435-438.
4. Pallade, *Hist. laus.*, xxxiii, P. G., XXXIV, 1094.
5. S. Cyrille Alex., *Adversus anthropomorphitas*, P. G., LXXVI, 1075.
6. Cassien, *Conlat.* II, p. 47.

CHAPITRE XVIII

Les Moines et la Cléricature

Saint Epiphane, dans une énumération des degrés dont se compose la hiérarchie chrétienne, place à l'extrémité inférieure les simples fidèles qui vivent dans les liens du mariage. Puis viennent les personnes qui ont voué au Seigneur leur viduité, les moines de l'un et de l'autre sexe, et les vierges, qui sont en grand nombre parmi les hommes et parmi les femmes. Le sacerdoce occupe le sommet [1]. La vie monastique et la virginité étaient souvent réunies chez le même individu. Cette double profession, quelle que fût sa noblesse, ne pouvait être assimilée à la dignité sacerdotale. Aussi les religieux se sont-ils plu toujours à honorer ceux qui en étaient revêtus. Saint Antoine donna l'exemple de cette déférence. On le voyait s'incliner respectueusement devant les évêques et les prêtres. Si un diacre avait une affaire à traiter avec lui, il lui cédait la place d'honneur spécialement en tout ce qui se rapporte à la prière [2].

On trouve nettement formulés sous la plume de saint Jérôme les sentiments qu'inspirait aux solitaires la comparaison de leur état avec le sacerdoce. Il écrit à son ami Héliodore : « La condition des moines est bien différente de celle des clercs ; les clercs conduisent le troupeau ; moi, qui ne suis qu'un moine, je suis conduit par eux. Les clercs vivent de l'autel ; et moi, je suis menacé d'être coupé comme un arbre inutile, si je n'offre pas mon présent à ce même autel. Il ne m'est pas permis de m'asseoir avant un prêtre. Si je viens à commettre une faute, il a le pouvoir de me livrer à Satan. »

1. S. Epiphane, *Adv. hæreses. Expositio fidei*, P. G., XLII, 823-826.
2. S. Athanase, *Vita S. Antonii*, 67, P. G., XXVI, 938.

Est-ce à dire cependant que la condition du prêtre puisse dans la pratique être préférée à celle du moine? Saint Jérôme ne le pense pas. Les raisons sur lesquelles il appuie son sentiment sont de nature à produire une vive impression dans l'esprit de son correspondant et à lui inspirer, comme il se propose de le faire, la crainte du sacerdoce. « Si le moine tombe, dit-il en terminant, le prêtre priera pour lui; si, au contraire, le prêtre vient à tomber, qui donc priera pour lui [1]? »

Si le caractère sacré que lui communique l'ordination élève le prêtre et l'évêque au-dessus des moines, la vie sainte que mènent ces derniers leur assure dans l'Eglise une place à part. Alors comme de nos jours, on voyait en eux les meilleurs soutiens des hommes préposés au gouvernement du peuple fidèle [2]. Tout contribuait à leur donner une influence considérable, l'emportant parfois sur celle que les clercs pouvaient exercer. C'est au point que Stilicon ne craignait pas de dire que la vie monastique, si elle était moins honorable que la vie cléricale, était cependant plus sainte [3].

Quand les intérêts de la foi étaient en jeu, lorsqu'il fallait plaider la cause des malheureux et des pauvres, ou prendre part aux grandes manifestations de la vie catholique, ils jouaient un rôle souvent prépondérant. On s'en aperçut à Césarée de Cappadoce. Les religieux, qui formaient, au dire de saint Grégoire de Nazianze, la partie la plus sage et la mieux choisie de l'Eglise, se prononcèrent pour saint Basile dans ses difficultés avec son évêque. Ils menaçaient de faire un schisme, et les chrétiens les auraient suivis en masse [4]. Quelques années plus tard, lorsqu'il fallut remplacer l'évêque de cette ville, l'union des clercs et des moines assura l'élection de Basile. Les clercs et les moines, dit à ce sujet Grégoire de Nazianze, sont l'élite de l'Eglise. C'est à eux qu'il faudrait abandonner ces élections. On épargnerait par ce moyen aux fidèles des divisions et des scandales [5].

---

1. S. Jérôme, *Ep.* 14, P. L., XXII, 352-353.
2. S. Jean Chrys., *Hom. de B. Philogonis*, 3, P. G., XLVIII, 752.
3. Godefroid, *Codex Theodosianus*, t. VI, 82.
4. S. Grégoire Naz., *Orat.* 43, *in laudem Basilii Magni*, P. G., XXXVI, 534-535.
5. Id., *Oratio* 18. 1031, cf. *Ep.* 41, P. G., XXXVII, 86.

*
* *

Ces hommes, dont l'existence était si bien remplie et que le peuple tenait en si haute estime, se trouvaient tout naturellement désignés au choix de l'Eglise pour recevoir les fonctions sacerdotales, à une époque où elle n'avait pu organiser le recrutement et la formation des clercs. Aussi les évêques ordonnaient-ils prêtres soit des fidèles ayant conservé intacte leur virginité, soit des solitaires. A leur défaut, ils imposaient les mains à des veufs qui ne s'étaient point remariés, ou à des hommes engagés dans les liens du mariage et qui consentaient à n'avoir désormais avec leur épouse aucune relation charnelle[1]. Un grand nombre de moines reçurent ainsi le diaconat, et d'autres, la dignité sacerdotale ou épiscopale. Cette dernière fonction, en les attachant au service d'un diocèse, les forçait de quitter la solitude et de modifier souvent sur des points d'une grande importance leur genre de vie. Il n'en était pas toujours de même du diaconat et du sacerdoce. Les monastères et les groupes érémitiques eurent, en effet, pour la plupart un clergé recruté dans leur sein.

Tous n'avaient pas au début ce privilège. Les moines suivaient alors la liturgie dans les églises de la communauté chrétienne dont ils dépendaient. Les ascètes avaient longtemps vécu sous ce régime. Certaines communautés monastiques, dont les supérieurs ne voulaient pas laisser leurs religieux recevoir les ordinations, allaient dans les églises voisines participer aux saints mystères, quand ils n'invitaient pas des prêtres séculiers à les leur administrer chez eux. Ce fut le cas de Tabenne durant les premières années de sa fondation[2]. Les frères se rendaient au village le samedi; un prêtre venait au monastère le dimanche. Le saint fondateur, tout en défendant à ses disciples de recevoir les ordres, ne pensait pas établir un point de discipline monastique applicable partout et toujours. C'était un usage particulier à son ordre. Si des moines revêtus de la dignité sacerdotale se présentaient à Tabenne, on les recevait avec les égards qui leur étaient dus, sans se permettre de les blâmer. Les portes du monastère n'étaient pas fermées aux clercs

1. S. Epiphane, loc. cit.
2. Pachomii vita, 18, Acta Sanct. Maii, t. III, 303.

désireux d'embrasser la vie monastique; mais ils ne devaient pas s'attendre à être dispensés de la moindre observance régulière. La plupart des maisons soumises à la règle de saint Pakhôme finirent, avec le temps, par posséder un clergé monacal[1].

Les moines prêtres apparaissent de bonne heure dans les autres centres monastiques de l'Egypte et de la Thébaïde. Rufin nomme l'abbé Dioscore, qui gouvernait une centaine de religieux; il s'acquittait avec une grande diligence de ses fonctions sacerdotales[2]. On en dit autant d'Euloge[3] et des abbés Piammon, Jean et Sérapion[4]. Dans le monastère de l'abbé Isidore, qui, au dire de Pallade, comptait environ mille frères, le portier et deux autres religieux étaient prêtres; eux seuls avaient la permission de sortir[5]. Le solitaire Chronios, qui vécut non loin de Phénix, son pays natal, reçut l'ordination après plusieurs années de vie religieuse; il réunit environ deux cents moines autour de sa cellule[6]. Sainte Paule, quand elle visita Scété et Nitrie, trouva un certain nombre de diacres et de prêtres[7]. Il y avait ordinairement huit prêtres à Nitrie. Mais, par le fait, un seul remplissait les fonctions saintes, et les autres l'assistaient en silence[8]. Le prêtre Isaac, qui avait formé deux cents disciples, était à la tête de l'hospice, où les frères et les étrangers infirmes recevaient des soins empressés[9]. A Scété, les anciens choisissaient celui d'entre eux qui leur semblait digne de remplir le ministère liturgique[10]. Ils l'envoyaient à un évêque, qui lui conférait la dignité sacerdotale. Les deux Macaire furent prêtres dans cette solitude; l'Egyptien était âgé de quarante ans lorsqu'il fut ordonné[11]. Il y avait à Scété trois églises pour le service des religieux et un prêtre attaché à chacune d'elles[12]. Le prêtre, même quand il n'était pas le chef du monastère, jouissait d'une grande

---

1. *Pachomii vita*, cf. Ladeuse, p. 290.

2. Rufin, *Hist. monachorum*, xx, P. L., XXI, 442.

3. Sozomène, *Hist. eccles.*, l. vi, 28, c. 1374.

4. Rufin, xiv-xviii-xxix, 433-459. Pallade, *Hist. laus.*, LXXII-LXXV, c. 1176.

5. Pallade, LXXI, c. 1175.

6. Id., LXXXIX, P. G., XXXIV, 1198.

7. S. Jérôme, *Ep.* 108, P. L., XXII, 890.

8. Pallade, *Hist. laus.*, VII, P. G., XXXIV, 1022.

9. Id., *Dial. de vita S. Johannis Chrys.*, 17, P. G., XLVII, 50.

10. *Verba seniorum*, P. L., LXXIII, 752.

11. Pallade, *Hist. laus.*, xix, c. 1065. Sozomène, *Hist. eccles.*, l. III, 14. P. G., LXVII, 1070.

12. Cassien, *Conlat.*, X, 287.

autorité dans l'église confiée à ses soins. Non content d'offrir le saint sacrifice et d'administrer les sacrements, il enseignait la doctrine aux frères [1]. C'était à lui de lire ou de faire lire dans l'assemblée liturgique les lettres patriarcales [2]. Lorsque saint Cyrille d'Alexandrie envoyait des instructions aux moines de son patriarcat, il faisait dans la suscription une mention toute spéciale des prêtres et des diacres [3].

*
* *

Les religieux honorés du sacerdoce n'étaient pas rares dans les monastères en dehors de l'Egypte. Silvie en rencontra parmi les solitaires qui habitaient la Péninsule Sinaïtique et la Palestine [4]. Le supérieur lui-même était parfois revêtu de cette dignité [5]. Cela se présentait souvent en Syrie et en Asie Mineure [6]. Saint Basile ordonna son frère Pierre de Sébaste, préposé au gouvernement du monastère fondé par sa sœur sur les bords de l'Iris. La grâce sacerdotale rendit beaucoup plus profitable la direction qu'il donnait aux religieuses [7]. On constate, pendant les querelles relatives au nestorianisme et à l'hérésie eutychienne, la présence d'un grand nombre d'archimandrites prêtres à la tête des communautés de Syrie et de Constantinople. Les vingt-deux qui figurent parmi les signataires de la déposition d'Eutychès étaient prêtres, sauf trois; et encore l'un de ces derniers était-il diacre [8].

Le prêtre, dans la plupart des églises monastiques, avait à son service un diacre, qui, en règle générale, lui succédait. Cassien en connut un, du nom de Danihel, qui passait pour un homme d'une grande pureté de cœur et d'une douceur inaltérable. Ses vertus avaient attiré sur lui, malgré son jeune âge, l'attention du prêtre Paphnuce, qui se l'adjoignit en qualité de diacre. Pour mieux assu-

---

1. Pallade, xii, 1022.
2. Cassien, *Conlat.*, X, p. 287.
3. S. Cyrille Alex., *Ep.* I, P. G. LXXVII, 10.
4. Silvie, *Peregrinatio*, p. 37-39, 58.
5. Pallade, cvi-cix, c. 1213-1214.
6. S. Nil, *Oratio in Albianum*, P. G., LXXIX, 707. S. Basile, *Ep.* 256, P. G., XXXX, 945. Thédoret, *Ep.* 28, 97, 113, P.G., LXXXIII, 1206, 1291, 1318.
7. S. Grégoire Nys., *Vita S. Macrinæ*, P. G., XLVI, 974.
8. Labbe, t. IV, 1024-1026.

rer à son église la direction d'un aussi saint religieux, il le fit ordonner prêtre. Mais Danihel ne voulut jamais exercer cette fonction du vivant de Paphnuce. Contrairement à ses prévisions, celui-ci mourut le premier [1].

*
* *

Les évêques choisirent parmi les moines des diacres pour leur faire remplir cette fonction dans des églises séculières. Isaac, solitaire de Nitrie, fut diacre de la Petite Hermopolis au temps du saint évêque Isidore [2]. Saint Ephrem et Cassien sont les deux religieux les plus connus élevés à cette dignité. Celui-ci fut ordonné par saint Jean Chrysostome.

Alexandrie, Jérusalem, Antioche, Césarée de Cappadoce, Nazianze et un grand nombre de villes comptèrent des moines parmi les membres de leur clergé. A Césarée, l'un de ces moines prêtres, Sacerdos, chargé de la direction des religieux qui habitaient la ville, avait entre les mains l'administration de l'hôpital [3].

Le prêtre Isidore remplissait la même charge à Alexandrie. C'était un religieux de Nitrie, recommandable par sa doctrine et par sa sainteté. Il avait accompagné saint Athanase à Rome et reçu de lui l'ordination sacerdotale. Il gouvernait encore l'hôpital à l'âge de quatre-vingts ans, lorsque Théophile se mit à le persécuter sous prétexte d'origénisme [4]. Le bienheureux Abraam, dont saint Ephrem a écrit la vie, fut ordonné prêtre et chargé par son évêque de gouverner une église au milieu d'une population païenne, qu'il s'agissait de gagner à la foi [5]. L'église que le consul Rufin fit bâtir en l'honneur des saints Pierre et Paul, dans le faubourg du Chêne, à Chalcédoine, eut pour clergé le personnel d'un monastère établi à ses côtés par son puissant fondateur [6].

Une ordination monastique de cette époque a laissé dans l'his-

1. Cassien, Conlat., IV, 97-98.
2. Ammon., epistola 22, Acta Sanct. Maii, t. III, 356.
3. S. Grég. Naz., Ep. 209, P. G., XXXVII, 346.
4. Pallade, Dial. de vita S. Johan. Chrys., 6, 7, P. G., XLVII, 21-24, id., Hist. laus., 1, P. G., XXXIV, 1008.
5. S. Ephrem, In vitam B. Abraami, op. gr., t. II, 3-8.
6. Sozomène, Hist. eccles., l. VIII, 17, P. G., LXVII, 1559.

toire littéraire un souvenir intéressant ; elle devint l'occasion d'une polémique assez vive entre saint Jérôme et Jean, évêque de Jérusalem. Il y avait cinq prêtres dans le monastère de Bethléem. Saint Jérôme se préoccupait d'en avoir un sixième, pour l'employer au service de la communauté. Il jeta les yeux sur son frère Paulinien, âgé d'environ trente ans. Saint Epiphane lui conféra l'ordination sacerdotale dans un monastère du diocèse d'Eleutheropolis [1] (394). Jean vit là une violation des droits de son église, et il s'en plaignit amèrement. Jérôme prit sa défense et celle de l'évêque de Salamine. Théophile d'Alexandrie, à qui l'affaire fut soumise, put rétablir la paix [2]. Paulinien attendit ce moment pour remplir ses fonctions.

Saint Jérôme avait été ordonné quelques années plus tôt dans des conditions toutes spéciales. La liberté dont il jouissait lui était chère ; jamais il n'aurait voulu renoncer aux avantages de la vie monastique pour se laisser lier au service d'une église particulière. Paulin d'Antioche, en l'ordonnant, tint compte de ses désirs [3]. Il y eut des cas semblables en Orient et en Occident. Mais ces prêtres libres, qui pouvaient promener leur sacerdoce à travers la chrétienté, risquaient fort de devenir une occasion d'abus et peut-être même de scandales. Pour les prévenir, les Pères du concile de Chalcédoine interdirent d'ordonner un prêtre ou un diacre sans l'attacher au service d'une église, d'un sanctuaire de martyr ou d'un monastère. Ceux qui ne se conformaient pas à ces conditions ne pouvaient être admis à remplir leur ministère [4]. Les prêtres et les clercs chargés du service liturgique dans les monastères étaient, d'après le même concile, placés sous la juridiction de l'évêque diocésain [5].

* * *

On choisit dès cette époque primitive un grand nombre d'évêques parmi les moines. L'épiscopat, grâce à la diffusion extraordinaire

---

1. S. Jérôme, *Contra Joannem Hier.*, P. L., XXII, 411-412.
2. Id., *Epist.*, 82, P. L., XXII, 740.
3. S. Jérôme, *Contra Joannem Hier.*, 41, P. L., XXIII, 411.
4. *Concil. Chalcedon. can.*, 6. Labbe, t. IV, 1683.
5. Id., can., 8, ibid., 1686.

du christianisme au sein de l'empire, assurait à celui qui en était investi richesse et honneur. Aussi les ambitieux se mirent-ils à le rechercher de toutes leurs forces. Leurs convoitises se tournaient de préférence vers les sièges des principales cités. On les voyait s'insinuer auprès des grands, flatter le peuple et, au besoin, corrompre les électeurs [1]. Il n'en fallait pas davantage pour attrister profondément les hommes soucieux du bien des âmes et de l'honneur de l'Eglise. Ils jugeaient, non sans motif, les saints habitants de la solitude plus capables de les gouverner; aussi les contraignirent-ils souvent d'accepter cette charge.

L'un des premiers disciples de saint Antoine, Paphnuce, fut évêque dans la haute Thébaïde, il avait perdu un œil pendant la persécution. Personne ne défendit avec plus de courage la foi devant les Pères du concile de Nicée. Saint Athanase le compta toujours au nombre de ses amis et de ses défenseurs [2]. L'évêque de Tmuis, Sérapion, à qui saint Antoine légua sa mélote, était lui aussi un enfant de la solitude. Ces moines évêques de la première heure luttèrent énergiquement contre l'arianisme. Quelques-uns furent condamnés à l'exil par l'empereur Constance. Le patriarche saint Alexandre favorisa de tout son pouvoir des choix aussi utiles à l'Église et aux âmes. Saint Athanase marcha sur ses traces et mit à la tête des diocèses autant de moines qu'il put. Il avait du reste mené lui-même la vie sainte des ascètes. Toutes les fois que la Providence le ramena au milieu des solitaires, il vécut comme l'un d'entre eux. La dignité sacerdotale n'excluait pas en lui la pratique de la philosophie chrétienne, remarque le plus éloquent de ses panégyristes, saint Grégoire de Nazianze, et cette philosophie puisait une grande force dans sa dignité sainte [3]. Le patriarche Théophile imposa lui aussi les honneurs de l'épiscopat à un grand nombre de religieux [4].

Nous n'avons pas la prétention de dresser la liste des moines évêques durant la première période de l'histoire monastique. Qu'il nous suffise de présenter quelques-uns des noms des plus connus. La Palestine a donné à l'église de Salamine, en Cypre, saint Epiphane, l'un des hommes qui, par leur savoir et leur sainteté, ont le plus honoré le monachisme et l'épiscopat. Moine et prêtre à Antioche, évêque à Constantinople, saint Jean Chrysostome sut enthou-

1. Pallade, *Dial. de vita S. Joannis Chrys.*, 5, P. G., XLVII, 19.

2. Socrate, *Hist. eccles.*, l. I, 11, P. G., 103.

3. S. Grég. Naz., *Oratio 21 in laudem Athanasii*, P. G., XXXV, 1103.

4. Pallade, *loc. cit.*, 17, P. G., XLVII, 59-60.

siasmer avec sa parole ardente le peuple chrétien. L'un de ses
maîtres, Diodore, ses amis, Théodore, Maxime et Basile, méritèrent
comme lui la dignité épiscopale ; on peut encore citer Alexandre,
patriarche d'Antioche, Acace de Berhé, qui malheureusement
ternit sa réputation en prenant partie contre Jean Chrysostome, en
commettant des abus de pouvoir et en se mêlant aux troubles qui
suivirent le concile d'Ephèse ; il mourut à l'âge de cent seize ans
(437).

Théodoret, évêque de Cyr, dont les écrits sont pour l'histoire
une source si précieuse, fut consacré à Dieu par ses parents ; il ne
put embrasser la vie solitaire qu'après leur mort. Evêque malgré
lui, il porta aux moines l'affection la plus tendre [1]. Son *Histoire
religieuse* donne la biographie de plusieurs solitaires élevés à la
dignité épiscopale. C'est en premier lieu saint Jacques, évêque de
Nisibe, qui fut le sauveur de son pays, le père des indigents, des
veuves et des orphelins [2]. Agapet gouverna l'église d'Apamée,
après avoir fondé dans ce diocèse deux monastères [3]. On peut
encore citer Théodore d'Hiérapolis, Domnos, patriarche d'Antioche,
Hellade, métropolitain de Tarse, etc.

Nulle contrée ne fournit à l'épiscopat des religieux plus méritants
que la Cappadoce. Saint Basile de Césarée, saint Grégoire de
Nazianze, saint Grégoire de Nysse, saint Amphiloquios d'Iconium,
sont trop connus pour qu'il y ait à insister sur leurs noms et sur
leurs mérites.

*
* *

Ces hommes que la confiance du peuple chrétien arrachait aux
douceurs de la solitude pour les consacrer au service spirituel de
leurs frères, honorèrent l'épiscopat et la vie religieuse par la sainteté de leur vie et l'utilité de leurs œuvres. Ils tinrent pour la plupart à unir aux labeurs nouveaux de l'apostolat les exercices de
l'ascèse rigoureuse qu'ils avaient pratiquée loin du monde.

Saint Jacques de Nisibe ne supprima aucune de ses austérités,

---

1. Théodoret, *Ep.*, 80-81, P. G., LXXXII, 1258-1262.
2. Id., *Relig. hist.*, 1, P. G., LXXXII, 1298-1299.
3. Id., III, 1331.

conservant le même costume et le même régime alimentaire [1]. Acace, pendant les cinquante-huit années qu'il gouverna l'église de Berhé, resta fidèle à toutes les obligations de sa vie ascétique [2]. Il faut rendre le même témoignage à Hellade de Tarse [3], à Abraham de Carrhe [4], et au grand Alexandre d'Antioche, proclamé l'honneur de la religion et le modèle de la philosophie chrétienne [5]. Apthone, qui put conserver le gouvernement du monastère de Zeugma, porta toujours sa tunique de poils de chèvre et son pauvre manteau d'ascète [6]. Théodoret, de qui nous tenons ces renseignements, menait une existence très édifiante. On admirait son grand esprit de pauvreté. Il put se rendre à lui-même dans une lettre au pape saint Léon le témoignage suivant : « Bien que je remplisse depuis de longues années les fonctions épiscopales, je ne me suis permis d'acheter ni une maison, ni un champ, ni un tombeau ; j'ai vécu dans la pauvreté volontaire, après avoir vendu ce que mes parents m'avaient légué à leur mort. C'est connu de tout le monde en Orient [7]. »

Saint Epiphane vécut à Salamine comme dans son monastère. Cassien et son ami Germain visitèrent en Egypte Archebios, évêque de Panéphyse, qui avait passé trente-sept années dans la solitude. Il aimait à dire que Dieu avait permis son élévation à l'épiscopat parce qu'il était indigne de mener la vie anachorétique. Son extrême vieillesse ne lui fit abandonner aucune des pénitences rigoureuses auxquelles il s'était habitué [8]. La dignité sacerdotale fut pour Nathyras une occasion de renchérir sur ses austérités antérieures. Il vivait au Sinaï sous la conduite de l'abbé Silvain, avant d'être préposé au gouvernement du diocèse de Pharan. Un disciple, qui l'avait suivi, lui demanda pour quel motif il se traitait avec plus de rigueur. « Mon fils, répondit-il, au désert j'avais pour moi la solitude, la paix et la pauvreté ; cela me permettait de traiter mon corps avec discrétion, dans la crainte de tomber malade et d'avoir besoin de choses qui n'étaient pas en ma possession. Main-

---

1. Théodoret, *Relig. hist.*, 1, P. G., LXXXI', 1298-1299.
2. Id., II, 1314.
3. Id., x, 1394.
4. Id., xvi, 1419.
5. Id., xii, 1399.
6. Id., v, 1335.
7. Id., *Ep.*, 113, P. G., LXXXIII, 1318.
8. Cassien, *Conlat.*, xi, 314-315.

tenant je vis au milieu du siècle et j'ai de nombreuses occasions de prendre plus qu'il ne m'est nécessaire. Si je viens à tomber malade, je ne manquerai pas de gens pour me soigner[1]. » Mais tous ne pouvaient pas agir de la même manière. Affy, évêque d'Oxyrinque, aurait voulu rester fidèle aux pratiques austères de la solitude. Les forces vinrent à lui manquer, et il dut par la suite user de plus de discrétion[2].

De fait, le moine ordonné prêtre ou évêque pour le service des chrétiens avait besoin d'une sainteté plus grande. Les maîtres de la vie spirituelle l'ont répété plus d'une fois. « Evite autant que faire se peut la société des femmes, écrivait saint Isidore de Péluse à un évêque Pallade. Car ceux qui remplissent les fonctions sacerdotales ont besoin de mener une vie plus sainte et plus pure que les solitaires retirés sur les montagnes. Ils doivent s'occuper d'eux-mêmes et du peuple confié à leur sollicitude, tandis que ces derniers n'ont à veiller que sur leur personne. Les premiers sont élevés à une dignité éminente ; tout le monde les voit et examine de près leur conduite ; les seconds, tranquilles dans leurs grottes, pansent leurs plaies, cachent leurs défauts, et se préparent des couronnes pour l'éternité[3]. »

Népotien, le jeune ami de saint Jérôme, avait reçu malgré lui les honneurs de la cléricature et du sacerdoce. Sa résistance ne fit qu'accroître l'estime qu'on lui portait et montrer à tous combien il était digne de confiance. Les sages conseils que lui prodigua le solitaire de Bethléem furent la règle de sa vie. Aussitôt entré dans sa demeure, il oubliait sa dignité pour se livrer d'esprit et de cœur aux exercices austères de la vie monastique[4].

Un autre correspondant de saint Jérôme, le jeune Rusticus, brûlait du désir d'être prêtre. Ce qui lui attira ces avis pleins de sagesse : « Vis au monastère de manière à mériter la cléricature ; ne souille ton adolescence par aucune faute ; va à l'autel du Christ comme si tu sortais d'une chambre nuptiale ; obtiens des hommes du dehors un bon témoignage ; que les femmes ignorent ton visage et ton nom. Lorsque tu auras atteint l'âge viril, si tu es encore en vie et si le peuple et l'évêque de la cité te font l'hon-

---

1. *Verba seniorum*, P. L., LXXIII, 918 ; *Apophtegmata Patrum*, P. G., LXV, 311.

2. *Verba seniorum*, 956.

3. S. Isidore Pél., l. II, *Ep.*, 284, P. G., LXXVIII, 714.

4. S. Jérôme, *Ep.*, 52-60, P. L., XXII, 527-540-545.

neur de te choisir, remplis alors les fonctions d'un clerc; prends les meilleurs pour modèle... [1] » Saint Basile recommandait aux moines clercs l'humilité d'esprit et de cœur; car plus ils approchaient des sublimités du sacerdoce, plus ils devaient rester petits et misérables à leurs propres yeux. Ils avaient à se tenir en garde contre l'amour de l'autorité, dans la crainte de charger leurs épaules des péchés d'autrui [2].

Pour conserver autour d'eux tout ce qu'ils pouvaient du monastère et de la vie monastique, quelques évêques se firent un entourage de moines et vécurent en leur compagnie. De ce nombre fut saint Basile de Césarée [3]. Ses ennemis lui en firent un reproche [4]. Il y avait, semble-t-il, auprès de saint Grégoire de Nazianze et de saint Amphiloque, une fraternité, ou réunion de moines [5]. Mais on ne vit pas d'églises orientales avec un clergé composé uniquement de religieux, comme cela se passa en Occident, à Verceil, à Hippone et autres lieux. Seule, la cité de Riconoura, sur les confins de la Palestine et de l'Égypte, fut gouvernée par un évêque, des prêtres, des diacres et des clercs astreints aux obligations de la vie monastique [6].

*
* *

Les solitaires qui avaient fui le monde pour vivre dans une étroite union avec le Seigneur ne consentaient pas toujours à quitter leur retraite et à se charger de la conduite des hommes. L'épiscopat leur causait une sainte frayeur. Un moine, nommé Draconce, gouvernait en Egypte un monastère. Il était jeune encore. Sa vertu et sa discrétion lui conciliaient l'estime universelle; saint Athanase l'honorait de son affection. Une église du voisinage d'Alexandrie le choisit pour son premier pasteur avec une unanimité de suffrages qui faisait l'admiration générale. Cette élection produisit une impression fort heureuse. Des païens promettaient de se con-

1. S. Jérôme, *Ep.* 125, n. 17-18, 1082.
2. S. Basile, *De renunciatione*, P. G., XXXI, 647.
3. Id., *Ep.*, 36, 37, P. G., XXXII, 322, 323.
4. Id., *Ep.* 150, 207, 606, 762.
5. S. Grég. Naz., *Ep.* 184, P. G., XXXVII, 304.
6. Sozomène, *Hist. eccles.*, l. VI, 31, P. G., 1390.

vertir, et les ariens redoutaient l'influence d'un évêque aussi estimé. Saint Athanase se félicitait d'avoir dans le nouvel élu un excellent compagnon de lutte. Mais Draconce refusa son consentement. Il objectait sa jeunesse, un défaut de langue, la faiblesse de sa voix et son manque de courage. Ses religieux, qui tenaient à le garder, l'encourageaient dans cette voie et lui disaient que l'épiscopat serait un danger pour son âme. Draconce finit par déclarer qu'il prendrait la fuite si on tentait de le faire évêque. Il tint parole.

Cette conduite était une désobéissance aux lois de l'Église, une injure faite à la hiérarchie instituée par Notre-Seigneur, un scandale pour les fidèles et un triomphe pour les hérétiques. Saint Athanase, qui en fut profondément affligé, écrivit à son cher Draconce une lettre capable de dissiper ses illusions et ses doutes. Le prêtre Hierax et le lecteur Maxime lui portèrent de sa part un témoignage d'affection et des encouragements. Il craignait de compromettre sa vie monastique. Le patriarche d'Alexandrie le rassura en lui montrant qu'il ne serait pas le seul moine devenu pontife. « Tu pourras, lui dit-il, t'infliger à ton aise les tourments de la faim et de la soif, te priver de vin, jeûner, mener une vie très austère. Nous connaissons des évêques qui jeûnent et des moines qui mangent beaucoup; des évêques qui se privent de vin et des moines qui en boivent; des évêques qui font des miracles et des moines qui en sont incapables [1]. » Draconce se rendit enfin aux instances du patriarche.

Certains solitaires, poussés par un zèle indiscret, faisaient le serment de n'accepter aucun ordre sacré. Saint Basile blâme sévèrement une imprudence qui les exposait au parjure [2]. Pour lui, il croyait faire une œuvre agréable à Dieu en conférant l'épiscopat à un saint moine. La vertu lui semblait la plus utile des préparations. Le recueil des *Apophtegmata Patrum* rapporte un trait où son sentiment sur ce point est fidèlement rendu. Il se présenta dans un monastère et demanda à l'hégoumène s'il avait un religieux d'une obéissance consommée. Celui-ci fit venir un frère. Le saint évêque lui ordonna de le servir à manger. A la fin du repas, le frère offrit à l'évêque de l'eau pour se laver les mains. Le pontife voulut lui rendre le même service; le moine le laissa tranquillement faire. « Quand je serai entré dans l'église, lui dit alors Basile, approche

---

1. S. Athanase, *Epist. ad Dracontium*, P. G., XXVII, 522-534.
2. S. Basile, *Ep.* 188, *can.* 10, P. G., XXXII, 679.

de l'autel, et je te ferai diacre. » Ce qui eut lieu; après quoi, il l'ordonna prêtre et l'emmena avec lui[1].

Saint Basile, qui voulait préposer au gouvernement d'une église son saint ami Ephrem, l'envoya chercher. Mais le diacre d'Edesse, se doutant de l'intention de ses messagers, se mit à courir et à crier sur la place publique comme un fou. Il réussit par ce moyen étrange à éviter l'honneur et les responsabilités de l'épiscopat[2]. L'archevêque de Césarée fut plus heureux avec saint Grégoire de Nazianze. Il détacha de son église le diocèse de Sasima pour le lui donner. Mais Grégoire, en apprenant ses intentions, ne cacha point son mécontentement[3]. « Tu m'accuses de paresse et d'inertie, lui écrivit-il quelque temps après, parce que je n'ai pas voulu de ta Sasima, et parce que les magnificences épiscopales ne m'ont point séduit. La tranquillité est pour moi l'activité la meilleure, je me glorifie de mon repos et de ma quiétude[4]. » Ce fut néanmoins Basile qui remporta la victoire. Mais rien ne put empêcher Grégoire de publier bien haut la violence qu'on lui avait faite et la peine qu'il éprouvait[5]. Ses sentiments restèrent les mêmes lorsqu'on l'eut élevé sur le siège épiscopal de Constantinople. Dès son premier discours, il exhala devant ses fidèles le chagrin qui remplissait son cœur, en se voyant arracher aux charmes de la philosophie sublime qu'il aimait tant. « A l'exemple de Jérémie, je cherche une retraite profonde; je désire n'avoir d'autre compagnie que la mienne. Rien ne me semblerait préférable à mon bonheur si, placé hors du monde et loin de ma chaire, je pouvais m'entretenir uniquement avec Dieu et avec moi[6]. » Le gouvernement de cette église lui causa des peines nombreuses et cuisantes. Il ne fut guère plus heureux quand les circonstances l'eurent éloigné de la capitale. « Il ne me restait plus que ma patrie », écrit dans un de ses poèmes ce pauvre pasteur sans troupeau; « mais un démon jaloux a soulevé contre moi d'affreuses tempêtes pour m'en éloigner. Me voilà seul, errant comme un pèlerin sur une terre étrangère, traînant une existence obscure et une vieillesse infirme. Je suis sans chaire, sans cité, sans fils spirituels pour qui m'angoisser. Je vis

---

1. *Apopthegmata Patrum*, P. G., LXV, 138.
2. Sozomène, *Hist. eccles.*, l. III, 16, P. G., LXVII, 1091.
3. S. Grég. Naz., *Ep.* 48, P. G., XXXVII, 97-100.
4. Id., *Ep.* 49, 102.
5. Id., *Orat.*, IX-X, P. G., XXXV, 519, 531.
6. Id., *Orat.*, XXI, 1066.

au jour le jour, sans cesse vagabond. Où donc pourrai-je jeter ce corps ? Quelle sera ma fin [1] ? »

Un autre ami de saint Basile, saint Amphiloquios, dans la crainte qu'il ne lui imposât le lourd fardeau du sacerdoce, fuyait sa présence. Mais il lui fallut, comme Grégoire, s'incliner et prendre le gouvernement du diocèse d'Iconium.

La grandeur du sacerdoce et ses obligations n'effrayaient pas moins saint Jean Chrysostome. Il menait à Antioche la vie ascétique en compagnie de son ami Basile, lorqu'ils apprirent que les évêques, réunis afin de donner des pasteurs à plusieurs églises vacantes, songeaient à eux. Dans la crainte d'une surprise, Jean prit la fuite et se cacha, après avoir rassuré Basile, dont il appréciait le mérite. Les évêques mandèrent ce dernier et lui imposèrent la charge épiscopale, en lui assignant le diocèse de Raphané. Chrysostome quitta sa retraite, lorsqu'il crut tout péril écarté. Le choix qu'on avait fait de son pieux ami lui causa un vif plaisir. Mais Basile, qui ne prenait pas les choses de la même manière, lui manifesta tout son mécontentement. Chrysostome, pour lui rendre la paix, épuisa toutes les ressources de son esprit et de son cœur. Leurs entretiens lui ont fourni la matière de son traité sur le *Sacerdoce*, qui passe pour être son chef-d'œuvre [2]. On y trouve saisis sur le vif et admirablement exprimés les sentiments d'admiration et de frayeur que l'épiscopat, avec ses devoirs et sa sainteté, inspirait aux serviteurs de Dieu.

Le solitaire du Sinaï, saint Nil, raconte lui-même dans quelles circonstances le sacerdoce lui fut imposé. Les Sarrazins avaient emmené captif son fils Théodule. L'évêque d'Elusa, qui le racheta, conçut pour lui autant d'estime que d'affection. Son intelligence et sa vertu l'engagèrent à l'initier aux premiers degrés de la cléricature [3]. Saint Nil, qui cherchait partout son enfant, eut la joie de le retrouver. L'évêque aurait voulu garder auprès de lui, pour les consacrer au service de son église, et le père et l'enfant. Mais la solitude les attirait l'un et l'autre. Le pontife, voyant ses instances inutiles, les laissa partir après leur avoir conféré l'ordination sacerdotale. Il lui fallut pour cela vaincre leur résistance et les larmes que la crainte de cette dignité redoutable faisait couler de leurs yeux [4].

---

1. Id., *Poem. de seipso*, P. G., XXXVII, 1347.
2. S. Jean Chrys., *De sacerdotio libri* VI, P. G., XLVIII, 623-642.
3. S. Nil, *Narratio*, VI, P. G., LXXIX, 676.
4. Id., *Narratio*, VII, 691.

Le moine Porphyre pleura lui aussi abondamment avant d'accepter l'évêché de Gaza, dont il se déclarait indigne [1]. On dut faire violence aux quatre Grands Frères, pour leur imposer le fardeau du sacerdoce et de l'épiscopat. Eusèbe et Euthyme, à qui le patriarche Théophile confia une fonction cléricale dans Alexandrie, reprirent le chemin du désert [2]. Quant à Ammon, les habitants d'une ville voulurent en faire leur évêque. Le patriarche, acquiesçant à leur désir, l'envoya chercher. Mais le solitaire, qui se doutait de la chose, avait pris la fuite. On put cependant courir après lui et le rejoindre. Ammon, pour éviter la fonction qui le menaçait, recourut à un moyen extrême et se coupa l'oreille gauche. Cet acte consterna les témoins, qui allèrent aussitôt porter cette nouvelle au patriarche. Celui-ci, sans se décourager, leur conseilla de revenir le chercher. Leurs nouvelles instances ne purent modifier sa résolution. Pour en finir avec eux, il leur déclara que s'ils insistaient encore, il n'hésiterait point à se couper la langue. Force fut bien de reculer devant cette obstination; car on le savait capable de faire ce qu'il disait [3].

Pallade raconte l'aventure de trois moines qui se coupèrent eux aussi l'oreille dans le but d'éviter l'ordination épiscopale [4].

Le patriarche Théophile, en revenant du conciliabule du Chêne, passa par Géras, petite ville peu éloignée de Péluse. Les habitants, qui avaient perdu leur évêque, venaient d'élire un reclus, nommé Nilammon. Ils se heurtèrent à un refus obstiné. Théophile, dont ils invoquèrent l'autorité, s'en alla trouver le solitaire pour le contraindre d'accepter l'élection. Celui-ci, gêné par la présence du patriarche, le pria de revenir le lendemain, en lui demandant d'unir ses prières aux siennes pour obtenir la manifestation de la volonté divine. Nilammon rendit son âme à Dieu pendant la nuit. Théophile et les habitants de Géras n'eurent devant eux qu'un cadavre [5].

On avait besoin d'un prêtre à Scété pour le service religieux du groupe monastique. Les anciens choisirent l'abbé Isaac. Le saint homme, en apprenant cette nouvelle, prit la fuite. Les moines se

1. Marc., *Vita S. Porphyrii*, 11-17, P. G., LXV, 1217-1219.
2. Socrates, *Hist. eccles.*, l. VI, 3, P. G., LXVII, 686.
3. Pallade, *Hist. laus.*, XII, P. G., XXXIV, 1031-1032. Sozomène, *Hist. eccles.*, l. VI, 30, P. G., LXVII, 1383.
4. Pallade, *Paradisus Patrum*, P. G., LXV, 455.
5. Sozomène, *Hist. eccles.*, l. VIII, 19, P. G., LXVII, 1566.

mirent à sa recherche et finirent par le rencontrer. Ils s'apprê-
taient à le lier pour le ramener de force, lorsque la volonté de Dieu,
qui venait de se manifester, lui arracha ces paroles : « Je ne puis
plus m'opposer à vos desseins; car c'est peut-être la volonté du
Seigneur que je sois ordonné prêtre malgré mon indignité[1]. »
Dans ce même désert, l'abbé Théodore, qui avait reçu le diaconat,
ne voulait pas remplir ses fonctions à l'autel. Il s'en alla un jour
chercher une retraite pour fuir cet honneur. Les anciens, qui parvinrent à le ramener, multiplièrent auprès de lui les instances :
« Si tu ne veux pas remplir tes fonctions, lui disaient-ils, tiens au
moins le calice. » Il refusa, en leur déclarant : « Si vous ne me
laissez pas tranquille, j'abandonne cette solitude[2]. »

Le recueil des *Verba Seniorum* cite encore plusieurs traits où se
montre, dans toute sa simplicité, la sainte horreur que le sacerdoce
et le diaconat inspiraient aux solitaires[3]. Quelques-uns allaient jusqu'à fuir la présence d'un évêque, elle ne leur semblait pas moins
dangereuse que celle des femmes[4].

Les moines de Syrie éprouvaient la même répugnance. Le patriarche d'Antioche, Flavien, grand admirateur de leur vertu, se
faisait cependant une joie de les ordonner. Il manda un jour
l'anachorète Macédonios, sous prétexte d'avoir à se justifier d'une
accusation lancée contre lui. Son intention était d'en faire un
prêtre. Mais la prudence exigeait que tout s'accomplît à l'insu
du saint homme. Celui-ci assista à la messe, pendant laquelle
le patriarche lui imposa les mains. Quand, à la fin, on lui
apprit ce qui venait de se passer, il ne put contenir son indignation. Peu s'en fallut qu'il ne frappât l'évêque et les clercs qui l'assistaient. La peur d'avoir à quitter sa solitude le mettait hors de
lui. Il retourna promptement sur sa montagne[5]. Le reclus Acepsimas, que la dignité sacerdotale jetait dans l'épouvante, ne crut
pas devoir résister à l'évêque de Cyr, qui était venu l'ordonner.
C'était un vieillard qui sentait sa mort prochaine. Il se mit tranquillement à genoux, reçut avec l'imposition des mains la grâce de
Notre-Seigneur, et rendit son âme à Dieu quelques jours après[6].

1. *Verba Seniorum*, P. L., LXXIII, 752.
2. Ibid., 957.
3. Ibid., 799, 800.
4. Cassien, *Inst.*, l. xi, p. 203.
5. Théodoret, *Hist. relig.*, xiii, P. G., LXXXII, 1402.
6. Id., xv, 1415.

Flavien, Acace et quelques autres pontifes se trouvaient réunis dans la cellule de Marcien de Chalcis. Sa sainteté et l'élévation de sa doctrine leur inspiraient la pensée d'en faire un prêtre. Mais le respect dont ils l'entouraient ne leur permit pas de le contrarier à ce point. Ils le quittèrent sans avoir osé mettre leur désir à exécution [1].

*
* *

Ces faits extraordinaires laissent entrevoir les sentiments qui remplissaient l'âme des solitaires les plus vertueux à la vue des honneurs ecclésiastiques. Mais il faut se garder de juger tous les moines de cette période à la lumière de ces traits édifiants. Le plus grand nombre parmi eux acceptaient tranquillement l'ordination sacerdotale, lorsqu'elle leur était offerte. Quelques-uns allaient plus loin. Ils n'échappaient pas à la fascination qu'exerce sur l'esprit humain le prestige des grandeurs. Aussi les *Constitutions monastiques* ne croient-elles pas inutile de mettre les ascètes en garde contre le désir d'entrer dans la cléricature. Cette ambition, dit leur auteur, pourrait être désastreuse [2]. On savait, en Égypte, avec quelle étonnante facilité elle peut s'emparer d'une âme. Quand elle s'en est rendue maîtresse, le calme de la cellule et la paix de la solitude n'ont plus aucun attrait. Le cœur agité devient incapable de contempler les vérités célestes [3]. Le désir d'un plus grand bien était le prétexte derrière lequel se cachaient ordinairement ces aspirations souvent orgueilleuses [4]. Peu à peu la vanité prenait le dessus, et le pauvre moine n'aspirait guère qu'aux avantages extérieurs dont la cléricature est accompagnée [5]. Quelques-uns s'abandonnaient aux rêves de leur imagination, savourant à l'avance les témoignages de respect qui leur seraient prodigués, et comptant les âmes que l'élévation de leur doctrine et la sagesse de leurs discours gagneraient au Seigneur [6]. Ces pensées trou-

1. Théodoret, *Hist. relig.*, III, 1331.
2. *Constitutiones monasticæ*, P. G., XXXI, 1370-1371.
3. Cassien, *Inst.*, l. XI, 203.
4. Id., *Conlat.*, I, 31.
5. Id., *Conlat.*, IV, 116.
6. Id., *Inst.*, l. XI, 202.

blaient des têtes peu solides et leur faisaient accomplir des actions étranges. Un ancien du désert de Scété, qui allait voir un jeune frère, entendit des paroles confuses sortir de sa cellule. Il prêta une oreille attentive pour savoir ce qui se passait. C'était le moine qui, se figurant être à l'église, adressait une exhortation à un auditoire imaginaire ; une fois son discours terminé, il se mit à chanter la formule par laquelle le diacre congédie les catéchumènes. Sans attendre plus longtemps, l'ancien frappa à la porte. Le frère l'ouvrit aussitôt et lui demanda, en s'excusant, s'il l'avait attendu : « Je suis arrivé tout à l'heure, répondit-il avec une certaine malice, lorsque tu congédiais les catéchumènes [1]. »

Le solitaire Abramios ne se contenta point d'une vaine parodie. Il menait depuis longtemps, au fond d'un désert, une existence presque sauvage. Un beau jour, se figurant être prêtre, il se rendit à l'église et prit place au milieu du clergé. « Le Christ m'a ordonné cette nuit, disait-il ; recevez-moi comme prêtre [2]. » Saint Epiphane parle d'un certain Zachée, qui avait l'audace de célébrer les saints mystères sans avoir jamais reçu aucun ordre sacré. Il y eut en Egypte un moine qui, non content d'offrir le saint sacrifice, remplissait toutes les fonctions épiscopales. Un fait analogue se passa dans la Péninsule Sinaïtique [3].

On rencontre à cette époque des religieux qui recherchaient la dignité sacerdotale dans de fâcheuses conditions. Chassés du monastère en punition de leur mauvaise conduite ou à cause de leur caractère difficile, le sacerdoce leur semblait une réparation et un moyen de gagner leur vie. Des évêques, oublieux de leur devoir, ne craignaient pas de leur imposer les mains. Ces malheureux avaient alors le triste courage de se présenter à leur ancien monastère et de s'imposer pour remplir les fonctions liturgiques. Ce qui causait de graves scandales. Ces désordres avaient cours en Thébaïde, où les religieux qui les connaissaient ne voulaient pas recevoir les sacrements de leurs mains. Saint Cyrille d'Alexandrie, informé par quelques abbés de cet état de choses, exigea des évêques qu'ils s'informassent à l'avenir sérieusement du passé de ceux qu'ils devaient ordonner [4].

Si la recherche indiscrète de la dignité sacerdotale était contraire

---

1. Cassien, *Instit.*, l. XI, 202.
2. Pallade, *Hist. laus.*, LIV, P. G., XXXIV, 1208-1213.
3. S. Epiphane, *Adv. hæreses, Expositio fidei*, P. G., XLII, 806-807.
4. S. Cyrille Alex., *Ep.* 79, P. G., LXXVII, 363-366.

au sens chrétien et à l'humilité religieuse, la peur qu'elle inspirait
à certains présentait bien des dangers. Ce sentiment pouvait couvrir d'un voile hypocrite un orgueil profond et un mépris des
dons divins[1]. Le célèbre voyant Jean de Lycopolis parlait le langage de la sagesse, lorsqu'il disait : « Il ne faut ni fuir ni rechercher la cléricature, mais s'appliquer de toutes ses forces à mener
une vie sainte, en abandonnant tout à la disposition de la Providence [2]. » Pendant une visite que Pallade eut l'occasion de lui
faire, il lui posa cette question : « Désires-tu être évêque ? — Non,
car je le suis déjà, répondit le visiteur. — Où donc ? — A la cuisine,
au réfectoire, à la cave ; j'inspecte tout avec soin. Voilà mon
épiscopat, mon inspection. — Cesse de plaisanter. Voici ce qui
t'arrivera : tu seras élu évêque ; cette dignité te deviendra une
source abondante de travaux et d'afflictions. Si tu veux éviter ces
ennuis, crois-moi, ne sors point de la solitude, car au désert, personne ne peut t'ordonner évêque. » Pallade raconte lui-même
comment cette prophétie devint une réalité. Il eut souvent occasion
de regretter la paix dont il jouissait au désert[3].

1. Cassien, *Conlat.*, IV, 116.
2. Rufin, *Hist. mon.*, I, P. L., XXI, 397.
3. Pallade, *Hist. laus.*, XLIII, P, G., XXXIV, 1112.

CHAPITRE XIX

L'Apostolat et la Charité monastiques

L'apostolat monastique en Orient est un fait qui s'impose à l'attention de l'historien. Le genre de vie que menaient les moines les préparait, du reste, à devenir les ouvriers infatigables de la diffusion de l'Evangile. « Sans famille et sans fortune, écrit l'auteur de la *Fin du Paganisme*, le moine n'existe que pour sa foi. C'est en elle que se concentrent toutes ses affections. Les sacrifices qu'il lui a faits ne la lui rendent pas moins chère et moins précieuse; au contraire, on s'attache moins aux choses par les satisfactions qu'elles donnent que par les peines qu'elles ont coûtées. Sans doute, la nature résiste, et il faut lutter contre elle; mais cette lutte même, quand on en sort vainqueur, met l'homme en possession de toute son énergie. Que ne fera-t-il pas, s'il tourne cette énergie, qui s'est trempée par le combat et la victoire, vers le triomphe de ses idées[1]. » Cette énergie, beaucoup surent la dépenser au service de la vérité chrétienne, en se faisant ses apôtres.

La vertu des moines et leur action personnelle contribuèrent puissamment à augmenter le nombre des conversions au christianisme, sous le gouvernement de Constantin et de ses successeurs[2]. Ils furent les auxiliaires intrépides de l'épiscopat. L'ambition qu'ils eurent de conquérir au Seigneur les villes et les bourgades, et les succès qui couronnèrent leurs efforts, accentuaient le rapprochement que saint Jean Chrysostome établit entre un moine et un roi[3].

1. Gaston Boissier, *La Fin du Paganisme*, t. II, 419.
2. Sozomène, *Hist. eccles.*, l. II, 5, P. G., LXVII, 947.
3. S. Jean Chrys., *Comparatio regis cum monacho*, P. G., XLVII, 389.

Il ne faut donc pas envisager tous les religieux de cette époque primitive sous les traits de solitaires, ennemis du genre humain, obstinément renfermés dans l'égoïsme d'une ascèse étroite et toute personnelle. Si quelques-uns ont accepté, pour règle de conduite, cette maxime de saint Jérôme : *Le rôle du moine est non d'enseigner, mais de pleurer ; qu'il verse des larmes sur le monde et sur lui-même, qu'il attende prudemment la venue du Seigneur*[1], il y en eut beaucoup, et saint Jérôme est du nombre, qui se crurent les débiteurs des hommes, leurs frères. Les paroles suivantes, qu'Ammien adressait au reclus Eusèbe pour le déterminer à prendre le gouvernement de son monastère, expriment les sentiments que l'aspostolat pouvait leur inspirer : « Puisque tu aimes Dieu, je vais t'indiquer un moyen de l'aimer plus encore et de servir celui que tu aimes. Quiconque ne pense qu'à soi ne peut éviter le reproche de prendre trop soin de sa propre personne. La loi divine veut que l'homme chérisse son prochain comme lui-même. La charité, que saint Paul nomme la *plénitude de la loi*, demande qu'on fasse part à beaucoup de ses propres richesses. C'est l'Apôtre qui dit : La Loi et les Prophètes se résument dans ces mots : *Tu aimeras ton prochain comme toi-même*. Le Seigneur, dans son Evangile, ordonne à Pierre, qui lui avait déclaré l'aimer plus que les autres, de paître ses brebis. Il blâme, par la bouche du prophète, ceux qui négligent ce devoir, quand il dit : *O pasteurs, est-ce que vous ne vous paissiez pas vous-mêmes, au lieu de paître vos brebis ?* C'est pour s'occuper des autres que Dieu ordonna au grand Elie, qui menait la vie solitaire, de vivre au milieu d'hommes impies, et au second Elie, Jean le très saint, à qui la solitude plaisait, d'aller baptiser et prêcher sur les rives du Jourdain. Toi donc qui aimes ardemment Dieu, ton Créateur et ton Sauveur, travaille pour communiquer ton amour aux autres. Cette œuvre est très agréable à Dieu[2]. »

Quelques-uns allèrent trop loin ; sous prétexte de se dépenser avec plus de succès au bien des âmes, ils évitaient la solitude et se fixaient dans leur pays natal, tout auprès de leurs parents et amis, qui volontiers pourvoyaient à leurs besoins temporels. Leur vie religieuse était bien compromise[3]. L'abbé Abraham signala cette illusion à Cassien. D'autres suivaient trop un empressement

---

1. S. Jérôme, *Adv. Vigilantium*, 16, P. L., XXIII, 367.
2. Théodoret, *Religiosa hist.*, IV, P. G., LXXXII, 1342.
3. Cassien, *Conlat.*, XXV, 687-689.

naturel, qui les portait à publier la parole de Dieu sans avoir reçu
la préparation suffisante. Saint Nil, qui connaissait les périls
auxquels cette témérité expose les âmes, prétend que les démons
entouraient ces apôtres improvisés, se les montrant du doigt et riant
à gorge déployée : « Ils seront notre proie, se disaient-ils, au moment
opportun, puisqu'ils s'avisent d'instruire les autres en dehors de
la volonté divine [1]. » « Ces hommes, qui n'ont ni la doctrine ni
la vertu nécessaires, ne pouvaient, en effet, parler que des lèvres.
Or, tout enseignement qui ne s'appuie pas sur la réalité de la vie,
est un enseignement inutile [2]. »

Ces moines légers et présomptueux, qui prêchaient l'Evangile
de Jésus-Christ sans profit pour eux ni pour les autres, ne peuvent
être assimilés aux véritables apôtres, formés dans la solitude.
Le zèle passionné des âmes, les paroles belles et enflammées qui
tombaient de leurs lèvres, une doctrine élevée et pratique, leur
donnaient sur les contemporains un ascendant qui n'a guère été
surpassé depuis ; ils restent encore les modèles achevés du prédicateur. Il suffit de nommer Grégoire de Nazianze, Basile, Ephrem
d'Edesse et Jean Chrysostome. Et ce ne furent pas les seuls.

Saint Ephrem annonça publiquement la parole de Dieu aux chrétiens de la ville d'Edesse. La charité, qui consumait son âme, fut
l'unique mobile de toutes ses prédications. Il en préparait le succès
par ses prières et ses larmes [3]. Saint Basile mena dans son diocèse
la vie d'un missionnaire, parcourant les villes et les campagnes,
élevant les âmes à la considération des biens éternels, multipliant
les monastères d'hommes et de femmes. Son zèle apostolique
transforma cette province et lui fit produire une abondante moisson
de sainteté et de vertu [4]. En Mésopotamie, avant que la parole
d'Ephrem y eût retenti, Jacques de Nisibe engagea contre le paganisme une campagne vigoureuse. Il franchit les limites de l'Empire
et opéra de nombreuses conversions parmi les Perses [5]. Le reclus
Abraham, que son évêque fit sortir de sa cellule pour l'ordonner
prêtre, exerça un apostolat fructueux. Des prêtres, des diacres et
des moines avaient tour à tour vainement essayé de gagner à
l'Evangile les habitants d'un village. Ce solitaire, que recomman-

---

1. S. Nil, l. II, *epist.* 103, P. G., LXXIX, 246.
2. Id., l. III, *epist.* 242 445.
3. S. Grég. Nys., *De vita S. P. Ephrem Syri*, P. G., XLVI, 834-835.
4. Rufin, *Hist. eccles.*, l. II, 9, P. L., XXI, 518.
5. Théodoret, *Religiosa hist.*, I, P. G., LXXXII, 1293-1298.

dait une grande vertu, vécut au milieu d'eux. Sa patience inaltérable et les industries de son zèle triomphèrent de leur obstination.
Il finit par les conquérir à la foi [1].

*
* *

Le christianisme trouva chez les moines de Syrie et de Célésyrie
des propagateurs infatigables. Déjà du temps de l'empereur
Constantin, deux religieux, du nom d'Anthédonios et de Alaphios,
l'avaient implanté dans un certain nombre de villes et de villages [2].
Leurs imitateurs ne se contentèrent pas de gagner les païens à
l'Évangile, ils réussirent à pousser vers la solitude de nombreux
néophytes [3]. La ville de Gabales, dans le diocèse de Cyr, reçut la
foi du solitaire Thalelaïos, qui, avec le concours des nouveaux
croyants, détruisit un temple et se servit des matériaux pour élever
une église en l'honneur des saints martyrs [4]. Zeumatios, tout
aveugle qu'il fût, parcourait ces mêmes régions et confirmait les
habitants dans la foi et les pratiques chrétiennes. Quand les idolâtres, irrités par le succès de son zèle, eurent livré aux flammes
la cabane qui lui servait de retraite, un officier supérieur, nommé
Trajan, lui en fit construire une autre [5]. Il restait encore de nombreux païens sur les montagnes qui entourent la ville d'Antioche.
Beaucoup parmi eux crurent aux enseignements de Siméon
l'Ancien [6]. Alexandre, le fondateur des acémètes, commença par
exercer seul l'apostolat. Ses disciples lui prêtèrent dans la suite un
utile concours [7].

Les idolâtres étaient nombreux au IVe siècle en Palestine et surtout en Phénicie. Les habitants de Gaza étaient les plus obstinés
dans l'erreur. Saint Hilarion entreprit de les convertir. Souvent il
put déterminer ses visiteurs à abandonner le culte des faux dieux.
Ces conversions lui valurent la haine des païens [8]. Une circons-

1. S. Ephrem, *In vitam B. Abraami*, P. G., t.II , 3-8.
2. Sozomène, *Hist. eccles.*, l. III, 14, P. G., LXVII, 1078.
3. Id., l. VI, 34, 1395.
4. Théodoret, *Religiosa historia*, XXVIII, P. G., LXXXII, 1490.
5. Id., *Hist. eccles.*, l. IV, 25, 1190.
6. Id., *Religiosa historia*, VI, 1359.
7. Cf. Tillemont, t. XII, 493-495.
8. S. Jérôme, *Vita S. Hilarionis*, Acta Sanct. Oct., t. IX, p. 20 et s.

tance vint encore exciter leur irritation. Majuma, qui servait de port à la ville de Gaza, s'était séparée pour devenir sous le nom de Constantia une cité indépendante. Les chrétiens formaient la majorité de sa population. Il n'en fallut pas davantage pour soulever contre le christianisme lui-même des passions violentes. Elles éclatèrent lorsque l'élévation de Julien au trône impérial rendit au paganisme un peu d'espérance et de vigueur. Les idolâtres de Gaza sollicitèrent de l'empereur la mort de leurs deux grands adversaires Hilarion et Hesychios; n'ayant pu les atteindre, ils se donnèrent la satisfaction de détruire le monastère de saint Hilarion (362). J'ignore si les païens montrèrent ailleurs plus d'acharnement contre les fidèles[1]. Saint Porphyre, évêque de Gaza, même après la mort honteuse de Julien l'Apostat, en sut quelque chose. Les habitants des villages idolâtres allèrent jusqu'à encombrer d'immondices et d'épines les chemins par où il devait passer. Les vexations, qui ne lui furent pas épargnées, ne parvinrent point à fléchir son courage. Il avait juré une guerre à mort aux idoles. Pour mieux réussir, il envoya son disciple Marc demander à l'empereur de faire détruire les temples des fausses divinités. Saint Jean Chrysostome, un adversaire déclaré lui aussi du paganisme, l'appuya de son crédit auprès d'Arcadius. A Gaza et en Phénicie, de nombreux édifices païens furent renversés. Sur les ruines, on éleva des églises chrétiennes[2].

Mais démolir ne suffisait pas. Ce n'est pas assez non plus d'obtenir des lois et des décrets impériaux pour gagner les âmes à la véritable religion. Saint Porphyre le savait. De son côté, saint Jean Chrysostome, qui avait pris à cœur le sort de ces populations égarées, se préoccupa de leur envoyer des apôtres. Il fit, dans ce but, appel aux moines[3]. Les rigueurs de l'exil ne l'empêchèrent pas de suivre avec le plus vif intérêt les travaux des missionnaires. Il se préoccupait d'augmenter leur nombre. En passant à Nicée, il trouva un reclus qui vivait paisiblement au fond de sa cellule. Cette existence ne plut guère à l'évêque de Constantinople, qui lui conseilla d'abandonner cette retraite et d'aller annoncer la parole de Dieu aux habitants de la Phénicie[4].

Il engagea Siméon et Maris, moines et prêtres dans le diocèse

1. Cf. *Acta Sanct. Oct.*, t. IX, p. 25.
2. Cf. *Vita S. Porphyrii*, *Acta Sanct. Februarii*, t. III, 643-661. Tillemont, t. X, 703-716.
3. Cf. Tillemont, l. XI, 154-155, 301-307.
4. S. Jean Chrys., *Epist.* 221, P. G., LII, 733.

d'Apamée, à diriger vers ces provinces des religieux capables de les évangéliser[1]. Les grandes difficultés auxquelles les apôtres se trouvèrent en but, les mauvais traitements qu'ils durent essuyer, le sang que plusieurs d'entre eux répandirent, ne le laissaient pas indifférent; il leur prodiguait ses encouragements et ses conseils, en les invitant à continuer leur tâche sans jamais perdre patience[2]. Un prêtre d'Antioche de ses amis, Constance, s'était chargé de le tenir au courant de tout ce qui se passait en Phénicie[3].

On vit un peu partout dans l'Empire, vers la fin du IVe siècle et au début du Ve, les chrétiens s'acharner, à la faveur des lois, contre les temples, derniers vestiges du paganisme vaincu. Les moines ne furent pas les moins empressés. Dans les villes et les campagnes, ils se jetaient sur ces édifices et causaient parfois, en les renversant, des troubles profonds. Le rhéteur Libanios se plaint avec amertume, dans son discours sur les temples, des excès auxquels les entraîna un zèle irréfléchi. Les Égyptiens envisageaient ces démolitions comme un acte de piété. L'abbé Bessarion, au sortir d'une longue extase, dit aux frères qui l'entouraient : « Un ordre est venu du Seigneur pour la destruction des temples. Il a été exécuté. Les temples sont détruits[4]. » C'est dans cet esprit que Schnoudi renversa un sanctuaire d'idoles auprès d'Achmin. Les solitaires répondirent en foule à l'appel que leur adressa le patriarche Théophile pour faire disparaître ceux qui restaient à Alexandrie[5].

Les religieux d'Oxyrinque adoptèrent une tactique bien différente. Ils conservèrent des édifices qui, moyennant quelques modifications, purent être transformés en églises ou en monastères[6]. C'était de beaucoup le procédé le plus sage. Il fut évidemment employé ailleurs. Le sophiste Eunapios blâmait les moines d'avoir ainsi usurpé la demeure des dieux[7].

---

1. S. Jean Chrys., *Epist.* 55. P. G., LII, 639-640.
2. Id., *Epist.* 123, 126. Ibid., 676-678, 685-687.
3. Id., *Epist.* 212. Ibid., 732-733.
4. *Verba Seniorum*, P. L., LXXIII, 941.
5. Ibid., 572.
6. Pallade, *Paradisus monachorum*, P. G., LXV, 446-447.
7. Cf. Bulteau, *Essai de l'histoire monastique de l'Orient*, p. 152.

*
* *

Les Macaire et quelques solitaires de Nitrie, relégués par le patriarche intrus Lucios loin de leur désert, dans une île du delta, en punition de leur attachement à la foi de Nicée, se trouvèrent au milieu d'une population païenne. Leur premier soin fut de la gagner au christianisme. La guérison miraculeuse de la fille d'un prêtre des idoles leur mérita la confiance générale. Les prêtres eux-mêmes se convertirent les premiers; le peuple suivit leur exemple. Une église s'éleva bientôt, sur les ruines du temple des fausses divinités, en l'honneur du Dieu véritable. Cette nouvelle déplut à Lucios, qui donna l'ordre de réintégrer ses victimes dans leur solitude[1].

L'évangélisation des idolâtres parmi lesquels ils vivaient était une tradition chère aux moines égyptiens. Apollonios d'Hermopolis convertit à la foi dix villages païens situés non loin de son monastère. Les habitants brûlèrent une idole qui était depuis longtemps l'objet d'une grande vénération. La vérité chrétienne fit chez eux des progrès tels que plusieurs embrassèrent la vie monastique[2]. L'abbé Coprès utilisait l'ascendant que lui donnaient ses miracles pour la diffusion du christianisme. Sa prière écarta des nuées d'insectes qui dévoraient les récoltes des monastères voisins de sa cellule. C'en fut assez pour les gagner tous au christianisme. Il réussit un jour à convertir toute une assemblée de païens qui assistaient dans un temple à la célébration d'un sacrifice[3].

L'abbé Macaire recommandait une bonté extrême à ceux qui s'occupaient de cet apostolat. Il s'en allait au désert de Nitrie avec l'un de ses disciples. Celui-ci, qui marchait le premier, rencontra un prêtre des idoles courant et portant un grand bâton. « Où vas-tu de la sorte, diable? » lui demanda-t-il. Et, sans attendre sa réponse, il le roua de coups. Tout autre fut la conduite de Macaire. Il salua le prêtre poliment, lui donna des témoignages de respect comme on les doit à un serviteur de Dieu, et se mit à causer avec

---

1. Rufin, *Hist. eccles.*, l. II, 4. P. L., XXI, 512-513. Sozomène, l. V, 20, P. G., LXVII, 1342-1343. Socrate, l. IV, 24, ibid., 523-526.

2. Rufin, *Hist. monach.*, P. L., XXI, 414-416. Pallade, *Hist. laus.*, LII, P. G., XXXIV, 1142-1144.

3. Rufin, IX, 426-427.

lui. Ses entretiens et sa condescendance produisirent sur cet homme une impression si heureuse qu'il se convertit et embrassa la vie solitaire. Son exemple entraîna de nombreuses conversions. Macaire disait à ce sujet : « Un discours orgueilleux et amer porte au mal les hommes vertueux; un parole humble et douce porte au bien les hommes pervers[1]. »

Peu de solitaires, en Égypte et en Thébaïde, amenèrent à la religion chrétienne plus de païens que saint Antoine. On les voyait en grand nombre parmi les visiteurs que sa bonté inépuisable attirait autour de sa cellule. Beaucoup y trouvèrent la foi en Notre-Seigneur Jésus-Christ. Son voyage à Alexandrie (455) fut à lui seul un apostolat très fructueux[2]. La curiosité attira plusieurs philosophes auprès de l'illustre solitaire. Ces hommes, qui se rattachaient au mouvement néo-platonicien de l'école d'Alexandrie, professaient le détachement des biens de la vie. La vertu et la popularité des moines leur causaient une certaine surprise. Le désir de profiter de leurs lumières et aussi de se prévaloir en leur posant des questions embarrassantes était le mobile des visites qu'ils leur faisaient. Les entretiens d'Antoine et ses réponses à leurs questions souvent fort difficiles, si elles ne réussirent pas toujours à les convertir, leur donnèrent au moins une idée plus juste du christianisme et de ses enseignements.

Quelques-uns de ces philosophes allèrent jusqu'à Tabenne voir saint Pakhôme. Le saint abbé, ne voulant pas se déranger pour eux, leur envoya son disciple Théodore. L'un d'eux lui posa une de ces questions dans lesquelles se plaisaient ces esprits subtils. Il la croyait insoluble. « Dis-moi ce qui n'a pas été engendré et est mort, ce qui est mort et n'a pas été corrompu. » La sage réponse du moine confondit son orgueil et provoqua son admiration. « Adam, lui dit-il, est mort sans avoir été engendré; Hénoch et Élie, qui ont été engendrés, ne sont pas morts; Jésus-Christ est mort sans éprouver la corruption du tombeau[3]. » La surprise de quelques autres philosophes ne fut pas moins grande; ils avaient abordé un pauvre solitaire bien simple, qu'ils prenaient pour un ignorant. Ils se mirent à lui poser des questions fort embarrassantes sur la gourmandise. Son langage leur montra que sa philo-

---

1. *Verba Seniorum*, P. L., LXXIII, 784-785.
2. S. Athanase, *Vita S. Antonii*, 70, P. G., XXVI, 942-943.
3. Cf. *Vie copte de S. Pakhôme*, A. D. M. G., t. XVII, 73-75. *Vita S. Pachomii*, 51, *Acta Sanct. Maii*, t. III, 318.

sophie valait mieux que la leur[1]. Il leur arriva d'être aux prises avec des hommes capables de leur tenir tête. Évagre du Pont, qui était fort instruit et avait la parole facile, ne manquait pas une occasion de leur fermer la bouche. Non content de résoudre les difficultés qu'ils lui posaient, il prenait l'offensive et se faisait un plaisir de les mettre dans un grand embarras[2]. Mais ces esprits, aveuglés par l'orgueil, ouvraient bien rarement les yeux à la lumière de l'Évangile.

*
* *

Les solitaires étaient généralement plus heureux avec les barbares, qui franchissaient souvent les frontières de l'Empire et désolaient ses provinces par de fréquentes incursions ; d'autres tribus erraient à travers les vastes solitudes de l'Orient sans se fixer jamais nulle part. Moines et barbares se trouvèrent plus d'une fois en présence. De nombreux monastères furent saccagés et détruits[3].

Les Isauriens, qui habitaient les montagnes éloignées de l'Arménie, parcoururent plusieurs fois les provinces de l'Asie. On les vit jusque sous les murs d'Antioche. Un grand nombre de religieux et de religieuses tombèrent sous leurs glaives dans les environs de cette ville[4]. D'autres furent réduits en esclavage. La crainte de les suivre dans leur pays et d'y être témoin de leurs superstitions troublait le solitaire Jacques le Syrien. Une mort violente lui eût semblé préférable[5]. Quelques-uns de ces hommes de Dieu parvinrent à se ménager l'estime de ces barbares. De ce nombre fut Théodore d'Antioche. Aussi son monastère de Rhosos en Cilicie n'eut-il rien à souffrir de leur part. Ils vinrent même à deux reprises lui demander du pain et le secours de ses prières[6].

Des tribus nomades sillonnaient l'Orient depuis le désert de Chalcis jusqu'à la vallée du Nil. On les connaissait sous le nom générique de Sarrasins. D'autres vivaient ordinairement par delà les

1. Cassien, *Conlat.*, v, p. 146-147.
2. Pallade, *Paradisus monachorum*, P. G., LXV, 447.
3. S. Jérôme, *Ep.* 60, P. L., XXII, 600.
4. Théodoret, *Religiosa historia*, xii, P. G., LXXXII, 1398.
5. Id., xxi, 1447.
6. Id., x, 1391.

frontières de l'Empire. Les unes et les autres eurent fréquemment l'occasion de rencontrer des solitaires. L'une de leurs caravanes servit de guide à saint Antoine lorsqu'il s'enfonça dans le désert. Ce grand serviteur de Dieu reçut fréquemment sa provision de pain de celles qui passaient près de sa retraite. Mais leurs relations avec les moines ne furent pas toujours aussi bienveillantes. On les redoutait beaucoup, et ce n'était pas sans motif. Le séjour de ces solitudes n'offrait pas une grande sécurité. Peu de temps après la mort de saint Antoine, ils s'emparèrent, pour le détruire, du monastère où habitaient ses disciples [1]. Un groupe d'anachorètes occupaient le désert de Thécué, que le prophète Amos a rendu célèbre. Une bande de Sarrasins envahit cette région et, sans le moindre égard pour leur sainteté, les mit tous à mort. La nouvelle de ce massacre parvint aux oreilles de Cassien, qui était en Egypte ; elle le troubla au point de lui causer un véritable scandale. Il ne pouvait comprendre que Dieu permît des choses pareilles. L'abbé Théodore, du désert des Cellules, rendit la paix à son cœur en lui manifestant les voies de la Providence [2].

Saint Nil raconte tout au long leur arrivée au Sinaï, où ils firent des victimes et de nombreux captifs, entre autres, son fils Théodoulos [3]. Sept solitaires égyptiens, surpris par ces barbares, furent arrachés à leur retraite et soumis à des supplices affreux [4].

Du temps de Valens, une de leurs tribus, qui habitait l'Arabie, fit irruption sur le territoire de l'Empire. Les ravages qu'ils exerçaient causaient de vives inquiétudes. L'empereur, pour y mettre un terme, résolut de traiter avec eux. Ils avaient à leur tête une femme du nom de Mavia, qui désirait embrasser la foi chrétienne et travailler à la conversion de ses sujets. Cette circonstance facilitait singulièrement la conclusion de la paix. Mais l'empereur n'aurait pas mieux demandé que de les faire passer à l'arianisme. L'énergie de Mavia rendit impossible l'exécution de ce dessein. Elle exigea comme évêque de son peuple un moine, Sarrasin d'origine, qui se nommait Moïse. Il fallut céder, et le moine instruisit ses compatriotes dans la religion chrétienne [5].

---

1. S. Jérôme, *Vita S. Pauli*, 12, V. L., XXIII, 26.

2. Cassien, *Conlat.*, VI, 153-154.

3. S. Nil, *Narratio* III-VI, P. G., LXXIX, 611-663.

4. *Verba Seniorum*, P. L., LXXIII, 804-805.

5. Rufin, *Hist. ecclés.*, l. II, 6, P. L., XXI, 514-515. Sozomène, l. VI, 38, P. G., LXVI, 1410-1411. Socrate, l. IV, 36, 555-558.

Ces tribus erraient souvent dans les campagnes de la Palestine. Saint Hilarion s'occupa de les évangéliser. Les miracles qu'il accomplit en leur faveur lui valurent de leur part une vénération profonde, qui les prédisposait à écouter docilement sa parole. En allant visiter un frère qui habitait le désert de Cadès, il eut occasion de traverser la ville d'Eluse, peuplée de Sarrasins. Ils célébraient la fête de leur divinité. Dès qu'ils apprirent l'arrivée du serviteur de Dieu, ils abandonnèrent tous la solennité pour se porter en masse à sa rencontre. Le saint homme leur parla de la vanité des idoles et du seul vrai Dieu. Son langage les impressionna vivement. Il leur promit, s'ils croyaient en Notre-Seigneur Jésus-Christ, de venir souvent les visiter. Les barbares, abjurant le culte des faux dieux, s'engagèrent à embrasser le christianisme. Le prêtre des idoles ne fut pas le moins empressé. Hilarion dut, avant son départ, tracer le plan d'une église[1].

Saint Euthyme exerça une influence considérable sur une tribu de Sarrasins qu'il convertit tout entière[2]. La réputation extraordinaire de saint Siméon Stylite attira de nombreux barbares autour de sa colonne. On y voyait accourir des Perses, des Ibères, des Arméniens. Beaucoup parmi eux crurent aux paroles du serviteur de Dieu et se firent chrétiens[3].

Les déserts au milieu desquels le Nil étend sa riche vallée étaient exposés aux fréquentes incursions de peuplades non moins indépendantes et dangereuses que les Bédouins de nos jours. Les Maziques et les Blemmyes firent souvent des victimes parmi les solitaires[4]. Les premiers envahirent la solitude de Scété et détruisirent complètement ses nombreux monastères[5].

*
* *

L'apostolat que les moines exerçaient auprès des païens ne doit pas faire oublier les services spirituels et temporels qu'ils ren-

1. S. Jérôme, *Vita S. Hilarionis*, 16. *Acta Sanct. Oct.*, t. IX, 51-52.
2. S. Cyrille, *Vita S. Euthymii*, 4-6. *Acta Sanct. Jan.*, t. II, 669-670, 671-672.
3. Théodoret, *Relig. hist.*, XXVI, P. G., LXXXII, 1471-1480.
4. *Vita S. Pachomii*, 54. *Acta Sanct. Maii*, t. III, 317. *Paralipomena*, 8-11. Ibid., 337. Cassien, *Conlat.*, II, 45-46.
5. *Verba Seniorum*, P. L., LXXIII, 804-984. *Apophtegmata Patrum*, P. G., LXV, 154.

daient aux chrétiens. Il est inutile de parler des évêques et des prêtres arrachés à la solitude pour gouverner les églises. Leurs fonctions les vouaient au salut des âmes et aux travaux que comporte ce saint ministère. Il n'en était pas de même de la dignité cléricale. On en trouve cependant un grand nombre qui s'efforçaient, par tous les moyens en leur pouvoir, de développer le sentiment chrétien chez ceux qui les approchaient. Voici un fait qui s'est passé en Thébaïde. Il y avait, dans le voisinage de l'un des monastères soumis à la règle de Tabenne, un village sans prêtre pour le conduire. Saint Pakhôme, prenant les habitants en pitié, obtint de Sérapion, évêque de Denderah, l'autorisation de leur bâtir une église, où il allait, les samedis et les dimanches, avec quelques-uns de ses disciples, présider leurs réunions. Comme ni lui ni aucun des frères n'étaient dans les ordres, il se bornait à leur faire des prières et des lectures; après quoi il leur adressait une instruction. Ce service fut continué jusqu'au jour où l'on put donner un prêtre à cette population. L'évêque Sérapion témoigna devant saint Athanase du zèle de saint Pakhôme pour le salut des âmes. Le patriarche d'Alexandrie, qui visitait alors les églises de la Thébaïde, manifesta le désir de lui conférer la dignité sacerdotale. L'humilité du saint homme trouva moyen d'éviter cet honneur[1].

Saint Antoine ne fut pas moins zélé. Ses miracles, sa bonté et la sagesse de ses conseils lui attiraient une foule énorme de visiteurs. A tous sa parole faisait du bien. Que de cœurs affligés furent consolés par lui ! que d'ennemis il réconcilia ! dans combien d'âmes ne raviva-t-il pas la charité du Christ ! suivant la remarque de son biographe[2].

Il y eut en Egypte, en Syrie et dans toutes les solitudes orientales un grand nombre de religieux éminents qui voyaient, comme saint Antoine, affluer autour de leurs cellules des multitudes de chrétiens. C'était un auditoire sans cesse renouvelé et sur lequel leur parole exerçait une influence extraordinaire. Les reclus eux-mêmes remplirent parfois cet apostolat fructueux. On peut citer le bienheureux Abraham[3], Romanos, qui habitait dans le voisinage d'Antioche[4], Maron, qui vivait dans le diocèse de Cyr[5], Aphraates, qui abandonna sa

---

1. *Pachomii Vita*, 20. *Acta Sanct. Maii*, t. III, 303-304.
2. S. Athanase, *Vita S. Antonii*, 14, P. G., XXVI, 866.
3. S. Ephrem, *In vitam B. Abraam*, op. gr., t. II, 2.
4. Théodoret, *Religiosa hist.*, P. G., LXXXII, 1394.
5. Id., XVI, 1418.

cellule d'Edesse pour se retirer dans un monastère de la ville d'Antioche. Persan d'origine, ce dernier parlait le grec tant bien que mal. Mais la grâce de Dieu et la force de ses convictions suppléaient à la barbarie de son langage. On voyait autour de lui un nombreux auditoire avide d'écouter sa parole [1]. Il n'y eut nulle part une afluence comparable à celle qu'attirait autour de sa colonne Siméon Stylite. Ce saint avait reçu du ciel le don de la doctrine et de la parole. Il s'en servit largement pour le bien des âmes [2].

Le prestige de ses vertus lui permettait de donner ses avis aux princes et aux évêques. Il ne fut pas le seul à user de cette sainte liberté. Isidore de Péluse ne craignait point de reprendre par lettres des pécheurs dont les fautes publiques scandalisaient les fidèles, sans se laisser intimider par leur dignité et leurs hautes fonctions. Il s'éleva avec une grande énergie contre la conduite de l'évêque Eusèbe, du prêtre Maron, de l'archidiacre Pansophios, coupables de simonie, de vol et d'autres forfaits. Il prit la défense de la ville de Péluse contre le gouverneur Cyrenios, qui voulait supprimer le droit d'asile. Il invita Callisios à réprimer les cruautés des officiers dont les excès provoquaient les citoyens à la rébellion. On allait nommer gouverneur de Péluse un Cappadocien dont les antécédents n'inspiraient aucune confiance. Isidore n'épargna rien pour éviter ce malheur [3].

Il écrivit à l'empereur Théodose le Jeune lui-même, et lui rappela les conditions auxquelles il pourrait gagner le royaume des cieux [4].

Cet empereur, qui tenait les moines en haute estime, recevait avec plaisir leurs lettres. Il avait beaucoup entendu parler du moine Abraham, évêque de Carrhes en Mésopotamie. Pour le voir à son aise, il le fit venir de son diocèse et lui témoigna toutes sortes d'égards [5]. Siméon Stylite, qui entretenait des relations avec ce prince, lui recommandait les intérêts de l'Eglise [6]. Il avait sur son esprit un ascendant considérable. Les juifs d'Antioche accusaient

1. Théodoret, *Relig. hist.*, VIII. Ibid., 1367.
2. Id., XXVI, 1482-1483.
3. S. Isidore Pel., l. I, *ep.* 31, 47, 174, 175, 191, 483, 487, 489, 490, P. G., LXXVIII, 202, 211, 295, 298, 306, 446, 450.
4. Id., l. I, *ep.* 35, c. 203.
5. Théodoret, *Relig. hist.*, XXVII, P. G., LXXXII, 1443.
6. Id., XXVI, 1483.

les chrétiens de leur avoir enlevé une synagogue, qu'ils réclamaient avec insistance. Théodore, à qui leurs plaintes furent adressées, était porté à leur donner gain de cause. Ce fut une lettre du grand Stylite qui modifia ses sentiments et le fit se prononcer en faveur des chrétiens [1].

Ce prince voulut un jour pénétrer, sans être connu, dans la cellule d'un ermite qui habitait le voisinage de Constantinople. Le moine l'accueillit avec grande charité, et l'invita à partager son frugal repas. La paix qui régnait dans cette modeste demeure impressionna vivement l'empereur; il s'en ouvrit au solitaire : « Vous êtes heureux, vous, moines ; car, affranchis de toutes les occupations du siècle, vous menez une vie tranquille et paisible, n'ayant à vous occuper que du salut de vos âmes. Je t'affirme que moi qui suis né dans un palais et qui, à cette heure, gouverne l'empire, je ne prends jamais un repas sans avoir quelques graves soucis [2]! »

Ces paroles expliquent l'attrait que pouvait avoir pour des hommes placés au faîte des honneurs la conversation de ces pauvres solitaires et l'ascendant qu'ils exerçaient sur leurs esprits. « Nous ne sommes pas les seuls à chercher un asile auprès des saints moines, écrivait saint Jean Chrysostome, mais ce sont les rois eux-mêmes qui vont à eux comme des mendiants à la porte d'un riche pendant une famine [3]. » Ces hommages, rendus à la grandeur morale par les grands de la terre, devaient produire sur les masses une vive impression à cette époque où l'adulation du pouvoir avilissait tant de cœurs.

Peu de temps après le triomphe du christianisme, Constantin et ses fils inclinèrent leur autorité devant saint Antoine, en lui adressant une lettre pleine d'un respect tout filial. Cette missive n'émut guère le saint anachorète. Il fallut toutes les instances de ses disciples pour le déterminer à faire aux princes une réponse qu'ils attendaient comme une bénédiction céleste. Antoine commença par les féliciter d'être chrétiens, puis il leur donna avec une entière liberté les plus sages avis sur l'importante affaire de leur salut, les invitant à mépriser ce qui passe, à conserver le souvenir des jugements de Dieu et à se rappeler que le Christ est le seul véritable empereur. Il leur demanda enfin de se montrer miséricordieux dans l'exercice du pouvoir, de rendre fidèlement la justice et de prendre

1. Evagre, *Hist. eccles.*, l. I, 13, P. G., LXXXVI, 2455.
2. *Verba Seniorum*, P. L., LXXIII, 749-750.
3. S. Jean Chrys., *Comparatio regis cum monacho*, P. G., XLVII, 391.

un soin particulier des pauvres[1]. L'éloignement du monde où se tenait saint Antoine et le mépris qu'il affectait de ses maximes et de ses manières ne faisaient qu'accroître son prestige. L'empereur Constance le pria par lettre de venir à Constantinople. Le saint ne voyait pas trop quelle pouvait être la volonté divine. L'abbé Paul, dont il prit le conseil, lui fit cette réponse : « Si tu vas là-bas, on t'appellera Antoine, tandis que si tu restes ici, on continuera à te nommer l'abbé Antoine[2] ». Paul avait mille fois raison. La distance grandit les hommes.

Saint Antoine vit plus d'une fois de puissants personnages pénétrer dans sa solitude. Il ne leur ménageait pas ses avis. Apprenait-il qu'un officier supérieur, oublieux de son devoir, opprimait les faibles : il prenait bravement la défense des victimes, avec le même courage que si on l'eût offensé personnellement. Un certain Balacios, arien fanatique, qui commandait les troupes de la région, infligeait aux moines et aux vierges toutes sortes de mauvais traitements. Antoine lui écrivit sans retard une lettre sévère, le menaçant, s'il continuait, de la colère divine. La liberté de son langage jeta l'officier dans une colère violente. Les menaces d'Antoine n'en eurent pas moins leur effet providentiel[3].

Nous avons parlé de l'énergie que saint Isidore de Péluse montra en plusieurs circonstances. Saint Nil ne fut pas moins intrépide; sa correspondance en fournit des preuves nombreuses. Il serait facile de citer d'autres noms et de multiplier les exemples.

*
*　*

Les moines usaient souvent de cette liberté pour protéger le peuple contre la dureté de certains propriétaires. Un magistrat païen d'Antioche, nommé Letoios, était, dans la perception des redevances, d'une sévérité brutale. On s'en plaignait beaucoup. Le solitaire Maisymas essaya vainement d'adoucir son caractère et ses procédés. Après une tentative infructueuse, il appela le ciel à son

1. S. Athanase, *Vita S. Antonii*, 81, P. G., XXVI, 955-958.
2. *Apophtegmata Patrum*, P. G., LXV, 86.
3. S. Athanase, 85-87, c. 962-966.

aide, Dieu prit le parti de son serviteur, et Letoios fut contraint de se montrer moins avare[1].

Les collecteurs d'impôt étaient en général durs et impitoyables. Ils jetaient en prison ou maltraitaient indignement ceux qui ne pouvaient faire droit à leurs exigences. Les contribuables du diocèse de Cyr avaient des charges tellement lourdes que bon nombre de propriétaires, ruinés par le fisc, furent obligés d'abandonner leurs terres. Les moines s'intéressèrent vivement au sort de ces malheureux. Le moine évêque Théodoret écrivit au préfet du prétoire Constance et à l'impératrice Pulchérie[2]. Théodoret plaidait cette cause avec d'autant plus de force qu'il avait, de son côté, fait davantage pour sa ville et ses diocésains. Sans rien demander à personne, par une sage administration, il put faire élever des portiques, réparer les bains publics, construire deux ponts et un aqueduc qui fournissait de l'eau en abondance[3].

Cet amour des solitaires pour le peuple ne se montra jamais plus que sous le règne de Théodose le Grand. Le prélèvement d'un nouvel impôt avait exaspéré la population d'Antioche, qui, dans son mécontentement, s'oublia jusqu'à renverser la statue de l'impératrice et à outrager indignement celle de l'empereur. Le prince, en apprenant cette nouvelle, donna l'ordre d'infliger à la ville le châtiment qu'elle méritait. Deux généraux partirent avec des troupes afin d'exercer la vengeance impériale; mais, lorsque les passions furent calmées, les habitants comprirent la gravité de leur conduite et la sévérité des châtiments dont ils étaient menacés. Ils se seraient abandonnés au désespoir, si saint Jean Chrysostome n'avait pas relevé leur courage par ses exhortations éloquentes. Pendant que les philosophes prenaient discrètement la fuite, les « athlètes de la vertu », c'est ainsi que Théodoret appelle les moines, sortirent de leurs retraites et vinrent consoler les citoyens et fléchir la colère des juges. Aphraates ne ménagea ni sa peine ni les démarches. Personne ne fut plus généreux que Macedonios. Son intervention sauva la ville[4]. De pareils services ne passent point inaperçus; ils produisent toujours, chez ceux qui en bénéfi-

---

1. Théodoret, *Religiosa historia*, xiv, P. G., LXXXII, 1414.

2. Théodoret, *Ep.* 42-45. P. G., LXXXIII, 1219. Le solitaire Abraham réussit, dans une circonstance semblable, à fléchir la rigueur des collecteurs d'impôt.

3. Id., *Ep.* 81, 1262.

4. Théodoret, *Hist. eccles.*, l. v, 19, P. G., LXXXII, 1249. *Religiosa hist.*, xiii, 1409.

cient ou qui en sont les témoins, une vive reconnaissance et une admiration sincère. Aussi les auditeurs de saint Jean Chrysostome étaient-ils heureux et fiers de l'enthousiasme avec lequel il célébrait la beauté de leur vie et leur grandeur d'âme[1]. Rien n'était plus capable de concilier à l'institut monastique la sympathie générale.

*
* *

On ne la leur ménageait guère en Orient. Les chrétiens aimaient à s'incliner devant eux comme devant les évêques et les prêtres, et à demander leur bénédiction[2]. Ils n'usèrent pas toujours de ce prestige avec assez de discrétion. Quelques-uns se permirent d'intercéder auprès des juges de manière à gêner le cours régulier de la justice. Ces abus motivèrent la défense que leur fit l'empereur Théodose d'entrer dans les villes (390). Cette mesure sévère fut rapportée par le même prince deux années plus tard. Tillemont croit que Théodose s'était laissé circonvenir par les dénonciations de magistrats païens indisposés contre les solitaires qui avaient le courage de leur reprocher l'injustice de leurs jugements[3].

Sous l'empereur Honorius (345-423), l'intervention d'un moine mit fin aux combats de gladiateurs que Constantin et ses successeurs n'avaient pas encore supprimés. On lui a donné le nom de Télémaque. C'était un oriental. Il quitta son monastère pour se rendre à Rome. On le vit, pendant l'un des spectacles, descendre lui-même dans l'arène et tenter de séparer les combattants. La foule, qu'exaspéraient sa présence et son rôle, le lapida. Ce meurtre indigna l'empereur, qui saisit cette occasion d'interdire ces combats. L'Eglise honore Télémaque comme l'un de ses martyrs[4].

1. S. Jean Chrys., *Hom. 18 ad populum Antiochenum*, P. G., XLIX, 172-175.
2. Cf. Rufin, *Hist. monach.*, v, P. L., XXI, 409. Pallade, *Hist. laus.*, 1, P. G., XXXIV, 1007. S. Basile, *Epist.* 45, P. G., XXXII, 367. S. Nil, l. II, *Epist. 329*, P. G., LXXIX, 362.
3. Godefroid, *Codex Theodosianus,* t. VI, 107 ; t. III, 337-339 ; t. IV, 282-283. Tillemont, *Histoire des empereurs*, t. V, 357.
4. Théodoret, *Hist. eccles.*, l. v, 26, P. G., LXXXII, 1355.

*
* *

La popularité que les moines eurent auprès des fidèles augmentait singulièrement la force de leur parole. L'estime dont on les entourait était une force pour le sentiment chrétien. Leurs monastères devenaient ainsi des phares lumineux qui répandaient au loin leurs rayons. Les hommes qui tenaient les yeux fixés sur leurs habitants n'étaient jamais plongés dans les ténèbres; ils évitaient les périls de la tempête. Saint Jean Chrysostome, qui leur reconnaissait cette action bienfaisante, engageait ses auditeurs à aller voir et entretenir ces serviteurs de Dieu. Deux ou trois jours passés en leur compagnie, déclarait-il, suffisent pour remplir le cœur d'une joie céleste[1]. Cette influence moralisatrice réagissait contre les effets scandaleux que ne manquaient pas de produire sur les esprits les spectacles profanes et corrupteurs. Les pauvres, en voyant des hommes nés au sein de l'opulence se condamner à une existence toute de privations, acceptaient mieux leur sort pénible; de leur côté, les riches apprenaient à faire un meilleur usage des biens du monde[2].

Rien n'était touchant comme la manière dont ils recevaient leurs visiteurs. Ils rivalisaient de zèle entre eux pour leur laver les pieds et leur rendre tous les services possibles. Les esclaves et les hommes libres étaient traités avec la charité la plus délicate[3]. Aussi ceux qui avaient besoin d'une miséricorde spirituelle ou temporelle prenaient-ils instinctivement le chemin qui menait à leurs cellules. Un esclave de l'avocat Iron, qui avait commis une faute grave, eut peur du châtiment; il prit la fuite, courut au monastère de saint Isidore de Péluse et pria le portier de l'introduire immédiatement auprès du saint. Celui-ci eut pitié du fugitif; il écrivit à son maître pour obtenir sa grâce[4]. Le même Isidore reçut un jour le fils d'un certain Pallade, qui, sur de mauvais conseils, avait abandonné la maison paternelle. Il lui fit comprendre la folie

---

1. S. Jean Chrys., *In Ep. ad Tim. hom.* 14, P. G., LXII, 575.
2. Id., *In Matth. hom.* 68, P. G., LVIII, 645. S. Nil, l. II, *Epist.* 29, P. G., LXXIX, 343.
3. Ibid.
4. S. Isidore Pelus., l. I, *Epist.* 142, P. G., LXXVIII, 278.

de sa conduite et le détermina à rentrer chez son père, qu'il engagea par lettre à lui faire un miséricordieux accueil[1].

Les indigents surtout fréquentaient volontiers la demeure des moines. Ils eurent dès cette époque ce privilège de la charité qui est resté l'une de leurs meilleures prérogatives. Déjà Aphraates le Sage conseillait aux ascètes de semer généreusement l'aumône autour d'eux[2]. La règle de saint Macaire recommandait à chaque ermite de ne jamais laisser un hôte ou un frère partir sans l'avoir soulagé, « dans la crainte, dit-elle, que le Seigneur ne vienne en personne sous la forme du pauvre ou de l'étranger, et qu'il ne soit le témoin de tes hésitations. Montre-toi donc à tous plein d'affabilité et agis comme il sied à un homme de foi[3]. » Ceux qui avaient la mission de former les jeunes moines aux vertus de leur état leur enseignaient à se plaire dans la société des estropiés et des mendiants. Aussi invitaient-ils souvent ces malheureux à s'asseoir à leur table. Ils aimaient à panser les plaies d'un malade, à conduire un aveugle ou à porter un paralytique[4]. Les maîtres de la vie spirituelle les engageaient à prendre pour but unique de leur charité la gloire de Dieu. Toutefois, une ancienne religieuse, nommée Sara, disait sagement de ne point se troubler à l'occasion des sentiments humains qui pouvaient au début se glisser dans le cœur; car l'âme s'élevait peu à peu vers le ciel et finissait par s'abandonner au pur amour du Seigneur[5].

*
* *

L'histoire des origines monastiques est pleine de traits édifiants où l'on voit éclater la charité des serviteurs de Dieu. Saint Pakhôme était le plus libéral des hommes, donnant aux pauvres tout ce qu'il y avait au monastère, si bien qu'un jour le pain finit par lui manquer. Mais Dieu, qui bénit toujours ceux qui font généreusement l'aumône, inspira à un bienfaiteur la pensée de lui conduire un

---

1. S. Isid. Pél., l. I, *Epist.* 190, 303-306.

2. Aphraates, *Demonstratio* 20, *De sustentatione egenorum*, Patrol. Syr., t. I, 893-930.

3. S. Macaire, *Reg.*, 20, P. L., CIII, 450.

4. S. Jean Chrys., *In Matth. hom.*, 72, P. G., LVIII, 671.

5. *Apophtegmata Patrum*, P. G., LXV, 422.

bateau chargé de froment[1]. L'abbé Sérapion vivait dans un dénuement absolu. Un livre où était écrit le texte des Evangiles faisait
toute sa fortune. Il le vendit pour soulager des affamés. « J'ai vendu,
disait-il, le texte qui me répète sans cesse : Vends ce que tu possèdes
et donne le prix aux pauvres[2]. » L'abbé Théonas venait de cuire sa
provision de pain ; il la donna tout entière à des pauvres. D'autres
indigents vinrent lui demander l'aumône, il donna les corbeilles qui
composaient le mobilier de sa cellule; son manteau eut le même
sort. Il ne lui restait à la fin que sa tunique. Il se plaignait encore
de n'avoir pas accompli tout le commandement du Seigneur[3]. Un
frère, ayant rencontré l'abbé Nesteros revêtu de deux colobions,
lui posa cette question : « Si tu trouvais un pauvre et qu'il te
demandât un vêtement, lequel lui donnerais-tu? — Le meilleur. —
Si un autre se présentait et faisait une demande semblable, que lui
donnerais-tu? — Je lui donnerais la moitié de l'autre vêtement. —
S'il en venait un troisième? — Je partagerais ce qui me resterait pour
lui en donner une moitié; je couvrirais ma nudité avec le dernier
lambeau. — Que ferais-tu si un quatrième se présentait? — Je lui
livrerais le reste, et j'irais m'asseoir dans un coin, en attendant que
Dieu m'envoie les moyens de me couvrir[4]. »

Les moines de Palestine et de Syrie ne se laissèrent pas vaincre
en générosité par leurs frères d'Egypte. Saint Epiphane, évêque de
Salamine, fut d'une bonté inépuisable. Les pauvres et les malheureux de toutes sortes tenaient la première place dans son cœur. Les
revenus de son église servaient à soulager leur indigence. De
pieux amis lui fournissaient de quoi augmenter ses largesses. Dieu
lui-même se plut par des miracles à seconder son besoin de
donner. Siméon Stylite, avant de monter sur sa colonne, distribuait
aux indigents ce qu'il prélevait sur ses repas[5]. Les pauvres bénéficiaient toujours des privations que s'imposaient les serviteurs de
Dieu.

Peu d'hommes ont laissé dans les annales de la charité monastique un souvenir plus touchant que le diacre d'Edesse. La famine
désolait le pays. Les riches ne voulaient pas secourir les affamés.

---

1. *Pachomii vita*, 27, *Acta Sanct. Maii*, t. III, 307.
2. *Verba Seniorum*, P. L., LXXIII, 772-773. Ce même recueil renferme de nombreux exemples de la charité monastique. Ibid., 745-747.
3. *Apophtegmata Patrum*, P. G., LXV, 191.
4. Ibid., 307.
5. *Vita S. Simeonis, Acta Sanct. Jan.*, t. I, 264, éd. Venise.

Cette dureté mettait le comble à la misère publique. Le cœur de saint Ephrem en fut vivement ému. Son éloquence aimait à célébrer l'amour des pauvres[1]. L'aumône était à ses yeux la plus belle gloire du chrétien; les disciples du Christ devaient se disputer l'honneur de soulager les miséreux. Dans cette circonstance, sa parole fut écoutée. Les riches, ne pouvant distribuer personnellement les ressources nécessaires à tant de pauvres, lui déclarèrent que nul ne leur inspirait assez de confiance pour se décharger de ce soin sur lui. Le saint diacre se mit tout entier à leur disposition. Son dévouement provoqua la générosité de tous. Il organisa de son mieux le service de la charité. Trois cents lits furent dressés pour les malades. Personne ne manqua du nécessaire. Ephrem ne rentra dans son monastère qu'après la famine[2].

Saint Basile recommande dans ses règles le soin des pauvres. Les moines, dit-il, ne peuvent rien donner personnellement. Un frère est chargé de ce service important. Il doit s'en acquitter avec discrétion et ne point faire l'aumône à tort et à travers. La prudence lui interdit de distribuer au dehors ce qui est nécessaire pour l'entretien de la communauté. Si certaines circonstances exigent qu'on fasse le contraire, l'économe prendra l'avis de l'hégoumène avant de fixer la mesure de la charité[3]. La sœur du patriarche des moines de Cappadoce, sainte Macrine, prenait des pauvres le plus grand soin. Sa bonté pour eux se manifesta d'une manière éclatante à l'époque d'une famine qui désolait la région. Les affamés, sachant que la sainte et ses religieuses donnaient sans compter, accouraient de partout, si bien qu'à les voir, on eût pris cette solitude pour les abords d'une ville très peuplée. Dieu montra combien ces largesses lui étaient agréables. Les sœurs avaient distribué toute une journée le froment à ceux qui en demandaient; on s'aperçut que la provision ne diminuait pas[4].

Non loin du monastère de Macrine, son jeune frère Naucratios s'occupait avec une touchante sollicitude de quelques vieillards pauvres et infirmes. Pour leur procurer de quoi vivre, il chassait

1. S. Ephrem, op. gr., t. III, 21-22. S. Grég. Nys., De vita S. P. Eprem, P. G., XLVII, 831-839.

2. Sozomène, Hist. eccles., l. III, 16, P. G., LXVII, 1091-1092. Pallade, Hist. laus., ci, P. G., XXXIV, 1305-1207.

3. S. Basile, Reg. fus. tract., int. 100, 101. P. G., XXXI, 1151-1154. Reg. brev. tract., int. 302, ibid., 1275.

4. S. Greg. Nys., Vita S. Macrinæ, P. G., XLVI, 971-999.

le gibier dans la forêt au milieu de laquelle était sa cellule. Cet exercice avait en outre l'avantage de dominer la fougue de sa jeunesse exubérante[1]. Saint Grégoire de Nazianze, dans son poème à Hellenios, fait l'éloge d'un moine nommé Cledonios, qui consacrait toute sa vie au soin des pauvres[2].

Il y avait à Ancyre un religieux que Pallade connut. Il se nommait Eleemon. L'évêque n'avait jamais pu le déterminer à recevoir la dignité sacerdotale. Il parcourait les villes du pays afin de chercher ceux qui pourraient avoir besoin d'un secours. Il entrait dans les prisons et dans les hôpitaux; il visitait les indigents; il frappait à la porte des riches. Sa charité faisait l'admiration de tous[3]. Celle de l'abbé Bisarion, que cite le même Pallade, n'était pas moins digne de louange[4].

*
* *

On trouve de bonne heure en Egypte des religieux qui se consacraient spécialement au soin des malades. C'était pour beaucoup un grand moyen de sanctification. Nesteros le disait à Cassien[5]. Mais on ne pouvait retirer de cet exercice tout le fruit désirable sans une patience peu commune. Il ne fallait donc pas s'y engager à la légère[6]. L'abbé Isidore fut assez longtemps chargé de l'administration du grand hôpital d'Alexandrie. L'un des Macaire remplit une fonction semblable.

Saint Basile, qui dota son église de Césarée d'une excellente organisation, fit bâtir hors de la ville un hospice où les infirmes étaient sûrs de trouver un asile et des soins. On y reçut même des lépreux. On y donnait l'hospitalité aux voyageurs. L'édifice et ses dépendances occupaient un espace tel qu'on l'eût pris pour une ville. Le saint pontife le visitait souvent. Les moines furent, dans l'administration et le soin des malades, ses meilleurs auxiliaires[7]. Les évêques aimaient à faire des fondations analogues

---

1. S. Grég. Nys., *Vita S. Macrinæ*, P. G., XLVI, 967.
2. S. Grég. Naz., *Carmen ad Hellenium*, v. 121-122, P. G., XXXVIII, 1459.
3. Pallade, *Hist. laus.*, cxv, P. G., XXXIV, 1221.
4. Id., cxvi, ibid., 1222.
5. Cassien, *Conlat.*, IV, p. 400-401.
6. Id., XXIV, p. 602.
7. Cf. Tillemont, t. IX, 117-119.

pour aménager aux voyageurs un gîte, aux malades et aux estropiés un refuge et des services dévoués. Les ressources des églises les mettaient à même de pourvoir à leurs besoins. Sébaste eut une institution de ce genre; l'évêque Eustathe en confia la direction au moine prêtre Aerios, que ses erreurs ont rendu célèbre[1]. Saint Jean Chrysostome établit à Constantinople plusieurs hôpitaux. Il choisit deux prêtres pour les administrer; il sut les pourvoir de médecins et de cuisiniers; il prit dans les monastères les serviteurs qui veillaient sur les malades[2]. Marcel, abbé des acémètes, bâtit auprès de son monastère une maison destinée à recevoir les infirmes du dehors[3].

Le reclus Limnéos, qui vivait en Syrie, fit construire, des deux côtés de sa cellule, des logements où il recueillait de pauvres aveugles. Ses visiteurs lui laissaient de quoi les nourrir. Il s'occupait d'élever leurs âmes à Dieu et de les animer à la louange divine[4].

Les moines d'Orient conservèrent ces traditions charitables. Ils furent, durant des siècles, comme leurs frères des églises occidentales, les pères des pauvres et les consolateurs des affligés.

---

1. S. Epiphane, *Adv. hæreses*, hær. 75, P. G., XLII, 493.
2. Pallade, *Dialogus de vita S. Joan. Chrys.*, P. G., XLVII, 20.
3. Cf. Bulteau, p. 519.
4. Théodoret, *Religiosa historia*, XXII, P. G., LXXXII, 1455.

CHAPITRE XX

Voyages monastiques

Les voyages causaient aux moines une certaine appréhension. Les dangers et les chutes auxquels s'étaient vus exposés des frères, sortis de leur solitude pour un motif grave et sur un ordre des supérieurs, les entretenaient dans ce sentiment[1]. Ce qui a été dit plus haut sur les gyrovagues nous permet de ne pas insister davantage.

Les moyens de locomotion étaient rares à cette époque; et, sauf dans quelques pays privilégiés, on ne franchissait pas aisément les distances. Ces difficultés toutes matérielles ne contribuaient guère à rendre les voyages attrayants. La traversée des déserts de l'Egypte était particulièrement dangereuse. On ne s'y aventurait pas impunément sur un sol parfois aussi mouvant que les flots de la mer. Beaucoup voyageaient de préférence la nuit, afin de pouvoir se guider d'après le cours des astres[2]. Ceux qui n'avaient pas cette ressource étaient fort à plaindre.

Macaire d'Alexandrie, qui avait de la carte céleste une connaissance très insuffisante, entreprit seul une longue excursion dans la solitude. Il imagina, pour retrouver son chemin, de planter des roseaux de distance en distance, mais un coup de vent les fit disparaître. Le saint abbé fut très embarrassé quand il lui fallut revenir sur ses pas, si bien qu'il finit par s'égarer dans le désert. Ses provisions de pain et d'eau s'épuisèrent promptement. Il serait

1. *Verba Seniorum*, P. L., LXXIII, 744, 745, 789.
2. Rufin, *Hist. monach.*, XXIX, P. L., XXI, 453.

mort de faim et de soif si la Providence ne lui avait ménagé la
rencontre d'un animal qui le nourrit de son lait[1].

L'abbé Ammonas s'égara en faisant le trajet de la montagne de
Saint-Antoine à la vallée du Nil. La nuit vint à le surprendre.
Comme il ne pouvait se guider d'après les étoiles du ciel, il s'arrêta et dormit tranquillement, au lieu de perdre son temps et ses
forces en tentatives infructueuses. Il pria Dieu à son réveil et n'eut
aucune peine à retrouver son chemin[2].

Les déserts qui entourent les solitudes de Nitrie et de Scété
n'avaient aucun sentier reconnaissable. Les moines s'y égarèrent
plus d'une fois. L'abbé Zénon, qui profita de la fraîcheur de la nuit
pour entreprendre une excursion dans cette contrée, marcha
longtemps sans trop savoir où il allait. Après trois jours de fatigues, il tomba épuisé sur le sable. Un enfant vint alors le mettre
dans une direction sûre et disparut, après lui avoir procuré quelque
soulagement[3].

*
* *

Les moines qui entreprenaient un voyage en pays inconnu
n'allaient pas ordinairement seuls. Quand saint Antoine s'éloigna
de la vallée du Nil pour chercher un refuge dans une solitude reculée, il se joignit à une caravane de Sarrasins. Suivant la coutume
de ces pays, les voyageurs, réunis en groupe ou caravane, se mettaient en marche sous la conduite d'un guide expérimenté. Celui-
ci, malgré sa science et sa prudence, n'était pas à l'abri de toute
surprise. Une erreur de sa part, lorsqu'on venait à la constater,
lui attirait, en règle générale, une explosion de colère et d'injures.
On ne se contentait pas toujours de paroles. Les moines étaient
portés à faire comme les autres. C'est pour cela que les anciens
leur donnaient de temps à autre l'exemple de la charité et de la
patience. L'abbé Jean cheminait dans le désert avec plusieurs compagnons. Leur guide perdit la route, et les ténèbres les surprirent
avant qu'il eût pu la retrouver. Les moines consultèrent le pieux
abbé, qui prit la chose en douceur et ne voulut même pas humi-

1. Pallade, *Hist. laus.*, xix-xx, P. G., XXXIV, 1054-1055.
2. *Apophtegmata Patrum*, P. G., LXV, 122.
3. *Verba Seniorum*, P. L., LXXIII, 809.

lier le malheureux auteur de cette méprise. Simulant la fatigue, il déclara ne pouvoir plus avancer. Il s'étendit à terre pour prendre du repos jusqu'au matin. Tous suivirent son exemple sans proférer une plainte[1]. L'abbé Sisoës conseillait d'user, en pareille occurrence, de ces procédés charitables. Un frère lui posait un jour la question suivante : « Si nous sommes en voyage et que le guide vienne à se tromper, faut-il le lui dire ? Le laisserons-nous donc nous égarer ? — Allez-vous prendre un bâton pour le rouer de coups ? J'ai connu des frères qui voyageaient au nombre de douze. Leur guide se trompa de chemin durant la nuit. Les frères, qui s'en aperçurent, gardèrent le silence. Au lever du jour, il reconnut son erreur et leur adressa des excuses : « Nous le savions « bien, lui dirent-ils, mais nous avons préféré nous taire. » Cette attitude, à laquelle il n'était pas habitué, l'édifia grandement[2]. »

*
* *

Ceux qui entreprenaient ainsi un long voyage devaient se munir de provisions abondantes; car il était impossible de trouver au désert le moyen de calmer la faim ou la soif. Les uns les portaient sur leurs épaules; d'autres en chargeaient un chameau ou un âne. Ces précautions ne les mettaient pas toujours à l'abri du besoin. Des frères qui allaient voir saint Antoine conduisaient un âne avec eux. La pauvre bête creva en chemin[3]. D'autres, qui faisaient le même trajet, avaient chargé un chameau. L'ardeur du soleil et les besoins des voyageurs épuisèrent le contenu des outres, avant que la caravane eût atteint le but. Saint Antoine, qui était avec eux, fit jaillir miraculeusement une source[4] dont l'eau les arracha à une mort certaine. Il n'était pas rare, en effet, de voir de pauvres moines mourir de soif sur les sables brûlants du désert[5].

Les barbares, qui sillonnaient les solitudes de l'Orient, faisaient courir aux voyageurs plus d'un danger. Les brigands n'étaient pas

1. *Verba Seniorum*, P. L., LXXIII, 974.
2. *Apophtegmata Patrum*, P. G., LXV, 402.
3. *Verba Seniorum*, P. L., LXXIII, 912.
4. S. Athanase, *Vita S. Antonii*, 54, P. G., XXVI, 919-922.
5. Pallade, *Hist. laus.*, XXIV, P. G., XXXIV, 1198. S. Athanase, *ibid.*, 59, 927.

moins à craindre ; on les trouvait en Palestine et en Syrie, comme
en Egypte et en Thébaïde. Le solitaire Malchos, dont saint Jérôme
a écrit la vie, l'apprit à ses dépens. Il sortit du désert de Chalcis,
où était sa cellule, pour aller à Nisibe visiter sa famille. Il se joignit à une caravane composée de soixante-dix personnes de tout
âge et de tout sexe. Une bande de Sarrasins les surprit, fit main
basse sur tout ce qu'ils portaient et les réduisit eux-mêmes en servitude. Malchos et une femme furent conduits au delà de l'Euphrate et vendus comme esclaves. Leur maître les obligea à se
marier. Le moine et son épouse forcée conservèrent intacte leur
virginité. Ils réussirent par la suite à reconquérir leur liberté.
Malchos revint dans sa solitude de Chalcis, où il raconta plus tard
à saint Jérôme les péripéties de son intéressante odyssée[1].

Les dangers de toutes sortes qu'offrait la traversée des déserts de
l'Orient, effrayèrent plus d'un voyageur et le déterminèrent à rebrous-
ser chemin. Laissons le solitaire qui parle par la bouche de Rufin
donner lui-même son impression et raconter les périls qu'il a dû
affronter. Il voulait voir de ses propres yeux les anachorètes de la
haute Thébaïde, dont on lui avait dit tant de choses extraordinaires. Le courage lui manqua pour aller jusqu'à eux. Dans le but
de se justifier aux yeux de ses lecteurs, il dit que, au cours de son
pèlerinage monastique, il s'était trouvé huit fois exposé très gravement. Après avoir marché cinq jours et cinq nuits, il faillit
mourir de soif et de fatigue. Il s'était engagé avec ses compagnons
de route au fond d'une vallée, où les eaux desséchées d'un étang
salé avaient laissé des cristaux assez nombreux, forts et aigus pour
déchirer les chaussures et rendre la marche très difficile. Ils eurent
beaucoup de peine à en sortir. Un danger tout différent les attendait ailleurs dans une vallée marécageuse et infecte où le sol détrempé cédait sous leurs pas ; ils s'y enfoncèrent à mi-corps. Les
eaux, pendant une inondation du Nil, les mirent durant trois jours
dans l'impossibilité de faire un pas et en péril de mort. Une autre
fois, c'était sur les bords de la mer, des voleurs les poursuivirent
assez longtemps pour les exténuer de fatigue. Ils faillirent se noyer
dans le Nil, faire naufrage sur les eaux d'un lac et devenir la proie
des crocodiles dans un étang[2]. On peut juger par là des surprises
que réservaient ces excursions lointaines.

1. S. Jérôme, *Vita S. Malchi*, 4 et s., *Acta Sanct. Oct.*, t. IX, 64-65.
2. Rufin, *Hist. mon. epilogus*, P. L., XXI, 460-462. Pallade, *Hist. laus.*, CL,
P. G., XXXIV, 1255.

*
* *

Les voyages en pays habité inspiraient parfois de la crainte; ce
n'était pas toujours sans raison. De hauts dignitaires de l'Eglise ne
parvenaient à franchir de grandes distances qu'en essuyant de
nombreuses difficultés et des fatigues pénibles. Saint Cyrille
d'Alexandrie se plaint à Jean d'Antioche des souffrances qu'il en-
dura pour se rendre à Ephèse. Quelques évêques furent encore
plus malheureux que lui. Les chevaux qui les portaient, épuisés
de fatigue, crevèrent en route [1]. Evidemment il n'en était pas toujours ainsi. Mais ces faits prouvent que, à cette époque, les longs
voyages ne s'effectuaient pas aisément.

Ceux qui circulaient dans la vallée du Nil n'avaient guère à se
préoccuper que de traverser les bras et les canaux du fleuve, ou le
fleuve lui-même. Les bateaux ne manquaient pas aux lieux où
affluaient les voyageurs. Les moines y prenaient place, mais en se
tenant, comme les pauvres, à l'écart [2]. Quand ils n'avaient pas de
quoi payer le prix du passage, ils n'hésitaient pas à accepter une
place au milieu des rameurs et à partager leur laborieuse besogne [3], à moins qu'il ne se présentât un moyen de transport
gratuit [4]. Ils n'avaient, en dehors de là, qu'à employer le système
un peu primitif des fellahs, qui se dépouillent de leur tunique,
l'enroulent autour de la tête comme un turban et se jettent bravement à l'eau [5]. On en trouvait qui, par un sentiment de délicatesse peu commun en Egypte, avaient honte de voir leur nudité.
Les récits hagiographiques, pour recommander ce sentiment de
modestie, parlaient avec admiration des moines qui, ayant refusé
de quitter leurs habits, s'étaient vu transporter sur la rive
opposée [6].

Les frères qui voyageaient ainsi dans les pays cultivés n'étaient
pas toujours à l'abri de la soif. En Palestine, par exemple, les

1. S. Cyrille d'Alex., Epist. 22, P. G., LXXVII, 131.

2. Rufin, Hist. mon., XXIX, P. L., XXI, 455.

3. Apophtegmata Patrum, P. G., LXV, 118.

4. Ibid., 119-122.

5. Pallade, Hist. laus., VIII, P. G., XXXIV, 1024. Cf. Reclus, L'Afrique septentrionale, t. I, 526.

6. Pallade, VIII, ibid., 1024. Rufin, XVI, 438.

sources sont rares; aussi, quand le moine approchait d'arbres fruitiers, pouvait-il, avec la permission du propriétaire, se rafraîchir. Il ne devait pas le faire de lui-même. L'abbé Zénon, au cours d'un voyage, se trouvant extrêmement fatigué, s'arrêta au pied d'un arbre et prit quelque repos. Il y avait devant lui un champ de concombres; leur vue, qui excitait sa soif, l'invitait à en cueillir un pour se désaltérer. Sa conscience délicate ne le lui permit pas, dans la crainte qu'on ne le prît pour un voleur [1].

Les religieux peu au courant des conditions auxquelles la loi et les usages soumettaient les voyageurs se trouvaient en face de difficultés d'un autre genre. L'abbé Zosimas se rendait à Naplouse avec un frère, en compagnie de plusieurs séculiers. Quand ils arrivèrent au bureau des publicains, les séculiers allèrent d'eux-mêmes payer le droit d'entrée. Le moine, ignorant ce dont il s'agissait, se tenait à l'écart. Un publicain lui demanda de verser la somme ordinaire; surpris par une invitation à laquelle il ne s'attendait pas, le solitaire protesta : « Comment! vous osez réclamer quelque chose à un moine ! » Cette parole était de trop, Zosimas lui en fit immédiatement la remarque : « Que fais-tu, frère? lui dit-il. Ton langage équivaut à ceci : Bon gré, mal gré, il faut que tu honores ma sainteté. Cet homme, à la vue de ton costume, aurait dû te respecter ou te faire des excuses pour avoir osé te réclamer un tribut. Mais, puisqu'il ne l'a point fait, agis comme il sied à un disciple doux et humble du Seigneur, donne ce qu'il te demande et continuons en paix notre route [2]. »

*
* *

Les difficultés matérielles que les voyageurs trouvaient sur leur route préoccupaient les moines beaucoup moins que les dangers auxquels un séjour au milieu du monde exposait leur ferveur religieuse. Les chutes graves étaient rares, Dieu merci. Mais combien peu rentraient dans leur solitude tels qu'ils en étaient sortis! Aussi les législateurs monastiques se montraient-ils sur ce point d'une réserve extrême. Mille prétextes sollicitaient le reli-

---

1. *Verba Seniorum*, P. L., LXXIII, 742.
2. B. Zosime, *Alloquia*, 6, P. G., LXXVIII, 1690.

gieux à quitter sa cellule. Saint Basile lui demandait de faire la sourde oreille ; car « il est à craindre que, en sortant de son monastère, il ne sorte aussi de la sainteté qui convient à son état[1] ». D'autre part, il devait, par la gravité de sa conduite, inspirer aux hommes avec qui il se trouverait en relation un profond respect pour sa personne et pour son habit[2]. A cause de cela, l'hégoumène, quand il lui fallait envoyer quelqu'un au dehors, choisissait un homme qui pût le faire sans danger pour lui et avec édification pour les autres. Il ne devait jamais permettre une sortie qui pût causer à une âme le moindre préjudice. Afin de rendre les voyages moins dangereux, on arrangeait tout de manière à ce que les frères, au lieu d'aller seuls, avançassent par groupes plus ou moins nombreux. Ils récitaient, chemin faisant, les psaumes et les prières que prescrivait la règle ; ils s'entretenaient de sujets édifiants et suivaient le plus possible les exercices réguliers. C'était un monastère ambulant, dont l'itinéraire était tracé d'avance. Ils recevaient l'hospitalité dans quelques communautés religieuses ou, à défaut, chez des personnes d'une piété reconnue. Au retour, chacun rendait compte de ses démarches et de ses paroles[3]. Les conditions dans lesquelles voyageaient les moines de Cappadoce les prémunissaient donc suffisamment contre la plupart des dangers matériels et moraux.

L'auteur des *Constitutions monastiques* était plus confiant que saint Basile. La pensée d'un service à rendre l'emporte dans son esprit sur les périls auxquels les voyages peuvent exposer un religieux. Celui-ci n'est pas admis à prétexter les inconvénients spirituels d'une sortie pour éviter un ordre que lui donne son supérieur. Qui agirait ainsi méconnaîtrait la haute valeur de l'obéissance. Si vraiment un voyage peut lui faire courir des dangers, il n'a qu'à se recommander humblement aux prières des frères et à supplier Dieu avec une inébranlable confiance· de faire de lui un instrument de sa divine volonté[4]. Le vrai moine, ajoutait le même législateur, n'a rien à craindre de ses relations avec le monde. Son cœur lui tient lieu de monastère ; son âme est une forteresse inattaquable ; il se trouve partout dans une cellule d'où

---

1. S. Basile, clas. I, *ep.* 42, *Ad Chilonem*, P. G., XXXII, 351-354.
2. Id., *Reg. fus. tract.*, int. 35, P. G., XXXI, 1006.
3. Id., 39-44. Ibid., 1019-1030-1031.
4. *Constitutiones monasticæ*, P. G., XXXI, 1415.

rien ne peut le faire sortir, il y admet qui lui convient. Le moine léger, même retenu matériellement dans son monastère, laisse son esprit courir toutes les routes, tandis que le moine vigilant ne sort point de la solitude, même quand il en est corporellement éloigné [1].

Cet optimisme du législateur n'allait pas jusqu'à tolérer une négligence imprudente. Le religieux hors de son monastère a, en effet, besoin d'une continuelle circonspection. Ses actes et sa personne sont livrés aux appréciations de chacun. Toutes les langues s'exercent à son sujet. Ceux qui l'approchent, même ses parents, l'examinent sans pitié, prêts à se scandaliser de tout et à calomnier les actions les plus innocentes. Les moindres faiblesses qui lui échappent fournissent une occasion de déprécier la vie monastique [2]. C'était une tendance commune en Orient. Elle provenait moins de la malveillance que de la haute idée que le peuple se faisait des moines : on les aurait volontiers crus supérieurs à la nature et à ses nécessités. Les moines eux-mêmes se montraient fort exigeants pour les frères qui venaient de contrées éloignées. Ils s'attendaient à les trouver plus vertueux qu'ils ne pouvaient l'être eux-mêmes [3].

Saint Ephrem, pour engager les moines voyageurs à suivre fidèlement les conseils que son expérience lui dictait, faisait la même remarque. Ceux qui honorent et aiment le moine, disait-il, lorsqu'il sert le Christ dans la paisible retraite de son monastère, sont les premiers à se scandaliser de le voir dans les villes et les bourgs faire des choses qui contristent le Seigneur. Bien qu'il eût fait lui-même pour son bien personnel et pour celui des chrétiens de longues pérégrinations, il n'hésitait pas à déclarer que les routes ne sont pas le lieu où l'on doit rencontrer les moines. L'édification du prochain, la crainte de Dieu et le sentiment des convenances imposent une extrême réserve à ceux que le devoir fait momentanément sortir de la solitude [4].

Les Egyptiens croyaient que rien ne pouvait mieux protéger un moine voyageur que la présence d'un frère. Les règles attribuées à saint Antoine et à l'abbé Isaïe recommandent instamment cette

---

1. *Constit. monastica*, P. G., XXXI, 1319.
2. Id., 6. Ibid., 1359-1366.
3. *Verba Seniorum*, P. L., LXXIII, 927.
4. S. Ephrem, *Paraen.*, 45, op. gr., t. II, 165-166.

précaution. Les deux pèlerins marchaient à distance l'un de l'autre afin de prier à leur aise et de méditer les psaumes. S'ils se rapprochaient, c'était dans le but de s'entretenir de Dieu et des vérités éternelles [1]. Cette mesure s'imposait à quiconque désirait conserver le recueillement. Le Syrien Julien Sabbas et Jacques le Persan, qui voyageaient ensemble, avaient grand soin de l'observer [2].

L'abbé Isaïe, qui dans deux instructions spéciales trace aux frères en voyage une ligne de conduite pleine de sagesse, insistait beaucoup sur la pratique de la charité à l'endroit du compagnon de route. Les jeunes qui marchent avec un vieillard doivent bien se garder d'aller en avant ou de lui laisser porter la moindre charge. Ils agissent ainsi avec les frères fatigués. En les plaçant au premier rang, on les met à même de régler la marche suivant leurs forces ; leurs compagnons s'arrêtent en même temps qu'eux et attendent patiemment qu'ils aient pris assez de repos pour se mettre en route. Les frères robustes portent les fardeaux chacun à leur tour, le plus chargé allant toujours le premier [3].

* *
*

Dans la congrégation de Tabenne, où les monastères avaient entre eux des relations fréquentes, les religieux voyageaient souvent. Ils allaient presque toujours à pied ; parfois cependant ils se servaient des ânes de la maison. La règle prescrivait, dans ce dernier cas, de descendre de la monture en approchant du monastère, et de la conduire par la main jusqu'à la porte. Les infirmes étaient seuls dispensés de cette prescription [4]. Saint Pakhôme ne permettait pas à deux frères de monter sur le même animal [5]. On les voyait aussi user de chariots ; il leur était défendu de se tenir deux sur la bâche [6]. Le Nil et ses canaux offraient aux moines un excellent

1. S. Antoine, *Reg.*, 47, P. G., XL, 1074. Isaïe, *Reg.*, 17. ibid., 429-430 ; *Oratio* iii, 1109.

2. Théodoret, *Religiosa historia*, II, P. G., LXXXII, 1310-1311. .

3. Isaïe, *Oratio* iii, P. G., XL, 1111-1113. Ses discours iii et iv sont remplis des détails les plus minutieux (1108-1121).

4. S. Pakhôme, *Reg.*, 110, P. L., XXI.I, 79.

5. Id., 109, ibid.

6. Ibid.

moyen de locomotion. Ils avaient fréquemment besoin, dans un centre aussi actif que les monastères pakhomiens, d'aller soit à Alexandrie, soit ailleurs, vendre le fruit de leur travail et faire des provisions. La communauté de Tabenne se procura de bonne heure un bateau pour ce service[1]. L'augmentation du nombre des religieux contraignit de multiplier ces moyens de transport[2]. Les frères profitaient de ces voyages soit pour saluer saint Athanase, soit pour rendre visite à saint Antoine[3]. Il leur arrivait de ramener avec eux des novices recrutés à Alexandrie[4]. Les moines étaient quelquefois assez nombreux sur le bateau, surtout quand ils allaient au travail ou dans une autre maison. La règle leur prescrivait alors de suivre les exercices réguliers. Un ancien avait la responsabilité du groupe.

Le silence régnait parmi eux; la prière occupait leurs loisirs[5]. Ils couchaient tous sur le pont. Aucun séculier ne devait passer la nuit avec eux. Ils avaient besoin de la permission du supérieur du monastère pour transporter une femme sur le bateau[6]. Personne ne pouvait, sans un ordre du surveillant général, détacher la corde qui retenait l'embarcation au rivage ni la fixer à une pierre pour l'arrêter[7]. Dans la crainte que ces sorties ne devinssent pour ses communautés une occasion de trouble, Pakhôme interdit aux voyageurs de raconter à leur retour ce qu'ils avaient pu voir ou entendre. Ceux qui travaillaient dans les champs et qui visitaient d'autres monastères observaient la même réserve[8].

Les recueils de récits édifiants signalent quelques beaux exemples de la modestie observée par les Pères du désert au cours de leurs voyages. En voici un qui mérite d'être rapporté. L'abbé Isidore était allé rendre visite au patriarche Théophile. Quand il fut de retour à Scété, quelques moines lui demandèrent comment il avait trouvé la capitale : « A dire vrai, répondit-il, je n'ai aperçu le visage d'aucun homme, sauf celui de l'archevêque. — Serait-ce, lui

---

1. *Pachomii vita*, 30, *Acta Sanct. Maii*, t. III, 324. Il y en avait un autre qui servait au nettoyage des habits.
2. Ammon., *Epistola*, 19. Ibid., 354-355.
3. *Pachomii vita*, 79, ibid., 326. Ammon., *Epist.* 20, 355.
4. *Vie copte de S. Pakhôme*, A. D. M. G., XVII, 143-194.
5. S. Pakhôme, *Reg.*, 118, P. L., XXIII, 80.
6. Id., 119, ibid.
7. Id., 118, ibid.
8. Id., 85-86, ibid., 77.

répliqua-t-on, parce qu'ils auraient tous disparu ? — Point du tout ; mais il ne m'est pas venu à l'esprit de regarder[1]. » L'abbé Pambo ne se comportait pas de la même manière. Il cherchait partout un sujet d'édification. Saint Athanase le manda un jour à Alexandrie. Une comédienne d'une grande beauté passa devant lui. Sa vue l'impressionna vivement et il se mit à pleurer. Les témoins de cette scène voulurent connaître le motif de ses larmes : « Deux raisons me portent à pleurer, leur dit-il : la première est le triste sort de cette femme, la seconde est la pensée que je me donne moins de peine pour plaire à Dieu que cette femme n'en prend pour gagner les hommes de mauvaise conduite[2]. »

*
* *

Les voyages les plus lointains ne pouvaient guère nuire aux religieux animés d'un pareil esprit. Les vertus dont ils donnaient l'exemple, la sainteté de leurs entretiens et la gravité de leur tenue inspiraient à tous un profond respect et une haute idée de la vie monastique ; ce fut plus d'une fois le moyen dont Dieu se servit pour conduire dans la solitude des âmes éprises du désir de la perfection.

L'histoire a conservé le souvenir de quelques-unes de ces excursions monacales. Elles ont puissamment contribué à la diffusion de la vie religieuse et à la fusion des esprits et des cœurs dans l'union des idées. Saint Jérôme a fidèlement relaté celles de saint Antoine et de saint Hilarion. Le premier avait atteint l'âge de quatre-vingt-dix ans. Il se demandait s'il existait dans les solitudes de l'Egypte un homme qui eût poussé au même degré que lui la recherche de la perfection religieuse. Dieu lui révéla pendant son sommeil l'existence d'un anachorète qui le surpassait. Dès le point du jour, le saint vieillard, impatient de le connaître, prit le bâton du voyageur et se mit en route vers la demeure de cet inconnu. Les monstres qu'il rencontra sur son chemin ne parvinrent pas à l'effrayer. Aucune créature n'avait en ces lieux foulé le

1. *Apophtegmata Patrum*, P. G., LXV, 222. *Verba Seniorum*, P. L., LXXIII, 871.

2. Socrate, *Hist. ecclés.*, l. IV, 13, P. G., LXVII, 514.

sable du désert ; seules les bêtes sauvages y avaient laissé l'empreinte
de leurs pas. Après une marche longue et pénible, le serviteur de
Dieu aperçut, à la nuit tombante, une louve dévorée par la soif,
qui se dirigeait vers le pied d'une montagne. Il la suivit du regard.
Et, allant dans la même direction, il se trouva bientôt à l'entrée
d'une caverne. Les ténèbres l'empêchaient de distinguer quoi que ce
soit. Tantôt il suspendait sa marche, tantôt il avançait doucement,
évitant le moindre bruit ; son oreille cherchait à discerner quelque
signe qui pût lui révéler la présence d'une créature. Une pensée
intime lui faisait croire qu'il était au terme de ses désirs. Un son
confus se fit entendre. Le solitaire, enhardi, fit quelques pas en
avant. Son pied, heurtant une pierre, occasionna un bruit assez fort.
Une porte s'ouvrit à ce moment, et saint Antoine fut en présence
de saint Paul, le premier des ermites. Il se prosterna en terre, le
priant humblement de l'admettre dans sa demeure. Ces deux
grands serviteurs de Dieu bénirent leur commun Maître, qui les
avait ainsi réunis. Paul raconta à Antoine sa vocation, sa fuite
au désert, sa merveilleuse existence. Antoine lui rendit les honneurs de la sépulture. C'est à son voyage que nous devons la
connaissance de l'un des types les plus intéressants de la sainteté
monastique [1].

L'affluence des visiteurs et les égards qu'on lui témoignait fatiguaient saint Hilarion. Il ne crut pouvoir les éviter que par la fuite.
Malgré la résistance de ses disciples, il abandonna la Palestine,
visita les moines qui habitaient le désert et quelques évêques exilés
en haine de la foi, et il prit la direction de la montagne où saint
Antoine avait passé les derniers temps de sa vie. On lui fit vénérer tous les souvenirs de ce grand homme de Dieu. Il alla ensuite
à la grande oasis, en passant par Alexandrie. Comme sa sainteté lui
attirait, jusque dans ces solitudes, de nombreuses visites, il résolut
de fuir plus loin encore par delà la Méditerranée. La Sicile
lui fournit une retraite dont la tranquillité, malheureusement pour
lui, fut bientôt troublée par ses miracles. La crainte des honneurs
et le besoin de la solitude le poussèrent au delà de l'Adriatique, en
Dalmatie. Ce fut pour se voir encore obligé de chercher ailleurs
un refuge que les hommes ne pussent découvrir. Il le trouva dans
une riante vallée de l'île de Cypre. La mort, qui vint l'y frapper,
lui procura une paix désormais inaltérable [2].

1. S. Jérôme, *Vita S. Pauli*, 7-15, P. L., XXIII, 22-27.
2. Id., *Vita S. Hilarionis*, 20 et suiv., *Acta Sanct. Oct.*, t. IX, 52 et suiv.

Saint Ephrem, qui avait abandonné sa patrie pour aller à Edesse, où sa présence rendit à la foi des services signalés, parcourut plusieurs provinces de l'Orient; il visita Jérusalem et Césarée de Cappadoce. Des hommes de Dieu, répandus dans ces contrées, excitaient son admiration; il désirait les connaître. Leurs conversations firent à son âme un grand bien. Sa visite à saint Basile et les entretiens pieux qu'ils eurent l'un avec l'autre laissèrent dans son âme une impression ineffaçable. Ce fut le commencement de l'union intime qui régna désormais entre ces deux cœurs si bien faits pour se comprendre et pour s'aimer[1]. L'évêque de Césarée avait lui-même, au début de sa vie religieuse, parcouru l'Egypte, la Palestine, la Syrie et la Mésopotamie, dans le but de s'instruire à l'école des moines qui peuplaient les solitudes de ces contrées. On vit plus d'une fois les solitaires de l'Asie Mineure et de la Syrie quitter ces provinces et s'en aller visiter les déserts de l'Egypte.

L'Egypte et la Thébaïde exerçaient un attrait souvent irrésistible sur les hommes épris d'un idéal monastique. Quelques Occidentaux le sentirent au point de franchir des espaces considérables. Ces pèlerins du monachisme cheminaient le long de la vallée du Nil, dans les retraites de Scété et de Nitrie, et jusque vers les solitudes de la haute Thébaïde; ils se rendaient au Sinaï et en Palestine, frappant à la porte des solitaires les plus renommés pour recueillir leurs enseignements et admirer leurs vertus.

Saint Jérôme, le plus illustre de ces pieux voyageurs, partit avec Rufin et plusieurs compagnons pour visiter Jérusalem. Il parcourut diverses provinces de l'Orient avant de se fixer en Syrie, pendant que son ami allait en Egypte. Nous le trouvons ensuite à Constantinople, à Rome, à Jérusalem, en Egypte et enfin à Bethléem, recueillant partout des exemples à imiter.

Sainte Paule, sa fille spirituelle, l'accompagna dans ses dernières pérégrinations avant de partager sa retraite auprès des lieux théâtre de la naissance du Sauveur. Elle ne fut pas la seule femme qui entreprit de pareilles excursions. Les deux Mélanie voulurent aussi visiter les solitudes orientales. Silvie nous a laissé le récit complet de son propre voyage. Postumianus, Gaulois d'origine comme elle, raconte dans les Dialogues de Sulpice-Sévère ce qu'il avait contemplé de ses propres yeux en Egypte.

Mais, de tous ces voyages, celui qui a exercé sur le monachisme

1. S. Greg. Nys., *De vita S. P. Ephrem*, P. G., XLVI, 834.

l'influence la plus grande est sans contredit celui de Cassien. Né dans la Gaule méridionale, il prit de bonne heure la route de l'Orient, où on le voit mener avec son ami Germain la vie religieuse dans un monastère de Bethléem. Le désir d'une plus haute perfection les poussa l'un et l'autre vers les déserts de l'Egypte. Ils voulaient, sinon imiter les vertus de leurs habitants, avoir tout au moins l'honneur de contempler leurs visages et d'entendre leurs enseignements[1]. Les moines au milieu desquels ils vivaient leur permirent ce voyage à la condition expresse de ne point trop le prolonger. L'abbé Joseph calma dans la suite les inquiétudes que leur causait la nature de cette permission[2]. Ils parcoururent, le bâton à la main et un sac sur le dos[3], l'île déserte de Panephys, la solitude de Diolcos, les groupes monastiques de Scété et de Nitrie. Leur séjour dans ces contrées fut d'au moins sept ans[4].

*
* *

Le désir de conférer avec les maîtres de la vie monastique n'était pas le seul motif des visites que les moines faisaient en Palestine. Le souvenir des événements dont les Lieux saints furent le théâtre les attirait de tous les points de l'Orient. On y rencontrait des Egyptiens, des Syriens et des enfants de la Mésopotamie et de la Cappadoce. C'est au jour anniversaire de l'Invention de la sainte Croix et de la dédicace de la basilique du Saint-Sépulcre qu'ils accouraient en foule de tous les points de l'Orient[5]. Ils rentraient paisiblement chez eux, si toutefois la sainteté des lieux ne les retenait pas, après avoir vénéré les sanctuaires de Jérusalem, de Bethléem et des bords du Jourdain. Cassien rencontra à Bethléem l'Egyptien Pinufe. Saint Basile, saint Ephrem, le Cappadocien Olympios[6], saint Grégoire de Nysse, Pierre le Galate[7] et une foule d'autres entreprirent ce pèlerinage. Quelques moniales suivirent ce mouvement, entre autres la diaconesse Marthana, amie intime de

---

1. Cassien, *Conlat.*, XI, 1, 2, p. 314-315.

2. Id., *Conlat.*, XVII, 465-499.

3. Id., *Conlat.*, XI, 3, 315.

4. Petschenig, *De Cassiani vita et scriptis*, V-VII.

5. Silvie, *Peregrinatio*, 108-109.

6. S. Grég. Nys., *Vita S. Macrinæ*, P. G., XLVI, 959.

7. Théodoret, *Religiosa historia*, IX, P. G., LXXXII, 1379.

Silvie[1], et les deux recluses de Berbé, Marana et Cyra, qui eurent la force de faire ce long et pénible trajet sans prendre la moindre nourriture[2]. Albien, moine originaire d'Ancyre, visita pieusement les lieux sanctifiés par la vie et par la mort du Sauveur avant de se retirer à Nitrie[3]. Porphyre vint du désert de Scété vénérer les sanctuaires de Palestine. Après avoir habité quelque temps dans une solitude voisine de Jérusalem, il fixa son séjour dans la ville sainte en compagnie de son disciple et futur biographe, le moine Marc, venu de l'Asie Mineure[4].

Quelques moines syriens eurent la dévotion de faire le pèlerinage du Sinaï. Siméon l'Ancien, qui avait sa cellule sur le mont Aman, voulut un jour visiter cette montagne sainte, accompagné de plusieurs solitaires[5]. Avant lui, d'autres religieux avaient entrepris cette même excursion. En effet, lorsqu'il fut arrivé dans le voisinage de la mer Morte, il rencontra un anachorète qui menait là, depuis de longues années, une vie des plus extraordinaires. Cet homme de Dieu se rendait au Sinaï avec un frère, quand la mort de ce dernier, en le privant d'un compagnon, le détermina à fixer en ces lieux son séjour définitif[6]. Un autre Syrien, l'illustre Julien Sabbas, pour fuir les honneurs dont il était l'objet de la part des habitants de l'Osroène, résolut d'aller passer quelque temps sur la montagne où Dieu manifesta ses volontés à Moïse. Quelques moines, ses amis intimes, partirent avec lui. Dans le but d'éviter toute société humaine, ils ne prirent aucune des routes fréquentées alors, préférant avancer à travers la campagne déserte sans approcher d'un village ou d'un hameau. Chacun d'eux portait sur ses épaules une provision de pain et de sel, afin de pourvoir aux nécessités du voyage. Ils avaient en outre une écuelle de bois et une éponge, qui leur permettait de puiser de l'eau dans les fontaines et les puits pour étancher leur soif. Au Sinaï, Julien Sabbas goûta longtemps les charmes de la solitude et de la sainteté du lieu. Il bâtit une église à l'endroit où Moïse reçut l'insigne faveur de la vision divine. Il regagna ensuite sa première retraite[7].

---

1. Silvie, *Peregrinatio*, 74.
2. Théodoret, ibid, XXIX, col. 1491.
3. S. Nil, *Oratio in Albianum*, P. G., LXXIX, 203.
4. Marc, *Vita S. Porphyrii*, 4, 5, P. G., LXV, 1213-1214.
5. Théodoret, *Religiosa historia*, VI, P. G.. LXXXII, 1359-1363.
6. Id., 1362.
7. Ibid., 4, 1315.

Les tombeaux de quelques martyrs célèbres, et en particulier celui de sainte Thècle à Séleucie, attiraient les moines pèlerins[1]. Ils se mêlaient volontiers à la foule des pieux fidèles qui avaient la coutume d'accourir de fort loin autour des sanctuaires enrichis de reliques insignes ou élevés en l'honneur des saints.

*
* *

Quelle pouvait bien être la pensée intime des moines les plus autorisés sur ces pèlerinages lointains ! Cette question vaut la peine d'être examinée. Le motif surnaturel qui les déterminait n'excluait pas forcément les dangers inhérents à toute excursion. Si des saints ont pu les entreprendre avec grand profit pour leurs âmes, faut-il en conclure que leur pratique était utile à tous indistinctement? Tel n'était pas le sentiment général. Le séjour d'une ville sainte, fût-ce Jérusalem, pouvait devenir fort dangereux. Il n'y avait pas que des moines à la fréquenter ou à l'habiter. On y rencontrait des soldats et cette population légère qui afflue dans toutes les vastes agglomérations, comédiens, bouffons, femmes de mauvaise vie, etc. C'est Jérôme, un témoin oculaire, qui fournit ces renseignements. Comme tant d'autres, il avait estimé heureux les hommes qui habitaient ces lieux bénis, mais l'expérience s'était promptement chargée de lui apprendre que, en dehors des souvenirs sacrés de la Passion et de la Résurrection, Jérusalem n'avait aucun attrait pour les moines. La sainteté de la terre que l'homme foule aux pieds ne rend pas ses œuvres plus agréables au Seigneur[2]. Il n'était pas inutile de tenir ce langage à des solitaires qui auraient cru facilement puiser la vertu dans le sol foulé par Jésus-Christ.

On en trouvait beaucoup qui s'abandonnaient à cette illusion. Saint Grégoire de Nysse tenta d'éclairer quelques-uns d'entre eux. Sans condamner la pratique des pèlerinages, il avoue que l'Evangile n'a jamais ordonné de les entreprendre. La vie et la vertu courent en effet de grands dangers le long des routes et dans les villes. Il n'y a nulle part plus de meurtres qu'en Palestine. Pourquoi donc entreprendre ces longs voyages? Ne trouve-t-on pas, disait-il, aussi bien Dieu et sa grâce en Cappadoce[3]?

1. Théodoret, *Relig. hist.*, P. G., LXXXII, 1491. Silvie, *Peregrinatio*, p. 74.
2. S. Jérôme, *ep.* 58, P. L., XXII, 582.
3. S. Grég. Nys., *epist.* 2, P. G., XLVI, 1010-1016.

On continua dans quelques solitudes orientales à s'exagérer l'importance des pèlerinages, au point que plusieurs croyaient à une manifestation presque exclusive de la présence divine dans ces lieux saints. Ils tombaient dans une grossière superstition. Théodoret semble préoccupé de ces exagérations, quand il essaie de justifier le pèlerinage de Pierre le Galate à Jérusalem. S'il est allé adorer le Sauveur en Palestine, ce n'est pas, dit-il, qu'il crût sa présence circonscrite par ces lieux; mais il voulait contempler de ses yeux ces sites bénits, théâtres d'événements chers à sa piété[1].

1. Théodoret, *Religiosa historia,* ix, P. G., LXXXII, 1379.

CHAPITRE XXI

L'hospitalité monastique
dans les solitudes orientales

Les moines qui voyageaient dans le désert vivaient des provisions qu'ils portaient avec eux; c'étaient habituellement des figues, du pain et de l'eau. La terre nue leur servait de couche. Presque toujours dans les pays habités, ils trouvaient sur leur route la cellule d'un solitaire ou la demeure de quelque séculier.

Le voyageur étranger ne passait jamais inaperçu devant la porte d'un Oriental. Depuis des siècles, l'hospitalité était en honneur dans ces contrées. Les chrétiens l'exerçaient généreusement. Les livres de l'Ancien Testament leur mettaient sous les yeux les beaux exemples laissés par les patriarches. La manière dont Abraham, le père des croyants, reçut ses hôtes, et la récompense que Dieu lui décerna, étaient pour tous une précieuse leçon. Notre-Seigneur avait encore ennobli cette vertu, quand il dit : « C'est moi que vous recevez dans la personne de l'étranger. » Les Apôtres la recommandèrent instamment à l'attention des fidèles[1].

Les moines, en qui les chrétiens vénéraient les imitateurs les plus parfaits de Jésus-Christ et les images vivantes de la Divinité, trouvaient auprès d'eux un accueil empressé. On ne les recevait nulle part avec plus de religion qu'à Oxyrinque. Les magistrats de cette ville, couverte de monastères, avaient mis aux portes des hommes chargés d'accueillir les étrangers et de les conduire en leur présence, afin qu'ils pussent remplir à leur endroit tous les devoirs

---

1. S. Sérapion, *Epistola ad monachos Alexandrinos*, P. G., XL, 938.

de l'hospitalité chrétienne. Pallade a conservé le souvenir de la réception qui lui fut faite[1].

L'abbé Pafnuce arrivait dans un village voisin d'Héraclée. Le premier dignitaire de la localité alla au-devant de lui, l'invita pieusement à le suivre dans sa maison, lui lava les pieds, dressa la table et lui fit servir à manger. « J'ai toujours tenu à recevoir les étrangers, dit ce pieux laïc, au point de ne permettre à personne de me devancer auprès d'eux. Et jamais un hôte n'a quitté ma demeure sans provisions[2]. »

Dans tout l'Orient, les personnes pieuses se faisaient une obligation et un honneur de recevoir ainsi les moines sous leur toit. La noble diaconesse Olympiade de Constantinople, qui témoigna tant de dévouement à saint Jean Chrysostome, mettait à cet exercice de charité un zèle qui ne se lassait jamais[3]. A défaut de ces fidèles généreux, les religieux trouvaient un asile dans les hôpitaux que les évêques avaient construits en faveur des malades et des étrangers.

·Mais les recommandations bibliques relatives à l'hospitalité ne s'adressaient pas aux seuls chrétiens qui vivaient au milieu du monde. Les moines, voués à la recherche de la perfection chrétienne, n'avaient garde de les négliger. Aussi la pratique de cette vertu tint-elle en leur vie et dans leur histoire une place des plus importantes. S'ils ouvraient largement la porte aux séculiers qui venaient à eux, ils aimaient surtout à recevoir les frères qui leur étaient unis par une même profession. L'hospitalité monastique accueillait donc volontiers les moines et les séculiers. Dans les uns et dans les autres, elle honorait le même Seigneur et Maître, Jésus-Christ. « Ce n'est pas un homme, écrit saint Ephrem, que le moine reçoit dans la personne de l'étranger qui se présente à lui, mais Dieu lui-même. Aussi ne doit-on faire aucune acception des personnes[4]. » « L'hôte, observe saint Nil, procure une grande faveur à celui qui le reçoit. Il est, en réalité, son bienfaiteur. Ce dernier ne doit pas craindre de l'obliger, par ses instances, à lui accorder le bienfait de sa présence sous son toit[5]. »

---

1. Pallade, *Paradisus Patrum*, P. G., LXV, 447.

2. Rufin, *Hist. monach.*, XVI, P. L., XXII, 437.

3. Pallade, *Dialogus de vita S. Johannis Chrysost.*, 17, P. G., XLVII, 57-61.

4. S. Ephrem, *In vita B. Abraami*, op. gr., t. II, 18. *Testamentum*, ibid., 244.

5. S. Nil, *Tractatus ad Eulogium*, 23, P. G., LXXIX. Dans ce chapitre et dans le suivant de cet opuscule, saint Nil expose fort bien les caractères de l'hospitalité monastique.

Saint Basile ajoutait une importance capitale à la pratique de cette vertu. Mais comme ses religieux menaient la vie commune, il dut la soumettre à une organisation fixe. Il appartient au monastère, et non à chaque individu, de l'exercer. Car si tous s'en mêlaient, il en résulterait forcément une confusion très préjudiciable à la discipline régulière. Le législateur rejette donc la responsabilité de la réception des hôtes tout entière sur l'hégoumène ou sur celui qui le remplace en cas d'absence. Ils veillent à ne les mettre en rapport qu'avec des frères instruits, sachant parler avec autorité de tout ce qui a trait aux choses de la foi, en un mot capables de les éclairer et de les édifier. Le bien des âmes et l'honneur du monastère l'exigent. Un religieux est plus spécialement chargé de s'occuper d'eux. Tous doivent le respecter dans l'exercice de sa fonction. Si, par exemple, un frère s'aperçoit qu'il donne à un hôte des renseignements inexacts, au lieu de rectifier précipitamment ses paroles, il lui signale son erreur en particulier. Un étranger, ignorant les coutumes de la maison, est exposé à lier conversation avec un moine qui ne peut l'entretenir; celui-ci, pour ne point violer la règle, se contente de le mettre en rapport avec l'hôtelier[1]. L'arrivée d'un hôte ne doit jamais troubler l'ordre des exercices communs et des observances régulières, à moins toutefois que le bien des âmes ne l'exige absolument; car alors il ne faudrait pas craindre de négliger une action extérieure pour satisfaire aux exigences du précepte divin de la charité[2]. Saint Basile, qui veut placer sous la protection du Seigneur la réception des hôtes, prescrit de la consacrer par la prière; le frère qui reçoit et l'étranger qui arrive s'unissent d'abord dans une oraison fervente. C'était du reste la coutume générale des moines orientaux[3].

Sainte Macrine, qui s'inspirait des enseignements et des exemples de son frère, exerçait dignement l'hospitalité. On peut en juger par deux traits. Ils ont un charme particulier, puisque les hôtes sont des parents. Grégoire de Nysse, son frère — c'est lui-même qui le raconte, — alla lui rendre visite. Son autre frère, le prêtre Pierre, qui gouvernait le monastère d'hommes bâti auprès de celui des femmes, était parti depuis quatre jours au-devant du saint

---

1. S. Basile, *Reg. fus. tract., int.* 32-45, P. G., XXXI, 995-1034.

2. Id., *Reg. brev. tract., int.* 313. Ibid., 1305.

3. Id., 312. Ces prescriptions sont à rapprocher de ce que dit saint Benoît au chapitre LIII de sa Règle.

évêque, lorsque celui-ci arriva sur les bords de l'Iris sans l'avoir rencontré; ils n'avaient pas pris le même chemin. Quand les moines surent que le pontife approchait, ils allèrent tous à sa rencontre; ils agissaient de la sorte avec tous les amis qui les venaient voir. Les moniales l'attendaient dans l'église, où il se rendit pour offrir ses adorations au Seigneur et pour leur donner sa bénédiction. Elles se retirèrent ensuite. Macrine, leur vénérée mère, était retenue par la souffrance sur la planche qui lui servait de lit. Un religieux mena Grégoire à ses côtés. Après un entretien long et élevé, il alla prendre quelque repos dans le jardin, à l'ombre; puis il visita, pour l'admirer, le monastère et le paysage qui l'encadrait. Tout y était agréable et varié[1].

Un officier supérieur, parent de sainte Macrine, lui rendit visite avec sa femme. On leur fit l'accueil le plus empressé. Le mari fut reçu dans le monastère des hommes, et son épouse dans celui des moniales. On les combla de prévenances. L'affabilité et la bonne grâce de Pierre et de Macrine surent donner à l'hospitalité un charme inexprimable. Ils se racontèrent au retour l'un à l'autre ce qu'ils avaient pu voir et admirer. L'heureuse impression de cette visite resta longtemps gravée dans leur souvenir[2].

*
* *

Comme Basile, Pakhôme, le législateur des moines de la haute Thébaïde, soumit à des règlements précis l'hospitalité monastique. Personne n'avait le droit de recevoir et de faire manger un étranger; on devait l'envoyer à la porte de l'hospice, où des frères s'occupaient de lui. Les clercs et les moines étaient reçus avec des égards particuliers. Avant d'admettre un hôte, les frères qui en étaient chargés commençaient par lui laver les pieds, suivant la prescription évangélique, et ils le conduisaient dans un appartement où ils lui donnaient ce qui pouvait lui être nécessaire. Si le nouvel arrivé désirait prendre part aux prières communes, le serviteur de l'hospice, après avoir examiné l'orthodoxie de sa foi,

1. S. Grég. Nys., *Vita S. Macrinæ*, P. G., XLVI, 975.
2. Id., 995-998.

transmettait sa demande au père du monastère; il l'introduisait ensuite dans l'oratoire [1].

Saint Pakhôme admettait au début dans l'intérieur de ses communautés les religieux qui n'appartenaient pas à sa congrégation. L'expérience lui montra les inconvénients de cette manière d'agir, et il crut devoir la modifier. Les moines étrangers furent désormais reçus à l'hôtellerie avec tous les égards possibles. Un ami du saint, Denys, économe de l'église de Denderah, choqué par cette mesure, lui exprima sa surprise et son mécontentement. Mais il n'eut aucune peine à approuver cette modification, lorsqu'il apprit le mal que faisaient à de jeunes frères les conversations et les critiques imprudentes de ces religieux de passage [2].

Les séculiers, les pauvres et les femmes qui se présentaient à la porte du monastère recevaient le bienfait de l'hospitalité. On usait d'une charitable réserve avec les personnes du sexe. Elles occupaient une maison séparée. Le respect dont elles étaient entourées et le sérieux des frères qui les servaient mettaient les religieux à l'abri de tout soupçon [3]. Quand il y avait à proximité un monastère de moniales, les moines se déchargeaient ordinairement sur elles du soin de recevoir les femmes [4].

Dans les monastères de cénobites, on confiait au portier la fonction de recevoir et de soigner les hôtes. C'était d'ordinaire un ancien, parfois même revêtu de la dignité sacerdotale [5]. Les postulants lui venaient en aide. A Nitrie, les frères ne recevaient pas les hôtes chez eux. Au centre de cette vaste cité monastique, il y avait près de l'église une hôtellerie bien organisée, où les étrangers pouvaient séjourner aussi longtemps qu'ils le voulaient, deux ou trois ans même, si tel était leur bon plaisir. On leur accordait de passer dans le repos la première semaine qui suivait leur venue, après quoi on les occupait aux divers services d'une communauté, au jardin, à la boulangerie, à la cuisine. Les hommes plus instruits recevaient des livres. Un silence absolu régnait dans la

---

1. S. Pakhôme, *Reg.*, 50-51, P. L., XXIII, 70.

2. *Vita S. Pachomii*, 21, *Acta Sanct. Maii*, t. III, 307. *Vie copte de Pakhôme*, A. D. M. G., XVII, 58-59.

3. S. Pakhôme, *Reg.*, 51, ibid.

4. *Pachomii vita*, ibid., 305-306.

5. Rufin, *Hist. monach.*, XVII, P. L., XXI, 439-440. Pallade, *Hist. laus.*, LXXI, P. G., XXXIV, 1175. Cassien, *Instit.*, l. IV, 7.

maison des hôtes jusqu'à midi; c'est alors seulement qu'ils avaient la permission de parler[1].

Rufin et Pallade fournissent quelques détails intéressants sur la réception que les moines de Nitrie faisaient à leurs visiteurs. « Dès qu'ils nous eurent aperçus, disent-ils, ils sortirent de leurs cellules, comme des abeilles de leurs ruches, et ils accoururent à notre rencontre joyeux et empressés; les uns portaient des vases d'eau; les autres, des pains. Après nous avoir salués, ils nous conduisirent à l'église au chant des psaumes; ils nous lavèrent ensuite les pieds; chacun s'efforçait de les essuyer avec des linges, comme s'ils nous eussent enlevé par ce moyen les fatigues du voyage. Toutes les délicatesses de l'hospitalité fraternelle nous furent ensuite prodiguées[2]. » Les solitaires de Scété n'étaient pas moins charitables[3].

Les moines qui affluaient en Palestine ne pouvaient pas toujours recevoir l'hospitalité dans les monastères. Leur grand nombre ne le permettait pas. Saint Jérôme et sainte Paule prirent en pitié ceux qui restaient sans abri dans les lieux où Joseph et Marie n'avaient trouvé personne qui voulût les recevoir; ils dépensèrent des sommes considérables pour leur bâtir un hospice à Bethléem[4]. Les monastères ou les ermitages par où ils passaient en troupes nombreuses n'avaient pas toujours assez de pain pour les nourrir. Plus d'une fois la Providence divine accrut les provisions d'une manière miraculeuse[5].

Les religieux de Syrie et de Mésopotamie exerçaient, eux aussi, une hospitalité généreuse. Théodore d'Antioche confia le soin de recevoir les hôtes à des frères que recommandaient spécialement leur charité, leur modestie et leur inaltérable douceur[6]. Les ermites et les reclus étaient tout aussi empressés. Théodoret, qui vécut dans l'intimité de plusieurs d'entre eux, rapporte des traits intéressants. Tout jeune encore, sa mère l'envoyait chaque semaine voir Pierre le Galate et son disciple Daniel. Ce dernier le prenait sur ses genoux, le comblait de caresses et de prévenances, et lui don-

---

1. Pallade, vii, ibid., 1022.

2. Rufin, *Hist. monach.*, xxi, P. L., XXI, 443. Pallade, *Hist. laus.*, LXIX, 11, 74. Cf. Amédée Thierry, *S. Jérôme*, 1. vi, 298-302.

3. Rufin, xxix, 453.

4. S. Jérôme, *Ep.* 66-108, P. L., XXII, 647-890.

5. Pallade, *Hist. laus.*, cxi, P. G., XXXIV, 1214. Cyrille, *Vita S. Euthymii*, *Acta Sanct. Jan.*, t. II, 673.

6. Théodoret, *Religiosa hist.*, y, P. G., LXXXII, 1390.

nait du pain et des raisins secs [1]. Il visita plus tard avec quelques compagnons les moines de Télédan, qui les gardèrent avec eux durant une semaine. Le saint abbé David aimait à s'asseoir au milieu d'eux pour les entretenir de la sagesse éternelle et de la doctrine évangélique [2].

Abraham, devenu évêque de Carrhes, qui était d'une grande sévérité pour lui-même, usait envers les étrangers de beaucoup de délicatesse. Ils étaient toujours sûrs d'avoir chez lui des lits préparés, des pains de premier choix, du vin aromatisé, des poissons, des légumes, en un mot tout ce qu'il savait leur devoir être agréable [3]. Maysymas ouvrait généreusement sa porte à tous, et spécialement aux pauvres qui se présentaient. Il avait pour leur service deux tonneaux pleins, l'un de blé, l'autre d'huile ; ils étaient aussi inépuisables que sa charité [4].

Depuis longtemps les moines de Syrie montraient par la pratique en quelle estime ils tenaient l'hospitalité chrétienne. Le plus illustre de leurs maîtres, saint Ephrem, n'avait qu'à modérer leur zèle. Quelques-uns, en effet, faisaient plus que ne permettaient leurs moyens. Le départ d'un hôte les laissait dans la gêne. Il suffisait à chacun de faire de grand cœur ce qui était en son pouvoir.

Les ermites, en échange du vivre et du couvert qu'ils offraient ainsi, priaient leur hôte de leur adresser quelques paroles d'édification. Comme tous n'étaient point capables de rendre ce service, le diacre d'Edesse recommande de ne pas trop insister. La discrétion voulait qu'on s'arrêtât après avoir renouvelé sa demande deux ou trois fois [5].

Les anachorètes égyptiens étaient, eux aussi, les plus hospitaliers des hommes. L'abbé Isaïe se fait sur ce point l'interprète de leurs sentiments dans les prescriptions sages et minutieuses qu'il leur adresse. D'après lui, un solitaire pouvait tout à son aise s'affliger et pleurer seul dans sa cellule; mais aussitôt qu'un frère venait à lui, la charité lui demandait d'ouvrir son cœur à la joie et de quitter aussitôt son travail pour lui procurer les soulagements dont il avait besoin [6]. Il l'accueillait, le sourire sur les lèvres, le

1. Théodoret, *Religiosa hist.*, ix, 1379.
2. Id., iv, 1340.
3. Id., xvii, 1423.
4. Id., xiv, 1411.
5. S. Ephrem, *De humilitate*, 33, 34, 36. Op. gr., t. I, 309-310.
6. Isaïe, *Oratio* iii, P. G., XL, 1110.

saluait affectueusement, et, sans lui poser de question inutile, l'invitait à prier; après quoi, il lui demandait des nouvelles de sa santé, lui faisait une lecture édifiante, lui lavait les pieds, et enfin lui rendait tous les bons offices qu'exige la charité fraternelle. Le frère devait traiter son hôte en toute douceur durant son séjour[1]. Leur conversation roulait uniquement sur des sujets pieux. Il n'y avait pas à craindre de l'y ramener si elle dégénérait en bavardages inutiles. On recommandait à l'hôte de ne point abuser de la bonté d'autrui. Il était un frère charitablement reçu chez un frère, qui devait payer l'hospitalité reçue par son empressement à rendre tous les services en son pouvoir[2]. Une grande discrétion lui était nécessaire, pour ne pas inspecter curieusement la cellule et son mobilier. Celui qui le recevait se tenait sur la même réserve, s'il laissait quelque chose en dépôt chez lui[3].

*
* *

On peut, avec ce qui vient d'être dit, signaler un certain nombre de pratiques en usage dans tout l'Orient. Les moines lavaient partout les pieds à leurs hôtes. Saint Jérôme recommandait à Rusticus cette forme de la charité chrétienne[4]. Les plus dignes du monastère réclamaient comme un honneur de rendre ce service[5]. Ceux à qui on le rendait n'en étaient pas toujours dignes[6].

La prière passait pour le premier devoir de l'hospitalité. Rufin, qui nous l'apprend, en donne la raison. Les moines, préoccupés par la crainte du démon et la pensée des vilains tours qu'il pouvait leur jouer, s'assuraient si l'hôte qu'ils recevaient était bien une créature humaine; car, s'ils avaient eu sous les yeux un diable déguisé en homme, la prière l'eût immédiatement démasqué[7]. Cette prière se faisait toujours avant la salutation[8].

1. Isaïe, *Oratio*, v, 1121-1122.
2. Ibid., iii, 1110.
3. Ibid., 1111.
4. S. Jérôme, *Ep.*, 125, P. L., XXII, 1081.
5. *Verba Seniorum*, P. L., LXXIII, 932.
6. *Apophtegmata Patrum*, P. G., LXV, 238.
7. Rufin, *Hist. monach.*, 1, P. L., XXI, 404.
8. *Verba seniorum*, P. L., LXXIII, 943.

Quelques-uns complétaient le salut par le baiser fraternel[1]. Quand un solitaire avait l'honneur de recevoir un ancien vénéré à cause de sa vertu et de sa doctrine, il ne se contentait pas de le saluer, il se prosternait devant lui[2]. L'abbé Apollo recommandait fort de rendre ce témoignage de respect à tous les frères qui venaient : « Ce n'est pas eux, disait-il, que tu adores, mais le Seigneur ton Dieu[3]. » A Hermopolis, les moines allèrent attendre Rufin et ses compagnons en chantant les psaumes. Ils se prosternèrent devant eux et leur donnèrent ensuite le baiser fraternel[4]. Ailleurs, on alla au-devant de l'abbé Macaire, des branches de palmier à la main en signe d'allégresse[5].

La coutume de se porter ainsi à la rencontre des hôtes était assez générale[6]. La charité, qui poussait les religieux à faire cette démarche, les engageait aussi à accompagner leurs visiteurs au moment du départ. Ils les conduisaient assez loin, surtout quand il y avait danger de s'égarer[7]. Lorsque Rufin et ses amis quittèrent Apollonios d'Hermopolis, il les suivit quelque temps avec toute sa communauté. Puis, se tournant vers les frères, il leur demanda qui voudrait bien conduire les hôtes jusqu'aux habitations monastiques les plus rapprochées. Ils s'offrirent pour la plupart. L'abbé en choisit trois capables de servir d'interprètes, et il leur ordonna de ne laisser Rufin et ses compagnons que le jour où ils auraient vu les moines et les monastères qu'ils désiraient visiter[8].

La pèlerine Sylvie, qui reçut la plus généreuse hospitalité dans les monastères de la Palestine et de la péninsule Sinaïtique, a soin de dire que les religieux l'accompagnaient toujours d'un monastère à l'autre et lui montraient tous les lieux qui avaient pour elle de l'intérêt.

La joie de recevoir un hôte se manifestait par une amélioration du régime ordinaire ; car l'hospitalité dispensait le moine de ses austérités habituelles. Un frère, en sortant de la cellule de celui qui

---

1. Rufin, ix, 422.
2. *Verba Seniorum*, 802-803. Marc, *Vita S. Porphyrii*, 24-25, P. G., LXV, 1227-1228.
3. *Apophtegmata Patrum*, P. G., LXV, 135.
4. Rufin, vii, 417-418.
5. *Apophtegmata*, 262.
6. Rufin, i, 403. Pallade, *Hist. laus.*, xliv, P. G., LXV, 1127.
7. Cassien, *Coulat.*, xv, 436. Sulpice Sev., *Dial.* i, 166-167.
8. Rufin, 419-420.

l'avait reçu, crut devoir s'excuser du dérangement qu'il lui avait
causé et des manquements à la règle dont il avait été l'occasion.
« Mais non, lui fut-il sagement répondu, ma règle est de te recevoir, et, à ton départ, de te congédier en paix[1]. » Cette manière
d'agir si délicate n'était pas comprise de tous. Un pieux anachorète reçut un jour la visite de cénobites à l'esprit étroit. Il les accueillit avec plaisir, dressa la table en leur honneur et les servit
de son mieux. Comme il les voyait fatigués, il devança pour eux
l'heure de son repas. Au lieu de reconnaître sa charité et de lui
témoigner de la gratitude, ces malheureux se dirent les uns aux
autres : « Ces ermites se nourrissent mieux et plus abondamment
que les cénobites. » Le solitaire, qui était un homme d'esprit, sut
leur donner une leçon bien à la portée de leur intelligence.

Ses hôtes partirent, en effet, le lendemain pour aller voir un
autre anachorète : « Saluez-le de ma part, leur dit-il, et recom-
mandez-lui de ne point arroser les légumes. » Le message fut
exactement rempli. Le frère, qui avait saisi le sens des paroles
transmises, donna à ses visiteurs, dès leur arrivée, des corbeilles à
tresser. Quand le soir fut venu, ils ajoutèrent des psaumes à ceux
que l'on chante ordinairement. « Nous n'avons pas l'habitude de
manger tous les jours, leur dit alors le solitaire; mais, à cause de
votre présence, je vais servir à souper. » Il leur présenta du pain,
du sel et un peu de vinaigre et d'huile. Après ce modeste repas, il
les fit psalmodier jusqu'au point du jour. Ils purent alors se reposer. Ce régime leur semblait dur. Aussi ne séjournèrent-ils pas
longtemps dans cette cellule[2].

L'hospitalité, exercée dans les conditions exposées précédemment, laisse supposer que les hôtes étaient rares. Des visites fréquentes eussent entraîné des inconvénients graves et nombreux.
Les solitaires qui habitaient des endroits de passage ne réussissaient pas toujours à les éviter. C'est ce qui faisait dire à Rufin que
mieux valait occuper une cellule très éloignée ; car les adoucissements dans le régime, lorsqu'on se les permet souvent, ont bientôt détruit l'amour de l'abstinence et de la pauvreté religieuse.
L'estomac prend si vite goût aux mets plus abondants, mieux
choisis et préparés avec plus de soin. Aussi voyait-on des hommes
de grande vertu glisser sur cette pente et tomber dans le relâche-

---

1. *Verba Seniorum*, P. L., LXXIII, 945.
2. Id., P. L., LXXIII, 741-742.

ment[1]. Les ermites, qui avaient affronté la solitude sans préparation suffisante, pouvaient moins que d'autres se prémunir contre
un pareil danger[2]. L'un d'eux demandait à l'abbé Pierre pourquoi
la présence des hôtes ne troublait pas sa paix intérieure. Voici la
réponse qui lui fut faite : « Lorsqu'un frère vient te visiter, tu lui
poses ces questions : Comment vas-tu? D'où viens-tu ? Que se
passe-t-il chez un tel et chez cet autre ? T'ont-ils donné l'hospitalité?
Te l'ont-ils refusée? Tu ouvres ainsi la bouche de ton hôte, qui
t'entretient de choses dont tu ne devrais pas entendre parler[3]. »

Le relâchement et la dissipation, que l'exercice de l'hospitalité
risquait d'entraîner, arrachaient des plaintes à quelques hommes.
Cassien et Germain reçurent les confidences que l'abbé Jean leur fit
sur ce sujet[4]. Dans les monastères de cénobites, l'hôtelier n'était
pas toujours à l'abri de ces inconvénients. Il lui fallait beaucoup
de sobriété et une continuelle vigilance sur lui-même pour ne pas
s'abandonner à la gourmandise. Le frère Ambroise, qui remplissait
cette fonction dans un monastère gouverné par un abbé Dosithée,
en fit la triste expérience. Saint Isidore de Péluse, l'ayant appris,
engagea son supérieur à le remplacer[5].

Pour éviter le trouble que leur causait l'affluence des visiteurs,
plusieurs solitaires résolurent de ne les admettre qu'à certains
moments de la journée. Zébina leur donnait audience le soir, après
la fin de ses prières habituelles. Siméon Stylite les recevait à la
neuvième heure seulement[6].

1. Rufin, Hist. mon., i, P. L., XXI, 398.
2. Cassien, Coulat., xix, 542-546.
3. Verba Seniorum, P. L., LXXIII, 936.
4. Cassien, Coulat., xix, 538-542.
5. S. Isidore Pel., l. i, Ep. 392, P. G., LXXVIII, 403.
6. Théodoret, Relig. hist., xxiv, xxvi, P. G., L., LXXXII, 1459-1483.

CHAPITRE XXII

Austérités monastiques

La pénitence et la mortification, par lesquelles le moine exerçait surtout l'*ascèse* et luttait contre lui-même, jouaient dans son existence un rôle important. Elles le portaient à restreindre autant que possible les besoins de la nature. Non content de soumettre son estomac à un régime sévère, il s'en prenait à l'une des exigences du corps humain les plus impérieuses, le sommeil, pour la réduire autant que faire se pouvait [1].

Le sentiment général parmi les solitaires était de prendre le repos indispensable, sans transformer en plaisir la satisfaction de cette nécessité naturelle. Leur austérité sur ce point semblait leur offrir des avantages sérieux : « Trop dormir hébète l'intelligence et rend l'âme paresseuse, déclarait un ancien, tandis que les saintes veilles augmentent la vivacité de l'esprit et rendent son regard plus net; ce qui faisait les Pères dire : Les saintes veilles purifient et éclairent l'âme [2]. » Saint Ephrem recommandait de se tenir en garde contre le besoin excessif de dormir. Car, disait-il, si l'on n'y veille, la paresse s'empare aisément du corps, et elle souffle sur le feu mal éteint des convoitises charnelles [3]. Il appuyait ses conseils par l'autorité de l'exemple, en refusant à son corps tout repos qui n'était pas absolument indispensable [4]. Saint Basile, qui voyait dans le sommeil une

1. Zockler, *Askese und Mönchtum*, 240-241.
2. *Verba Seniorum*, P. L., LXXIII, 839.
3. S. Ephrem, *De vita spirituali*, 79-80, op. syr., t. I, 278.
4. S. Greg. Nys., *De vita S. Ephrem*, P. G., XLVI, 838.

perte de temps, voulait communiquer cette persuasion à ses religieux. Celui qui en est bien convaincu, écrit-il dans ses Règles, n'a aucune peine à se lever dès que l'excitateur l'a réveillé. Il court à la prière ou au travail qui lui est prescrit. Cet empressement au début de la journée paraissait si important au législateur des moines cappadociens, qu'il menacait de la diète ou de l'excommunication ceux qui manifestaient trop de mauvaise humeur en sortant du lit [1]. Pour inviter les solitaires à secouer vivement la torpeur dans laquelle l'homme est plongé par le repos nocturne, la règle de saint Antoine leur montrait les anges tenant compagnie à celui qui a le courage de peu dormir [2].

Le besoin de se mortifier ne doit pas porter le religieux à mépriser les lois de la discrétion. L'abbé Moïse avouait, après expérience faite, qu'une privation excessive de sommeil ne serait pas moins préjudiciable que l'excès contraire. La prudence, en cela d'accord avec l'humilité, voulait qu'on s'en tînt aux prescriptions de la règle commune [3]. Car la nature saurait impitoyablement réclamer, dans le cours de la journée, au détriment de la prière et du travail, ce qu'on lui aurait soustrait pendant la nuit. On ne cherche pas en vain à priver le corps de ce qui lui est nécessaire. Pour ce motif, les moines égyptiens prenaient généralement trois ou quatre heures par nuit. Ils se contentaient de deux heures le dimanche quand les longs offices nocturnes étaient terminés [4].

Saint Jean Chrysostome représente les moines syriens accordant à leurs membres fatigués un sommeil de quelques heures, après les prières qui suivaient le repos du soir. Pour eux, toute une partie de la nuit se transformait en jour; il y avait longtemps qu'ils étaient occupés à la psalmodie et à la louange divine lorsque la lumière faisait son apparition [5]. Le spectacle offert par ces réunions d'hommes adonnés avec tant d'ardeur à la prière et au travail après un court sommeil avait produit une vive impression sur l'éloquent prêtre d'Antioche. Aussi prenait-il un réel plaisir à le faire revivre devant son auditoire [6].

---

1. S. Basile, *Reg. brev. tract.*, *int.* 43-44, P. G., XXXI, 1110.
2. S. Antoine, *Reg.*, 32, P. G., XL, 1070.
3. Cassien, *Conlat.*, II, p. 59-60.
4. Id., *Conlat.*, XII, p. 358 ; *Inst.*, l. III, p. 42.
5. S. Jean Chrys., *In Matth. hom.* 55, 68, P. G., LVIII, 548, 644.
6. *In Ep. 1, ad Timot. hom.*, 14, P. G., LXII, 575-576.

*
* *

Les moines dormaient sur des couches bien primitives. Leur lit n'avait rien d'attrayant pour le corps. Saint Antoine se contentait de la terre nue ; parfois il la recouvrait d'une natte[1]. C'était la coutume de la plupart des solitaires[2]. Evagre la recommandait à ses disciples. Le paquet de papyrus ou de roseau qui leur servait d'escabeau leur tenait lieu d'oreiller[3]. Les moines et les moniales ne connaissaient généralement pas d'autre couche en Syrie et en Cappadoce[4]. Du foin, quelques herbes sèches, des joncs ou de la paille jetée sur le sol dans un coin de la cellule empêchaient leurs membres d'être meurtris par le contact immédiat de la terre ou du rocher[5]. Sainte Macrine dormait le visage tourné vers l'Orient, sur une planche couverte d'une toile grossière ; un morceau de bois lui servait d'oreiller[6]. Il était facile dans ces conditions de dominer le besoin excessif de dormir[7]. Le corps prenait sans plaisir un repos nécessaire[8]. On n'avait aucune peine à secouer le sommeil quand l'heure était venue[9].

Les moines de Tabenne couchaient sur une natte[10]. Il ne leur était point permis de s'étendre deux sur la même[11]. On retrouve cette défense ailleurs en Egypte. Quand un frère recevait la visite d'un hôte, il lui offrait pour la nuit une seconde natte dans le coin opposé de sa cellule[12]. La règle de saint Antoine recommandait

1. S. Athanase, *Vita S. Antonii*, 7, P. G., XXVI, 852.
2. S. Epiphane, *Expositio fidei*, 23, P. G., XLII, 830.
3. Evagre, *Rerum monachalium rationes*, 11, P. G., XL, 1243.
4. S. Jean Chrys., *ad Theodorum lapsum*, l. II, P. G., XLVII, 310. *Adv. oppugnatores vitæ monasticæ*, l. II, P. G. Ibid., 333. S. Grég. Naz., *Carmen ad Hellenium*, P. G., XXXVII, 1475. Théodoret, *Relig. hist.*, P. G., LXXXII, 1390.
5. S. Jean Chrys., *In ep. ad. Ephes. Hom.* 13, LXII, 98. S. Jérôme, *Vita S. Hilarionis, Acta Sanct. Oct.*, t. IX, 44. Théodoret, *o. c.*, XII, 1398.
6. Greg. Nys., *Vita S. Macrinæ*, P. G., XLVI, 975-978, 983.
7. Id., *De vita S. Ephrem*, ibid., 838.
8. S. Jean Chrys., *In Ep. ad Ephes. hom.* 12, 577.
9. S. Basile, *Ep. 2 ad Greg. Naz.*, P. G., XXXII, 234.
10. S. Pakhôme, *Reg.*, 88, P. L., XXIII, 77.
11. Id., 94, ibid., 78.
12. *Verba Seniorum*, P. L., LXXIII, 802.

cette précaution, surtout si l'on avait affaire à un jeune religieux[1]. Saint Pakhôme prescrivait un silence absolu durant les heures destinées au sommeil[2]. Personne ne devait alors quitter sa couche sans nécessité urgente[3] ni fermer à clef la porte de sa cellule[4]. Les supérieurs avaient une surveillance à exercer pendant ce temps. La règle chargeait quelques frères de passer la nuit sans dormir et de veiller à la sécurité des autres. Leur nombre à Tabenne était de dix[5]. Lorsque les moines travaillaient loin du monastère, ils construisaient de vastes cabanes pour les abriter durant leur sommeil[6].

*
* *

Saint Pakhôme, qui accordait beaucoup à l'initiative personnelle, donnait lui-même l'exemple de la mortification. Il ne se couchait jamais pour dormir. Il lui suffisait de s'asseoir et d'appuyer son buste contre la muraille. Il diminuait le plus possible ce temps consacré au repos. Les religieux fervents marchaient sur ses traces[7]. Cette mortification était assez répandue parmi les moines orientaux. Abraham, évêque de Carrhes, dormait assis[8]. L'abbé Bessarion[9] et saint Euthyme prenaient leur repos tantôt dans cette posture, tautôt debout[10]. Ce dernier, quand il était debout, avait une corde pour le soutenir. Il imitait en cela l'abbé Arsène. Dans les monastères de Syrie, on voyait fréquemment des religieux prendre sur le temps réservé au sommeil par la règle commune, afin de prolonger leurs entretiens avec le Seigneur[11].

Quelques solitaires, égyptiens surtout, mirent tout en œuvre pour rompre leur corps à vivre presque sans dormir. Dorothée le

1. S. Antoine, *Reg.*, 3, P. G., XL, 1068.
2. S. Pakhôme, *Reg.*, 87, P. L., XXIII, 77.
3. Id., 126, ibid., 80.
4. Id., 107, ibid., 79.
5. *Vie arabe de S. Pakhôme*, A. D. M. G., XVII, 378.
6. S. Pakhôme, *Reg.*, 87, ibid., 77.
7. *Pachomii vita*, 9, 13, *Acta Sanct. Maii*, t. III, 299-301.
8. Théodoret, *Relig. Hist.*, XVII, P. G., LXXXII, 1422.
9. *Apophtegmata Patrum*, P. G., LXV, 142.
10. Cyrille, *Vita S. Euthymii*, 9, *Acta Sanct. Jan.*, t. II, 675.
11. S. Ephrem, *Parœn.*, 15, op. gr., t. II, 89-90.

Thébain est resté célèbre à cause des luttes qu'il soutint dans ce but. Il travaillait la nuit entière; jamais on ne le vit se coucher ni même étendre les pieds. Lorsque le besoin de sommeiller se faisait par trop sentir, il fermait quelque temps les yeux. Cela lui arrivait pendant le travail ou durant les repas[1]. Dans les temps qui suivirent sa conversion, l'abbé Moïse fut horriblement tenté par le démon de l'impureté. Il employa tous les moyens pour détourner ses attaques. Rien ne lui fut plus profitable que de passer les nuits dans sa cellule, debout et en prière, sans fermer l'œil. Ce régime, qu'il put suivre durant six mois entiers, lui rendit la paix du cœur et le calme des sens[2]. L'abbé Sisoès, de Calamon, voulait à tout prix vaincre le besoin de dormir. Pour en venir à bout, il se suspendit à un rocher qui dominait un précipice. C'était un dangereux excès. Un ange, dit-on, le délivra et lui défendit de recommencer[3]. L'abbé Sarmatas fut plus heureux; il déclara à l'abbé Pœmen que le sommeil était complètement soumis à sa volonté. Il venait et s'en allait quand il le jugeait à propos[4].

*
* *

Les moines furent tout aussi mortifiés dans l'usage de la parole. Quelques-uns, surtout parmi les reclus, s'imposèrent la loi du silence absolu. Ce mutisme volontaire leur mérita le nom d'*hésychastes*[5]. On en trouvait en Cappadoce[6]. Ils étaient assez connus en Syrie pour que saint Jean Chrysostome pût les mentionner dans son *Exhortation à Stagyrios*[7]. Les recluses de Berhé, Marana et Cyra, pratiquaient ce silence absolu; toutefois la première se montrait moins rigoureuse durant le temps pascal; c'était la seule époque de l'année où elle adressât la parole aux personnes qui les visitaient. Jamais on n'entendit sa sœur proférer le moindre mot[8]. Talassios, qui connaissait les dangers auxquels l'homme est exposé

1. Palade, *Hist. laus.*, ii, P. G., XXXIV, 1013.
2. Id., xxii, 1064-1069.
3. *Apophlegmata Patrum*, P. G., LXV, 403.
4. Ibid., 414.
5. Zockler, *Askese und Mönchtum*, 248-240.
6. S. Grég. Naz., *Poema ad Hellenium*, v. 67-68, P. G., XXXVII, 1455.
7. S. Jean Chrys., *Oratio exhortatoria ad Stagyrium*, l. ii, P. G., XLVII, 450.
8. Théodoret, *Relig. hist.*, xxix, P. G., LXXXII, 1490.

par sa langue, prescrivit à son disciple Limnéos un mutisme rigoureux, qu'il observa durant de longues années[1]. En Thébaïde, le reclus Théonas passa trente années sans parler à qui que ce soit[2]. Le fait le plus extraordinaire nous est raconté par Théodoret. Salamanes, le célèbre reclus des bords de l'Euphrate, en fut le héros. Les habitants de Capersana, son village natal, purent le transporter chez eux, et les voisins de sa première cellule, l'y réintégrer de force ; pendant cette double opération, il ne laissa échapper aucune parole[3]. Une pareille mortification supposait une grande énergie et des efforts continuels. L'abbé Agathon, qui était un homme consommé dans la pratique du mutisme, avait dû se condamner, pour mieux réprimer les mouvements de sa langue, à porter un caillou dans sa bouche pendant trois années consécutives[4].

Quelques ascètes se contentaient d'observer le silence durant un certain nombre de mois ou de semaines. Le diacre d'Edesse parle d'un moine qui pratiquait cette pénitence extraordinaire. On ne comprenait pas autour de lui les sentiments qui l'animaient. « Il se tait, disaient les uns, parce qu'il ne sait point parler », tandis que les autres attribuaient son mutisme à l'orgueil ou à la folie. Le jeune moine entendait ces propos ; mais, fort du témoignage de sa conscience, il ne modifia point sa résolution héroïque[5]. Saint Grégoire de Nazianze garda le silence durant tout un carême. « Applique-toi au jeûne et à la retraite, écrivait-il à son ami Eulalios de Lamis ; moi, j'observe le silence. Mettons nos mérites en commun[6]. » S'il se taisait, mandait-il à un autre ami, c'était pour apprendre à parler et à dominer les agitations de son esprit[7]. Son cœur lui reprochait des paroles trop nombreuses ; ce mutisme temporaire réparait les scandales du passé et donnait à tous un exemple utile[8]. Cela ne l'empêcha point de rendre une visite à Eulalios[9]. Si sa langue était muette, sa plume ne restait pas

1. Théodoret, *Relig. hist.*, XXII, 1454.
2. Rufin, *Hist. mon.*, VI, P. L., XXI, 409, Pallade, *Hist. laus.*, IV, P. G., XXXIV, 1134.
3. Théodoret, id., XIX, 1427-1430.
4. *Verba Seniorum*, P. L., LXXIII, 865.
5. S. Ephrem, *De humilitate*, 16, op. gr., t. I, 305.
6. S. Grég. Naz., *ep.*, III, P. G., XXXVII, 210.
7. Id., *ep.* 108, 207.
8. Id., *ep.* 110. Ibid.
9. Id., *ep.* 116-117. Ibid., 211-214.

inactive. Non content de correspondre avec ses amis, il épancha dans des poèmes les sentiments qui remplissaient son cœur[1].

* * *

Ce mutisme n'était pas une pratique générale des moines orientaux. Le silence monastique consistait surtout dans l'usage modéré de la langue, indispensable à qui veut acquérir la pureté du cœur et la perfection religieuse. La plupart des maîtres de l'ascétisme primitif recommandent ses avantages incontestables. « Impose le silence à tes lèvres, écrit saint Ephrem, et tu te délivreras ainsi d'un grand nombre de fautes.[2]. Le moine ne peut habiter longtemps le même endroit et vivre en paix s'il n'aime le silence. Le silence lui enseigne le repos intérieur et l'assiduité à l'oraison... Qui multiplie les paroles, multiplie les querelles et accumule la haine contre lui. Qui veille sur sa langue se prépare des amis[3]. » La langue est bien petite, remarque saint Grégoire de Nazianze; mais rien n'a autant de puissance. Rien ne peut causer à l'homme de plus graves préjudices. S'il sait s'en servir, il conquiert les palmes de la sagesse[4]. Au début de sa vie religieuse, l'abbé Evagre s'en alla consulter un ancien. « Abba, lui demanda-t-il, donne-moi donc une parole de salut. — Si tu veux être sauvé, ne parle à un frère que s'il t'interroge[5]. » « Jusques à quand faut-il me taire? demandait un autre. — Jusqu'à ce que tu sois interrogé. Car si tu observes constamment le silence, tu conserveras ton âme en paix[6]. »

Les religieux graves et instruits parlent rarement, tandis que les hommes ignorants parlent toujours sans savoir ce qu'ils disent; saint Nil le déclarait à un moine bavard[7]. Les paroles inutiles lui semblaient aussi pernicieuses que les mauvaises pensées[8]. Dans le

1. S. Grég. Naz., *Poem.*, 34, 35, 36, 37, 38, P. G., XXXVII, 1307-1339.
2. S. Ephrem, *De vita spirituali*, 23, op. gr., t. I, 263.
3. Id., *De humilitate*, 68-74, ibid., 319-322.
4. S. Grég. Naz., *Poema de seipso*, 34, P. G., XXXVII, 1309-1315.
5. *Verba Seniorum*, P. L., LXXIII, 915.
6. Ibid., 800.
7. S. Nil, l. III, *ep.* 229-235, P. G., LXXIX, 490-494.
8. Id., l. II, *ep.*, 89, ibid., 122.

but de mieux faire saisir la nécessité de la vigilance sur son langage, il remarquait ailleurs que si Dieu a fait don à l'homme de deux oreilles pour entendre, il ne lui a donné qu'une langue pour parler [1]. Marc Didacios comparait l'âme à une salle de bain où l'on voudrait maintenir une température chaude ; la chaleur s'en va si les portes sont trop fréquemment ouvertes. L'âme perd l'attention sur elle-même, si l'on ouvre trop souvent la porte du silence [2].

Ces quelques citations, en nous livrant la pensée des Pères, font comprendre le soin avec lequel ils formaient les jeunes religieux à la pratique de cette vertu. Ils la leur présentaient comme le fruit d'une humilité sincère. « Si tu affectes de te taire, disait saint Antoine, ne crois pas ainsi pratiquer une vertu ; avoue seulement que tu es indigne de parler [3]. » L'abbé Pœmen, dont la discrétion était fort connue, a laissé quelques maximes pleines de sagesse. A un frère lui demandant ce qui valait le mieux du silence ou de la parole, il fit cette réponse : « Celui qui parle pour Dieu fait bien ; il fait bien aussi quand il se tait pour Dieu [4]. » Il disait encore : « Un homme peut garder le silence extérieurement et au fond de son cœur condamner le prochain ; autant vaudrait parler tout le jour. Il en est qui parlent du matin au soir et cependant ne violent pas la loi du silence ; c'est qu'ils ne prononcent pas une parole sans motif [5]. »

Les moines ne blâmaient donc pas l'usage discret de la langue, mais les paroles inutiles. Albien, moine de Nitrie, déclarait inutile toute conversation qui ne tendait pas au but de la vie religieuse [6]. Saint Pakhôme fut très rigide sur ce point. Ses disciples ne devaient tenir que des propos édifiants [7]. Saint Basile donnait pour preuve infaillible de son utilité le bien qu'une conversation fait aux âmes. Tout ce qui est incapable d'édifier est oiseux et contriste l'Esprit-Saint, et ne doit jamais sortir des lèvres d'un religieux [8]. L'insistance que mettaient les anciens à prémunir les

1. S. Nil, l. II, ep. 277, ibid., 183.

2. Marc Didac., De perfectione spirituali, 70, P. G., LXV, 1192.

3. Verba Seniorum, P. L., LXXIII, 1051.

4. Apophtegmata Patrum, P. G., LXV, 358.

5. Ibid., 330.

6. S. Nil, Oratio in Albianum, P. G., LXXIX, 706.

7. Vie copte de Pakhôme, A. D. M. G., XVII, 180. Vie arabe, ibid., 503-505.

8. S. Basile, Reg. brev. tract., int. 23, P. G., XXXI, 1098-1099. Constitutiones monasticæ, 11, ibid., 1375.

frères contre le bavardage atteste indirectement la facilité avec laquelle on pouvait s'y livrer. De fait, les religieux moins attentifs sur eux-mêmes s'oubliaient plus d'une fois.

L'abbé Isaïe ne voulait pas que ses disciples se permissent d'écouter ce genre de conversations. Si un frère tenait de ces propos, on devait l'avertir sans crainte de l'offenser, en lui disant : « Change de conversation, je te prie, mon âme ne peut supporter ce langage ; je ne suis pas supérieur au premier homme, que Dieu avait formé de ses mains et qui cependant fut perdu par un mauvais propos. » Si les entretiens inutiles continuaient, il n'y avait qu'à se retirer pour se soustraire aux inconvénients des impressions fâcheuses[1].

Les plaisanteries étaient, on le devine, l'objet de prohibitions sévères[2]. L'évêque Ammon rapporte qu'à Tabenne les frères travaillaient loin de la maison. Quatre d'entre eux badinaient à l'écart. Théodore, qui en fut informé, exprima en termes énergiques, durant les conférences suivantes, la peine qu'il en éprouvait. Les coupables, émus par ces admonestations, avouèrent leur faute en sanglotant. Une pénitence sévère les guérit pour toujours de cette légèreté[3].

Les hommes d'alors, quand ils étaient sous l'empire d'une passion ou d'une impression vive, recouraient volontiers au serment dans le but de donner à leur parole plus de force. L'abbé Joseph, dans une conférence avec Cassien, lui déclara que les moines ne devaient jamais prendre cette liberté[4].

Isaïe descend dans des détails très minutieux pour faciliter la pratique d'une observance qu'il juge très importante[5]. Il recommande la modestie dans les paroles, la fuite des discussions, la

---

1. Isaïe, *Oratio* viii, P. G., XL, 1132.

2. *Constitutiones monasticæ*, 12, P. G., XXXI, 1375. Isaïe, *Oratio* v, 1124. S. Antoine, *Reg.* 30, P. G., XL, 1070.

3. Ammon, *Epist.* 16, *Act. Sanct. Maii*, t. III, 353-354. On trouve parmi les œuvres de S. Jean Chrysostome un discours apocryphe qui a pour titre : *Ascetam facetiis uti non debere*. On y trouve la pensée commune des moines sur ce sujet. (P. G., XLVIII, 1055.)

4. Cassien, *Conlat.* xvii, 496-497. Cf. S. Antoine, *Reg.*, 19, P. G., XL, 1010. C'est dans cette conférence que l'abbé Joseph s'efforce de prouver la légitimité de certains mensonges (p. 469-497). Un sermon faussement attribué à saint Basile interdit d'une manière absolue le serment aux moines. Une simple affirmation leur suffit. (P. G., XXXI, 882.)

5. Cassien, *Regula*, 9, 27-29, P. L., CIII, 429, 430. S. Antoine, *Reg.* 2, 3, 11, 17, 18, 27, 29, P. G., XL, 1068-1072.

réserve dans les rapporrs avec les jeunes religieux[1]. Comme lui,
saint Pakhôme ne permet pas de redire aux frères ce que l'on a
pu voir ou entendre hors de la maison. Il prescrit à ses moines de
Tabenne un silence rigoureux pendant la nuit et pendant le travail.
Ceux qui étaient occupés à la boulangerie devaient l'observer avec
plus d'attention. Ils demandaient par signes ce qui pouvait leur être
nécessaire. On réclamait de l'eau, par exemple, en frappant la terre
du pied. Le saint abbé punit sévèrement des religieux qui violaient
ces prescriptions, en leur rappelant que le silence était pour le bien
de leurs âmes[2]. Les moines se taisaient pendant les offices et les
repas[3]. Le silence nocturne n'était pas un usage général dans les
solitudes égyptiennes[4].

Saint Basile ne soumettait pas à une règle commune et absolue la
pratique du silence. Il fallait, d'après lui, tenir compte des circonstances et des nécessités individuelles. Les novices avaient plus que
d'autres besoin de se taire. C'était pour eux le meilleur moyen de
vaincre leurs passions, d'oublier le passé et de se ménager le temps
d'étudier les choses saintes. Les moines bavards, et il y en avait
parmi eux, devaient s'abstenir de toute parole jusqu'au jour où
ils auraient appris quand et comment il fallait parler et ce qu'il
était bon de dire[5]. En parlant, disait-il, le religieux doit prendre
le ton et le langage qui conviennent à son état. La nécessité d'être
entendu fixe la mesure de la voix. Celui qui parle trop bas a
l'air de chuchoter, ce qui est mal. Il semble crier quand il parle
trop haut, ce qui est inconvenant, à moins de raison grave[6]. Tout
ce qui peut édifier a sa place sur les lèvres du moine, pourvu
qu'il le dise en temps opportun. Ce sont les supérieurs qui seuls
jugent de cette opportunité ; on doit leur demander la permission de s'entretenir avec les frères[7].

Saint Jean Chrysostome a fait quelque part le tableau des
conversations monastiques en Syrie. Il répond trop bien à l'idéal

---

1. Cassien, *Oratio* III, ibid, 1110.

2. S. Pakhôme, *Reg.*, 94, P. L., XXIII, 78. *Vie copte de S. Pakhôme,* A. D. M. G.,
XVII, 109-116.

3. Cyrille, *Vita S. Euthymii,* 3, *Acta Sanct. Jan.,* t. II, 669.

4. Cassien, *Conlat.* II, p. 40; XVII, p. 465.

5. S. Basile, *Reg. brev. tract.,* int. 13, 208, P. G., XXXI, 950, 1222.

6. Id., *int.* 151, ibid., 1182. S. Basile s'exprime nettement sur ce sujet dans une
lettre à saint Grégoire de Nazianze. P. G., XXXII, 230-231.

7. Id., *Sermo asceticus,* P. G., XXXI, 886-887.

que l'on se forme, en lisant les récits ascétiques et les récits édifiants, pour ne pas être reproduit : « Tout dans leurs entretiens respire la paix: ils ne s'occupent pas des mêmes choses que nous, dont les conversations roulent sur des sujets qui ne nous regardent point : Un tel a été nommé préfet; tel autre a perdu cette fonction; celui-ci est mort; celui-là s'est vu privé d'un héritage, et d'autres bavardages de même nature. Les moines, eux, parlent et discutent des vérités éternelles; on dirait des hommes qui habitent un autre monde ou qui se sont transportés dans les cieux; ils s'entretiennent constamment des choses du ciel, du sein d'Abraham, des couronnes des saints, des chœurs du Christ. Jamais sur leurs lèvres la moindre allusion aux faits de la vie présente. Ils ne causent pas plus de ce que nous faisons, que nous des occupations des fourmis dans leurs retraites. Le Roi suprême, les luttes présentes, les tentations du diable, les actions des saints, voilà tout ce qui les occupe. Si nous nous comparons à eux, en quoi différons-nous des fourmis? En rien. Comme les fourmis, nous prenons grand soin des choses du corps. Plût à Dieu que nous ne prissions pas d'autres soins plus honteux[1]. »

*
* *

Les privations de nourriture et de sommeil ne suffisaient pas à tous les moines. On en vit qui s'ingéniaient pour trouver des moyens nouveaux de torturer leurs membres. Quelques-uns eurent des recettes inouïes. La crédulité naïve des anciens a bien pu renchérir sur la réalité, en ce point comme en beaucoup d'autres choses[2]; mais ces pratiques austères n'en sont pas moins un fait indiscutable. Elles variaient avec les pays et les tempéraments. Leur rigueur était une preuve manifeste de la force morale des solitaires, qui contribuait beaucoup à leur concilier l'admiration des contemporains. L'orateur qui a le plus exploité la noblesse et la grandeur de la vie monastique pour l'édification des fidèles, saint Jean Chrysostome, ne craignait pas de dire aux hommes du monde qui composaient son auditoire combien ils étaient peu excusables de ne pas faire pénitence, eux qui avaient tant à expier, et

1. S. Jean Chrys., *In Matth. hom.* 69, P. G., LVIII, 653-654.
2. Zockler, *op. cit.*, 236-237.

de trouver dans leur faiblesse physique un prétexte de se dispenser des vertus les plus ordinaires, alors que des hommes et des
femmes d'une complexion parfois délicate, et habitués souvent
dans le siècle à une existence facile, pouvaient sous l'habit religieux se traiter avec une pareille rigueur[1]. L'éloquent prédicateur
avait bien le droit de tenir ce langage; ses auditeurs n'auraient pu
lui objecter que les infirmités graves occasionnées par les pénitences excessives de sa jeunesse monastique[2].

Ces austérités ne furent pas le fait de tous les moines; mais elles
supposent chez ceux qui les pratiquèrent une énergie peu commune, souvent même héroïque. Les existences les plus laborieuses
de cette époque ne présentent rien de semblable[3].

Parmi les privations que s'imposaient quelques solitaires, saint
Epiphane signale l'abstention des bains. La place qu'ils tenaient
dans l'hygiène et les coutumes de cette époque rendait cette mortification particulièrement pénible[4]. Il y en eut qui allaient plus
loin encore, en se refusant les soins de la propreté la plus élémentaire. De ce nombre furent saint Hilarion et le reclus Abraam,
qui ne se lava jamais les pieds ni le visage[5]. Les Orientaux avaient
l'habitude de frotter leurs membres avec de l'huile pour se reposer
des fatigues d'un long voyage ou d'un travail pénible. Les moines
se contentèrent d'en user avec une certaine réserve. Saint Pakhôme
permettait d'oindre le corps entier seulement en cas de maladie.
Pour rendre ce service à un frère, il fallait y être autorisé soit par
ses fonctions soit par l'obéissance[6]. On trouve une recommandation semblable dans la règle de l'abbé Isaïe[7]. Saint Ephrem recommandait à ceux qui remplissaient ce devoir de veiller attentivement
sur leurs yeux, sur leurs mains et sur leur langue[8]. Lorsqu'un hôte
se présentait dans la cellule d'un ermite, les convenances voulaient

---

1. S. Jean Chrys., *In Matth. hom.*, 55. P. G., LVIII, 546. *In Ep. ad Ephes. hom.*
13, P. G., LXII, 97-98.
2. Pallade, *Dialogus de vita S. Johannis Chrysostomi*, 5, P. G., XLVII, 18.
3. Théodoret, *Oratio de divina et sancta caritate*, P. G., LXXXII, 1497-1522.
Floss, *De Macariorum vitis quæstiones criticæ*, c. III, § 23, P. G., XXXIV, 87-89.
S. Greg. Naz., *Poema* 31, 44, *de seipso*, P. G., XXXVII, 1318-1319, 1349-1354,
4. S. Epiphane, *Expositio fidei*, 23, P. G., XLII, 830. S. Jérôme, *ep.* 125, P. L.,
XXII, 1075. Marc Didac., *De perfectione spirituali*, 52, P. G., LXV, 1183.
5. S. Ephrem, *In vitam B. Abraami*, op. gr., t. II, p. 11.
6. S. Pakhôme, *Reg.*, 92, 93, P. L., XXIII, 78.
7. Isaïe, *Reg.* 19, P. L., CIII, 430.
8. S. Ephrem, *De vita spirituali*, 76, op. gr., t. I, 278.

que celui-ci, après lui avoir lavé les pieds, les oignît délicatement avec de l'huile. Il n'y avait pas à insister si le frère refusait ce soulagement, à moins que ce ne fût un vieillard. Il ne devait pas alors se contenter d'oindre les pieds[1]. A Tabenne, le soir, quand les moines revenaient du travail, on leur permettait de se frotter ainsi les mains[2]. Cet usage était entré dans les mœurs, au point de paraître indispensable; on ne pouvait, sans s'imposer une gêne extraordinaire, priver ses membres de ce soulagement. Aussi saint Athanase signale-t-il comme admirable une mortification de ce genre pratiquée par saint Antoine[3].

Il y eut des religieux qui se condamnèrent à ne jamais regarder autour d'eux, pas même le mobilier de leur cellule, à passer un certain nombre de nuits dans les épines, à vivre près d'une eau infecte, etc.[4] Ils recouraient à ces moyens pour se débarrasser de tentations importunes. Ammon, toutes les fois qu'il ressentait l'aiguillon de la chair, traitait son corps avec une sévérité impitoyable. Un de ses traitements favoris consistait à se brûler avec un fer rouge[5]. Pour chasser une tentation impure, Macaire d'Alexandrie se jeta tout nu dans un marais. L'eau stagnante y attirait quantité de moustiques. Il y en a, dit Pallade, de gros comme des guêpes, capables de percer la peau d'un sanglier. Le saint supporta ce cilice d'un nouveau genre six mois durant. On devine en quel état fut mis son corps; il ressemblait à celui d'un lépreux[6].

*
* *

Quelques-uns imaginèrent de se charger de chaînes ou de pièces de bois. C'était un excellent moyen d'accabler son corps[7]. Cet usage fut mal accueilli en Egypte. Apollonios d'Hermopolis craignait que cela ne servît de prétexte à la recherche de soi-

1. Isaïe, *Oratio* III, P. G., XL, 409.
2. S. Pakhôme, *Reg.* 92, col. 78.
3. S. Athanase, *Vita S. Antonii*, 7, P. G., XXVI, 854. Cf. S. Ephrem, *In vitam B. Abraami*, op. gr., t. II, p. 11.
4. *Verba Seniorum*, P. L., LXXIII, 866-893.
5. Pallade, *Hist. laus.*, XII, P. G., XXXIV, 1032.
6. Id., XIX, XX, 1053.
7. Zockler, 243, 244.

même[1]. Les moines de Cappadoce ne partageaient pas cette manière de voir[2]. Philoromos de Galatie portait une charge de fer[3]. Paul, moine du mont des Oliviers à Jérusalem, en faisait autant[4]. C'est parmi les moines syriens et surtout les reclus du diocèse de Tyr que cette coutume fut en honneur[5]. Théodoret eut l'occasion de visiter le solitaire Jacques, atteint d'une fièvre violente. Il approcha la main pour se rendre mieux compte de sa maladie. Quelle ne fut pas sa surprise de trouver deux cercles de fer qui entouraient les reins et le cou du patient et étaient reliés par deux chaînes se croisant sur la poitrine et dans le dos ! Les instances de l'évêque le déterminèrent à quitter ce lourd fardeau tant que dura sa maladie[6]. Marcien de Chalcis et ses disciples se chargeaient eux aussi de fer. Eusèbe, l'un de ces derniers, qui avait déjà un poids de cent vingt livres, eut la force de l'augmenter des cinquante de son confrère Agapet et des quatre-vingts de Marcien[7]. Celui d'Acepsimas, reclus du pays de Cyr, pesait tellement que le saint homme marchait profondément incliné[8]. Romanos et Abbas de Télédan pratiquaient des mortifications semblables[9]. Théodose d'Antioche et Eusèbe, abbé de Télédan, ne se contentaient point du collier et de la ceinture. Celui-ci les réunit au moyen d'une tige de fer qui le tenait toujours penché et ne lui permettait pas de considérer le ciel. Celui-là garnit ses poignets de bracelets en métal[10]. Siméon Stylite ceignit ses reins d'une corde de fibres de palmier, qui pénétra dans les chairs et lui causa de cruelles souffrances, quand il dut la retirer. Dans la suite, il porta au cou une lourde chaîne qui fut renfermée après sa mort dans son sépulcre[11]. Polychronios, qui avait peur de se singulariser en se chargeant de fer, portait pendant ses prières nocturnes et le

---

1. Rufin, *Hist. mon.*, VII, P. L., XXI, 419.

2. S. Basile, *ep.* 45, cl. 1, P. G., XXXII, 366. S. Grég. Naz., *Poema ad Hellenium*, P. G., XXXVII, 1455.

3. Pallade, CXIII, 1215.

4. Id., CIII, 1207.

5. Théodoret, *Relig. hist.*, XXIII, P. G., LXXXII, 1455.

6. Id., XXI, 1435.

7. Id., III, 1338.

8. Id., XV, 1415.

9. Id., IV, XI, 1350, 1394.

10. Id., IV, X, 1343-1346, 1350.

11. Id., XXVI, 1467-1471. Évagre, *Hist. eccles.*, l. I, 13, P. G., LXXXVI, 2458-2459.

jour, quand personne ne le voyait, une grosse racine de chêne que Théodoret eut bien de la peine à soulever[1].

Les femmes elles-mêmes ne reculèrent pas devant cette mortification. L'auteur de l'*Histoire religieuse* cite les deux recluses de Berbé Marana et Cyra. Il obtint avec peine qu'elles déchargeassent leur fardeau durant une visite qu'il leur fit[2].

1. Théodoret, *Relig. hist.*, xxiv, 1460-1463.
2. Id., xxix, 1490-1491.

CHAPITRE XXIII

Le merveilleux dans la vie des moines orientaux

Les manifestations merveilleuses de la vie surnaturelle dans les âmes se sont rarement montrées aussi variées et aussi nombreuses que pendant la première période de l'histoire monastique. Et, en Orient, on ne les trouve nulle part aussi multipliées que sur les bords du Nil. Miracles de toutes sortes, visions, phénomènes extraordinaires, abondent sous la plume des écrivains qui ont transmis à la postérité le souvenir des actions des premiers moines. Il est même évident que ce genre de faits attirait plus que tout autre leur attention. Les lecteurs en étaient particulièrement avides.

Tout ce qui avait l'apparence du surnaturel ou de l'extraordinaire avait, depuis des siècles, le privilège de plaire à l'imagination des habitants de l'Egypte. Ils croyaient à l'existence sur terre d'êtres merveilleux, moitié hommes, moitié bêtes. Ils faisaient à chaque instant intervenir dans leur vie quotidienne les esprits supérieurs. Les néo-platoniciens, qui se recrutaient parmi les intellectuels d'Alexandrie, ne se montraient pas moins crédules que les hommes du peuple. Ils aimaient ce qui les élevait au-dessus des réalités ordinaires de la vie. Le mystère et le merveilleux les attiraient. Ne pouvant atteindre les nobles et sérieuses manifestations d'une vie mystique, impossible en dehors du christianisme, ils se dédommageaient par la pratique de la magie et par leurs relations avec les démons et les génies. Il suffit de lire Eunapios pour s'en convaincre. Les sophistes, dont il s'est fait le biographe, sont en rapports familiers avec les dieux, qui les honorent de leurs

entretiens intimes. Quelques-uns ont le don de seconde vue et
prédisent l'avenir, d'autres guérissent les possédés et ont des
ravissements [1].

Il y avait là beaucoup d'imagination et de supercherie. Mais on
ne peut tout reléguer dans le domaine de la fraude et de la crédulité naïve. L'Egypte a été de tout temps la terre classique des sorciers et des magiciens. Si plusieurs de leurs prestiges, racontés
par des témoins dignes de foi, peuvent s'expliquer sans l'intervention d'un agent supérieur, il en est qui dépassent tellement la
puissance de la nature humaine, que force est de les attribuer au
démon.

Les écrivains monastiques ont-ils cédé à une tendance de l'opinion publique lorsqu'ils ont raconté les merveilles opérées par les
saints dont ils écrivaient la vie? On ne saurait le dire. Lors même
que ce sentiment eût exercé sur eux une influence sérieuse, il ne
serait pas permis de dédaigner leur témoignage et de passer sous
silence tout un ensemble de faits rapportés par des contemporains. Ils sont si nombreux et si unanimes qu'on ne pourrait agir
ainsi sans aller contre les exigences de la plus saine critique. Ceux
qui, de parti pris, laisseraient de côté ces phénomènes extraordinaires sous prétexte qu'ils sont impossibles, se comporteraient non
en historiens, mais en partisans d'un système philosophique, qui
nie l'existence de Dieu ou qui lui refuse tout au moins le droit de
se mettre au-dessus des lois de la nature quand bon lui semble.
C'est le philosophe, et non l'historien, qui doit les réfuter ou les
convaincre. Puisque la grande majorité des écrivains qui ont parlé
des moines, et parmi eux il y a des auteurs graves, comme Théodoret, dont le témoignage, d'ordinaire si sûr, est accueilli avec
respect par les critiques les plus exigeants, attestent l'existence de
faits merveilleux dans la vie d'un certain nombre de Pères, on est
en droit de conclure qu'il y a eu des miracles, des révélations,
des phénomènes extraordinaires, parmi les moines des IVe et Ve
siècles.

Quand il s'agit, non plus de l'existence du merveilleux en général durant cette première période de l'histoire monastique, mais de
tel fait particulier, une grande réserve devient indispensable. Il
faut distinguer ceux que rapportent des témoins oculaires, de
ceux qui ont été colportés de bouche en bouche avant d'être con-

---

1. Gaston Boissier, *La fin du paganisme*, t. II, 378-379.

signés par écrit ; car il est à craindre que l'opinion n'ait imposé à ces derniers quelques travestissements. Par le fait, ils sont beaucoup plus nombreux que les premiers. Des témoignages authentiques ne suffisent pas toujours pour conclure à la réalité du surnaturel. Il faut, au préalable, examiner soigneusement les circonstances de temps, de lieux et de personnes, qui pouvaient porter les sujets de ces phénomènes à se les exagérer, parfois même à les provoquer, à voir des choses surnaturelles où il n'y en avait pas, en faisant intervenir sans raison les diables, les anges, ou la Divinité, à mêler à des faits certains des éléments qui méritent moins de créance. La vie des solitaires et le tempérament qu'elle leur faisait ne permettent pas de les croire toujours sur parole, lorsqu'ils racontent une grâce extraordinaire dont ils auraient été favorisés. Laissons Goerres exposer ce sentiment :

« L'imagination et l'instinct poétique des premiers solitaires n'avaient point été affaiblis par l'austérité de leur vie. Séparés entièrement du monde et de toute relation sociale, semblables à des plantes qui, mises dans des vases étroits et ne pouvant s'étendre au large, sont forcées de se développer par en haut, les premiers solitaires étaient obligés aussi de chercher dans une région supérieure un cercle pour leur activité ; et, s'élevant audessus des formes et des instincts de la vie ordinaire, les facultés de leur âme s'épanouissaient dans une sphère poétique et idéale. Catinpré raconte qu'un jour le frère Henri visita, comme provincial, un couvent de son Ordre à Accon, en Palestine, et qu'après le repas il conduisit, selon sa coutume, toute la communauté hors du cloître pour prendre quelque récréation. S'étant assis dans un lieu commode sur le bord de la mer, à l'ouest de la ville, ils virent bientôt un nuage s'élever au-dessus des eaux ; et celui-ci s'étant dissipé, ils virent apparaître à sa place une montagne considérable, sur le sommet de laquelle était un château entouré de murs et flanqué de tours. De ce château, un large pont conduisait au rivage ; et sur ce pont on voyait aller et venir un grand nombre de cavaliers et de piétons. L'apparition dura jusqu'au coucher du soleil, et ils virent alors monter de la mer un nouveau nuage qui se dissipa quelque temps après sans laisser aucune trace.

« C'était ce phénomène qu'on appelle la fée Morgane. Il en est ainsi de la légende : elle est comme un mirage auquel l'époque et le lieu donnent leur forme et leur valeur, et qui, se dégageant de la terre, se joue dans une région supérieure. Or, le lieu qu'ha-

bitaient les anachorètes est un désert immense et aride, où l'on
n'entend, la nuit, que le rugissement des bêtes féroces, qui est
embrasé par un vent brûlant, lequel soulève des flots de sable
plus terribles encore pour le voyageur que ceux de la mer ; un
désert dont la triste monotonie n'est interrompue que par quelques rares oasis et par les débris qu'ont laissés les siècles passés
sur la lisière des pays anciennement habités. Toutes ces circonstances ont dû exercer une influence profonde sur l'esprit et l'imagination des premiers solitaires, qui, s'emparant de ces divers éléments et les saisissant par leur côté religieux, les ont exprimés
comme ils le sentaient. L'écho qui troublait leurs prières et leurs
méditations nocturnes leur semblait la voix des démons tenta-
teurs. Le mirage produit par le désert et qui encore aujourd'hui
trompe le voyageur altéré par l'aspect d'un lac immense, ils l'attribuaient à l'opération magique du diable ; ces images, nées dans le
silence et la solitude du désert, et travaillées par l'imagination,
qui leur ajoutait sans cesse de nouvelles couleurs, ont fini par
acquérir une forme précise et déterminée : et c'est ainsi qu'elles
sont parvenues à la postérité dans des récits naïfs et pieux, sur
l'exactitude desquels l'Eglise ne s'est point prononcée, les laissant
pour ce qu'ils sont, et distinguant toujours avec sagesse le fond de
vérité qu'ils contiennent des transformations poétiques qu'ils ont
subies dans ce travail [1]. »

*
* *

Il est permis de penser que si ces récits venaient à subir l'examen auquel sont soumis les miracles dans les procès actuels de
béatification et de canonisation, bien peu sortiraient sains et saufs
de la critique des juges de la Sacrée Congrégation des Rites. Quoi
qu'il en soit, ces faits merveilleux expriment trop bien un état
d'âme des moines de cette époque et peignent avec des couleurs
trop vives un aspect de l'histoire religieuse pour qu'on puisse les
négliger. Même transformés ou créés de toutes pièces par l'imagination, ces miracles et ces visions symbolisent admirablement parfois les épreuves et les tentations de la vie ascétique. Leurs récits,

---

1. Goerres, *La mystique divine, naturelle et diabolique*, trad. de Ch. Sainte-Foi,
t. 1, 31-33.

transportés de désert en désert, excitaient les moines à la pratique des plus belles vertus, et leur donnaient de la vocation religieuse une haute idée. Le peuple chrétien, qui les écoutait avec non moins de plaisir, y puisait un aliment pour l'admiration dont il entourait ces serviteurs de Dieu [1].

Libre à un Gibbon de préférer les génies de Jamblique aux diables de saint Antoine. Tout penseur, digne de ce nom, souscrira sans peine au langage de Gaston Boissier : « Les diables sont le produit d'une foi robuste, et ils vivent ; des autres je n'aperçois qu'un fantôme effacé, d'âge incertain, où la caducité se mêle à l'enfance [2]. »

Il serait injuste de confondre avec la mystique fausse des néoplatoniciens d'Alexandrie et des sorciers de l'Egypte les manifestations extraordinaires de la vie surnaturelle dont les premiers moines ont été favorisés. Parmi ces phénomènes, je le répète, il peut y en avoir d'inventés de toutes pièces ; d'autres ont pu subir bien des transformations ; beaucoup ne se présentent pas toujours avec des témoignages qui entraînent la conviction de l'historien. Néanmoins il en reste encore assez pour que l'existence historique d'une mystique divine parmi les Pères du désert ne puisse soulever aucun doute.

Remarquons tout d'abord que les miracles et les visions ne rencontraient pas chez tous une crédulité enthousiaste. De graves esprits se montraient pleins d'une prudente réserve. Saint Pakhôme l'apprit à ses dépens. Le bruit fait autour de ses visions excita des préventions contre lui jusque parmi les membres de l'épiscopat, malgré l'auréole que ses vertus extraordinaires et le grand nombre de ses disciples formaient autour de son nom. Les évêques réunis au concile d'Esneh ne parlaient rien moins que de chasser de leurs diocèses les moines tabenniotes. Le saint homme eut à se justifier devant les Pères [3].

Les évêques de la haute Thébaïde ne furent pas les seuls à montrer quelque défiance à l'endroit des visions de saint Pakhôme. Longtemps après le concile d'Esneh, Théodore, le plus connu de ses successeurs, apprit qu'elles étaient, dans la ville d'Alexandrie, l'objet de critiques sévères. Il crut sage de tenir désormais secrètes

1. De Broglie, *L'Eglise et l'Empire romain au IVᵉ siècle*, t. III, 109-112.

2. Gaston Boissier, *ouvr. cit.*, t. II, 379.

3. *Vie arabe de saint Pakhôme, publiée par Amélineau*, Annales du Musée Guimet, t. XVII, 591-595.

celles dont le Seigneur le favorisait lui-même. Ce lui fut une occasion d'enseigner à ses moines une vérité fort simple, qu'ils étaient pourtant très exposés à perdre de vue : « Un homme qui a une foi robuste, leur dit-il, et qui pratique les commandements, vaut mieux que celui qui a le don des visions [1]. »

Les plus grands maîtres de la vie spirituelle sont d'accord pour assigner leur place véritable aux dons extraordinaires, même quand leur vérité ne soulève aucun doute. « Il ne faut pas ajouter grande importance à ces faits extraordinaires, disait saint Antoine. Gardez-vous d'embrasser la vie monastique pour connaître l'avenir ; cherchez plutôt à plaire au Seigneur par une vie irréprochable [2]. Il ne faut pas se glorifier, affirmait-il dans une autre circonstance, de pouvoir chasser les diables du corps des possédés et d'avoir la vertu de guérir les malades ; car les miracles sont l'œuvre du Seigneur, non la nôtre [3]. »

Ces conseils, donnés par l'homme qui posséda à un tel point le don des miracles, devaient produire sur ceux qui les recevaient une forte impression. L'abbé Nestéros ne tenait pas un autre langage. Il recommandait à Cassien de ne point admirer celui qui fait des miracles ; on doit ajouter beaucoup plus d'importance à sa charité [4]. Cassien, qui avait vu de ses propres yeux un grand nombre de ces faits extraordinaires et qui en avait entendu raconter tant d'autres, avoue qu'il les passera sous silence, comme étant plus propres à provoquer l'admiration et l'étonnement qu'à développer dans les cœurs le désir de la perfection [5].

*
* *

Ce qui a été dit plus haut laisse deviner la sagesse et l'utilité de ces conseils. Ceux qui les donnaient avaient remarqué combien les moines étaient portés à mettre au premier rang ces faveurs extraordinaires. Beaucoup admiraient un homme à cause des miracles qu'il accomplissait, et ils oubliaient que la vraie grandeur

---

1. *Vie de saint Pakhôme*, 676.
2. S. Athanase, *Vita S. Antonii*, 34, P. G., XXVI, 894.
3. Ibid., 39, 898.
4. Cassien, *Conlatio* xv, p. 425-436.
5. Id., *Instituta, præfat.*, p. 6.

consiste surtout à dominer ses passions[1]. Il y en avait même qui faisaient ostentation de ces dons du Seigneur. Ils s'engageaient ainsi dans une voie fort dangereuse. Quelques-uns en firent l'expérience. Macaire les avait présents à l'esprit, quand il disait à ses moines : « Plusieurs frères ont eu le don des miracles ; ils ont joui de visions et de révélations ; mais parce qu'ils ne sont pas arrivés à la charité parfaite, dans laquelle consiste la perfection, ils ont vu s'élever contre eux une guerre où ils ont été vaincus en punition de leur négligence. Ils sont déchus de la grâce qu'ils possédaient[2]. »

Quelques exemples ne seront pas inutiles.

Dans les premiers temps du monachisme, un religieux, compagnon de saint Pakhôme, et comme lui disciple de l'abbé Palamon, s'était laissé séduire par la complaisance dans les œuvres extraordinaires. Il se présenta un jour devant Palamon et Pakhôme : « Celui qui croit être en possession du don de la foi, leur dit-il, qu'il vienne se tenir immobile sur ces charbons embrasés, jusqu'à ce qu'il ait terminé une lecture de l'Evangile. » Palamon, qui voyait clair, lui recommanda d'être modeste et prudent : « Ne tiens pas un pareil langage, tu seras victime d'une illusion. » Malgré ce sage conseil, il tenta l'épreuve. Par une permission divine et un prestige du démon, la vertu du feu fut impuissante contre lui. Il ne sentit aucune brûlure. Cet événement ne fit qu'augmenter sa complaisance en lui-même. Dans la suite, il commit une faute grave, perdit la raison et se donna la mort[3].

Pallade raconte tout au long l'aventure lamentable d'un moine nommé Valens, originaire de Palestine. Il passa plusieurs années dans le désert d'Egypte. La solitude ne le préserva point de l'orgueil. Il se figura vivre en la compagnie des anges ; les esprits bienheureux, pensait-il, lui rendaient toutes sortes de services. On racontait que, ayant perdu pendant la nuit l'aiguille avec laquelle il cousait ses corbeilles, il l'avait trouvée à l'aide de la lumière d'un flambeau que le démon lui tenait. Son orgueil le poussait à croire qu'il pouvait se passer de communion. Le diable lui apparut. C'était la nuit. Un millier de démons, simulant les anges, tenaient des torches ; l'esprit mauvais prit au milieu d'un

---

1. Cassien, *Conlat.* xv, 435-436.
2. Macar., *Homilia* xxvi, P. G., XXIV, 686.
3. *Pachomii vita, Acta Sanctorum Maii*, t. III, 297-298. *Vie copte de saint Pakhôme*, publiée par Amélineau, A. D. M. G., XVII, 18-22.

cercle embrasé la ressemblance du Sauveur. La scène se préparait au dehors. Un ange s'avança vers le solitaire et lui tint ce langage : « Le Christ aime ta manière de vivre, ta liberté et ta confiance ; il est venu te voir ; sors de ta cellule, et quand tu l'auras aperçu, prosterne-toi pour l'adorer ; tu pourras alors revenir dans ta cellule. » Il fit ce qui lui était recommandé. Quelque temps après, il se rendit à l'église où les frères étaient réunis : « Je n'ai pas besoin de communier, leur dit-il ; j'ai vu le Christ. » Les anciens le prirent en pitié. Pour le guérir de la maladie morale qui le rongeait, ils le mirent aux fers et surent lui ménager de bonnes humiliations [1].

Les malheurs de deux autres solitaires, Eron et Ptolémée, dont Pallade raconte les illusions et la chute, étaient bien faits pour prémunir contre les séductions de l'orgueil mystique, de tous le plus dangereux. Combien de victimes ne fit-il pas en Egypte et ailleurs ? Saint Grégoire de Nazianze, qui avait connu dans son diocèse un grand nombre de saints moines, en vit plusieurs s'abandonner à d'étranges excès sous l'influence d'illusions mystiques [2].

Les visions faisaient tourner les têtes beaucoup plus facilement que les miracles. Elles étaient plus accessibles. Le miracle est un fait brutal ; ne l'opère pas qui veut. L'imagination n'a pas assez de puissance pour donner une réalité extérieure à une merveille dont elle rêve l'exécution. Il en va tout autrement des visions. Le désir d'en avoir suffit, s'il persiste, pour persuader à certains esprits faibles qu'ils en ont réellement. « Ne désire voir ni les anges, ni les puissances célestes, ni le Christ, écrivait à ce sujet l'un des maîtres de la vie spirituelle les plus écoutés, saint Nil, de peur que tu ne perdes la raison, que tu ne prennes le loup pour le berger, et que tu ne viennes à adorer les démons, tes ennemis [3]. » « Si un ange t'apparaît, disaient les anciens, garde-toi de l'admettre trop facilement ; commence par t'humilier, en disant : Je suis indigne, moi pécheur, de voir un ange [4]. »

Les saints ne se sont jamais écartés de cette prudente réserve. Les thaumaturges avaient pour ainsi dire peur de leur pouvoir

---

1. Pallade, *Historia lausiaca*, 32, P. G., XXXIV, 1086-93.

2. S. Grég. Naz., *Carmen morale*, 17 v., 43-52. P. G., XXXVII, 783-86.

3. S. Nil, *De oratione*, c. 115, P. G., LXXIX, 1191-94.

4. *Verba Seniorum*, P. L., LXXIII, 965.

surnaturel; ils s'entouraient de mille précautions pour l'exercer dans l'humilité. Saint Antoine, le plus favorisé de tous, est le premier à en donner l'exemple. On venait en foule se recommander à ses prières et solliciter des guérisons. Cette affluence l'ennuyait. En outre, les miracles que Dieu opérait par son ministère l'exposaient à des pensées d'orgueil; et les hommes pouvaient, à cause de ces merveilles, l'estimer plus qu'il ne le méritait. Pour échapper à ce double inconvénient, il résolut de prendre la fuite et de chercher un asile dans la haute Thébaïde, au milieu de gens qui ne le connaissaient pas [1]. Il arrivait souvent que sa prière n'était pas exaucée, et les malades partaient comme ils étaient venus. Il leur disait alors qu'Antoine n'était que l'instrument du Seigneur et que le Maître guérissait quand bon lui semblait. Il ne manquait jamais une occasion de redire cette vérité à ceux qui bénéficiaient de son pouvoir [2].

Plusieurs de ces thaumaturges refusaient de faire les miracles qu'on leur demandait. Il fallait, pour les y contraindre, recourir à la ruse. On avait conduit un possédé dans une église fréquentée par des moines. Tous les frères se mirent à prier, mais ce fut en vain; le démon ne quittait point sa victime. « Que faire? se disaient les religieux. Il n'y a que l'abbé Bessarion qui puisse le chasser. Si nous lui en parlons, il ne voudra même pas mettre les pieds à l'église. Voici comment nous allons nous y prendre : nous ferons asseoir le possédé ici; l'abbé Bessarion arrive toujours le premier. Quand il arrivera, nous lui dirons : « Père, éveillez cet homme ». Les choses se passèrent ainsi. Bessarion dit au possédé : « Lève-toi et sors. » L'esprit immonde le quitta sur-le-champ, et il se trouva guéri [3]. Un Egyptien qui avait un enfant paralytique voulait obtenir sa guérison du même abbé Bessarion. Il le porta à sa cellule, le laissa devant la porte et partit sans rien dire. Le pauvre enfant se mit à pleurer. Le saint homme regarda par la fenêtre ce que c'était. L'ayant aperçu, il lui demanda : « Qui t'a porté ici, mon enfant? — C'est mon père, et il s'en est allé. » Le vieillard lui dit : « Lève-toi et va le rejoindre. » L'enfant se leva guéri et rejoignit son père [4]. On racontait un trait analogue de l'abbé Sisoios [5] et de

1. S. Athanasii, *Vita S. Antonii*, 49, P. G., XXVI, 914.
2. Ibid., 56-58, 920.
3. *Verba Seniorum*, l. III, 121, P. L., LXXIII, 783.
4. *Verba Seniorum*, l. III, 122, P. L., LXXIII, 783.
5. Ibid.

quelques autres. Une pauvre femme qui était rongée par un cancer cherchait l'abbé Longin afin d'obtenir un miracle. Elle le rencontra sur son chemin, mais sans le reconnaître. « Abbé, lui demanda-t-elle, où demeure l'abbé Longin, serviteur de Dieu ? — Qu'as-tu besoin de parler à cet imposteur ? répondit-il. Ne va donc pas le voir ; il trompe les gens. Qu'est-ce que tu as ? » Il fit un signe de croix sur elle et la guérit sans lui dire qui il était[1].

Quelques-uns se montrèrent surtout réservés quand il s'agit de faire un miracle en faveur d'un membre de leur famille. Un parent de l'abbé Pœmen lui avait porté son fils, qui avait le visage dévoré par un cancer. Il se tenait hors de la cellule et se lamentait à haute voix. L'abbé Joseph, qui était venu avec plusieurs anciens voir Pœmen, sortit et lui demanda la cause de son chagrin : « Je suis un parent de l'abbé Pœmen, répondit-il, je viens lui montrer cet enfant, qui est cruellement éprouvé. Je crains de le lui présenter, car il ne veut pas nous voir ; s'il apprend que je suis là, il va nous chasser. C'est en te voyant arriver que je me suis hasardé à venir jusque-là. Prends-moi en pitié, père, et porte cet enfant dans la cellule de Pœmen, afin qu'il prie pour lui. » L'abbé Joseph se prêta volontiers à ce désir. Il prit l'enfant et le porta dans la cellule. Mais il ne voulut pas le présenter immédiatement à Pœmen ; il invita chacun des frères à le bénir et à prier pour lui. Pœmen, quand son tour fut arrivé, après quelque hésitation, fit cette prière : « Mon Dieu, guérissez l'œuvre de vos mains, et que l'ennemi ne règne point sur elle. » Il bénit alors l'enfant, qui recouvra la santé[2].

*
* *

Les miracles, on le devine, attiraient autour des moines thaumaturges de nombreux solliciteurs. Nous avons vu saint Antoine fuir au loin pour éviter leur affluence importune. Saint Hilarion entreprit de longs voyages dans le même but ; il ne recula même pas devant un exil lointain, en Sicile d'abord, puis en Dalmatie. Mais, quoi qu'il pût faire, une œuvre merveilleuse finissait toujours

1. *Apophtegmata Patrum*, P. G., LXV, 258.
2. *Verba Seniorum*, l. III, 168, P. L., LXXIII, 796-797.

par trahir sa présence. Et force lui était encore de prendre le bâton du pèlerin et de chercher une nouvelle retraite[1].

Un miracle avait rendu célèbre dans toute la Palestine le nom de saint Euthyme. Comme de fréquentes visites troublaient sa solitude, il dut à plusieurs reprises changer de demeure[2].

Les miraculés cherchaient parfois à témoigner leur gratitude par des offrandes généreuses. Les solitaires ne les acceptaient pas sans difficulté. Ils avaient reçu le don du Seigneur gratuitement, pensaient-ils; c'est gratuitement qu'ils devaient le dispenser. Ce fut la réponse que fit saint Hilarion à un riche Sicilien qui lui offrait des présents en reconnaissance de sa guérison[3].

Quelques-uns poussaient la délicatesse au point de ne jamais se servir de leur pouvoir afin de se soulager eux-mêmes. Benjamin de Nitrie, qui guérissait tous les infirmes par l'imposition des mains ou par l'emploi de l'huile qu'il avait bénite, étant tombé gravement malade, ne voulut demander à Dieu ni sa guérison ni un allégement à ses souffrances. Il ne cessait pas cependant d'obtenir la santé pour tous ceux qui venaient solliciter ses prières[4].

Ces thaumaturges n'opéraient pas toujours directement les miracles. Souvent ils bénissaient une matière quelconque, qu'ils pénétraient ainsi d'une vertu divine. Ceux qui s'en servaient avec esprit de foi en ressentaient généralement les heureux effets. Les moines de Nitrie aimaient à donner de l'huile sur laquelle ils avaient appelé les bénédictions célestes[5]. C'était une coutume assez générale parmi les moines orientaux; on le voit par la vie de saint Hilarion[6], par Théodoret, Cassien et la plupart des écrivains monastiques de cette période. Jean de Lycopolis, qui ne permettait pas aux malades d'approcher de sa cellule, se contentait de leur envoyer de l'huile qu'il avait bénite. Il suffisait de leur faire une onction pour leur rendre la santé[7]. Quelques-uns préféraient bénir de l'eau. Par ce moyen le solitaire Jacques guérissait de nombreux malades[8]. Il suffit d'asperger, avec de l'eau bénite par saint

1. S. Jérôme, *Vita S. Hilarionis, Acta Sanct. Oct.*, t. IX, 55-57.
2. Cyrille, *Vita S. Euthymii*, c. v, 26, *Acta Sanct. Jan.*, t. II, 670.
3. S. Jérôme, *Vita S. Hilarionis*, n. 26, *l. c.*, 55.
4. Pallade, *Hist. laus.*, XIII, P. G., XXXIV, 1032.
5. Rufin, *Hist. eccles.*, l. II, 4, P. L., XXI, 511-13.
6. S. Jérôme, *Vita S. Hilarionis*, 32, *l. c.*, p. 57.
7. Rufin, *Hist. monach.*, 1, P. L., XXI, 393.
8. Théodoret, *Relig. list.*, 31, P. G., LXXXII, 1439.

Aphraates, des campagnes que ravageaient les sauterelles pour les éloigner[1]. Des insectes dévoraient les récoltes d'un village voisin de la solitude qu'habitait l'abbé Coprès, en Egypte. Il bénit du sable qu'on répandit sur les champs infestés, et le fléau disparut[2],

Les moines de l'Egypte et de la Thébaïde se faisaient plus que les autres remarquer par le nombre et l'éclat de leurs miracles. Quand ils avaient une nécessité quelconque, écrit Rufin, qui les avait vus de près, ils ne cherchaient point aide du côté de la terre. C'est à Dieu qu'ils s'adressaient comme à un père; et ils obtenaient sans retard ce qu'ils demandaient. Ils avaient une foi à transporter les montagnes. Il y en eut qui arrêtèrent des inondations, marchèrent sur les eaux et renouvelèrent les prodiges des prophètes et des apôtres[3]. Les moines syriens, dont Théodoret raconte la vie, n'ont pas accompli moins d'œuvres merveilleuses. Cette puissance surnaturelle ne se manifestait pas chez tous de la même manière. Les uns guérissaient de telle maladie, tandis que les autres exerçaient leur pouvoir de préférence sur une infirmité toute différente[4]. Quelques-uns aimaient à garder le silence sur les merveilles que le Seigneur accomplissait par eux. Plusieurs, au contraire, les racontaient assez volontiers aux frères qui les visitaient. L'abbé Coprès était de ce nombre. Un moine, qui écoutait son récit, le prit pour un exagéré ou un naïf, se plaisant à narrer des choses qui n'étaient point arrivées. Il se mit bientôt à dormir, mais, pendant son sommeil, il aperçut entre les mains de Coprès un livre écrit en lettres d'or, dans lequel il semblait lire ce qu'il racontait. Un vieillard à l'aspect très vénérable, qui se tenait à ses côtés, lui reprocha en termes très sévères de refuser son attention et sa créance aux récits du saint homme[5].

Quand la foi ou un intérêt supérieur étaient en jeu, ils n'hésitaient pas un instant à faire un miracle. Leur confiance en Dieu ne connaissait alors aucune limite. Il s'agissait de confondre un manichéen. L'abbé Coprès fit allumer un bûcher. Il entra dans la flamme, où il put rester une demi-heure sans éprouver la moindre

---

1. Théodoret, *Relig. Hist.*, 8, ibid., 1375-78.

2. Rufin, *Hist. monach.*, IX, P. L., XXI, 426-427.

3. Rufin, *Hist. monach.*, prol., P. L., XXI, 389. Cf. Pallade, *Paradisus Patrum*, P. G., LXV, 446.

4. Cf. Sozomène, *Hist. eccles.*, l. VI, 28 et s., P. G., LXVII, 1370 et s.

5. Rufin, *Hist. monach.*, IX, P. L., XXI, 425-26.

gêne. L'hérétique, sommé d'en faire autant, recula[1]. Macaire, le fondateur de Scété, ressuscita un mort afin de prémunir les chrétiens contre les agissements d'un eunomien fort habile qui cherchait à répandre ses erreurs en Egypte[2].

La résurrection d'un mort est la manifestation la plus extraordinaire de la sainteté d'un homme. L'exemple que nous venons de raconter n'est point le seul. On cite un certain nombre d'évocations de défunts. L'abbé Macaire en fit sortir un du sépulcre et lui ordonna de désigner le lieu où il avait enfoui une somme d'argent nécessaire à sa veuve[3]. L'abbé Emilis recourut au même moyen pour justifier un moine sur lequel pesait une accusation d'assassinat[4]. Patermutios fit parler deux défunts. Il obtint même pour un autre une prolongation de vie de trois ans. C'était l'un des thaumaturges les plus célèbres. On avait une telle idée de sa sainteté et de sa puissance surnaturelle, qu'on n'hésitait pas à lui prêter les choses les plus extraordinaires. Il avait, disait-on, arrêté le soleil dans sa course. On l'aurait vu marcher sur les eaux du Nil et voler dans les airs. Il avait, paraît-il, visité le paradis; pour le prouver, il montrait une grosse figue qu'il en avait rapportée; le fruit aurait fait des miracles[5].

*
* *

C'est assez parler des miracles. Dieu s'est plu à orner l'âme de quelques-uns de ces pieux moines du don non moins extraordinaire de prophétie qui leur permettait de lire dans l'avenir, de voir ce qui se passait à distance et de connaître les secrets des cœurs. Les biographes de saint Pakhôme racontent avec complaisance les illuminations intérieures dont il fut favorisé. Quelque temps après son baptême, il vit la rosée du ciel descendre sur sa tête; lorsqu'elle se fut condensée, elle se transforma en un rayon de miel qui vint se poser dans sa main droite. Pendant qu'il était à le con-

---

1. Rufin, *Hist. monach.*, 9, P. L., XXI, 427.
2. Cassien, *Conlat.* xv, 3, p. 428-430.
3. *Verba Seniorum*, P. L., LXXIII. 1001.
4. Ibid., 1002. Sur les évocations de morts, cf. Ribet, *La mystique*, t. II, 136; Floss., *De Macariorum vitis quæstiones criticæ*, c. II, 514, P. G., XXXIV, 47-56.
5. Pallade, *Paradisus Patrum*, P. G., LXV, 454.

sidérer, ce rayon tomba de sa main et se répandit sur toute la surface de la terre. Cette vision le troubla grandement. Une voix se fit entendre qui lui dit : « Sache-le, Pakhôme, car cela t'arrivera après quelque temps[1]. » C'était une prophétie, sous une forme symbolique, de la fondation du monastère de Tabenne et de l'extension de son ordre. Quatre ans plus tard, une autre vision vint lui confirmer la pensée de Dieu sur son avenir. La rosée du ciel descendit de nouveau sur lui. Puis elle tomba et couvrit la terre entière. Il reçut en outre des clefs qui lui furent remises secrètement[2]. Longtemps après, le Seigneur lui révéla le relâchement dans lequel son ordre devait tomber[3].

Parmi les moines qui eurent le privilège de connaître les choses futures, personne n'égala le célèbre Jean de Lycopolis, qui menait la vie austère des reclus sur un rocher dans la Thébaïde. Il annonçait les crues du Nil et les fléaux qui allaient frapper l'Egypte. Théodose le Grand et les officiers de ses armées le mettaient souvent à contribution. L'empereur, qui avait en lui la plus entière confiance, prenait son avis toutes les fois qu'il avait à traiter une affaire d'une certaine gravité[4]. Avant de partir pour l'Occident où il lui fallait soumettre par les armes l'usurpateur Eugène, il fit demander le sentiment du saint solitaire. Jean lui avait déjà prédit la victoire facile remportée sur Maxime. Il lui annonça que le triomphe sur ce nouvel ennemi lui coûterait beaucoup plus d'hommes et de peine[5]. L'événement justifia ses prévisions. Des moines de Palestine, qui étaient venus le consulter, se trouvaient auprès de sa cellule à l'époque où Théodose combattait son ennemi. Avant leur départ, Jean leur tint ce langage : « Allez en paix, mes enfants; sachez seulement qu'aujourd'hui la ville d'Alexandrie apprend la nouvelle de la victoire du pieux empereur Théodose sur le tyran Eugène. Mais le prince ne tardera pas à mourir lui-même. » Ses auditeurs constatèrent bientôt la vérité de sa prophétie[6].

La mort de Julien l'Apostat fut l'événement sur lequel s'exerça l'esprit prophétique de plusieurs solitaires. La persécution qu'il

1. *Vie copte de S. Pakhôme*, publiée par Amélineau, A. D. M. G., XVII, 8, 9.
2. Ibid., 17.
3. *Pachomii acta paralipomena*, 17-20, *Acta Sanct. Maii*, t. III, 339-340.
4. Rufin, *Hist. eccles.*, l. II, 19, P. L., XXI, 526.
5. Rufin, *Hist. eccles.*, c. 39, col. 538; Sozomène, *Hist. eccles.*, l. VII, 22, P. G., LXVII, 1487.
6. Rufin, *Hist. monach.*, I, P. L., XXI, 404-405.

avait soulevée contre l'Eglise, et les mesures plus rigoureuses qu'il
comptait prendre au retour de son expédition vers les frontières de
la Perse, ne pouvaient manquer de préoccuper moines et chrétiens. Partout on adressait au Seigneur les vœux les plus ardents
pour détourner la tempête qui menaçait l'Eglise [1]. Le moine syrien
Julien Sabbas priait Dieu sans discontinuer pendant toute la durée
de cette expédition. Une voix mystérieuse lui annonça que l'impie
était mort. Il suspendit aussitôt sa prière pour se livrer tout entier
à l'action de grâces. Quand il eut terminé, il se présenta à ses disciples. La tranquillité et la joie rayonnaient sur son visage. Les
religieux, surpris de voir sourire celui qui était depuis quelque
temps plongé dans une profonde tristesse, lui demandèrent la
cause de ce changement : « Le moment est venu, leur dit-il, de se
livrer à la joie et à l'allégresse. Car, suivant la parole d'Isaïe, l'impie a cessé de vivre, il a subi les châtiments mérités par ses auda-
cieuses entreprises. Celui qui se servait du pouvoir suprême pour
lutter contre Dieu, son Créateur et son Sauveur, a été justement
frappé. Je me réjouis donc, en voyant les églises persécutées par
lui tressaillir de bonheur, et en constatant que ce scélérat n'a reçu
aucune assistance des démons qu'il adorait [2]. »

La persécution arienne et ses phases diverses ne provoquèrent
pas moins l'esprit prophétique des Pères du désert. On le voit par
les Vies de saint Pakhôme et de plusieurs autres. Saint Antoine
eut à ce sujet une importante vision. Il était tranquillement assis et
travaillait des mains, pendant que, dans le secret de son cœur,
il vaquait à l'oraison. On le vit s'arrêter brusquement. Il semblait
ravi hors de lui-même. Ce qu'il paraissait voir l'attristait et le faisait gémir. Il se mit à genoux et pria longuement. Puis le saint vieillard se leva, les yeux pleins de larmes. Tous les témoins étaient
effrayés. Ils obtinrent à force d'instances qu'il leur révélât les
causes de sa tristesse : « Mes enfants, leur dit-il, mieux vaudrait
mourir qu'assister à la réalisation de ce que j'ai vu. » Et des san-
glots entrecoupaient ses paroles. Les moines présents le conjurèrent de tout leur dire. Il ajouta en pleurant : « La colère divine
va désoler l'Eglise, en l'abandonnant à des hommes qui ressemblent à des animaux privés de raison. J'ai vu la table du Seigneur
entourée de mulets qui se ruaient sur les choses saintes qu'elle

1. Cf. Tillemont, *Mémoires pour servir à l'histoire de l'Eglise*, t. VII, 421-422.
2. Théodoret, *Relig. hist.*, II, P. G., LXXXII, 1315-18.

porte. Vous comprenez maintenant pourquoi j'ai gémi. J'ai entendu une voix me dire : Mon autel sera souillé. » Telles sont les choses que le vieillard aperçut à la lumière de Dieu. Deux ans plus tard, les ariens s'emparaient des églises d'Egypte et leur infligeaient de honteuses profanations [1] (341).

Il semblait que Dieu n'eût pas de secret pour son serviteur Antoine. Quand il vivait seul sur la montagne de Colzim, si quelque doute se présentait à son esprit, il se mettait en prière, et le Seigneur l'éclairait toujours. C'est à cette lumière divine qu'il vit le sort réservé aux âmes après la mort [2]. Il se tenait un jour sur cette montagne. Un spectacle extraordinaire vint frapper ses regards. Un homme était enlevé dans les airs, et une foule joyeuse allait à sa rencontre pour lui faire fête. Tout étonné, il demanda ce que cela pouvait bien être. Il entendit une voix qui lui disait : C'est l'âme d'Amon de Nitrie. Il prit des informations et sut d'une manière certaine que le saint fondateur des monastères de Nitrie était mort au jour et à l'heure où il aperçut cette vision [3]. Deux moines venaient lui rendre visite. Mais l'eau manqua durant la traversée du désert. Ils étaient à une journée de marche de la cellule d'Antoine. L'un des deux mourut de soif; et l'autre, épuisé, n'avait plus la force de continuer sa route. Le saint appela deux frères qui étaient avec lui : « Prenez un vase d'eau et courez dans la direction de l'Égypte. Un moine est mort de soif, l'autre est sur le point de périr si vous ne vous hâtez pas. Le Seigneur vient de me le montrer dans une prière. » Ils arrivèrent à temps pour sauver la vie du moribond, qu'ils amenèrent à saint Antoine, après avoir enseveli le cadavre de son compagnon [4].

***

Son disciple, Paul le Simple, avait le privilège de voir ce qui se passait au fond des cœurs. Il lui suffisait de considérer attentivement le visage d'un moine au moment où il entrait à l'église pour savoir si ses pensées étaient bonnes ou mauvaises. En voici un curieux exemple. Il avait vu les frères pénétrer dans le lieu saint,

---

1. S. Athanasii, *Vita S. Antonii*, 82, P. G., XXVI, 958-959.
2. Id., 66, col. 935-938.
3. Id., 60, ibid., 930.
4. Id., 59, ibid., col. 927.

l'air joyeux ; chacun d'eux était accompagné par son ange. Un seul
se présentait d'une manière toute différente, il semblait tout noir,
les démons le tiraillaient dans tous les sens par un anneau qu'ils
lui avaient passé au nez ; son ange le suivait de loin tout triste.
Le bienheureux Paul se mit à verser des larmes amères et à se
frapper la poitrine. Il resta hors du temple et pria pour ce malheureux. Quand les frères sortirent, il les considéra de nouveau. Celui
qui lui avait causé tant de tristesse était blanc et joyeux comme les
autres ; les démons le suivaient à distance, tandis que son ange se
tenait à ses côtés, plein d'allégresse. Le vieillard, ne pouvant contenir
sa joie, réunit tous les moines et les invita à célébrer la miséricorde
du Seigneur. Après leur avoir raconté ce qu'il avait vu, il pria le
frère de dire ce qui s'était passé dans le secret de son âme : « Je
suis un pécheur, dit-il à haute voix ; je vivais depuis longtemps
dans l'habitude du péché. J'ai entendu dans l'église ces paroles du
prophète Isaïe, ou plutôt du Seigneur parlant par sa bouche :
Lavez-vous et soyez purs, éloignez le mal de vos cœurs ; apprenez
à faire le bien et recherchez la justice... Le langage du prophète
m'a pénétré du regret de mes fautes : je suis rentré en moi-
même pour dire à Dieu : Vous êtes venu, Seigneur, sauver le
monde ; accomplissez en ma faveur ce que vient de dire votre prophète. Je vous promets du fond du cœur de ne plus faire le mal à
l'avenir. C'est dans ces dispositions que je suis sorti de l'église. »
Tous les anciens chantèrent la bonté et la sagesse de Dieu dans ses
œuvres [1].

Saint Pakhôme pouvait lui aussi connaître les pensées les plus
intimes. Il s'est maintes fois servi de cette lumière pour convertir
de pauvres pécheurs. Son disciple Théodore avait la même perspi-
cacité, quand il s'agissait de deviner les fautes commises dans le
secret [2]. Jean de Lycopolis avait lui aussi le don de lire au fond
des cœurs. Pallade en donne quelques exemples frappants [3]. En
voici un qui est rapporté par Rufin. Dieu lui faisait connaître la
vie des religieux qui habitaient les solitudes du voisinage.
Quand il avait reçu quelque lumière de ce genre, il écrivait à
leurs supérieurs pour leur donner des avis en conséquence. Parfois
les moines en recevaient de sa part qui étaient fort sages [4]. Saint

1. *Verba Seniorum*, 167, P. L., LXXIII, 795-796.
2. Ammon, *Epistola ad Theophilum*, 5. *Acta Sanctorum Maii*, t. III, 349.
3. Pallade, *Hist. laus.*, XLIII, P. G., XXXIV, 1112 et s.
4. Rufin, *Hist. mon.*, XV, P. L., XXI, 434-435.

Hilarion, qui avait appris surnaturellement la mort de saint Antoine, devinait le vice auquel un homme était soumis d'après l'odeur qui s'exhalait de ses vêtements ou des obj ts qu'il avait touchés [1]. Au dire de Rufin, Evagre possédait le don du discernement des esprits à un degré tel que personne dans la région ne passait pour l'égaler. Ce privilège était accompagné d'une science peu commune des choses spirituelles [2].

L'abbé Pambon recevait lui aussi des illuminations intérieures sur les sujets les plus variés. Les frères allaient souvent le consulter, tantôt sur le sens d'un texte biblique, tantôt sur une affaire quelconque. Jamais il ne précipitait sa réponse : « Je ne vois pas encore que vous répondre », telles étaient invariablement ses premières paroles. Longtemps après, quelquefois au bout de trois mois, il disait : « Je n'ai pas encore saisi ce qu'il convient de vous dire. » Quand une fois la lumière avait brillé à ses yeux, il parlait, mais avec la force et l'autorité que donne le Seigneur. On l'écoutait avec autant de respect que si Dieu lui-même eût parlé [3].

Il faut citer un trait de la vie de saint Arsène, l'un des mystiques égyptiens les plus estimés. Une voix céleste l'invita un jour à sortir de sa cellule pour contempler de ses yeux ce que sont les œuvres des hommes. Il sortit, en effet, et aperçut un Ethiopien qui coupait du bois avec une hache ; il fit un gros fagot, qu'il tenta de mettre sur ses épaules. Peine perdue ; la charge était trop lourde. Au lieu de le diminuer, il le grossit encore. Arsène vit encore un homme qui se tenait sur le bord d'un lac et remplissait d'eau un récipient; mais un trou laissait tout le liquide s'échapper et courir au lieu d'où on l'avait tiré. La voix lui dit alors : « Viens, je te montrerai autre chose. » Et il aperçut un temple et deux hommes montés à cheval qui voulaient y pénétrer ensemble. Deux longs bâtons qu'ils portaient en travers les en empêchaient. Arsène demanda ce que signifiaient ces visions. Les cavaliers, lui fut-il dit, représentent les moines qui, pleins d'eux-mêmes, refusent de reconnaître leurs torts et de s'humilier. La porte du ciel leur est fermée. Le bûcheron est l'image de l'homme qui, aux péchés anciens, ajoute des fautes nouvelles, sans jamais faire pénitence. Vois dans celui qui remplit le tonneau l'image de l'homme qui fait quelques œuvres bonnes ;

1. S. Jérôme, *Vita S. Hilarionis*, 18-19. *Acta Sanctorum* Oct., t. XI, 52.

2. Rufin, *Hist. mon.*, xxvii, P. L., XXI, 449.

3. Pallade, *Hist. laus.*, x, P. G., XXXIV, 1031.

mais les nombreux péchés qu'ils ne cesse de commettre les rendent inutiles [1].

*
* *

Ces visions étaient souvent accompagnées d'extases ou de ravissements. On en trouve des exemples nombreux dans les Vies de saint Antoine, de saint Pakhôme et de plusieurs autres. Cassien apprit de l'abbé Jean les extases qu'il avait eues dans le désert [2]. Au sortir de l'un de ces ravissements, l'abbé Pœmen dit à un frère qui le questionnait sur ce qu'il avait vu : « Mon âme est allée dans un lieu où elle a vu sainte Marie, Mère de Dieu, pleurer au pied de la croix. J'aurais bien voulu toujours pleurer ainsi [3]. »

C'est le seul cas, à notre connaissance, où un Père du désert affirme avoir aperçu dans ses visions l'auguste Vierge Marie. Ce sont surtout les anges qui se manifestaient à eux. Quelques-unes de leurs apparitions méritent d'être citées.

Il y avait, dans les monastères de la haute Thébaïde, des moines qui n'étaient pas encore baptisés. L'un d'eux, soumis à la règle de Tabenne, vint à tomber dangereusement malade. Saint Pakhôme accourut auprès de lui. Il vit les anges s'approcher du moribond et le baptiser. Dieu lui montra en cette circonstance la manière dont les anges assistent les hommes, chacun selon ses mérites, au moment de leur trépas [4]. Plus tard, Théodore entendit les anges qui escortaient, en chantant, l'âme d'un frère décédé [5]. Les documents coptes racontent avec une véritable complaisance ces relations des moines avec les esprits célestes. Zacharie, auteur d'une Vie de Jean Kolobos publiée par Amélineau [6], rapporte que le Seigneur lui donna un ange pour le consoler, pour lui tenir lieu de protecteur et pour lui enseigner ce qui était bon et agréable à Dieu. Sa présence à ses côtés fut remarquée plusieurs fois. Plus tard, quand le saint homme eut grandi en vertu, Dieu le confia à deux

---

1. *Verba Seniorum*, P. L., LXXIII, 763-764.
2. Cassien, *Conlat.* XIX, 4, 5, p. 537-538.
3. *Apophtegmata Patrum*, 144, P. G., LXV, 358.
4. *Vie copte de saint Pakhôme*, A. D. M. G., XVII, 119-129.
5. Ibid., 129-130.
6. *Histoire des monastères de la basse Égypte*, annales du musée Guimet, t. XXIII, 365-381.

esprits d'un chœur plus élevé. C'étaient deux chérubins, qui veillaient constamment sur sa personne et nourrissaient son âme des
mystères cachés de l'Esprit-Saint.

Le Seigneur laissait parfois aux anges le soin de montrer eux-
mêmes aux moines les merveilles de la vie éternelle. Saint
Pakhôme fut conduit par un esprit céleste dans l'autre monde. Ils
visitèrent ensemble le paradis, et passèrent ensuite au lieu où les
hommes subissent les châtiments de leurs crimes. Les tourments
de l'enfer furent montrés à l'abbé de Tabenne dans les plus petits
détails. Son guide mystérieux lui ordonna de tout dire aux frères
pour leur inspirer une crainte plus vive des jugements de Dieu[1].
Peu de saints ont eu autant de relations avec les anges que l'abbé
Pakhôme. Ce serait un ange qui lui aurait porté le texte de sa
première règle et enseigné cette langue mystérieuse qu'il était seul
à connaître avec Cornélios et Syros. Ses biographes signalent beaucoup d'autres faits de la même nature. Aussi Sozomène n'hésite-
t-il pas à donner ces rapports fréquents comme un signe caractéristique de sa vie[2].

Les relations de saint Antoine avec ces bienheureux esprits sont
restées célèbres[3]. L'abbé Macaire, qui remplissait les fonctions
sacerdotales au désert des Cellules, affirmait n'avoir jamais pu
donner lui-même la sainte communion au moine Marc. Il la recevait
toujours de la main d'un ange[4]. On disait que l'abbé Silvain, dans
le voisinage du mont Sinaï, avait un ange à son service[5]. Il serait
facile de multiplier des traits manifestant la sainte familiarité qui
existait entre les habitants du ciel et ceux de la solitude : on les
trouve nombreux dans la plupart des récits hagiographiques de
cette période et dans les recueils des paroles ou des actes des
anciens.

Il n'y a rien là qui soit de nature à causer quelque surprise. Ces
relations et la simplicité avec laquelle chacun en écoutait le récit
sont les conséquences de la doctrine sur les anges gardiens, qui
déjà paraissait chère à la piété monastique. Cassien se fit de bonne

---

1. *Vie copte de saint Pakhôme*, A. D. M. G., 135-141. *Vie arabe*, 542-552.
2. Sozomène, *Hist. eccles.*, l. III, 14, P. G., LXVII, 1074. Pallade, *Hist. laus.*,
xxxviii, P. G., XXXIV, 1101. S. Jérôme, *Trans. reg. S. Pachomii, præf.*, P.L., XXIII,
68. Cf. Tillemont, t. VII, 223-224.
3. Cf. Ribet, *La Mystique*, t. II, 89.
4. Sozomène, *Hist. eccles.*, l. VI, 29, P. G., LXVII, 1378.
5. Ibid., 32, col. 1391.

heure l'écho de la pensée des moines égyptiens sur cet intéressant sujet [1]. Après lui, personne à cette époque n'en a mieux parlé que le pieux et illustre solitaire du Sinaï, saint Nil. Dans une lettre qu'il adresse à l'un de ses disciples, il accumule les conseils les plus sages sur la vie spirituelle. Entre autres choses, il lui recommande instamment la dévotion à l'ange gardien : « Respecte, mon frère. l'ange qui veille sur toi ; évite de contrister les bienheureux esprits qui t'entourent [2]. » « Si tu pries avec ferveur et si ta confiance est entière, écrit-il ailleurs, les anges s'approchent de toi et ils t'enseignent la raison des choses qui se passent. Sache que les saints anges nous excitent à prier, ils se tiennent à nos côtés, se réjouissant et priant pour nous [3]. »

*
* *

Aux anges gardiens les Pères opposent les démons, esprits de ténèbres et de haine, qui poursuivent de leur colère les moines qui prient et pratiquent la vertu. Ils sont sans cesse à leurs trousses. Chaque homme en a un qui est chargé tout spécialement de le harceler. Ils tiennent une place très importante dans l'enseignement ascétique et dans la vie spirituelle des Pères du désert. C'est à chaque page, pour ainsi dire, de leur vie ou de leurs écrits, que le diable est mentionné. Saint Antoine a contribué pour une part très large à fixer l'attention des moines sur ces dangereux ennemis de notre salut. Son saint biographe Athanase a conservé son sentiment sur ce point. « Nous avons affaire à des ennemis redoutables et perfides ; ce sont les démons. Nous avons à leur livrer la lutte dont parle l'Apôtre. Leur multitude remplit les airs ; ils sont tout près de nous. Il y a entre eux une grande société. Laissons à de plus instruits le soin d'exposer leur nature. Nous avons besoin seulement de connaître l'habileté qu'ils déploient dans leurs assauts contre nous. » Saint Antoine consacre ensuite une partie considérable de son discours ascétique à exposer ce que l'expérience lui a

---

1. Sa conférence huitième avec l'abbé Sérénos roule tout entière sur les bons et les mauvais esprits. Elle est à lire, surtout avec les notes précieuses dont l'a enrichi Alard Gazeus, P. L., XLIX, 719-770.

2. S. Nil, l. IV, *epist. 1*, P. G., LXXIX, 550.

3. S. Nil, *De oratione*, LXXX et LXXXI, ibid., 1183-86.

enseigné sur la tactique des malins esprits[1]. L'abbé Sérénos complète sa doctrine dans la septième et la huitième conférence de Cassien. Saint Nil excelle surtout à montrer les ruses du diable quand il s'agit de troubler l'homme qui prie par des distractions obsédantes. Leur acharnement sait multiplier les procédés d'attaque, en tenant compte des dispositions individuelles. Chez les uns, la tentation est passagère. Chez d'autres, elle dure longtemps. Il en est qui sont condamnés à la supporter toute leur vie. Le même démon se charge facilement de tendre des pièges multiples à un seul religieux. Comme les hommes, les esprits mauvais sont capables d'exercer plusieurs métiers à la fois[2].

Les démons se donnaient une peine inouïe pour se ménager le plaisir de distraire les moines pendant l'office. L'un d'eux frappa durant la nuit à la porte de Macaire l'Alexandrin : « Lève-toi, abbé Macaire, lui dit-il, et rendons-nous au lieu où les frères se réunissent pour célébrer les saintes veilles. » Le saint homme, qui le reconnut, lui dit : « Menteur et ennemi de toute vérité, quel rapport y a-t-il entre nous ? Qu'as-tu à voir dans les assemblées des saints ? — Ignores-tu, Macaire, qu'il ne se fait aucun office, aucune réunion monastique, sans notre présence ? Viens donc, et tu verras notre besogne. — Que Dieu t'ordonne de partir, esprit impur », lui répliqua Macaire. Après quoi il se mit en oraison et demanda au Seigneur de lui montrer ce dont le diable se vantait. Il partit pour l'office. Et que vit-il ? Une troupe de petits Éthiopiens tout noirs qui couraient de côté et d'autre dans toute l'église. Ils s'approchaient de chaque religieux pour lui jouer de vilains tours. Ils prenaient avec les doigts les paupières de quelques-uns et les serraient l'une contre l'autre. Le sommeil s'emparait d'eux sur-le-champ. Ils plongeaient un doigt dans la bouche de certains autres, qui aussitôt se mettaient à bâiller. Devant plusieurs, ils formaient des fantômes : tantôt c'était une femme ; tantôt des maçons qui élevaient un bâtiment, ou des hommes qui portaient un fardeau : à chaque image

---

1. S. Athanase, *Vita S. Antonii*, 21-25, P. G., XXVI, 874-882.
2. S. Nil, l. I, *ep.* 25, P. G., LXXIX, 91 ; *ep.* 294, col. 190. Cf., l. II, *ep.* 140 ; l. III, *ep.* 33, 35, 40, 50, 66, 67, 68, 147, 153, 155, 156, 173, 174, 175, 176, 201, 211, etc. Dans son traité à Eulogios, il parle longuement de la manière dont ils sèment les distractions dans l'âme de celui qui prie, xxvii-xxxi, col. 1127-36 ; xxxiii-xxxiv, col. 1138-39. Il traite *ex professo* de leur rôle dans les distractions (*De oratione*, LXVII-LXXIII, ibid., col. 1182 et s.) et dans les tentations (*De malignis cogitationibus*, 1199-1235).

correspondait une distraction de l'esprit. Les religieux fervents les repoussaient avec force et persévérance, et les diables finissaient par lâcher pied, tandis qu'ils se montraient familiers avec les moines tièdes, leur grimpant le long du dos et s'installant sur leurs têtes. L'abbé Macaire comprit alors ce que le diable lui avait dit[1].

Les récits de ce genre abondent, et il se pourrait bien que les anciens aient d'eux-mêmes imaginé certaines de ces visions pour rendre plus vivant leur enseignement sur le diable et la tentation. Saint Pakhôme raconta dans une conférence avoir entendu deux démons qui causaient. « Je suis en ces jours, disait l'un avec un accent de tristesse, auprès d'un homme difficile en tout ce qu'il fait ; car au moment même où j'ai jeté en lui une pensée mauvaise, il se lève, prie, pleure vers le Seigneur, et moi, je brûle si bien que je m'enfuis. » L'autre tenait un langage bien différent : « Pour moi, tout ce que je conseille à celui en lequel j'habite, il le fait promptement, même beaucoup plus. » Pakhôme insista ensuite sur la crainte que le diable doit inspirer aux moines [2].

Le bienheureux Zozimas les représente rôdant sans cesse autour des âmes pour épier leurs actions extérieures et jusqu'à leurs moindres mouvements ; c'est par ce moyen qu'ils cherchent à deviner les pensées intimes et à connaître les pensées de chacun[3]. Ils peuvent alors ménager la tentation qui convient le mieux à l'individu et au moment. Leurs ressources sont inépuisables. Pour le prouver, l'abbé Macaire racontait le trait suivant. Le diable se trouva un jour sur son chemin. Il était très chargé et s'en allait tenter les moines. « Pourquoi donc portes-tu tant de fioles ? lui demanda l'abbé. — C'est pour faire goûter aux frères. J'ai fait bonne provision ; de la sorte, si une potion déplaît à quelqu'un, j'en aurai une autre à lui présenter ; si celle-là n'est pas de son goût, je lui en offrirai une troisième. A la fin, il s'en trouvera bien quelqu'une qui lui aille[4]. »

L'acharnement et l'habileté de ces mauvais esprits n'ont d'égal que leur nombre. Sérénos les montre à Cassien volant dans les airs, où ils sont si pressés qu'ils ressemblent à un nuage chargé d'eau. C'est uniquement pour ne pas nous effrayer que Dieu les dérobe à nos regards. Il nous épargne ainsi le spectacle écœurant

1. Rufin, *Hist. mon.*, xxix, P. L., XXI, 454.
2. *Vie copte de S. Pakhôme*, A. M. D. G., XVII, 95-96.
3. B. Zozime, *Alloquia*, 1, 2, P. G., LXXVIII, 1682-83.
4. *Verba Seniorum*, 61, P. L., LXXIII, 769.

de leurs vices. Ils sont dans une agitation continuelle. La paix ne règne jamais parmi eux. Ils se querellent le jour et la nuit[1]. L'abbé Moïse vit un jour de ses propres yeux cette innombrable armée. Des tentations impures venaient de l'assaillir. Ne sachant que faire pour s'en débarrasser, il alla trouver l'abbé Isidore. Celui-ci lui montra à l'Occident toute une armée de diables prêts à fondre sur les hommes. Mais il lui fit voir à l'Orient, pour le rassurer, une armée angélique venant à leur aide. Elle était de beaucoup la plus nombreuse[2].

Les démons semblaient avoir une prédilection marquée pour ces manifestations militaires. Cela se comprend sans peine. Ils avaient là un moyen facile d'effrayer de pauvres moines. C'est ainsi qu'ils apparurent à l'abbé Hor. L'un d'eux eut l'audace de l'inviter à l'adorer[3]. Ces multitudes ne se montraient pas toujours sur le pied de guerre. Un frère aperçut les mauvais esprits réunis en une sorte d'assemblée sénatoriale pour délibérer. Un démon survint et annonça la chute d'un moine, ce qui provoqua une allégresse universelle[4].

Ils infestaient particulièrement les lieux inhabités. Cette pensée jetait certains ermites dans la frayeur. Il leur fallait un rude courage pour dominer la crainte qu'ils leur inspiraient. Macaire d'Alexandrie s'avançait dans le désert. Il fit la rencontre de deux anachorètes qui habitaient une oasis fort éloignée. Il y avait là, disaient-ils, une foule de monstres et de démons; peu d'hommes étaient capables de supporter leurs attaques et de déjouer leurs ruses[5]. Macaire n'était pas homme à reculer. Pallade raconte tout au long une excursion qu'il entreprit pour expérimenter la force des princes de certaines parties reculées de la solitude[6].

Les diables ne reculaient pas devant les moyens violents, lorsque les autres étaient jugés inutiles. Les visions terribles de saint Antoine et les coups qu'il recevait sont trop connus pour qu'il soit permis d'insister. Il ne fut pas le seul traité de la sorte[7].

1. Cassien, *Collat.* VIII, n. 12, 13, 227-229.
2. *Verba Seniorum*, P. L., LXXIII, 744.
3. Rufin, *Historia monach.*, II, P. L., XXI, 406-407.
4. Cassien, *Collat.* VIII, n. 16, p. 232-233.
5. Rufin, *Hist. mon.*, XXIX, col. 435.
6. Pallade, *Hist. laus.*, XX, P. G., XXXIV, 1053-55.
7. Cf. Ribet, *La Mystique*, t. III, 181-182, t. II, 138-142.

L'abbé Moïse eut fort à faire avec ces dangereux ennemis qui faillirent un jour lui casser les reins[1].

Rufin parle d'un grand pécheur, qui, après sa conversion, mena très saintement la vie des reclus. Les démons vinrent à plusieurs reprises le tenter et le rouer de coups, espérant le décourager. Mais sa patience eut raison de tous ces mauvais traitements[2].

Saint Pakhôme n'excitait pas moins leur rage. Ils lui apparaissaient sous les formes les plus bizarres, prenant la ressemblance tantôt d'une femme, tantôt d'un coq ou d'un animal quelconque[3]. L'un d'eux s'était déguisé en femme le jour où il lui parla des tentations qu'il préparait aux frères[4]. Ce n'est pas la seule fois que le démon a pris cette apparence. Un solitaire travaillait à sa forge, quand une femme se présenta devant lui. Il n'eut pas de peine à reconnaître le diable. Sans prendre le temps de réfléchir, il lui lança à la figure le fer rouge qu'il tenait dans le feu. Le fantôme s'enfuit aussitôt en poussant de grands cris[5]. Mais tous ne se montraient pas aussi braves. Les anciens racontaient à ce sujet des histoires peu édifiantes[6].

L'abbé Sérénos énumère à Cassien les divers procédés qu'employaient les esprits mauvais pour se moquer des moines et des chrétiens[7]. Ils excellaient à jouer la comédie. Le solitaire Jean en vit venir un qui avait le visage, la taille, le costume, tous les dehors d'un prêtre dont il recevait habituellement la visite. Il voulait célébrer les saints mystères. Mais l'homme de Dieu le reconnut : « Père de tout mensonge et de toute fourberie, ennemi de toute justice, lui dit-il avec indignation, tu ne cesses donc pas de tromper les âmes chrétiennes, et tu as encore l'audace de t'occuper de nos mystères sacrosaints et terrifiants. — J'ai cru pouvoir te séduire par ce moyen, répondit le diable ; car j'en ai déjà trompé un si bien qu'il en a perdu la tête. Quand la confiance qu'il m'avait donnée

---

1. Pallade, *Hist. laus.*, XXII, ibid., col. 1064-69.
2. Rufin, *Hist. mon.*, I, P. L., XXI, 400-401. Sur les mauvais traitements que le diable infligeait à certains moines, cf. S. Nil, *De Oratione*, 91-112, P. G., LXXIX, 1187, *De malignis cogitationibus*, c. 23, ibid., col. 1126, et Pallade, *Hist. laus.*, 19-20, P. G., XXXIV, 1048 et s.
3. *Pachomii vita*, 13-15, *Maii*, t. III, 300-301.
4. *Paralipomena*, 2426, ibid., ibid., 341-342.
5. Rufin, *Hist. mon.*, 16, col. 433.
6. Cf. Ribet, t. III, 373.
7. Cassien, *Conlat.*, VII, n. 32, 210-213.

l'eut rendu fou, un grand nombre de saints se mirent à prier pour lui. Ils eurent bien de la peine à lui rendre la santé[1]. » Ce fut ce même Jean de Lycopolis qui raconta diverses apparitions diaboliques à un religieux menacé de tomber dans de dangereuses illusions[2]. Les démons jouèrent longtemps le rôle d'anges devant un pauvre moine qui les prenait au sérieux. L'un d'entre eux lui annonça que l'esprit de malice viendrait bientôt le visiter ; il serait facile de le reconnaître à une hache qu'il porterait. Par le fait, quelqu'un vint le voir ; il avait cet outil entre les mains. A peine le moine l'eut-il aperçu, qu'il se précipita sur lui, s'empara de la hache et lui en asséna un coup mortel. Malheureusement, ce ne fut point le diable qu'il frappa ; il avait tué son propre père[3].

L'esprit malin s'emparait parfois du corps d'un religieux et lui infligeait toutes les humiliations de la possession. Stagirios, à qui saint Jean Chrysostome écrivit pour l'exhorter à la patience, était un malheureux possédé qui eut étonnamment à souffrir[4]. Cet état malheureux n'était pas toujours l'indice d'une âme coupable. On y voyait souvent une épreuve que le Seigneur permettait pour le plus grand bien de celui qui en était affligé. Sérénos recommandait de traiter les possédés avec une grande commisération. Il faut par-dessus tout ne point les mépriser. Il serait bon de les faire communier tous les jours, si la chose était possible. C'est par ce moyen que l'abbé Andronicos et plusieurs autres obtinrent leur délivrance[5].

Les démons étaient en somme de terribles ennemis.

Cependant saint Antoine, qui les connaissait bien, affirmait qu'il n'y avait pas à les redouter. Ils sont impuissants, disait-il, Dieu seul mérite d'être craint[6]. On remarquait même que leur pouvoir diminuait avec le temps. Tout ce que racontaient les anciens permettait de croire qu'ils étaient devenus beaucoup moins féroces. A quoi cela tenait-il ? Les moines d'aujourd'hui sont beaucoup plus tièdes ; leurs ennemis en ont raison plus facilement, disaient les uns. C'est la vertu de la croix, qui, en étendant son empire sur le monde, a opéré ce changement, pensaient les autres[7].

---

1. Rufin, *Hist. mon.*, ibid., c. 434.

2. Pallade, *Hist. laus.*, XLVI, P. G., XXXIV, 1128.

3. *Verba Seniorum*, P. L., LXXIII, 1022.

4. S. Jean Chrys., *Oratio exhortatioria ad Stagirium*, P. G., XLVII, 426-27.

5. Cassien, *Conlat.*, VII, 28-31, p. 207-209.

6. S. Athanasii, *Vita S. Antonii*, 27-30, col. 883-87.

7. Cassien, *Conlat.*, VII, 22-23, p. 201-202.

Les hommes de ce temps-là ne s'exagéraient-ils le pouvoir du démon? Et par ces exagérations ne cherchaient-ils pas inconsciemment à diminuer leur responsabilité personnelle? On peut le craindre; car à force de parler de la malice du diable, on finit par oublier celle de l'homme. Tous les démons réunis sont incapables de contraindre quelqu'un à commettre une faute, si sa volonté persiste dans le refus. Les esprits mauvais devenaient ainsi trop aisément la personnification du vice. En exerçant sa haine contre eux, on détournait les yeux du vice qu'il fallait combattre. En d'autres termes, les moines rejetaient sur le diable bien des choses qui retombaient sur eux seuls.

Laissons Satan dire lui-même ce qu'il pensait de cette manière d'agir.

Un étranger se présenta à la porte de saint Antoine. Le saint lui demanda : « Qui es-tu? — Je suis Satan. — Que viens-tu faire ici? — Pourquoi donc moines et chrétiens me chargent-ils d'accusations calomnieuses? Pourquoi me maudissent-ils à chaque instant? — Pourquoi t'ingénies-tu à leur créer des embarras? — Ce n'est pas moi, ce sont eux qui se troublent eux-mêmes. Car je suis maintenant sans force. N'ont-ils pas lu ces paroles du psaume : Les armes sont tombées pour toujours des mains de l'ennemi, et vous avez renversé ses cités[1]? Il ne me reste plus ni arme, ni cité, ni lieu quelconque où me fixer. Les chrétiens sont partout. La solitude est pleine de moines. Qu'ils veillent sur eux et qu'ils cessent de m'accuser injustement. — Bien que tu sois un menteur invétéré et que la vérité ne sorte jamais de ta bouche, tu as été contraint cependant de faire cet aveu : Le Christ, par sa venue en ce monde, t'a privé de tes forces et t'a dépouillé de tout[2]. »

*
* *

La familiarité avec les anges et la lutte ouverte contre les démons avaient pour complément dans la vie mystique des moines l'autorité que Dieu leur donnait sur les animaux[3].

---

1. Ps. ix, 7.
2. S. Athanasii, *Vita S. Antonii*, n. 41, col. 903.
3. Cf. Ribet, t. II, 611-640.

La pureté de leur existence et le détachement des créatures leur rendaient avec l'innocence quelque chose de la dignité première d'Adam et de son empire sur la nature. Les récits hagiographiques abondent en traits pleins de grâce et de poésie. On se rappelle le corbeau qui portait à saint Paul, le premier ermite connu, sa provision de pain, et les lions qui vinrent après sa mort creuser sa fosse[1]. Saint Antoine eut à un haut degré cet ascendant sur les bêtes. Le château abandonné dans lequel il chercha un refuge était rempli de serpents. Dès qu'il en eut franchi le seuil, ils prirent tous la fuite[2]. Il avait un jour à traverser le canal d'Arsinoé. Les crocodiles, qui infestent ses eaux, le laissèrent passer sans lui faire le moindre mal[3]. Le jardin qu'il possédait autour de sa cellule dans le désert reçut la visite d'un troupeau d'onagres qui dévastaient ses plantations. Le saint patriarche s'approcha doucement de l'un de ces animaux et le tenant avec la main, il dit à toute la bande : « Pourquoi me faites-vous du tort ? Moi, je ne vous en ai point fait. Allez-vous-en. Au nom du Seigneur, je vous interdis de revenir en ces lieux. » Cette défense fut respectueusement observée[4]. On rencontrait souvent, dans cette partie du désert, des fauves et des serpents fort dangereux. Saint Antoine ne les craignait pas. De fait, ils ne lui firent jamais le moindre mal.

Les saints exerçaient volontiers leur pouvoir surnaturel contre les dragons. Depuis longtemps, les Egyptiens croyaient à l'existence de ces bêtes mystérieuses, plus rares et plus terribles que les lions. On parlait des sphinx à tête humaine, des griffons au corps de chacal et à la tête d'aigle, et d'autres animaux non moins étranges. Bien des gens doutaient de leur existence. Néanmoins les chasseurs et les conducteurs de caravanes avaient mille histoires à raconter sur ces êtres fantastiques[5]. Amon, le fondateur de Nitrie, habitait une région où vivaient quelques voleurs. Ces hommes pillaient souvent sa cellule et lui enlevaient jusqu'à son pain. Pour mettre un terme à leur rapine, il s'enfonça dans le désert, où il fit la rencontre de deux dragons énormes, à qui il intima l'ordre de le suivre, de se poster à l'entrée de son monastère et de veiller à ce qu'aucun voleur n'y pénétrât. Les bandits vinrent comme de

---

1. S. Jérôme, *Vita S. Pauli*, 10-11, P. L., XXIII, 25-26.
2. S. Athanase, *Vita S. Antonii*, 12, P. G., XXVI, 862.
3. Ibid., 14, col. 866.
4. Ibid., 50-51, 815-818.
5. Maspéro, *Lectures historiques*, 116-117.

coutume, mais la vue des deux monstres les plongea dans une frayeur telle qu'ils n'eurent même pas la force de s'enfuir. Amon, qui les aperçut, vint à eux. « Vous voyez, leur dit-il, que vous êtes plus durs que ces bêtes : elles nous obéissent au nom du Seigneur, et vous n'avez point la crainte de Dieu, vous n'avez pas honte de troubler ses serviteurs. » La présence des dragons accrut l'efficacité de ces paroles. Le saint les fit entrer dans sa demeure, où il leur offrit à manger. Ils lui promirent de cesser leur brigandage [1].

La morsure des serpents, des scorpions et des bêtes venimeuses fut maintes fois sans effet sur les saints habitants de la solitude. Un aspic mordit Macaire le Jeune, qui n'en ressentit aucun mal. Pour le mettre dans l'impossibilité de nuire à qui que ce soit, il s'empara de l'animal, lui prit les deux mâchoires avec les mains et le déchira sans pitié, en lui disant : « Le Seigneur ne t'avait point donné cet ordre, de quel droit t'es-tu approché de moi [2] ? » Didymus écrasait avec le pied les scorpions qui pullulent en Egypte, sans être jamais mordu [3]. Personne n'osait en faire autant [4]. Isaac, moine de Nitrie, les prenait dans la main comme pour les caresser [5]. D'ordinaire, leur morsure, si elle n'était pas mortelle, causait d'intolérables souffrances. Les religieux de Tabenne, qui allaient pieds nus, en savaient quelque chose. Théodore n'employait pas d'autre remède que la prière pour se guérir [6].

La simple vue de ces bêtes, des serpents surtout, suffisait généralement pour effrayer les moines, tellement ils étaient convaincus du danger qu'elles leur faisaient courir. Un disciple de Dorothée le Thébain était allé puiser de l'eau sur l'ordre de son maître. Il aperçut un aspic au fond du puits. Il n'en fallut pas davantage pour l'empêcher de remplir sa cruche et le faire revenir en toute hâte. L'ancien, informé de sa crainte, sortit de sa cellule et alla lui-même faire sa provision d'eau. Il la bénit et il en but, en disant : « Où est la croix, la malice du démon est impuissante [7]. »

---

1. Rufin, *Hist. mon.*, VII, P. L., XXI, 421. Pallade, *Hist. laus.*, LII-LII, col. 1151-52.
2. Pallade, ibid., XIX-XX, 1055.
3. Rufin, c. XXIV, 448.
4. Pallade, *Paradisus Patrum*, P. G., LXV, 454.
5. Pallade, *Dial. de vita S. Johan. Chrys.*, 17, P. G., XLVII, c. 59.
6. *Vie copte de S. Pakhôme*, A. D. M. G., XVII, 170.
7. Pallade, *Hist. laus.*, II, P. G., XXXIV, 1014.

Cette crainte était souvent exagérée. Elle portait les moines à donner un caractère surnaturel à des faits qui s'expliquent fort bien sans cela. L'Egypte a toujours été le pays des enchantements. Quelques-uns étaient tentés d'y voir l'intervention d'une puissance céleste. Postumianus en donne un exemple curieux. Deux jeunes religieux d'un monastère de la haute Thébaïde revenaient de la cellule d'un anachorète à qui ils avaient porté sa nourriture. L'un était âgé de quinze ans, et l'autre de treize. Ils rencontrèrent sur leur chemin un aspic d'une longueur extraordinaire. Au lieu de prendre peur, ils se mirent à le considérer et, sans s'en douter, ils le fascinèrent. La bête s'approcha d'eux, se dressa, inclina la tête et se laissa prendre sans la moindre difficulté. Le plus jeune la roula dans son manteau et, fier de sa capture, la porta à la maison. Loin de les complimenter, l'abbé leur fit une verte réprimande, à cause de leur témérité et de la complaisance qu'ils prenaient, disait-il, dans les œuvres que Dieu faisait par leurs mains[1].

Quelques-uns de ces solitaires avaient pour les bêtes du bon Dieu une véritable affection, se plaisant à les servir. Les animaux féroces eux-mêmes semblaient reconnaître leur bonté ; ils oubliaient devant eux leur humeur sauvage. Le reclus Théonas sortait toutes les nuits, disait-on, de sa cellule, voisine d'Oxyrinque, pour abreuver les bêtes du désert. Il leur présentait l'eau qu'il tirait de son puits. Les onagres et les gazelles ne manquaient pas au rendez-vous. On reconnaissait, le lendemain, la trace de leurs pieds sur le sable[2].

Une louve venait tous les soirs visiter un anachorète à l'heure de son souper. Elle se tenait tranquillement à sa porte jusqu'à la fin du repas, pour recevoir ce qui restait de pain. Elle léchait avec respect la main qui lui présentait cet aliment, puis elle reprenait, joyeuse, sa course dans le désert. Elle arrivait tous les jours à la même heure. Mais, un jour, le solitaire ne se trouva point là ; il était allé accompagner un frère, et il rentra à une heure assez tardive. L'animal, voyant que la porte était ouverte, pénétra dans la cellule et vit une corbeille qui contenait cinq pains ; il en prit un pour sa part et s'en alla. A son retour, le solitaire s'aperçut qu'on lui avait dérobé un pain ; le voleur l'avait mangé sur place, les miettes répandues sur le sol le prouvaient suffisamment. Mais il ne lui

---

1. Sulpice Sévère, *Dialog.* 1, 162-163.
2. Rufin, *Hist. mon.*, c. VI, 410 ; Pallade, *Hist. laus.*, L, 1134.

vint pas à l'esprit que le larcin avait été commis par la louve.
L'animal, comme si la honte de sa faute le retenait, ne parut pas
le lendemain ni les jours suivants. Ces absences inquiétèrent le
moine, qui pria avec instance le Seigneur de lui ramener sa louve
Elle revint le septième jour, mais triste et confuse, les yeux fixés à
terre, dans l'attitude d'un coupable qui implore son pardon.
L'ermite l'appela, la combla de caresses et doubla sa ration ordinaire[1].

Un anachorète de la région de Memphis ne fut pas peu surpris
en apercevant une lionne qui s'approchait de sa cellule. Elle avait
l'allure d'un être affligé qui demande un secours. Elle parvint à
faire comprendre au solitaire qu'elle le priait de la suivre ; ce qu'il
fit. Il arriva devant une caverne où la bête féroce pénétra pour en
sortir bientôt avec ses petits qu'elle déposa aux pieds du saint
homme. Ils étaient aveugles. La bénédiction du moine leur rendit
la vue. Quelque temps après, la lionne reconnaissante porta à son
bienfaiteur la peau d'un animal rare[2].

Postumianus entendit, dans son voyage en Egypte, raconter
plusieurs autres exemples de la familiarité qui existait entre les
moines et les animaux. Il a bien soin de signaler, comme étant
plus dignes de créance, ceux dont il fut personnellement témoin.
Ce ne sont pas malheureusement les plus nombreux.

Il avait rendu visite à un pieux solitaire de la haute Thébaïde.
Après le repas, ils allèrent sous un palmier jouir de la fraîcheur
du soir. Quelle ne fut pas la surprise de Postumianus et du guide
qui l'avait accompagné lorsqu'ils aperçurent un lion devant eux !
Sans faire attention à leur frayeur, l'ermite s'approcha de l'animal ;
ses hôtes le suivirent en tremblant. Le fauve se recula paisiblement,
puis il resta tranquille. L'anachorète cueillit quelques fruits, les
brisa dans sa main et les présenta au lion, qui les prit et s'enfonça
content dans le désert[3].

Un certain abbé Paul avait un disciple nommé Jean, dont l'obéissance et l'humilité faisaient l'admiration générale. Il l'envoya
chercher du fumier dans un village voisin. Mais une lionne effrayait
tous ceux qui suivaient le chemin que Jean devait prendre. Il le

---

1. Sulpice Sévère, *Dial.* 1, p. 166-167.
2. Ibid., 167-168. Pallade raconte un trait analogue, accompli par Macaire le
Jeune en faveur du petit d'une hyène. La mère lui porta une peau de brebis, que
Macaire offrit dans la suite à sainte Mélanie (Pallade, *Hist. laus.*, 1062.)
3. Ibid., 166.

dit à son abbé. « Si tu la rencontres, attache-la avec une corde et conduis-la avec toi », telle fut la réponse de l'ancien. Le jeune religieux obéit à la lettre. La lionne faisait quelques difficultés. « Mon père m'a ordonné de t'attacher », lui dit Jean. Et elle se laissa faire comme un petit chien. L'abbé Paul le vit, à sa grande édification, revenir avec ce terrible compagnon[1].

Nous n'avons parlé que des moines égyptiens. Leurs frères de Syrie n'avaient pas moins de pouvoir qu'eux sur les animaux. Le grave Théodoret en donne des preuves multiples. Les bêtes bénéficiaient autant que les hommes des miracles du reclus Thalélaios[2]. L'ermite Siméon l'Ancien commandait aux animaux les plus dangereux et les plus indépendants ; ils lui obéissaient avec une docilité parfaite. Des juifs égarés vinrent lui demander de les mettre sur leur route. « Attendez un instant, leur dit-il, je vais vous donner des guides très sûrs. » Il les mit sous la conduite et sous la garde de deux lions. « Qu'on ne doute pas de la vérité de cette histoire, ajoute Théodoret ; elle est attestée par les propres ennemis de notre foi[3]. »

Le même Siméon se rendait au mont Sinaï. Il rencontra, dans les déserts qui avoisinent le Jourdain, un solitaire qui lui fit le plus fraternel accueil. Siméon et ceux qui l'accompagnaient écoutèrent son histoire avec grande édification. Il leur dit à la fin qu'un frère lui apportait, chaque jour, sa nourriture ; au moment où il prononçait ces paroles, un lion se présenta. Sa vue effraya les voyageurs ; l'ermite les eut bientôt rassurés. Il prit les fruits que lui portait l'animal et il les partagea avec ses hôtes. Le lion assista tranquille à leur frugal repas[4].

Ces faits merveilleux surprennent et, de prime abord, paraissent incroyables. Mais les Orientaux se montrent, pour les admettre, beaucoup moins difficiles que nous ; c'est, en grande partie, l'effet de leur crédulité naïve. Toutefois leur confiance est loin d'être sans fondement, car la familiarité avec les fauves est restée longtemps une tradition monastique. Le curé Ludolfe, qui fit au quatorzième siècle le pèlerinage des Saints Lieux, affirme que moines et ani-

---

1. *Verba Seniorum*, P. L., LXXIII, 755-756. Les *Apophtegmata Patrum* racontent lé même trait. La lionne est remplacée par une hyène.
2. Théodoret, *Religiosa historia*, xxvii, P. G., LXXXII, 1490.
3. Ibid., 1358-59.
4. Ibid., 1362.

maux féroces vivaient, de son temps, en parfait accord sur les rives du Jourdain [1]. De nos jours encore, les voyageurs qui ont visité l'Abyssinie racontent des traits qui rendent beaucoup plus vraisemblables les récits des Pères du désert [2].

1. Ludolfi, *De itinere sanctæ terræ*, cité par Floss, *De Macariorum vitis quæstiones criticæ*, c. III, P. G., XXXII, 97-98.

2. *L'Ethiopie chrétienne*, fragments inédits, par M. Arnaud d'Abbadie (*Etudes* publiées par les Pères Jésuites, 1897).

CHAPITRE XXIV

Infirmités et mort des moines

La sobriété du régime monacal avait le précieux avantage d'écarter un grand nombre de maladies et d'assurer une longue existence à ceux qui étaient capables de le supporter. Les moines se recrutaient d'ordinaire parmi les hommes robustes. On peut appliquer à la plupart des Orientaux ce que M. Maspero dit des Egyptiens : « La mortalité des enfants faisait un triage dans le peuple égyptien. Il finissait par ne compter que des hommes vigoureux, capables de résister à la douleur et à la fatigue[1]. » Dès le temps d'Hérodote, les habitants de la vallée du Nil passaient pour avoir un tempérament sain. Ils devaient ce privilège, paraît-il, à l'uniformité des saisons, qui ne varient guère dans ce pays[2]. L'air pur du désert n'exerçait pas une moins heureuse influence sur ceux qui ne craignaient pas d'y fixer leur séjour. La vie sous la tente est très hygiénique. Les moines qui habitent encore les monastères de Natroun et de Saint-Antoine arrivent à une vieillesse extraordinaire. Tischendorf connut un religieux âgé de cent vingt ans qui dormait à peine une heure par nuit[3]. Les montagnes de Syrie n'étaient pas moins salubres, au dire de saint Jean Chrysostome. Le bon air que respirait le moine, l'eau qui lui servait de boisson, le parfum des bois et des fleurs, réunissaient autour de sa cellule un ensemble de conditions hygiéniques qu'on eût difficilement trouvées ailleurs[4].

1. Maspero, *Lectures historiques, l'Egypte ancienne*, 15-16.
2. Cf. Charton, *Voyages anciens, Hérodote*, t. I, p. 30.
3. Floss, *De sanctorum Macariorum vitis quæstiones criticæ*, c. I, P. G., XXXIV, p. 2 et s.
4. S. Jean Chrys., *Adv. oppugnatores vitæ monasticæ*, l. II, P. G., XLVII, 338.

Il ne faut donc pas être surpris de rencontrer parmi les solitaires des exemples remarquables de longévité. Les nonagénaires étaient nombreux ; c'est l'âge que portaient vaillamment Jean de Lycopolis et Coprès quand Pallade les connut[1]. Théodoret vit à Télédan des religieux plus âgés qui ne retranchaient rien de leurs austérités ; ils conservaient une ardeur que des jeunes gens auraient pu leur envier[2]. Eusèbe dépassa cet âge, malgré sa complexion délicate[3] ; Pierre le Galate, qui s'était fait moine à sept ans, mourut presque centenaire[4] ; Zénon, qui avait embrassé la vie religieuse dès sa jeunesse, mourut évêque de Majuma, âgé de plus de cent ans[5] ; Jacques le Persan, disciple de Julien Sabbas, atteignit cent quatre ans[6] ; saint Antoine, cent cinq. Ce dernier, remarque son biographe, n'avait perdu aucune de ses dents ; sa vue était excellente. Il se portait mieux que bien des séculiers qui ne se refusaient rien[7]. Souros, disciple de saint Pakhôme[8], mourut à cent dix ans ; ce fut aussi l'âge de plusieurs autres solitaires[9]. Saint Paul, le premier des anachorètes, dépassa ce chiffre de trois années[10].

*
* *

La vigueur des tempéraments, pas plus que les conditions hygié-niques au milieu desquelles se passait la vie de la plupart des solitaires, ne pouvait bannir complètement les infirmités. On cite bien dans la Thébaïde le monastère de l'abbé Isidore, où les moines arrivaient à la mort sans avoir éprouvé la moindre maladie. Ce phénomène parut si extraordinaire, que les contemporains

---

1. Pallade, *Hist. laus.*, XLIII-LI, P. G., XXXIV, 1117-1152.

2. Théodoret, *Relig. hist.*, IV-XXIII, P. G., LXXXII, 1350-1458.

3. Id., XVIII, 1427.

4. Id., IX, 1378.

5. Sozomène, *Hist. eccles.*, l. VII, 28, P. G., LXVII, 1506.

6. Théodoret, XI, 1310.

7. S. Athanase, *Vita sancti Antonii*, 93, P. G., XXVI, 974.

8. S. Jérôme, *Præf. in reg. S. Pachomii*, P. L., XXIII, 68.

9. Rufin, *Hist. mon.*, XII, P. L., XXI, 432 ; Pallade, *Paradisus Patrum*, P. G., LXV, 455.

10. S. Jérôme, *Vita S. Pauli*, 7, P. L., XXIII, 22.

l'attribuaient à une cause surnaturelle[1]. Partout les religieux étaient exposés, comme le reste des mortels, à tomber malades ou infirmes. Cette perspective les stimulait à la pratique des jeûnes et au travail pendant qu'ils étaient en bonne santé; car la faiblesse les contraindrait alors de diminuer leurs austérités et d'abréger leurs longues psalmodies[2].

Une fois aux prises avec la maladie, ils n'avaient qu'à lui opposer la patience et les soins. Les récits hagiographiques, où abondent les faits merveilleux, ne les montrent guère usant, pour se soulager, de leur puissance surnaturelle. Le reclus Limnæos se guérit, il est vrai, par le signe de la croix et par la prière, de coliques violentes et de la morsure d'une vipère[3]; mais on eût trouvé plus facilement un thaumaturge, cloué sur un lit de souffrance, qui continuait à guérir les autres sans se procurer le moindre soulagement[4].

Quelques solitaires ne voulurent dans leurs infirmités employer d'autre remède que la patience. Théodoret raconte lui-même les moyens qu'il dut employer pour déterminer le solitaire Jacques, gravement malade, à prendre des remèdes fort simples[5]. Saint Porphyre ne se traitait pas avec moins de rigueur[6]. Ces hommes d'une mortification extraordinaire et d'une inébranlable confiance en Dieu attendaient leur guérison du ciel et du temps. Marc Didacios, qui n'interdisait pas d'une manière absolue l'usage de la médecine, engageait fortement les anachorètes à s'en priver et à compter uniquement sur le secours de Dieu. Les cénobites et les ascètes qui habitaient les villes pouvaient à son avis agir différemment; ils n'avaient, en usant des remèdes, qu'à mettre leur confiance en Dieu, le Médecin par excellence[7]. Telle était aussi la pensée du patriarche des moines cappadociens. « Les vertus médicinales des plantes, dit-il, sont l'œuvre du Créateur; et la médecine, qui les applique, est un art louable. Les religieux peuvent y recourir, à la condition toutefois d'attendre du Seigneur la guérison

---

1. Rufin, *Hist. monachorum*, XVII, P. L., XXI, 440 ; Pallade, *Hist. laus.*, LXXI, 1175.

2. *Apophtegmata Patrum*, P. G., LXV, 423-426.

3. Théodoret, *Relig. hist.*, XXII, P. G., LXXXII, 1454-1455.

4. Pallade, *Hist. laus.*, XIII, 1032-1037.

5. Théodoret, XXI, 1434-1438.

6. Marc, *Vita S. Porphyrii*, 4-7, P. G., LXV, 1212-1214.

7. Marc Didac., *De perfectione spirituali*, 53, P. G., LXV, 1183.

et de ne pas se procurer des remèdes trop dispendieux, d'autant plus que la vie spirituelle trouve dans la médecine des leçons et des exemples. Mais il est des maladies que Dieu envoie pour punir une âme ou pour la sanctifier ; il en est d'autres qui viennent du démon ; la prière et la patience sont les seuls remèdes qui puissent leur être efficacement appliqués[1]. »

Saint Ephrem, d'après lequel la maladie venait fort à propos discipliner le corps et le mettre à la raison, recommandait de l'accueillir avec beaucoup de grandeur d'âme et d'attendre sa guérison de Dieu plutôt que de la médecine. « C'eût été, déclarait-il, une honte pour le moine que de solliciter un soulagement de sa famille[2]. » C'est dans cet esprit que sainte Paule recevait les infirmités. Elle ne diminuait pas ses austérités habituelles ; saint Jérôme et saint Epiphane ne purent jamais fléchir sa rigueur sur ce point[3]. Les religieux syriens montraient dans la maladie beaucoup de force morale ; ils commençaient toujours par employer la prière et la résignation. La médecine n'intervenait que dans les cas de nécessité absolue. Comme la plupart de leurs infirmités étaient causées par les excès de la pénitence ou du travail, la modération et le repos suffisaient en général pour leur rendre la santé[4].

Les hommes qui se traitaient eux-mêmes avec le plus de rigueur étaient d'ordinaire fort empressés à soigner leurs frères infirmes. Saint Jean Chrysostome rend un hommage public à cette charité des moines et des moniales, qu'il connaissait par expérience. On voyait des femmes sorties de familles illustres ne pas reculer devant les soins les plus humiliants[5]. Sainte Paule, si dure pour elle-même, était pour ses sœurs malades d'une attention et d'un dévouement dont le souvenir attendrissait saint Jérôme. Elle n'hésitait pas à leur permettre l'usage de la viande[6].

*
* *

Cette union de la sévérité personnelle et de la douceur pour les autres a toujours été le signe distinctif des grands saints. Saint

1. S. Basile, *Reg. fus. tract.*, int. 19, 55, P. G., XXXI, 970, 1043-1052.
2. S. Ephrem, *De humilitate*, 55-56, op. gr., t. I, 314-315.
3. S. Jérôme, *ep.* 108, P. L., XXII, 897.
4. S. Jean Chrys., *In Ep. ad Ephes. hom.* 13, P. G., LXII, 577-578.
5. Ibid.
6. S. Jérôme, ibid.

Pakhôme la réalisait avec une perfection peu commune. La maladie ou la faiblesse ne l'empêchaient point de suivre les exercices monastiques. Avant d'accepter un remède que lui présentait son disciple Théodore, il voulut savoir si personne n'en avait plus besoin que lui. Les frères connaissaient le soin extrême qu'il prenait des infirmes. L'un d'eux avait demandé de la viande à son supérieur immédiat ; sur le refus de ce dernier, il se fit transporter devant le saint. Les reproches de Pakhôme aux infirmiers les aidèrent à se montrer plus charitables désormais[1]. Il y avait, dans tous les monastères soumis à sa règle, un appartement spécial où les supérieurs de chaque maison envoyaient les malades. Nul ne pouvait se soigner lui-même. Les frères chargés de ce service fournissaient à chacun les remèdes, les aliments, les habits, tout ce dont il avait besoin. Les infirmiers et leurs serviteurs pouvaient seuls entrer dans l'infirmerie. Une permission spéciale était requise pour leur rendre visite[2]. La règle prévoyait les soins à donner aux frères qui travaillaient au dehors. Il y avait toujours dans leur groupe un infirmier[3]. Cette charité généreuse ne faisait pas oublier les exigences de la vie monastique. Les dépenses excessives et les médicaments recherchés n'étaient jamais permis. Apollonios, abbé de la congrégation de Tabenne, avait envoyé faire à Alexandrie, pour les malades, des achats très coûteux. L'abbé Orsise, très affligé de cela, interdit de porter ces choses dans une maison placée sous son autorité, sachant bien que c'était contraire à la pensée de Pakhôme[4].

On constatait ailleurs, chez certains moines, ce manque de discrétion dans la charité envers les malades. Saint Nil se plaignait du mauvais service rendu à ceux qui étaient l'objet de soins pareils. Il n'en fallait pas davantage pour amollir les caractères, pour porter un frère à exagérer son mal et pour lui faire contracter l'habitude d'exigences déplacées chez un homme de sa profession[5].

Les ermites de Scété, de Nitrie et de quelques groupes bien organisés avaient à leur disposition une infirmerie et des méde-

---

1. *Vita S. Pachomii*, 33-34, *Acta Sanct. Maii*, t. III, 309-310.
2. S. Pakhôme, *Reg.*, 7, 40-47, 105, P. L., XXIII, 72-79. S. Jérôme, *Præf. in Reg. S. Pachomii*, ibid., 67, epist., 22, n. 35; P. L., XXII, 420.
3. S. Pakhôme, *Reg.*, 46, 129, ibid., 79, 81.
4. *Vie de Théodore*, A. D. M. G., XVII, 236.
5. S. Nil, l. III, *ep.* 227, P. G., LXXIX, 494.

cins[1]. Apollonios était devenu célèbre parmi les solitaires de Nitrie à cause du zèle et de l'habileté qu'il mettait à soigner les malades soit dans leurs cellules soit dans la maison qui leur était réservée. Il leur procurait des raisins secs, des oranges, des œufs et des gâteaux[2]. La situation des anachorètes était ailleurs fort pénible. Quand une maladie les surprenait, ils n'avaient d'autre ressource que d'attendre les soins d'un disciple ou d'un frère du voisinage. L'abbé Macaire rendait un jour visite à un solitaire ; l'ayant trouvé gravement malade, il lui demanda ce qui pourrait lui faire plaisir. Comment le satisfaire ? Il n'y avait aucune provision dans sa cellule. Macaire ne craignit pas d'aller à la ville lui acheter des pastilles qu'il réclamait[3]. Un frère de Scété fit une longue route afin de procurer du pain frais à un vieil infirme qui en manifestait le désir[4]. On citait avec admiration le bel exemple donné par un jeune religieux de ces mêmes solitudes. Son maître souffrait d'un ulcère dont l'odeur nauséabonde lui causait une vive répugnance. Il fit, pour la surmonter, un effort héroïque, en buvant de l'eau qui lui avait servi à nettoyer la plaie[5].

Les âmes de ces pauvres malades ne demandaient pas des soins moins assidus que leurs corps. Les frères ne leur ménageaient ni les conseils ni les encouragements. Ils aimaient à leur faire des lectures saintes[6]. Les aveugles étaient, on le devine, très sensibles à cette attention délicate. Les infirmiers avaient besoin parfois d'une très grande charité. Jean le Thébain eut à servir pendant douze années un ancien qui ne lui adressa jamais une parole agréable ou un simple remerciement. Agissait-il ainsi pour l'éprouver ? ou sur son lit de mort finit-il par apprécier la vertu de cet homme ? Toujours est-il que, avant de rendre son âme à Dieu, il dit à ceux qui l'entouraient : « Ce frère n'est pas un homme, c'est un ange[7]. »

Les anachorètes, dominés par cet esprit de charité, savaient qu'en soignant leurs frères ils gagnaient pour le ciel de grands mérites. Voici ce que leur apprenaient les anciens : « Un frère reste dans sa cellule où il ne mange qu'une fois la semaine, et un autre

---

1. Pallade, *Hist. laus.*, VII, P. G., XXXIV, 1022.
2. Id., XIV, 1037.
3. *Apophtegmata Patrum*, P. G., LXV, 267.
4. *Verba Seniorum*, P. L., LXXIII, 976.
5. Id., 977-978.
6. *Apophtegmata Patrum*, 115.
7. *Verba Seniorum*, 792.

sert les malades. Ce dernier a incomparablement plus de mérite[1]. »
Ils se mettaient généreusement à la recherche des infirmes. La
chose était relativement facile lorsqu'il s'agissait de moines se
réunissant autour de la même église. Leur absence aux offices du
dimanche ou du samedi ne trompait guère sur leur état de santé[2].
Quant aux solitaires isolés, leur situation était bien pénible. Ils
pouvaient rester malades des semaines entières, ignorés de tous
et privés des soins indispensables. Le recueil des *Verba Seniorum*
parle d'un frère qui passa trente jours dans un complet abandon.
Des hôtes arrivèrent chez lui, juste pour assister à ses derniers
moments[3]. Combien moururent dénués de secours et de consolation ! Ces pieux habitants du désert étaient exposés à périr d'une
manière plus triste encore, sous la dent des bêtes féroces[4].

Certains moines, dans la crainte de gêner leurs frères et aussi
pour se ménager des soins plus délicats, demandaient à être soi-
gnés hors de la solitude. On trouvait aisément des personnes
pieuses qui se faisaient un honneur de les recevoir chez elles. Il y
en eut une qui garda durant trois années un religieux du monastère de Scété[5]. L'auteur du recueil des *Paroles des anciens* rapporte,
avec sa franchise habituelle, des faits qui font toucher du doigt le
péril de cette condescendance[6]. Mieux valait chercher un refuge
dans l'hôpital des pauvres, comme le permettait saint Basile[7].

*
* *

La maladie plaçait le solitaire en présence de la mort, dont elle
est l'avant-coureur. Il n'attendait pas ce moment pour l'envisager.
Les yeux de son âme étaient souvent fixés sur le terme de sa vie.
Rien ne pouvait mieux l'aider à porter sans faiblir le poids d'une
vie austère. Saint Antoine, le plus écouté des maîtres de la vie
spirituelle, invitait ses disciples à considérer habituellement cette

1. *Verba Seniorum*, 976.
2. Rufin, *Hist. mon.*, xxii, G. L., XXI, 445.
3. *Verba Seniorum*, 904, 1008, 1011.
4. Id., 995.
5. Id., 753.
6. Id., 883.
7. S. Basile, *Reg. brev. tract.*, int. 286, P. G., XXXI, 1283.

fin dernière. « Si nous vivons avec la pensée que notre vie peut finir avec le jour, nous n'offensons pas Dieu, nous nous affranchissons de tous les désirs terrestres [1]. » Cette pensée revient sur les lèvres de l'abbé Isaïe [2]. Ce souvenir, dont Evagre fait une vérité essentielle de la doctrine monastique, donne du nerf à la volonté et au cœur la force de dominer ses passions et de rester toujours fidèle à son devoir [3]. Il marche avec le détachement de ce qui périt ; il enfante un vif désir du bonheur éternel ; il n'y a rien de triste en lui ; une joie véritable et profonde l'accompagne [4]. Aphraate, le sage Persan, avait de bonne heure célébré les fruits salutaires de la pensée de la mort [5]. Saint Ephrem la présente comme un remède très efficace contre la paresse et le découragement [6]. La mort elle-même n'est à ses yeux qu'un sommeil, le terme d'un combat et l'heure de la récompense [7]. Saint Jean Chrysostome veut qu'on salue en elle un repos et une liberté. Les moines ne la considéraient pas autrement. Le saint prêtre d'Antioche célébrait avec son éloquence le bel exemple qu'ils donnaient ainsi au monde [8]. Le trépas des grands solitaires était le digne couronnement d'une vie admirable. Saint Athanase a raconté la fin de saint Antoine [9], et saint Jérôme celle de saint Paul ermite [10]. On pourrait en citer beaucoup d'autres non moins édifiantes.

*
* *

Les hagiographes aiment à montrer les anges allant à la rencontre de l'âme des religieux. Ce cortège céleste illumine leur vie et leur mort d'une clarté consolante. Saint Antoine contempla un jour la réception faite par les esprits bienheureux à une âme qu'ils

1. S. Athanase, *Vita S. Antonii*, 19, P. G., XXVI, 871.
2. Isaie, *Oratio*, IV, P. G., 1105, 1113, *Reg.*, 12, 42, P. L., t. III, 429-432.
3. Evagre, *Capita practica*, 33, P. G., XL, 1230, *Liber practicus*, 29, ibid, 1243.
4. Marc Didac., *De perfectione spirituali*, 54-55, P. G., LXV, 1184.
5. P. S., t. I, 991, 1039.
6. S. Ephrem, *De humilitate*, 70, op. gr., t. I, 319-320.
7. Id., *Canon. funeb.*, 11, 15, 16, op. syr., t. III, 240, 255.
8. S. Jean Chrys., *Ad populum Antiochenum hom.* 6, P. G., XLIX, 85.
9. S. Athanase, *Vita S. Antonii*, 89-92, P. G., XXVI, 967-974.
10. S. Jérôme, *Vita S. Pauli*, 14-16, P. L., XXIII, 27-28.

accompagnèrent ensuite. Pendant que cette vue le jetait dans une vive allégresse, une voix mystérieuse lui apprit que ces honneurs étaient rendus à Ammon de Nitrie [1]. L'abbé Paphnuce vit l'âme d'un de ses religieux portée au ciel par les anges. Un esprit se détacha du cortège et l'avertit de sa mort prochaine. « Viens, lui dit-il, homme béni de Dieu, prendre possession de la demeure éternelle qui t'est due [2]. » Cette présence des chœurs célestes autour de l'âme des trépassés plaisait aux moines de Tabenne. Parmi ceux qui, au dire de saint Pakhôme, méritèrent cet honneur, il en est deux qui ont droit à une mention spéciale : Silvain, qui avait par son humilité profonde réparé complètement les légèretés de sa jeunesse monastique [3], et Carur, à qui ses négligences aux prières nocturnes avaient plus d'une fois attiré les réprimandes de Théodore ; sa foi vive, sa grande chasteté et sa patience durant une dernière maladie l'avaient pleinement réhabilité [4].

Lorsqu'un ancien, vénéré à cause de sa vertu et de sa doctrine, était sur le point d'aller rejoindre ses pères dans la foi, ses disciples et les frères du voisinage se pressaient autour de lui pour entendre ses derniers enseignements. Les conseils suprêmes d'un mourant et sa bénédiction étaient le plus précieux des héritages. L'abbé Pæsios allait mourir ; ceux qui l'entouraient lui demandèrent une parole qui pût les mettre sur le chemin de la perfection. « Je n'ai jamais accompli ma volonté propre, leur dit-il, je n'ai rien enseigné à personne que je n'eusse d'abord pratiqué moi-même [5]. » Macaire l'Ancien était sur son lit de mort. Des religieux sollicitèrent comme une faveur insigne l'avantage d'être admis en sa présence. Ils le prièrent de leur donner un dernier conseil : « Pleurons, mes frères, leur dit-il ; que nos yeux fondent en larmes avant que nous ne partions pour l'endroit où nos pleurs brûleront nos corps. » Tous se prosternèrent en disant : « Père, priez pour nous [6]. » Mélanie visita l'abbé Pambon, peu de temps avant son trépas. Il n'éprouvait aucune souffrance, ce qui lui permettait de tresser une corbeille. « Accepte cette corbeille en souvenir de moi, dit-il à son hôte, je n'ai pas autre chose à te donner. » Le prêtre

---

1. S. Athanase, id., 60, ibid., 930.
2. Rufin, *Hist. mon.*, xvi, P. L., XXI, 439.
3. *Paralipomena*, 13, *Acta Sanct. Maii*, t. III, 335.
4. Ammon, *Epist*, 17 ; ibid., 354..
5. Cassien, *Inst.*, l. v, p. 103.
6. *Apophtegmata Patrum*, P. G., LXV, 278.

Origène, Ammonios et plusieurs frères étaient réunis à ses côtés pour entendre ses dernières paroles : « Depuis que j'occupe cette cellule dans le désert, je n'ai jamais passé un jour sans travailler des mains. Je ne me souviens pas d'avoir mangé un pain que je n'eusse gagné ; aucune de mes paroles ne me cause de regret. Je vais au Seigneur comme si je n'avais pas commencé à mener une vie pieuse et chrétienne[1]. » Un moine du Sinaï, tombé sous les coups des Sarrasins, vivait encore, lorsque les ermites échappés au massacre le rencontrèrent. Le saint vieillard, oubliant sa douleur, ne pensa qu'à leur prodiguer les plus touchantes consolations : l'épreuve qui venait de fondre sur eux ne devait pas les plonger dans la tristesse. Dieu permet à Satan de frapper ses serviteurs ; l'exemple de Job le prouve jusqu'à l'évidence. Au ciel le Seigneur récompensera ceux qui souffrent pour lui. Le moribond ne cessait de témoigner aux frères son affection, en les embrassant et en leur adressant des saluts et des souhaits[2].

Quelques-uns de ces amis de Dieu terminaient leur vie sans témoin, dans l'intimité avec Dieu, leur maître. Leur mort a toute l'allure d'une oraison. Jean de Lycopolis, sentant sa fin approcher, écarta tous ses visiteurs, même ses disciples. Après trois jours de solitude, il se mit paisiblement à genoux et alla continuer au ciel la prière qu'il avait commencée[3].

Parmi les moines pasteurs de la Mésopotamie, il y en eut qui se mirent une dernière fois à genoux pour prier avec ferveur et rendre leur âme à Dieu dans cette sainte occupation[4]. La recluse Alexandra prit d'elle-même la posture qui convenait aux mourants et s'endormit pour ne plus se réveiller[5].

La note caractéristique de la fin des solitaires est la sérénité. Ils meurent comme ils ont vécu. Pouvait-il ne pas en être ainsi ? Comment ces hommes qui avaient tout abandonné auraient-ils pu craindre de quitter la terre ? Si un sentiment de peur en face de la mort s'était présenté à leur âme, ils l'auraient dissipé en s'adressant à eux-mêmes les belles paroles de saint Hilarion mourant : « Pars, mon âme, que crains-tu ? Pars, pourquoi hésiter ? Il y a

1. Pallade, *Hist. laus.*, x, P. G., XXXIV, 1030-1031.
2. S. Nil, *Narratio*, IV, P. G., LXXIX, 639.
3. Pallade, *Hist. laus.*, XLVI, P. G. XXXIV, 1133.
4. S. Ephrem, *Sermo in Patres defunctos*, op. gr., t. I, 178-180.
5. Id., V, 1015.

près de soixante-dix ans que tu sers le Seigneur, et tu aurais peur de mourir[1] ! »

Quelle différence avec la mort des hommes du monde ! Saint Jean Chrysostome aimait à faire ressortir devant son auditoire ce contraste saisissant[2]. Il n'y avait autour de ces cadavres ni cris de douleur ni gémissements. Le chant des psaumes en tenait lieu.

Les moines rendaient aux défunts le devoir de la sépulture presque aussitôt après leur trépas. En Egypte on les ensevelissait revêtus de leur *leviton* et de leur *cucullum*. On aimait à les revêtir de l'habit qu'ils avaient reçu en embrassant la vie monastique, religieusement conservé jusqu'à ce jour[3].

Les moines égyptiens ne croyaient pas toujours que cela fût suffisant. Leurs compatriotes prenaient des cadavres un soin superstitieux, contre lequel saint Antoine et d'autres s'élevèrent plus d'une fois[4]. Sans aller aussi loin, quelques solitaires donnaient une importance trop grande à la toilette funèbre, par exemple en entourant de bandelettes le corps du défunt[5]. Il y avait en Syrie des usages analogues. Saint Ephrem, dont l'humilité repoussait d'avance les honneurs qui pourraient être rendus à sa dépouille mortelle, ne négligeait aucune occasion de les éviter. Une femme pieuse, nommée Lamprotata, avait réclamé la faveur de lui préparer un sarcophage. Le saint crut devoir accepter, mais à la condition expresse qu'il ne serait pas en marbre[6]. Avant de mourir, il recommanda instamment à ses disciples de lui fermer les yeux, d'imposer les mains sur son cadavre et de le laisser avec sa tunique et son manteau de tous les jours. Un riche habitant d'Edesse, qui voulait l'envelopper avec des étoffes précieuses, fut immédiatement possédé du mauvais esprit[7].

A Tabenne, les moines qui entouraient saint Pakhôme baisèrent sa bouche et ses membres aussitôt après sa mort. La récitation des psaumes et des cantiques commença autour de son cadavre pour se prolonger durant la nuit entière. Quand le jour fut venu, un

---

1. S. Jérôme, *Vita S. Hilarionis*, 32, *Acta Sanct.* Oct., IX, 57.

2. S. Jean Chrys., *In Ep. 1 ad Tim. hom.* 14, P. G., LXIII, 577.

3. *Apophtegmata Patrum*, P. G., LXV, 431.

4. S. Athanase, *Vita S. Antonii*, 90-93, 967-971.

5. Pallade, *Hist. laus.*, x, P. G., XXXIV, 1031. Rufin, *Hist. mon.*, xxviii, P. L., XXI, 454.

6. S. Ephrem, *Testamentum*, op. gr., t. II, 246.

7. Ibid., S. Grég. Nys., *De vita S. P. N. Ephrem*, P. G., XLVI, 838.

prêtre célébra la messe ; après quoi, les religieux transportèrent le saint abbé à sa dernière demeure, en chantant des psaumes et des hymnes. Toute la communauté devait accompagner ainsi les frères défunts ; les infirmes n'en étaient pas toujours dispensés ; les uns portaient des cierges allumés, les autres des encensoirs fumants. Les amis et les parents suivaient le cortège monacal. On n'enterrait point dans la vallée du Nil ; le cimetière était sur les coteaux qui la séparent du désert. Il fallait, à l'époque des inondations, faire le trajet en bateau [1].

Les moniales de Tabenne étaient enterrées au même lieu. Les sœurs escortaient leur dépouille jusque sur les bords du fleuve, où les frères venaient la prendre avec des barques pour la porter ensuite au sépulcre. Ils tenaient dans les mains des branches de palmier et d'olivier [2].

* *
*

Ceux qui avaient pendant leur vie mérité une estime plus grande de la part des chrétiens et des moines, recevaient à leur mort des témoignages d'une vénération particulière. On prononçait leur nom dans les monastères et dans le monde avec respect, le faisant précéder du titre de saint ou de bienheureux [3]. Le peuple, qui les accompagnait au lieu de la sépulture, leur témoignait de mille manières sa vénération et sa piété [4]. C'était la première manifestation d'un culte public [5]. On se disputait leurs reliques et ce qu'ils avaient sanctifié par leur usage. Souvent, ils étaient ense-

---

1. *Pachomii Vita*, 13, 71, 89, 94, 95, *Acta Sanct. Maii*, t. III, 300, 330, 335. *Paralipomena*, I, ibid., 335-336. *Vie arabe de Pakhôme*, A. D. M. G., XVII, 645, 649, 703. Théodore avait la dévotion de se rendre au cimetière pour prier. *Vie copte de Théodore*, ibid., 281, 285-286. Pallade dit qu'en Egypte on célébrait des prières pour les défunts le troisième et le quatrième jour après leur mort. (Pallade, *Hist. laus.*, xxvi, P. G., 1078.)

2. *Pachomii Vita*, 22, ibid., 304. Pallade, xxxix, ibid, 1103.

3. Cassien, *Instit.*, l. v, p. 112. *Conlat.*, III, p. 67 ; IV, 97-98 ; XIV, 401 ; XVI, 439.

4. *Verba Seniorum*, P. L., LXXIII, 1011-1012.

5. S. Grég. Nys., *Vita S. Macrinæ*, P. G., XLVI, 987-995. S. Jérôme, *ep.* 108, P. L., XXII, 904-905, où il décrit les obsèques de sainte Paule.

velis dans une église, près de l'autel, ou un oratoire ne tardait pas
à être construit sur leur tombeau.

La perspective de ces honneurs effrayait les saints. Saint Antoine
réussit à se les épargner. Saint Hilarion obéissait au même sentiment, lorsqu'il prescrivit à ses disciples de l'enterrer immédiatement après sa mort, dans le petit jardin, sans se donner la peine de
changer ses habits. Ses ordres furent ponctuellement exécutés.
Aussi les chrétiens du voisinage apprirent-ils en même temps la
nouvelle de ses obsèques et celle de son trépas[1]. Arsène menaça
des rigueurs de la justice divine ceux qui distrairaient la moindre
partie de son corps pour lui rendre les mêmes honneurs qu'aux
reliques[2].

Le diacre d'Edesse, dont il a été question un peu plus haut, avait
sévèrement interdit de célébrer ses louanges, de chanter des cantiques en son honneur, de le porter triomphalement à travers les
rues de la cité, de mettre des parfums autour de son cadavre, de
l'ensevelir dans le temple et d'élever un monument au-dessus de
ses restes. Il avait appelé la malédiction de Dieu sur ceux qui
auraient la témérité de les placer sous un autel. Un misérable
comme lui, déclarait-il, sollicitait de ses enfants des prières et
l'oblation du sacrifice[3].

Le solitaire Marcien était l'objet d'une grande vénération. Son
extrême vieillesse annonçait à tous que la mort ne tarderait guère
à le frapper. Déjà on se préoccupait des honneurs à lui rendre.
Alypios, son neveu, avait fait bâtir un oratoire qu'il destinait à sa
sépulture. Il n'était pas le seul qui voulût s'assurer la possession
d'un pareil trésor. Mais le saint, qui fut informé de tous ces prépa-
ratifs, déjoua leurs projets, en exigeant de son disciple Eusèbe le
serment de lui donner une sépulture telle que personne ne pût la
découvrir[4].

D'autres faits montrent encore l'empressement que mettaient les
Syriens à honorer les restes mortels de leurs grands ascètes. Les
habitants de plusieurs villages voulaient emporter chacun de son
côté le corps du célèbre reclus Acepsimas. Un religieux vint heu-

---

1. S. Jérôme, *Vita S. Hilarionis, 32, Acta Sanct. Oct.*, t. IX, 57.

2. *Verba Seniorum*, P. L., LXXIII, 794.

3. S. Ephrem, *Testamentum*, op. gr., t. II, 230-247. Il décrit les obsèques d'u
saint abbé dans son seizième *canon funèbre* (op. syr., t. III, 257-259).

4. Théodoret, *Relig. hist.*, III, P. G., LXXXII, 1335-1338.

reusement mettre un terme à cette querelle, en déclarant que le défunt lui avait fait jurer de l'ensevelir au lieu même où il était mort[1]. Il y eut une rivalité semblable autour du cadavre de saint Maron. Un groupe plus audacieux et plus fort mit les autres en fuite, s'empara du corps saint et l'emporta dans une localité où un temple magnifique fut élevé sur son tombeau[2]. Les habitants de Cyr, qui voulaient posséder les reliques du solitaire Jacques, n'attendirent pas l'heure de son décès. Dès qu'ils le surent gravement malade, ils envoyèrent auprès de lui une escouade d'hommes armés pour tenir les voisins à l'écart[3].

Les chrétiens d'Antioche, qui avaient prodigué les témoignages de leur vénération à quelques-uns de leurs principaux moines, Aphraates, Théodose et Macedonios[4], allèrent chercher la dépouille de Siméon Stylite. Leur ville était sans rempart; la présence de ces reliques, pensaient-ils, les protégerait mieux que les murailles les plus solides. La translation se fit avec une pompe extraordinaire. Les troupes en armes accompagnaient le cortège, dans la crainte que le précieux dépôt ne fût volé par les populations dont il traversait le territoire[5].

Les honneurs que saint Hilarion avait évités dans l'île de Cypre lui furent décernés en Palestine par les religieux de son monastère. Le moine Hésychios, pour enrichir son pays des reliques du saint abbé, se réfugia auprès de sa tombe. Un séjour de dix mois dissipa toutes les craintes que sa présence pouvait inspirer. Il profita de cette confiance pour enlever, au péril de sa vie, le précieux trésor. Quand les chrétiens et les solitaires de Palestine connurent son arrivée, ils se transportèrent en foule à sa rencontre et firent aux saintes reliques un accueil enthousiaste[6]. Les habitants de la contrée célébrèrent, dès l'année suivante, l'anniversaire de la mort d'Hilarion. Cet usage continua dans la suite. C'est de cette manière, remarque Sozomène, que les Palestiniens honoraient la mémoire des hommes de Dieu. Trois moines du temps de l'empe-

1. Théodoret, *Relig. hist.*, xv, ibid., 1415.
2. Id., xvi, 1419.
3. Id., xxi, 1435-1438.
4. Id., x, xiii, 1391-1374, 1411.
5. Evagre, *Hist. eccles.*, l. 1, 13, P. G., LXXXVI, 2458. On éleva des temples sur le tombeau des reclus Zebina (Théodoret, XXIV, ibid., 1459) et Nilammon. Sozomène, *Hist. eccles.*, l. viii, 19, P. G., LXVII, 1566.
6. S. Jérôme, *Vita S. Hilarionis*, 32-33, *Acta Sanct. Oct.*, IX, 57-58.

reur Constantin avaient déjà mérité ces honneurs d'une canonisation populaire[1]. Un culte semblable fut rendu à saint Antoine. Les
moines passaient la nuit en prière le jour anniversaire et au lieu de
sa mort[2]. La fête de saint Nilammon [3], des moines du Sinaï
massacrés par les Sarrasins[4], et de saint Maron[5], fut célébrée de la
même manière. C'est dans une circonstance analogue que saint
Grégoire de Nysse prononça le panégyrique de saint Ephrem et
celui de son frère saint Basile[6].

1. Sozomène, *Hist. eccles.*, l. III, 16, P. G., LXVII, 1078.
2. S. Jérôme, ibid., 20, 53.
3. Sozomène, ibid., l. VIIII, 19, 1566.
4. S. Nil, *Narratio* IV, P. G., LXXIX, 642.
5. Théodoret, XVI, 1419.
6. S. Grég. Nys., P. G., XLVI, 814, 819-850.

TABLE DES MATIÈRES

LIGUGÉ (VIENNE)

IMPRIMERIE SAINT-MARTIN

M. BLUTÉ

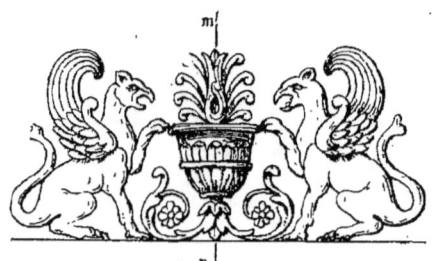